»Daß uns die verlorene Zeit nur nicht nachträglich zur Idylle mißrät«, mahnt Peter Kurzeck schon im Vorspann zu seinem dritten, 1987 erschienenen Roman mit dem Titel ›Kein Frühling‹.
Kurzecks Versuch, eine Art antiidyllische Chronik des oberhessischen Dorfes Staufenberg bei Gießen zu schreiben, ist um so bemerkenswerter, als er zu seinem kühnen literarischen Vorhaben gehört, in einem »ewigen Buch sein Zeitalter aufzuschreiben«. ›Kein Frühling‹ umfaßt den Zeitraum von 1946 bis in die »Dämmerung der 50er Jahre«.
Staufenberg, ein Dorf auf Basaltfelsen erbaut, ist Schau(er)platz des Romans: weil die Türen so niedrig sind, lernt sich das Bücken von alleine; die Männer gehen auf Schicht ins Buderuswerk nach Lollar, die Frauen verzetteln sich im Kaufladen. Über tiefäugigen Tagen, »die den ganzen Tag brauchen, um zu tagen«, hängt ein niedriger Himmel, gleich wird es weiterregnen, »niemals kein Frühling«, allgemeine Trübnis. Und keiner kann sich noch erinnern, »worauf wir die ganze Zeit so beschwerlich draufzugeschafft und -geseufzt und -gewartet haben. Und wo sie geblieben ist, herrje all die Zeit?«
Das Ausleuchten von Erinnerung dient bei Kurzeck weniger der eigenen Spurensuche als dazu, dem Verlust von Wirklichkeit entgegenzuwirken.

*Peter Kurzeck,* der 1943 in Tachau im Böhmerwald geboren ist, wuchs im hessischen Staufenberg auf. Seit den 70er Jahren lebt er in Frankfurt am Main. Er hat bisher vier umfangreiche Romane, eine längere Prosaskizze und ein Hörspiel veröffentlicht. Kurzeck hat mehrere Literaturpreise bekommen, darunter 1991 den Alfred-Döblin-Preis.
Im *Fischer Taschenbuch Verlag* erschienen außerdem die Romane ›Keiner stirbt‹ (Bd. 11084), ›Der Nußbaum gegenüber vom Laden in dem du dein Brot kaufst‹ (Bd. 11085) und ›Das Schwarze Buch‹ (Bd. 11083).

Peter Kurzeck

# Kein Frühling

Fischer
Taschenbuch
Verlag

Ungekürzte Ausgabe
Veröffentlicht im Fischer Taschenbuch Verlag GmbH,
Frankfurt am Main, Juli 1993

Lizenzausgabe mit freundlicher Genehmigung des
Verlags Stroemfeld/Roter Stern, Basel,
Frankfurt am Main

Umschlaggestaltung: Buchholz/Hinsch/Hensinger
unter Verwendung eines Fotos von Ute Schendel
Satz: Fotosatz Otto Gutfreund GmbH, Darmstadt
Druck und Bindung: Clausen & Bosse, Leck
Printed in Germany
ISBN 3-596-11082-3

*Gedruckt auf chlor- und säurefreiem Papier*

**Ich fange noch einmal von vorn an.** Das Dorf steht auf einem Basaltfelsen. Noch als Zehnjähriger hast du dort jede einzelne Milchkuh, jedes Wetter und jeden mageren müden Zugochsen gekannt. Wo denn anfangen? Keine Kuh wird mit seitwärts gewandtem Kopf mehr als drei Schritte vorwärts schreiten. Ein oberhessisches Dorf, in dem ich von meinem dritten bis zu meinem vierunddreißigsten Jahr gelebt habe. Die Bevölkerung: Kleinbauern, Handwerker, Eisenhütten- und Ziegelei-Arbeiter, jeder mit seinem überkommenen Achtzehn-Stunden-Tag, um sich hungrig zum Krüppel zu arbeiten vor der Zeit. Egalweg Spätschicht und Nachtschicht, um das kostbare (spärliche) Tageslicht für die Feldarbeit aufzusparen. Vom Feld auf die Hütt', von der Hütt' aufs Feld und die schwere Erde an den Schuhen heimtragen. Halb im Schlaf schon. Vom Bahnhof heim und aus der Schamottfabrik, von Mainzlar her mit der Nacht übers Feld. Mit keiner Arbeit je fertig geworden und sich selbst nicht gekannt. Das Dorf bis weit in die Fünfziger Jahre unseres Jahrhunderts hinein nur über eine Schotterstraße und ein paar unverdrossen geduldige Feldwege zu erreichen; ein Dorf, in dem jedes Kind jedem Einwohner jeden Tag bei jeder seiner angestammten, gleichsam fürs Leben ererbten Arbeiten zusehen konnte. Mit dem gleichen angemessenen Ernst, mit dem man hungrig ein Vesperbrot teilt, und schon ist der Tag bewohnbar. Nicht zu reden von Holzschuppen, Viehweiden, Ställen und Scheunen zu jeder Jahreszeit; der Wald war noch nah, jeder Bach ein nimmermüder Gefährte, es gab Teiche und Ödland und Heckenwildnis. Ein Dorf mit nur einem einzigen, dennoch ausreichenden Telefonanschluß (auf der Post nämlich), aber mit lebendigen Jahreszeiten um jedes Haus, mit turmhohen Eichen, Kastanien und Linden. Seit Jahrhunderten in guten und schlechten Zeiten zuversichtlich immer wieder für die Stille, den Abend, den Seelenfrieden der Nachgeborenen, Kinder und Kindeskinder gepflanzt und nachgepflanzt, hatten sie ihre Zeit und konnten bestimmungsgemäß geruhsam gen Himmel wachsen. Dann noch drei Lebenszeiten als gesegneter Dachbalken die Familie beschirmt.

Jetzt fragst du dich, wie aus einem solchen Dorf in noch nicht einmal einem halben Menschenalter ein autogerechter Ort werden konnte: zum Durchfahren, damit man im vierten Gang durchfahren kann und braucht nicht erst zurückschalten, braucht nicht Blick noch Gedanken; ein Ort mit mehr Autos als Häusern, wie denn die Seelen zählen? Häuser viermal so viele wie 1950, neben jedem Neubau steht noch ein Neubau. Wie modellgetreue Bausparkassenreklamen stehen sie, wie auf einem Sockel im ausgemessenen Niemandsland: gleich ginge das Licht an und sie würden anfangen, sich zu *drehen!* Mit Flutlicht, automatisch schließenden Preßglastüren wie aus ewigem Eis und ungnädigen Haussprechanlagen, daß du blitzschnell deinen Namen und Vorsatz vergißt, wer du bist, die Parole, wie ein Bettler im Krieg, und hast unversehens auch schon angefangen, dich insgesamt zu bezweifeln, rückwirkend und im voraus, womöglich auf Lebenszeit (so teuflisch geschickt haben wir uns und das Leben ein- und ausgesperrt, daß es nichts mehr zu sehen gibt, außer alle Abende im staatlichen Fernsehen: Programme). Mit zwei Autobahnabfahrten und mehreren Schnellstraßenzubringern statt Himmelsrichtungen als Ersatz für die verschüttete Nähe und für die davongelaufene Ferne. Bloß da der altmodische Fliederbaum muß noch weg, macht bloß Dreck, stammt noch von den abergläubischen Vorfahren hinterm Mond; die Einfahrt pflegeleichter Beton, das hat Zukunft. Ihre Narren haben sie weggeschafft, jetzt sind sie unsichtbar. Ein Ort, in dem du ohne Auto, Bankkonto und Versicherungen jeglicher Art nicht mehr leben kannst, nicht als Mensch, in dem man seine Kinder in den nagelneuen, komplett fertiggekauften Kindergarten schicken muß, hinbringen, abliefern: damit sie andere Kinder überhaupt noch zu Gesicht kriegen und von gelernten Erwachsenen, Vergütung nach BAT, gesagt bekommen, wie sie einander anfassen und was sie spielen sollen, mit welchem pädagogisch empfohlenen Zeug und wie es gemacht wird. Autobesitzer, Kontoinhaber und Versicherungsnehmer. Und ohne daß sich auch nur Einer darüber wundert! Wo denn anfangen? Wenn wir heutzutage kämen: es müßte schon ein Abend sein, an dem der Fernsehempfang gestört wäre. Kein Baum ist stehengeblieben.

Noch 1952 gab es im Dorf nicht einen einzigen Hausbriefkasten und nur eine Türklingel. Bei der Hebamme und Gemeindeschwester, jetzt ist sie mit Altersversorgung im überkonfessionellen

Himmel für diplomiertes lediges weibliches Pflegepersonal. Jetzt sind die Briefkästen dreimal täglich vollgestopft mit einmaligen Sonderangeboten wie für ein zweites, drittes, viertes usw. preiswertes Ersatzleben, Hochglanz, und mit Prospekten für Pauschalflugreisen nach Thailand und in die Karibik. Jeden zweiten Tag kannst du dir aus dem Briefkasten einen neuen farbechten Teppichboden aussuchen, unverwüstlich. Der Wald steht wie leergeräumt, wie auf Abbruch. Jeder Waldweg ein Trimmdich-Pfad, grinsen dich die geschnitzten Fabrikzwerge an. Der gleiche Wald, von dem wir doch meine Kindheit lang die halbe Zeit wenigstens gelebt haben. Darin auch gelebt und mit ihm gelebt. Mit seinem Holz, den Pilzen, Beeren und Nüssen zu ihrer Zeit. Jeden Sonnenstrahl durch sein dichtes rauschendes Dach hast du dir als Hoffnung fürs Leben gemerkt. Noch jeden Tannenzapfen in seiner Schönheit, keine zwei sind sich gleich, zum Nutzen getrost nach Hause getragen. Statt hungrig zu erfrieren mit dem amtlichen Zettel als Berechtigungsschein. Die Wege führen nirgends mehr hin. Die Vögel kommen nicht mehr ins Dorf, der Abendfrieden ist mit Beton abgesichert, die Stille in Kisten verpackt, in Container. Jetzt kann sich aber keiner von uns noch erinnern, was es denn war, in Gottes Namen, um alles in der Welt, worauf wir die ganze Zeit so beschwerlich draufzugeschafft und -geseufzt und -gewartet haben. Und wo sie geblieben ist, herrje all die Zeit?

Das Milchauto hat in der Frühe, mit Kannen scheppernd, den Tag und die Post gebracht, der Abendzug im westlichen Tal deine Unrast und Hoffnung, deine unbelehrbare Sehnsucht Tag für Tag mit in die Welt genommen; das ist kein romantisches Bild, sondern durch viele Jahre ein vertrauter Akkord von Landschaft und Klang zur gewohnten Zeit, genau nach dem Fahrplan, gewesen. Und anders und wieder *anders* bei jedem Wetter. Es ist, wir haben unser ganzes Leben lang auf den Abend gewartet. Wenn der Gemeindediener nach dem Läuten mit seiner Mütze über die Straße geht, schnurstracks direkt übers Eck, vor aller Augen auf dem Keulerhoinrich Zwo seine grüne Tür zu, das ist hier der Wirt, joh also, dann wird es Zeit, an den Feierabend zu denken – woraus sich ergibt, daß am Ende meistens die Frauen das Vieh zu versorgen hatten. Sprache hatten sie keine, folglich wie nicht gewesen.

So viele Leben der Sonne nach, kein Wunder, wenn wir müde am Abend und wortlos dasitzen. Hier bei uns auf dem Berg, so mild ist das Licht, wenn es geht. Daß uns die verlorene Zeit nur nicht nachträglich noch zur Idylle mißrät und die Gegenwart, das Leben in der Mehrzahl bliebe eine Angelegenheit für Statistiker. Für ihr Brot hatten sie das Gemeindebackhaus, für ihre Mühe die Zeit und als Wochenschau einen gelernten Friseur, beinah schon ein Städtischer. Als Schäfer nach Möglichkeit immer einen gottgefälligen Taubstummen. So hat ihr Mittelalter bis weit in unser Jahrhundert hineingereicht und jedenfalls lang genug gedauert. Jetzt schreibst du das Buch, weil sie außer dir keiner kennt!

*es heißt, wir sind ausgestorben.*

**In der Wirklichkeit,** in Gedanken: du bist so oft gegangen und gekommen, daß du nicht mehr weißt, wann du träumst!
Vor hundert Jahren, es hätte genausogut im frühen Mittelalter gewesen sein können, wenn wir hoffnungsvoll denken, wir sind zum erstenmal hier. Noch einmal das Dorf, Vergangenheiten, die eine oder andere schlechte Zeit eh und je, besser noch zuwarten, die gleiche Stille sooft du aufblickst: überm Weg das Ziel aus den Augen verloren, wer bin ich doch gleich? und es hat angefangen zu schneien; gleich käme uns überstürzt die Nacht auf den Hals.
Im Krieg, der nie aufgehört hat, in diesem, dem letzten, dem vorigen Krieg, immer noch die Gespenster aus der Napoleonzeit und finden nicht heim. Die meiste Zeit Abend. Im Dreißigjährigen Krieg sollen hier ganze Landstriche nicht nur vom Erdboden, spurlos auch aus jedem Gedächtnis verschwunden sein, desgleichen die Namen. Gott behüte, sagen sie dir, nicht daß du dich jetzt beim Zuhören schon dorthinein verirrt hättest ohne Wiederkehr. Alle hundert Jahre ein Tag, es kommt dir wie gestern vor. Jedesmal. Gekommen, sagst du dir, und gegangen, wer denn in Gottes Namen, wir und die Zeit? Wie im Traum immer wieder, wie auf den eigenen Spuren gekommen vor hundert oder vor dreihundert Jahren, ewig die Not im Gepäck, Landfahrer, Flüchtlinge in allen unseren Leben und Zeitaltern. Gaukler, Puppenspieler, Schausteller, wie lang denn schon auf der Flucht und wohin, fremdes Volk?
Zweifellos gegen Abend, hör zu, die beiden Zigeunerkarren, Nachtlager und bewegliche Habe, siehst du uns mühselig und beladen daherkommen, eine halbe Ewigkeit. Im Spätherbst, im Vorfrühling, Regentage, immer zur Unzeit jedenfalls, vom Pech verfolgt und vom schlechten Wetter begleitet. Sind ein Jahr, sind Jahre und Jahre zu spät dran, sind hoffnungslos im Verzug und können nicht aufgeben. Auf beschwerlichen Wegen, die Karren wie stets am Zusammenbrechen und bei jeder Senke in Dreck und Morast versinkend. Da heißt es dann Zupacken, sonst läuft der Weg mit dem Tag uns unversehens davon; hinter den Hügeln die Ferne. (Daß man uns nur ja nicht leibhaftig mit Dieben verwechselt, was in unserer Lage noch schlimmer jetzt wäre, als bestohlen zu werden!) Die armen Pferdchen, jetzt sind es nur noch zwei, in ihrem eigenen lebenslangen beschwerlichen Schindmährentraum, so müde und nicken bei jedem Schritt. Und werden nicht ewig leben, sie auch nicht, ein Jammer, und dann?

Ja, wie ist das denn zugegangen und auch ganz ohne Ironie wie es scheint, der bessere Teil der Theatertruppe – ob sie uns nun sitzengelassen haben für Engagement und Unterkunft, sind sie sich und uns weggestorben oder davongelaufen, wo sind die Jahre denn hin? Haben wir uns auseinandergelebt oder wo hätten wir sie schweren Herzens als Pfand gelassen mit der Hoffnung auf bessere Tage und wissen es nicht? Uns hat es schon immer gegeben; hätten wir nur dieses Heute, wir wären der Rede nicht wert. Die muß es doch auch gegeben haben, die besseren Tage, sagt jeden Tag eindringlich einer zum andern.
Ein hartes, ein bitteres Brot. Nur die abgeschmacktesten Schurken- und Dienstbotenrollen jedenfalls sind uns verblieben, wir selbst sind verblieben mit den zerbrochenen Vorsätzen und Requisiten, zwischen Gerümpel und Hustenanfällen auf offener, auf der fahrenden Bühne (beiseite: wie lang sie doch dauern, die Schrecksekunden!), verblieben als Restbestand. Hungrig und krank, das wäre das wenigste! Wie in den Fiebergeschichten die du dir vorm Einschlafen wieder und wieder ausgedacht hast, Qual und Trost oder umgekehrt, bist du nacheinander und gleichzeitig jeder einzelne dieses verkrachten Ensembles und nimmst das jedesmal mit in deinen zerrütteten schweren Schlaf, eine Last.
Das veruntreute Repertoire, kaum daß man sich selbst noch über den Weg traut in dieser oder jener abgerissenen Lumpengestalt, jeder für sich, solche Zeiten sind das jetzt. Die Obrigkeit nicht zu vergessen, wir wollen sie aus dem Spiel lassen. Und, wie im Feindesland, wir wissen bald nicht mehr, ob wir sie noch suchen sollen, die Orte und Menschen, oder doch besser meiden; wohin unterwegs? Ja wirklich, ist es nicht (unter uns gesagt, im Vertrauen) mit jeder Wiederkehr schlimmer geworden, wieso kommt mir das jetzt hier unten so elend bekannt vor? Ob uns nicht schon am Nachmittag zuweilen zaghaft ein Gefühl traumhafter Vertrautheit überkommen wollte, hat sich so angeschlichen, wenn Baumgruppen am Horizont sich zusammenfanden, Rauch vor fernen Hügeln verblaßte. Oder jeden Tag wieder?

Ausnahmsweise von Norden die Chaussee, die alte Fuhrmannstraße. Seit Tagen in Wind und Regen gefahren d.h. einhergestolpert neben dem stöhnenden Karren, in reuige Selbstgespräche verstrickt.

In Bellnhausen mit Steinwürfen, die galten nicht uns persönlich. Zum Glück ist das nur ein ganz kurzes Dorf und bewacht hier mit scheelen Augen den Kreuzweg. Zum Glück geht die Straße bergab, im Trab, im Galopp, kaum daß unsre Pferdchen noch mithalten können. Kannst du dich kundig trösten, nur Unverstand, Menschenwerk. Wie sollten sie uns denn kennen?

So die Abzweigung in den fetten Ebsdorfer Grund verpaßt, was wiederum auch seine Richtigkeit (keuchend, wieder langsamer jetzt; leer die Wiesen kriechen im Nebel), denn die Bauern dort gelten als hartherzig *weil* es ihnen zu gut geht. Lassen Gott einen guten Mann sein, sind eingesessen, sind satt und stur; wir wären Fremde und wüßten das nicht.

Sichertshausen zum Ausgleich wie ausgestorben. Hier machen sie schon am Nachmittag die großmächtigen Hoftore zu, sperren die Hühner ein, sperren die Kinder ein, dem Vieh wird das Maul verbunden. Noch den Hof kehren, jede Ecke. Wie an Stricken die Stimmen vom Morgen mühsam zurückgeholt, ihre eigenen Stimmen, und die Mittagsklänge vom Feld, und mit Dreschflegeln plattgeschlagen und über die Stalltür genagelt. Den Abend erwarten: sie verrammeln mit Sorgfalt Fenster und Türen und sitzen kläglich im Finstern und fürchten sich vor sich selbst. Haus bei Haus, wie unter einem Netz steht jetzt jedes Gehöft, von seiner eigenen Stille umgeben: eine Ruhe wie nach der Pest.

Dann in vielen Kehren beschwerlich bergauf in den nassen, tröpfelnden Wald, das tröpfelt seit Monaten so und du frierst und denkst im Gehn an den Schlaf der Toten. Sind das Wölfe, ein Käuzchen schreit, ist das schon die Nacht da unter den Bäumen und wächst und wir wären wie immer zu spät dran? Vielleicht noch vom Vorjahr in großen Placken der schmutzige Schnee.

Durch den Tiefenbachgrund wie durch noch einen schlimmen Winter und nach der nächsten Anhöhe, daß wir auch die noch geschafft haben, doch wieder sanft bergab: da liegt zwischen Berg und Fluß unser Abendtal.

Wie ein eingelöstes Versprechen. Daß doch die Sonne noch durchgekommen im letzten Moment, seit Wochen zum erstenmal und golden das Licht, auch nur für Minuten. Oder denken uns einen wahrhaftigen Regenbogen, hätten ihn vielleicht bloß nicht bemerkt; da ist der Tag schon gegangen.

Der Berg mit der Burg und dem Weg da hinauf, beim Teufelsfuß, wir kämen zum erstenmal.
Schon wären wir halb dran vorbei, ja dort unser Glück versuchen, unterkriechen vielleicht, uns verkriechen ein Weilchen. Und wir rufen und deuten und winken.
Umständlich zurück und die steinige Spur. Jetzt am Abend, der Weg läßt sich Zeit. Als solltest du Steine fressen! Bergauf, bergauf, wie fern wir uns sind in der Dämmerung, die ist grün. Hin und her, fahrig und fremd ziehen dir deine verschiedenen Leben durch den Kopf, ein maroder Maskenzug, so kehrst du immerfort müde heim. Diesen Weg wirst du mitten in der Nacht, nicht zu zählen wie oft, buchstäblich sogar im Schlaf wirst du jeden Schritt Wegs hier gegangen sein.
Wie wir näherkommen, erweist sich heute die Burg als Ruine. Nur ein Nebengebäude steht noch, scheints unversehrt, und wir wüßten, der Dreißigjährige Krieg zumindest ist für diesmal vorbei, absolviert. Durch die Schlucht die noch dampft vom Regen, zwischen Felsen und dichtem schwarzem Gestrüpp; Vogelrufe. Immer am Abend, ist nicht stets das letzte Stück Weg am schwersten? Immer zur Unzeit und sowieso keine Wahl. An leeren Gärten vorbei, kein Frühling. Dann erst, da der Weg uns im Bogen bergan führt, ernst und finster der Turm – soll man sagen, er grüßt?
Eng zusammengerückt die wetterdunklen Dächer und Giebel, sind über die Zeit hinaus, siehst du, sind zu Füssen der Ruine übriggeblieben in ihrer eigenen Zeitrechnung irdischer Verlorenheit.
Und wir? Hätten besser beizeiten jegliches Für und Wider erwogen, ein anderes Leben; gleich wird die Nacht da sein. Leben wir oder spielen wir? Wie müde wir sind in der Dämmerung, die Mühe, das Herz, der Weg und die Jahre, und werden gleich ankommen jetzt.

Gekommen durch den Habichtswald, Federwald, Farnwald, Steinwald. Über den Hangelstein, den Schlangenberg guten Muts, über den Mittagsberg, eine Stille wie Glas. Den Altenberg rauf und runter, sind die Schatten gewachsen, haben im Tal unter uns immer wieder die Glocken geläutet, woher und warum, was blieb uns zu rätseln? Ob du kommst oder gehst? Doch nicht jetzt schon unterwegs in den Himmel? Vorbei am Totenberg mit seiner ausgegrabenen überkommenen Steinzeit, hinauf durch den hohen Tann, der

steht finster und dicht im Nebel, an jeder Nadelspitze ein Wassertropfen und es fängt an zu frieren: steht der Wald wie aus Eisen, wir als *Schatten* hindurch. Die Dörfer umgangen, die Straßen vermieden, einen ganzen Tag lang den Winterberg herunter, schweigend, Schritt vor Schritt. Wie Viehdiebe unsichtbar, hüllt eine Wolke uns ein. Den Lützemoarg, das soll auch ein Berg sein!
Flußabwärts die Lahn entlang bis sie dir wie ein heiliger Nil: immer wieder gekommen!
Über die, durch die Wiesen, die Märzwiesen, Fermerwiesen, Färberwiesen, die Osterwiesen, die Pfingstweide, die Sauren Wiesen, die Bornwiesen. Aus den Quellen getrunken und durch das Schlüsselland, durch das Umland. Nie keinen Frühling! Wie als Gespenster, verurteilt hierher zur Wiederkehr, landauf, landab, was suchten wir denn? Und hätten sträflich unser Leben versäumt und die zugehörige Ewigkeit: wir sind immer schon dagewesen!
Über die Hardt, der Schnee fing zu treiben an. Dem Abend zu. Viel früher noch, durch Jura und Kreide, die Erdzeitalter. Über den Gröber Paß, den Busecker Paß, da blieb dir das Herz stehn und ein dichtes Gestöber ist uns in den Weg gekommen, erst Sand und dann Schnee, die Flocken wie blinde Augen. Dort vorn, ist das nicht der Graue Berg? Wir hätten umkehren sollen, haderst du jetzt noch mit dir. Besser beizeiten mit wie einer Zukunft! Statt dieser ewigen falschen Zeitrechnung! Über die Schanz, durch Schneewehen, durch die verschollenen Gegenden. Die meiste Zeit Abend.
Durch den Tiefenbachgrund, die Ellershohl, durch Elstergrund, Diebsgrund, Wolfsgrund, es hätte ein Mai sein sollen! Über die Sternweide, auf und ab durch den Blaubeerwald. Bei den Dreiecksfichten vorbei, durch die Räuberfichten, die Grafenfichten, den Einmannschlag, Rotbuchenschlag, hat uns der Wind gesungen. Hinunter den Föhrenhang und durch das Vogelparadies. Über die Schinn und über die Steinäcker als Gespenster, den Lehnsanger im November, im Februar. Wie Unterirdische übers Franzosenfeld und hätten ein Feuer anzünden sollen! Über das Wunschfeld, keiner recht bei sich, das Riesenfeld, das Knochenfeld, das Immermannsfeld, das Krähenfeld in der frühen Dämmerung; nie als Soldaten! Beim Schwarzen Mann, herrje bei der Eisernen Hand vorbei, über Viehtrieb und Weidkob, das Hexenpfädchen im Gänsemarsch, da blieb uns keine Wahl: da hat uns der Wind, da hat uns die Nacht

vielzufrüh, da hat uns die Richtung die Sinne genarrt und müssen wir wohl im Kreis, vielmehr hinterrücks einen unbeholfenen Bogen und war uns, wie wenn wir den Grauen Berg sehen und daß er ungeheuerlich auf uns zu, auch noch von der falschen Seite her, wie mit Riesenschritten! Im Nebel! Meilenweit in die Irre gegangen: schon wieder die Schinn, der Hungergrund, die Bringener Öd wie ein zweites Gesicht!

Und fanden uns fehl bei der Ellershohl, frierend, erschöpft, hier soll es eine Silberader haben, verhext, den Wunschring, einen goldenen Topf, das ist jetzt das Abendfieber, die Müdigkeit und sind ein Jahr zu spät dran, da hat ein Unwetter uns erwartet, zur Unzeit ein böses Wintergewitter und hat nicht lang gefackelt und in die Flucht uns geschlagen.

Daß wir nicht schon den Kopf unterm Arm, jeder seinen, erbittert im Streit über den Beinacker, durchs Geröll, durch den Schindgraben, Lenzer Hag, Windbruch, nur noch wie Rauch, ein jeder sich selbst zum Gespött, stolpernd, ein Phantom, von Gespenstern umgeben. Am Heidenkönig vorbei mit klappernden Zähnen, da steht so ein Lebensbaum. Über die Weiß' Erd', ein Tagwerk und noch ein Tagwerk; was krächzt uns der Rabe nach? Durch die Ländereien des Abends, durch das Tönerne Land, das Versunkene Land, das Kattenland. Über die Röder Heide todmüde, die Hager Heide, durch das Rohrmoos, den Windbruch, das Bleichenmoos geistern. Der gestrige Tag. Jede Mühe umsonst und jetzt hinterher sind das alles bloß Namen und Irrtümer, *die* sollst du sammeln!

Ganz nah schon die ersten Häuser und Ställe und Hundegebell von allen Seiten fällt ein in die Stille. Als sei es noch nicht genug, wird der Weg noch einmal zum Hohlweg, beinah ein Graben, da heißt es wieder Zupacken mit allen Händen, mit letzter Kraft.

Da ist uns in die Ankunft hinein am vorderen Karren aufwendig ein Rad zerbrochen, bricht jeden Abend ein Rad und ist nicht zu ersetzen. Beim besten Willen, was soll nun werden? Wie bei einem Sterbenden stehen wir jetzt, wie bei einer unverhofften Beerdigung; Rückweg wird keiner sein! Dir ist, du hast das immer gewußt, so also, so hat es kommen müssen! Sogar unsre zwo Stück sterblichen Pferdchen lassen die Köpfe hängen, bescheidwisserisch. Die beiden nämlichen Pferdchen, die wir schon hundertmal aus Verzweiflung

aufgefressen haben. In ihrer Magerkeit erkennst du jeden einzelnen Knochen wieder und weißt noch, wie du ihn jedesmal hoffnungslos abgenagt hast.
Wird nahebei eine Tür aufgemacht, eine Stalltür, brüllen Ochse und Kuh, lockt flackernd das Licht, hörst du Stimmen wie nur im Gedächtnis, vertraut, es ist Abend. Auf und zu die Tür. Nie seßhaft gewesen. Und die Hunde reihum sammeln Atem, lösen sich ab, sie hören nicht auf zu bellen. Fang jetzt nicht zu frieren an! Und stehn und sich sammeln im Unglück, es ist spät und dämmrig. Und wüßten noch nicht, in welchem finsteren Jahrhundert wir diesmal hier angelangt, Jammertal.

Hier am Hang, wie der Himmel hier auf die Dächer drückt, schwer. Längst schlafen die Vögel in ihrem Gefieder. Wenigstens am Anfang des Abends, wenigstens im letzten Licht wenn wir hätten ankommen können! Vor einer Stunde noch, wie wir beim Teufelsfuß uns mit der Hoffnung abgemüht haben, so ein überlieferter Felsklumpen. Zeitig genug, daß die Kinder uns entgegengerannt wären, froh uns ins Dorf zu geleiten. Ihre Stimmen wie Frühlingsschwalben, wie an schwankenden Stangen getragen die plumpen Vögel aus blauem und rotem Holz. Zur Ruhe. Dort in den unerreichbaren Abend, vergangen unter den turmhohen Kastanien und Linden; jetzt ist es auch dafür zu spät. Wie denn die Zeit zurück? Und du sehnst dich mit all deinen Sinnen. Da unsre Karren im Dreck, wir sinken! Die Bauern lassen die Hunde bellen und zeigen sich nicht; die Luft schwirrt von Fledermäusen.
Und jetzt auf einmal, der Tag ist gegangen, wir wüßten nicht welches Jahrhundert, siehst du euer Elend – für wen denn, auf welches Ziel hin? Nicht leben, nicht sterben auf allen Wegen, jeden Tag einmal am Wegrand krepieren und dann wieder ein Anderer hier und dort, eine trostlose Schar wenn wir uns zusammenfinden. Wie zum erstenmal, wie von außen jetzt siehst du die Vergeblichkeit dieses dauernden spukhaften Nichtseins von Auftritt zu Auftritt. In der Finsternis: Sind niemand, gehn nirgendshin!
Was für ein Irrtum, zu denken, wir hätten unsere Jugend behalten, nur weil wir draußen geblieben sind. Ist im Gegenteil unsere Jugend hin, ist von uns weg, ist gegangen. Auf den Straßen und im Wind auf dem Feld. Ist wie ein Strohfeuer abgebrannt. Daß wir zähneknir-

schend angestrengt fuchteln wie vor der ziehenden Ferne Vogelscheuchen am Abend, nur um zu bleiben. Daß du beständig, die Muskeln gespannt, alle Kraft zusammennehmen mußt und keine Einzelheit je vergessen darfst, nur um zu bleiben und wiederzukehren; das heißt man Gedächtnis. Damit was du siehst an Ort und Stelle wenigstens bleibt, wenigstens eine Weile noch an seinem Platz, statt verloren für immer!
Damit die Zeit nicht in Stücke fällt hier in der Dämmerung jeden Abend: das Licht finge an zu *flimmern* und alles wie nie gewesen. Besser endlos die Meere befahren mit solcher Unrast. Was für eine Armut, sagst du dir betroffen, und nicht einmal Kinder, wozu dann noch Glück auf den Weg?

So unsre mißglückte verspätete Ankunft. Mit Umsicht, mit letzter Kraft; jetzt gilt es, den Bauern mit Überzeugung Kultur und Vertrauen – das eine bringen wir ihnen, das andere sollen sie haben. Am besten man brüllt gleich los.
Hört ihr Leute, ihr Einwohner! Lauert jeder in seinem Nachtgehöft, will keiner sich zeigen. Hört und glaubt uns, wir sind keine Schwarzkünstler, keine Vaganten!
Und wünschst dir, damit wäre schon alles gesagt, daß wir uns endlich zur Nacht könnten richten, wie ein zehrendes Fieber die Müdigkeit, jahrealt. Bedenkst du die Hindernisse, die dem heutigen Schlaf noch entgegenstehen, was heißt denn Schicksal, besser wir legten uns gleich zu den Würmern nieder. Das lernt sich nicht leicht. Die Karren im Dreck, wie denn den Hohlweg räumen, wir können sie doch nicht tragen. Sollen wir uns die zwei mageren Pferdchen nicht auch gleich mit auf den Buckel laden? Und wohin? Und wer trägt dann uns? Bricht jeden Abend ein Rad und ist nicht zu ersetzen! Und kein Mond auf die Nacht. So eine Fledermaus hat doch auch ihr Auskommen und ihre Zeit. Frißt sich satt, hat ihren Winkel. Sogar herumfliegen und in der Finsternis sehen, davon wollen wir gar nicht reden. Und sind ihrer soviele, daß dir davon ganz taumelig wird, so ein Ort ist das hier.
Ehrliche Schausteller sind wir, spielen jeden Abend ums Leben, ums Brot. Um Feuerholz, eine Handvoll Spreu für die braven Pferde. Eine Decke zum Borgen, ein Nachtlager unterm Vordach, unter den Sternen. Auch Butter, Speck, Eier mögt ihr uns anschlep-

pen, ein jeder nach seinem Belieben. Daß wir uns auf dem Weg in die Residenz verirrt hätten, lang erwartet, sind ein Jahr zu spät dran. Sind soviele Unwetter durch uns hindurchgezogen und die Wege wollen nicht trocknen. Sonst um diese Zeit tun wir uns im Kurpark ergehen und unter den Kolonnaden, wie soll man euch die erklären? Als ob der Sonnenuntergang angehalten wird und Säulen sind da errichtet, nur damit die feinen Leute dazwischen einhergehen und ist eigens ein Dach drüberhin; wie Perlhühner glucksend gehen sie feierlich auf und ab. Dort geht es zu wie auf Bildern, es regnet fast nie. Die Brunnen aber kommen für sie von allein aus der Erde herauf in stetigen Strahlen. Und hüpfen und tanzen. Wie blankes flüssiges Silber, Gesundbrunnen. Ein jegliches Siechtum hat seinen eigenen Brunnen, auch Trübsinn, auch Völlerei. Nicht daß ihr uns Lügner schimpft! Könntet ihr eure Ahnen in der Erde heut fragen, das waren ehrliche Leute, auf wen sie gewartet haben all die Zeit in der Dämmerung auf ihren Tod hin, ja wißt ihr das nicht? Daß sie überm eigenen Sterben zuletzt sich noch einmal aufgerichtet hätten und gefragt, ob endlich die Wagen den Berg heraufkommen. Mit letzter Kraft. Da haben die *uns* gemeint! Da haben die sich bei jeder schweren Arbeit wenigstens einmal besonnen und nach uns Ausschau gehalten, Jahr um Jahr. Im Sommer gewartet, im Winter gewartet, so ist es jeden Abend zu spät geworden.
Wir sind alle Lebenszeit nur höchstens einmal gekommen. Vielleicht daß die Ältesten unter euch als Kinder uns schon einmal oder doch wenigstens von uns gehört hätten. Nicht gleich, sie werden sich schon noch erinnern!

Brot, Speck, Eier, backt ihr hier ein gutes Brot, lebt ihr in Frieden? Auch Schmalz, Würste, Räucherfleisch, getauft seid ihr doch, wann habt ihr denn Schlachtzeit? Natürlich auch christliches Federvieh könnt ihr bringen, das trägt sich bequem unterm Arm.
So stehst du und brüllst in die verstockte heidnische Finsternis und die Hunde haben kein Einsehn. Als ob ihr Gebell sie wachsen läßt, blind, jeden an seiner Kette. Ob du der harte schlaflose Alte nun bist: ach gewesen, gewesen! Mit dem vormaligen Idealistengesicht, nie müde geworden, das die Schwerkraft zuletzt doch besiegt hat, oder der erschöpfte Jüngling mit den schmalen Schultern, jahrelang mit zusammengebissenen Zähnen gelebt und darüber zu lächeln

verlernt, halb Kind noch und jetzt schon ein Greis, was hätten wir denn zu bedeuten?
Ob du als hustender alter Könich in Pantuffeln und Schlafrock, mit Heu ausgestopft, nie keine warme Mahlzeit und die Gicht hält das Szepter; Krampfadern und Geschwüre. Sag an, warum drückt meine Krone so schwer? Oder unser ägyptischer Sterndeuter und Musikant der wie ein Zigeuner aussieht, ein Glückskind, hast du gedacht. Mit bloß einer winzigen Flöte verstand er ein ganzes Dorf in den Schlaf zu spielen, sogar am hellen Mittag zur Erntezeit. Sind Legenden gewachsen. Stand nicht das Korn schon gelb in der Höhe und der Wind war eingeschlafen über den Feldern? Das muß weit zurück ein seliger Sommer, denn seither ist ihm die Lust an Musik und Gaukelei so gründlich hin und vergangen. Nicht Fiedel, noch Flöte und wohl auch nie keinen Sommer mehr. Zu Erde wieder. Und war doch ein Mensch, der konnte zuzeiten keinen Schritt gehen ohne zu tanzen. Stark oder schwach mit seiner Musik hat er im Nu, im Augenblick dich und jeden gemacht, ganz nach seiner Laune. Und ist so still jetzt und abgewandt, frißt sich selbst auf ohne Erbarmen. Ob du in ihm dich erkennst? Nur sein Alltagsverstand muß immer noch jeden Tag für uns alle vier herhalten; sind wir aber nicht gestern zu fünft noch gewesen, der Eine, der Andere? Daß man uns nur ja nicht mit Dieben verwechselt, wir hätten geistesgegenwärtig die Ruhe nicht und auch nicht die Entschlußkraft im rechten Moment.
Wie ist das denn zugegangen? Seit uns der einzige Spiegel zerbrochen ist, gehen dir die Gestalten und Rollen so durcheinander. Ein Scherbenhaufen. Die Quellen verschüttet, versiegt, verhext, nicht mehr aufzufinden und ein jegliches Wasser so trüb wie auch unser Gemüt, weil der Himmel jetzt ewig bedeckt, hoffnungslos, daß dir jeder Zorn zum Gebet muß mißlingen. De profundis. Unsereiner, wie soll man sich selbst noch kennen? Uns sollt ihr nicht ansehn, wir sind bloß die *Schatten!* Schon morgen das Paradies! Schon morgen werden wir euch einen alltäglichen Küchenschemel, wenn ihr uns einen borgen wollt, als goldenen Thron erblicken lassen!
Ja, die heilige Kunscht, wird sich schon ein windstiller Schober, ein Vordach, ein trockener Standplatz finden. Werden ein paar krumme Stangen zur Not, die Deichsel gen Himmel, ein Fetzen Tuch auch genügen, um einen Anfang noch einmal zu finden. Morgen mit tausend Zungen, heut will deine Stimme nicht tragen.

Kräht ein Hahn der sich irrt. Der Abend ist sang- und klanglos den Weg entlang in den Pfützen ertrunken. Obacht jetzt, daß dir nicht die Kälte der Nacht in die Knochen kriecht. Für heute, ihr guten Leute, ist es nun leider in jeder Hinsicht zu spät geworden, so ein beschwerlicher Weg durch den Lärm der Welt. Wir haben euch einen Regenbogen mit hierherauf gebracht aus dem Tal. Das vielleicht hättest du besser nicht gesagt. Doch wohl besser, wir hätten uns beizeiten als Puppenspieler, statt mit uns selbst Abend für Abend dieses inwendige Feuer zu riskieren und werden daran verbrennen! Die Puppen an Schnüren, man hängt sie nach jeder Vorstellung sorglich beiseite: Gebt Ruhe jetzt, stört uns nicht weiter!

Haben wir ehemals nicht wenigstens Schnaps gehabt für die Mühen des Wegs und Honig, bei solchem Wetter uns zu kurieren?

Gab es nicht eine Mutter Königin auch, die mit uns war, Schutz und Segen? Die die Naturalien als Eintritt kassierte und als Vorrat verwaltet hat, mit uns die Rollen studiert und zurechtgeflickt, Ja gesagt, Lampen angezündet, ist Schlafenszeit bald. Allzeit ein gutes Wort für jeden, Begeisterung, noch als Königin auf der Bühne gesessen unwiderstehlich und Strümpfe gestopft, mit den Augen zwinkernd. Und aus jedem Schafskraut ein Festmahl zu kochen wußte. Immer tiefer in die Nacht hinein. Die Geister beschwichtigt, die weltliche Obrigkeit. Regelmäßig auch nahrhafte Abendsuppen, wie hätten wir ohne sie sein können? Jetzt scheint es ein gramvolles Menschenalter seit sie euch fehlt und du spürst ihr Fehlen mit Leib und Seele, bei jedem Handgriff, bei jedem verfehlten Gedanken. Spürst es inwendig beständig als Loch im Bauch und außen als immerwährende kalte Leere um dich herum. So bist du wie ohne Haut und Gedärme, was Knochen und Rückgrat, was bleibt da noch übrig? Oder fehlt uns die Hoffnung, ein Zeichen? Außen blau wie in alten Zeiten der Himmel und rund und groß wie ein Wagenrad ist ehemals unser Suppentopf doch gewesen. Bald wie ein Altar. Und umso größer, je länger du daran denkst.

Und daß wir gar unseren einzigen letzten Trost, die Tänzerin, alle Abende auch nur geträumt hätten, mit Leidenschaft, ein jeder für sich allein? Sei ohne Sorge, mein Lieb, dich lasse ich nicht, zartes Bild!

Kommt denn keiner? Hätten sie nur die Not, die Pest, Landsknechte, Gottes Zorn, Krankheit und Katastrophen, übers gewohnte hinaus schlechte Zeiten im Dorf, in der Gegenwart, sie ließen doch nicht so lang in die Nacht hinein ungehindert die eigenen Hunde bellen, betroffen. Wir kennen sie doch. Nicht nur ihre Alten, auch die Frauen und Kinder gelten ihnen bei allem Fleiß dennoch als unnütze Fresser jahraus, jahrein. Ja, sogar sie selbst gelten sich als unnütze Fresser von jeher. Frißt von Haus zu Haus der hungrige Neid sie nicht auf (das geht durch den Magen), dann summiert sich ihnen schmerzhaft im Kopf, was einer ersparen könnte, wenn er vor jeder Mahlzeit schon satt wäre.
Für das Stall- und Zugvieh haben sie sehr praktisch auch werktags die Religion, indem sie von Ochs und Kuh unbedingt christliche Demut verlangen. Wer kann sich denn hier mit rechten Dingen ein stolzes Pferd leisten, höchstens Herren und Diebe. Die sollst du von weitem schon grüßen, besser man geht ihnen ortskundig aus dem Weg. Die bescheidenen Esel haben sie abgeschafft, weil es ihnen mit dem dauernden Zureden zuviel wurde, man kommt sich ja vor wie ein Prediger. Bis man denen für drei Schritte Weg dreimal die übermäßigen Ohren vollgeschwätzt hat. Denkst du, jetzt reicht es ihm, wird er gleich zögernd ein Füßchen wenigstens heben, so einen dürren Vorderfuß. Und endlich anfangen, sich in Bewegung zu setzen. Da ist er dir unversehens im Stehen eingeschlafen. Wie ein müder steinerner Brücken-Nepomuk steht er da, auch so staubig und du siehst dich nach einem kräftigen Baum um, wo du ihn einstweilen anlehnen könntest, fürsorglich, weil er dein Eigentum, weil er jetzt schon den halben Tag so beladen ist. Wirklich, wie Bettelmönche sind uns unsere hiesigen Esel immer vorgekommen, oft genug auch im Traum erschienen. Nun hat es ein Ende mit ihnen, bei allen Heiligen, wenigstens hier bei uns: wir haben sie aussterben lassen, damit sie uns nicht mehr vor Augen geraten. Ob sie nicht doch insgeheim listig ihren Scherz mit uns trieben: außen so grau und innerlich Hohn und Spott?
Das gierige Schwein frißt die menschlichen Sünden, heißt es, frißt sich fett an seinem eigenen Dreck, das schlägt auf die Augen. Wozu braucht so ein Schwein auch Augen? Die Schafe gottlob haben keine übertriebenen Ansprüche, sind Herdenvieh und geben uns mit ihrer Wolle zum Nutzen ein gutes Beispiel. Wie der heilige Martin mit

seinem teuren Mantel, desgleichen das fromme Federgetier: legt Eier und wird gerupft, läßt sich zu sämtlichen Festtagen fressen. Nur die Ziegen dürfen bei ihnen Heiden bleiben, die leben gratis, lehnen jede Mitarbeit ab und suchen sich selbst ihr Futter. Mit so einem Hund aber hat es wie mit dem Teufel bekanntlich seine eigene Bewandtnis: läßt du ihm wohlgefällig die Mahlzeiten ausfallen, wird er nur umso wachsamer, gleich ein besserer Hund.

Oder sind sie es selbst und bellen? Bellen mit Eifer im Finstern, mit heißen Ohren. Hockt jeder auf seinem kleinen Besitz, erst nur probeweise ein bißchen, auf die drohende Nacht hin, nur wie im Scherz: warum nicht einmal auch bellen? Vor der Haustür. Wer weiß, und können jetzt kopflastig nicht mehr aufhören, auch eine Hölle, daß dir der Atem stockt. Doch was können sie damit meinen und wo hätten sie in dem dichten Lärm ihre Hunde gelassen, die liegen doch nicht auf der Ofenbank und besinnen sich. Und was dächten in ihrer Einfalt die geduldigen Frauen und Kinder? Sollen beiseitestehn, stumm? Mit Anstrengung die Ohren zuhalten, beidhändig und den Mund auf, als hätten sie sich verschluckt an dem Schreck? Soll das Gebell denn die ganze Nacht? Muß dir auch gerade jetzt so *fremd* dieser Einfall kommen, woher denn? Jetzt kannst du nicht anders und siehst sie vor dir. Ob sie dabei auf den Knien liegen oder springen mit Riesenschatten krötenäugig umher, unflätig wie betrunkene Sessel und Stühle, bellen sich taub und hören nicht auf zu bellen. Nicht daß es dich jäh überkommt und du fängst zu antworten an, bellst zurück! Wahr oder nicht, wie willst du das so eindringlich jetzt oder je wieder wegdenken mit Geduld?

Will keiner sich zeigen? Wenn sie nun nicht mehr hier, nicht mehr sind? Haben Saatgut und Vieh aufgefressen, ohne Reue, ohne Erbarmen, und hätten nur die Hunde an ihren Ketten und in den Zwingern zurückgelassen? Wer weiß, den Herrn Tod zu betölpeln, dem gehässigen Schicksal doch noch gehörig ein Schnippchen zu schlagen. Wie sie sich das viele Winter lang in ihren engen Stuben in den dumpfen vernagelten Köpfen ungefähr wohl zusammengereimt; das Schicksal ist ihnen ein geiziger reicher Gevatter.
Aber wo denn hin, denkst du, wie sollte das denn auch zugegangen, warum sollten sie schließlich gegangen sein? Haben doch all die Zeit

hier gelebt, herumgekramt, in der Erde gescharrt und nicht vergessen zu klagen. Und mit ihnen ihr geduldiges Vieh. In Gottes Namen, was sollen wir uns denn träumen lassen? Haben doch all die Zeit hier gelebt, unbeholfen genug und sogar sich erinnert. Und wären sie nur geblieben, um alle Tage noch einmal den Abend zu erleben, der hier immer neu, immer anders, der hier ist wie sonst nirgends; das ist wahr. Hätten sie auch eine Sprache dafür in Ewigkeit nicht gefunden, nicht zu sagen gewußt, worauf sie warten zu Lebzeiten.

Ja wirklich, haben doch solang sie zurückdenken können jeden Fleck Erde gekannt, als ob sie ihn selbst herbeigeschleppt, geknetet, geformt und immer wieder geformt hätten, wie sie ihr Brot backen aus dieser Erde. Seit sie aus der Steinzeit gekommen sind oder wie das zuging, zu Fuß. Von Osten her, denkst du, die Wildnis, den ganzen Weg im Gedächtnis, und weil sie mit dem Tag und der Sonne nach zogen, erst den Kirnschädelkamm entlang im Frühnebel. Auf der kleinen Wasserscheide, fröstelnd und von ihren verabschiedeten Geistern ein Stück noch begleitet, ein Geflüster bevor es vergeht. Gegen Mittag ins Tal hinab, wuchs der Tag, bis ihnen das geschwätzige heidnische Quellflüßchen, die nachmalige Lumda schließlich im Bogen davonrannte, sie das heiße zitternde Ried umständlich umgehen mußten, so ein Trug. Die sumpfigen Mittagswiesen, als die Brutvögel unsichtbar mit beinah menschlichen Stimmen riefen, während am Himmel ein Habicht, ein Falke, ein Adler stumm immer höher stieg, seine einsamen Kreise zog (stand die Zeit lange still). Selbst nur ein Pünktchen noch, hoch und fern, und hat sie genau im Blick, eine Ewigkeit. Siehst du sie schläfrig am Rande von Traum, Röhricht und diesigem weißen Licht sich ohne Unterlaß mühen wie Fliegen an einem Fenster.
Dann hat die Hochfläche sie immer wieder gelockt und genarrt, die Weiß' Erd', das Tönerne Land, war alles noch dicht und verwachsen, der alte Zauber. Ist ihnen bergauf ein Eichwäldchen entgegengestanden mit Bannsteinen zwischen den Stämmen die selbst wie versteinert dastanden: hier sollt ihr nicht durch!
Mußten sie immer wieder stehenbleiben und zurück zum heutigen Totenberg mit schon den Nachmittagsschatten sich umdrehen: bleibt er still, kommt er nach?

So ist, da sie gingen, vor ihnen her der Tag gewachsen, vergangen. Bis sie hierher wie an ein Gestade kamen. Und standen und sahen das Abendtal mit dem Fluß. Wie eh und je rot sank die Sonne hinter die westlichen Wälder und Berge, eine feurig glühende Kugel (hier siehst du abends die Sonne mit Glück als Kugel). Und geht nicht für immer, das haben sie schon gewußt. Da muß es gewesen sein, daß sie beschlossen zu bleiben. Viel Worte nicht, braucht es nicht. Morgen ein Ruhetag, morgen höher hinauf den Berg, weitersehn. Selber Götter sind sie nicht geworden, hier auf dem Berg. Ist der Himmel zu oft bedeckt, das lastet und drückt. Doch ist seither ihr Ort auf Erden und in Gedanken, ihr Dorf und auch noch Heimstatt dem Abend, der Stille, den Schwalben gewesen, Jahrhunderte. Die sind nicht gegangen. Die Jahreszeiten, die Not, die Kriege. Auf der Burg die auswärtigen Obrigkeiten, Grafengeschlechter und Raubgesindel, die sind gekommen und gegangen, die Zeit ist gegangen, doch sie sind geblieben. Die Burg hockt dem Dorf seit wieviel Jahrhunderten schwer auf dem Buckel, ist nach jeder Eroberung umso mächtiger aufgebaut und immer wieder zerstört worden. So hatten sie ihre Last mit der Zeit und der wechselnden Herrschaft und mußten jedesmal noch mehr Steine herbeischleppen, Felsbrocken, Sandstein und Basalt meistenteils (noch gut, daß es genug Steine gab), und sich immer neu an den übergewichtigen Anblick gewöhnen.
Seit dem Dreißigjährigen Krieg nun leben sie wieder auf eigene Rechnung, leben zu Füßen der Ruine; längst nisten Fledermäuse darin. Leicht ist das Leben nicht, soll man gekränkt sein? Gafft der Himmel dich ungewohnt an durch das leere Gemäuer, muß man sich jeden Morgen erst umständlich die Augen reiben, das braucht seine Zeit. Auf eigene Rechnung. Sterben ja, das haben sie sich nun schon so angewöhnt als Christen und damit das Dorf nicht alle paar Jahre zu eng wird, die Mühe ein Ende hat, aber doch nicht davongehen. Sie haben doch hier ihr Zeug, ihren Platz, ihren Friedhof, mehr Gräber als Häuser bald. Bevor einer stirbt, bevölkern die Toten ihm das Gedächtnis, mehr Tote als Lebende die auf den Abend warten, das ist hier ein altes Land. Die Wildnis gerodet, Wege gebaut, das Wetter beschwätzt, die Wolken über dem Dach, und der Hoffnung ein Kind gemacht, derweil auf dem Friedhof die Bäume geruhsam in den Himmel wachsen, ein altes Land. Und sag nicht, daß sie nicht gelebt hätten!

Rauschen die Bäume im Wind, stehst du hier neben dem Hohlweg im Dreck und hast über all den Gedanken fast den Boden unter den Füßen verloren. Mit dem wirklichen Rattenfänger vom Hörensagen: das war doch nicht hier, nicht in unserer Zeit? Das ist doch seit Menschengedenken kein Galgenberg nicht auf dem du hier stehst, das ist doch hier am Dorfrand bloß so ein plattgetretener Hügel über der Schlucht. Du liebe Zeit, der Gaibersche Hausberg, schon das ist zuviel gesagt, der Sauköppl ist das! Hier nämlich tun sie in guten Zeiten ihre Säue und Ferkel zusammentreiben und verzählen sich immer wieder. Deshalb auch ist hier der Boden so aufgewühlt, knietief Dreck und Morast; da braucht man sich doch nicht wundern, wenn der Hügel nach und nach in der Erde versinkt, hinschwindet, immer niedriger wird. Da bleibt er in Spuren an ihnen kleben, in Klumpen, hängt der Wanst ihnen bis auf den Boden, schleift so mit und die Säue scheren sich nicht darum, schleppen ihn grunzend hierhin und dorthin, Generationen. Mit ihren schmackhaften Füßchen.
Vom frühen Mittelalter her in die neuere Neuzeit bis in unsere heutigen Tage hinein: gib gut achtzehn Monate jeder Sau und zu einem guten Teil tun sie ihn einfach auffressen, auch wenn es einmal der hiesige Galgenberg war. Bevor sie selbst dann gefressen werden, ihrerseits, mit Gottes Segen. Danach noch zwei andere amtliche Galgenberge gehabt. Allein ihre zahlreichen Füßchen kannst du auf zehn verschiedene Arten zubereiten.

Gerade da wird es sein, daß noch einmal heimsucherisch der Tag und der Abend jäh vor dir aufflackern, der heutige und alle Tage und Abende hier im Dorf. Wie bestellt, wie du sie immer gekannt hast.
Wird es bei dem Sauwetter längst Mittag geworden sein, bevor sie sich von Haus zu Haus dennoch dazu entschlossen haben, die Säue heut auszutreiben. Da ist ihnen in das wochenlange Getröpfel hinein ein eiliger Platzregen, pünktlich ein Wolkenbruch dazwischengekommen. Von oben. Jetzt hatten sie schon beschlossen, daß das Wetter heut gut genug, brauchten also bloß noch das Ende des Wolkenbruchs abzuwarten, wenigstens den Übergang in die Fortsetzung des alltäglichen Regens (jetzt in Gedanken suchst du den gestrigen Tag). Schwer zu sagen, wann es soweit ist, sie haben hier wie mit Absicht so niedrige Stuben und kleine Fenster. Am besten

man stellt sich geduldig im Hof auf, wer ein Vordach hat, unterm Vordach (gehört Erfahrung dazu).
Wer ein Kind zur Hand hat, schickt das Kind in den Hof: Tu nix anrühren! Reiß die Augen auf! Komm rein, wenn die Sintflut nachläßt! Die meisten Kinder verschwinden, das wird erst bemerkt, wenn der Platzregen längst auf und davon. Durch die Gärten und über die Hügel. Kaum daß es seit Stunden nur noch ein bißchen tröpfelt und tropft oder fängt eben erst wieder an. Jetzt denken die Nachbarn, wir hätten geschlafen. Oder haben gar selbst geschlafen, die Schlauköpfe, während wir unbequem auf der Ofenbank, wenn nicht im Stehn mit nix zu denken im Sinn. Ganz steife Glieder bekommen.
Jetzt muß man die einzige Sau aus dem Stall treiben. Nimm dir erst noch wenigstens einen Kanten Brot! Soll man Regenzeug anziehen? In Ruttershausen haben sie ihre Säue in einem Gemeindesaustall. Aus Armut oder weil es praktischer ist, so ein kleines Dorf wie Ruttershausen braucht da keine Rücksicht drauf nehmen. Das ist nicht so einfach, bis sie merken, sie haben das Regenzeug ja schon an. Seit wann denn? Endlich im Hof, die Umwege wollen wir uns ersparen. Ehrlich gesagt lohnt es sich jetzt schon nicht mehr, daß man die Säue heute noch austreibt. Aber jetzt haben sie schon soviel Mühe damit gehabt, auch gegrübelt und die Nachbarn hineingezogen, sich darauf eingelassen sozusagen mit Haut und Haar. Am besten mach gleich die Stalltür auf, damit es dann wie im Krieg kein Zurück mehr kann geben!
Am besten jetzt gleich einen Stecken her und die offene Stalltür mit einem doppelten Fußtritt. Dreimal rein und raus, die Sau rührt sich nicht. Kannst schieben und ziehen, die Sau rührt sich nicht. An und für sich ist so eine Sau mehr als geduldig, ist mit allem einverstanden, bloß immer mit dem was sie gerade tut, will sie jetzt nicht gleich aufhören. Was es auch ist, sie findet kein Ende damit.
Jetzt ist der Brotkanten weg, aufgefressen. Geh in die Scheuer, da liegt auf dem Boden Hirse zum Trocknen. Statt zu fluchen, kau eine Handvoll Körner! Aufgepaßt, daß du den Stecken dabei nicht verlegst. Aufgepaßt auch, daß es am Ende nicht unser Kirchgangsstecken ist (die Kirche steht nicht im Dorf).
Wie er wieder in den Hof kommt, ist die dumme Sau hinterrücks von allein aus dem Stall, doch rennt zurück, sowie sie ihn kommen sieht; soll er umkehren? Im Stall ist es eng und finster, auch glitschig.

Kaum Platz für Fußtritte, gleich rutscht man auf dem Mist aus, steht die unbelehrbare Mauer im Weg. Für den menschlichen Kopf in die Höhe ist nicht genug Raum, reicht nicht aus. Ist doch nicht Schlachttag heut, vernunftloses Viech! Die Kühe vielleicht, aber so eine Sau ist mit Worten nicht zu belehren. Was nützt es denn, wenn du sie gehörig beleidigst, die grunzt bloß gesellig und ist dankbar für jede Ansprache.

Mischen Hunde sich ein, wird sie gleich wie ein Denkmal so unbeweglich. Die Sau an die Kuh binden und die Kuh ginge willig mit, aber was sollen da die Leute sagen (denken). Da kannst du ja gleich anspannen und die Sau hoch auf den Wagen laden, was vielleicht wirklich das beste wäre, doch schickt sich nicht. Wer weiß, was das Viehzeug sich einbildet untereinander. Vielleicht steht sie jetzt schon willig im Hof und bloß der Nachbar mit seiner dümmeren Sau hinterm Zaun bringt sie so aus der Fassung, daß sie keinen Schritt weiter will; der Nachbar ist so ein Tolpatsch, ein Stümper, doch guten Willens, das ja. Muß man zugeben. Vielleicht steht sie jetzt schon willig im Hof, schon zum drittenmal. Ihrerseits wie *vertauscht* steht sie da und er merkt, er hat vergessen, das Tor aufzumachen (ist die Frau schuld).
Jetzt heulen die Hunde im Dorf und du bist schon soweit, die Sau um Gefälligkeit anzuflehen, sie soll sich erbarmen, ein Einsehen haben. Ob du ihr als aufgeklärter Mensch mit der heiligen Vernunft kommst, drohst ihr sachlich mit Gottes Hölle, da schlägt der Wind mit der Stalltür und die Sau rennt blindlings in die Scheune und kommt nicht wieder. Auch noch beleidigt, die Drecksau. Steht nicht schon auf den Abend hin der nächste Wolkenbruch über den Horizont herein? Wenn du nicht so aufgebracht wärst, würdest du dich am besten ein Stündchen in aller Ruhe aufs Ohr legen, aber woher die Ruhe nehmen in so einem Zustand?
Am besten, du wartest verhohlen, bis die Frau sich geduckt am Fenster zeigt und winkst sie mit Bestimmtheit heraus. Sie soll die unnützen Kinner suchen, wenigstens eins, gleich Ohrfeigen rechts und links, und herbeischaffen, daß es die Sau auf den Sauköppl treibt. Und soll sich beeilen und unterwegs keinen Unsinn treiben. Die Sau ist jetzt in der Scheuer oder durch die Scheuer in den verbotenen Gemüsegarten, kümmert euch gleich drum! Dann beru-

higt am Zaun lehnen und unbezahlbare Ratschläge für den betroffenen Nachbarn zur linken.

Nimm dir Zeit! Noch lang, bis die Kinner und Verhältnisse uns übern Kopp wachsen. Wer zu seiner einzigen Sau noch ein Ferkelchen hat oder in besseren Verhältnissen zwei Säue und vier Ferkel, der hat es mit diesem Reichtum auch nicht leichter. Eine ausgewachsene Sau hat vielleicht genausoviel Verstand wie ein Ferkel, aber das Ferkel hat mehr Humor, scheut keine Mühe und weiß seinen Verstand besser einzusetzen, hat unbotmäßig mehr Nutzen davon. Behend wie ein himmlischer Kugelblitz rollt es dir zwischen die erschrockenen eigenen Füße. Noch gut, daß wir und der zaudernde Nachbar nicht im Oberdorf wohnen, da müßten wir unsere Säue ja schon morgens zu bitten anfangen und den Kindern eine rechte Brotzeit mit auf den Weg geben.
Wir hätten uns nicht solang damit aufhalten sollen, jedenfalls ging es schon geradeswegs auf den Abend zu, als sich die Säue und Ferkel und Kinder auf dem Sauköppl einfanden. Das Erwachsenenvolk bedächtigen Schritts dem verlorenen Tag hinterher, um ein Aug drauf zu haben. Hinterher ist man klüger.
Gleich wie das leichtlebige Stadtvolk mischen die Säue sich mächtig durcheinander zur Unterhaltung, machen sich mit Eifer daran, in die Zeit hinein weiter den Hügel aufzufressen. Wüßten wir jetzt, welches Jahr wir heuer hier schreiben, zur Not das Jahrhundert. Der heutige Abend, das muß gewesen sein, bevor wir beim Teufelsfuß an den Kreuzweg gekommen sind, immer wieder gekommen. Im letzten Moment noch einmal die Sonne. Wie verloren und wiedergefunden; das ist hier oft so nach einem Regentag, nachdem der Himmel Tage und Tage bedeckt war. Gleich fangen die Vögel zu singen an in den Gärten. Und die Schwalben mit ihren Kunststücken, gleich ein Meer von Abendhimmel über jedem engen Hof voll Gerümpel und vor jeder Tür. Jede Tür ist so niedrig, daß sich das Bücken ganz von allein lernt. Gestern als Kind – im Gras nicht, ist noch naß – auf den Steinen, beim Tor, am Zaun, unterm Vordach auf einem Holzstapel sitzen und an Gott und die Welt denken. Vogelflüge. Wenn sie dich rufen, hast du glücklich deinen Namen vergessen. Überall kriechen Schnecken. Jeder Weg lockt dich mit, jeder Fleck lädt dich ein zum Verweilen. Jedes Wiesenstück hat seinen eigenen Regenbo-

gen. Hier auf dem Sauköppl, die Sonne steht tief im Bornhannesse seinem Baumgarten, der Matsch leuchtet und golden die zahlreichen Pfützen.
Die Säue, wie eben freigesprochen, drängen sich grunzend und dampfen im Gegenlicht zwischen den Pfählen. Auf einmal sieht jede Sau sogar aus als könne sie gut und gern für sich selbst einstehen. Jederzeit. Da hätten wir ankommen sollen, geruhsam und Station machen unter den Feierabendkastanien und Linden. Begafft und erkannt und hochgeehrt grüßend nach allen Seiten. Vor aller Augen, hätten uns Zeit lassen können. So mild ist das Licht, eh es geht. Auf dem Sauköppl, die Erde dreht sich, wir drehen uns in den Abend. Sahen im Sonnenuntergang, im roten Licht nicht alle noch einmal so aus, als seien sie eben gekommen, vergänglich und ewig. So ein Glanz, diese Welt! Kommt dir vor, sie müßten gleich anfangen zu sprechen wie nie oder sich sorgsam räuspern und auf neue Art schweigen zumindest, *du* solltest anfangen!
Die Heimwege, muß man sich beizeiten drum kümmern, soll sich jeder selbst vorstellen. Gleich ist der Tag gegangen. Daß nur ja keine Sau sich unersetzlich verwechselt hat in der Dämmerung, die ist grün. In Gedanken, ein jeder zu seiner Tür hin: jetzt hat es schon den ganzen Tag wie von Sinnen geregnet, aber sauberer sind sie trotzdem nicht geworden. Sich sorgsam und vergeblich räuspern im Vorhof der Nacht. Sind eben Säue und werden ja doch gefressen.

Der Wind in den Bäumen, getrost jetzt die Nacht, so sind wir auf all den Umwegen doch nicht umsonst gekommen und nicht als Gespenster, nicht Schatten nur. Gleich ist es soweit. Hörst du, jetzt geht eine Tür, trägt die Nacht dir die Stimmen her, sie klingen dir schon im voraus als Gruß in den Ohren. Werden gleich so ein paar Umstandskrämer mit Stallaternen und Fackeln dir weitläufig entgegenfuchteln, dreimal umkehren, um sich zu verzetteln und dem Wind bis zuletzt eine Chance zu geben. Daß es auch immer die Unbeholfensten sein müssen, die am Dorfrand wohnen. Sooft wir auch wiederkehren. Herrgott, jetzt ist doch der Kienspan ausgegangen. Mit dem sie die Fackel anzünden wollten. Muß die Frau vom Herd herbeigeplärrt werden, die ist zwar nicht schwerhörig, aber begriffsstutzig. Wieso wenn die Fackel ihm hinfällt, muß da auch gleich eine passende Pfütze sein, wenn es dunkel ist; die Fackel schon vorher feucht, womöglich geknickt, hätten vor langer Zeit eilige schwedische Reiter zurückgelassen bei Nacht und Nebel und wo sind sie jetzt? Reicht ihnen schon der Gedanke an die Gefahr, daß alle Abende fast eine Feuersbrunst daraus wird. Unterwegs sich zusammengerafft und Gestalt angenommen, *siehst* du sie jetzt? Mit Fakkeln, mit Axt und Stoßgebet, mit Gottvertrauen, mit der Sense, mit Dreschflegeln und Mistgabeln, alle Hände voll, soviel Hände sie haben.

Bis sie herangekommen sind und sich umständlich aufgestellt haben, ist groß und still der Mond aufgegangen über dem Spieraschen Scheunendach, sind die Hühner und Gänse zur Unzeit geweckt und bald auch die Schwalben wach; wir könnten im Stehen schlafen.

Ihr seid hier wohl sozusagen die Einwohner? Du siehst sie die Ohren spitzen. Mit Anstrengung, das können sie bloß im Stehen. In der Nacht kommt ihnen vor, daß sie es bei Tag besser könnten, das muß nicht stimmen. Sie lassen sich gern alles dreimal sagen, solang es im großen und ganzen die gleiche Geschichte bleibt; wo denn die Hoffnung? Und lassen dich dennoch nicht ausreden, jedes Räuspern muß in aller Ausführlichkeit wiederholt werden. In den Pausen, die müssen auch sein, halten wir mühsam die Luft an, im Chor. Wenn sie, um gerissen zu scheinen, die falschen Fragen stellen, für jedes Wort eine halbe Ewigkeit, da bist du geduldig wie ein Märchenerzähler und sie werden auch dann noch ihre gute Weile Zeit brauchen, nickend und kopfschüttelnd, bevor sie dir nicht Ja und nicht Nein sagen und was für arme Leute sie sind in Gottes Namen, die Verhältnisse, aber gutwillig, das weiß auch hier links unser ewiger Nachbar.

Steht jeder für sich, eine Versammlung von ungelenken Fragezeichen. An die Nacht gelehnt, im Geist sieht sich jeder in seiner dunklen Kammer schon längst im Schlaf liegen: bin ich nun der oder der? Wie in weiter Ferne. Ja, wenn wir bei Tag hätten ankommen können! Jetzt ist der Mond aufgegangen, wünscht sich jeder kundig einen Hut auf den eigenen Kopf, eine reichliche Mütze. Was denn für Verhältnisse? Das seid ihr doch selbst! Diesen Ausdruck dumpfen Staunens vermögen sie in aller Ehrlichkeit lange Zeit beizubehalten, vielleicht tagelang, denkst du und wunderst dich. Und spürst ihn auch schon ermüdend auf deinem Gesicht, wie Spinnweben angeweht. Nach jedem Schluß kannst du von vorn anfangen, dich zu erklären.

Gleich ist es soweit! Eben noch hast du, war es, ist dir geschehen, daß du wie ohne Kopf, namenlos, hungrig, mit Höhlenaugen in die Finsternis der Jahrhunderte schreist. Und jetzt bist du bei dir selbst, sind die Schrecken vergangen. Siehst du, sie kommen schon leuchten! Sie sind es selbst, sind hier ansässig: auch wenn wir nicht da sind, sind sie hier. Jedesmal wieder zu lang gebraucht. Hierher wenn du kommst, das ist es, was du wieder und wieder gelernt hast, hierzulande ist die Hoffnung eine schwere Arbeit jeden Tag wieder. Man vergißt es von Mal zu Mal. So wird es bei aller Müdigkeit noch eine Weile dauern, bis wir uns schließlich verkriechen können in unserem fadenscheinigen heutigen Schlaf. Und dann erst bist du ganz sicher, morgen ist auch noch ein Tag. Wir wüßten noch nicht in welchem Jahrhundert. Kräht ein Hahn, der sich irrt. Ob sie die segensreichen überseeischen Erdäpfel hier schon eingeführt haben? Seit wann denn wie in irgendfahrigem Tagtraum wollte dir mittags schon jede Gegend bekannt vorkommen? Nicht zu zählen in unserem Schlaf die Sterne.
Hört nur, noch das vorige Mal, kaum ein paar Menschenalter seither, mit sechs Wagen wenigstens sind wir gekommen! Jeder Wagen kunstvoll bemalt! Die prächtigen Pferde mit Satteldecken mit Fransen geschmückt, Purpur, Brokat, fragt eure seligen Ahnen! Noch im Unglück: keine Sekunde vergessen, glücklich zu sein, so heißt unser Auftrag. Dazu sind wir hier. Fragt wen ihr wollt, leibhaftige Fürsten haben uns wie leibhaftige Fürsten empfangen, hat die Nacht jedes Wort verschluckt!
Und gar aus dem Morgenland zwei Kamele, ob ihr es glaubt oder nicht, wie Erscheinungen sind sie neben uns her, den Blick in die Ferne gerichtet! Die Ankunft, gleich ist es soweit! Oder jeden Tag wieder?

**Allein durch die Wälder,** warum nicht alle hundert Jahre ein Sommer! Wie ein einziger langer Tag ist dir dein Weg im Gedächtnis: von Beeren gelebt, aus Quellen getrunken, barfuß wie Jesus Christus. Durch die Wälder, durch Dornen, Dickicht, Gestrüpp, bergauf und bergab in der singenden Hitze. Und wieder mein süßes Blut geschmeckt wie als Kind. Fünfmal jeden Tag mit wilden Kirschen dich satt gespeist und jeglichen Durst gestillt. Nach Belieben von *jedem* Baum sollt ihr essen die Früchte. Ohne Ausnahme. Dann abwärts zu Wasser und waldigen Dämmerschatten, Blüten im Haar, Narziss, noch die Ohren mit Zwillingskirschen geschmückt, Tollkirschenaugen. Wirst dich kundig in einen großen Schlaf träumen, azur, grün und gold. (Jahre und Jahre kein Auge zugetan in Städten und Eisenbahnzügen!)
Lang durch das Mittagsland, ohne Schatten zuletzt, da stand die Sonne am höchsten. Ist seither nicht mehr untergegangen. Juni, wenn ich im Gras liege, eine lange Wanderung. Unentwegt deine Ankunft bedacht in geduldigen Selbstgesprächen, zu Fuß unterwegs. Nie müde geworden. Ja wirklich, warum nicht alle hundert Jahre ein Sommer! Und wirst nicht haben aufhören können, die verstorbenen Nachfahren in den Gesichtern zu suchen, in Gesprächen, im Schweigen zuletzt, die alten Leute die du als Kind gekannt hast; mich müßt ihr nicht kennen! (Sie wären noch nicht geboren!)

Wenn du ankommst im hohen Mittag, so eng und niedrig die alten Häuser, als seien sie mit der Zeit, die verging, ein Stück in die Erde gesunken. Nein, wie ausgegraben stünden sie da. Wo sollen sie sich denn auch anlehnen? Eher, wo sie noch steht, lehnt die Stadtmauer sich an die Häuser. Muß die Zeit gleichsam rückwärts, soll man sagen, sie schlafen? Ein Waldhäher ruft. Die Hühner nisten im Sand. Gerade eben, vor einer sonnendurchfluteten Ewigkeit ist der hitzeglühende Wind matt zu Boden getaumelt. Die Wege von Gras überwachsen, der Ginster blüht wie nur alle zwölf Jahre einmal, so dicht. Hängt allerorten der Wald in das Dorf herein, die Sommerstille der Felder. Als ob du sie mitgebracht hättest. Muß die Zeit rückwärts gegangen sein (glaubst zu träumen).
Wieso denn zu spät, sie werden schon schließlich heimkommen.

Erinner' dich doch: Ein Sommertag ist lang wie ein Jahr. Gurren die Holztauben wie im Schlaf, hat ein Kuckuck gerufen und du stehst mit den Zehen im Sand, stehst auf dem Platz und hast zu zählen vergessen, so in Gedanken. Gleich ist dir, du wärest unsichtbar unter diesem Einödhimmel, der mit seinem Lächeln geduldig alle Fenster ausfüllt, wann sollst du das denn geträumt haben? Sie werden beim Heufahren sein, darum auch steht jedes Tor offen und weit und breit keine Menschenseele, sogar die Hunde in ihrem Eifer sind mit aufs Feld, die Alten und Kinder. Kannst du auf den Kirchhof, der ruhet in schattigem Frieden, du wirst ihn schon finden. Oder da beim Brunnen überkommt dich am Ende noch einmal selig ein tiefer Schlaf. Mit fünfzehn gekommen, mit dreißig gekommen: morgen nun sollst du vierzig Jahre alt werden und dann wieder jeden Tag jünger. So lang unterwegs und immer noch Juni.
Wenn du aufwachst, wie eh und je siehst du sie müde heimkommen, wie auf einem alten Bild im Hintergrund die Staffage. Jetzt hast du dir so lang im voraus deine Ankunft ausgedacht und jetzt diese Stille. Welche Botschaft denn? Erlöst, heißt es, sind sie schon, bloß jetzt müde, jeden Tag müde, was wolltest du ihnen denn bringen? Siehst dich wieder als Kind auf der Treppe sitzen, da im Laubschatten, der sich sacht regt und die Zeit ist stehengeblieben. Nach dem Mittagsläuten. Ringsum, siehst du, allseitig (wie versprochen) berührt der Himmel mit Andacht die Erde.
Welche Botschaft denn? Hinterher als Aufwiegler denunziert, als Spion verhaftet, als Bombenleger; da hat es mutmaßlich schon wieder geschneit. Der Prozeß steht noch aus, vielleicht weißt du jetzt das Jahrhundert.

Wie denn die Seelen zählen? Gekommen amtlich im Jahr des Herrn, im Hungerjahr 1946. Im Juli, mit einem Flüchtlingstransport, da war ich drei Jahre alt. Die vorangegangenen vierhundert Tage und Nächte unterwegs in Güterzügen ohne Bestimmung, mit Viehwaggons, auf enteigneten Lastwagen, Soldatenautos, Planwagen, Pferdewagen die dir mit jedem Tag, wenn er geht, immer wieder davonfahren. Der Himmel drüberhin ist ins Fließen geraten, kommt dir entgegen; jeder Schlaf träumt dich heim. Immer bleibst du zurück, fährst dir hundertmal selbst davon und kannst dich nicht aufgeben. Mit Handkarren, zu Fuß, zu Fuß und in Lagern: Schub-, Auffang-, Durchgangs-, Sammel- und Notaufnahmelager durch die wir, die durch uns hindurch sind. Ferne Küsten am Himmel, ganze Kontinente im Aufbruch begriffen. Seit wir uns erinnern, ziehen die Wolken nach Osten. Daß du keine Einzelheit je vergessen dürftest, dein Bündel, dein Eigentum, das schleppst du von nun an mit.

Zuletzt in Gießen/Lahn: aufgefangen, gesammelt, zur Not, in der Not aufgenommen; weiter wohin? Um Zeit, um Brot und um Suppe anstehn, eine Decke um Gottes Willen, so hat jeder Tag sein Gerüst und dient uns zum Überleben. Und ein Jeder, so heißt es, soll nun bald eingetragen werden mit altem Namen und neuer Nummer in eine gültige Liste: das ist er dann fortan selbst.
Wenn du die Augen zumachst, gleich fangen die Baracken wie Käfer zu kriechen an, du bist ihre schwankende Last. Die Not gelernt, erst hungern dann sprechen gelernt; jeder Schlaf träumt dich heim. Immer noch hinter dir selbst her, wie denn ankommen? Du hast die Welt nicht verstanden und sie dir jeden Tag mit aller Kraft neu erklären müssen. Damit sie dich nicht verläßt. Und immer wieder zum Anfang zurück. Daß du nur nichts vergißt, es wäre verloren für immer! Allerorten der Flieder, der in diesem Jahr nicht aufhören will zu blühen, während in den Baracken die Menschen wie Fliegen verrecken, eine Redensart, Eintagsfliegen in den Abendstunden, die fast ohne Übergang von matten Morgendämmerungen abgelöst werden, so kurz sind jetzt hier die Nächte. Noch im Schlaf unterwegs, ein allgegenwärtiges dichtes Gemurmel das uns begleitet. So weit sich geschleppt bis zum Tod, Kreidekreuze. Aus jedem Lager wird ein Spital, wird ein Fiebertraum. Rund und rot ging schon wieder die Sonne auf. Wie ein Vorzeichen, eine *andere* Sonne. Mit all den eigenen fremden Stimmen im Kopf: jeder hat sich insgeheim unumgänglich ein langes ernstes Gespräch mit Gott vorgenommen. Demnächst, unbedingt, jeder hat seinen. Auf allen Wegen, auf Schritt und Tritt, hier bist du jetzt daheim, hier bist du registriert. Bloß sterben woanders, nicht in der Finsternis, nicht im Gedränge, nicht in diesem Geruch! Die Leichen mit Kalk bestreut, in eine Liste eingetragen, numeriert, durchgestrichen und verbrannt.

Am Morgen des dritten Tages als Lebende auf fröhlich lärmende Lastwagen verladen, zwölf Kilometer Fahrt. In aller Frühe schon haben die Vögel dich geweckt. Du hast noch heute die Pracht der übermäßig blühenden Wegraine im Gedächtnis, die vergängliche Ewigkeit des zugehörigen Sommerhimmels und wie wir mit plötzlich gebremstem Schwung (gleich umso drängender klopft dein Herz) bergauf in den Burghof einfuhren. Hier sollt ihr der Reihe nach aussteigen, jeder mit seinem Bündel. Da war es immer noch früher Morgen, hellblau die Luft, kühl und leicht. Kommt dir vor, daß mit dem Ausladen, Absteigen und Verlesen der Listen der ganze unermeßliche Tag ist vertrödelt worden. Hat jeder sich *deutlich* neben seinem Namen aufzustellen. Wie es sich trifft: die Einen bleiben gleich hier auf der Burg, Notquartier, Sperrholzverschläge, die Anderen kriegen amtliche Zettel für ein Zimmer im Dorf; man weiß nicht, wer besser (schlimmer) dran ist. Auf jedem Zettel ein runder Stempel; ein Zettel ist noch kein Zimmer. Derweil ist der Tag vergangen, wie ging das denn zu? Vor einer Weile im wässrig zerfließenden Licht sind schwarzgefleckte Kühe am Burgtor vorbeigeführt worden. In weiter Ferne, gerade das weißt du noch. Vorher hast du nur weiße und braune Kühe gekannt und jetzt ist der Tag vergangen.

Die Burg eine verzweigte Abendruine, ein düsteres Felsgebirge und fängt an zu husten. Die Häuser tun fremd und gaffen mit leeren Fenstern. Schwer lastet bis heute der amtlich vergeudete Tag auf dir. Jetzt kannst du mit deiner einzigen großen Schwester da bei eurem wie erschlagenen Bündel sitzen, die Lippen wie zu für immer. Unter diesem abendhellen Schweigehimmel voll Schwalben im Flug. Wir sind Menschen. Die Mutter hat euch ein Lächeln dagelassen und ist mit dem amtlichen Zettel und mit ihrer eigenen Müdigkeit hinunter ins fremde Dorf, um nach dem zugewiesenen Zimmer zu suchen. Wie in einem Märchen, das Haus hat gewartet, sie wird an die Tür klopfen. Sie bringt es dann mit oder holt euch gleich ab, auch wenn sie nie lernen wird, den hiesigen Dialekt zu verstehen. Bis sie starb nicht ein einziges Wort. Jetzt kannst du dir in seiner unerläßlichen Dauer geduldig jeden einzelnen Schritt von ihr vorstellen, jetzt am Abend liegt der Erdboden so still unter deinen Füßen. Die Schatten die auf euch zu wachsen. Du wirst dich nicht rühren, bis sie zurück ist und du hast in ihrem Gesicht gelesen.

Und daß du schon damals, schon bei der Ankunft dich hoffnungslos fremd gefühlt hättest, in der Verbannung. Und die Gesichter der Häuser, den lieblosen Dialekt, das Fehlen des Lichts, die falschen Farben als Kränkung empfunden; das bleibt. Jetzt liegt das Dorf unerreichbar im Jahr 1947. Staufenberg im Kreis Gießen.

**Der steingesichtige Stadtturm,** Schwalben, die Zeit selbst, Gespenster nisten darin, mit Uhr und Geläute: Sterbeglöckchen, Osterglocken, Neujahrsglocken, eine für Katastrophen und eine, um den alltäglichen Feierabend ausgiebig einzuläuten. Die Buderus-Werksirene drei Kilometer weiter, aus dem Jahr 1912, galt als zu neumodisch, als daß man sich darauf verlassen hätte bei seiner eigenen Sach'. Für Fliegeralarm meinswegen, da mochte sie sich bewährt haben, aber noch lang nicht zum Feierahmds-Einläuten, wo sich die Bauern auf dem Feld und die Vögel und der Sonnenuntergang seit Ewigkeiten schon danach richten. Genaugenommen erst seit dem sechzehnten Jahrhundert, doch nachträglich, in der Erinnerung (glaubst zu träumen) kam es jedem von ihnen viel länger vor. Zwei Dörfer in der Nähe sollen im Dreißigjährigen Krieg zerstört worden sein, sind abhandengekommen; längst wuchs der Wald wieder drüber. Ihre Namen, willst du den auswärtigen Gerichtsschreibern glauben, heißen jedesmal anders. Sollen in all den Kriegen und wechselnden Zeitläuften hier ganze Landstriche nicht nur vom Erdboden, spurlos auch aus jedem Gedächtnis verschwunden sein, desgleichen die Namen. Und die uns noch wenigstens das Vergessen bezeugen könnten, sind heimgegangen, sind tot. Selbst vergessen jetzt auch. Wir hören das Gras wachsen. Wie die Zeit vergeht. Das Stadt- und das Marktrecht, zusammen mit all den verwitterten fremden Wappen, in Stein gehauen, neben dem Tor am obigen Stadtturm: mehr schien ihnen nicht geglückt und geblieben zu sein, all die Jahrhunderte. Das Stadt- und das Marktrecht nutzen sie nicht, wußten nie etwas damit anzufangen. Fremdes Zeug. Die Herkunft der Wappen, wie eine gestohlene, gefälschte Vergangenheit, wird jeder dir anders erklären. Wie Lügner, die sich untereinander nicht einigen konnten, auf eigene Rechnung, unter der Hand. Bevor sie hilflos ins Faseln geraten, Überlieferung. Beim nächsten Mal wieder anders. (Hat nicht heut Mittag das Sterbeglöckchen gebimmelt?)

Ärzte, Kirchen, Polizei, den Traum, die Eisenbahn und die Logik gibt es nicht im Dorf, hat es nie gegeben. Ihre Chroniken lügen. Eigene Chronisten haben sie nie gehabt. Auch keine eigenen Lieder. Bloß die doppelzüngigen Herren Hof- und Gerichtsschreiber vielerlei auswärtiger Obrigkeiten, die es galt, sich geneigt zu machen. Ein vergebliches Unterfangen, die Urkunden wurden dennoch allzeit über ihre Köpfe weg ausgestellt. Kaum daß sie dies oder das mal durch Mißverständnisse oder Zufall kapierten, viel weniger noch im Gedächtnis behielten, schon gar nicht zu erklären vermochten. Ihre gesamte Überlieferung, aus der Nähe betrachtet, geht auf Spuk und Hexenglauben zurück. Und auf durchreisende Schriftkundige, die es werweißwie hierher verschlug, die meisten nicht lang. Finstere Zeiten; meistens Scharlatane auf der Flucht, die nicht selten insgeheim noch ihren Scherz damit trieben. Von denen sie sich, oft genug zu ihrem eigenen Nachteil (der Schaden ist immer immens), ihre Eingaben, Protokolle, Erinnerungen und sonstigen Ungereimtheiten aufsetzen ließen. In ihren Köpfen unwiderlegbar, fürs Leben ererbt, die spukhafte Vorstellung, die Nachwelt seien sie selber. Kennt man sie, kommt man früher oder später (umständlich genug) zu dem verqueren Schluß, einst müßte eine andere Rasse hier gelebt haben. Ein anderer Menschenschlag. Wenigstens in der Steinzeit, wie eine überzählige Hoffnung geht dir das auf.

Die Gesichter ihrer Häuser. Schon immer hatten sie eine besondere Art, vor ihren eigenen Hoftoren zu lungern, traumlos dösend. Auch wenn das Wetter schlecht ist. Was könnten sie denn vergessen haben? Und sich erst murmelnd den Kopf, dann lang und breit (kopfschüttelnd) den Rücken zu kratzen, leidenschaftlich. Erst mit der Hand. Dann mit beiden Händen. Dann mit Mistgabel, Heurechen oder was sich hinterm Schuppen grad findet, notfalls die eigene sperrige Ehefrau. Der ist die Zeit noch gründlicher hin und vergangen. Insgeheim träumt jeder von einer Schar billiger williger Mägde, die viel handlicher wären. Auch nicht so gefräßig. Mit Blumennamen. Wer einen Torpfosten hat, schabt sich ausgiebig an seinem Torpfosten. Die meiste Zeit Herbst oder Vorfrühling. Öde Zwischenzeiten vielmehr, weil auf einen richtigen Frühling, wenn sie sich dazu entschließen könnten, sind aber zu kleinlich, müßte ein Sommer folgen. Und für den Winter wiederum sind sie zu bequem. So haben sie sich seit langem auf diese praktische allgemeine Trübnis geeinigt, wie ein Wetter aus zweiter Hand: gut für Brennesseln und Beerdigungen. Und sich dauerhaft darin eingerichtet mit ihren Gedanken, Gesprächen und Gewohnheiten. Jahre gehen drüberhin wie ein dumpfer bedrückender Mittagsschlaf in einem geräumigen vorzeitlichen Schrank auf dem düsteren alten, nachdrücklich schweigenden Dachboden. Jeder zeitlebens sein eigener Knecht, mürrisch und schlecht ernährt. Aufbegehren tun sie nicht, bloß endlos räsonieren. Zur Unzeit, am falschen Ort, das hat sie im frühen Mittelalter der Teufel gelehrt. Bis wieder die Nacht herabsinkt, wie für immer.

Sie können mit Fremden nicht reden, das haben sie nicht gelernt. Jahrhunderte lang, bis weit in die hiesigen fünfziger Jahre hinein, hat es in der ganzen Gegend nur eine einzige gepflasterte Straße gegeben. Von den Bauern und Fuhrleuten immer bloß einfach und großartig die Schosseeh geheißen. Ihre Frauen sprachen das fremde Wort zögernd nur aus, lieber gar nicht. Seit sie seßhaft wurden (aber wo ist die Zeit geblieben in diesem beschwerlichen Traum?), haben ihre Häuser aus kleinen mißtrauischen Bauernfenstern dumpf und bedrückt und ohne zu *blinzeln* in die Jahrhunderte gestarrt. Als ob sie furchtsam ergeben auf den Jüngsten Tag warten. Wie wenn du dich nach deinem eigenen billigen Begräbnis, wundern brauchst du dich nicht, allein in der verwahrlosten Küche wiederfindest (das Haus ungeheizt, die Welt hat mich schon verlassen): barfuß, im Unterhemd, bei einem ungemütlichen deutschen Imbiß aus kalten Pellkartoffeln und da dem wässrigen Sauerkrautrest, tagealt. Und ganz egal, von wem diese ungefügen Knochen, so bleich und traurig, hier stammen, nimm dein Taschenmesser zur Hülfe. Noch ein Schluck schales Bier, zu dem du in aller Ruhe die vergänglichen Immobilienanzeigen lesen kannst. In dieser uralten Zeitung, die dir als Tischtuch dient. Siehst du, auch Salz findet sich eine Prise zwischen den Zeilen. Und von deinem Abschied kein Wort. Die Fensterscheibe zerbrochen, die Uhr steht, das Zifferblatt hat einen Sprung. Und *gleich* wird es weiterregnen. Wie weiß das Salz dennoch ist. Ein Dach überm Kopf, endlich allein. Ob sie schon aufgehört haben, an mich zu denken? Jenseits oder nicht, kau nur zäh und geduldig weiter, so oder irgendwie. Nachher erstmal ausschlafen! (Wenn es s c h n e i t, sind die Tage noch stiller!)

**Wo bleibt denn die Währungsreform?** Am Dorfrand seien Wölfe gesichtet worden, gestern in aller Frühe. Einmal ein Samstagmorgen der vor Regen und Trübnis ganz *trief*äugig war: da kam ein kleines altes Lastauto mühsam ins Dorf rauf durch Schlamm und Dreck, steil bergauf. Kam mühsam dahergekrochen auf abgefahrenen Reifen.
Sind zwo Männer mit Mützen und Stiefeln ausgestiegen. Schmeißen die Türen zu, werfen zwecks Orientierung sachkundig Blicke, beide, im Regen, Fremde. Kein Hinterhalt; das Dorf tat, als schliefe es noch. Sauwetter! Steckten die Köpfe zusammen; wer weiß, zu was sie sich da tun besprechen. Hantierten geheimnisvoll hinten am Auto, vor aller Augen, was für ein komischer hoher Verschlag ist da drauf. Offizielle scheints sind das nicht! Und machten sich dann auf den Weg, mit gesenkten Köpfen, jeder für sich, fluchend vielleicht, doch unverdrossen. Im dünnen Regen durch Matsch und Pfützen von Hoftor zu Hoftor. Gingen durchs ganze Dorf, boten allen Bauern kleine gefleckte Hunde an. Die sind noch jung. Gegen Kartuffeln, Mehl, Brot, Butter, Eier, Milch, Speck oder was ihr sonst geben wollt. Wir lassen auch schon mit uns reden. (Ihre Stiefel, das sieht man ja gleich: alt sind sie, löchrig und abgelatscht, sind ihnen ja vielzugroß!)
Ein reelles Angebot. Jeder hat einen lebendigen Musterhund unter der Jacke, unterm Arm. Noch ganz klein, siehst du, die Augen zu, zitternd, sie atmen, sie winseln im Schlaf. Ganz leise. Sind erst vier Wochen alt oder sechs. Ihr könnt Männchen oder Weibchen haben, ihr guten Leute, ganz wie ihr wollt. Lauter Prachtexemplare. Sie fressen, müßt ihr wissen, ganz wenig, fast nix. Sie brauchen gar nicht erst angelernt werden, parieren aufs Wort. Mutig wie Löwen. Nehmen bescheiden fürlieb mit was du ihnen grad hinstellst: Kleie, Spülicht, Kartuffelschalen, Lehm auch, jede Art Reste und Dreck. Abfall, Stroh, in den Pfützen das Regenwasser. Wegputzer sind das, suchen sich selbst ihr Futter. Keine Stubenhunde. Zeitlebens ein gutes Gebiß und erstklassige Stimmbänder. Jedes Wetter ist ihnen recht, ihr habt ja hier so ein Sauwetter. Mit ein paar alten Lumpen unter der Stalltür als Schlafplatz sind sie sommers wie winters mehr als wohlversorgt und zufrieden. So liebt der Bauer sein liebes Vieh. Sie würden soundsogroß ungefähr. Ja richtig, gern auch ein bißchen größer. Ganz nach Belieben. Wachsam sind sie und treu. Denkt auch

an Räuber und Diebsgesindel, was passiert jetzt nicht alles im Land. Werden angeblich uralt, ausnahmslos. Und bleiben bis ins hohe, ins höchste Alter rein auf der Höhe. Herrje, da macht euch bloß keine Sorgen nicht drum. Gesund und munter, was heißt denn rüstig? Die ziehen noch eure Urenkel auf Schlitten den Berg rauf. Rein zum Vergnügen. Oder habt ihr hier nie keinen Schnee? Oder, mal sagen, ihr kommt jetzt drauf und wollt euch gemeinschaftlich eine australische Schafzucht zulegen. Oder habt ihr schon eine Schafzucht?

Also Hunde, soso. Konnte kein Bauer sich gleich entschließen. Haben wir nicht insgeheim ein ganzes Weilchen schon zaghaft daran gedacht? Und sind bloß in letzter Zeit durch den Krieg und die Frau und die Not nicht dazu gekommen. Der Führer soll ja auch einen Hund gehabt haben. Eine Pause des Regens; sowieso will es heut scheints den ganzen Tag nicht recht hell werden. Steht jeder vor seinem eigenen Hoftor, kratzt sich den Kopf und sagt: Joh also. Daß sie ihm mal auf jeden Fall einen aufheben sollen, einen guten. Ejan kimmt, fiera abfoahrn dout, nomol bei mier hej fierboi. Ech wuhn hej. Kann und will jetzt (sinngemäß) noch nix versprechen, aber. Leicht kann er zuguterletzt doch noch einen brauchen, vielleicht. Und schlurften, wie hiesige Bauern so sind, sagten das selbstredend noch ein bißchen umständlicher, jeder auf seine Art, und schlurften einstweilen, ich wohn' hier, zurück hintern Ofen; hat jeder seinen. Haben mit allen Wassern gewaschen wieder nicht Ja und nicht Nein gesagt. Wir sehen die beiden Fremden ihren Weg durchs Dorf fortsetzen: Riesenschritte. Überall Pfützen. Wie niedrig der Himmel hängt. So ein trüber Tag hinter kleinen verdrossenen Katenfenstern, wie blind.
Hinterm Ofen: Hund und Preis lang und breit bedenken, Tag gähnt. Und mit dem maulenden Weibstück, sieht längst wie ihre eigene Mutter oder Großmutter aus, Teufel auch, was sie da mag zusammenbrauen all die verlorenen Jahre, Jahrzehnte, scheints immer einundderselbe Topf und wieviel Platz sie doch braucht, alte Hexe! die Gelegenheit zäh beschwätzen. Wie für die Ewigkeit (heller wirds heute nicht). Auch Nachbarn untereinander, der Schorsch und der Hoinrich. Erweist sich so mancher als Hundekenner. Wie denn auch nicht? Hat doch dieser und jener sich seit dem Krieg, ist der jetzt eigentlich rum oder nicht? Alle paar Wochen, wenn es gerade nicht

regnet, fahren vier prächtig geputzte Mohren in einem offenen Jeep einmal langsam durchs Dorf; auf dem Jeep ist ein weißer Stern drauf. Alle vier tun sie mächtig kauen. Seit dem Krieg, seit dem vorigen Frieden, ein richtiger Frieden ist das ja nun nicht gewesen; seit der Kaiser bei Nacht und Nebel auf und davon ist; unser eiserner Großvadder schon, unter Bismarck und im alten Großherzogsländche, hat sich längst wieder einen Hund anschaffen wollen, weißgott.
Aber jetzt plötzlich kommt alles so plötzlich. Da gehören sich doch Absprachen ausgemacht. Da gehört sich der Gemeinderat einberufen, damit er eine Versammlung kann einberufen, damit man sich dann bespricht. Von Rechts wegen. Oder wie soll das vor sich gehn? Jetzt hat es aber da so ein Versammlungsverbot von der fremdsprachigen Militärregierung, die in Lollar sitzt oder wo sie eigentlich sitzt. Eher doch wohl in Berlin, falls das noch tut existieren (auch bloß vom Hörensagen).
Der Ortsbauernführer ist nie gewesen, duckt sich, läuft auf seine alten Tage wie sein eigener Knecht herum. Und will sich scheints aus Vorsicht vorerst auch keiner mehr zum Gemeinderat bekennen. Auf einmal. Wie soll das jetzt seine Richtigkeit, ha? Wie denn da sich entscheiden, wenn einem von oben herab keiner dreinreden, keiner zu- und abraten mag. Was die eigene Frau und ihre gefräßige Sippschaft, Gespenster und Vogelscheuchen. Am besten gar nicht drauf hören. Kommt nicht bald das heutige Essen jetzt auf den Tisch? Bis April oder Mai und von Anfang Oktober bis in den Advent hinein gibt es immer Kohl oder Kohlsuppe. Kann man doch auch nicht den Kirchberger Pfarrer fragen, so eine Qual im Kopp. Herrgott, ja oder nein? Und wieviel man geben soll, könnte? (Höchstens die Hälfte und sie zahlen nicht gern auf einmal!)

Schlechte Zeiten. Wie die Fremden ihren ersten Rundgang endlich beendet haben, jetzt gafft schon das ganze Dorf. Was heißt denn die Lage besprechen? Ein kärglicher kurzer Imbiß im kalten Auto, wird so ein Kanten klumpiges Maisbrot gewesen sein, möglichst gerecht in zwei halbe Teile zerbrochen, und ein saurer grüner Chausseebaumapfel für jeden. Die Sorte die nie reif wird. Oder haben sie vorsorglich gestrige Pellkartoffeln mit, Salz auch (und sitzen und schlucken und ungelernt in die Ewigkeit stieren). Was den Fusel

anbetrifft, den man brauchen könnte, ist rar jetzt im Land. Die Musterhunde wieder im Kasten verstaut, ein naßkalter Tag, versteht sich. Es wird Zeit, daß man sich auf den Weg macht. Suchten alle ernsthaften Interessenten, wer noch keinen Hund hat, alle die nicht gleich glaubhaft Nein gesagt haben für jegliche Zukunft und alle Zeiten – Was heißt denn hier Räuber? Die einzigen Fremden hier seid doch ihr! – oder gar nicht erst vor die Haustür gekommen sind, geduldig ein zweites Mal auf; diesmal gemeinsam.
Wie geht so ein Handel? Kauft Hunde, ihr Tölpel! Das Feilschen an den Hoftoren zog sich trotz Sauwetter bis gegen Abend hin. Ungefähr an die dreißig Bauern, der Bäcker, zwei Metzger, der Oberdorfkaufladen, der Schmied hat Beziehungen, hat einen anderen Hund aus Lumda, aus Kesselbach versprochen gekriegt, einen Bärenhund, der Schreiner, der Küfer, von den Installateuren war keiner anzutreffen daheim, zwei Weißbinder, der Herrmann schon nicht mehr ganz nüchtern, wo er das Zeug bloß herhat?, aber nur einer von unseren vier Flickschustern (nicht gerade der Fleißigste in seinem Handwerk, eher so ein Hansdampf und Spaziergänger) und wer nicht alles sich auf den vorzeitigen Winter hin seinen eigenen gefleckten Hund eingehandelt hat an diesem einen einzigen Tag. So eine Aufregung, auch noch unverhofft. Der Bimssteinhans war grad glücklich beim Aussuchen, da haben seine Frau und seine Mutter und die Mutter von seiner Frau bloß aus der Ferne ganz leise abgelehnt. Beinah nur so die Lippen bewegt ohne Ton, zu dritt, die kennen sich aus. Die wissen wie! Jetzt, vor lauter Wut oder weil sie es ihm befohlen haben, hackt er im eigenen Schuppen Holz wie ein Feindarweiter, Buchenholz. Wird wieder ein kalter Winter. Soll man doch nochmal anfangen und wieder ein Weilchen an Gott glauben? Der Gärtner seinerseits, das stellt sich erst später heraus, hätte gern so einen Hund gehabt; wohl auch prompt auf die Hand bezahlen können, gut und gern. Aber sie haben sein Haus am Dorfrand, hinten am Schindgraben, scheints nicht gefunden als Fremde. Ist von den unsrigen Hiesigen auch keiner darauf gekommen, ihm Nachricht zu geben. Hätten doch leicht ein paar überzählige Kinder losschicken können (zum Schicken hat man sehr praktisch die Kinder; meistens finden sie wieder zurück).

Jedesmal, bis wieder einer mit seinem Entschluß endlich soweit ist, das braucht seine Zeit. Und wer da alles hülfsbereit dabeisteht und Gott behüte nicht dreinreden will, Nachbarn, Nachbarn, was sich an Familie zusammenfindet, da kannst du ins Staunen kommen. Mancher hat Meinungen drei oder vier. Und ganze Scharen von Kindern von Hof zu Hof (daß sie uns nur nicht zu übermütig werden an so einem Tag wie dem heutigen). Und bis dann der Preis in Naturalien endgültig festgesetzt, gar nicht so einfach:
Kartuffeln, Mehl, Zwiebeln und Butter; die Butter bloß theoretisch. Bohnen, Kraut, Speck, habt ihr Bauern denn keinen Speck? Bloß höchstens ranziges Wurstfett ein bißchen. Die Schlachtwürste, das Geräucherte und den Handkäs fressen mier sälwer. Wer kann sich denn heutzutag überhaupt noch ein Firkelchen großmästen? In diesen Notzeiten, das ist bekannt, weiß man ja, da legen die Hühner schlecht. Meistens gar nicht. Die Karnickel sind uns ans Herz gewachsen, dann hat der Fuchs sie geholt. Weil das Federvieh ist ihm zu alt gewesen. Daunen? Wo hätten wir denn hier Daunen her, unsereiner? Sind niederes Volk, Herr. Nicht einmal unter dem Kaiser haben wir Daunen gehabt. Solche Reichtümer. Das sind die fetten Erbbauern im Ebsdorfer Grund, die Truhen besitzen und Leinwand und Daunen, gleich wie für die Ewigkeit. Hier bei uns hat es ja nichtmal in guten Zeiten zu einem Festtagsgewand gereicht. Und Schafwolle habt ihr wohl auch nicht? Die letzte Schafwolle hätten sie im Krieg abgeliefert, schon da sind wir ja arm wie die Kirchenmäuse gewesen. Ein paar wenige Gläser Eingemachtes, kostbar, schon halb verschimmelt. Und das Pflaumenmus und der Apfelmost gelingen uns auch von Jahr zu Jahr schlechter. Bald wird hier im Dorf keiner mehr übrig sein, der sich da noch drauf versteht. Die Bienen sind längst erfroren. Brennholz und Hafer haben wir selbst nicht genug. Hirse so gut wie gar keine, wo denkt ihr hin? Haben ja nicht einmal Graupen, seit Jahren nicht. Nicht einmal Futterrüben für Mensch und Vieh, die müßt ihr euch in der Wetterau holen. Da hat es auch Sirup und Käse und Obst. Hier bei uns die paar wenigen Tropfen Milch, so selten und kostbar wie Perlen, kommen bei Gott schon als Mager-, als Dünnmilch aus den vertrockneten Kühen heraus. Auch höchstens nur jeden dritten Tag. Wie denn da noch guten Muts buttern oder verdünnen? Kein Grünfutter und nicht genug Heu. Das Stroh fing schon zu faulen an, bevor wir

es unters Dach brachten. Im ganzen Dorf gibt es ja derzeit kaum eine halbe Kuh, die noch fest auf den Beinen steht.

Was den Flickschuster Raith anbelangt, der hat seinen Hund mit fast neuem Kupferdraht bezahlt. Eine ganze Rolle, was sagt man nun dazu? Wird die einzige nicht sein. Was ist das überhaupt für ein Schuster? Statt daß er auf seinem Schemel hockt, treibt er sich ständig allerwegen wie ein Hirsch oder Jagdaufseher in der nichtsahnenden Gegend herum. Wie kommt so ein Schuster, der ehrlich ist, jetzt zu Kupferdraht? Man begegnet ihm hier und dort und weiß keiner, was er im Schild führt. So ein Kerl, der hätte nicht Schuster, der hätte wenn nicht Räuber, dann mit Verlaub Gendarm werden sollen. Aber hier bei uns im Dorf, ob das nun zu unserem Vor- oder Nachteil sein mag, hier hat es von alters her keine Gendarmen. Wir könnten sie gar nicht ernähren. Auch keinen eigenen Pfarrer, der sitzt in Kirchberg. Wir hier, wir können uns selbst kaum ernähren oder sozusagen nur gleichsam unter der Hand.

Ist wieder ein Kauf endlich perfekt, dann geht jedesmal der eine der beiden Fremden, der Fachmann, mit dem Käufer zum Auto. Da kannst du dir dann sachkundig deinen eigenen Hund aussuchen. Was heißt denn aussuchen? Bestenfalls sehen alle gleich aus in dieser Finsternis. Sechs Etagen hat der Verschlag, mit morschen Latten und rostigem Draht ungeschickt unterteilt. Ging es nicht schon auf den Abend zu? Bißchen Spreu und Lumpenwerk spärlich gegen die Kälte und was hier so winselt und knarrt, sind erstens verschlafen die frierenden jungen Hunde, ist zwotens von weit her untröstlich der Wind. Nimmst du jetzt den oder den? Zuckt einer im Schlaf mit den Pfoten, das wird ein leidenschaftlicher Jäger. Schlieft er so mit den Lefzen, liegt da wie ein Unglückswurm, verschluckt sich und sabbert nach Kräften: das ist der geborene Kettenhund. Hat doch jeder im Kopf wie vernagelt lebenslänglich die fixe Idee, es könnte gut sein, er wird nochmal ein Vermögen besitzen. Schon bald oder wann? Das gilt es dann jedenfalls Tag und Nacht gut zu bewachen.
Lieber nochmal was abzuhandeln versuchen, sonst kommt dir am Ende, du könntest womöglich etwas versäumt haben und dann packt dich die Reue. Da bist du auf einmal schon so konfus, daß du gar nicht mehr sagen könntest, wieso du jetzt ausgerechnet den hier, den und keinen anderen so plötzlich im Arm hast. Ist das jetzt der

Richtige? Soll wohl so sein. Nimmt er ihn noch einmal und übergibt ihn dir feierlich wieder, lobt deine Wahl und nickt für die Gaffer und schmeißt den Kasten zu; Handschlag. Hat man sich doch über den Gegenwert vorher schon mehrfach mühsam geeinigt, alles längst langwierig ausgehandelt im Hof und im Haus. Aber jetzt auf dem Rückweg, im Regen, in einer Pause des Regens (da tropft es ringsum von den Dächern und Bäumen und fängt auch schon wieder an), da möchte jeder Bauer, den neuen eigenen Hund unterm Arm, die meisten schliefen vorerst oder dösten benommen, möchte zu gern doch noch einen kleinen Nachlaß, ein paar Krümelchen wenigstens rausschinden; heißt man das Hoffnung? Gründe genug. Wollte den ganzen Tag nicht recht hell werden. Und desgleichen nachher nochmal die sparsame fromme Hausfrau, wenn sie zum Schluß die vereinbarten Lebensmittel, drei Eier, sind zwei für euch beide denn nicht genug?, den erfrorenen Kohl, bißchen Lauch, Sellerie, ein paar kostbare Zwiebeln und Mehl, wir haben ja selbst kaum Mehl, zwei Gläser Eingemachtes, und täten viel nötiger doch einen Topf, einen goldenen Topf oder eine neue Milchkanne brauchen, als so einen überzähligen Fleischfresser. Mit was denn und wozu ihn aufziehn? Wenn er uns nicht schon vorher beizeiten krepiert, dann wird er uns arm fressen. Wird uns noch auffressen. Wenn es ein Kälbchen noch wäre, ein Taubenpaar mit sechs Jungen im Frühling. Der Frühling ist weit. Die einzige Ziege ist uns schon im vorigen Winter verhungert, die Geiß, die arme Else, was für ein Jammer. Und da kommt ihr und bringt nixnutzig junge Hunde.
Beim Herbeiholen, Wiegen, Abzählen: Wollt ihr denn wirklich jetzt auch noch Kartuffeln? Jetzt habt ihr doch schon den Lauch und die Zwiebeln, die lieblichen Zwiebelchen. Das Eingemachte soll so gesund sein. In der Stadt, so heißt es, wird jetzt ein Vermögen dafür bezahlt, sogar Tafelsilber, Demanten und Gold. Wenn wir noch wenigstens für die Zukunft ein paar leere Rexgläser hätten oder je wieder in Aussicht hätten, einen guten Sommer noch einmal und mit Gott die passenden Deckel dazu. Und bis sie das Zeug endlich rausrückt, kaum daß ihr dabei die Hand will gehorchen, ein Tütchen, ein Päckchen, ein winziges Zipfelchen. Seufzend, seufzend, geläufig lamentierend ohne Ende: in jedem Haus wieder die gleiche Litanei. Probiert der eine oder andere Bauer es hoffnungsvoll auch nochmal andersrum: Jetzt haben wir euch doch schon die jungen

Hunde so gut abgekauft. Könnt ihr uns da nicht nächstens auch einmal ein paar Nägel besorgen? Und Bolzen und Schrauben und Werkzeug gar auch. Ihr seid wohl gar von weit her und wißt euch so manchen Rat.
Doch das war mehr bloß proforma gesagt. Von den beiden Fremden sah keiner groß danach aus, als ob er sich oder andern viel Rat wüßte. Geschweige denn gar auf Bolzen und Werkzeug sich drauf verstünde, noch auf die jetzigen Zeitläufte hier oder irgendwo. Da kannst du genausogut alle Tage hier unseren Friseur fragen (es *gibt* einen Friseur im Dorf). Viel nicht, viel ist hier oder irgendwo für sie bislang nicht zu holen gewesen. Und stehen sie jetzt nicht geradezu wie die arbeitslosen Schausteller in der Gegend und stehn da und frieren in diesen stümperhaft um- und umgefärbten, vielfach gewendeten, hoffnungslos zurechtgeflickten Verliererkleidern und mit ihren geradezu ums Verrecken zuversichtlichen Mienen und den abgelatschten löchrigen Stiefeln, die ihnen zu groß sind; nicht zum Reinwachsen. Was sind das auch schon für Mützen die sie da aufhaben: sind kaum der Rede wert. Nichtmal mit Ohrenklappen dran. Und sie selbst? Sind nicht alt und sind auch nicht mehr jung. Das sind jetzt die Jahre und Zeiten, wie soll man das aufrechnen. Wollen froh sein, wenn das alte Auto (sieht aus wie zugelaufen), wenn es nachher nochmal anspringt. Wenigstens, denkst du, sind sie zu zweit, das ja. Doch wer weiß, ob auch nur einer von ihnen je wieder her- oder heimfindet.

Der Tag: brauchte den ganzen Tag, um zu tagen – und als es dann endlich so weit war und die Sonne kam durch, da stand sie schon tief im Westen. Auch nur für einen einzigen Augenblick, die Dächer, Fenster und Pfützen wie Spiegel *blindgleißend*, golden, und das bucklichte Pflaster ganz blau vor Nässe und Alter. Burgwald, Schornsteine, Straßen und Misthaufen dampften im späten Licht, Abend, das Dorf, ferne Wälder und Berge. Und als sie gleich darauf mit dem elenden kleinen Lastauto voller spärlichem Gegenwert und mit ihren restlichen jungen Hunden abfuhren, unwiderruflich, da fing es schon wieder an, dunkelzuwerden. ›Die Krähen hatten den Tag gestohlen.‹
Ja richtig, es war ein Samstag. So ein Glück, da können wir wenigstens morgen nochmal in aller Ruhe die Angelegenheit oder was es

sonst ist, das Ereignis bedenken. Nachträglich hin- und herwägen hinterm Ofen und uns am Nachmittag, wenn wir erst soweit sind, auch gebührlich nochmal beraten von Hof zu Hof. Übern Zaun, den Hund und den Wert und den Preis. Den Entschluß und die Wahl und die Umstände. Und was unsereiner nicht gleich gesagt hat oder doch besser gewußt hätte, aber auch andrerseits wieder. Das war gestern. Und was soll man dem beleidigten Gärtner erzählen? So ein Hundevieh hat manchmal mehr Klugheit hinter den Ohren als wie mancher Mensch. Haben uns also an einunddemselben Tag lauter gleiche junge Hunde gekauft, scheckig wie Elstern. Haus bei Haus, da liegen sie also einstweilen in so Kästen und Kisten neben der Kohlenkiste, wie Kinder, und schnaufen und dösen. Was so ein Vieh träumen mag? Wird sich schon noch beizeiten ein Stück Ochsenkette, ein Kälberstrick, eine Zugleine passend für sie herbeifinden. Daß es auch so plötzlich hat sein müssen, Gott im Himmel. Jetzt hinterdrein kommt man sich direkt wie ein Teufelskerl vor, so ein blitzschneller Entschluß. Da fällt ihnen gleich wieder ein, wie sie erst kürzlich einen Krieg nach dem andern gewonnen haben, beinah Woche für Woche, beinah wie im Schlaf oder wie ging das zu. Richtige Kleinbauernkläffer, sie bellen aus Angst und bellen den Mond an; der Mond war schon vorher da. Zu teuer sind sie ja nicht gewesen. Dann ein paar Wochen später, halbwegs ausgewachsen, sehn alle gleich aus. Sind gleich in der Mehrzahl. Nur daß sie (merkwürdig, wie soll man *das* jetzt verstehn?) ganz verschieden groß wurden. Was heißt denn Rasse? Manche die wuchsen, kaum gekauft, kaum noch weiter: wie aus Bescheidenheit. Andere wieder, das siehst du ja, wurden fast wie die Kälber so stattlich. Aber allesamt richtige Hofhunde, Seßhaftenköter, geifernd, schwarzweiß gefleckt, eher schwarz und grau oder man müßte sie baden. Struppig, mit eingezogenem Schwanz, Schnauzen beinah wie die Schweine und irgendwie alle nicht ganz bei Trost, die meiste Zeit jedenfalls. Tückisch, scheeläugig und immer ein schlechtes Gewissen. Gegen ihre Ohren ist nix zu sagen, halt so Schlappohren. Schon die dritte oder vierte Generation; man denkt, sie hätten schon immer hierhergehört. Und doch erinnert jeder von ihnen dich auf seine eigene verschrobene Art für alle Zeiten an den fernen, trübseligen, wie *blinden* Regensamstag, der die Mühe nicht lohnt. Wie ein umständliches Gleichnis, aber für wen und was soll es bedeuten? Und an das elende kleine Lastauto, bevor es, ganz farblos vor Dreck und Vergangenheit, in der leeren unentrinnbaren Dämmerung auf- und davonfuhr für immer. Bergab, so mußten sie nicht erst lang anschieben. Fünf Jahre alt bist du gewesen. Stehst du nicht immer noch da, frierend, mit leerem Magen und nassen Füßen, selbstvergessen, und winkst und winkst. Wird jetzt jeden Tag früher dunkel.

Was heißt denn auch Bauern? Eingesessene, Erdarbeiter, Maulwürfe. Werden nächstens schon froh sein, wenn sie wenigstens den Winter über und fortan alle künftigen Winter, scheints dauern sie jetzt von Jahr zu Jahr länger, wieder jeden Tag als Handlanger auf die Hütt' gehen dürfen. Auf Schicht, an die Eisenöfen, ins Buderuswerk Lollar. Und nach Mainzlar, in aller Herrgottsfrüh, in der Finsternis, in die Schamottfabrik. Wem gehört die denn eigentlich? Wird nicht mehr lang dauern, wird jetzt bald wieder angeheizt, sagt einer zum andern. Ist der Krieg denn jetzt eigentlich rum oder nicht?

Vorerst treffen sie sich alle Winternachmittage beim Friseur. Der ist seinerzeit (wie die Zeit vergeht) ausgelernt aus der Stadt heimgekommen mit einem gebrauchten Friseursessel, mit Kämmen und Scheren und einem dauerhaften städtischen Sonntagsanzug für alle Tage. Ist gekommen und hat sich in der Grabengasse in dem niedrigen Witwenhäuschen von seiner Mutter so eine Art Friseurstübchen eingerichtet. Sogar einen Spiegel, groß wie die Wand; wie so ein Spielkartenkönig sitzt du dir in diesem Spiegel untätig gegenüber. Sogar Zahnpastaplakate. Direkt beinah wie in der Stadt. Bringt jeder ein paar Holzscheite und Neuigkeiten mit, brauchst dir nicht jedesmal gleich den Pelz scheren zu lassen, woher denn. Sitzt jeder so da, weiß nicht wie und hat eine Geschichte zu erzählen. 15-Watt-Lampen, die meiste Zeit Stromsperre oder man spart, wo man kann. Und wenn wieder einer ist heimgekehrt, zurück aus dem Krieg, erfährst du es dort zuerst.

Nachträglich: Nein, man konnte wahrhaftig nicht sagen, daß die Hundeverkäufer Betrüger gewesen wären. Wahrhaftigen Gotts, obwohl Ortsfremde die sich nie mehr hier blicken ließen. Oder hast du noch je wieder was von denen gehört, fragt jeder und schüttelt den Kopf. Noch nach Jahr und Tag. Was mögen das nun für Fremde gewesen sein? Bauern waren sie nicht. Aber direkt wie Städter und

Studierte sahen sie auch nicht aus. Und die Hunde woher? Was soll man da sagen oder denken? Und wenn sie nun wiederkämen am heutigen Tag mit den gleichen Stiebeln, mit ihrem elenden alten Auto voll junger Hunde, gleich fände so mancher hier sich und käuft ihnen gern einen ab. Waren zwar ausgehungert und fremd in der Gegend, doch im großen und ganzen, man kann es nicht anders sagen, scheints wie du und ich ehrliche Leut'. Muß man mit dem Kopf nicken. Alle beide von ihnen.

Regentage. Die Straße wie du sie kennst: jedes Haus hat ein Gesicht. Der Nußbaum, in den Pfützen der Himmel und beim Bäcker im Seitenhof so ein struppiger kleiner Köter, schwarzweiß gefleckt, der hinterm Zaun bis in die Nacht hinein geifernd herumspringt und unentwegt atemlos kläfft. Sieht Gespenster. Hier willst du ein Dichter und groß werden!

**Wir wollen uns umsehen!** Es wird das Jahr 1950 sein, eine Krähenzeit, wenn wir in dieser oder jener Gestalt von der Landstraße, von der ewigen Schosseeh herauf in den hiesigen Spätherbst, in den langen Nachwinter kommen. Kein Hahn kräht. So eng und niedrig der Tag. Ein Kind rennt über die Straße. Klein und schief eine alte Frau im Witwengewand vor uns her. Bergauf die Vorstadt hinauf. Es wird auf neun gehen, so still ist es, so eng und niedrig der Tag, wir wollen uns umsehen. Bißchen Wind; ein alleiniger Hund streicht vorbei, hat es eilig in dreierlei Richtung. Selbstredend am großartigsten an der Burg, hier am Ort, das muß man schon zugeben, in der ganzen Gegend: der Gipfel ist ja die weitläufige Ruine. Steht und schweigt; Luft, ein Gemäuer. Soll im Dreißigjährigen Krieg, im Hessenkrieg von den Schießäckern her zerstört worden sein, unterminieret und mit Feuer gen Himmel gefahren am 27. Mai 1646. Nur ein tiefergelegenes Nebengebäude, die Unterburg ist stehengeblieben: als Rest, war dem Zufall die Mühe nicht wert. Dann doch zerfallen, abgerissen und wieder aufgebaut, mehrfach, hebt ein Irrtum den andern nicht auf. Bruchstein, massiv. Erobert, verkauft, überschrieben, verpfändet, als Lehen, als Mitgift vergeben, verspielt, vertan und verloren, vergessen und noch einmal aufgebaut, die Steine haben Geduld.* Von der Schosseeh herauf: die Gärten, die Teiche, dort übers Feld vergiß nicht den Weg! Wer soll uns denn rufen? Ob es einst eine Zeit gab? Ob sie wirklich gelebt haben? Ihre Chroniken lügen! Eine Kirche hatten sie bloß im ausgehenden Mittelalter, die Burgkapelle. Nicht lang. Seither streiten sich hierorts die Schullehrer, eine Generation nach der andern, im Dienste der Wissenschaft erbittert darum, wo sie gestanden hätte: da oder dort? Beides läßt sich beweisen. Der Stich kann nicht stimmen! Es gibt einen auswärtigen Kupferstich, auf dem sie zu sehen ist. Wie angeklebt, wie gekentert am Rand des übertriebenen Felsens. Alle Himmelsrichtungen falsch und keine Erlösung in Sicht. Es gibt aber im Oberdorf auch ein Bimber=Bimmelgäßchen. Mit blauem Basalt gepflastert. Beginnt eh und je hinterm Turm und klettert und kriecht zwischen den halsbrecherischen Kellereingängen gleich so

* Ist jetzt ein Hotel für die Fremden (welche Fremden denn?), steht unter Denkmalschutz und wird alle zwei Jahre hemmungslos neudeutsch renoviert; Himmel ewig bedeckt.

steil bergauf, daß jedes Pferd scheut. Sind tausend Jahre und werden dir lang. Im Oberdorf hat jeder Winkel drei Namen. Wo es endet, das kurze Gäßchen, erst holprig auf die Burggasse und dann unbeholfen an die Festungsmauer stößt und erschrocken anhält, da soll *auch* die Kapelle gestanden haben. Sodaß das Geläut mehrmals täglich von beiden Seiten dröhnend in die enge Gasse einfiel, jäh herein in die hohe Stille. Und solcherart sogar die Steine zum Klingen brachte, Jahrhunderte, *daher* der Name.
Im Oberdorf hat jeder Winkel seine eigene Zeitrechnung. Die Pferde mit ihren Hufeisen rutschten aus, schlugen wie Sternschnuppen unnütze Funken aus dem Pflaster und dachten: so steil bergauf, da kippen sie gleich hintenüber. Oder vor der Zeit direkt in den Himmel. Wie Mondwanderer. Oder sind wir es gewesen, die das gedacht haben?
Jetzt gibt es schon bald nicht einmal mehr das Bimbergäßchen und noch eine Weile Zeit und wir haben auch das vergessen, so geht man und geht.

Der eine Herr Schoullehrer nimmt sich die Zeit, nimmt nach der ersten Unterrichtsstunde seine Hälfte der Schüler und geht mit ihnen, so ein unverhoffter Auszug aus Ägypten: sie gehen die Vorstadt hinauf zum Turm und weiter durchs Bimbergäßchen. Die Häuser tun wortlos sich wundern. Beim Ludwich am Kantstein ein Hund. Noch zwo Hunde vom Oberdorf eilig herunter. Pfützen. Ein Karren mit einer knochigen schwarzen Kuh. Der Ring-Heinrich steht am Hoftor. Der Waldkaiberkoarl mit seinem Pferdegespann um die Ecke. Sind zwo kleine braune Polackenpferdchen, die nicken bei jedem Schritt. Die Schüler müssen sich vor der Burgmauer aufstellen, der Reihe nach, wie sie es jahrelang gelernt und immer wieder gelernt haben. Und im Chor sagen: Hier hat. Bis dann und dann. Unsere heilige Burg- und Ortskirche. Gestanne, hoat hej gestanne! Ihr sollt die Endsil-BEN deut-LICH mitspre-CHEN! Es ist zehn nach neun, der Himmel bedeckt. Die erste Unterrichtsstunde ist das tägliche Morgengebet mit Saubere-Fingernägel-Vorzeigen gewesen und hat sich ein bißchen in die Zeit hinein in die Länge gedehnt. Vor den Schulhausfenstern die Wolken wie hochgetürmt ferne Städte und zogen am Himmel dahin. Die Schüler müssen es dreimal sagen, dann dürfen sie sich unverhofft davonscheren. Helft euren Eltern in

Haus und Hof! Denkt an die Endsilben! Treibt keinen Unsinn! Steht nicht im Dorf herum wie die Maulaffen! Morgen bringt jede von euch Rotznasen ein Papier mit, dann kriegt ihr das hineindiktiert und könnt es euch schriftlich aufschreiben!

Der andere Lehrer sitzt in Kamelhaarpantuffeln, auf den Knien eine Decke, auf einem Polsterstuhl sitzt er in seinem Studierzimmer und dichtet den langen, den unwiederbringlichen Herbst hindurch mit Tinte und Feder: Die Burgkapelle zu Staufenberg. Geschichte und Standort. Ein historischer Abriß. Das kommt schwarz auf weiß in die Gießener Sonntagsbeilage: zwei halbe Spalten, in der Mitte der Kupferstich. Abgedruckt am Samstag nach Ostern. Diesen historischen Abriß läßt er seine Hälfte der Schüler bis zu den Herbstzeugnissen auswendig lernen; wieder ein Herbst und geht durch den Garten und raschelt. Merkt euch, es hat gedruckt in der Zeitung gestanne! Nur zwei, die es fehlerlos schafften. Jetzt, auf den nächsten Frühling hin, will der eine Lehrer mit seiner Hälfte im Anschauungsunterricht, im Rechenunterricht, im Sportunterricht und in Heimatkunde den Bornhannesse-Brunnen öffentlich ausloten. Von dem doch der andere Lehrer seinen Schülerscharen all die Jahre beigebracht hat, eingetrichtert fürs Leben: der ist unauslotbar tief! Schreibt euch das in euer Heimatheft und hinnich die Ohren! Die Schule ist dreiklassig, die *dritte* Hälfte, die ganz Kleinen unter dem Schoulfräulein Rosenstock (Schönschreiben, beim Bäcker einkaufen, Lesen, Singen, Religion) haben sie einstweilen noch aus dem Spiel gelassen. Die sollen ihrerseits erst noch tüchtig nachwachsen, noch ein paar gedeihliche Sommer und Winter. Beim Bäckerladen im Fenster das Zuckerzeug und die Brotpreise. Und bis auf den heutigen Tag Mehlsack, Rad, Sonne und Weizengarbe, alle vier gegen Geld und Brot bedächtig aus Holz geschnitzt, Fichte, von einem der sich auf vieles verstand, einem wandernden Puppenspieler und Besenbinder, Korbflechter, Löffel- und Herrgottschnitzer aus den Karpaten, aus Siebenbürgen, aus dem Banat. Von weit her jedenfalls, im Herbst 1864, im Sommer. Der sprach deutsch wie ein Prediger, wie ein Buch, oder sagte kein einziges Wort; ein Zigeunergesicht, ein Räubergesicht, blaue Augen. Immer wieder gekommen.

**Es wird kalt.** Die Bauern nageln ihre Kellerfenster zu, mit US-Nägeln. Die Wolken ziehn tief. Ein Hund bellt, von allen Seiten bellen die Hunde. Im November unverständlich ein Werktag. Wie voller *Ahnungen*, Andeutungen, die du nicht kapierst. Wie wenn du gutwillig zur Unzeit zum erstenmal kommst, da gibt es nix zu kapieren. Wir schreiben das Jahr 1952. Heiliger Himmel, was treibt uns denn? Sie suchen reuig den gestrigen Tag, sie haben sich damit verzettelt. Sie haben sich mit dem Sommer verzettelt, mit dem Nachsommer auch verzettelt. Sie haben sich beim Dreschen verzettelt und mit der Kartuffelernte. Von Hof zu Hof. Genausogut könnten sie jeden Tag wieder anfangen, nach dem vergangenen Sommer zu suchen; der ist vorbei, ist vergangen wie nicht gewesen.

Sie haben vorzeitig ihre Kellerfenster vernagelt. Mit dem Einbringen der Futterrüben dreimal angefangen und bis jetzt nicht zurande, immer noch nicht. Da siehst du sie vor den Haustüren, im Hof, unterm Vordach, im Winkel, am Zaun, im Gedächtnis, beim Gatter, am Tor hin und her und die Straßen hinauf und hinab. Mit ihrem ewigen Grusch, ihrem jederzeitigen Gelier und Gelärch beschäftigt; überall Matsch und Pfützen. Mit Eimern, Töpfen und Kannen. Als ob sie mühsam Wasser hin zu den Brunnen tragen. Beidhändig, immer zwei Eimer auf einmal, randvoll, mit Ketten und Tragejoch. Sie werden, der Zeit hinterdrein, beim Obst- und Gemüse-Einkochen sein, die Frauen, da tut man sich leicht ein bißchen verzetteln, und jetzt sind ihnen gestern und heute ihre uferlosen Waschtage dazwischenhineingeraten. Die Männer, aus jedem Schuppen hörst du sie hämmern und sägen, hörst sie mit Äxten, Flüchen und Vorsätzen hantieren, als ob sie dabei sind, jeder für sich eine Arche zu bauen. Hat Gott mich gerufen? Insgeheim, jeder in seinem Winkel, sowieso schon zu spät dran, soll auch keiner merken, und der Himmel ein trüber Spiegel. Der Tag selbst, als wäre er in den Brunnen gefallen. Wird so nach und nach in den Pfützen versickern. Ist alles jetzt so zusammengerückt und gedrückt, dicht, eng und finster, seit wann denn?

Du bist neun Jahre alt; mittags müd aus der Stadt gekommen. Heim von der Schule, wie jeden Tag, seit du aufs Gymnasium gehst. In Lollar am Bahnhof aus dem Zug, der nicht gleich weiterfuhr: du hast noch das Keuchen der Lokomotive im Ohr, schrill und verloren ihr Pfiff in der Mittagsödnis, eine 38er Dampflok. Wer bin ich denn? Bevor du dich schweren Herzens zur Fortsetzung deines Heimwegs entschlossen hast. Wie die Hütt' wieder qualmt, Buderus, das Eisenwerk, dann drückt der Himmel hier naß und schwer auf die dunklen Dächer, dann stinkt es in Lollar vom einen zum anderen Ende nach Teer, Öl, Eisen, nach Schlacke, verbranntem Gummi und Rauch. Wie betäubt die steingraue Hauptstraße entlang. Fängt es nicht gleich zu regnen, zu schneien an? Lastwagen, vom jähen Fahrtwind begleitet, donnern vorbei; trübe Lichter. Noch nicht einmal zwei Uhr mittags und der Tag schon so gut wie zuende, schien sich von fern schon wieder schweigend der Abend anzukündigen. In Lollar auf der Hauptstraße kommt uns Staufenbergern der Abend die meiste Zeit wie ein Bettler daher.

So hast du dich mit deiner Last mühsam bergauf, endlos, hast dich über die Schanz verzagt und müde ins Dorf geschleppt. Als Kind, hier hast du in jedem Haus schon gegessen. Die Herbstferien eben vorbei, deine Kindheit ist auch vorbei und doch wird es eine Ewigkeit noch dauern, bevor du endlich zwölf Jahre alt; der Sommer wie nicht gewesen. Jetzt hängt bei jedem Haus hinterm Haus die Wäsche auf der Leine und fuchtelt so in der Trübnis; unerlöste Gespenster. Du suchst und suchst und nirgends ein Platz. Die Waschküchen dampfen, sind hier meistens so kleine Giebelhäuschen für sich. Wie Spukhäuschen, eingeklemmt zwischen den Mauern von Anbau, Scheune und Stall. Aus gelben und braunen Schamottziegeln, Ausschußware oder warum man sie seit gut hundert Jahren hier in der Gegend schon unter der Hand bekommt. Mit eisenbeschlagenen Türen die Waschküchenhäuschen, mit Bretterverschlägen und blinden Fenstern. Versetzt, in die Erde vergraben, drei Stufen nach unten und ducken sich so zusammen. Auf jedem Dach ein gewaltiger Schornstein: sie dampfen, als wollten sie mit dem Tag, wenn er geht, gleich auf und davondampfen ohne Wiederkehr. Oft an guten Tagen hast du dir gewünscht, die Kinder könnten für sich in diesen Waschküchenhäuschen hausen und dürfte ihnen zu jeder Zeit keiner hineinreden. Im Sommer in den luftigen dämmrigen Holzschuppen, im Sommer gleich ganz in den Bäumen. Vom Herbst an in den Waschküchenhäuschen neben dem Feuerkessel. Kein Kind zu sehen! Wie es scheint, habe ich meine alte Schultasche wieder im Zug vergessen; vielleicht sogar vorher schon anderswo, grübelst du, seit wann denn vergessen? Trotzdem noch die schwere Last gespürt, bei jedem Schritt, auf dem langen Heimweg. Wie es scheint, hast du schon damals diesen unsichtbaren Begleiter gehabt, dem du alles zeigst und erklärst (nie müde geworden; jeder Abschied ein Abschied für immer).

Die gleichen Waschküchenhäuschen sind auch zum Obst- und Gemüse-Einkochen. Aber doch nicht gleichzeitig, herrje, da müßten wir uns ja verdoppeln! Deshalb steht jetzt in jedem Hof eine Frau. Neben dem Misthaufen stehen sie, bei der Stalltür, dramatisch auch vorn am Zaun und ringen die Hände. Wie Stoffpuppen, von Windstößen mäßig belebt: du heiliger Himmel (der liegt in den Pfützen vor ihren Füßen). Kopftücher, Kittel und Schürzen. Gleich fängt es zu regnen an, dann werden sie weiterwaschen, -kochen, Kohlstrünke schneiden, sich verzetteln, immer drei Sachen gleichzeitig nicht zuende bringen. Gleich wieder hinein ins Häuschen und darin den ganzen Tag mit wechselndem Mißgeschick weiterhexen und -zaubern, bis sie selbst nicht mehr aus und ein wissen. Bis in die Nacht hinein. Und die Wäsche auch noch im Weg, da und dort, das entseelte Gelump. Nicht auch vergessen, heut Morgen die Hinkeln, die Hühner herauszulassen? Jetzt hocken die hungrig auf ihren Stangen und kennen sich selbst kaum und denken die Nacht nimmt kein Ende. Wer weiß, was sie denken? Sind deshalb die Höfe so leer heut, so fremd und wie umgruppiert, wie verhext? So dämmert es ihnen und dann haben sie die Hühner gleich wieder vergessen. Wird ihnen erst spätabends im Bett todmüd wieder ins Gedächtnis fallen, im Halbschlaf, vergeblich: dann ist der Tag schon rum, fehlt ihnen dafür ein Beweis. Sind die Hühner nun draußen gewesen und jetzt auf die Nacht wieder drin oder nicht? Oder ist der ganze Tag nicht gewesen?

Die Höfe sind wie geschaffen dafür, daß wir da stehen und ringen die Hände. Noch besser, wenn das Hoftor ausgehängt ist und lehnt seit zwei Jahren verrottend am Zaun. Die Männer mit Äxten, Hämmern und Sägen. Und in den Pausen oder im Geist, wenigstens im Geist gehen sie einen Spaten suchen. Erst im Schuppen, im Anbau, im

Hof, im Winkel: da riecht es nach Erde, nach altem Laub und nach trockenem Holz. Dann auf dem Dachboden, dann im Keller, schon zweimal im Keller, auf der Tenne, auf dem Heuboden, unter der Treppe. Wie finster es ist! Nicht auch nachsehn im Stall und bei den Karnickeln, die kauen und kauen? Im Stall steht das Vieh und gafft als ob ihm was fehlt. Wie beleidigt (besser nix zu ihm sagen). Dann im Gemüsegarten, im Küchengarten. Im Vorgarten, im Hintergarten, im Saukoben, im Obstgarten und im Grasgarten. Im Wagenschuppen, den Spaten jetzt endlich gefunden, aber es ist egalweg der *falsche*: entweder der neue, den sie noch schonen wollten oder der alte der nix mehr taugt.

Eine Spitzhacke suchen, ein Senkblei, eine stille Ecke! Man weiß nichts Näheres, sie wissen es selbst nicht, aber ihnen schwant, sie hätten heut alle noch was zu vergraben. Besonders die Ahnen, die Greise in jedem Haus (soweit noch am Leben, heißt das): haben alle noch wichtig was zu vergraben. In jedem Haus sucht jedes Lebensalter getrennt nach dem Spaten, geheim. Sie begegnen sich murmelnd, zehnmal begegnen sie sich und wollen nichts kundtun. Am besten, man guckt beiderseits durch sich hindurch: Gespenster! Ist ein Alter noch rüstig, wird er dir in seinem Eigensinn mit der Faust drohen bei jeder Begegnung, sowieso erwarten, du räumst ihm beizeiten den Weg frei. Unbeirrt, als ob du nicht da bist. Jetzt vielleicht nicht mehr, aber noch vor einem Jahr wär' jeder gern Totengräber geworden; wir schreiben das Jahr 1952.* In jedem zweiten Hof steht ein Kuhgespann, ein Ochsenfuhrwerk, halb angeschirrt. Seit dem frühen Morgen, inzwischen hat es dreimal geregnet und ist doch nicht heller geworden, bei Gott nicht. Die Ochsen stehen und blinzeln. Hätten wir weiter Rüben einfahren sollen? Man

* Hat nicht erst kürzlich von oben herab eine Volkszählung? Die Flüchtlinge, nach dem Krieg gekommen mit Sack und Pack, fürs erste hauptsächlich Frauen und Kinder, bettelarm, mit scheelen Blicken beargwöhnt von allen Seiten, noch jahrelang: als müßten sie jeden Tag wieder bis hierher den ganzen Weg und das Lagerleben von vorn. Inzwischen haben sich auch die überlebenden Männer hier eingefunden, haben sich besonnen, haben Arbeit gefunden, haben gehörig in die Hände gespuckt und fangen jetzt an, feierabends und an den Wochenenden im Eigenbau großmächtige Häuser sich zu erstellen; die neue Zeit. Jetzt als Einheimische auf den gewohnten Gängen: die Baustellen staunen dich an, daß dir Hören und Sehen vergeht in deinen eigenen alten Stiebeln.

weiß schon nicht mehr wohin mit den Rübenblättern. Die Kühe wollen sie nicht, sie schlafen beim Kauen ein. Die Karnickel fressen sie zwar, wie aus Höflichkeit: kauen und kauen. Aber jeden Tag nur höchstens ein Blatt oder zwei, mehr vermögen sie nicht zu bewältigen. Bis die Blätter uns auf dem Mist hier ordnungsmäßig zu Mist werden, kriegen wir nächstes Jahr den Mist nicht zurzeit auf die Äcker. Die Säue zwar fressen sie auch, aber nur ausgekocht und mit der dreifachen Menge Steinsalz, Kleie, Kartuffeln und Schalen gemischt, aufwendig zubereitet; wohin mit den Rübenblättern? Wir wollen sie auch nicht fressen, nicht einmal in Gedanken: ist uns die Not nicht mehr groß genug. Wir können sie den Kühen doch auch nicht vorkauen, solche Mengen. Dabei sind es so große saftige grüne Blätter, bald großartiger als wie untendran die verrunkelten Rüben. In Hohlwegen sie hinwesen lassen, da werden die Wege gleich glitschig auf Jahre hinaus. Aber wir können die Blätter doch auch nicht einkellern, bis uns etwas besseres einfällt; woher die Zuversicht nehmen? Auch geschenkt will sie keiner. Außerdem, wie gesagt, haben sie dieses Jahr die Kellerfenster zu zeitig vernagelt. Wie menschliche Schädel, verfaulend, liegen die Dickwurzrüben, ganze Berge in jedem Hof. Und gut die doppelte Hälfte noch in der geduldigen Erde.

Die Woche vor dem Martinstag, nach dem Kalender wäre es die richtige Zeit, um das Klafterholz aus dem Wald einzufahren. Doch fehlt dazu der Frost, sind die Wege zu aufgeweicht noch, da hilft dir auch kein Kalender. Gerätst du stattdessen mit den Ochsen ins Grübeln. Wenn die Kellerfenster zugenagelt sind, gleich wird das halbe Dorf schwerhörig. Sie stecken sich Watte in die Ohren, Schafwolle, Kerzenwachs, Bienenwachs, auch gut gegen Rheuma. Alte Lappen stopfen sie sich hinein, Zeitungspapier zu Kugeln gedreht, den Gießener Anzeiger. Lieber noch das fromme Kasseler Sonntagsblättchen, so weiß und so glatt das Papier (vom Kirchberger Pfarrer empfohlen, wenn auch nicht eigens für die Gesundheit). Zuckerhutpapier, Stanniolpapier zu Kugeln gedreht, die Lappen mit Sonnenblumenöl benetzt, Filz, Moos, Kräuter, auch gut gegen Gliederreißen und Zahnverdruß. Handgestrickte Ohrenschützer unter die Mützen mit Ohrenklappen, sogar schwarze Kopftücher ohne Fransen die Männer, gestrickte Tücher, das geht, sofern sie nur einen

Hut drüber aufsetzen, eine Fuhrmannsmütze. Die Frauen hingegen Wollmützen unter die Kopftücher. Ganz schiefe Gesichter kriegt man davon, jedes anders schief, jeden Tag *wieder* anders. Gleich wie vom Schicksal doppelt vergrämt und ausgefroren und in sich hineinversponnen: wird jeder sein eigenes Hausgespenst, ein schmerzhaftes Fragezeichen vor jeder Tür, gebückt, eine fixe Idee! Der Winter wird lang. Und bleiben auf diese Art schwerhörig bis in die Osterwoche Karfreitag. So auch, wenn du das weißt, läßt sich so ein Tag wie der heutige eher deuten und denken.

Beim Schmied ist das Tor zu. Vor dem Tor liegt sein Bärenhund. Daneben am Zaun ist ein falbes Pferd angebunden, das muß hier fremd sein. Es läßt den Kopf hängen und knirscht mit den Zähnen. Pferde von solcher Farbe haben wir nicht hier bei uns im Dorf: wie Nebel die Farbe, jetzt schon! Und wenn es noch länger in diesem Wetter steht, ohne Zuspruch und Aufsicht, auch noch in den Abend hinein: es könnte sein, es wird *unsichtbar!* Trübsinnig ist es hier bei uns, wenn dem Schmied sein Tor zu ist.

Sie werden ihn mittags von der Arbeit weggeholt haben, weil hinterm Schindgraben ein Fuhrwerk steckengeblieben ist. Bei der Mainzlarer Hohl, ein Fuhrwerk aus Treis, aus Nordeck, von noch weiter her; sie werden Langholz geladen haben, Baumstämme bei diesem Wetter. Sie sollten nicht immer und immer wieder den Schmied holen, meint der Schmied. Als Nothelfer. In letzter Zeit immer öfter. Sie holen ihn bei jedem Fuhrwerk das steckenbleibt, holen ihn, wenn wieder ein Vordach zusammengekracht ist, absehbar, lang erwartet, aber daß es auch gerade jetzt passieren muß: ausgerechnet! Und wenn sie mit Axt, Schlüssel, Zange und Zunge, so schweres Werkzeug, die eigene Stalltür nicht aufkriegen, wer hat denn hier abgeschlossen? Doch nicht auch noch von innen, die Ochsen? Wenn die Pullpumpe wieder nicht weiterwill: wie gelähmt, dann holen sie auch den Schmied. Die Pullpumpen sind aus rostigem Eisen und stehen wie schlanke Tanzfiguren über den schlecht abgedeckten Jauchegruben, beinahe elegant. Wie so fremde zierliche Eisenmännchen mit Hut und Halskrause, jedes gut hundert Jahre alt, wer hat euch denn verzaubert? Obendrauf eine Kugel mit Hütchen, den Schwengel als Arm abgewinkelt. Hinterm Zaun: gleich fangen sie an zu winken und üben dir Kratzfüße vor. Man stellt sich am Zaun auf und kann ihnen Vorträge halten. Holt doch nicht immer den Schmied, sagt der Schmied und bindet den Schurz ab, erfreut und verärgert, und wäscht sich die Hände; das wenigstens läßt er sie abwarten. Und geht dann doch mit. Ihr holt doch auch nicht jedesmal gleich den Kirchberger Pfarrer, sooft ihr nicht weiterwißt. Nächstens werdet ihr mich noch zum Einsegnen holen, als Viehdockter oder anstatt uns' Hebamme (er seift sich glücklich die Hände ein, lang). Warum sie gerade ihn holen? Hauptsächlich, weil sie wissen, der Schmied hat Werkzeug, Kraft und Verstand. Und ist immer anzutreffen daheim. Die Ehre auch, gut und schön, aber seine eigene Arbeit bleibt liegen. Die eigene Frau ist beleidigt, die Großmutter ist beleidigt und sein Hund will schon gar nicht mehr mit. Die Bärenhunde, das weiß man, wenn sie ausgewachsen sind, bleiben am liebsten auf der faulen Haut liegen. Aus Hachborn das Fuhrwerk, dort kommt die Sonne den ganzen Winter nicht hin. Deshalb tun die immer zur falschen Zeit so waghalsige Unternehmungen um jeden Preis, lassen sich riskant darauf ein und stehen dann wie ratlose Räuber daneben. Allen Mut verloren, fuchteln mit unnützen Stangen und Brettern, die Köpfe voll Zweifel: zu spät!

Jetzt kann der Schmied sich bei dem steckengebliebenen Fuhrwerk, Gaffer aus drei Dörfern haben sich sachkundig eingefunden, wieder als besonnener starker Mann erweisen. Unter den toten Apfelbäumen, mit hängenden Ästen stehen sie und hören nicht auf zu tropfen im Nebel. Aber bis er heimkommt, ist die Nacht da, sind die Frau und die Großmutter einerseits schon für alle Zeiten beleidigt ins Bett, andrerseits unversöhnlich wie das Büffet mit Aufsatz, ein Erbstück, sehen sie ihm zweiteilig vorwurfsvoll schweigend zu, der tote Großvadder auch von der Wand herab, wie er im nassen Arbeitszeuch müde das Essen löffelt. Mal sagen Kohlsuppe. Den ganzen Abend lang aufwendig warmgestellt, die Kundschaft muß man wartend vertrösten. Ins Ungewiße, der Abend ist auch im Schornstein, die Uhr gafft gekränkt, räuspert sich, wir müßten seit Stunden im Schlaf liegen und haben immer noch keine Kinder! Er ißt nicht, er tut nur, als ob er ißt, bis vor ihm der Teller leer! Nochmal nachfassen? Was nützt ihm jetzt von heut Mittag die eigene Kraft und die Herrlichkeit außer Haus?

Hat natürlich auch keiner daran gedacht, dem falben Pferd einen Habersack umzubinden. Damit es sich nicht verflüchtigt. Und der Fremde dem es gehört, will sich scheints auch nicht mehr zeigen. Gleich ganz vergessen, wie sah er nur aus? Vielleicht doch der Satan persönlich, man wagt es gar nicht zu denken. Wir hier im Dorf: wir können mit Fremden nicht reden, das haben wir nicht gelernt. Vielleicht ist das Pferd ein gestohlenes Pferd und jetzt auch schon gar nicht mehr da: die Diebe sind mißtrauisch geworden und haben es heimlich wieder geholt. Vielleicht gar verstohlen zurückgebracht auf Verdacht. Oder hätten noch geschicktere Diebe es den Dieben gestohlen und jetzt wissen die bestohlenen Diebe nicht, wo sich beklagen, bei wem nur, du sündige Welt? Wir kennen Pferdediebe überhaupt nur vom Hörensagen. Ja, trübsinnig ist es, wenn beim Schmied das Tor zu ist. Lang kann er noch nicht weg sein, es riecht noch die Gasse entlang nach versengtem Pferdehufhorn. Huf- und Wagenschmied.

Schrittweise weiter, wohin? Kann dir jetzt nicht der Jagdhüter Geißler entgegenkommen hier auf dem Weg? Mit seinem Rucksack, wie ein freundlicher Dachs. Hier bist du ihm oft begegnet: er kommt aus dem Wald, er geht in den Wald; er freut sich über jedes Gespräch. Am besten, man nimmt sich die Zeit und geht ein Stück mit. Kommt denn keiner? Will kein Kind sich zeigen? Nicht einmal eine Katze. Bei der Post, das weißt du im voraus, in dem niedrigen Amtsstübchen wird unter einem blaßgrünen Schirm eine trübe Lampe brennen. In der schweren Luft, hinter den Küchengardinen. Genauso ein paar Häuser weiter beim Friseur. Beim Friseur nur, solang er zahlende Kundschaft hat sitzen in seinem Sessel, danach macht er die Lampe gleich wieder aus. Andernfalls gar nicht erst an; Haarschneiden sechzich Fennich, den Groschen erst kürzlich aufgeschlagen. Muß man sich noch dran gewöhnen. Derweil in Gedanken bist du schon zehnmal verzagt wieder umgekehrt, wo denn hin? Wo ist meine Schultasche?

Vor ein, zwei Jahren noch, wenn es ein trüber Tag ist gewesen und beim Schmied das Tor zu, da hast du gern den Friseur mit einem Besuch beehrt. Sooft seine Tür aufgeht, nie vergißt er zu lächeln. Erst ihm deine kühnsten Träume anvertraut und als feste Zukunft erläutert, Haare zu lang, das soll noch so bleiben; dann mit ihm vor dem Spiegel in den Abend hineingesessen und -philosophiert. Bei aller Sparsamkeit: der Spiegel läßt sich nicht abschalten. Ins Blaue hinein, während er auf die stille dämmrige Gasse hinaushorcht, auf die fehlenden Schritte der Kundschaft. Kommt denn keiner? Im Spiegel ist es schon dunkel. Städtisch seufzend: Ja, das Bauernvolk, im Sommer haben sie keine Zeit, nicht im Frühling und auch nicht im Herbst. Und kaum zeigt sich der Winter ein bißchen, gleich lassen sie sich die Haare des Mangels an Wärme wegen zu einem wahren Pelz wachsen, ungerührt. Auf die Gasse hinaus und hinauf ins Obergeschoß, da geht seine alte Mutter, verwitwet, verwaist, man weiß nicht, ist sie noch bei sich: er weiß es nicht! Wie ein ganz kleines Kind und doch auch wieder nicht: besser sie hätte keine Streichhölzer! Aber braucht ja auch Feuer im Ofen. Wieviel Schritte sie doch zustandebringt an einem einzigen langen Nachmittag, einem Abend von vielen im Herbst. Ohne Licht hin und her in den beiden winzigen Oberstübchen dicht über seinem Kopf mit den wachsenden Sorgen; schlurfend, die Jahre, die Jahre. Der Friseur, ein einträglich guter Kunde bist du ihm nicht gewesen. Und doch, muß man zugeben, hat er dich nie anders als freundlich empfangen, wie der Tag auch beschaffen sein mag: gewesen.

Vor zwei Jahren, auch so ein Regennachmittag, du hast gerade die Nibelungen ausgelesen, allein daheim und wem sollst du sie jetzt erzählen? Es hat sich dir in den Kopf gesetzt, daß es für die Nibelungen ein Mann sein muß, das ist eine Männergeschichte. Jede Frau im Dorf würde nur den Kopf drüber schütteln. Die Männer sind aber entweder nicht daheim oder hat jeder seine eigenen Angelegenheiten, also nicht genug Zeit. Du kannst doch aber auch nicht bis zum Abend warten! Bis dir zum Glück der Gärtner eingefallen ist, er wohnt am Dorfrand. Du ziehst deine schönste Jacke an (nicht die, die zu klein ist) und hast dich gleich auf den Weg gemacht: unterwegs dich zusammengesammelt, daß du nur ja keine Einzelheit für ihn vergißt. Sie wäre womöglich, so trüb ist der Tag, verloren für immer. Du hast ihn in seinem niedrigsten Gewächshaus getroffen, halb unter der Erde, wie ein Maulwurf den andern trifft, und seither kennt sich der Gärtner mit den Nibelungen aus. Aber wie ist das über dich gekommen, daß du mehr und mehr mit der Zeit deine

Gedanken in dir vergräbst und führst sie allein spazieren, die Qual zu verlängern, warum denn? Seit wann?

Da steht beim Metzger im Hof ein müder Stier. Wie für die Ewigkeit. Gerade als ob er mit Geduld darauf wartet, daß man ihm die abgenutzten Eingeweide herausnimmt, das vertraute Gewicht, und auf den Zaun hängt zum Trocknen. Dann erst das Fell abziehen, viel bleibt nicht an Fleisch, meistens Sehnen. Die Knochen nicht teuer als Suppenknochen. Du hast dich ein letztes Mal mit den Augen in seinen Blick versenkt, tief, dann dir seinen hohlen Kopf aufgesetzt. Mit dem Fell dran: es ist dir nicht einmal viel zu groß. Ob vielleicht der Stier, grübelst du, nicht doch bloß verzagt ein verlorenes Kälbchen? Ach, gewesen, gewesen, jetzt jedenfalls gehst du als vermummter Vorzeitgott die Vorstadt hinauf. Nicht ein einziges Kind ist zu sehen. Den ganzen Mittag schon nicht. Was soll aus dem Tag nur werden? Du gehst und gehst und sie sehen dich nicht. Wenigstens hast du den Kopf jetzt auf deinem Kopf. Mit den Hörnern. Braun und weiß das Fell hüllt dich ein, feste Schritte.

Beim Bauer Hein der große Hof liegt verödet. Nur die prächtige Beerdigungskutsche, frischgeputzt, die Deichsel gen Himmel, steht ledig vor der Remise. Vier Kutschlaternen, du wünschst dir, sie würden den ganzen Tag leuchten: groß und gelb wie nutzlose künstliche Monde. Noch vor ein paar Tagen sind hier die Winterkartuffeln für die Schweine eingedämpft worden, da nimmt wie bei der Kirmes das ganze Dorf daran Anteil, so ein festlicher Aufruhr. Die Dampfmaschine mit Anhänger kommt bis aus Fronhausen herauf. Groß wie ein Schiff, mit Schornstein und Kesseln, acht Mann Besatzung. Die Kinder vollzählig, die Erwachsenen wer Zeit hat – wer hätte denn keine Zeit zu so einem Anlaß? Drängt sich das Volk an so einem frühen vergänglichen Herbsttag im dichten Dampf, in dem nahrhaften guten Geruch. Der Hof ist gepflastert. Die Kartuffeln sind frisch und heiß, immer neue Berge die dampfend herauskullern, von jeder Kesselfüllung mußt du wieder probieren. Manche bringen sich Salz mit. Man ißt sie glutheiß mit Schale, pustet und wärmt sich die Finger daran. Beim Essen muß man sich zunicken. Sind wir soweit, dann werden die Schweine herausgelassen, riechen und sehen das ganze Winterfutter, soviel Leben im voraus auf einem Haufen, eine lange glückliche Spanne Zeit, und ergehen sich, grunzen dir froh um die Füße. Ist von der Tagesarbeit der größere Teil schon geschafft, dann kommen die Frauen mit Scherzworten und Apfelweinkrügen auf die Treppe heraus, es gibt heißen und kalten. Den Apfelwein keltern wir selbst, nur mit dem zugehörigen Zucker wird ab und an ein bißchen gespart. Auch Schnaps eine Flasche von Hand zu Hand, Obstschnaps. Gegen Abend, der Himmel fängt an zu leuchten. Der Heinbauer setzt auch Walnußschnaps an, brandscharf und bitter. Die Kinder müssen jedem Erwachsenen immer noch einen guten Schluck Apfelwein ablisten, indem sie so tun, als ob einzig sie bis jetzt noch kein Tröpfchen, noch nichtmal probiert, jedes Kind: die anderen alle schon dreimal. Voreinander tun sie dann so, als ob sie schon jetzt kaum noch stehen könnten: richtig besoffen! Wahr und wahrhaftig! Fängt an im Kopp und bis zu den Füßen, genau wie die Großen! Löst bis in die Nacht hinein ein Gelächter das andere ab an so einem Ausnahmetag. Will keiner heimgehn, wir stehen und wärmen uns an den mählich erkaltenden Kesseln. Wir zünden vielleicht noch ein Feuer an, auch wenn es schon spät ist und die Arbeit getan. Die Kinder gehen mit Windlichtern herum, mit selbstgeschnitzten graußlichen Dickwurzköpfen in denen Kerzen brennen. Solcherlei Rübengeister. In der windigen Finsternis gehen die Kinder und schreien: Huhu! zum Erschrecken der Fledermäuse und Nachteulen. Schwer wird es uns, an so einem Tag doch noch ein Ende zu finden. Gestern, vorgestern, vorige Woche, die Woche davor: gegangen die Zeit!

Dem Hein sein Nußbaum auf einmal schon abgeerntet? Wochenlang gehst du vorbei und sie sind noch nicht reif in der gesprenkelten grünen Schale. Hoch im Geäst, Septemberhimmel. Jeden Tag blasser. Dann wochenlang gehst du vorbei, kommt erst mittags die Sonne durch, ziehen Wolken, rascheln die ersten trockenen Blätter dir um die Füße. Sooft du dich bückst, ist es wenigstens *eine* Nuß. Ist die grüne Schale noch dran: davon die braunen Flecken an den Händen sind mit nichts abzukriegen, nur mit der Zeit. Ein langer Herbst, so gehst du und gehst. Wenn du stehenbleibst, aufblickend: auf einmal sind keine Nüsse mehr, auf einmal stehen alle Bäume ohne Blätter da. Soviel Himmel hat es dann plötzlich im Dorf, daß dir ist, du müßtest dich festhalten: schnell da am Zaun! Gerade dann sind unsere Himmel so hoch und leer. Wie für die Wildgänse. Nicht mehr lang, kommt die Zeit, da unsere Tage hier am finstersten sind. Und wir haben uns abgefunden, wir fangen an, auf den Frost zu warten.

Beim Bäcker die Frauen mit ihren Kopftüchern und Einkaufstaschen. Nur schnell eine Handvoll Hefe, auch wenn der Samstag noch weit. Immer wieder fragen sie beim Bäcker nach Rosinen, die gibt es aber im Kaufladen. Und Kuchenmehl, höchstens ein Viertelpfündchen; das eigene ist noch beim Mahlen. Und dann, wenn du Zeit hast, siehst du sie stehen und stehen. Du gehst heim, Kaffee trinken, lesen, lesen. Ein Stündchen geschlafen, ein Bild gemalt, noch der gleiche Tag. Dann gehst du zum Schreiner, der ist nicht daheim, gehst in den Wald, nach Mainzlar, nach Lollar, nach Friedelhausen zum Bahnhof. Zum Sägewerk, zur Holzmühle gehst du, da wird seit vielen Jahren ein Mühldamm gebaut. So lang brauchen sie schon: in der gleichen Zeit könnte man Biber dafür dressieren. Zerstreut dann weiter zum Lollarer Kopf, so heißt hier ein Berg, da werden Bäume gefällt, gleich auch talwärts gefahren mit viel Geschrei; da hast du nichts verloren. Da wird das Gestein gesprengt, siehst du zu, siehst ein Weilchen sachkundig zu, das braucht seine Zeit. Sie graben ihn ab, den Berg und tun ihn als Schotter, als Sand, Steine, Kies und Erde in kleinen Portionen günstig verscherbeln, die Gemeindeverwaltung Lollar. Wir in Staufenberg, wir haben keinen Berg den wir auf die Art leicht zu Geld machen könnten: der einzige Berg den wir haben, auf dem wohnen wir selber. Das haben sich unsere Vorfahren so ausgedacht, damit sie im Grab ihre Ruhe. Beinah auch ein obdachloses Eichhörnchen gefangen, beinah einen uralten weisen Raben und fast auch ein junges, ein unerfahrenes, ein erschrockenes Reh; das Reh vielleicht hättest du abliefern müssen. Mehr theoretisch. Vor Daubringen auf den Wiesen, wenn du vom Horizont her bergab dazukommst durchs hohe Gras: da sind acht eifrigen Hirten drei wirre Pferde durchgegangen. Hast du dich ungeschickt hineinverwickeln lassen und damit viel Zeit auch vertrödelt, bevor du (das Gras weht im Wind) zu deiner Erlösung endlich draufkommst, daß sie ja Leute mehr als genug: inzwischen schon vierzehn! Und verabschiedest dich aus der Ferne. Weiter am Ufer, da bauen sie eine neue Lumdabrücke. Sie haben schon Übung, sie bauen jedes Jahr eine, die dann im nächsten Frühjahr wieder eilig davonschwimmt, meistens schon vorher. Sie nehmen schon nur noch roh behauenes Pappelholz. Hast du auch zugesehen und ein bißchen mit Hand angelegt als entferntere Nachbarschaftshilfe. Fast zwei dumme Forellen, fast einen schlauen Hecht wie nebenbei gefangen (68 cm). Um Haaresbreite. Und bist dann als Erster über die neuen hellen Rüstbalken. Glatt noch vergessen, daß dir in Daubringen in einer Baracke am Waldrand, in einem Behelfsheim der Sohn einer Witwe aus Mähren einen wohlfeilen jungen Hund zeigen wollte, angeblich mit Wolfsblut ein zukünftiger Polizeihund. Der dich gut hätte begleiten können, mit Ausdauer, auf deinen gestrigen und heutigen Gängen. Ein langer Nachmittag unterwegs und wenn du müde zurückkommst, beim Bäcker vorbei: da stehen sie immer noch. Mehr jetzt als vorher. Und nicken und schütteln die Köpfe, wie taubstumm hinter der Glastür, Schattengestalten. Im Winter, wenn Licht ist, eingesponnen ins Licht. Wie Honig das Licht. Vor der Tür färbt die Luft sich blau, die ganze Straße wird blau, da steht es sich gut vor dem Ladentisch. Ein Werktag, man hat genau gewußt, wer man ist und daß es damit dauerhaft seine Richtigkeit. Bis die neumodische Buderus-Werksirene aus drei Kilometer Entfernung ihnen jäh ins Gewissen schrillt: der Abend, das heutige Essen, sie sollen sich darum kümmern! Hungrig und müd eure Männer sind ahnungslos schon auf dem Heimweg! Dann noch gut eine halbe Stunde werden sie brauchen, um aufgeregt flatternd davonzustürzen im letzten Moment: müssen morgen noch einmal kommen! Besser vormittags schon! An der Ladentür ein verschlafenes Glöckchen, vier Stufen davor. Noch kein Licht beim Bäcker; nicht vor Dezember hat er abends im Laden ein bißchen Licht.

Läßt kein Kind sich blicken? Da spielen wie gefangen in einem Winkel hinter der Schulhofmauer verstohlen vier Mädchen, zwei große, zwei kleine. Lange Stecken haben sie, einen halben Teppichklopfer, ein dickes Seil und ein dünnes. Warum nur so leise? Sie frieren, sie spielen Schule und Heimkommen, Eltern und Kinder. Mit Singstimmen. Bravsein spielen sie: wer an der Reihe, wer dran ist, darf die anderen immer wieder herumstoßen, schütteln, ausschimpfen, an den Haaren zerren und auf jede Art durchhauen, windelweich. Als Lehrer allein, als Eltern zu zweit – ab in den Keller mit euch! Keinen Mucks und im Stall angebunden! Im Spiel, statt zu sprechen, mit hellen Stimmen singen sie jedes Wort. Nur Geduld, die Kleinen sollen dann auch noch dran; sogar ihr Weinen wird gedämpft zum Gesang. Sie sehen dich nicht, sie würden selbstverständlich dich mitspielen lassen: sie hätten sogar, dir zu Ehren, ein neues, ein anderes Spiel angefangen. Sie würden davonstürzen, schreiend, stumm vor Angst, wenn du kommst, Tier und Gott, wie um sie zu holen – kennst du sie nicht? Auf jeder Flucht bleibt ein Schuh zurück. Vielleicht eine nur holen, die Schönste: sie soll einen neuen Namen und als Prinzessin dem Ungeheuer entgegen – schon siehst du das Dorf in seinen prompten Zauberschlaf fallen; noch einmal hundert Jahre, wir wären erlöst. Aus purem Gold der verlorene Schuh. Die Nachmittagswolken drängen sich über dem Hof. Indianer und Räuber spielen die Mädchen bloß höchstens, wenn Buben dabei: lassen sich gern dann auch fesseln, die Mädchen, und *wollen* sich schämen müssen; sie fesseln sich sogar selbst und können es gefesselt stundenlang aushalten. Pferdchen spielen sie auch, aber meistens unter sich fällt den Mädchen nichts besseres ein als Eltern und Kinder. Das spielen sie, ohne sich zu vergessen, den ganzen Nachmittag, frierend. Bis in den Abend hinein, wochenlang immer wieder. Weil es langweilig ist, mit Gesang. Bis sie von ihren richtigen Eltern, den bösen Riesen, mit lauten Stimmen drohend gerufen werden. Zurück in die Wirklichkeit, gleich wird es dunkel: auf der Stelle jetzt heim! Genauso wie sie es den ganzen Nachmittag lang immer wieder kleinlaut gespielt und gesungen haben, sich verloren und wiedergefunden. Nachts begraben wir diese Riesen und am Tag sind sie wieder da. Immer nur Mädchen, die nachmittags auf dem leeren Schulhof spielen; einmal ist es erlaubt und dann wieder nicht, die meiste Zeit nicht. Aus Backstein die rote Schule mit der hohen Tanne daneben. Seit du nicht mehr im Dorf hier zur Schule gehst, kommt sie dir erst recht wieder wie aus einem fröhlichen Bilderbuch vor: die schönste von allen roten Backsteinschulen in der ganzen Gegend, weit und breit in den Dörfern. Wenn nur halbwegs die Sonne scheint, gleich lacht sie dich dauerhaft an. Nur heute, so leer und trüb ist der Tag, sieht sie eher ein bißchen verstört aus. Als ob sie vergessen hat, was es ist, was ihr fehlt und du kannst ihr auch nicht helfen. Wo ist meine Schultasche? Und gegenüber die braune, die alte Sandsteinschule mit dem Anbau aus gelben Ziegeln: da wohnen wir ja selbst unterm Dach. So müde, ich hätte längst heimgehen sollen! Da steht meine Mutter am Hoftor, der Himmel ist trüb. In ihrem alten Mantel steht sie und hat einen Brief, einen Zettel, und sieht mich nicht. Vorbei und weiter bergauf, durch Matsch und Pfützen die Vorstadt hinauf.

Auf der Kreuzung – wohin jetzt? Stephans Gärtchen, hier hat es die höchsten Kastanien im Dorf. Oft ist es hier, daß der Tag sich entscheidet, wohin? Sank nicht schon wie für immer der Nachmittag ins verzweigte Geäst; die Bäume untröstlich. Kein Wind geht, so still ist die Luft. Auch im Kaufladen noch kein Licht. Um halb sechs ungefähr, um zehn vor sechs ganz bestimmt, jetzt im Herbst, wird hinter der angelaufenen Scheibe ein kleines Lämpchen leuchten, gelb und wundermild, eine mondsüchtige Kaffeereklame für entlegene Bauerndörfer. Die gottverlassenen Sternenhimmeln gleichen, im Winter, hinter dem Mond. Dann siehst du auch schon die Männer von der Arbeit heimkommen, die ersten. Aus dem Eisenwerk, wie alle Tage. Mit Fahrrädern, die sie schieben, bergauf, müd von der Hütt' heim. Und von Mainzlar her aus der Schamottfabrik; sollst du sie rufen? Wir wissen kaum, wer wir sind. Und vom Zug, von Daubringen, Lollar, Friedelhausen herauf, dort liegen für uns die Bahnhöfe. Zu jedem Bahnhof gehört groß und finster ein Fahrradständer. Da wartet ewig der Abend. Kinder rennen dann kreuz und quer durch die Dämmerung, rennen auf Zehenspitzen und halten die Luft an. Auf und zu die Türen. Überall werden Namen gerufen und in den Höfen ist es schon dunkel. Gleich wie mit Flügeln die Nacht. Wer dann in den Laden kommt, eilig durch Abend und Kälte, in Schlappen, in Gummistiebeln, in Holzpantuffeln, im letzten Moment, ganz außer Atem, erleichtert: es ist ja noch auf! Steht und steht in dem gelben Licht und hat noch was vergessen, hat gleich darauf auch vergessen, was er vergessen hat. Meistens Frauen und Kinder, wenn es auf sechs geht oder wäre kurz nach sechs schon. Vom Vadder die Gummistiebel über die eigenen Schlappen, die Holzpantuffeln noch aus der abgetragenen Vorkriegszeit. So klein das Lämpchen auch ist, den ganzen Tag kommt nicht soviel Kundschaft wie abends diese paar wenigen letzten Minuten im gelben Licht. Gleich ist es dunkel, gleich wird der Tag wie ausgelöscht sein vor der Tür und in deinem Gedächtnis, vor der angelaufenen Glasscheibe, die immer dichter beschlägt, die anfängt zuzufrieren vor deinen Augen. Sogar deinen Namen und Rückweg hast du fürs erste vergessen. Und stehst und stehst zwischen den gleichen Jahrhundertregalen (erst jung und dann alt) und wartest geduldig, die anderen auch: wo denn nur in Gedanken, wer bin ich? Als ob sie im Traum lebenslang in allerlei Schränken, Schubladen, Kisten und Kästen, versonnen in Fächern und Winkeln kramen; träumt jeder sich selbst. Genauso ein Abend wird es sein, wenn es anfängt zu schneien: immer mehr, immer dichter die Flocken. Herab aus der hohen Finsternis. Gelb das Licht auf dem Schnee und jenseits des Lichts ist er blau – wo denn hin? Nicht mit dir selbst hinunter zum Fluß deinen Weg. Auch viel zu verzagt, um zur Schosseeh und dort die Autos zu zählen. Was für ein Vergnügen noch gestern, ja damals, sagst du dir jetzt und kennst dich nicht wieder. Nach zwei Stunden oder nach drei hast du nicht mehr gewußt, sind es nun sechs oder sieben gewesen? Packt dich der Zweifel, wie kann man da nachträglich sicher sein? Und fängst aus innerer Ehrlichkeit (denn anders kann man nicht leben; vielleicht beginnt es zu regnen), fängst noch einmal bedauernd mit Null an; der gleiche Herbst oder Vorfrühling. Auch sogar an Regentagen. Die Fernlaster, manche mit Anhängern, mit ihren hohen Rädern, der Kabine, den Lichtern und Namen: Lübeck und Hamburg und Freiburg, Marseille, Genua, Kopenhagen. Staubfahnen, Wind. Solche Namen! Die gleichen Himmel von Meer zu Meer. Mit dem Planenaufbau im Fahrtwind sind dir die täglichen Fernlaster zwischen den Äckern und Hügeln wie Fischkutter so romantisch mindestens vorgekommen. Wie eilige Wolkenschiffe. Mit wirklichen Schiffen vor Augen, *die* Sehnsucht hättest du gar nicht aushalten können! Glücklicher Kohlenmunkpeter: fahren, immer nur fahren! Herbstlaub fliegt über die Straße, Gras weht im Wind. Auf den Feldern Kartuffelfeuer. Herz aus Stein. Jedes einzelne Auto hast du in Gedanken begleitet, endlose Fahrten. Und gehst dann in Dämmerung, Kälte, kommt Nebel auf abends, gehst eilig zu Fuß heim. Vor lauter Begeisterung nicht ganz richtig im Kopf, Selbstgespräche. Die Ferne, ich auch! Jeder einzelne Augenblick, sagst du dir, *wird* in der unermeßlichen Wirklichkeit stattfinden! Frierend, wie Sterne die Lichter. Jetzt sollst du dich so oder so begreifen, eher ein Stein vor deinen gestrigen Füßen, wer bin ich doch gleich? Wohin jetzt, so müd und verzagt? Wie es scheint, die alte Schultasche wieder im Zug vergessen. Vielleicht vorher schon anderswo, grübelst du, seit wann denn vergessen? Erst war sie noch da und dann nicht mehr.

Die Scheuergasse, die Schmandtgass': die Häuser stehen wie Scheunen so finster und die Scheunen wie Felsblöcke so verlassen. Gerade hier war es, daß ich als Fünfjähriger dachte, ich müßte nur bis ans Ende der Gasse die wenigen Schritte, um die Rückseite des Mondes sehen zu können (mein Vater ging mit mir). Jetzt gehst du, der Himmel zieht trüb durch die Pfützen, die Häuser und Zäune kommen dir ruckweise schwankend entgegen. Beim Behring im Hof gewaltige Haufen Apfeltreber, *das* ist es, was hier so riecht. Und daneben liegen hellhäutig nackt die Schweine. Alle viere von sich. Wie im Schlaraffenland liegen sie und schlafen betrunken und schnaufen und grunzen im Schlaf. Gegenüber ein Hund hinterm Zaun: kläfft und kläfft. Als ob er deine Verzweiflung meint. Du hast hier in Gedanken wieder und wieder jedes einzelne Haus, jeden Stein, jeden störrischen Pfahl beschrieben. Jeden lebendigen Baum, jeden Grashalm in seiner Eigenheit unverwechselbar mit der Zungenspitze auf deinen Gaumen gemalt, Bild um Bild. Für die Ewigkeit, jedes Ding will benannt und immer wieder benannt sein! Und jetzt, seit wann denn, seit heute Morgen nach der Zehn-Uhr-Pause, schleppst du dich, lastet die Welt ohne Zugang, fehlt dir das erlösende Wort. Und will nicht kommen und stellt sich nicht, fällt dir nicht ein. Der Hund ist schwarzweißgefleckt, schwarz und grau, die Kette mit Kordel geflickt. Mit seinem Bellen meint er die Schweine. Die schlafen sonst nie unter freiem Himmel ein, nur wenn sie vom Morgen an unmäßig Treber gefressen haben und fühlen sich als Schweine im Paradies. Hättest du nicht vorbeikommen können und die ganze Gesellschaft ist noch beim Keltern, in Gummistiebeln, da trifft sich launig das halbe Dorf. Auf einmal hat jeder Zeit, ein paar Stündchen Zeit und sein gehöriges Quantum Humor. Da hat auch der Tag noch ein Einsehen, kommt schließlich die Sonne durch, rot und schmierig, im Westen ein fernes Leuchten. Hätte nicht wenigstens in seiner ganzen Länge und Breite unser hiesiger Schreinermeister vor seiner Werkstatt stehen und dich ernst um künstlerisch wertvollen Rat fragen können? Hat schon gewartet. In Besorgnis, groß wie ein Schrank. Soll er den wichtigen Sarg nun so oder so? Den gräflichen Schreibsekretär, Bettpfosten,

Hauskreuz und Überseekiste? Lackieren und beizen, ha? Als Schreiner spricht er schön laut! Zum Zuhören klappt er ein Ohr vor (mit dem mächtigen Daumen) und knickt insgesamt in der Mitte durch. Aus seiner Höhe herab. Für einen ortsfremden Würdenträger, da sind wir uns einig. Mit Eichenblättern, Weinlaub und Reben als Schnitzwerk, ein Muster aus hellem und dunklem Holz. Ich hätte längst umkehren sollen, eine Art Dreschmaschine im Kopf (der Zeit hinterdrein), und ging hinter den Scheunengärten zum Poul hinauf. Den Hexenpfad steil zwischen Vogelscheuchen und krummen Zäunen. Beim Poul stehen Männer und stochern mit langen Stangen im Wasser. Sie stehn auf dem Steg, auf der Treppe, am Ufer, sie beugen sich angestrengt über die Mauer und jeder hat eine lange Stange. Das Gleichgewicht nicht vergessen! Als ob sie in sich gekehrt den Teich durch den Tag steuern mit ihren Stangen. Nicht daß sie damit etwas suchen, sagst du dir, schon gar nichts Bestimmtes, sie tun es nur höchstwahrscheinlich gerade so: um zu zeigen, wie man mit langen Stangen vom Rand aus im Wasser stochert. An so einem trüben Tag hier beim Poul. Falls der Tag in den Teich fällt. Wem aber zeigen? Ihren wechselseitig entrückten Spiegelbildern kopfüber im Teich? Die Gänse wie Ratsherren auf dem Steg.

Auch hier die heutigen Waschfrauen in Holzschuhen. Halten langatmig ihr Waschtagmittagspalaver. Flachshaarig, um den Poul sind sie flachshaarig. Augen wie blinde Emailleknöpfe. Kopftücher mit Christi Blut und Schweiß; mittags Bohneneintopf (eine Übergangszeit). Wie ausquartiert die Kinder und Nachbarkinder. Hocken beim Mäuerchen, dreijährig, flachshaarig, kleine Buben, die mit Matsch, Ästen und Steinchen gespielt haben, mit toten Fröschen und sind überirdisch ins Dösen geraten. Jetzt ruht die Seele sich aus. Die Mädchen dabei als eifrige kleine Ersatzmütter, aber auch mit Hüpfseil und Flickenpuppe. *Was raschelt im Stroh* singen, den eigenen Namen singen und vieleviele Schneckenhäuschen suchen und singend vollstopfen mit Erde, mit Matsch. Die bewohnten sind mehr wert. Dem lieben Brüderlein zehnmal gründlich die Nase geputzt, immer noch gründlicher, mit dem Jackenärmel, mit dem Rock von der Puppe, mit fürsorglicher Gewalt: brauchst doch nicht gleich losheulen! Mit Moos, mit Sägmehl, mit trockenem Laub, raschelnd, Herbstlaub, überhandgroße Kastanienblätter. Und dann selbst wieder rotznäsig reglos danebenhocken und gaffen, eine Haarsträhne im Mund, die Flickenpuppe im Mund, den eigenen Rockzipfel, leeren Blicks, wie von Sinnen, wenn sie nicht singen. Auch Kinder auf Stelzen, jedes Kind im Dorf erbt beizeiten so ein paar Stelzen. Noch klein, sie können wohl noch nicht richtig. Wie verwachsen tun sie da an der Mauer lehnen, wie frisch gepflanzt. Nebeneinander, verhalten atmend, werden den ganzen Tag wohl so stehenbleiben, kennen kein Lied und halten sich krampfhaft fest. Mit Vogelblicken. Heim kannst du nicht, die Haustür ist zu, jetzt heul doch nicht gleich! Wenn Waschtag ist, bleiben auch die Kleinsten sich selbst überlassen, sind und bleiben urplötzlich wie ohne Eltern und Haus. Heut wird nicht nach dir geplärrt, das kann noch stundenlang dauern. Meistens ein richtiger Waschtag im Herbst währt bis in den dritten Tag hinein, der Rest wird dann aufgeschoben. Sowieso hier oben beim Poul: halb wohnt man hier schon im alltäglichen trüben Himmel.

Könntest du hier nur vorbei- und augenblicklich davonfahren: die Kinder beim Mäuerchen winken mit aller Kraft; wie Hühner würden die Frauen in ihrer Verwirrung die Straße freigeben. Unbestritten eine Abreise, die hier stattfände, jeder gafft. Jäh ein Windstoß wirbelt das Laub auf, hinter dem Auto her rennen Kinder über die Straße. Die Stelzen, ins Rutschen geraten, werden gleich kippen. Schon fehlt der Ton, bleibt das Bild zurück, fliegt immer schneller nach rückwärts davon – damit du dich nach Jahr und Tag zu erinnern hättest: 1952 im November ein Werktag, nachmittags um halb vier. Auch hier sind die Nüsse schon abgeerntet, zwei leere Bäume. Am Dorfrand bellen die Hunde und im Oberdorf sind es die Gänse, die die Straßen beherrschen. Vielleicht daß die Männer mit Stangen im Teich stochern, weil mit den gleichen Stangen die Nüsse längst abgeerntet, weil Waschtag ist und da haben sie gern eine anderweitige Beschäftigung, eine ernsthafte Männerarbeit. Steigt nicht schon Nebel auf überm Teich? Auf der Burg gibt es auch einen Nußbaum. Den erntet keiner ab, der gehört den Kindern. Auf dem Wehrgang kannst du um seinen Wipfel beinah rundherumspazieren. In luftiger Höhe. Und unter dir fliegen die Vögel durch, hin und her. Die Wolken ziehen dicht über die Burg, als ob sie gleich kentern beim Turm, der schon Ausschau hält nach dem Abend.

Jetzt nach Lollar zurück? Noch einmal den Weg hin und her, die verlorene Schultasche suchen? Sonst immer vergißt du sie im Daubringer Zug und weißt auch genau, wie es geht, sie zurückzubekommen. Du gehst auf die Post, aber nicht vor drei. Sobald du merkst, du hast wieder die Tasche vergessen, mußt du als erstes auf die Turmuhr gucken. Die Post hat bis drei Uhr zu. Sie würden dir, wenn du kommst, auch vorher aufmachen, aber es gehört sich nicht. Auch um drei, wenn du kommst, sitzen sie noch als Familie beim Kaffeetrinken und bieten dir ein Stück Pflaumenkuchen an. Das ganze Haus riecht nach Kaffee und Pflaumenkuchen. Willst du nicht auch eine Tasse mit warmer Milch? Den Kuchen mußt du nehmen, die Milch dankend ablehnen. Die Postfrau geht gleich mit und schließt das Amtsstübchen auf, als erstes zupft sie die Gardinen zurecht. Das Amtsstübchen hat seinen eigenen Postgeruch. Die Postfrau geht davon aus, daß man seine Telefongespräche mit ihr zu teilen hat, das steht ihr zu. Man muß in Grünberg beim Bahnhof anrufen, die Endstation. Da sitzen sie in weiter Ferne am anderen Ende der Leitung unter ihrem Grünberger Himmel und hören jetzt deine Stimme. Im gleichen Moment, dir ist als ob du sie sitzen siehst. Die Schultasche, mußt du sagen, hören Sie mich? Wie sie aussieht, was drin ist, auch ein kleines Mäppchen mit gültiger Monatskarte am Griff dran befestigt: da steht wie vorgeschrieben dein Vor- und Zuname drauf. Die buchstabierst du jetzt beide. Liegt da und da, auf der Bank, im Gepäcknetz, im letzten Wagen drin. Je nachdem. Ist der Zug schon da, haben sie sie vielleicht sogar schon gefunden. Schicken sie mit dem Abendzug, ja Herrgott, wir können Euch doch nicht auf der Stelle einen Sonderzug über die Strecke losschicken, guter Mann! Manchmal im Eifer bei so einem dienstlichen Ferngespräch spricht einer mit dir, wie wenn du schon erwachsen. Derweil du an seiner Stelle die Jahrzehnte auf der Tischfläche vor ihm, dann wie gewohnt seine Schreibtischfingernägel betrachtet hast. Aus der Ferne. Dann durch das Grünberger Fenster auf den dortigen Bahnsteig hinaus mit dem Blick dich verlierst, als sei dies dein alltäglicher Ausblick, und in seinen zugehörigen Beamtenträumen. Bei der Bahn sind sie alle Familienväter, jeder hat einen kleinen Garten. In jedem Garten ein selbstgezimmertes Gartenhäuschen. Vor jedem Gartenhäuschen eine selbstgezimmerte Bank mit Lehne, die meisten sind grüngestrichen. Zum Schluß sagt er alles doppelt. Sie schicken sie mit dem Abendzug, wie gesagt. Du hast ihn *gesehen* und er dich nicht! Das Gespräch kostet zweiunddreißig Fennich; die Postfrau ist auch froh, daß sich deine Tasche gottlob gefunden hat. Im Grünberger Zug gottlob geht so leicht nichts verloren und in Grünberg auf dem Bahnhof gottlob erst recht nicht. Willst du noch ein Stück Pflaumenkuchen? Nicht doch auch, bevor du in den naßkalten Tag hinaus, eine Tasse mit warmer Milch? Den Kuchen nimm nur, getrost auch ein zweites Stück. Die Milch muß du wiederum dankend ablehnen; Milch nimmt man nur, wo sie eine eigene Kuh im Stall haben.

Wenn aus Grünberg der Abendzug kommt, ist der Bahnhof in Daubringen natürlich längst zu. Nach dem Zwei-Uhr-Zug von Gießen nach Grünberg, wenn der abgefahren ist und im Bogen zwischen den Wiesen verschwunden, eine 86er Dampflok, zwei alte Waggons mit Holzbänken und offener Plattform (Holzbänke gibt es zwei Sorten), die gewaltige Dampfwolke nach und nach auch verschwunden, dann schließt der Daubringer Untervorsteher seinen hölzernen Bahnhof ab. Zweimal rum den Schlüssel im Schloß. Wird auch nicht vergessen, pflichtbewußt an der Tür noch zu rütteln, mehrfach, zur Probe und Gegenprobe. Und spaziert durch die Pappelallee ins Dorf hinein, jeden Tag wieder. Als ob er ein Bild betritt und geht auf den Hintergrund zu; eine Ferne ist es ja nicht. Er hat sein Brot aufgegessen, das Eßgeschirr vom Ofen genommen und mit seinem ehemaligen Wehrmachtslöffel: Kohl und Kartuffeln, muß man kauen und kauen, geduldig, jetzt ist das Eßgeschirr leer. Malzkaffee in der Thermosflasche, Linde's mit Milch und Zucker. Jetzt im Herbst hat er im Dienst immer ein paar Äpfel auf der Fensterbank liegen. Übers Brückchen, er läßt sich Zeit. Seit vier Uhr früh auf den Beinen. Er hat eine Taschenuhr. Nicht daß er einmal nach dem Zwölf-Uhr-Zug den Telegrafen vergißt, das zwote Essen vergißt und schon vor der Zeit zuschließt und heimgeht in aller Öffentlichkeit. Sooft ihm das einfällt, mehrmals täglich, in letzter Zeit immer öfter, schießt ihm als Eisenbahner gehörig der Schreck in die eigenen Knochen, muß er gleich auf die Uhr gucken. Gern hat er jeden Tag ein paar angesehene Zeugen, kommt ihm denn keiner entgegen? Nur zum Pissen für Männer ein Extrahäuschen und der Warteraum, ungeheizt, sowie die Abfahrt und Ankunft der Züge – schwarz auf weiß auf einer Tafel zum Buchstabieren und auch in der naßkalten zugigen Wirklichkeit drei Schritte weiter; der Bahnsteig ein mürrischer Feldweg – stehen dem geduldigen (fröstelnden) Reisenden nachmittags noch zur Verfügung; die Fahrkarten gibt es ohne Aufpreis im Zug. Zu oder nicht, sie hätten ja auch zu jeglicher Zeit keine Frachtgutabfertigung in Daubringen.

Die Tasche mußt du in Mainzlar abholen. Dort gibt sie der Zugschaffner vor deinen Augen dem Bahnhofsvorsteher, der muß aber erst noch den Zug abfahren lassen, dann bekommst du sie endlich. An der Tasche ein Frachtgutanhänger, es kostet dreißich oder siebzich Fennich, je nachdem. Kostet es siebzich, dann ist auf dem Frachtgutanhänger ein roter Streifen: dann haben sie die Tasche zwar mit dem gleichen Zug, vorsorglich aber *Express* geschickt: dagegen läßt sich nix sagen. Manchmal ist es gratis, dann haben sie sich auch den Anhänger gespart: ist die Tasche direkt unter der Hand dann gekommen. Vielleicht hat in Grünberg der Vorsteherstellvertreter selbst Kinder, die es ihrerseits auch zu was bringen sollen und werden deshalb gleichfalls nach Gießen aufs Gymnasium geschickt. Die Fahrkarte auf jeden Fall ist noch dran, deine Monatskarte. Nochmal gutgegangen, sagt vielzulaut der Mainzlarer Bahnhofsvorsteher und bietet dir fast einen Stumpen an. In der Stille, der Zug ist abgefahren. Wie alt biste denn *schon*? Im Dienst ist der Vorsteher hier in Mainzlar die meiste Zeit nur auf sich gestellt, das macht ihn redselig und schweigsam zugleich, so steht er jetzt vor dir. Es ist kalt. Hinter ihm die offene Schreibstubentür, auf dem Tisch eine Lampe mit schwarzem Blechschirm. Der Telegraf tickt; die Luft im Lampenlicht blau vor Rauch. Besser aufpassen, Glück gehabt! Zukunft, Zukunft! Er lacht, als ob er erschrickt, knirscht mit großen Schritten über den Schotterbahnsteig und schmeißt hinter sich die Tür zu – wie um mit der Nacht seinen eigenen Schatten auch auszusperren, so eilig, so heftig. Es ist windig und kalt. Der Zug ist abgefahren; erst auf dem Heimweg wirst du dich an die langsame Reihe trüb erleuchteter Abteilfenster erinnern, angelaufen und triefend. Und an die rotroten Schlußlichter am Ende des fahrenden Zuges; es ist der Zug für die Nachtschicht und damit die überzähligen Waggons rechtzeitig nach Gießen zurückkommen. Wie einen Abschied für immer, so nimmst du das Bild mit heim. Es ist windig und kalt. Am Ende des Bahnsteigs, hoch am Mast, brennt eine einzige Lampe. Beinahe wie der Abendstern, blau und fern. Nur die Laderampe und die Anfahrt zum Güterbahnhof gepflastert und gutbeleuchtet: für die Schamottsteinfabrik. Du frierst schon bevor du dich mit der Tasche auf den Heimweg machst, in der neblichten Dämmerung, glücklich.

Ohne Karte, hättest du sie verloren, es wäre eine wirkliche Katastrophe! Sollst du jetzt den oder den Weg meilenweit heim? Entweder du könntest den ganzen Monat ungesetzlich nicht mehr zur Schule oder deine Mutter müßte sich sobald wie möglich sieben Mark leihen, wo denn nur leihen? Doch nicht beim Bäcker, eher noch amtlich auf der Bürgermeisterei: die sind auch nicht zuständig. Hier bei den letzten Häusern fast schon vergessen der überwachsene Pfad, auch ein ganzes Stück weiter, ein Umweg: der kommt dir gerade recht. Viehzäune, Weiden, immer dichter der Nebel und wandert so mit. Was sollte sie ihnen denn sagen? Man bekommt auch nicht zweimal eine Schülerkarte für den gleichen Monat, du müßtest jeden Tag neu eine teure Fahrkarte einzeln kaufen, hin und zurück, da reichen sieben Mark längst nicht aus. Wieviel kann das kosten? Die ganze Tasche samt Fahrkarte, das wäre eine noch größere Katastrophe! Schon eigentlich unausdenkbar: am besten, du fängst gleich an! So lang immer wieder die gleiche Geschichte, mit immer anderen Worten, bis du die Wahrheit, bis sich ein Ausweg findet, bis du dein Verhängnis zumindest kapierst, statt bloß als unbegreifliches Verhängnis und könntest nicht heimgehn! Man kann sich so schön verlieren, am Abend, im Nebel, auf diesem Pfad. Die Hälfte des Wegs verliert er sich selbst, erst dann bist du richtig bei dir. Die Bücher gehören der Schule. Der Füllfederhalter, jedenfalls bis du dein erstes eigenes Geld verdienst, ist er so gut wie unersetzlich. Der Zirkelkasten genauso. Bibliotheksbücher auch noch drin. Fortan könnte keiner mehr hinter deinem Rücken mit Wohlgefallen dran glauben, daß du in der halben Zeit mühelos Lehrer, Arzt, Rechtsanwalt und Architekt wirst, das ganze Dorf nicht. Woran sollten sie denn noch glauben, viel bleibt nicht! Ohne deine Schulhefte müßtest du, sozusagen halb aus dem Untergrund heraus in jedem Fach jeden Tag wieder ein beschwerliches neues Leben kann man das kaum noch nennen: von vornherein schon verkracht, lieber gleich auswandern nach Australien. Aber dort ohne Vergangenheit, wer bist du da dann? Und nicht mehr mit deiner Zeichenmappe und nicht mehr dein schwarzes Buch, ein Notizbuch für viele Jahre, auch Landkarten drin als Verheißung, da möchtest du dich auch selbst lieber gar nicht kennen – wie aber leben, ein Fremder sich selbst? Überlegst du dir, die Tasche im Arm, jedesmal in der Dunkelheit auf dem Heimweg. Beinah jetzt, als ob sie *atmet*, die Tasche. Da gibt es in Mainzlar am Dorfrand so Sumpfwiesen, Brachland, den Bahndamm entlang. Gras, Röhricht, Schilf und Gestrüpp, es reicht dir bis über den Kopf und die Halme winken und flüstern im Wind. Sonst siehst du sie immer nur aus der Ferne; jetzt ist es, als ob sie dich meinen! Wenn du dich umdrehst: die rötlichen Lichter, im Nebel siehst du sie kriechen. Jetzt noch für morgen die Aufgaben, wenn du heimkommst? Schon kommt dir der kommende Morgen näher als der vergangene vor, weil du jeden Tag um zwanzig vor sechs aufstehen mußt, beeil dich!

Diesmal zum Unglück bist du aber im Marburger Zug gefahren. Und hast noch die gehässige Lautsprecherstimme im Ohr: weiter über Wabern nach Kassel, ein Bummelzug der erst spätabends in Kassel ankommen wird. Vielleicht gar nicht, so kriecht er und trödelt von Ort zu Ort. Gut kann man sich ausdenken, wie der Zug sich verirrt im Nebel: in Fulda noch soll er am gleichen Tag gesehen worden sein. In Bebra, dicht vor der Zonengrenze, zwei Tage später. Aber auch in Wattenscheid und in Vilshofen zur gleichen Zeit und dann nicht mehr seither. Als ob Wabern überhaupt ein richtiger Ortsname. Zweckmäßiger ist es da schon, anzunehmen die Tasche steht noch in der leeren verwunschenen Schule – warum nicht bis morgen ein Wunder? Andernfalls wirst du die Schule nie mehr zu Gesicht kriegen. Du hättest die Tasche gleich heimgebracht (in Gedanken woanders) und sie wartet jetzt bei der Haustür: da liegt sie und sieht aus wie ein müder Hund, dunkelbraun. Wartet geduldig.

**Verödet die Dreschhalle und der große Platz hinterm Teich**; der Wind macht die Pfützen trüb. Unter dem hohen Dach ist der Winterstall für die Schafe bereitet, sie sollten längst da sein. Jeden Tag warten wir, ob sie heute wohl kommen. Am meisten warten die Kinder. Der Wind fängt sich im Gebälk, verrennt sich und seufzt, stöhnt, knarrt, winselt und schwätzt, wie einer der mit sich selbst ein Gespräch, einen Disput in der Stille, ächzend, wann hat das denn angefangen? Ist erschrocken davongerannt und schon wieder da, atemlos hinter sich herjohlend. Und flüstert und lauscht und kann jetzt nicht aufhören, sich zu antworten, atemlos und besessen. So seit Ende Oktober, immer noch einmal. Mit vielen Stimmen und Gegenstimmen, solang keiner kommt, das bin doch nicht ich? Nicht immer nur ich? So stehst du und zauderst und am Dorfrand bellen die Hunde.

Am alten Friedhof vorbei, da steht so ein Ami-Dschieb, der kaputt ist. Da sitzen schon nicht zu zählen die Winterkrähen in den Bäumen und warten nur darauf, ins Dorf einzufallen. In Scharen, wie kleine Häufchen Unglück hocken sie im Geäst und warten auf ihre Zeit. Schon jetzt in der Dämmerung abends und morgens kreisen sie über den Dächern und Höfen, krächzend, jeden Tag länger. Und werden dabei immer mehr. Hier auf dem alten Friedhof sind die Bäume so hoch, daß du dich mit dem Blick in ihren Wipfeln verlierst, die Äste wie Wurzeln im Himmel. Seit ewigen Zeiten. Am alten Friedhof vorbei. Am neueren alten Friedhof vorbei, da haben sie hinter der Mauer die wenigen Bäume gehörig zurechtgestutzt. Zum Schrecken der Vögel, um die Geister zu bannen – jetzt selbst wie Gespenster, wie aus der Fabrik die Bäume. Wie an den Himmel genagelt, Ordnung muß sein, an den unteren Rand. Die Gemeindeverwaltung. Wie für ein ewiges trauriges Abendrot auf einer vergilbten Ansichtskarte aus dem Jahr 1903, handkoloriert. Wie für den Tag vor dem Jüngsten Tag, den Vorabend, wenn er geht. Die düstere Friedhofskapelle mit blinden Fenstern, mit Efeu bewachsen: ist innen bloß ein Geräteschuppen. Spaten, Spitzhacken, Bohlen und Schubkarren, Eimer und Gießkannen. Zwei rostige Heckenscheren. Dem Totengräber sein Wetterhut, sein Ölzeug, Rumverschnitt eine halbe Flasche, Gummistiebel und noch eine alte grüne Jacke; wer vorbeigeht, bekreuzigt sich. Vor dem Tor ein modernder Blumenhaufen; bald Totensonntag. Ich hätte längst heimgehen sollen!

Im Steinbruch verlassene Feuerstellen, beinah noch das Echo der Stimmen, Vogelrufe, Geflüster. Lang kann es nicht her sein, nicht gar zu lang, seit sie hier aufbrachen – riechst du nicht noch in der Herbstluft den Rauch? Sie haben sich Hühnerfedern ins Haar gesteckt, Gänsefedern, Habichtfedern sogar; sie haben sich *Namen* gegeben. Sie haben einen täppischen schwarzen Hund mit: ist zugelaufen, Halsband und Leine aus Strohkordel. Sie tragen phantastische Rüstungen aus Schnüren, Pappkarton und Stanniolpapier, haltbar verknotet. Jeder schleppt seine Habe, Geschichten, Gerätschaften, ein paar ärmliche Kostbarkeiten und selbstverfertigte Waffen aus Holz wie plumpe Beschwörungsformeln; jeder hat einen Löffel mit. Sie gehen zu Fuß, heimlich und wie besiegt: die Kinder sind es; jeder hat sie gesehen. Sie sind in den Wald und kommen nicht mehr zurück. Ein bemalter Stein, blau und rot, ein zerbrochener Pfeil, umwickelt mit Schusterzwirn, hier bist du zu spät gekommen. Beinah ist dir, du siehst noch zwischen den träumenden Blaubasaltfelsen ihre schattenhaften Gestalten: die Feuer löschen und sich beladen auf den Weg machen, leise. Du hättest heute ihr Gott sein sollen und mit ihnen und den Weg zeigen. Zu spät jetzt, da ist das Gymnasium dran schuld. Und wenn du in deinem Fell mit dem Stierkopf, dem Büffelkopf noch eine Weile länger hier stehst, wird der Steinbruch gleich zugewachsen sein vor deinen Augen und um dich herum. Mit wucherndem wildem Efeu und Dornen, mit Vogelbeeren, Holunder, Kletterwinden und wunderlich mannshohen Krüppelkiefern, eine verzauberte Schar. Der Efeu wächst tausend Jahre, so heißt es im Dorf. Und die Kletterwinden sind alle aus Smyrna herauf, wenn nicht aus Jerusalem, aus Damaskus; ganz genau weiß das nur der sie mitgebracht hat von weither, der Wind.

Hinter dem Burgwald am Nordhang. Hier hält sich der Schnee am längsten; gern würdest du sagen, von Winter zu Winter. Hier kannst du noch Schlitten fahren, wenn überall sonst auf den Wiesen die Osterblumen schon jeden Tag ihre Andacht abhalten und das Gras bald zur ersten Mahd steht. Als Kind: immer hast du geglaubt, hier müßte es Bären geben! Und wirklich, bist du nicht oft genug Bären begegnet hier hinter dem Burgwald am Nordhang? Abends, wenn die anderen Kinder mit ihren Schlitten und Stimmen längst heim und du nur konntest kein Ende finden, zu sehen wie die Schatten wachsen, blau der Schnee friert. Die Sonne ist schon drei- oder viermal untergegangen, eine kalte rote Wintersonne hinter den Holzstapeln und Schneebergen; geht jedesmal wie für immer. Dann ziehst du deinen müden Schlitten frierend ein paar Schritte weiter bergauf und da ist sie wieder und geht und geht. Das ist die Zeit, da kommen sie aus ihren Höhlen heraus. Steht groß so ein Bär vor dir und du hast auf einmal vergessen, woran du noch eben hast denken wollen (gedacht hast). Nicht selten, staunst du, sind es gleich drei oder vier. Du bist ihnen immer nur dann begegnet, wenn außer dir niemand da. Nur keine Angst, dann tun sie dir nix. Du ihnen auch nicht, klar. Dort hinter Gestrüpp und Felsen bergan, auch tiefer im Wald ihre Höhlen. Von alters her, eh und je. Wenn du im Dezember auf die Nacht ohne Licht in den Holzschuppen gehst, steht auch so ein Bär in der finstersten Ecke. Dunkelbraun, er reicht bis unters Dach. Im Dämmer steht er, im schneeverwehten Holzschuppen, am Abend ein Schatten, und brummt; du brummst auch ein bißchen. Bloß Anmachholz holen! Für meine Mutter! Für morgen früh! Der Bär frißt raschelnd ein Wespennest und ein großes Stück Streuselkuchen, ihr laßt euch beide nicht aufhalten. Eisbären selten. Auf den Hexenpfädchen und Heckenwegen am Dorfrand stehen im Winter riesige Elche und atmen ernst Dampfwolken in die kalte dämmrige Luft. Auch Rentierherden in ihrem Winterfell. Von Kopf bis Fuß weiß stehen sie, alle Köpfe in eine Richtung, stehen schon lang so und scharren mit den Hufen langsam im harten Schnee. Gern hättest du so ein Geweih, noch lieber eine ganze Rentierfamilie, die mit dir zieht, die dir den Schlitten zieht, die nur auf dich hört. Nicht im Traum denkt so ein gewichtiger Elch daran, dir auch nur einmal die schwere Tasche zu tragen. Ein Rentier schon eher, bis vor die Haustür trottet es mit. Aber am nächsten Morgen, wenn du um zehn nach sechs in der Finsternis froh aus dem Haus kommst, ist Neuschnee gefallen, hat es natürlich doch nicht auf dich gewartet.

Im Sommer auch Krokodile und Flußpferde. Ende Juni die ersten, sie kommen die immer seichter werdende Lahn herauf, erst nur vereinzelt, dann in der wachsenden Dürre in immer größeren Scharen. Wie Schlammbänke liegen sie tagelang reglos im lauwarm ermatteten Wasser; wochenlang kein Tropfen Regen, kein Hauch. Du bist zu so einer Schlammbank hin und hast dich davongeträumt in der Sonne, im Halbschlaf. Erst beim Gehen merkst du, das ist ja auch wieder so ein dösendes Nilpferd gewesen, auf dem du geruht hast, atmend. *Ein* Einhorn in jedem Wald, so scheu sind sie schon geworden. Und so selten, hier bei uns, die Einhörner. Genauso die Wundervögel und Zauberpferde. Kaum je Eisbären hier, Pinguine bis Mitte März. Wölfe nur in der kältesten Zeit des Jahres – und auch nur, wenn dir auf weiten Wegen unversehens die Nacht auf den Hals kommt. Heimwege. Im eisigen Januar. Meistens dann wirst du dich im letzten Moment mit deiner Troika retten. So pfeilschnell und vogelleicht fliegt sie dahin, so munter traben die Pferde, klingen die Schlittenglöckchen, daß du deinen Weg wie im Traum da über die leere schimmernde Weite des Nachthimmels nehmen kannst. Und erst bei den ersten Häusern auf die Erde zurückgekehrt bist, da hatten die Wölfe längst deine Spur verloren.* Sacht jetzt gleitet der Schlitten im Windschatten über den festgefahrenen Schnee, der im Lampenlicht schimmert, und am Dorfrand bellen die Hunde. Ein Kind rennt über die Straße, in allen Fenstern ist Licht. Noch gut, daß du dich deiner Troika erinnert hast in der Gefahr, in der Eile, im letzten Moment.

In der Vergangenheit sollen hier am Nordhang hinter der Burg noch die Riesen gehaust haben. Lang kann es nicht her sein. Wer weiß, haben vielleicht jetzt noch hier ihren Spielplatz. Die Sonne kommt nie hierher. Riesen müssen es auch gewesen sein, die diese mächtigen schwarzen Scheuern gebaut haben, die jetzt Jahr für Jahr leerstehen auf der Höhe und blicken dich abweisend an; Fundamente aus Feldstein. Solche Unmengen Klafterholz hier gestapelt, so nah beim Dorf und doch rührt es keiner an. Sooft du kommst, sind wieder Bäume entwurzelt und umgeknickt, ein Bussard kreist über den Scheuern und die Felsblöcke liegen jedesmal anders (es heißt, daß die Steine wandern). Wie soll man das Holz auch abfahren? Hier am Nordhang die wenigen Wege machen sich alle beizeiten davon, verleugnen sich selbst, biegen ab, kehren um, führen ins Dorf

* Oder sich mit dir angefreundet – sie wollen, du sollst ihnen Namen geben!

zurück, rennen ins Tal hinunter. In die Menschenwelt, in die Abendsonne. Oder langhin auf die Hochfläche zu, auf die Weiß' Erd' und dem morgigen Sonnenaufgang entgegen. Nur hier und da ein steiniger Pfad, der dich in vielen Windungen immer steiler bergan führt, es ist immer der gleiche. Nicht einmal mehr ein Pfad, nur noch Wegpfähle, die auch immer seltener werden. Da kommen dir die letzten schon den Hang herunter wie verirrte Schafe entgegen, wie mutlose Zwerge: sie haben sich jetzt ergeben. Wenn du noch weiter willst steigen, das weißt du, geschieht es auf eigene Faust und Gefahr. Das spärliche Gras und Kraut das hier wächst, ist so bitter, so hart, daß nicht einmal die Schafe und Ziegen es fressen wollen; erst recht nicht Kühe und Pferde, die bleiben nicht hier. Die Schafe, wenn du sie hierherführst, kehren wie die Wege gleich um, blöken stur und drängen mit ihren Schafsgesichtern ins Tal hinunter. Hinüber zum Kirschenwäldchen. Auf den Sandweg, den roten Weg, sogar zum Friedhof: nur weg hier! Jede Richtung ist ihnen recht. Die Ziegen, erst denkst du, denen gefällt es ja hier, so springen sie und klettern herum. Bis eine zu schnuppern anfängt: auf einem Felsblock steht sie, hebt die Nase und starrt. Jetzt merken es auch die andern, stehen und schnuppern und sind dir auch schon davon. Halsüberkopf wie Gemsen davongestürzt. Du hast noch Glück, wenn du sie nach drei Stunden auf den Märzwiesen, auf der Pfingstweide vollzählig wiederfindest, keuchend, die Augen noch gelb vor Schreck. Und fressen zur Beruhigung, fressen mit doppelter Geschwindigkeit. Den Klee und das saftige Talwiesengras. Dem Baldur seine vier dürren Ziegen, du hast sie überhaupt bloß aus Gefälligkeit mitgenommen. Dumm sind die Ziegen nicht; die Felsblöcke haben Gesichter, wie im Spiel hingeschmissen liegen sie kreuz und quer. Und liegen so auf der Lauer. Wenn du am Dorfrand nicht umgekehrt bist, konntest nicht, beim Poul nicht umgekehrt bist, an der Dreschhalle nicht und auch nicht bei den Friedhöfen, nicht im Steinbruch und nicht einmal weglos und frierend am Nordhang hinter dem Burgwald: dann wird es ein weiter Weg.

**Im November.** Über die Hardt gehst du, nach Norden zu eine menschenleere Hochfläche. Die Weiß' Erd', von hier kommt der Winter ins Dorf. Immer länger die Nächte. Morgens sitzt jeder in seiner Küche. Beim Ofen, am Fenster siehst du sie sitzen als ob sie die ganze Nacht durchgewacht hätten und warten darauf, daß es hell wird. Jeder für sich, man muß nach dem Wetter sehen und hätte dies und das noch zu richten und auszubessern, wenn es nicht schon zu spät ist. Das Dach, das Zaumzeug, die Wetterseite der Scheune. Für das Dach ist es schon zu spät. Mit dem Zaun und dem Zaumzeug kann man sich Zeit lassen; für die Scheune, genau besehen, müßte man ein Gerüst aufstellen, vorher nochmal Gras mähen. Woher aber ein Gerüst? Haben ja nicht einmal unsere Maurer und Anstreicher hier Gerüste, sondern behelfen sich so mit allerlei Seilen, Leitern und Bohlen. Auf gut Glück, unverdrossen wie Käfer, verunglückte Käfer, Käfer in Rückenlage: greifen blindlings nach jedem Strohhalm.

Dem Schuppen aufs Dach steigen und über den gütigen alten Apfelbaum, das geht, aber dann ist es nicht die Wetterseite, sondern nach Süden die Giebelwand wo sie sowieso jedes Jahr ihre überzähligen Farbreste draufschmieren, zuversichtlich. Könnte jetzt nicht so eine weltbekannte Schnapsfirma daherkommen und ihnen ein gigantisches Blechschild sieben Millimeter auf die Wetterseite der Scheune nageln? Als winterfeste Bombenreklame! Und auch noch Pacht dafür zahlen, ein Heidengeld! Das Scheunendach auch gleich mit abgestützt auf Kosten der Firma, sie fragen nicht lang und bezahlen. Union Briketts, Becht's Tafelöl, Vivil oder Schachenmayr Wolle, *eine* Sorge wären wir los. Für das Geld gleich heut einen neuen Pflug bestellt und sehen, wofür es sonst noch wird reichen. Das Wagenrad richten lassen, am besten gleich alle vier. Sie sehen sich schon mit dem Geld im Beutel spazieren und keine Miene verziehen. Am heutigen Tag, der der richtige wäre. Indessen Frau und Tochter ohne Widerrede, nicht erst dumm fragen, mit Sorgfalt das spröde Novembergras mähen zum letzten Mal. Im Dorf erzählen, die Ölfritzen hätten nicht einen lumpigen Groschen gezahlt, woher denn? Im Gegenteil, noch die guten Stützbalken teils ruiniert. Das bißchen heutige Gras würden ihnen für die Ziege, zwei Kühe, den Ochsen, getrocknet auch überdies für zwei Schafe die noch gar nicht da sind, für noch zwei gesunde Kälbchen (die es erst anzuschaffen gälte, umsichtig, von dem erträumten Uniongeld, ein guter Kauf) und dazu für die elf Karnickel: wird wie durch ein Wunder den ganzen Winter lang reichen.

Jetzt in Gedanken am Küchentisch sehen sie das Vieh schon vermehrt, satt und rund, hat sich gesundgefressen, derweil es vorm Fenster stundenlang qualvoll vergeblich tagt, im Mund das Gebiß drückt; als einzigen Trost die heiße Kaffeetasse in den Händen. Barfuß, in Schlappen, in dreißigjährigen Holzkleppern: mich friert. Wie fremde Zeugklumpen schwer sind die zwo eigenen Hände am Morgen. Fröstelnd die bleichen alten Zinsfüße betrachten, bedenken, die Morgenfrühe. Die Sorgen, die Pacht, die Schulden – wie zahlen, mit was? Das Saatgut, das Wetter, die Zinsen, wie soll man das aufrechnen? Ernte, Erbteil und Aussteuer, sollen sie jetzt schlau zwei Äcker verpachten und zwei andere dazupachten, Handtuchäcker am Hang, den Waldanteil verpachten und das Holz zurückkaufen um jeden Preis oder umgekehrt? Die Zinsen so oder so sind Ende November fällig, rückwirkend. Ist die Ernte unter dem Dach, geht die Rechnung nicht auf, muß man gläubig einen neuen Frühling herbeibeten; das Vieh will doch auch im Winter fressen. Genau wie die Sparkasse mit ihren Beamten. Sollen wir nun einen Winterschlaf oder nicht? Jetzt der Scheune die Ehre erweisen, obzwar es seit zwei Jahren in die eigene Schlafkammer hineinregnet und in die Mädchenkammer hineinregnet? Bei der Dachstiege und in die Räucherkammer auch bald hineinregnen wird. Ja, wenn sie einen gelernten Maurer zum Sohn hätten, einen fleißigen Dachdecker zum Sohn hätten und einen tüchtigen Zimmermann als rüstigen alten Großvadder! Und selbst ab und an auch noch ein bißchen Glück mit auf den Weg, glückauf!

Ob nicht bald der erste Frost, dann bleibt uns nur noch das Holzfahren mit Verlust. Wo bloß die Schafherde bleibt dieses Jahr? Sind nicht schon die Krähen ins Dorf eingefallen? Pläne, Pläne, es lohnt kaum die eigenen Stiebel, geschweige denn, daß man das Vieh herausfüttert und anspannt in aller Frühe. Die Tasse, eine zerbeulte Aluminiumtasse, aus der Kriegsgefangenschaft heimgebracht. Bauchweh, man weiß nicht warum und wofür! Da kommt die eigene Frau von der Milchablieferung schimpfend zurück, mit Kannen und

Deckeln scheppernd. Wenn du ihr jetzt auftragen wolltest, noch heute ein letztes Mal mit doppelter Sorgfalt das spärliche Gras im Obstgarten soll sie mähen, mit Gottes Segen, erst mit der Sense, dann mit der Sichel, da hört sie dir gar nicht hin. Mußt du noch dankbar sein, wenn du ihren Unmut nicht von den Nachbarinnen und Kannen hinweg schon persönlich auf dich gelenkt hast. Mit Vorbedacht eine Brotrinde kauen. Seit sechs Uhr früh mit der Küchenlampe, vorher in der Finsternis seit fünf Uhr früh unruhig da am schwarzen, dann nachtblauen Fenster sitzen, mit wachsender Unruhe sitzen und jetzt wird es endlich hell: der heutige Tag. Jetzt kannst du die Lampe ausknipsen, gähnend. Jetzt ist das heutige Milchauto dagewesen und du hast es gar nicht gemerkt! Jetzt werden sie als erstes ein bißchen Holz wieder hacken, dann die Scheune betrachten, den Himmel betrachten, ob nicht doch heute die Wollfabrik ihrer Träume mit dem haushohen Blechschild? Daß Gott ein Einsehen endlich hätte! Schon vor dem Krieg gut zwanzig Jahre vergeblich darauf gewartet; Kriegswinter zählen doppelt. Alle zwei Stunden unnütz den Hof kehren, Gedankenspreu. Hier einen krummen Nagel einschlagen, verzagt und erbittert, dort sich mit Fluch und Gebet noch ein Weilchen behelfen, mit leeren Händen und fahrigen Gesten. Am liebsten, schwebt ihnen vor, sich mit Zuversicht und Geduld wappnen und pfeifend die Obstbäume stutzen, so ein düsterer Tag, aber nach dem Kalender ist es die *falsche* Zeit. Wer es vermag, das Gesicht wechseln; der Schal, den sie umhaben jetzt im Herbst, ist egalweg ihr Tag-und-Nachtschal. Und warum soll man ihnen die eigenen Sorgen nicht auch jederzeit ansehen? Wird ihnen auch heute nichts besseres einfallen, wie daß sie die zwo Kühe wieder auf den Grasweg hinausführen: sollen sich noch einmal gratis sattfressen, eine Galgenfrist; der Grasweg der allen und keinem gehört. Morgen auch und so bis der Frost da ist. Dann sich aufraffen, es wird Zeit, und mit dem fadenscheinigen Zaumzeug schwerfällighalsbrecherisch Holz fahren, Klafterholz. Jeden Tag, bis in die Woche vor Weihnachten. Und aufs Frühjahr hin, wenn sie den Verlust ausgerechnet haben, wenn sie mit der Feldbestellung diesmal beizeiten zurechtkämen, es wäre das erstemal, sich dann noch sechs Wochen mit Glück im öffentlichen Straßenbau verdingen. Am besten mit Fuhrwerk, die schadhaften Räder im Kopf, und langfristig von einem Kälbchen träumen, wenigstens *übers Jahr*.

Jeden Tag wieder, jetzt im November, siehst du sie in den Küchen sitzen. In aller Herrgottsfrühe: erst wie ohne Namen und Erinnerung verschlafen im Dunkeln sitzen und frieren, fast *unsichtbar*, warum denn schon wach? Jeden Tag früher jetzt wachen sie auf und wissen nicht recht warum, sitzt ihnen doch eh und je die Müdigkeit in den Knochen, jahrealt. Und wissen, daß der Winter über die leere Hochfläche aufs Dorf zuwandert, mit jedem Tag näherkommt. Dann um sechs steht die eigene Frau auf und wundert sich, sobald sie die Küchenlampe angeknipst hat, macht ein Feuer im Ofen, setzt Kaffeewasser auf: Was sitzt du denn hier wie ein Geist in der Frühe im Dunkeln? Ja wirklich, wie vom Windbruch Erschlagene die keine Ruhe finden im Jenseits, sie wundern sich selbst. Wird ihnen nach und nach erst einfallen, wer sie sind oder waren, warum denn schon wach? Und wie blind, lahm und taub auf der Wanderschaft nach den eigenen gestrigen Hosenträgern und Schlappen suchen, murmelnd den heutigen Tag suchen: vor dem Fenster ist es noch dunkel; nix kommt, wenn man ruft! Wie denn überhaupt hierhergekommen aus dem eigenen warmen Bett, wie und wann?

Erst in Hosen und Schlappen in den eigenen Körper mühsam zurückfinden, zitternd vor Kälte und sich gleich wieder wegträumen – wo bin ich, wenn ich nicht bei mir bin? Der eigenen Frau wie im Schlaf antworten, sie gibt sich längst selbst ihre Antworten. Im Flur vor der Tür: die unentwirrbaren Hosenträger von den Dielen aufheben und betrachten, warum du dich nicht längst aufgehängt hättest auf dem schweigenden Dachboden? Statt erst in diesem Spätherbst: es auf die innere Unruh und den zwielichtigen heutigen Tag ankommen lassen! Mit der Kohlenfirma, die ausbleibt, hätten sie einen doppelten Schnaps auf das Blechschild getrunken, Jahre und Jahre pünktlich die Pacht kassiert; wir hätten müssen nicht sterben brauchen! Soll man gehen und den Pullpumpen spitzfindig Vorträge halten? Mit einer Laterne ihnen Vorträge halten; sind aus Gußeisen. Hin und her, zitternd vor Kälte, sodaß dir die eigenen künstlichen Zähne schon in der Hand zu klappern anfangen: automatisch. Sollen die Zähne doch auf der Fensterbank warten, grinsend zu Füssen der gläsern spiegelnden Finsternis. Die eigene Kaffeetasse auf den Küchentisch stellen, Wachstuch mit Blumenmuster, und wieder an die Gefangenschaft denken. Dazu steifgliedrig sich die Hände reiben über dem schnaubenden Ofen; die eigene Frau bringt schimpfend den Tag ingang.

Hustend die Pfeife suchen, den Tabakbeutel suchen und dabei wie gewohnt mit dem toten Großvadder reden. Besser man hustet, wenn die Frau *nicht* dabei ist. Mit Gott reden, mit den Sorgen, dem Vieh, dem Gemeinderat. Viel zu verzagt, um die Hände zu ringen. Mit der alljährlichen Holzversteigerung reden, mit dem Boden, dem Wetter. Mit dem Zweigstellenleiter von der Lollarer Sparkasse in Lollar persönlich reden und hier mit dem lebendigen Feuer im Ofen. Sogar mit der eigenen Frau: Obacht, die Milch, jetzt ist sie übergekocht! Besser man redet mit ihr, wenn sie *nicht* da ist! Rasieren werden sie sich erst wieder am Totensonntag: in aller Ruhe, da können sie den ganzen Vormittag dafür aufbrauchen; jetzt reicht es, wenn man sich gründlich kratzt, bis man ins Gähnen kommt und gähnt bis die Augen tränen. Dann in Einsamkeit die erste bittere Morgenpfeife auf nüchternen Magen und dabei in der Frühe und immer noch frierend fast vergehen vor Sehnsucht und Sorgen – wird es nicht endlich *hell*?

Immer länger die Nächte. So siehst du sie in den Küchen sitzen, jetzt im November: wenigstens in Gedanken siehst du sie sitzen, wie du sie immer gekannt hast. Eins nach dem andern hast du, solang es noch dunkel, in den Küchenfenstern die Lichter angehen sehen; noch heute könntest du jede einzelne Küchenlampe im Dorf aus dem Gedächtnis zeichnen und hörst den Morgenzug fahren. Aus dem Jahr 1951. Die Frühschichtler längst außer Haus, aus dem Dorf. Im Fabrikschritt. Hastig hinein jeden Tag mit Aktentasche und Eßgeschirr in ein anderes Leben, fremde Zeit, in der sie sich selbst nicht gehören, enterbt wie die Krähen, verlorene Seelen. Meistens die Frauen dann sind es, die werktags zuerst aus den Häusern kommen. Gehen ohne zu zögern zu den Milchsammelstellen und holen die leeren Kannen, sobald das Milchauto da war. Ist es zu spät dran, stellt man sich zu den vollen Kannen die schon am Abend vorher zurechtgestellt, die geduldig gewartet haben: eine kurzhalsig kopflose Schar. Aus Weißblech, aus Zink, mit Hauszeichen drauf, sie spiegeln gewölbt den Tag. Steht man daneben und fragt sich, wo das Auto wohl heut wieder bleibt? Finden nach und nach auch aus den Nachbarschaftshäusern die Frauen sich ein, die Lina, die Lisa, die Lisbeth, und man fragt sich gemeinsam. Bis es doch endlich kommt, damit der Tag seine Richtigkeit, hat schon dreimal vergeblich begonnen und kann jetzt endlich ordentlich anfangen. Sind der Milchautofahrer und sein Gehülfe nicht allweil zu einem Scherz aufgelegt? Da ist es kein Wunder, wenn sie die meiste Zeit zu spät dran und tun sogar darüber sich noch belustigen. Auf dem Rückweg die Hinkeln rauslassen, dann das Vieh füttern oder erst noch selbst nix im eigenen Magen: wenigstens schnell einen Bissen. Jetzt im November, heller wirds heute nicht, muß man die Hinkeln direkt mit Gesang aus dem Schlafstall locken, so sind diese Tage beschaffen. Sobald es eine Ahnung nur hell wird, gleich die ersten verschlafenen Kindergesichter auch in den Fenstern. Genauso hast du all die Jahre deine heiße süße Morgenmilch auf der Fensterbank sitzend in kleinsten Schlückchen getrunken, vier-fünf-sechs Jahre alt in ewiger Gegenwart eben erwacht. Jetzt kommen die Männer auch vor die Haustür. Muß jeder erst sachkundig ernst den heutigen Himmel betrachten, bevor er vor dessen allgegenwärtigem Blick im Schuppen, im Stall, auf den einsamen Abtritt verschwindet.

Auch schon die ersten Frauen mit Einkaufstaschen, mit Körben. In den Kaufladen und zum Bäcker. Ein Fuhrwerk die Straße hinauf: der Simon mit seinen zwei milchweißen Ochsen, so früh schon wohin? Schon im ausgeklügelten Zickzack von Haustür zu Haustür die Briefträgerin und läßt sich von nix beirren, nicht einmal von sich selbst. Den Schmied hörst du hämmern. Der Schouldiener kommt mit Schippe und Besen vor das Tor und raucht hintereinander neun Zigaretten; wie ein vornehmer Teufel sieht er aus und du kannst dich an ihm nicht sattsehen. Der Gemeindediener auf seinem heutigen ersten wichtigen Gang, mit sich selbst fuchtelnd; wenn er grüßt, grüßt er immer gleich drei- oder viermal, so gewandt. Längst hat ein Hahn gekräht, haben alle Hähne im Dorf gekräht, haben die Hunde sich eilig auf den Weg gemacht, gehen selbstbewußt ihren weitläufigen Morgengeschäften nach. Und jetzt endlich siehst du die ersten Kinder in Gummistiebeln herauskommen – oder bist du das nicht schon selbst und sitzt hier und siehst dir nach? Von deinem Morgenfenster aus, die ganze bekannte Welt ausgebreitet zu Füssen, lebendig, den Dorfplatz siehst du, die Kreuzung, vier Straßen die jederzeit hier ihren Anfang nehmen und so wirst du zeitlebens nicht aufhören können zu wandern und immerfort heimzudenken. Unter vielen Himmeln, in neun Höfe hinein hast du allzeit zusehen können, wie der Tag aus den Winkeln kriecht, sich die Augen reibt, wie das Vieh angespannt wird; jeder Handgriff hat seine eigene Ordnung. Und daß uns kein Augenblick je zurückkehrt. Und bergan, wenn es tagt, den Burgberg hinauf baut sich jeden Tag wieder aus der Dunkelheit mit seinen Jahrhunderten Zeit und Stille das Dorf vor dir auf. So ein Wetter ist wieder, daß jedes dritte Kind Mütze, Wollschal und selbstgestrickte Ermahnungen nachgeschmissen muß kriegen; die anderen längst außer Sicht. Ganz voreilige gibt es, denen werden sogar die überkommenen eigenen Gummistiebel paarweise nachgeschmissen, weil sie in Strümpfen schon auf die Treppe vorm Haus: beim Schmied wird ein Pferd beschlagen! Die meisten Gummistiebel sind ein paar Nummern zu groß, das ergibt so eine Art Seemannsgang, an den man sich jeden neuen Herbst wieder schnell gewöhnt hat. Morgen und Schiffe in großer Zahl treiben den überfluteten Rinnstein hinab, immer schneller in Fahrt kommen sie. Nur die zahlreichen Bachstelzen stören ein bißchen das prächtige Bild, weil sie nicht einsehen wollen, daß sie nicht in den Maßstab hineinpassen: nicht zu belehren.

Wo die Schafherde bleibt, sie sollte längst da sein. Im November, jedes Jahr wieder, warten wir jeden Tag und fragen uns, wer wohl zeitiger kommt dieses Jahr, der Schnee oder die Schafe? Was soll ihnen denn passiert sein? Gleich unzählige Unglücksfälle wie Hagel von allen Seiten, sogar *wenn* man dem Schäfer will trauen, was nicht gesagt ist. Wie soll man einem denn trauen, wenn er nicht da, wenn man nicht einmal weiß, wo er ist und sich aufhält? Vielleicht kriegt ihn keiner je wieder zu Gesicht und mit ihm die Summe der Tiere. Von uns hier. Und dann, spät einen Abend, ist sie doch noch gekommen die Herde. Jedes Jahr wieder. Am nächsten Morgen mit deiner Milch auf der Fensterbank weißt du nicht mehr zu sagen, ob du es nur im Einschlafen noch gehört oder bist schnell wieder aufgestanden und hast selbst mitgeholfen, sie eintreiben. Die einen Schafe gleich zu ihren Bauern, die anderen in den Winterstall unter dem Dreschhallendach: Mischt euch nicht so durcheinander, ihr Schafe! Sie haben Farb- und Brandzeichen hinter den Ohren und auf einmal geschieht dir, sehen die Jahre dich an. Eine windige Herbstnacht am Dorfrand. Mit Eisenbahnerlampen und Fackeln, die Kinder tun leuchten; die Schafe drängen sich blökend im Finstern, das ganze Dorf ist bis nach Mitternacht auf den Beinen. Der Schäfer kriegt von allen Seiten Schnapsflaschen und Tabakbeutel vorgehalten und fängt seine Rede immer wieder von vorn an: Joh also, gut ist es gegangen bis hierher! Gewachsen ist sie euch, die Schar! Jeder hat angefangen zu lächeln und lächelt jetzt immer weiter. Inmitten von Schafatem, Schlaf und Herdengeruch: riecht es nicht schon nach Schnee? Die Schafe blöken, stolpern und drängen sich, sie können im Gehen schlafen. Mit fünf, wie das zuging, hast du selbst noch schlafen können im Gehen. Und dabei mit der Fackel leuchten und zusehen, daß das schlafende Schaf sich beeilt und im Schlaf nicht abkommt vom rechten Weg. Jedem einzelnen Schaf hast du im Gesicht seine Freude ansehen wollen über die glückliche Heimkehr, auch noch im Schlaf und ihre Freude mit in deinen Schlaf genommen, spät im November. Und jetzt kann es endlich zu schneien anfangen.

**Jeden Frühling und Herbst auch warten wir wieder,** ob nicht Schausteller kommen wollen: eine andernorts hochberühmte Theatertruppe, eine fahrende Welt-Tierschau, ein internationaler Europa- und Übersee-Zirkus, das Zelt wie ein Dom so groß. Wahrhaftig, wie unsere Dreschhalle. Allein die Beleuchtung; die Wohnwagen mitten im Dorf fast schon eine Stadt für sich: sechs Stück wäre nicht zuviel gesagt.

Für die Theatertruppe hätten wir auf der Burg einen Anbau mit Saal, der sogar uns, obwohl wir ihn doch kennen und daran gewöhnt sind, jedesmal wieder geradezu überirdisch vorkommt. Man sitzt wie auf einem Gemälde: Herrschaften! Die fahrende Tierschau kann man der Wissenschaft halber auf dem Schulhof aufstellen und für den Zirkus die beste von den Gemeindewiesen, trocken und windgeschützt, beinah wie von unten geheizt, sie wäre uns nicht zu gut. Nicht nur die Kinder sind es die warten, die Jugend, die Männer und Frauen genauso. Die können das Warten bloß besser aushalten in die Nacht hinein, mit Arbeit und Sorgen. Genauso den morgigen Tag, daß er kommt. Die Alten auch, sie fragen die Kinder. Sie sitzen beim Ofen, die Alten, und es ist ihnen anzusehen. Eher noch werden sie im Hof unterm Vordach sitzen, in der Scheune sitzen, im dämmrigen zugigen Schuppen, wenn es nicht gar zu kalt; sonst in der gesammelten Viehwärme im dunstigen Stall, bequem auf dem hundertjährigen Melkschemel: kommt ihnen vor, hier sind sie eher bei der Hand um sich nützlich zu machen, als wenn sie im Haus, als wenn sie nur ihre Tage beim Ofen absitzen, unter der Uhr. Hier im Stall ist es warm, sie sind sich ihr eigener Aufseher und können die ganze Zeit ein wachsames Auge auf das dösende Vieh: daß der Ochs die Kette nicht so verwickelt! Nun haltet in Gottes Namen doch eure Füße beisammen, ihr Moorsoldaten, ihr jungen Marschierer! Das gilt den Kühen, denen sie zum Zeitvertreib allerlei Namen verleihen, schon eher Berufe und Würden. Und eine Handvoll guterhaltener Spreu zwischen den Hufen ächzend auflesen, geduldig glattstreichen und vor so ein großes verträumtes Maul halten: friß, damit es nicht umkommt, Gevatter!
Dann wird es schon Zeit, hinter der Wand nach den vermaledeiten Säuen wieder zu gucken, ob sie auch tüchtig grunzen? Nicht zu schnaufen vergessen! Den geräumigen Nachmittag lang im dämmri-

gen Schuppen neben dem knorrigen Hackstock sitzen, keine Zeit haben und ihm immer ähnlicher werden (dem Schuppen, dem Hackstock, dem Nachmittag): sich selbst immer ähnlicher und jaja sagen in der Zugluft. Und nicken, mit dem eigenen Kopf. Immer wieder ein gehöriges Trumm Holz, einen Mordsklotz auf dem Hackstock zurechtlegen, mehrfach zurechtrücken, ha, deutsche Eiche! Sich die Nase schneuzen mit Daumen und Zeigefinger. Und mit der Axt, schnaufend, schon jetzt außer Atem, in Wut geraten, mit der gesamten eigenen Erfahrung und verbliebenen Kraft, mit einem einzigen Schlag den Klotz in sechs wunderschöne gleichgroße Scheite. Wie eine Blüte hell muß auch der hartnäckigste Keil und Brocken sich öffnen auf einen Schlag hin. Dann wieder ein Weilchen sitzen, den Daumen zurechtbiegen und sich sagen, daß man das Holzhacken jetzt besser denn je versteht: man kann sich in das Beil hineindenken, in den Hackstock, in den Holzklotz hinein und schließlich in die sechs nackten lächelnden Scheite. Haben wir je so deutlich vor uns gesehen die rechte Bewegung, den Bogen, den Schwung mit dem die blanke Axt durch die erschrockene Luft in die wir uns auch hineindenken können! Und den krachenden Schlag der die Ohren betäubt, wir hören ihn schon im voraus und lassen ihn lang noch nachhallen; hast du gehört? Unwillkürlich fangen sie an, mit dem Kruom, mit dem Zeuch, mit den Dingen im Schuppen zu reden und geraten dabei ein bißchen ins Keuchen, so ein großer Tag ist das wieder. Ihr Altersgefährte, der undurchdringliche Hackstock scheint neben ihnen auch immer größer und breiter zu werden und steht da und schweigt verstockt.
Da werden sie sich schließlich siegesgewiß auf ihren stolzen alten Plan wieder besinnen, daß sie aus den besten Stücken von drei alten zerbrochenen Riegeln aus drei verschiedenen Friedenszeiten einen neuen und ganzen zurechthämmern wollen, Tod und Teufel, einen der ewig soll halten! Werden sie zu den sorgsam gehüteten dreierlei rostigen Qualitätstrümmern gleich die Bruchstücke ihrer eisernen Erfahrung mit hervorkramen; bald einundachtzig und noch jeden Tag was dazugelernt! Axt, Hammer, Zange, Eisensäge und Ölkännchen in einer innerlich tiefempfundenen ewigen Reihenfolge sich zurechtlegen! Jetzt aber wo kann die Feile sein? Sie erinnern sich ganz genau, daß sie im Kriegswinter 40/41 eine erstklassige *rostfreie* Feile versteckt, höchstwahrscheinlich vergraben haben – nur wo?

Jede Einzelheit im aufgeräumten Gedächtnis an Ort und Stelle, auch was sie sich dabei gedacht haben. Die Amseln im Schnee im Garten, reglos das kahle Strauchwerk, sie wissen es noch wie heute! Der Himmel der hell wurde in der Frühe, wie sie mit Stiefelschritten und Zuversicht durch die Scheune hinaus in den hohen, den unbetretenen Schnee. Und leuchtend und leer mit dem Frost gegen Abend über dem Scheunendach, da sind sie zum Haus zurück: die Feile geborgen, in Sicherheit; gerade für so eine Gelegenheit war sie gedacht, für die seinerzeitige Zukunft, den heutigen Tag, den sie damals kaum zu erreichen vermochten mit ihren Bedenken und Wünschen und haben doch vorgesorgt. Bloß der Platz will ihnen jetzt nicht und nie mehr einfallen! Edelstahl, Solingen. So klar und kalt ist die Luft gewesen, sie schmecken sie jetzt noch jederzeit nach. Niemals sonst keine Kleinigkeit je vergessen! Zum Schmied, ein paar überzählige Zangen leihen und im letzten Moment ihn wie nebenbei auch um eine Feile fragen – nur falls wir sie doch noch sollten zu brauchen haben: er wird nicht nein sagen können! Derweil ist ihnen der Schuppen längst schon zu eng geworden für ihre Vorbereitungen, längst haben sie Hof und Scheune auch mit Beschlag belegt. Ein Eckchen Straße auch: dazu hat man sie ja vor der Tür. Das Hoftor offengelassen; man wünscht sich, es wäre Frühling. Die Hinkeln eingeschüchtert und auf den Mist gescheucht, dem Hahn mit der Faust gedroht: Aus dem Weg, du Herodes! Esse und Blasebalg sollten wir haben! Dem Schmied seine leider sind fest gemauert und installiert. Hätten wir doch heute den Schlüssel für das praktische Waschküchenhäuschen, den trägt die Hausfrau ganz unnütz in ihrer Schürzentasche spazieren und man will lieber nicht fragen.

Endlich auch hat sich die erforderliche Kinderschar hinterrücks andächtig eingefunden: wie Primeln, gläubige Rotznasen. Wie im Frühling stehen sie unverdrossen und gaffen. Daß uns bloß der Tölpel, der Jungbauer und die unwissende Hausfrau jetzt nicht dazwischen hineingeraten und stören! In Gedanken, seit sie mit neunundsechzig widerstrebend den Hof übergeben haben, ihr' Sach', seit bald zwölf Jahren insgeheim müssen sie den Sohn oder ist es der Schwiegersohn immer noch Jungbauer nennen: jetzt auch schon bald sechzig und geht dazu noch jeden Tag auf Schicht auf die

Hütt' – hätten noch zuwarten sollen! Vom müden Aufwachen an tut so ein Alter auf den Nachmittagskaffee hinleben, das ist ihm jeden Tag wieder der liebste Moment des Tages. Jetzt aber über seinem Vorhaben mit den Riegeln ist ihm schon der Gedanke an den Nachmittagskaffee reinweg lästig – was soll er sich denn jetzt stören lassen? Daß ihnen nur nicht einfiele, nach ihm zu rufen! Immer mehr Kinder, erst muß man so tun, als ob man sie gar nicht sieht, im Eifer noch nicht bemerkt hat, dazu immer wieder wie ein Zauberer geheimnisvoll mit Worten und Werkzeug hantieren: die Worte, beiläufig fallengelassen, wird die ganze Schar gierig aufheben, das Werkzeug suchen die Geschicktesten wortlos zuzureichen. Ohne Aufforderung im rechten Moment.

Dann klug eine Pause: die Pfeife stopfen. Auf einem Holzklotz in der Schuppentür sitzen und fragen, ob nicht bald ein Zirkus zu uns ins Dorf kommt, ihr Kinder? Von weither Theaterleute vielleicht, sich verschnaufen; jetzt ist es doch Herbst geworden. Habt ihr Kinder noch keine Wagen den Berg heraufkommen sehen, bunte Wagen mit so zottigen kleinen Pferdchen davor? Der Waldkaiberkoarl aus dem Oberdorf hat solche Polackenpferdchen. Zigeunern muß er sie abgehandelt haben, wer weiß. So sitzen sie vor dem dämmrigen Hintergrund in der offenen Schuppentür, blasen Rauchwolken um sich her mit Bedacht und fragen die Kinder. Als hätten sie selbst weit zurück ein entferntes Leben beim Zirkus zugebracht und auf den Wanderbühnen der Welt. Vergangen, vergangen. Sie sitzen und es ist ihnen anzusehen, sie haben ein Menschenalter gewartet. Jetzt, nur dieses eine Mal wenn die Hausfrau sich herbeifände und ihnen ohne viel Umstände den heutigen Nachmittagskaffee herausbringen wollte: hier vor die Schuppentür. Mit Erntedankkringeln, den letzten die in der Blechbüchse auf dem Büffet, vier Wochen aufgehoben: mit jedem Tag schmackhafter sind sie geworden; mit duftenden Zimtwaffeln, als Herz, als Kleeblatt, als Stern ausgebacken: hat jedes Haus wie ein nahrhaftes Wappen seit ewigen Zeiten seine eigene Waffelform; mit frischen Kräppeln, in Fett gesotten, inwendig mit Hoink gefüllt: nehmt nur und eßt und trinkt! Und zum erstenmal nicht die *falsche* Tasse; jeder Alte im Dorf nämlich hat zu seinem Eigensinn seine besondere Tasse und, wie verhext, keine Hausfrau will sich das merken. Sitzen und seufzen, wie eine Höhle umgibt uns der Tag. Die Kringel hätte er großartig an die Kinder verteilt, den Kaffee Schluck für Schluck mit Behagen – noch nie hier beim Schuppen Vesper gehalten, ein langes glückliches Leben. Ja, das Zirkusvolk, jetzt weiß er nicht mehr, hat er vom Zirkus angefangen, um die Kinder als Zuschauer bei der Stange zu halten *oder* hat er die Riegel nur hervorgekramt um die Kinder herbeizulocken, daß er sie nach dem Zirkus kann fragen: beides! Jetzt kommt auch die Hühnerschar vorsichtig wieder näher und wagt sich pickend bis vor unsere Füße: sie haben aus Furchtsamkeit so schlechte Augen, daß ihnen jedes Staubkörnchen recht ist als Nahrung und kleines Glück. Und werden schließlich ja doch gerupft und gefressen, mager und zäh im Alter. Ja Kinder, einen Riegel wie für das Goldene Zeitalter! Und wenn ihr die Wagen den Berg heraufkommen seht, lang kann es jetzt nicht mehr dauern, dann zögert nicht, sagt gleich Bescheid. Abends oder morgens werden sie kommen: vielleicht käme eigens dafür die Sonne durch!

Heut nicht mehr, der Riegel wird morgen fertig. Haben sie jetzt den ganzen leeren geräumigen Nachmittag lang neben dem schweigenden Bruder Hackstock allein im dämmrigen Schuppen wie in Gottes Ohr, wie im eigenen Ohr gesessen und gekeucht und feurige Kreise gesehen und sind dabei immer kleiner geworden oder wie ist das zugegangen? Geschlafen und doch nicht geschlafen in einem? Hat es nicht auch gedonnert vorhin? Wie eine Höhle umgibt uns der Tag. Mit müdem Herz noch einmal in den Garten und der vergrabenen Feile gedenken: wenigstens die ist in Sicherheit. *Weiß wie Schnee* ist der Schnee gewesen und knirschte bei jedem Schritt! Da wartet der Abend schon hinter den Bäumen. Werden sich vorm Schlafengehn die brennenden nassen Augen wieder zwo Stunden lang mit warmem Kamillentee auswaschen: am besten man sitzt am Tisch und redet kein einziges Wort. Auf die Nacht hin brüllen die Kühe. Was sagt denn der Wetterbericht? Morgen wie ein Herkules neugeboren den Stall ausmisten auf eigene Faust und nochmal die Kinder fragen. Gut, daß die Kamille uns hierzulande jedes Jahr wieder umsonst wächst, umsonst blüht, in solchen Mengen: braucht man sie nicht mit allerlei trockenem Krautzeug strecken wie beispielshalber bedauernd den teuren billigsten Tabak. Der billigste immer noch ist unter der Hand der von den Amis: stabile Blechbüchsen mit einem geborenen Prinz drauflackiert; braucht man Beziehungen unter der Hand. Bindehautentzündung: hier heißt es die Alters-, die Weisheitstränen; besonders im Herbst, im Vorfrühling, morgens und abends, im Winter, in Wind und Regen und schließlich das ganze Jahr: sie sind da und sie fließen und hören nicht auf zu fließen. Den Tabak mischen ist eine Kunst für sich, Sonntagmorgen nach dem Rasieren.

Kommt ein Tag, da halten die Kinder es nicht länger aus. Sie tun sich verwegen zusammen und rennen den Berg hinunter, sind nicht zu halten! So viele trübe Tage geduldig gewartet und jetzt muß es unbedingt heute sein: sie wissen es ganz genau! Über die Schanz hin nach Lollar, da stehen sie bei den ersten Häusern und gaffen dem Zirkus entgegen. Bis über die Knie reicht ihnen in Gummistiebeln der Lehm, sie haben Stecken und Steinschleudern mit; man sieht gleich, daß sie nicht aus Lollar sind. Lollar liegt an der Schosseeh, von Anfang an: sie haben die Schosseeh als Hauptstraße, drei Kilometer. Erst ist es ein Straßendorf gewesen, eine lumpige Fuhrmannssiedlung, die kümmerlich von Mahlzeit zu Mahlzeit gelebt hat, dann ist gnädig das Eisenwerk gekommen, dann die staatliche Eisenbahn. Und seither hat es sich vor unseren Füßen zum Haufendorf und Marktflecken emporentwickelt; macht keine Faxen und merkt euch das! Der Herr Schoullehrer, ohne die Klasse aus den Augen zu lassen, mit Kreide zeichnet er das Dorf und sein Geschick und die dazugehörige Zeit, wie ein Häufchen von Winterkohlen, was so übrigbleibt nach einem langen Winter von einem kleinen Vorrat, viel ist es nicht, was er da mit Kreide an die Wandtafel zeichnet und alle Schüler zeichnen es knirschend vor Eifer mit Federhaltern in ihre Heimathefte hinein. Mit gesenkten Köpfen. Vom Morgen an ziehen Regenwolken durch den Saal. Wer Buntstifte hat, darf auch Buntstifte nehmen. In Lollar die Hauptstraße ist so beschaffen: sie fängt an jeder Biegung von vorn an. Für uns Staufenberger, wenn wir ihr in die Nähe kommen, für uns ist es so, daß wir uns nicht losreißen können – sie zieht und *zieht* uns so mit! Wir hätten vielleicht zum Bahnhof nur gewollt, eine Auskunft zur Sicherheit doppelt erfragen – oder nicht einmal das: bloß beim Römer im Laden uns ein einziges Schräubchen ausbitten (muß man anstandshalber nach dem Preis fragen, meistens wird es umsonst sein, so einsam und winzig); hätten aus der Apotheke für unseren kranken Nachbarn eine Kleinigkeit zu besorgen gehabt (ohne Eile; seit vierzig Jahren schon reibt er sich damit ein und sein Ischias kommt und geht), kurz in die überheizte Post auch hineingeschaut, die Sparkasse mit der neuen Tür nur von außen ein Weilchen betrachtet. Mit eigenen Augen. Längst sollten wir auf dem Heimweg sein, könnten bereits in aller Ruhe zu Hause beim Nachmittagskaffee sitzen, nach einem Mittagsschlaf, bequem in Pantuffeln, fern den Nachmittagszug fahren hören, den Abendzug, viele Züge, und ausführlich von unseren weltlichen Gängen und irdischen Abenteuern berichten – und kommen doch nicht los von dieser ewigen einzigen Straße. Dabei ist es nicht so, daß wir sie nicht kennen, im Gegenteil. Dreimal rauf und runter ist nicht zuviel gesagt: auf den eigenen Spuren. An einem Nachmittag wie dem heutigen; die Hütt' qualmt und stinkt, das Eisenwerk. Die Füße brennen dir schon, im Magen fehlt dir ein Vesperimbiß, wenn nicht gar das heutige Mittagessen und doch vermagst du nicht heimzugehen. Die Gastwirtschaften, jede ein anderes fremdes Land in deinem Gedächtnis. Wie einem Ochsen, wie einem sturen Betrunkenen schon mußt du dir zureden. Und gehst und gehst. Immer noch eine unermeßliche Metzgerei, ein Großstadtbäcker, ein himmlischer Friseurladen; jeder Bäcker ist hier Konditor. Man geht auf beiden Seiten auf Bürgersteigen, die Einwohner kennt man an ihrem Gang. Allein schon der Römer: eine Tankstelle mit Werkstatt, ein Fahrradgeschäft mit Werkstatt, ein Radiogeschäft mit Werkstatt. Gerade Flugzeuge hat er noch nicht! Reihenweise funkeln die Fahrräder dich aus dem Schaufenster an, sogar an Schnüren sind Fahrräder aufgeknüpft und hängen wie selbstverständlich von der Decke herab. Und was sollst du drei Schritte weiter an so einem trüben Tag zu solchen Mengen von Radios und Musiktruhen sagen, nagelneu. Bei der Tankstelle das Buderus-Schloß. Beim Fotografen sind Bilder ausgestellt: muß man mit Eifer nachsehen, ob nicht jemand Bekanntes dabei; dann fährt lang ein Güterzug über das Viadukt. Vielleicht fängt es an diesem Tag an zu schneien. Bis auf die Straße heraus duften die Friseurläden. Die Gastwirtschaften, willst du sie aufzählen, den Löwen, die Linde, beim Güterbahnhof, gleich fängt der Globus in deinem Kopf sich zu drehen an. Gibt es nicht einen Südpol auch? Und wenigstens zwei die Amerika heißen? Die Apotheke gibt es, eine Eisenwarenhandlung und zwei Drogerien. Jedesmal wieder. Drei oder vier Wollgeschäfte (haben sich eingefunden). Arbeitskleidung, Textilien, da winken dir die Kittel, die Pullover und Mäntel wie alte Bekannte aus den Schaufenstern zu. Wie aus dem Jenseits. Du erkennst sie nicht gleich, so ein Glimmernebel in deinem Kopf: was wollt ihr von mir? Unversehens fängt man zu grüßen an, soviele Hüte auch! Und zu rechnen: wenn nun jeder Lollarer sich alle zehn Jahre einen neuen Hut kauft? Genauso auch vor dem Schuhgeschäft und bevor du noch damit im reinen, kommt dir schon das zweite entgegen mit tausend polierten Schuhen. Ein Drucker und Stempelschneider, ein Farbengeschäft mit einem sprechenden Papagei auf dem Schild, eine Kohlenhandlung, Saatgut und Düngemittel. Das Viadukt hat den bösen Blick. Beim Tabakladen bimmelt ein Glöckchen, die Häuser rücken zusammen; vor jeder Biegung ist dir, du wirst dir gleich selbst begegnen. Die Lollarer kennt man an den Gesichtern: nichts entgeht ihnen. Soviele Blicke trägst du auf dir herum. Nur allein alle Ladenschilder zu lesen. Wenn du jedesmal stehnbleiben wolltest. Beim Kaufhaus Heyer weißt du schon nicht mehr, wo dir der eigene Kopf steht und gegenüber das Kino mit seinen Schaukästen – gerade hier ist es, daß man immer fast überfahren wird. Wie die Wochen in denen du nicht dawarst, dir im Gedächtnis zusammenschrumpfen und wegschnurren! Während die fehlenden heutigen Mahlzeiten in deinem Magen sich in der Leere gehörig summieren. Und mußt doch auch noch der Reihe nach gewissenhaft deine regelmäßigen Abstecher machen: zum Bahnhof, zum Güterbahnhof, zum Buderus-Werktor, zum Feuerwehrplatz. Ein Möbelgeschäft, als sollte man in den Auslagen wohnen und jeden Tag Hausputz halten. Als ob wir neun Leben hätten. Wie mondsüchtig gehen wir herum am hellichten Tag, die Straße selbst kommt uns mondsüchtig vor: so viele Läden und Sehenswürdigkeiten, als ob sie uns in mehrfacher Gestalt, in jedesmal anderer Reihenfolge gleißend entgegenkämen, auch im nachhinein nicht zu sortieren. Wie soll man sich losreißen hier, wie sich ausgezehrt sattsehen an dieser Fülle? Meistens erst abends, wenn die Lichter schon an sind, die ersten – über all dem Prunk kommt der Abend uns Staufenbergern in Lollar auf der Hauptstraße unverhofft wie ein Bettler daher – dann erst können wir uns hungrig, müde, betäubt auf den Heimweg begeben: *doch* nicht uns und der Zeit zum Gespenst geworden hier auf dem wankelmütigen Pflaster. Mit größter Mühe. Das Pflaster das uns nicht kennt. Wie mag es erst den Leuten aus Odenhausen und Salzböden ergehen, wenn sie nach Lollar kommen? Das sind solche Bauerndörfer auf der anderen Seite des Flußes, schon wirklich entlegen und weltfern mit ihren Scheuern und Gärtchen und Misthaufen; da wird es gut und gern Mitternacht bis die redselig heimkommen zu ihren Füchsen und Wildschweinen, noch ganz durcheinander. Dort hat der Mond einen Hof, der Wald kommt mit jeder Stunde ein paar Schritte näher heranspaziert, bis vor die Fensterläden und Haustüren. Und seit vielen Stunden schon schläft es, das Dorf. Nur einzig die Lollarer Kirche ist klein wie ein Backhaus, wie so ein Waschküchenhäuschen und auch schon ein bißchen baufällig. Als ob sie hier wegwill und traut sich nicht über die Straße, so dicht am Rand steht sie: in der gefährlichsten Kurve. Und blinzelt aus kleinen Fenstern, ganz schief steht sie da und duckt sich verschreckt und zittert, wenn wieder ein Auto vorbeifährt. Besonders die Lastwagen machen ihr Angst. Das Türmchen wie ein ehemaliger Taubenschlag, schwarz vor Nässe und Alter. Sooft du aus Lollar heimkommst, weißt du wieder nicht, ob sie noch steht, so *deutlich* jedesmal pflegt man sie zu übersehen.

Am Ortseingang von Lollar, *siehst* du die Kinder jetzt? Dieser Tag ist es: da stehen sie bei den ersten Häusern, die Hütt' qualmt, das Eisenwerk; es wird so ein naßkalter trüber Tag sein mit ein paar spärlichen Lichtern auf der Hauptstraße, Lastwagen donnern vorbei. Wenn sie eine Weile hier gestanden haben, wird es sie unweigerlich weiter die Straße hinein in den Ort ziehen. Sie haben Äpfel mit als Proviant, sie haben alle Taschen voll Bucheckern. Sie haben einen Hund mit der scheints keinem gehört, der ihnen jeden Tag neu zuläuft, so ein übereifriger schwarzer Köter mit einem Strohkordel um den Hals; er kommt immer wieder. Pfeil und Bogen haben sie nicht mit. Sie zögern, sie drängen, sie gehen ein Stück: es *zieht* sie; die Straße führt sanft bergab. Dann stehen und gaffen sie wieder. Nasse Füße. Die Äpfel vom Kaltersrain, saure Äpfel, sind alle schon angebissen; mit den widersetzlichen Bucheckern haben sie jederzeit alle Hände voll zu tun. Sooft sie ein paar Schritte gehen, ist der Hund jedesmal wie von Sinnen vor Freude. Sobald sie wieder stehenbleiben, von Ecke zu Ecke, bedrängt er sie mit Gejaul und Gebettel und mit seinen Hundesprüngen vor und zurück: eine mühsame Sprache; bedrängt sie die Straße mit ihrem gewaltigen Innen und Außen, als ob alle Wörter und Häuser sich mächtig auftun wie magische Spiegel, Steingötzen auch, wie himmelhohe Adventskalender voll fremder Leben und allgegenwärtiger Zeit; die lärmende Straße, als ob sie ohne Unterlaß durch sie hindurchgeht und trifft sie jeden Augenblick mitten ins Herz.

Und doch werden sie darüber keinen Moment lang vergessen, den Zirkus herbeizusehnen mit aller Kraft: seine Herrlichkeit. Und halten Ausschau, was heißt denn Geduld? Selbst wie Versprengte, ein verlorener Haufen hier auf der Lollarer Hauptstraße, sind sie dennoch bereit, in jeder Bewegung die sich ihnen bietet und zeigt, seine Vorhut zumindest zu sehen. Lastauto, Traktor, Ahnung und Pferdewagen, jede Täuschung kommt ihnen recht als Quartiermacher: sie glauben daran, solang es nur geht. Sogar ein Kohlenkarren und noch ein Kohlenkarren lassen sie glühend erzittern ein um das andere Mal. Und wenn der Zirkus international auch nur vorbeiziehen wollte, nur auf der Durchreise hier auf der Lollarer Hauptstraße, wo doch alles und jedes zu seiner Zeit, wo die ganze Welt sich schließlich immerfort tosend vorbeiwälzt: woher und wohin auch immer, sie hätten ihrerseits aus sich selbst heraus den Mut und die Zuversicht und würden ihn anhalten bis er steht, fest und sicher, Wagen um Wagen, und mit allen Zungen bereden – da den Berg hinauf! Daß er zu uns nach Staufenberg kommen soll! Einstweilen, sooft das Bild vor ihren Augen angestrengt zitternd zum Stehen kommt und wieder ins Fließen gerät unaufhaltsam, solang er noch ausbleibt und sie ihm entgegenhoffen, üben sie schon zur Ankunft die vermögenden Wörter in ihren Köpfen. Im Vergleich dazu kommt ihnen vor, all die Vergangenheit lang, ihr ganzes bisheriges Leben im Hof, im Schuppen, im Stall, verloren in vielerlei Winkeln seien sie der Sprache kaum mächtig gewesen. Im Geist jetzt wie Minnesänger zumindest, Frau Welt. Wir werden nie sterben! Der Zirkus, wenn er kommt, was soll er in Lollar, in Mainzlar? Die Lollarer und die Mainzlarer kommen gern auch zu uns, auch die aus Ruttershausen und Daubringen. Die Leute aus Daubringen würden vielleicht auch noch nach Mainzlar sich auf den Weg machen, aber nur höchstens einmal: man heißt sie die Dawringer Enten, weil sie so mühsam zu

Fuß sind. In Gruppen noch schlechter, da kommen sie gar nicht vorwärts vor lauter Bedenken und Zaghaftigkeit, kommen nie an. Doch schon die Lollarer gehen nicht mehr nach Mainzlar und die aus Ruttershausen und Odenhausen erst recht nicht. Zu uns kommen alle gern, auch wenn es bergauf geht. Wo hätten sie auch in Lollar noch eine anständige Zirkuswiese, die hat seit 1853 Stück für Stück der Buderus aufgefressen, die Hütt', das gierige Eisenwerk. Und in Mainzlar versinkt man im Sumpf, im Nebel. Oder steht auf der Höhe im kalten Nordost; daneben dampft fensterlos die Schamottfabrik. In Ruttershausen die Einwohner: sind ihrer sowenig, man kann sie alle nebeneinander auf eine Bank setzen; die Ältesten müßte man tragen. Dann sitzen sie schlecht und sehen nicht recht und verstehn nix und wollen alles aus nächster Nähe vor- und nacherzählt haben. Schwerhörig sind sie auch, das *stört* so einen Zirkus doch bei seiner Arbeit und Gala. In Ruttershausen gibt es nicht einmal Flüchtlinge. In Odenhausen die Hochwasserwiesen, wer wird denn auch jetzt im Spätherbst über den Fluß gehen? Der Fluß geht über die Ufer. Nicht einmal Störche bleiben solang. Nach Odenhausen kommt von außerhalb niemand, hinter Odenhausen kommt nichts mehr und die Odenhausener selbst kämen nur höchstens einmal. Weil es die Gemeindewiese ist, denkt jeder, er muß eine Ehrenfreikarte kriegen, die gleich für die ganze Familie gilt, die besten Plätze. Wir haben Sparbüchsen! Man sagt zwar die Ruttershäuser, aber die Odenhausener; sie stehen und sehen dem Fluß nach, wie er ihnen langsam davonschwimmt, stetig. Und kehrt nicht um. Wie sollten die einen Clown verstehn? Und weiter die Schosseeh nach Norden kommt nur noch Wald, kommt jeden Tag eher die Nacht. In Sichertshausen gehen sie nicht einmal auf ihre eigene Kirmes. Das Karussell dreht sich leer, die Kinder dürfen bloß aus der Ferne ein Weilchen zusehen. Ist das reiche alte Fronhausen ein Zirkusdorf? Es liegt so weit ab, daß wir nichts davon wissen. Wolfshausen, das ist eine Tagesreise weit und der Mühe nicht wert, die meisten Häuser sind leere Scheunen. Das ganze Dorf verkriecht sich so neben der Straße. Im Gras, im Gebüsch, in sich selbst, als ob sie Angst vor ihrem leeren Hinterland hätten, so ducken sie sich in das nasse Farnkraut. Bis Marburg hier auf der Schosseeh ist kein Dorf einen Zirkus wert, kommen nur Hügel und Kurven und hinter den Hügeln und Kurven wieder Hügel und Kurven, Feldwege, das Gras und der Wald.

Zu uns, wenn der Zirkus kommt, zu uns kommen alle gern! Wir würden auch helfen, das Zelt aufbauen, wir wissen wie es gemacht wird. Wir helfen den Mast aufrichten, hauruck, in der Abendsonne. Und halten den Blick in die Höhe und senkrecht den Mast und halten ihn, bis er allein steht, mächtig emporgewachsen auf unserer besten Gemeindewiese: ein Dreimasterzelt. Wolken ziehn, die Sonne steht tief im Westen. Kein Wind geht. Oder höchstens nur sacht ein bißchen – streicht flüsternd durchs Abendgras. Wir reden den Seilen gut zu, wie schlafende Riesenschlangen schleppen wir die Kabel herbei, wir bringen das Licht und merken uns die berühmten Artistennamen. Es wäre nicht der erste Zirkus der bei uns zu Gast ist. Sind wir nicht ehemals mit zwei Elefanten mit Elefantentreibern und Vorreitern durch die versinkenden Dörfer der ganzen Umgegend gezogen, die Lumdadörfer, die Lahndörfer, bis nach Nordeck und Buseck und Wißmar, eine Karawane im schrägen grauen Märzregen und haben die Zirkusplakate ausgehängt: jedes Vordach und Türgesims nützend, sie sollen nicht naß werden! Derweil die Vorreiter goldene Trompeten geblasen haben und die Elefantentreiber mit Dudelsack, Flöten und Trommeln musiziert. Im Regen, in einer Pause des Regens. Auf jedem Kopf einen Turban aus Indien. Mit Feuer gezaubert und wir sind dabei! Zwei Tage lang bis in die Nacht hinein. Die Elefanten fingen schon an, uns zu kennen. Hinterher die Plakate, Löwen, Tiger und Seiltänzerinnen, vollzählig wieder eingesammelt und den Abschied gelernt; der erste richtige Frühlingstag. Wie bei den Alten, wenn sie ins Erzählen kommen, kriegt jede Einzelheit fürs Leben ihre Bedeutung; warum sollten wir ihr die nicht zukommen lassen? Und bauen daraus eine Welt zurecht und werden nicht müde! Darüber werden sie auf der Hauptstraße schon bis zur Post, bis zum Sonntagskino gekommen sein. Als ob sie sich tragen ließen von dieser Flut. Je saurer die Äpfel, umso länger hat man damit zu tun. Die vom Kaltersrain sind überdies hart wie. Den beschwerlichen Bucheckern sagt man bei uns nach, daß sie gut gegen Kälte wirken. So unscheinbar sie auch sind, du ißt sie und hörst gleich zu frieren auf. Obwohl es natürlich nicht geradezu verboten ist, daß sie als Staufenberger Kinder hierher nach Lollar auf die Hauptstraße kommen, eine Expedition, denken sie sich doch öfter Tarnkappen auf die Köpfe. Für den Hund auch gleich mit. Müssen ihn schon seit den Sommerferien jeden Tag vor den vielen Eltern im

Dorf verstecken, und reihum heimlich mit Futter versorgen. Zum Glück nicht schnäuwich, zum Glück frißt er dankbar und gierig alles was du ihm hinschmeißt und weiß sich gut unauffällig zu halten. Wie wenn er schon weiß, wo er hingehört. Die Ladentürglocken klingeln. Die Häuser stehen so finster und fremd, so sind hier die Häuser, sogar wenn sie jedes Jahr neu verputzt werden in dem hundertjährigen Eisenhüttenqualm, schwerer Rauch. Während der Nachmittag, in viele Bilder zerspiegelt, in den Schaufenstern und Ladentüren vergeht, im trüben Licht. Wenn sie lang genug selbstvergessen gegafft haben, gehen sie wie Indianer weiter. Auf dem Pflaster, ein fremdes Volk; die Ladentürglocken klingeln, Passanten stoßen sie an. Und doch hat uns *keiner gesehn* im Gedränge. Man würde in allerlei Händel verwickelt und hat doch in Wahrheit gar keine Zeit. Schon die Straße hier zu bestehen, sie ist uns wie ein gefährlicher Strom, sie saugt uns so auf. Züge fahren. Die Autos mit eingeschalteten Lichtern; wo denn hin? Vielleicht noch mehr Lichter jetzt und Passanten, vielleicht fängt es heute zu schneien an. Wie Blei die Straße in mattem Glanz. Je länger der Zirkus auf sich warten läßt, umso sicherer muß er doch kommen! Vor zwei, drei Jahren noch, bevor es das neue Geld gab, sind sie alle öfter zu uns gekommen: die Zirkusleute, die Schausteller, Zauberer und Fotografen. Feuerschlucker und Schlangenbändiger. Sogar ja die Kesselflicker und Besenbinder. Deshalb auch fällt es uns jetzt so schwer, daß sie nach und nach vollzählig ausbleiben. Und immer länger ausbleiben, Jahr für Jahr. Ja, vor dem Krieg, sagen die Alten, wenn sie unter der Hand die Kinder gefragt haben, und mehr noch vor dem ersten Krieg und davor. Wie die Kriege noch nicht gezählt worden sind, ihr Kinder, das waren eh und je Landfahrerzeiten. In Treis haben sie einen geborenen Feuerschlucker. Aber der arbeitet auch auf der Hütt', im Eisenwerk, jeden Tag, hat leider keine Seiltänzerin zur Frau und nützt seine Gabe nur bei Betriebsfeiern, im Gesangverein und abends am Stammtisch, der Kriskowiak, Leo. Jeder kennt ihn.

Ein Zirkus bei uns im Dorf. Wir wollen auch gern ein ganzes Jahr lang einen Schulaufsatz drüber schreiben, wir können ihn jetzt schon auswendig: Einleitung, Mittelteil, Schluß. Jedes Jahr wieder ein ganzes Jahr lang. Wenn es bloß eine Tierschau sein sollte, sind wir auch damit zufrieden und glauben ihr gern die Einmaligkeit, die Wissenschaft und die Lebensgefahr. Wir wollen jedem Tier seinen Namen glauben, aufs Wort. Und auch, daß der echte polare Eisbär in seiner Ecke bloß schläft, statt stümperhaft ausgestopft: unten hängt Filz raus. Daß der echte sibirische Wolf in den besten Jahren nicht bloß grau vor Alter ein räudiger niederhessischer Fuchs ist der elend friert, wir werden das mit unseren Zähnen beschwören; selbst Wölfe, so fühlen wir uns vor dem Käfig. Mit den vielen Hühnern wird es schon seine eigene Bewandtnis haben oder denkst du, so eine Welt-Tierschau wird uns Allerweltshühner zeigen? Und daß in dem Henkelkörbchen mit Deckel und Faden die Riesencobras nicht gereizt werden dürfen, versteht sich für uns von allein: solche mörderischen Giftschlangen! Der Schoullehrer wird sie im Lexikon nachschlagen. Wollen auch dem verkälteten Waschbär zuliebe nicht unnötig Staub aufwirbeln, wie befreundete Dachse tappen wir vorsichtig zwischen den Käfigen. Die drei fliegenden Hunde würden wir keinesfalls mit unseren unzähligen hiesigen Fledermäusen vergleichen, sind sie doch eigens aus Indien zu uns gekommen. Den ganzen Weg. Und gelten dort der aufgeklärten Regierung als heilige Teufel. Jetzt hängen sie hier kopfüber und zittern. Gibt es Eintrittskarten, so werden wir diese Eintrittskarten hinterher jahrelang im Nachtschränkchen aufheben und immer wieder betrachten, dann als Erwachsene noch Jahrzehnte wie amtlich im Büffet, im Küchenschrank. Auf einmal stehst du da und bist alt, hat die Vergänglichkeit dich gepackt. Kein Wunder, wenn in unserer getreuen Erinnerung die Tierschau immer größer, war nicht auch ein Walfisch dabei der ein Schiff verschluckt hat und einen Propheten? Das ist doch klar, daß der Vorführer, der Direktor, sein halbes Leben als Forscher und Großwildjäger, auch wenn er direkt aus Groß-Gerau stammt. Mit Glatze, Brille und Baskenmütze, dazu wie der Deines-Ludwich so einen praktischen Lagerverwalterkittel, elefantengrau. Und hat in allen Erdteilen von jeder Tiersorte das prächtigste Exemplar eigenhändig eingefangen. Merkt er in Alaska, er hat in Australien eine Sorte Tier glatt zu fangen vergessen: gleich nochmal hin! Die andere Hälfte sein Leben hat er schießen geübt und eisern darauf studiert. Deshalb auch zu seinem Fortkommen wollen wir ihm unter dem Kommando des Schoullehrers freudig seinen alten Hanomag anschieben: nur bis vors Schulhofstor, dann geht es ja sowieso steil bergab. Wir hätten auch noch eine Ehrenrunde durchs Dorf geschoben. Und wir stehen und winken den entschwindenden Kontinenten und verklingenden Fehlzündungen hinterdrein. Bis es anfängt zu regnen, zu schneien; gleich ist die Nacht da. Wir werden unsere ganze Kindheit lang Tierschau und Zirkus spielen und Expeditionen. Noch als Erwachsene, wenn wir allein sind und in Gedanken. Wie denn vergessen, so lang und so kurz ist die Zeit. Hieß nun aber der Walfisch Jonas, der verschluckte Prophet oder der berühmte Vorführer mit seiner landfremden Baskenmütze?

Wenn es Schausteller wären, Fahrende vom Theater, wir würden sie an den sprachlosen Hoftoren und Haustüren vorbei: vor den Augen unserer Eltern direkt auf die Burg zu dem Saal hin wollen wir sie geleiten. Als sei er vor gut hundert Jahren, ein verschrobener Anbau, eigens für sie gebaut worden, schiefergrau. Und hätte seither mit uns gewartet: geduldig bis auf den heutigen Tag. Man braucht für den Saal keinen Schlüssel. Das ist wahr. Wie das Paradies steht er allzeit offen und wir können ihn nicht beschreiben. Wolken treiben hindurch. Die Kulissen sind so gemalt, daß sich Vögel darin verirren. Wenn der Saal leer ist und du stehst auf der Bühne und rufst deinen Namen: dann dauert es jedesmal eine Weile, eine halbe Ewigkeit, bevor deine Stimme zu dir zurückkehrt, fremd und erschöpft. Wie nach Jahren: ein Nachmittag, wenn bei uns die alljährlichen Herbstregen zuendegehen. Die Welt-Tierschau, gegründet 1911, seit 1932 ein rein arischer Betrieb und für den Anschauungsunterricht an staatlichen Lehranstalten empfohlen mit mehreren Adler- und Löwenstempeln: 20 Dpf. nach dem neuen Geld. Wir haben Sparbüchsen. Uns müßten die Schausteller nicht erst erzählen, daß sie für gewöhnlich vor Königen ihren Auftritt: wir kämen uns selbst wie Könige vor, wenn sie im Saal für uns spielen. Wie soll man ihnen erklären, daß die Erwachsenen hier bei uns ihre Freude nie so recht zeigen wollen – sie können es nicht, sie wissen nicht wie! Vor lauter Freude müssen sie gleich ihre Sorgen herzählen, es könnte ihnen sonst eine verlorengehen. Womöglich für immer. Wir sammeln das ganze Jahr Kupferdraht, Alteisen und Stanniolpapier und verkaufen die Reichtümer kurz vor Ostern schlau an den Pillar, das ist der ehrlichste Eisenhändler weit und breit. So können wir uns leisten, keine Vorstellung zu verpassen.

Zu dem Eintrittsgeld, in der Hand angewärmt, bringen wir Berge von Brennholz mit, eigens ausgesucht, nur die schönsten Stücke. Auch Kartuffeln, Wurst, Speck, die müssen wir unter der Jacke tragen. Wenn die Eier nur nicht so zerbrechlich wären in unseren Händen und Hosentaschen, wir Kinder finden an einem einzigen schulfreien Vormittag leicht mehr als die Hausfrauen ihr Leben lang mühselig suchen. Wie das Leben selbst: jedes Stück soll uns recht sein und nicht zu verwechseln. Spielen sie mehrmals das gleiche Stück, wird jeder seine Lieblingsstellen im voraus schon wissen und doch immer neue dazu entdecken. Jeden Tag wieder. Und es *könnte* doch einmal anders ausgehen! Jeden Tag wieder. Die Erwachsenen auch tun sich in das Theater einleben, sie werden es bloß nicht zugeben. Aber auf einmal merkst du, sie reden ja selbst wie die Könige auf der Bühne daher und halten die eigenen Hände auf neue Art leer und großartig vor sich hin und stehen so unter der Küchenlampe. Sie haben einen anderen Schritt, sooft sie über den gleichen alltäglichen Hof gehen. Und womöglich kriegt die Betti, die Kuh, stolz einen neuen Namen. Warum soll so eine Kuh, wenn sie ihr ganzes Kuhleben lang zu unserem Haushalt gehört, nicht auch einmal Genovefa heißen; man darf es bloß nicht zu laut brüllen. Sehen wir die Eintrittskartenfrau nachher als Königinmutter mit einer Löwenperücke auf der Bühne sitzen und stricken, wieso sollten wir Anstoß nehmen? Wir werden sie aus der Ferne mit Achtung bedenken, wie im wirklichen Leben eine liebe Verwandte die unerwartet zu so hohen Ehren gekommen wäre. Vor unseren Augen. Zu Lebzeiten. Da haben die Frauen im Saal gern sachkundig einen Blick auf ihre königlichen Pantuffeln hoch oben, was die wohl gekostet haben? Und wie geschickt sie doch strickt in all dem verworrenen Bühnengeschehen – vielleicht einen nützlichen neuen Schal für den hustenden alten Könich? Wir durchschauen die Schurken und sehen doch ihre Notwendigkeit ein, aber wissen zu wem wir zu halten haben. Wir sind auch geistesgegenwärtig genug, im rechten Moment eine verlorengegangene Botschaft, ein verschlamptes Schwert, einen zum Unglück vergessenen Brief hoch auf die Bühne hinaufzureichen, damit das Schicksal nicht doch noch ungereimt stolpert. Wie Heiligenbildchen wollen wir die Eintrittskarten ehrfürchtig schonen und nach jeder Vorstellung zwecks Wiederverwendung geglättet zurückgeben, auch wenn wir sie gern behalten hätten.

Warum soll so ein buntes Zettelchen nicht auch ewig halten, wenn es eigens dafür gemacht und mit uns auf der Welt ist und hat in der Druckerei in der Stadt soviel Geld gekostet. Wir verstehen uns auch auf die lustigen Stücke. Je öfter ein Stück gespielt wird, umso mehr wird es uns ein Stück eigenes Leben, wie sollten wir darauf verzichten fortan? Wie denn nicht auch ein Puppenspieler mit seiner Familie: der ist uns genauso recht. Einmal ist ein Puppenspieler in einem grünen Samtanzug bei uns gewesen, der hat zwei junge Frauen und drei schöne Töchter gehabt. Selbst war er alt und beinah auch bucklicht, mit weißen Haaren bis über den grünen Kragen, ein feiner Mann. Adleraugen. Die eine Frau vielleicht doch nicht mehr ganz so jung, dafür zart wie ein Reh aus der Stadt. Selbstredend verstehen wir, daß es hungrig macht über die Maßen, als Einzelner mit sovielen Stimmen gegeneinander zu reden und an jeden Finger ein anderes Leben geknüpft. Mit hauchdünnen Fäden. Gerade als ob die Puppen durch ihn zu Recht auch ihr tägliches Essen verlangen. Für einen Puppenspieler mit Familie würde schon ein einziger Karren ausreichen: da könnten wir schieben helfen bergauf. Gleich Hafer und Heu holen für die zwei Pferdchen, derweil die Puppenspieler im Wagen ihr Öfchen anheizen; im Burghof sind sie gut aufgehoben. Sind ihrer wenige, umso länger werden sie bleiben im Dorf, in unsrer Erinnerung. Wieso denn auch einer Puppe die ihren Text gelernt hat, ihr kleines ewiges Leben, das kurze Nachleben in unserem Abendgedächtnis nicht gönnen?

Zigeuner die kommen nicht, wir sehen sie nur auf der Straße vorbeiziehen. Im Herbst und im Frühling, wir sehen sie nur aus der Ferne. In Bellnhausen, hinter Bellnhausen am Waldrand, da haben sie von alters her einen Lagerplatz. Wenn wir nun aus Bellnhausen wären, dort aufgewachsen, aber in Bellnhausen hat es kaum Kinder; das ist kein Dorf, nur im Wind eine Straßenkreuzung mit Häusern. So wenige Häuser, wie wenn du mit Bauklötzen spielen willst, doch hast nur höchstens drei oder vier. Die wenigen Kinder: sitzt jeden Tag wieder jedes für sich am heimischen Ofen und betrachtet durchs Küchenfenster die unbegreifliche Kreuzung, sieht dem Wind zu. Sie kennen sich und den Wind und die Kreuzung nur aus der Ferne und durch das Glas. Im Nebel, im Regen, im Schnee, in der Dämmerung auch steht jedes Haus einzeln. Mit angelaufenen Fenstern. Ohne

Kreuzung: es gäbe sie gar nicht. Und wo wären dann die Eisblumen die ihnen im Winter die Aussicht ersetzen? Vielleicht sogar denken sie, im Spiegel das ist ein anderes Kind und schneiden sich Fratzen (das fremde Kind auch). Es *gibt* eine Gastwirtschaft in Bellnhausen. Aber sobald jemand kommt, und ist es auch nur der Wind und hat an der Tür gerüttelt, schnell wird von innen zugesperrt: Heute geschlossen! Argwöhnisch als Schatten am Fenster und sich nicht gemuckst. In früheren Zeiten sollen die Bellnhäuser immer mit Steinen geworfen haben, auch kräftig gebellt, um die Fremden nur ja zu vertreiben (hinter der Haustür gebellt). Bellnhausen selbst ist ja keinen Steinwurf weit groß. Nicht einmal ein wahrhaftiger Zauberer würde hier ein Publikum finden, er stünde allein im Nebel, im Regen. Es *schneit* und er steht auf der Kreuzung, mit weißen Handschuhen, und zaubert sich Schneehasen, bunte Vögel, ein Puppenöfchen für jeden Fuß. Wenn *wir* in Bellnhausen wohnten, wir würden alle Zigeuner längst kennen. Nach Süden kommen sie hier vorbei. Und nach Norden auch. Wie der Wind, wie die Zeit kommt und geht. Wir wüßten Bescheid über ihre Fahrten, woher und wohin und wann wir sie zu erwarten hätten. Aus der Welt; die Ferne bringen sie mit. Den einen Sippen würden wir von den andern berichten und umgekehrt. Wir würden mit ihnen am Waldrand am Feuer sitzen und ohne Gabeln Gänse und Igel verspeisen, die Kartuffeln mit Schale, dann Bratäpfel. Längst unterhalten wird uns in ihrer Sprache, auch untereinander. Hätten selbst schon Zigeunergesichter, besonders am Abend und wenn uns niemand sieht. Unsere Bellnhäuser Eltern, sind das unsere richtigen Eltern?, sie müßten die Köpfe schütteln über ihre eigenen Ohren: verstehen kein Wort. Wenn wir in Bellnhausen wohnten, wir wären längst nicht mehr da: längst auf und davon für immer. Gerade im Frühling und Herbst von weither kämen wir über die Kreuzung, um den verwunschenen Kindern in den angelaufenen Küchenfenstern zu winken; wie die Häuser sich in den Nebel ducken der von der Lahn kommt. Und oben beim Wald einen Abend am Feuer zu sitzen: pro Kopf eine Gans. Am nächsten Morgen längst über alle Berge wieder. Nur ein paar Krähen siehst du in der Asche hüpfen; der Wald steht im Nebel und schweigt.

Der Zirkus, sein Anblick, fremd und vertraut, wir würden uns jeden Tag neu dran erfreuen. Vor der Schule schon rennen wir hin, bevor es noch richtig hell ist; so früh steht das Zelt wie ein über Nacht herbeigewanderter Berg auf unsrer besten Gemeindewiese. Hunde streichen herum. Die Zugmaschinen selbst wie große altertümliche Tiere die neben den Wohnwagen grasen. Da hängt die Zirkuswäsche auf der Leine und ist über Nacht gefroren, egalweg kommt uns alles *bekannt* vor. In den Wohnwagen sitzen die Artisten beim Frühstück, die Schornsteine siehst du dampfen und in allen Fenstern ist Licht. Jetzt kann es hellwerden für den Tag, doch im Winter braucht das bei uns seine Zeit. Wenn der Zirkus aufs Geld gucken muß und deshalb sein Winterquartier bei uns nimmt, können die Zirkuskinder mit uns zur Schule gehn. Wir stehen mit unseren Ranzen und Schultaschen zeitig genug vor den hellerleuchteten Wagenfenstern, haben ein Frühstücksbrot und rufen nach ihnen. Hier im Dorf ist es Brauch, daß die Kinder sich untereinander jeden Tag abholen. Man geht auch hinein und wartet, selbst schon mit allem versehen, gespornt und gestiefelt; vor dem Fenster der Tag wartet auch: bis ein Nachbarschaftskind mit Ermahnungen, Schulranzen, Frühstücksbrot, Scheitel ziehn, mit Geschwistern und Gummistiebeln endlich fertig und kauend bereit ist. Wir sind alle Nachbarschaftskinder. Jede Mutter mit Schürze wird dreimal fragen: hast du dich auch *richtig* gewaschen? In jedem Haus geht es anders zu, morgens. Dann stünden wir auf der Gemeindewiese. Vor jeder Wohnwagentür ist ein Klapptreppchen, manche aus Eisen, manche aus Holz. Geht eine Tür auf, kommen Licht und Wärme dir wie ein Festtag, wie eine versprochene Mahlzeit entgegen; das Feuerholz wäre von uns. Gern zotteln die Hunde mit den Kindern morgens ein Stück weit mit; muß man sehn, daß man sich nicht verzettelt. Mittags den Heimweg gingen wir wieder beim Zirkus vorbei, auch die aus dem Oberdorf. Wann ist die Schule denn aus? Um elf, um halb zwölf, für die Kleinen ja oft schon vor zehn. Trotzdem wird es die meiste Zeit Abend, bevor wir heimkommen. Sogar wenn kein Zirkus im Dorf ist. Nicht selten haben die dummen Hunde beim Schulhoftor auf uns gewartet. Stundenlang untröstlich, auch wenn der Schoullehrer ihnen in Abständen mit der Faust droht, durchs Fenster, mit dem steingrauen Tafelwischlappen. Die Kinder begleiten sich untereinander heim, muß man zehnmal umkehren, hin und her. Mehr als die

Erwachsenen hat hier jedes Kind seine eigenen wichtigen Gänge. Und wenn schon einmal ein Zirkus bei uns im Dorf ist, warum sollten wir nicht zuzeiten unseren Weg beim Zirkus vorbei nehmen, wenn es sich so ergibt. Auch aus den umliegenden Dörfern die Kinder kommen ja jeden Tag wenigstens einmal. Sie sind übers Feld gekommen, stehn auf der Wiese und gaffen und haben es schwer damit, den Nachmittag und ihren Neid auszuhalten. Und wir stehen dabei und haben ihnen das Gaffen jeden Tag wieder großherzig erlaubt, wir hätten kleine bunte Zettel für sie gemacht: wie als tägliche Eintrittskarten. Wir könnten reihum bei den Metzgern Knochen und Abfälle holen, Futterfleisch für die Zirkustiere, und helfen sie jeden Tag füttern. Bis sie ihr tägliches Futter bald nur noch von uns wollen. Es gibt vier Metzger im Dorf. Wir wissen, wann jeder Schlachttag hält und wie man die Reste bei jedem von ihnen am billigsten, am besten umsonst kriegt. Beim einen ist es die Frau, die alle Tage ein gutes Herz hat, beim andern wartet man besser, bis sie in den Keller geht und fragt ihn dann selbst. Reichen unsere Metzger nicht aus, so gehen wir auch in die Nachbardörfer. Bei strengem Frost wird am meisten gefressen, das ist hier in der Gegend meistens im Januar. Prompt und umsichtig fangen sie an, sich die zahlreichen Metzgereien zu merken, die jetzt hier auf der Lollarer Hauptstraße blitzblank an ihnen vorbeiziehen. Brennholz, wie gesagt, Brennholz ist kein Problem. Wir haben ja auch für unsere Schule das Brennholz für zwei lange Nachkriegswinter eifrig zusammengesammelt. Und das Heu, wenn sie Heu brauchen, brächten wir morgens und abends in der schläfrigen Dämmerung von zu Hause mit. Stiftet ein Kind das andere an zu immer größeren Haufen: Heu ist doch leicht zu tragen!

Immer abends kämen wir noch einmal: wir stünden am Rand der Gemeindewiese, bevor es ganz dunkel, dann ist der Zirkus am schönsten. Als ob wir selbst, als ob wir ihn eigenhändig mit Buntstiften gemalt hätten: vor unseren eigenen staunenden Augen. Die schlafenden Trecker und Zugmaschinen. Ein weißes Pferd wird vorbeigeführt. Wir riechen das Sägmehl, die Feuer; den Raubtier- und Zirkusgeruch in der kalten Luft sieht man dampfen. Abend, riecht es nicht schon nach Schnee? Wir hören die Elefanten träumen, die Tiger schreien. Um unsere Füße wie Schatten die Hunde, sie

kommen uns immer nach. Wir hätten beim Füttern geholfen. In den Wohnwagen die Artisten wissen genau, wer sie sind und sitzen jetzt schon beim Nachtessen; die daheim vielleicht auch (das vergißt du gleich wieder).
Geht eine Tür auf, trifft dich unvermutet das Licht, als ob du gerufen wirst. Wenn keine Vorstellung ist, können wir uns den offenen Eingang, die Stimmen, die Lichter und das Gedränge mühelos dazudenken, überdeutlich. Nicht auch eine Feuerschrift, brennend, ein Bogen aus bunten Lämpchen? Spielt einer *silbern* Trompete, vielleicht sind wir das selbst in einem früheren späteren eigenen Leben! Längst ist der Abendzug abgefahren im Tal, es ist finster und kalt; sogar die Hunde fangen an, sich davonzuscheren. Und wir werden nicht müde. Wir wissen nicht, ob wir frieren. Wir stehen am Rand der Gemeindewiese, atmen angestrengt Wolken in die frostige Luft und finden nicht heim.

So mit dem stieren Nachmittag die Straße entlang, die steingraue Lollarer Hauptstraße. Über die beiden Brückchen, am kreischenden Sägewerk vorbei, an der zweiten Tankstelle die nächstens soll frisch geweißt werden; ging es nicht schon auf den Abend zu? Sooft wir beim Sägewerk vorbeikommen, wir können nicht anders, wir müssen denken, der Frühling kommt bald. Die nämlichen zwo Brückchen mit denen Lollar ums Haar reichgeworden wäre, bloß der Eisenbahnbau ist ihnen dazwischen gekommen. Auf jedem Mäuerchen balanciert, Holzklötzchen aufgehoben die das Sägewerk nicht mehr braucht, und fahren lassen als Schiffchen unter den Brücken durch und kommen jetzt in den Winter. Dem Hund zugeredet, sich selbst zugeredet, immer wieder von den sauren Äpfelchen abgebissen, vom Kaltersrain, und haushälterisch mit den wärmespendenden Bucheckern umgegangen. Der Hund gewöhnt sich erst grad an Äpfel. Sie schmeißen immer die Äppelkrotzer für ihn, aber nur in die Nähe, damit er nicht überfahren wird, blödes Viech. An jeder Ecke, vor jedem Eingang hoffnungsvoll ihre Zeit abgestanden und dabei dennoch nicht auffallen, sich nicht *zu deutlich* blickenlassen. Beim Sonntagskino die Schaukästen auswendig gelernt für den Fall, daß sie groß zu Geld kämen heut oder morgen und es würde sie nicht gereuen, sich ab jetzt und in alle Zukunft jeden Kinofilm anzugucken. Immer am Samstagabend.

Und Sonntagnachmittag auch schon wieder. Bei der Post sich beinah hineingetraut. Vorm Bahnhof wie angebunden mit Ketten und doch umgekehrt, um den Zirkus nicht zu verpassen. Auf keinen Fall. Wenn wir die eine Tankstelle wenigstens bei uns im Dorf hätten, könnten uns ab und an unser Geld als Scheibenwischer ehrlich verdienen. Darüber wäre es beinah zum Streit gekommen: wer öfter dran wäre und wer kann es besser? Wohin dann auch mit dem einen und anderen künftigen Geld? Lang vor der Wagenwerkstatt Wagner gestanden, die weit und breit jeder kennt. Schon eher eine Fahrzeugfabrik, sie sind imstande und bauen dir jede Art Karren und was du nur willst. Und doch haben sie keinen so guten Mann wie unseren Schmied der sich auf alles am besten versteht und macht es allein. Derweil der da kommen soll, der ZIRKUS komplett um sie her und durch ihre Köpfe geistert: immer näher und wirklicher! Nicht einmal den Knochenleimgeruch der Plakate vergessen sie in Gedanken: muß auch sein.

Und wären so bis ans andere Ende von Lollar, da stehen sie jetzt am äußersten Rand des Tages, bei den letzten Häusern. Die Straße steigt sanft wieder an und beeilt sich, führt schnurgerade davon: nach Gießen, nach Rom. Fast als ob du dich festhalten müßtest, so zerrt sie an deinem Blick. Genauso die Lollarer Au, die Pfingstweide, die Frühlingswiesen, was davon noch übrig ist. Den Bahndamm entlang, in die diesige Ferne. Und was du kaum siehst, da hinten im Tag der schon geht, im heutigen Nebel: der Wald. *Jetzt endlich* müßte er kommen, der Zirkus! Wozu sonst bis hierher den Weg, diesen weiten Weg, und merken erst jetzt die Entfernung. Daß nur der Abend uns nicht vor dem Zirkus kommt, wie sollten wir heimgehen? Daß die Straße nicht nur immerfort ohne Ende davonrennt, vor ihnen her, sondern würde umkehren und käme ihnen entgegen mit jedem Schritt; wo denn sich festhalten? Das letzte Haus links ist der Steinmetz Schmittmüller-Witwe: das Grabsteinlager im Hof ist nicht einmal zugedeckt, so dauerhaft sind diese Steine. Qualität. Daneben das Haus blickt auch wie ein besserer Grabstein drein. Auf der anderen Seite der Lollarer Friedhof: muß man sich wundern, was für einen kleinen Friedhof sie hier in Lollar am Ende haben. Wie Blei die Straße in mattem Glanz und hat wohl den Himmel gespiegelt, die Ewigkeit, diesen düsteren heutigen Tag. Was bleibt uns übrig, wir stehen und warten. Der Zirkus der kommen soll, wenn er sein Winterquartier bei uns nimmt: den hiesigen Frühling erkennt man kaum, er kennt uns auch nicht. Nachträglich kommt uns vor, als wäre das ganze Jahr hier im Land kein Sommer gewesen. Wird wieder ein Sommer kommen und gehen und wird sein, wie nie gewesen. Wir wären mit dem Zirkus im Dorf den Winter über gehörig gewachsen. Müßten wir nicht längst als Winterquartier berühmt sein landauf, landab und begehrt von jedem Zirkus mit ein bißchen Verstand? Hier auf der Lollarer Au ließe sich gut mit einem Flugballon aufsteigen. Für genau solche Ballonflugreisen wie sie in den Büchern stehen. Wie wir sie nachts gerne träumen. Und stehen und Ausschau halten, wie könnten sie das vergessen? Die Äpfel auffressen, was bleibt uns dann noch? Nur dem Hund zuliebe verzichten sie auf die zugehörigen Äppelkrotzer, für gewöhnlich ißt man sie mit. Sind das Vögel, die schwarzen Punkte so fern da über den Wiesen? Wie der Hund am Strohkordel reißt, wie so eine eigene Flugballonsehnsucht, die das Warten nicht aushält; sie halten ihn abwechselnd, müssen ihm immer wieder gut zureden. So ein kluges verständiges Tier, haben ihn vor den Sommerferien an der Lahn gefunden. Beim Baden. Ein paar Tage später am Schindgraben wiedergefunden, dann hat er jeden Tag *uns* zu finden gewußt. Sie rufen ihn: Hund. Jetzt mit dem Herbst wird es jeden Tag schwerer, ihn insgeheim durchzubringen, wie soll das im Winter erst werden? Und stehen und warten; hätten doch *alle* Klötzchen mitnehmen sollen, sie sind so schön griffig und riechen so gut und dem Sägewerk kommts nicht drauf an. Frierend sich sagen, daß man nicht friert, das machen die Bucheckern: gut, daß wir sie mithaben! Von hier aus, im Frühling, im Sommer, an guten Tagen (die hat es auch gegeben, wie sollten wir sonst davon wissen?): bis nach Wißmar und Launsbach gen Mittag, bis ins Gleiberger Tal in einen ewigen Süden hinein reicht dann deine Ahnung, dein Blick, unverwandt. Da ungefähr muß es gewesen sein, daß sie zum Feierabend die Buderus-Werksirene glatt überhört haben.

Dem Abend zu, bei den letzten Häusern. Vielleicht fängt es zu schneien an und sie hätten es kaum gemerkt; die Flocken selbst, nicht zu zählen, wären ihnen wie ebensoviele Augen vorgekommen: aus der Höhe herab, trüb oder blind, und wirbeln so um uns her und über die Straße. Man weiß nicht, was werden soll; haben doch bis jetzt noch jeden Tag zuletzt heimzugehen vermocht. Sind sie nicht oft genug schon in Lollar gewesen? Die Züge fahren zu sehen. Ob man sich wieder einmal in die Post hineintraut, da sind so Stehpulte für die erwachsene Kundschaft und öffentliche Tintengläser mit Klappdeckel. Ein Rezept in die stolze Apotheke getragen, *die* Verantwortung und nicht verloren. Viele Nachmittage lang in beide Richtungen geduldig die Autos gezählt auf der Schosseeh, das war im April, im Oktober. Und jetzt? Bis in die Nacht hinein wie beinah *unsichtbar* werden sie stehen und die Hoffnung nicht lassen können; immer mehr Schnee. Sechs Uhr und schon stundenlang Nacht. Halb sieben wird es, sieben, es muß ihnen wie Mitternacht mindestens vorkommen, bevor sie sich frierend auf den Heimweg begeben, todmüde. Immer noch mit verdrehten Köpfen, solang vergeblich in einunddieselbe Richtung gestarrt, siehst du, *da gehen sie!* Werden enttäuscht hintereinander hertrotten, ohne Trost. Ob er nicht oder doch noch kommt? Wissen selbst nicht, woran noch glauben. Und an ihrer Seite der Hund läßt genauso kleinlaut Kopf und Schwanz hängen, Bastard. Die Straße hinauf die Läden werden gerade zugemacht, sind schon zu meistenteils.

Gleich hört auch der Verkehr auf, immer weniger Autos. Das Kirchenglöckchen in Lollar klingt immer so, wie wenn du mit einem Löffel in einer Blechtasse rührst, schlaftrunken, in Gedanken woanders. Nachts und im Winter erst recht klingt es so, beinah wie unter der Erde. Haushohe Soldatenautos, eine ganze Kolonne, wie ein lärmender Geisterzug sind sie eben vorbeigerauscht: auf jedem ein weißer Stern drauf. Dann lange Zeit gar kein Fahrzeug, sie gehen und gehen. Den ganzen Weg bergauf, Frostbeulen in den Gummistiebeln, die immer zwo Nummern zu groß sind. Die wenigen verbliebenen Bucheckern alle taub (daß man zuletzt auch jedesmal die tauben muß übrigbehalten, wozu sind die eigentlich da?). Wenn es schneit, werden ihnen auf der Schanz schon die ersten und immer mehr und immer höhere Schneewehen entgegenkommen, die *wandern* so. Heißt es Obacht, daß man sich selbst nicht verlorengeht! Schritt für Schritt ohne Trost, bis ihnen die Idee kommt, es könnte sein, er könnte schon da sein, der Zirkus. Er könnte von Norden die Schosseeh und dann unseren steinigen Fahrweg von

Odenhausen heraufgekommen sein, wenigstens eine Vorhut: als Quartiermacher sind sie gekommen. Leicht kann es so zugehen im November. Und wundern sich, daß sie erst jetzt darauf kommen, gerade hier, wo der Weg am beschwerlichsten. Wenn es schneit, wenn schon Schnee liegt, hört man den Schnee knirschen bei jedem Schritt. Wenn Schnee liegt, tobt auf der Schanz ein Schneesturm, der fängt mit den ersten Schneeflocken an und dauert den ganzen Winter. Wenn sie sehr müd und verzagt sind und immer höher die wandernden Schneewehen, wird ein Kind anfangen zu pfeifen. Nach einer Weile vielleicht pfeifen die andern dann mit oder hinterdrein. Werden also jedenfalls auf jeden Fall noch an der Gemeindewiese vorbei und wie es auch sein mag, dann ist der morgige Tag schon nicht mehr so fern. Heimkommen, am Dorfrand bellen die Hunde.

Von da an: ein paar Unverzagte werden sich finden, die fortan jeden Tag nach Lollar auf die Hauptstraße müssen. Wenigstens einer und wenn es der Jüngste ist. Bis in den Advent hinein, eine finstere Zeit, noch am Heiligen Abend. Die Lichter anstarren, die Eingänge. Sogar Weihnachtssterne hängen herum. Glöckchen bimmeln. Beim Buderus-Werktor ein Tannenbaum mit elektrischen Kerzen. Und steht da und leuchtet am Nachmittag, schon vier Wochen vorher. Die gemalten Rehe und Tannenzweige in der Drogerie, in allen Schaufenstern Christtagszeug, Backwerk und Zuckerwunder. In der Eisenwarenhandlung immer erstklassige Spielsachen, bevor sie nach und nach wegverschwinden: verkauft! Dann noch täglich zum Bahnhof, zum Güterbahnhof und auf die Nacht warten (wird jetzt jeden Tag früher dunkel). Es hat ihn gepackt, er geht, er kommt jeden Tag wieder und wird sich selbst zum Wegweiser und Kalender; kaum Zeit noch für Essen und Schulaufgaben. Wer weiß, vielleicht wird dadurch sein Leben anders, sozusagen ein Schicksal. Wird vielleicht so ein Kneipenhocker, wird Lollarer Sparkassenbeamter, Eisenbahner, Lastwagenfahrer, wird Berufsfotograf oder Grabsteinmetz: was es in Lollar nicht alles gibt, wie soll man das jetzt schon wissen?

Zeitig im Vorfrühling wieder werden sie in Gummistiebeln auf dem Fahrweg nach Odenhausen zur Schosseeh rennen: den Berg hinunter und über die nassen Märzwiesen.* In Scharen gleich, wie nächstens die Zugvögel. Für den Fall, daß der Zirkus es im Herbst nicht mehr geschafft hätte, nicht rechtzeitig: dann muß er doch heute kommen! Bis zum Bahndamm steht auf den Wiesen das Hochwasser, teils noch das blanke Eis. Was könnten sie denn im Vorfrühling zu essen mithaben? Ein Stück Speck, das mag angehen, Dörrpflaumen und einen halben Laib Brot, den sie abwechselnd schleppen, wie ein halbes Wagenrad groß. Die zugehörigen Messer, obwohl rutschen immer, in den Stiebelschäften rechts außen. Frostige Zuckerrübchen und wenn sie die Wahl hätten, Kandiszucker an Schnüren (muß man sich passend einen Glücksfall dazudenken). Streichhölzer haben sie auch mit und sind den Winter über gehörig gewachsen. Wo ist denn, fragst du dich, nach dem langen Winter der Schatten der allen und keinem gehört hat, der Hund? Da kommt er auch schon triefendschwarz aus dem Graben hervor mit offenem Maul, übereifrig, steht das Vergnügen ihm nicht im Gesicht? Groß wie Teiche die Wasserlachen, gefroren: wir halten den Atem an und gehen mit ausgebreiteten Armen – nur immer gerade soweit, bis es anfängt zu *knistern*: da springt er und winselt und bellt uns zurück. Sind das Vögel, die schwarzen Pünktchen so hoch da über den Wiesen? Als ob sie uns winken. Dürfen selbst nicht vergessen zu winken: der Schosseeh, den Autos, den Zügen, am Bahndamm das Gras ist verbrannt; den Wolken, den Vögeln, dem Hund, daß er kommt. Für einen Zirkus gibt es keine bessere Zeit als den Vorfrühling. Auch ohne Bucheckern, mit nassen Füßen und blauen Lippen: sie frieren kein bißchen! Jeder hat vom Winter her noch mindestens

* Wird die Modder, ihs Omma, das Tantchen, wird jede Frauenstimme im Dorf vergeblich hinterdreinplirren: Wu dann hie? Wann zarreck? Aus weiter Ferne und ohne Hoffnung auf Antwort, immer bleibt sie zurück. Murmelt sich Trost zu und fängt an, gewohnheitsmäßig die Hinkeln, die beweglichen Hühner im Hof zu zählen. Das dauert: bis in den nächsten Herbst hinein kann das dauern. Weil die unvernünftigen Hinkeln nicht stillhalten können und sie sich deshalb immer wieder verzählt und muß dazwischen doch auch noch zum Bäcker, zum Metzger, in den Kaufladen, in den Keller und die ewige heutige Abendsuppe aufsetzen, den Brotteig ansetzen, Strümpfe stopfen, die vergänglichen Socken für eine zwölffüßige Familie. Muß melken, das Vieh füttern, Waschtag halten, Obst einmachen, Gelee kochen, Apfelmus, Marmelade und Hoink, das ist Pflaumenmus. Muß Heu machen, das Unglück beschwätzen, Holz hacken, täglich im Gärtchen kriechen mit krummem Rücken – eben noch Anfang März und im nächsten Augenblick, wenn sie aufblickt, ist schon wieder Ende November. Und fängt jedesmal wieder von vorn an zu zählen, sooft sie über den Hof geht.

einen Fausthandschuh übrig. Einmal sind Soldatenautos vorbei und haben uns richtige echte Bananen *und* Chewing Gum rausgeschmissen, die Amis; wir hätten fast vergessen zu winken. Die Bananen sollen an Bäumen wachsen. Wenn das wahr ist, warum nicht auch hier bei uns, warum sind wir dann hier und nicht dort? Auf der Böschung das Gras winkt auch, der Ginster winkt, das Gestrüpp, sie hören nicht auf zu winken. Hierher, hier guckt der Berg dir so nach: soll man ihm winken? Wir gehen doch nicht für immer. Ein paar kurze Wochen noch, dann winkt auch und ruft von allen Seiten der Wald. Nicht mehr lang und wir treiben die Schafe aus. Wo bleibt denn der Zirkus? Jetzt wird es jeden Tag eher hell. Und immer länger in den Abend hinein, da läßt sich das Warten auch leichter verschieben: auf die Zukunft, den nahen morgigen Tag. Für einen Zirkus die beste Zeit.

Wenn du das Warten nicht mehr aushältst, gehst du die Eisschollen auf der Lahn betrachten. Am besten auf die Ruttershäuser Steinbrücke. Bis du leer und betäubt und nicht so recht bei dir immer noch auf der Brücke stehst, gerade das weißt du noch. Und fühlst dich jetzt wie ein Stein. Immer noch treiben sie, drehen sich unter der Brücke hervor, die rücklings mit dir davonschwimmt. Immer weiter zurück. Und du mußt dich festhalten, nur um zu bleiben. Wo ist der Tag denn hin? Die ganze Zeit kam kein Mensch über die Brücke. Erst jetzt siehst du den Schrankenwärter in seinem Häuschen, im Licht. Der ist doch auch die ganze Zeit dagewesen! Siehst ihn sitzen und gehen und stehen; die Züge sind alle vorbeigefahren. Wo bin ich, wenn ich nicht bei mir bin? Wie gerufen kommt er aus dem Häuschen heraus. Ohne Mütze, mit offener Jacke steht er davor, hundert Meter von hier, kurz mal Luft schnappen, und du siehst wie er *atmet*. In Ruttershausen haben sie schon die Stallaternen an. Hörst die Kühe brüllen und willst ihnen am liebsten antworten, so gottverlassen. Jenseits des Flußes noch unabsehbarer Winter. Selbst wie ein Eisklumpen, suchst dir in deinem müden Abendgedächtnis ein paar Stimmen zusammen und gehst: ich hätte längst heimgehen sollen! Nach drei Schritten schon ist es dunkel. Den Kirchweg hinauf, der nächstens halb weggespült wird von den pünktlichen hiesigen Märzregen. Das Krachen und Bersten der Eisschollen auf dem Fluß ist bis zu uns auf den Berg herauf, bis in unsere Betten hinein zu hören. Die ganze Nacht.

Und immer auch ist ein Mädchen dabei, in jeder Kinderzeit wenigstens eine, die zu den Buben sich zählt und doch auch wieder nicht: die stolz mit sich selber geht; wie könnten wir sie vergessen? Sie friert nicht, sie wird nicht müde, durch die wandernden Schneewehen hat sie vor uns her gesungen. Im Frühling die Erste mit nackten Beinen. Ohne sie kann kein Sommer sein. Du spürst noch jetzt ihren Blick. Nur ihr Name, ob sie Karin hieß oder Monika, Prinzessin, Flüchtlingskind, Lehrerstochter, beim nächsten Mal wieder anders, fällt dir diesen Rest deiner Zeit nicht mehr ein. Im nächsten Leben werden es zwei schon gewesen sein. Auf der Lahn fahren keine Schiffe. Wir hätten immer gewollt, daß auf der Lahn Schiffe fahren!

**Im November.** Als Kind. Über die Hardt, über die Weiß' Erd' gehst du dem Winter entgegen. Während von Treis her der Totenberg mit jedem Schritt auf dich zukommt, schweigend, gehst und denkst, du wirst alt sein und wieder hier gehen. Über die Schinn und über die Steinäcker mit dir selbst. Durch die Stille. Über die leere Heide. Keine Feuer mehr auf den Feldern. Vor kaum zwei Wochen noch, da hast du viele Nachmittage lang von Feuer zu Feuer dir deinen Weg suchen können und auf jeder Flur Gesellschaft und Kurzweil gefunden; sogar letzten Samstag noch. Hier einen Imbiß und dort einen Imbiß, komm näher und wärm dich ein bißchen! Dabei war es noch gar nicht kalt. In langen Reihen sind Abend für Abend die beladenen Bauernwagen die Wege entlang aufs Dorf zu, das war die Kartuffelzeit; auch vorbei. Jetzt denk dir aus, du gingest den Schäfer suchen, um ihn vor dem frühen Winter zu warnen. Am Abend des dritten Tages, gerade bevor du aufgeben hättest wollen, jenseits der Ellershohl, hinter Hachborn und der Hager Heide, am Waldrand wirst du ihn finden. Heißt der Flecken nicht Hungergrund, eine Einöde wie in der Vorzeit? Da sitzt er vor seinem Karren, wie ist das denn zugegangen, ein Greis. Und hat überm Sommer, der ging, die Zeit aus den Augen verloren. November, November, er schüttelt den Kopf und sucht seine Schuhe und sucht seinen Stab und weiß nicht, wie er sich wundern soll; Kinderaugen.

Die Herde steht unruhig schon zum Aufbruch; hat nicht der Nordwind angefangen zu wehen? Die Hunde umkreisen die Herde in weitem Bogen; es ist eben noch hell – du wärest im letzten, im rechten Moment gekommen: ihr sucht und sammelt die Himmelsrichtungen zusammen und macht euch gleich auf den Weg. Zwei Tage hättet ihr dann gebraucht, die Herde wittert den Schnee. Umsichtig die Hunde und unermüdlich, du auch. Nur der Schäfer bleibt immer wieder stehen. Wie ein vergessener Vorsatz, wie ein Gerüst steht er mit seinem Stab und hat sich selbst vergessen im Wind. Was kann er da murmeln? Steht und hebt den Kopf, als ob er einen Geruch sucht, eine Erinnerung. Da mußt du ihm zureden und zureden, derweil die morgigen Schneehimmel euch überholen und die Schafe wie Erdklumpen stetig dem Horizont zu (der kriecht vor euch her). So treibst du die Herde heim und hast sie für das Dorf vor dem Winter gerettet, den Schäfer gleich mit, die verwirrte Seele. Ihr

hättet im kalten herbstlichen Abendrot zwei lange Tage gebraucht. Brotkanten, Ziegenmilch und erfrorene Äpfel. Gerste gekaut überm Weg. Und hast dir dabei ausgedacht, wie du nachmalig davon erzählen wirst, wem und mit welchen Worten. Wie in einem Buch über Tibet. Gerade bevor ihr den Dorfrand erreicht habt, mit sämtlichen Tieren, mit letzter Kraft, auf einmal ist der Wind weg und es fängt an zu schneien.
In der Stille, als ob du Musik hörst. Beim Steinbruch, beim Poul, vom Friedhof herein, die Musik immer lauter. Wie am Sonntag in Lollar im Kino der Schluß, wenn die Zuschauer sich schon erheben, murmelnd und füßescharrend, sie kennen sich aus, gleich das Licht – und du fängst an, benommen nach Namen und Jacke zu suchen. Nach deinem Leben, es ist die Sonntagnachmittagvorstellung, Kinder und Jugendliche. Sperrsitz, warum heißt das Sperrsitz? Immer lauter in deinem Kopf die Musik, bevor du ohne Herde zu dir zurückfindest – wo denn hin? Feldsteine, Gräben. Seit du in der Stadt in die Schule gehst, kommt dir vor, lebst du an allem vorbei und mußt dir unentwegt Geschichten ausdenken; vielleicht deshalb so weite Wege jetzt jeden Tag wieder. Das Gymnasium ist daran schuld. Du wirst alt sein, dich kennen und wieder hier gehen: das bist du am Ende dann selbst. Aus der Ferne das falbe, das nebelfarbene Pferd, siehst es noch eben in einem unbekannten Räuberroman am Waldrand in einer Schlucht verschwinden und hörst dich gewaltig mit allen deinen Zähnen knirschen. Wie lang denn schon in der Stille herum? Ich hätte längst heimgehen sollen! Noch einmal den Schäferfilm, nicht den Faden verlieren und ihm zur Musik auch noch kundig die müde Seele retten, ein Farbfilm mit Polarnacht und Schlittenhunden. Dazu soll er fürstlich belohnt werden überdies. Immer dichter der Nebel, da kommt dir ein trauriger Teich entgegen. Mit Schilf und mit Binsen. Geht ein Wind? Die ganze Hardt fängt zu wandern an jetzt. Ein Milan, ein Habicht schreit und die Einsamkeit läßt dich stöhnen, sie nimmt dir den Atem. Dann war dir, als ob du beim Heidenkönig geschlafen hättest; es soll ein Runengrab sein, der Baum ist ein Lebensbaum. Gekommen und gegangen, du weißt nicht, wer mit dir war. Du hast geschlafen, als ob du dich aus einer fernen künftigen Zeit hierher zurückträumst. Weiter dem Abend zu, fing es nicht schon an dunkelzuwerden? Hat nicht der Nordwind angefangen zu wehen? Gleich die Nacht und, du

kennst dich, du wirst nicht umkehren können, so gehst du und gehst von dir weg. Bis dir aus dem Wald ein Fuhrwerk entgegengekommen ist und hat angehalten: der alte Simon mit seinen zwei milchweißen Ochsen.

Er sitzt müd auf dem Wagen und ist froh für die Ansprache. Du stehst am Wegrand und antwortest wie im Schlaf. Um euch die Dämmerung und immer dichter der Nebel. Ja, wo will ich denn eigentlich hin? Wo ist der Tag denn hin? Den Stierkopf mußt du wie in einem früheren Leben beim Heidenkönig vergessen haben, im Schlaf vergessen. Im Schlaf ein Anderer, den Stierkopf hast du geträumt, jetzt träumst du dich selbst dem Tag hinterdrein. So kommt es, daß der Simon dich mitnimmt zurück ins Dorf. Du bist zu ihm hinaufgeklettert, du wunderst dich nicht einmal, warum er mit seinem Fuhrwerk am Abend leer aus dem Wald kommt wie in einer Spukgeschichte (der Schäfer auch mag Gespenstern begegnet sein, die mit ihm gekegelt haben). Der Simon ist dreiundsiebzig, will gut und gern hundert Jahre alt werden. Holzklepper an den Füßen. Mit achtzig, mit dreiundachtzig kann er immer noch jeden Tag aufhören, Pfeife zu rauchen. Gut und gern. Wie im Schlaf vor euch her die zwei müden milchweißen Ochsen: als ob sie bei jedem Schritt an Farbe verlieren, so rasch jetzt die Dämmerung, Nacht und Nebel; der Wagen auf hohen Rädern knarrt und schwankt unter euch. Müde bist du, es wird eine lange Fahrt. Ja also, daß du seit Ostern jetzt jeden Tag in der Stadt studierst, die Doktorschule, ein Dichter und nächstes Jahr zehn wirst, dann ist der Simon scheints doch eingeschlafen und dir ist, als ob dies für viele Jahre dein letztes Gespräch mit einem Dorfbewohner gewesen sein soll. Eine Eule fliegt lautlos vorbei. Du mußt immer wieder die Augen aufreißen. Ziehen die Ochsen noch oder hat sich der Weg seinerseits mühsam in Bewegung gesetzt, hätte ein Einsehen und käme euch knarrend und schwankend entgegen? Jahrelang mit keinem Menschen ein Wort. Wieder und wieder fliegt ein Eule vorbei, mühsam reißt du die Augen auf und die Nacht zieht über die Felder. Eine lange Fahrt, der Weg läßt sich Zeit. Vom Schamottwerk die Lichter wie ein untergehendes Sternbild; die Erde dampft. Die Ochsen schreiten wie Ochsen, was sollst du ihnen verkünden?

Bevor ihr ins Dorf kommt, im Nebel beim Poul wacht der Simon auf, sagt Jojoh und Joh also! und hat vielleicht gar nicht geschlafen. Im Dorf ist es so still, als seien seit Einbruch der Dämmerung Wochen und Wochen vergangen. Vielleicht daß der Simon vergessen hat, wozu er in den Wald fuhr am Morgen und muß sich jetzt eine Geschichte ausdenken. So sitzt du neben ihm und spürst, wie er grübelt. Fledermäuse. Ein Hund bellt. Die Fenster mit trüben Lichtern: hier hast du jeden gekannt. Vom Turm ab hilfst du dem Simon bremsen. Die Vorstadt hinunter, bis vor sein offenes Hoftor. Da kommt auch schon, beidhändig mit Absicht und Tür, mit ihren widerstreitenden Vorsätzen ringend, die Frau heraus und beschwichtigt sich selbst und die Schatten, wird ihm ausspannen helfen. Der vergangene Tag ist vergangen: Goud Noacht, goud Noacht! Und durch die Dunkelheit heim; der Wind in den Bäumen unsichtbar. Wenn du rennst, fliegt dein Herz vor dir her! Ohne den Simon, du hättest nicht umkehren können.

Jetzt im November die Krähen. Nicht mehr lang, einen Abend, wenn du wieder nichtsahnend in den Kaufladen rennst, in letzter Minute, atemlos, in der frühen Dämmerung (wird jetzt jeden Tag eher dunkel): auf einmal dann sind sie da! Noch eben hast du in dich hinein auf die goldene Stille gehorcht. Im Oktober, Altweibersommer auf jedem Weg und mittags die Bienen noch summend zugang in den Gärten; es ist dir wie kaum einen Augenblick her, seit die Pflaumen, die Äpfel und Birnen reif sind geworden. Die Frauen haben sich noch einmal umständlich Tische und Bänke aus Anbau und Schuppen geholt und ihre handlichen kleinen Verrichtungen auch aus dem Haus heraus, so ein milder Herbst. In den Ästen hängen die Kinder. Wir hören das Gras wachsen und sehen sie reifen, die Früchte an jedem Baum. Mindestens ein Kind in jedem Baum, immer höher hinauf. Nur die ganz Kleinen kriechen nicht weit vom Stamm zwischen Wespen und Fallobst im Gras. Die ganz Kleinen, am liebsten wollen sie die ganze Welt in den Mund nehmen und immerfort daran suckeln! Süß und ewig, die Welt und die Zeit, es ist ihnen alles eins. Es ist ihr erster oder zweiter irdischer Sommer gewesen, der geht jetzt, sie hören nicht auf zu staunen. Sogar die Großmütter werden sich über Mittag noch einmal zusammengerappelt haben: kommen heraus, legen um sich herum bedächtig die

Haustracht in Falten und kämmen die Schultertuchfransen zurecht und lächeln und blinzeln, so ein sonniger Frieden noch einmal. Strickzeug und Obstkörbe; gleich bleibt sie stehen, die Zeit: eingeschlafen. Wie Abzählreime sind jetzt diese Tage. Die Mädchen mit ihren Puppenwagen und Löwenzahnketten sitzen gesetzt bei den Müttern und Großmüttern oder sammeln das Fallobst auf und sollen dabei an ihre Schürzen denken, an die Ohrfeigen denken. Das halbe Dorf wird sich Mittag für Mittag unter den Bäumen einfinden, immer noch einen Tag: wie auf einem Bild, das du kennst, wie in einem Sommerlager; die Frauen und Kinder, heißt das. Wie Vögel in hellen Scharen fliegen die An- und Zureden hin und her über die Hinterzäune und Graswege. Der Wind ist eingeschlafen. Wir hätten sollen den ganzen vergangenen Sommer jede Minute einzeln so auskosten und genießen! Mindestens ein Kind in jedem Baum, nicht selten drei oder vier: hängen so an die Äste geklammert, lassen reglos sich treiben in lichter Höhe und spüren den festen Halt als verlängerte Seligkeit zwischen den Beinen, Buben und Mädchen, die Augen voll Himmel. Die übervollen Äste mit Bohnenstangen und schadhaften Leitern gestützt, jeder Apfel lächelt der Sonne zum Dank sein eigenes Lächeln. Noch kein Jahr hat uns Früchte soviel verheißen. Fünf Sorten Pflaumen in jedem Garten, die größten die Eier- und Paradiespflaumen: so süß, daß die Wespen rein süchtig werden danach. Wir fühlen uns selbst wie die Vögel so leicht, ganze Tage jetzt in den Bäumen. Dann wieder hast du langhin im Gras gelegen, derweil die Welt sich kopfüber zu dir geneigt hat, ein Bild, ein bestickter Teppich, dessen Grund und Mitte allzeit der Himmel. Wie Seide, jeder Augenblick eine leuchtende Ewigkeit. Ist also noch einmal stehengeblieben, die Zeit. Bis auf den Abend hin die Männer von der Arbeit heimkommen, die ersten, mit Aktentaschen und Fahrrädern. Und fangen auch schon an, mit Mistgabel, Besen und Rechen das Unkraut und Reisigzeug zusammenzusammeln, bedächtig. Schritt für Schritt, Schuhe mit Stahlkappen, schwere Werkschuhe an den Füßen, damit uns das Gehen nix kostet. Und zünden die ersten Feuerchen an. Besonders die Greise sind es, die sich an diesen Feuerchen freuen und wissen viel davon herzumachen. Mit großsprecherischen Verkündigungen und fahrigen Gesten. Als ob sie sie jedesmal neu erfinden, als ob sie es sind, die der Menschheit das Feuer bringen, uns Erdenvolk. In ihren verblichenen blauen und grünen Gartenjacken. Eine richtige Wissenschaft tun sie daraus machen, eher noch eine Religion; im Rauch geht die Sonne unter.

Und jetzt die Krähen. Da auf einmal siehst du sie in den Hausbäumen sitzen und auf den Dächern sitzen und in den Vorgärten; sie krächzen, sie flattern niedrig und schwer von Zaun zu Zaun. Sie hüpfen dir ohne Scheu in den Weg. Immer sind sie aus der Nähe viel größer als du gedacht hättest, Krähen. Wie geschnitzt: auf jedem Pfosten sitzt so ein Unglücksvieh und neigt dir vertraulich den Kopf entgegen. Mit blanken Augen. Bis vor die Haustüren kommen sie, bevölkern scharenweise die Vortreppen und hüpfen und wirbeln im Schnee. Während du noch in Schlappen und ohne Jacke und Mütze atemlos in den Kaufladen rennst wie schon hundertmal vorher. Ja richtig, auf einmal liegt Schnee: es schneit, es hat angefangen zu schneien, im gelben Licht vor dem Kaufladen. Und wird die ganze Nacht weiterschneien. Morgens wachst du auf, bevor es noch richtig hell ist: hat eben erst aufgehört; bis an die Küchentür fast reicht der Schnee, eine weite blaue Stille über dem Land. Dann kannst du den ganzen Winter lang im Dorf keinen Weg gehen, keine drei Schritte, ohne daß sie allzeit um dich herumhüpfen und dir ins Gemüt krächzen von allen Seiten, beständige Weggenossen.

**Jahrhunderte lang,** bis weit in die hiesigen fünfziger Jahre hinein, eh und je hatte es in der ganzen Gegend nur eine einzige feste Straße gegeben. Gestern oder vorgestern noch. Wann denn gepflastert worden? Von den Bauern und Fuhrleuten immer bloß einfach und großartig die Schosseeh geheißen. Ihre Frauen sprachen das fremde Wort zögernd nur aus, lieber gar nicht. Wenn sie heutzutage überm Schwätzen ins Erinnern, ins Schwätzen geraten, kommt es ihnen nicht gar so lang her vor, daß sie der Abwechslung halber ihre seltenen Sonntagsspaziergänge noch zur Schosseeh hin unternahmen.

Das ging so: haben sich gegen das Ende des Winters hin in der Nachbarschaft die Ehefrauen, die Lina, die Lisa, die Lisbeth, die Else, die Erna von Haus zu Haus Woche für Woche immer wieder hoffnungsvoll verabredet und ist nix draus geworden. Weil die Männer jeden Sonntag nach dem Mittagessen wie vorbestimmt ins Dösen geraten: erst auf dem Stuhl, dann im Sessel d.h. auf der Ofenbank, dann im Stehn (nochmal pissen gewesen), dann auf der Kautsch, auf dem Sofa. In Gedanken, im Halbschlaf, erst gegen Abend im eigenen halben Bett im Oberstock in der frühen Dämmerung halbwegs wieder zu sich gekommen, murmelnd. Müder und mißgestimmter denn je, ganz verknautscht und zerknittert. Gerade daß sie mit Namen und Hemdknöpfen schimpfend zurechtkommen, auf der Treppe halsüberkopf die flüchtigen Schuhe zu fassen kriegen (wie zwei schwarze geölte Karnickel), vor der Küchentür taub und blind auf den warmgestellten Sonntagskaffee verzichten, auch wenn noch Kuchen da ist. Untröstlich, weil niemand daran gedacht hat, ihnen auch nur ein einziges Stück, ein winziges Krümelchen wenigstens von dem unersetzlichen Nachmittag aufzuheben: der hätte gespart werden sollen! Und im Zorn mit dem Geldbeutel aus dem Haus, wie im Schlaf noch. Freitag ist Zahltag gewesen. Draußen ist es kalt und wird schon wieder Nacht. Zum Keulerhoinrich, zum Louis. In den Grünen Baum. Zum Glück geht es hier bergab, scheints auch Glatteis noch auf die Nacht; ist jeder sein eigener Teufel!

Hat sie wieder ganz umsonst gestern heimlich die vielen Lockenwickler, den schönen öffentlichen Sonntagskuchen, vergeblich gebügelt, geputzt, gebangt und gehofft und die Woche über jeden sonnigen Augenblick mit den Nachbarinnen zusammengestanden. Ganz umsonst vom Morgen an die gewaschenen Kinder zum Bravsein ermahnt, daß sie nur höchstens flüstern sollen, ab Mittag dann ganz den Mund halten und sich nicht von der Haustür wegrühren: der Papa will mit uns spazieren! Jetzt so schnell wie möglich ins Bett mit den Kinnern, ist der Sonntag aus und vorbei. Nie keine eigene Freude, nie keine Jugend, nie Kinder gehabt! Bloß Abwasch und Krampfadern und ihre letzten Pantuffeln waren zu Weihnachten 1934: weinrot mit Pelzbesatz, ein verjährtes Geschenk! Jetzt verblüht und verlatscht für immer. In den Nachbarschaftshäusern genauso. Das wöchentliche Haushaltsgeld hat er auch noch nicht ausbezahlt, wieder nicht! Elektrisches Licht seit dem Jahr 1912 (1921).

Oder ist er nach dem Mittagsschlaf gar nicht mehr zu sich gekommen? Und hat erst um zehn Uhr abends am Küchentisch wie ein hinfälliges Gespenst im grauen Unterzeug von der letzten Woche sein heutiges Sonntagsbier, eine Flasche, mit Mühe in sich hinein? Die sie ihm vorsorglich gestern schon geholt und auf die Kellertreppe gestellt hat. Und steht jetzt dabei, der Tag kehrt nicht wieder, und täte ihm dennoch gern über den schweren geschorenen Schädel streichen, die hochgezogenen Schultern, doch er muß seine Pfeife rauchen. Süchtig, kriegt kaum die Augen auf, den Mund nur am Flaschenhals. Kein Gedanke an Worte. Wie noch nicht ganz geboren. Höchstens ein Hustenanfall, bei dem er nicht gestört werden darf, da wärmt sie sich die Hände unter der Schürze. Die Sonntage sind so kurz. *Jetzt* müßte er ihren Namen sagen, seit Jahren darauf gewartet, vielleicht die letzte Gelegenheit, muß aber erst noch zuende husten und rauchen – wer bin ich doch gleich? Und morgen wieder zur Frühschicht. Ins Eisenwerk, auf die Hütt'. Nicht das lumpige Zaumzeug geflickt, nicht den qualmenden Herd umgesetzt, nicht die Hälfte im stöhnenden Haus geschafft: ist ihm – wenn nicht gar umgekehrt – der Sonntag in den Samstag fälschlich hineingeraten. Den ganzen Winter lang mit zusammengebissenen Zähnen, mit immer vergeblicher, immer höher gestapelten Vorsätzen. Seit Oktober jeden Sonntag verschlafen und jetzt ist schon wieder Nacht, Februar, sitzt er wieder todmüde wie in einer Glaskugel, die Wollsocken noch vom heutigen Mittagsschlaf an den Füßen. Von gestern noch. Und vorm Fenster in der Finsternis die Lampen an ihren Drähten. Als ob die Straßen, die Mauern, die Häuser so hin- und herschaukeln im Lampenschein, mit dem Wind. Jetzt nochmal in den Hof, nochmal pissen und überm Scheunendach fröstelnd nach dem morgigen Wetter sehn. Ob er das Fahrrad kann wenigstens nehmen und spart damit für die Ewigkeit eine verlorene halbe Stunde. Statt schon um zehn vor fünf wie enterbt und verstoßen zu Fuß aus dem Haus oder wird er wieder erst nach Mitternacht besoffen heimkommen? Unter den schwankenden Lampen, da die Straße, ein Abgrund, ins Schlingern geraten, sich steil vor ihm aufstellt, jäh abkippt. Und ist jähzornig, reuig, volltrunken der Nachbar von seinem durstigen friedlichen Nachbarn. Der längst schon seit Stunden im Schlaf liegt, der auf der Schamott schafft. Beide heißen Heinrich. Von Kind auf, schon immer.

So Sonntag für Sonntag. Ist seine Müdigkeit angewachsen, ist zum Ausgang des Winters hin alle paar Tage der Schnee weggetaut, dann Glatteis, dann fing es wieder zu schneien an. Jetzt hat er das nötige winterliche Flickwerk noch nicht einmal halb zuende, ach, kaum recht begonnen, steht schon wieder das Frühjahr mit der Feldarbeit bald ins Haus. Wie denn aufschieben? Dabei hat er sich diesmal vorgenommen, die Lohnarbeit auf der Hütt' auch für den Sommer auf keinen Fall aufzugeben, Heizer oder Hilfsheizer, Gründe genug, wie soll das nun werden?

Ja, Eisenknochen die Woche über, aber am Sonntag vor Müdigkeit wird ihm ganz taumelig. Ohne Übergang. Sobald sie mit ihm spricht, kann er nichtmal mehr zuhören, so müde, schläft er sich selbst weg und merkts kaum. Wie soll er ihr das erklären, wenn sie immer wieder ihren Spaziergang? Sind wir doch Totensonntag erst zusammen auf dem Kirchhof gewesen. So fern jetzt, so weit weg, da fing die Müdigkeit eben erst an. Jetzt denkt sie schon bald, wenn sie doch mit einem Eisenbahner verheiratet wäre. Die schlafen zwar auch, wenn sie ihren freien Tag haben, aber ab und zu wenigstens scheinen sie doch ausgeschlafen nach Hause zu kommen. Da sieht man sie dann mit ihren Ehefrauen und dem Kind spazieren gehen. (*Die* Eisenbahner die Zugschaffner sind, haben alle nur höchstens ein Kind; hingegen die Streckenwärter in den abgelegenen Bahnhäuschen gleich wieder ganze Herden von Kindern, die sie nur alle paar Jahre einmal nachzählen!) Sogar jedes Jahr einen Freifahrtschein, kostenlos! Bis nach Berchtesgaden, Bad Reichenhall, an den Chiemsee, nach Konstanz und auf die Insel Mainau, da sollen Zitronen blühn und Orangen. Helgoland, da gibt es ein Lied. Bis auf die Zugspitze drauf, rein zum Vergnügen. Die Mainzlarer und die Lollarer gehen auch viel öfter mit ihren Frauen spazieren. Weil sie nicht so einen weiten Weg zur Arbeit haben. Weil sie nicht dazu noch alle so aufwendig mittelkleine Hofwirtschaften haben, sondern ganz kleine oder gleich richtig mit Traktor und Mähdrescher. Da nutzt es nix, sich zu vergleichen. Allein, wie die Erna nun schnellzüngig vorschlägt, allein spazieren, das schickt sich doch auch nicht. Das ist nicht das Rechte. Oder hätten sozusagen umsonst geheiratet, wie eine Witwe. Von den Witwen im Dorf gehen aber auch bloß die Kriegerwitwen spazieren. Sogar werktags. Die tun sogar verbilligte Busfahrten unternehmen: an den Rhein und nach Heidelberg, mehrmals im Jahr. Allein in die Kirche, Sonntagmorgen mit Handtasche und Gesangbuch, die Frauen unter sich, die Kinder in Rufweite, das mag noch angehen. *Natürlich* gehört sich das Gesangbuch nicht in der Handtasche getragen, auch wenn es hineinpaßt. Sondern deutlich für sich in der anderen Hand. Ja, in den Kriegsjahren, wenigstens die ersten Kriegsjahre noch, sind die Ehefrauen im Dorf auch unter sich spazierengegangen. Aber hatten doch wenigstens jemanden, zu dem sie hindenken konnten: da hatten sie einen Grund.

Aber jetzt? So ist dreimal mit Sonne, Wind und Regen ein zaghafter Vorfrühling gekommen und gegangen, haben die Ehefrauen an nassen neblichten Werktagmorgen für die er sich die wenigen kostbaren Urlaubstage aufgespart hat, haben immer wieder wortkarg und fröstelnd geholfen, den schweren sperrigen Pflug anspannen, den Dungwagen anspannen, den stinkenden Pullwagen, die verrostete Egge aufladen. Dann doch sich erweichen lassen und zumindest den ausgehungerten Märzkühen Gut Wort gegeben, wie sie nach dem langen kargen Stallwinter blinzelnd und zitternd beim verkanteten Tor standen. In Wahrheit doch ihn gemeint mit seinem alten Hut und die Stiefel noch gestern auf die Nacht ihm heimlich gefettet, damit sie nur halbwegs trocken und weich.* Das Zaumzeug in vielen Ofenbankträumen geduldig zurechtgeflickt. Bevor sie den Gedanken an einen Spaziergang zum Winterende einstweilen vorläufig aufgeben mußten, seufzend, wie denn aufgeben? Also eingetauscht gegen die Hoffnung auf einen regelrechten Baumblütenspaziergang. Im April, im Kirschenwäldchen. Da wird dir so leicht ums Herz! Die ewig wiederkehrende Hoffnung auf einen Maiglöckchen- und Fliederspaziergang im Mai. Muttertag, Pfingsten, sind nicht bald die Kirschen reif? Im Juni, der Sonnwende zu, da sind wir ja sowieso jeden Tag bis in die helle Nacht hinein auf dem Feld und vor Sonnenaufgang schon wieder draußen, genau wie die Nachtigallen und Lerchen. Durch die Kornfelder einen Gang im Juli, gemächlich. Steht die Frucht gut, zeigt sich das Jahr von seiner besten Seite. Im August wird gemäht und gedroschen, ist Erntezeit, im August soll die Kirmes sein. Wird sie in aller Stille ihr Blumenkleid weiß und hellblau zurechtgehängt haben und noch einmal darauf gehofft, daß er ihr wie in der Brautzeit ein Tanzbändchen kauft. Für zwei Mark. Von sich aus, aus freien Stücken. Statt vom Frühschoppen bis in die Nacht hinein und den nächsten Tag wieder mit den ledigen Burschen im Bierzelt herumzufallen und sich den Sonntagsanzug versauen. Sie putzt heute noch dran. Das Geld verschwendet, sie weiß nicht wieviel, und am Dienstag den ganzen Tag wie vergiftet im Bett gelegen. Dann abends doch unweigerlich noch zum Nachtrunk: auferstanden, zur lästerlichen Kirmesbeerdigung. Heidenbrauch, wettert der Kirchberger Pfarrer von der Kanzel herab; die einen hören die Predigt, die anderen sind gemeint. Undsoweiter das Jahr, die Pflaumen, die Äpfel, die Kartuffeln, die Futterrüben; das eigene Erntedankfest wie die Siebenschläfer verratzt und verschlafen, das sollen sie in der Stadt feiern. Bis die Frauen am Totensonntag – früh kam der Frost dieses Jahr! – ihre Männer doch wieder mit Mühe, mit Kerzen und Blumen und Reisigzeug auf den Kirchhof hinschlep-

* An solchen seltenen Urlaubstagen, mußt du wissen, will jeder Bauer sich gern die dreifache Arbeitslast aufladen. Unsinnig, fuchtelt mit Vorsätzen und Gerät, tut um gut Wetter sich bitten: den Himmel, die Zeitung, den Hahn auf dem Mist. Die Kühe anflehen und zu Gevattern bitten, dem Altvater Pflug ins Gewissen reden, die Erde verfluchen und segnen in einem Atemzug, mit Tränen und Fußtritten. Brüllt sich selbst an: als Zugtier, als Bremsklotz, als störrischen Knecht. Keuchend, stolpert und hastet bis in die späte Nacht hinein besessen von Handgriff zu Handgriff. Wie so ein Unterirdischer, wem denn die Seele verschrieben wofür?

pen, wieder ein Jahr. Den Krieg und die Not, Kriegswinter zählen doppelt, Hundejahre und Pferdejahre und Menschenjahre, so zählst du dein Leben zusammen; die meiste Zeit Winter. Wieder zu spät, noch das Dach auszubessern, das Hoftor, das Pullfaß, das Wagengeschirr. Die Flüchtlinge, die Katholischen, haben noch wenigstens einen Fronleichnam. Auch wenn es hierzulande nicht ihre Felder sind, wo dazwischen sie fromm einherspazieren und singen, das heißen sie Prozession. Und tun einen katholischen Himmel aus lila Seide an langen Stangen tragen hoch über ihren schwankenden singenden Flüchtlingsköpfen.

Wieder andere Sonntage, wenn der Schnee so am Küchenfenster vorbeiweht und -wirbelt und der Herd ist auch noch nicht umgesetzt, fängt sich der Wind, im Kamin übt ein Kinderchor Rachelieder, siehst du eine lange Reihe von Totensonntagen über das verschneite Feld wie Bettler daherkommen, hintereinander. Bis es nicht mehr lang dauern kann, daß auch er auf dem Kirchhof Jahr für Jahr auf sein Lichtchen wartet. Wie könnte er müde sein jetzt mit soviel Zeit, so still in der Erde? Vielleicht kommt sie dann jeden Sonntag in ihrem neuen dunklen Kostüm?

Einmal: *ein*mal Samstag ist er ihr schon um vier Uhr nachmittags auf der Ofenbank eingenickt, dann nach vier Tellern Abendsuppe schon um halb sieben ins Bett und hat durchgeschlafen. Hat sie ihn Sonntagmorgen behutsam ausschlafen lassen: in den Tag hinein, ein Sonntag im Februar, im April, im September. Das Sonntagsessen, Kohl und Schweinebauch, extra zeitig auf den Tisch, damit er sich danach auch gleich wieder aufs Ohr legen kann, nochmal gut zwei Stündchen, ungestört. Derweil sie die Kinder alle zehn Minuten feucht abwischt und schon in die Sonntagskleider gesteckt hat: Bleibt jetzt im Hausflur! Seid leise! Und macht euch nicht schmutzig, tut euch nicht so herumbewegen! Der Nachbarin alle Augenblick frohe Zeichen am Küchenfenster, als auch noch die Sonne durchkam. Hat sie ihn schon um halb zwei rasiert und im Sonntagshemd am Küchentisch sitzen gehabt. Aufgeräumt, mit blanken Augen blickt er sich um. Die Sonne glänzt auf dem Büffet. Jetzt kommt überdies sein Lieblingskäsekuchen auf den Tisch (hat sie wie in einer Vorahnung eigens noch gestern nacht spät gebacken). Im

Radio ein Walzer oder ist das die Stille und kommt so festlich rauschend daher? Unser Radio haben wir doch erst 1954 in Lollar beim Römer gekauft. Jetzt riecht es schon nach Kaffee, wird gleich der gelungene Kuchen angeschnitten, bringen die Kinder ihm singend die geputzten Sonntagsschuhe herbei. Da sackt ihm der Kopf so weg, seitlich, ist wieder alles vergeblich gewesen. Die Vorahnung auch umsonst. Der Lisa durchs Fenster eindeutig abwinken, sie bringt es kaum übers Herz. Drei Kinder. Die Sonne scheint ganz umsonst bis zum Abend weiter. Dabei hatte sie doch sogar einen Tropfen Parfüm schon hinterm Ohrläppchen, das Fläschchen noch aus ihrem Verlobungsjahr 1936. Aus der Brautzeit. Den Walzer ohne Radio hat sie jetzt noch im Ohr.

Und doch! Ein Jahr einmal, nach dem Krieg noch: Neunzehnhundertzwoundfuffzich-dreiunnfuffzich, nicht gar so lang, wenn sie anfängt zurückzurechnen, da muß es dann doch noch geklappt haben! Nach dem Mittagessen ein Stündchen Besinnung, derweil sie in aller Ruhe beim Küchenfenster ihr Geschirr spülen kann. Von der Lisa die Älteste hilft ihr dabei, so brav und so still, eine Zarte. Im Sonntagskleid schon. Die Kinder tun sich zu Füßen des Tisches mit alten Samentütchen vergnügen, sind so Bilderchen drauf. Sie hebt sie immer auf, damit sie weiß, was sie gesät hat: braucht sie nicht erst in ihrem Gedächtnis kramen, sondern bloß auf die Tütchen gucken. Der Mann sitzt am Tisch und bringt summend sein Vorkriegsfeuerzeug in die Reih', in Pantuffeln und Sonntagslaune. Alle drei, vier Jahre will es nicht mehr, dann muß man sich darum kümmern. Nur den Kragen zum Hemd muß er dann noch anziehen. Sie hat eine neue Schürze um. Ist ihr doch schon den ganzen Morgen die Arbeit im Haus so leicht von der Hand gegangen. Wie zur Erholung. Sie hört die Uhr ticken. Gleich kommt die Salatschüssel an die Reihe. Soll sie nicht auch ein bißchen eine Musik summen, in den Tag hinein, über der träumenden Spülschüssel? Er ist sogar schon rasiert. So jung sieht er aus, daß ihr die Erinnerung heute ganz von allein kommt. Soll sie nicht noch schnell die fünf kostbaren Weingläser wieder einmal polieren? Wer weiß, wann sie wieder gebraucht werden. In sechs, in vier, in nächstens zwei Jahren soll unsere Rosa zur Konfirmation. Der Nachbarin zur Bekräftigung immer noch einmal Zeichen gemacht: Ja, heute vielleicht! Von Fenster zu Fenster. Das Jüngste schläft satt und rund hinter der Wand, braucht dann bloß umgebettet. Wie sie mit der Lisa ihrer Kleinen anfängt, das Besteck einzuräumen, ist es noch nicht einmal zehn nach eins.

Wird die Uhr nicht stehengeblieben sein. Die Salatschüssel hält noch gut hundert Jahre. Wird sich kein Unwetter, kein Schneegestöber, kein Winterhagel, keine eilige schwarze Wolke am Fenster gezeigt haben, höchstens nur beinah. Hat der Bub sich den Kopf am Tischbein gestoßen und ist gehörig getröstet worden, bald wird er fünf. Ausgerechnet den Kopf. Der Rosa gleich ein paar hintendrauf, damit sie nicht zu übermütig, damit der Mann nicht erst anfangen muß, sich aus seiner Sonntagslaune herauszuärgern. Es ist der letzte Sonntag im Februar oder der erste Sonntag im März. Von den fünf Weingläsern das sechste ist Sylvester 1940 zu Bruch, da war der selige Großvadder noch (am Leben). Muß sie immer zum Mann hin: gucken und denken. Hört sie die Kinder und wie er gutmütig seine Sonntagsspäße mit ihnen treibt: es ist *doch* nicht so, daß sie ihn kaum kennen! Wird sie zwischendurch aufgeregt hin und her und die Schürze abbinden, dann wieder um. Wird vorm Fenster und in der Stube der Tag immer lichter. Wird das alte Messingfeuerzeug in seinen Händen schließlich wie Gold geglänzt haben, ein funktionierendes Andenken. Hörst du die Turmuhr schlagen? Sie klingt immer so, wie du dich gerade fühlst. Wird sie, um in der Eile mit ihrer Freude zurandezukommen (der Tag läßt sich Zeit), sogar die heilige Ordnung der Dinge um ein leichtes gestört und den einen und anderen Gegenstand von seinem angestammten Platz weg, dahin und dorthin, bevor sie sich sagen kann, daß alles längst seine Richtigkeit. Doch nicht jetzt nochmal die polierten Weingläser aus dem Schrank und polieren! Die Schuhe sind auch schon geputzt und warten im Hausflur in Reih und Glied.

Werden sie sich reihum bei der Vorbereitung des Aufbruchs froh noch ein bißchen verzetteln. Fast als ob sie es, jeder für sich, vorerst nicht ganz glauben könnten. Bleibt uns gerade Zeit, noch der Vögelchen zu gedenken: alle Tage die Meis'chen am Fenster; je länger der Winter, umso zutraulicher (daß die Blaumeis'chen von Geburt an vornehmer sind als wie die Kohlmeis'chen, hat hier jedes Kind jedes Jahr wieder in der Schule gelernt). Jeden Morgen kommt *unser*

Rotschwänzchen, es wird doch nicht jeden Morgen zur gleichen Zeit ein anderes sein und so tun als ob es uns kennt! Die Amseln im Garten. Dem Linkjohann seine Brieftauben über dem Dach. Wer Mut *und* Humor hat, fragt ihn gern: Wann hältst du denn Schlachttag bei deinen Täubchen? Nicht daß sie zuletzt noch zu zäh werden! Jetzt im Winter kommen die Krähen, das Elendspack, hier scharenweise bis in die Hausbäume. Und die Elstern gehen besitzerisch vor unseren zugenagelten Kellerfenstern auf und ab, eilig und ärgerlich, als ob sie den Schlüssel vergessen hätten. Die Eichelhäher kommen auch, aber nur um die Elstern und Krähen zur Ordnung zu rufen: Ihr seid Wald- und Feldvögel! Die Eulen und Waldkäuzchen mit ihrem Aberglauben kommen nur über Nacht. Außer im Dezember, wenn es im Dorf schon gar nicht mehr richtig hellwerden will: dann bleiben sie ganze Tage erschöpft auf den Scheunendächern hocken, auf jedem Dach so ein Spukvogel. Die gehören jetzt auf das Ende des Winters hin nicht hierher (sind auch nicht da); immer *lichter* der Tag. Die Füchse im Hühnerstall – das sind keine Vögel! Mit den Gänsen und Hühnern wollen wir uns jetzt nicht groß aufhalten: die Hühner werden ja im Winter fast von den Stallmilben aufgefressen, die Gänse aber macht der Frost uns zänkisch und bissig. Haben wir auch, weil der Winter so lang, hie und da mit Behagen ein Hühnchen gefressen, die eine oder andere Gans zu den Festtagen. Doch sind sie verspeist, neigt sich der Winter und geht seinem Ende entgegen, dann ist es uns leid um sie: hätten doch klüger sein und noch zuwarten sollen ein Weilchen.

Derweil werden sie sich reihum soweit beisammen haben, die Lisa auch mit den Ihrigen und genauso in der übrigen Nachbarschaft die Familien und werden aus den Häusern gekrochen sein. Waren doch gottlob nicht eingeschneit diesen Winter. Muß man dennoch gewaltig blinzeln, so ungewohnt licht ist die Luft an so einem Sonntag. Jetzt wird es noch eine Weile Zeit brauchen, bis jeder mit seiner Haustür fertig: den Winter über sind wir es nicht so gewöhnt, unser Haus alleinzulassen. Wir blinzeln, wir schnuppern, wir räuspern uns mehrfach, wir stehen und blinzeln und rufen uns Scherzworte zu, unnötig laut, von Haustür zu Haustür. Sie müssen aber ihre Tradition haben hier bei uns, damit jeder gleich weiß was gemeint ist. In jedem Hof ein Horde Spatzen: gebärden sich, wie wenn Ostern schon vor der Tür. Den Rinnstein entlang die niedlichen Bachstelzchen: hüpfen possierlich; das Vogelzeug wittert den Frühling. Jetzt da die Erde auftaut, wahr und wahrhaftig, bald ist es soweit, da kriegen die bald alle Hände voll ze tun. Wo die Familien im Schritt aufeinanderstoßen, ergibt sich aus der Lage der Häuser, ist überdies festgelegt. Zuerst sind ihnen die Spazierschritte so ungewohnt, daß sie bei jedem Zaun stehenbleiben und Betrachtungen anstellen. Schade nun, daß wir unserem Bäcker sein Schaufenster seit 1864 schon so gut kennen. Aber gegenüber dem Bauern Hein sein Nußbaum: da muß man doch stehenbleiben und sagen, was für ein prächtiger Nußbaum das ist, Walnüsse. Und die anderen Nußbäume im Dorf herbeischwätzen zum Vergleich: welche größer sind, welche wiederum bis jetzt noch nicht. Geradezu häufig spazierengehen mit seiner Familie sieht man den Heinbauer auch nicht, den Alten nicht und den Jungen nicht. Muß man sagen. Aber sie haben eine prächtige Pferdekutsche in der Remise stehen. Für ihre Pfingstspazierfahrten. Auch den prächtigen Leichenwagen tun sie amtlich kutschieren. Mit Kutschlaternen an allen vier Ecken. In der Schulhofstanne sitzt klein und gelb so ein Wintergoldhähnchen. Genauso wie es im Schullehrer seinem Vogelbuch abgebildet ist, eher noch kleiner. Es gibt Sommergoldhähnchen und Wintergoldhähnchen. So ein winziges Ding und läßt sich nun großspurig Goldhähnchen nennen. Da müßte man ja zum Vergleich den Gimpel für seinen respektlosen Namen direkt um Verzeihung bitten! Und sogar den Zaunkönig jeden Tag loben für seine immerhin stattliche Größe! Genug jetzt mit den Vögeln! Wir können schon froh sein (der Leser kann froh sein), wenn uns bei der Auswahl keine Zugvögel untergekommen sind. Im Sommer kennt man sich damit besser aus. Jetzt werden sie bald an die Kreuzung kommen, offs Kreuz. Dann spätestens gilt es zu überlegen, wo sie denn eigentlich hinspazieren wollen. Herrgott auch, sie werden doch nicht schon nach drei Schritten umkehren! Jetzt hat es seit Dienstag getaut und die letzten Nächte wieder ein bißchen gefroren: gerade das rechte Wetter für einen Spaziergang zum Winterende. Und immer lichter der Tag.

Heiliger Himmel, jetzt müssen wir doch die Namen aufzählen! Also: die Lina, die Lisa, die Lisbeth. Der Heinrich, der Hoinrich und der Lisbeth ihr Ludwich. Die Erna. Die Else nicht – hat strikt abgewunken, kurz nach eins, hinten raus durch ihr Küchenfenster, wer weiß. Gleich wie zur Begründung angefangen, von innen die Fenster zu putzen: gründlich! Wird man morgen beim Bäcker noch gut und gern Näheres. Der Linkjohann nicht dabei, der geht nicht spazieren, der hat seine Tauben. Darüber kann die eigene Frau ihm in aller Ruhe zur Betschwester oder Handarbeitslehrerin werden; die Kinder sind längst aus dem Haus. Der Erna ihrer – im letzten Moment: hat ihn der Sonntagsschlaf gewaltig befallen, Müdigkeit, Gliederschwere. Hat er sich murmelnd erst auf die Ofenbank, knapp fünf Minuten, dann aufs Küchenscheßlong, nur ein Viertelstündchen, dann doch für den Rest der Zeit nach oben ins Bett verzogen. Schwer wie ein Mehlsack, sitzt ihm so im Genick. *Muß* ausschlafen! Doch sobald die Frau weg ist und er hätte nun seine Ruhe: gleich kriegt er kein Auge mehr zu, so *stiert* der Tag ihn an. Bei aller Mühe, wie er sich auch hin- und herwälzen mag und schimpft mit den Decken und Kissen: ist nix ze machen! So leer ist das Haus, er wird immer wacher. Und gleich so unruhig, das Beste wäre, er zieht sich an und rennt hinterher – gleich drei Richtungen, die ihm gleichzeitig einfallen. Soll er gehen und halsüberkopf die erschrockenen Zaunlatten annageln, daß sie allesamt krachen und splittern, Pfuschwerk am heiligen Sonntag? Dann die Schrecksekunde ausnützen und schnell die ächzende Haustür anstreichen, außen blau, innen dunkelbraun, werden sich schon noch ein paar passende Farbreste im Keller und auf dem Dachboden finden (außen buttergelb, innen schwarz und rot wie die Hölle, hat die Büchse nicht ganz gelangt). Aber im Februar nagelt man keine Zaunlatten an und die Haustür müßte erst energisch abgehobelt – wo soll er heut einen Hobel zu leihen kriegen, so schnell? So liegt er bis sie zurückkommen. Alle Augenblick rennt die schwindsüchtige Zeit ihm davon, ein Gespenst, ein Vierbeinerskelett. Galoppiert übers Feld, das mußt du dir vorstellen, und bleibt mit verrenktem Rückgrat knochenhell stehen am Horizont: Du hast ohne Not mein lebendiges Fleisch gefressen! Und meine angeborene Haut unterm Preis auf dem Markt verkauft! Und starrt ihn aus leeren Augenhöhlen vorwurfsvoll an. Und er liegt und horcht ihren Schritten und Stimmen nach und entgegen. Er ist doch nicht tot, wie aufgebahrt hier in seinem halben Bett? Wie das zuginge, sie sind gegangen und kämen nie mehr zurück?

Die Erna ist so eine Magere, spitznasig, mit spitzer Zunge, mit einer Stirnlocke. Auch schon bald an die fuffzich und keine Kinder. Sie hat es mit ihrem Fuß: keinen Klumpfuß, nur so eine Andeutung. Aber das tut ihr keinerlei Abbruch, im Gegenteil: kannst du lang suchen im Dorf, bis du eine lebhafter findest, eine die sich so selbstbewußt zu helfen weiß, wie jederzeit *unsere* Erna. Zur Schosseeh hin. Werden sie auf der Straße nach Odenhausen, zu der Zeit auch bloß ein steiniger Fahrweg, der ganzjährig seine Mucken hat. Auf der einen Seite von einem verdrossenen sandigen Fußpfad, auf der anderen von einem unzuverlässigen Hecken- und Grasweg hoch auf der Böschung ein Stück weit begleitet. Zur Schosseeh hin geht es allweil bergab. Werden sie sich gleich von vornherein Zeit gelassen haben, sodaß sich die Frauen nach ihrer eigenen Vorstellung geziemend feierlich vorkommen, die Männer aber insgeheim jeder ein bißchen schafsköpfig: so nach Herrenart, rein zum Vergnügen, jeden Schritt einzeln. Immer wieder die spiegelblanken Schuhe an den eigenen Füßen betrachten, beinah wie Lackschuhe. Und spazieren dahin, mit uns mit. Hätten uns besser vielleicht was zu tragen mitnehmen sollen, eine Last, ein Gewicht, da kommst du dir gleich viel *richtiger* vor. Der Ludwich hat noch wenigstens einen Spazierstock, der kennt sich aus. Der Heinrich ja nicht, aber der Hoinrich und der Ludwich haben richtige Sonntagshüte auf. Wie Fremde, wie aus der Stadt, man erkennt sie ja kaum. Täten sie sich jetzt unverhofft begegnen, müßten beide den Hut ziehen. Wie Sparkassenbeamte und Kontorleute unter sich. Der Heinrich und der Ludwich haben ihre Sonntagswinterjoppen an, doppelt geknöpft, der Hoinrich aber so eine Art neumodische Übergangsjacke mit Reißverschluß: Popeline. Jetzt sind den beiden ihre angestammten Joppen fast schon zu warm, tun sie alle paar Schritte stehenbleiben und umständlich noch einen Knopf aufknöpfen. Und fangen schon an zu überlegen, ob sie nicht doch besser hätten sollen, während der Hoinrich am Reißverschluß zerrt und am Kragen und sich seine vormalige Winterjoppe herbeiwünscht. Egalweg haben sie sich alle drei ein paar Sonntagsstumpen in die Taschen gestopft (die Woche über wird Pfeife geraucht, sonntags Stumpen). So eine ungewohnte Untätigkeit, gleich fängt der ungewohnte Hemdkragen an zu kratzen. Hätten lieber den Kragen weglassen sollen und dafür einen Schal anziehen. Die Hemden mit Kragen kriegen sie immer pünktlich zu Weihnachten.

Lassen sich Zeit, wie gesagt, bleiben vor jedem Stück Acker stehen und müssen jeden kahlen Birnbaum als alten Bekannten begrüßen. So eifrig haben sie es mit ihren sachkundigen Bemerkungen, als sollten sie sich überm Weg den Spaziergang damit verdienen. Erst sind wir ein Stückchen Arm in Arm, jetzt die Frauen als buntes Grüppchen gemischt hinterdrein. Die Mäntel, die sie anhaben, sind alle aus dem zweiten Jahr nach der Währungsreform, Sonntagsmäntel: ein dunkelbrauner, ein dunkelblauer, ein blaugrüner und der beige oder rehbraune ist für hiesige Verhältnisse fast schon ein bißchen zu auffällig. Die Mäntel riechen wie neugekauft, noch in fünf Jahren riechen sie so. Die Frauen, hat jede einen Tropfen Parfüm hinterm linken Ohrläppchen, jedes Fläschchen noch aus der Brautzeit. Die Erna, die Lisbeth, die Lisa haben zu dritt so himmelblaue amerikanische Halstücher aus Ballonkunstseide, 1947 gegen frische Eier getauscht. Die ersten Jahre konnten sie diese feinen Halstücher leider nicht gleich anziehen, weil alle Amiliebchen sich damals mit solchen Halstüchern schmückten. Die Erna mit ihrem Fuß, genau wie mit ihrer Zunge: wenn es drauf ankommt, die Flinkste von allen. Sie ist es auch, die ohne Scheu den hellsten Mantel anhat. Zwei Kinderwagen. Die Kinder, ja richtig, die Kinder.

Mit den Kindern im Dorf ist es so, daß die Buben bis fünf ungefähr mit den Eltern gutwillig mitgehen, höchstens bis sieben. Die Mädchen aber bis nach der Konfirmation. Bis fünfzehn, sechzehn, dann sind auch die Mädchen, die meisten, nicht mehr zu halten. Dann fängt ihre Tanzbodenzeit an, hat mit Anstand zwei Jahre zu dauern, danach gehören sie sich zumindest verlobt. In den Kinderwagen die zwei: der Lina ihr Jüngstes ist nochmal ein Bub, drei Kinder sind uns genug. Und ein Mädchen, der Lisbeth ihr Einziges – spät geboren. Denen sagt man nach, daß sie klug werden, doch leicht auch kränkeln. Sonst läßt sich von beiden noch nicht viel sagen, als daß sie guten Appetit haben, auch ein gutes Gewicht und keine übermäßigen Schreihälse sind. Schlafen friedlich und warm in ihren Decken und Paradekissen. Der zweite, der größere Bub, sieht man ja, wird nächstens bald fünf. Jetzt haben sie ihm endlich mit Mühe abgewöhnt, daß er getragen werden will, jetzt stolpert er so an der Hand mit. Läßt du los, bleibt er stehn. So eingemummt wie er ist, hat er fast die doppelte Breite, dazu zwei Mützen über die Ohren. Sich scheints doch eine tüchtige Beule gestoßen heut Mittag am Tischbein. Bis sie fünf sind, die Kinder im Dorf, zieht man ihnen vom Herbst bis weit in den Mai hinein soviel wie möglich auf einmal an: Schwitzen ist gesund! Ab Mai dann barfuß. Im Herbst wird er die ersten Gummistiefel erben, dann immer größere Frostbeulen jedes Jahr. Es wird ungefähr sein erster Sonntagsspaziergang sein mit den Eltern. Beim vorigen hat sie ihn noch im Wagen geschoben. Er heißt: iehs Wernerche. Ab fünf dann: der Wirna. Soweit sich das jetzt schon sagen läßt, wird er eher so ein Stiller im Land, aber groß und kräftig. Der läßt nix stehen, der braucht seinen Anteil selbst auf. Als ersten Bub und weil er der Jüngere war, haben sie ihn der Rosa gegenüber vielleicht ein bißchen verwöhnt. Aber jetzt wo das Jüngste da ist, gibt sich das von allein. Höchstwahrscheinlich ist es sein letzter Sonntagsspaziergang mit den Eltern. Die Mädchen – drei Stück, die Mädchen heißen: die Ursula, die Helga und die Roswitha.

Die Mädchen haben Samtkleider an, mit weißen Krägelchen. Diese Samtkleider werden beileibe nicht jeden Sonntag angezogen. Und wenn, dann auch nicht gleich vom Morgen an, sondern erst zu dem Anlaß. Sie werden geschont und in den Familien, aber dann auch von Haus zu Haus vererbt und weitergegeben. So sind sie die meiste Zeit entweder zu groß, dann mit Abnähern, oder schon wieder beinah zu kurz (dann müssen sie bis an die Grenze der Schicklichkeit noch ein paar Sonntage herhalten). Die weißen Krägelchen kann man austauschen: zum Waschen werden sie sorgsam abgetrennt. Dazu milchteefarbene Kaufladenstrümpfe die kein Loch kriegen dürfen, keine Grasflecken. Das letzte von diesen Samtkleidern ist immer das Konfirmationskleid, dazu gehören sich Seidenstrümpfe, die ersten. Diese Samtkleider sind eh und je dunkelblau. Neuerdings soll es auch dunkelrote und dunkelgrüne geben, sogar auch aus Cordsamt soll es jetzt welche geben. Außer den Samtkleidern gibt es sonntags noch die Strickkleider, rosa und hellblau oder irgendwie so gemustert. Grün geht auch, aber gelb darf nur höchstens ein schmaler Streifen, eine Andeutung, eine Spur. Zu so einem Strickkleid gehört außer der Wolle eine rüstige Großmutter. Die Strickkleider haben den Vorteil, daß man sie abends anstricken kann, viele stille

Abende unter der Lampe. Wenn es mit dem Anstricken endgültig aus ist, auch auftrennen. Auftrennen sogar in der Dämmerstunde, zum Auftrennen braucht man kein Licht. Manch eine Großmutter die nicht mehr hochkommt aus ihrem Sessel, strickt noch gut dreißig Jahre. Und hört dazu die Wanduhr ticken, ja Herrgott, die Zeit.

So ungewohnt ist uns das Spazierengehen, daß wir anfangs die leichtfüssigen Kinder ganz unnötig oft dicht bei Fuß befehlen, wozu denn? Die Ursula, das ist der Lisa ihre Älteste, Nachbarskind, darf den einen Kinderwagen schieben. Auf Zehenspitzen, sie gibt sich Mühe, weicht jedem Stein aus inmitten der Steine. Der Bub wird von der Rosa (das ist die Roswitha) und von der Helga an der Hand geführt. So eingemummt wie der ist, schmeißt ihn uns bloß nicht um! Bringt ihm bloß keine Dummheiten bei! So sind die Männer vorneweg unter sich und können sich ihre Gedanken machen. Und die Frauen hinterdrein auch. Mit ihren Gesprächen, Handtaschen, Wintermänteln. Wir kommen uns wie ein Besuch vor. Die Lisbeth schiebt ihren Wagen selbst, sie war schon bald vierzig bei der Entbindung. Ja, Herrgott, die Zeit!

Die Ursula ist letzte Ostern schon konfirmiert worden, wird jetzt bald sechzehn. Seidenstrümpfe. Vor Weihnachten acht Wochen in der Kleiderfabrik als Aushilfe, ein Glücksfall. Und für den Frühling, wenn er *doch* kommt, ist ihr feste Arbeit bei uns in der Zigarrenfabrik beinah schon zugesagt. Sogar eine Lehrstelle vielleicht. In Lollar auf der Hauptstraße in einem Friseurladen, das steht noch nicht fest. Muß man noch ein paarmal hingehen und ins Gespräch kommen. Sowieso eine Zarte, die Ursula, die würde sich im Friseurladen ganz gut machen. Gleich nach der Schule ist damals für sie nichts zu finden gewesen. Lohnt sich so eine Lehrstelle überhaupt, wenn sie in der Zigarrenfabrik nach Stücklohn, in zwei Jahren ist sie verlobt und braucht eine Aussteuer? Besser die Taube in der Hand als der Spatz auf dem Dach, da ist man sich einig. Wu Däubchen sei, do fleje Douwe zou! Ihre Mutter, die Lisa, ist in der Jugend auch so eine Zarte gewesen, dann doch als Pflanzmädchen in den Wald. Obwohl andrerseits könnte man sich bequem die Haare von ihr. Zu Hause, in aller Ruhe: schneiden, einlegen und frisieren. Schon siehst du das halbe Dorf zur Verschönerung angerannt kommen, die

Frauen also, das Weibervolk (unser Friseur hier im Dorf, genau wie ein Skatverein, ist bloß für die Männer). Samstagabend, man bestellt sie sich mit Kamm und Brandschere in die Küche, es kostet nicht viel und wir hätten überdies unsere Unterhaltung, sie ihren regelmäßigen Zuverdienst.

So überaus sittsam ist sie und still, daß man mutmaßen muß, sie hat ihre heutigen Sonntagsprügel schon weg. Gleich morgens. Kann sie noch froh sein, weil abends nimmt er den Rohrstock, wird zum Kalender und findet kein Ende. Sowieso werden die Mädchen im Dorf mehr geschlagen. Erstens, weil man sie öfter zur Hand hat. Und zwotens, damit sie gehorchen lernen und hinterher gute Hausfrauen abgeben. Weil die Buben so frühzeitig anfangen, ihrer eigenen Wege zu gehen, will uns immer vorkommen, es hat viel mehr Mädchen als Buben im Dorf, wie soll man die nachher in der Zeit an den Mann bringen? Auch heißt es, die Mädchen sind ausgekocht. Von Geburt an. Die Buben wachsen so irgendwie auf, werden groß, jeder anders. Wie Bäume. Doch die Mädchen muß man sich ziehen, die Mädchen sind alle Luder. Überm Weg, ein Zug pfeift im Tal und es klingt wie im Frühling. Manch ein Vater, wenn seine Tochter schon konfirmiert ist und trägt sonntags Seidenstrümpfe, kommt es ihm: wird er zuletzt reinweg nochmal wie versessen darauf, ihr den Arsch zu versohlen. Als ob er alles Versäumte schnell noch nachholen will, bleibt ihm nicht mehr viel Zeit. Da wird ihr das Konfirmationskleid auch schon wieder zu kurz, ihr letztes Samtkleid. Gerade jetzt diese wenigen letzten Wintersonntage wird es noch reichen. Dann kommen bald schon die Tanzbodenkleider an die Reihe. Steht der Sommer ins Haus, wird sie schon regelmäßig ihr eigenes Geld heimbringen. In zwei Jahren dann, zur Verlobung, gehört sich ein dunkelblaues Kostüm. Dazu die Halskette muß ein Onkel der Braut spendieren. Jetzt, die Mädchen im Dorf, heißen neuerdings viele Monika, Karin, Ilona. Auch Waltraud und Erika, die sind schon länger bei uns in Gebrauch. Die Mädchen in ihren Sonntagskleidern und Kaufladenstrümpfen frieren gern alle ein bißchen. Hier gilt es als vornehm für Mädchen, zu frieren. Wie anderswo, wenn sie Klavier spielen können.

Sind wir im Eifer über all den unerläßlichen Einzelheiten (aus Sorgfalt also) mit der Wegbeschreibung nicht nachgekommen. Werden sie derweil auf der Straße nach Odenhausen – über die Kinder, die Ernte, die Wintersaat, schlechte Zeiten, daß es jetzt wieder aufwärts geht, aufs Frühjahr hin, da ist es nicht ausgeschlossen, auch Arbeit vielleicht zu finden im Land. Seit es das neue Geld gibt. Muß man zugeben; bald auch wieder Soldaten. Lohn und Brot, wer Arbeit hat, geht nicht unter. Was nutzt es, wenn du in die Wintersaat hinein Verbotstafeln aufstellst für die Krähen? Die denken nun, weil sie Saatkrähen heißen! Die Kinder, die Sauren Wiesen, die Märzquellen, da hat es oberhalb so unnütze Quellen die den Grasweg zuzeiten reinweg zum Verschwinden bringen. Dann die Böschung herunter mit doppelter Kraft, lebendige Wasser und quer über unsere Straße. Wie zur Taufe. Rinnsale, Wasserläufe, die halbe Straße nehmen sie in ihrem Übermut mit und versickern dann so in den Bornwiesen. Müßte man von Rechts wegen nach jedem Winter, nein, nach den Frühjahrsregen jedes Jahr eine Fuhre Sand, zwei Fuhren gelben Sand und eine Fuhre Schotter, Schlacken sind auch nicht schlecht, aber wer soll dafür zuständig? Sagst du, die Gemeeh, die Gemeindeverwaltung, letzten Endes sind doch wir es, die das teuer bezahlen. Lieber fährst du doch gleich so einen Haufen Dreck, sonstwo umsonst hergeholt, mit deinen eigenen müden Zugochsen. Lieber einen Umweg. Soll doch der Nachbar fahren, dem Nachbar sein Nachbar (weil der Nachbar – richtig betrachtet – sind wir ja selbst).

Zu dumm, die anderen Dörfer liegen alle zu weit ab. Wie soll man die zwingen, unsere Fahrstraße zu benutzen, um ihnen dann sagen zu können: Jetzt haltet sie auch in Ordnung! Wer A sagt, muß auch Be! Gibt nix der Landkreis dazu? Das ist letzten Endes zwuhr auch unser Geld, aber schon so weit weg von uns, daß es einen schon nicht mehr so schmerzen tut, wenn man aus der Ferne mit müden Knochen von Zeit zu Zeit daran denkt. Mehr so öffentliche Gelder, wie die Vögel am Himmel, die Schwalben: die hast du und hast sie nicht! Soll der Bürgermeester nun seinen Gehrock anziehen und mit Geschicklichkeit vorstellig werden? Immer auch sind es die anderen Dörfer, die die rührigsten Bürgermeester haben: Unser jetziger läßt sich ja die Butter vom Brot! Und bedankt sich dann auch noch dafür, Politik! Bezüglich Schlacken, die hat das Eisenwerk manchmal abzugeben.

Mußt du mit so einem Inschenöhr, die sind meistens kurz angebunden, die sagen nix doppelt, mußt du den Preis aushandeln. Für den ist das Nebensache natürlich. Wie aber rausfinden, wann er seine Spendierlaune hat – *das* müßte man vorher wissen! Besser den Graben noch tiefer graben und unterirdisch Rohre verlegen, Zementrohre: achtzig Durchmesser. Dann fließt das Wasser, kann es ohne Schaden unter der Straße durch. Vorher natürlich muß man die Straße wieder über die Rohre drüber, also Sand und Steine drauf noch einmal. Aber in ihrer Bauernweisheit sind sie gegen die Rohre. Tun sich die Füchse nah beim Dorf schlau ihre Stützpunkte darin einrichten, auch Marder und Wiesel, das Diebsgesindel! Oder hocken die Frösche drin, auf unsere Kosten, wie in einem Palast. Überhaupt: so teure Rohre und dann soll man sie in der Landschaft vergraben? Wenn es noch dicht beim eigenen Haus wäre. So aber hört es sich eher an, wie ein Vergnügen für reiche Leute. Kommst du eines Tages zum Nachsehen, sind die Rohre längst weggekrochen, auf und davon! Wie willst du die suchen gehn, spurlos? Zuschmeißen die überflüssigen Quellen nützt auch nix: zuschmeißen tun wir sie nun schon dreihundert Jahre. Ja und Nein, das vergebliche Abwägen für und wider haben sie in den vielen schlechten Zeiten und unter der Hand auch beim Militär gelernt. Wie von den Feindarbeitern das Erlengehölz die letzten Jahre doch in die Höhe gewachsen ist – liegt wie eine mächtige Wolke da auf dem Hang. Muß man die Jahre nachrechnen, Krieg und Frieden. Derweil die Frauen, schrittweise hinterher, schon wieder über die ausgewachsenen Kleider und Kinder sinnieren, ja Herrgott die Zeit.

Immer weiter gemächlich bergab, werden sie derweil bereits bis an die Kreuzung gekommen sein. Zur Schosseeh. Damals ist die Schosseeh auf weite Strecken noch eine Allee gewesen, gepflastert. Zur Mitte hin kunstvoll gewölbt. Mit Meilensteinen und jeder Kreuzweg hatte sein eigenes Zeichen als Gesicht für die fahrenden Fremden, für die tagtraumverdächtigen Tölpel unter den Fuhrleuten von weither. Nicht zu verwechseln. In Lollar durften sie Wegezoll nehmen, später auch Brückengeld. Wir wären auch gern so kleinlich gewesen, doch haben die Schosseeh wie jedes Wunder immer nur aus der Ferne gekannt. Wer die wohl gepflastert hat, die Zuchthäusler oder die Preußen? Das kann so lang noch nicht her sein und ist doch ganz verschieden in Umlauf. Auch welsche Pflasterer aus Piemont, aus Napolitanien: die haben wie die Teufel drauflosgepflastert. So schnell, daß wir gar nicht zugucken konnten. Haben in Zigeunerkarren gehaust, nachts Feuer gebrannt auf der Böschung, ein Feuer neben dem andern. Gesungen. Die haben Lieder gekannt, hat unsereiner nicht ein Wort von verstanden. Und doch hat man gleich gehört, daß es richtige Lieder sind, lustig und traurig. Von weit her. Wie kleine schwarze Teufel sind sie in den Nächten um ihre Feuer herum. Selbstverständlich haben sie in der ganzen Gegend die Igel, die Katzen und die Singvögel aufgefressen. Hüte wie Wagenräder aus Stroh, solche Hüte. Und jeder ein Messer im Gürtel. Jede Nacht andere Lieder, schier unerschöpflich. Bis an die Knie die Messer. Sie waren so kurzbeinig, damit sie sich zum Pflastern gut hinhocken konnten: sehr praktisch. Erst wie sie längst abgezogen waren, haben wir gemerkt, daß die Igel und Katzen und Vögel hier fehlen: weggefressen! Nach und nach haben wir das gemerkt. Auch Frösche natürlich, auch Schnecken. Sogar Blindschleichen und Ringelnattern haben sie an langen Stöcken geröstet und schmatzend verzehrt. Wie knusprige Brezzeln, ein finsteres Volk. Mit einem einzigen Schlag mit dem Pflasterhammer die Schädel sachkundig platt, dann mit Messer und Zähnen blitzschnell das Fell abgezogen und breitschnäbelige Sultanspantuffeln daraus gemacht, auch Räubermützen. Mord und Totschlag hatten die an ihren allnächtlichen Feuern und in den Karren und haben dabei ihre unerschöpflichen Lieder gesungen. Die Schlangen lebendig geröstet, seit damals sind die Kreuzottern hier so selten geworden.

Die Preußen haben die Zeit und die Steine zum Pflastern vorher ganz genau ausgerechnet, drei Hammerschläge auf jeden Stein. Bei denen hat jeder Stein seine preußische Nummer gehabt. Dazu Trommeln und Trillerpfeifen und auf jedem Streckenabschnitt ein Unteroffizier der immer nur: Eins-zwo-drei brüllt. Da ist die Sonne genau auf den Zapfenstreich untergegangen. Die Zuchthäusler hatten so schwere Hämmer, daß sie jede Stunde nur einmal zuschlagen konnten. Mörderhände. Geschoren, in Kitteln, sind sie morgens und abends in Ketten gebracht und geholt worden: hin und her täglich die zwölf Kilometer nach Gießen ins Garnisonsgefängnis, zu Fuß. Mittags auch noch einmal für die Wassersuppe. Heimlich Löwenzahn, Klee und Sauerampfer gepflückt, auch Brennesseln, für in die Suppe rein. Wer erwischt wurde: Wegschmeißen und gleich drei Tage Essensentzug, also Wasserentzug. Die Wachsoldaten mit Pikkelhauben und Bajonettgewehren. Die Pflasterhämmer so schwer, damit die Sträflinge sie keinesfalls gegen die Wachmannschaften zu erheben vermochten; die Hämmer sind immer auf amtlichen Karren gefahren worden, Eisenkarren. Sonntage hat es nicht gegeben. Nimmst du zwei Stunden für den Weg, sind sie jeden Tag acht Stunden wenigstens hin- und hergegangen, das Anketten nicht gerechnet. Sechzehn Stunden mußten sie pflastern und die Wassersuppe ohne Salz, ohne Brot ist ihnen mit jedem Löffel lauwarm im Mund aufgequollen. Nicht einmal Wasser durften sie trinken zu ihrer täglichen Wassersuppe. In so schönen Bögen und Mustern war unsere Schosseeh gepflastert. Und die Steine Stück für Stück so, daß sie bei jedem Wetter, bei jedem Licht eine andere Färbung annahmen, die in der Nähe und die in der Ferne.

Werden in die andere Richtung, gen Mittag, mit der Schosseeh in weitem Bogen durchs Tal hin: auf Kirchberg zu, *siehst du, da gehen sie!* Dem Frühling entgegen. An den Borngärten von weitem und an den Flüchtlingsgärten mit ihren blanken Wassergräben und Teichen vorbei. Und immer lichter der Tag. Falls sie nicht überhaupt eher den ausgewaschenen Kirchweg heruntergekommen sind, da fließt auch so ein Rinnsal. Im aufgebrochenen Eis rauscht das Wasser und hat es eilig; gleich *fehlt* dir ein Lied dazu. Wir haben hierzulande von alters her keine eigenen Lieder: nie gehabt. Werden womöglich über den Kirlen, über die Steinäcker und vor der Schanz (hinter der Schanz) bei der Barackensiedlung vorbei. Mit wieder anderen Sonntagsgesprächen. Die Baracken heißen Behelfsheime. So ein halsbrecherischer Weg, im Dunkeln kann man sich hier gar nicht herwagen. Im Nebel auch nicht, im Herbst nicht, im Frühling nicht. Nur gerade im Hochsommer, wenn es wochenlang nicht geregnet hat und du nimmst eine Sichel mit, halb am Verdursten, bleibt dir der Weg als Sinnestäuschung, als sandige steinige Mühsal durch Gestrüpp und Tagtraum in den fernen Abend hinein im Gedächtnis. Im Winter tun hier Schneewehen wandern, höher als die Baracken. Gleich herdenweise. Solche Schneewehen, daß wir keine Sprichwörter dafür haben. Wenn du auf deinem Weg in so eine Schneewehe hineingerätst und sie hat deine Richtung, geht mit dir mit, kommt dir überdies todsicher am Nachmittag schon die Nacht auf den Hals, kannst du noch von Glück reden, wenn du um Mitternacht am Dorfrand im plötzlichen Windschatten bei den ersten Häusern: in der jähen Stille kopfüber und hast deine Stimme verloren, so heiser dich gebrüllt und gegen den Sturm an doch selbst kaum gehört, Ewigkeiten; wenn du am Ende verwundert auf dem kleinen Feldchen als halberfrorener Riese, doch nicht die einzige Seele verkauft, stolpernd zwischen den verzweifelten stummen Steinen auf dem abschüssigen Judenfriedhof (den es schon gar nicht mehr gibt, bloß steht noch da, hängt über den Hang hinunter), wenn du zuguterletzt auf dem Kirlen oder in Mainzlar am Güterbahnhof – dort ist die Nacht am finstersten, wie mit Brettern vernagelt, dort ist es schon drei Uhr nachts und kein Hahn kräht, soll man sich hier bei der Laderampe verstohlen bekreuzigen?*, wenn du überhaupt als Lebender wieder zu dir kommst, solche Umwege. Muß man sich noch wundern, daß es die eigene Gegend ist, in der man sich wiederfindet, statt am Ende der Welt oder gleich gar nicht, also im Jenseits!

Was hat einer da auch im Winter zu gehen? Er müßte schon mit dem Teufel verabredet sein. Höchstens der Flickschuster Raith der im Winter hier ohne Not geht. Kommt dir so eine Schneewehenhorde aber entgegen, kämpfst du dich bis zum Morgen wie ein Schiff durch den Sturm. Nicht selten um Jahre gealtert, vorzeitig Greise, so gehen die Unglücklichen daraus hervor. Wer es überlebt, heißt das. Wer mit dem Teufel verabredet ist (das sind meistens die Eisenbahner), wird sich vorsichtshalber ein Gebetbuch und eine Eisenbahnerlampe mitnehmen, einen Karbidkocher, eine Brechstange. Besser man ist krankgeschrieben, bleibt gleich daheim hinterm Ofen sitzen, trinkt Kräutertee der nichts kostet und rechnet Gewinn und Verlust zusammen. Einmal ist hier eine verspätete Schafherde – wollte durch und dann hat man nur noch die Knochen gefunden, der Flickschuster Raith hat die Knochen gefunden. Sind sie vollzählig oder nicht? Soll man sie einsegnen lassen oder wird es doch schon ein Weilchen

* In Mainzlar, im ganzen Lumdatal bis hinauf nach Climbach, nach Nordeck, nach Nieder-Ohmen dauert die Geisterstunde von elf Uhr nachts bis um drei. Im Winter bis zum ersten Hahnenschrei gar.

länger her sein? Kommen die Schneewehen dir entgegen, wie Wegelagerer, so ein blindweißwütiges Wintergewölk über- und hintereinandergetürmt und rollt dir als wüste Ferne entgegen, was bleibt dir da noch? Zum Baum werden. Wie die anderen Bäume. Aber woher wie sie die Wurzeln, woher die Zeit und die Zuversicht, woher die Kraft zum Ausharren nehmen? Hier hat es solche Reihen von Kopfweiden, die sehen wie vergessene alte Männer aus dem Dorf aus. Wir haben uns angewöhnt, sie verlegen zu grüßen, sooft wir vorbeikommen. Nur gerade an so einem Tag wie dem heutigen, an einem Schönwettersonntag zum Ende des Winters läßt sich hier menschlich gehen. Obwohl mit den Kinderwagen – am besten man würde sie tragen. Die Lisbeth ruft ihren Ludwich zur Hülfe. Wenn einer mit beinah fünfzig erst Vater wird, der gilt zu Recht als besonnen, versteht sich. Der Nachbarin ihre Ursula kriegt mit den Augen eins übergezogen, samt drohendem Zungenschnalzen, damit sie weiß: Sieh dich vor! Hätten besser das junge Volk doch an die Leine genommen! Je schlechter der Weg, gleich umso holpriger die Gespräche. Hingegen die Erna mit ihrem Fuß hüpft wie eine Ziege von Stein zu Stein (die Ziegen heißen hier Geiße; man traut ihnen allerlei Hexenwerk zu).

Jetzt ist hier schon so eine Gegend, da haben sie für die Leitungsmasten auch noch die krummsten Hölzer genommen, beinah wie Wurzeln. Wie ausgegraben, wie in Sibirien so niedrig und schief stehen sie neben dem Weg und die Kabel hängen so durch. Als ob jedes ruft: Schneid mich ab! Nagelst du hier ein paar öffentliche Lampen an: wie Sterne werden sie über Nacht davonwandern. Ohne Lampen aber, in dieser Finsternis, wie soll man da wissen, was geschieht? Hier vor der Schanz, also hinter der Schanz, hier verschanzt sich der Winter, bleibt stehen, nimmt Platz und bleibt gern einen Monat länger, auch noch ein Wöchelchen oder zwei hintennach. Hat sich bequem zwischen die Baracken hingelagert und wälzt sich auf den niedrigen schrägen Dächern aus Wellblech, aus Weißblech, aus Teer. Schindeln knackt er eine nach der andern wie Weihnachtsnüsse und heult dazu durch den Schornstein herein – was heißt denn Schornstein? Ein Ofenrohr mit mehrfachem Knick: Knick und Gegenknick und obendrauf rund und spitz ein eisernes Hütchen. Wie bei einem Zirkuswagen. Aus jedem Fenster kommt so ein

Schornstein hervor. Die Baracken heißen Behelfsheime. Die Fensterchen meistens aus Milchglas oder sind sie so angelaufen? Auf das Weißblech eine Doppelschicht Dachpappe nageln, auf die Dachpappe wieder Weißblech und Wellblech und Reste und Teer, so vergeht Jahr um Jahr. Dann wieder mit Kanteisen geduldig beschlagen, mit Winkeleisen und Schienen, damit es dir nicht davonfliegt zur Unzeit, das Dach. Solche Eisen finden sich leicht bei Buderus: liegt da überall rum, das Zeug! Man braucht sich bloß bücken, sooft man darüber stolpert. Auch alte Hufeisen kannst du nehmen, bringen Glück obendrein. Jeden neuen April bastelst du dir einen prächtigen Wetterhahn auf dein niedriges Dach, der trotz Goldbronze den nächsten Winter nicht überlebt. Mit jedem Jahr sinkt die Hütte dir tiefer hinein in den Erdboden. Jetzt haben die Behelfsheime, die Baracken schon elektrisches Licht und an jedem Anbau noch einen Anbau. Erst ein Vordach über der Haustür, dann einen Windschutz daneben und übers Jahr ist groß wie ein Schrank ein Stückchen Hausflur daraus geworden, ein Vorraum, schon beinah ein Stübchen. Gehört noch ein eisernes Öfchen hinein, der zugehörige Schornstein gleich über der vorgeschobenen Haustür. Genauso geht es mit jedem Abstellplatz, mit jeder Veranda, wird fast von selbst schon ein Erker daraus. Die Öfchen aus Ausschußstücken, Buderus; produzieren tut sie dir auf Bestellung die Nachtschicht, man kratzt sich den Kopf und setzt sie sich selbst zusammen. So viele Öfchen in der Hütte: da hast du im Winter schon deine Beschäftigung, wenn du nur von einem zum andern gehst, nachlegen. Bis sie zu glühen anfangen, der Winter ist lang. Und reibst dir die Hände. Wird er noch länger, verheizen wir flugs einen Anbau und tun mit dem überzähligen Öfchen noch rasch ein untergeordnetes Nebenöfchen vergrößern. Die Treppen aus Eisenbahnschwellen und das ganze Anwesen lehnt so am Hühnerstall, am Karnickelstall, als sei es daraus hervorgekrochen. Schräg am Hang, wird von Nägeln und Farbe zusammengehalten und von den geduldigen Ofenrohren. Und von den Zeitungen als Tapeten. Gut, daß es jetzt wieder Zeitungen gibt. Entstanden sind die Baracken als Behelfsheime teils aus Notwendigkeit, teils aus ausrangierten Eisenbahnwagen. Jede Baracke hat ihren Hund zur Bewachung, mindestens einen. Die Hunde sind untereinander verfeindet, lauert jeder zeitlebens auf seine Gelegenheit. Jetzt ist der Krieg seit sieben Jahren schon aus und zu jeder

Baracke gehört ein Gärtchen mit Zaun und ein Gartentürchen, auch wenn es dir kaum bis ans Knie reicht. Sind sozusagen so Wandergärtchen, weil alle paar Jahre fallen sie wieder einem Anbau zum Opfer. Manche Gärtchen schon im voraus mit Fußabstreifern, mit Linoleum, Stragula, mit alten Bettvorlegern oder Wellpappe liebevoll ausgelegt, dann fehlen bloß noch die Bretter und Nägel, derweil die Heckenrosen vielleicht schon durch den Sperrholzfußboden in Küche und Schlafkammer. Ranken sich. So wie sie gewachsen sind, wie Baumstämme mit ihren Jahresringen, bestehen die Baracken innen hauptsächlich aus lauter so Eckchen und Winkelchen. Beispielshalber ein Sarg würde schon gar nicht hereinpassen. Höchstens der Platz vor dem Bett: da ist vielleicht Platz genug für das unersetzliche Fahrrad, zwei schmale Quadratmeter. Da wird, wer Vertrauen hat, es schon lieber an so einem Leitungsmast zwiefach anketten. Mit Ketten und Verwünschungen, mit Vorhängeschloß. Solang der Schnee nicht zu hoch liegt. Derweil sind die Baracken mit qualmenden Schornsteinen vielstimmig bellend zurückgeblieben, haben behelfsmäßig ihre eigene Zeitrechnung. Gerade das letzte Stück Weg, wenn wir es soweit geschafft haben, gerade das letzte Stück geht es sich so gemächlich. Da ist der Weg, bevor er zur Schosseeh kommt, schließlich zahm geworden und schmiegt sich wie so ein Kätzchen: da läßt man sich gerne Zeit. Hier ist es windstill, beinah schon warm und über den Bäumen so hoch der Himmel jetzt *durchsichtig*. Auf den Hügeln, im Schatten, am Waldrand hier und da liegt noch Schnee: direkt freundlich leuchtet er zu uns her. Die Erde, ein bißchen gefroren, taut jetzt mählich so auf über Mittag.

Zu der Zeit, im Dorf sowieso, aber auch außerhalb sind wir immer zuversichtlich mitten auf der Fahrbahn gegangen. Auf allen unseren Wegen, in aller Ruhe. Nur auf der einzigen Schosseeh nicht. Die hat so einen Fußweg gehabt auf der einen Seite, da spazieren wir paarweise vor uns hin und bedenken die Zukunft. Zu der Zeit ist die Schosseeh noch eine Allee gewesen. Höchstens jede Stunde ein Auto, die kannst du zählen. Die Männer zählen sie und die Kinder. Sich Zeit lassen mit der Zeit, jetzt wird es drei Uhr sein. Vorhin war es auch schon drei: als ob alle Sonntage deines Lebens sich noch einmal eingefunden hätten, saumselig und verheißungsvoll. Um dich her und schweigen mit vielen Stimmen. Wird den Frauen gleich so ungewohnt feierlich, sowieso die Lina hat es mit dem Erinnern. Werden sie nicht umhin können, in Gedanken umständlich vor- und zurückzusinnieren; jetzt sind die Kinder bald groß.

In den Kriegsjahren hat es zum Unterschied immer Kriegssommer und Kriegswinter gegeben, sind die Frauen unter sich auf der Schosseeh spaziert. Mit ihren Kinderwagen, Hoffnungen und Gesprächen. Da ist die Rosa noch kleiner als der Bub jetzt, muß man geduldig auf dreierlei Art überrechnen, noch im Wagen gefahren. Der Bub war noch nicht auf der Welt; derweil ist der Himmel *durchsichtig* über den Bäumen. Das Jüngste, da haben wir noch nicht einmal dran gedacht; war doch Krieg. Doch der Kinderwagen ist immer der gleiche geblieben: im Frühjahr 40 in Gießen gekauft. Hat damals der Großvadder drauf bestanden, daß er ihn uns stiftet. Will er ein gutes Werk und du sträubst dich, du zierst dich, dann hat ihn die Wut gepackt in seiner Güte. Die Kriegszeit, daß der Großvadder die noch mit ihr durchgestanden, ist sie ihm übers Grab hinaus heute noch dankbar. Damals hat sie die ersten und einzigen Briefe in ihrem Leben bekommen, auch selbst geschrieben, sie kann es kaum glauben. Jede Woche wieder auf den nächsten gewartet und ihren auch schon parat gehabt, muß ihn gleich abends noch einmal lang und breit umschreiben, die Fragen und Antworten. Wie als Schulmädchen am Küchentisch, ernsthaft, die gleiche Schrift. Jeder Brief hieß doch, daß wir noch leben! Aber bis der Brief bei ihr ankommt, statt verloren in der Aufregung in dieser Wirrnis, braucht doch auch seine Zeit. Also räumst du immer abends den Tag beiseite, räumst Papier und Tinte herbei und schreibst dem nächsten entgegen, die Zeit ist ein strenger Lehrer. Sind Jahr und Tag wie im Flug und doch umso länger von Brief zu Brief. Sie hat sie noch alle und will sie seit Jahren bald einmal wieder lesen. Wenn die Kinder im Bett sind, abends. Dann ist sie für heute zu müd. Kommt ihr vor, jeder Kriegssonntag blickt sie heute noch an, hat die doppelte Länge zumindest gehabt; soviel hat sie damals gedacht und gedacht. Die Abende auch (haben sich vollzählig schweigend dort in den Schatten verzogen und warten und warten). Gerade heute der Tag ist ausnahmsweise auch unerschöpflich. Jetzt hat der Kinderwagen bald ausgedient. Damals sind die Sonntage auch geradezu wie in Gruppen dahergekommen oder kommt ihr das jetzt nur so vor? Man geht und geht und kennt sich damit nicht aus.

Hier auf der Schosseeh, der Abend noch fern, ist ihr immer, als hätte ihre Brautzeit nie aufgehört. Wo ist die Zeit uns denn hin? Damals sind die Mädchen aus dem Dorf noch in Gruppen zum Tanz. Bis nach Lollar, nach Wißmar, nach Sichertshausen. Die mutigsten, hieß es bei uns, sind die Pflanzerinnen, die Waldmädchen, die frechsten die Fabrikmädchen und die feinsten die aus der Mainzlarer Koch- und Bügelschule: die tun sich am meisten zieren, hat es allzeit geheißen. Fortan das Glück wird (nachträglich) für sie bedeuten: zehn nach eins Sonntagmittag, der Mann ausgeschlafen am Tisch, die Kinder hätten das heutige Alter. Sie fängt mit der Lisa ihrer Ältesten an, das Geschirr einzuräumen. Hier bei uns ist das so, daß die Kinder gut und gern die Hälfte ihrer Zeit in den Nachbarschaftshäusern aufwachsen. Die Ursula in ihrem letzten blauen Samtkleid, sie ist eine Zarte geworden. Mensch und Ding, sie weiß alles an seinem Platz und vor dem Fenster wartet der Tag (und wird immer lichter). Sie hat noch nicht angefangen, Alter, Krankheit und Tod zu fürchten, hat dafür noch keine Zeit gefunden, auch gestern und heute nicht, in ihrem Leben. Der Großvadder selig ist zweiundachtzig geworden. Ihr jüngstes Kind schläft, sie hört die Uhr und ruht sich im Schlaf ihres Jüngsten aus.

Auch daß man sich nur ja nicht übereilt bei so einem Spaziergang, mit den Männern ist das gar nicht so leicht. Aufs Feld ja sind es immer noch unsere Fuhrwerke die das Tempo bestimmen, die sinnigen Ochsen und Kühe. Da gehen sie so nebenher, in Schlappen, in Stiebeln, das war allzeit unser Schritt, oder sitzen auch auf dem Wagen und brüllen nur manchmal im Halbschlaf: Hühott! Sonst aber haben sich die Männer im Dorf so eine Art Fabrikschritt angewöhnt. Als müßten sie einen Zug erreichen: mit ihrem Sinnen und Trachten immer schon da, wo sie hinsollen, hasten sie hinter sich selbst her. Die meiste Zeit auch noch mit Händen voll Brotbeuteln, Aktentaschen und Eßgeschirr. Noch nicht dort und schon gar nicht mehr hier. Wie Zeitungsleser, wie nicht recht bei sich, bei Gott! Hören und sehen nix! Wer dann beidhändig bei seiner eigenen Sach' im Feld und im Hof herumwirtschaftet, sein Tagwerk nach altem Maß, ruft ihnen über den Zaun nach: Dou hetzt als wej off die Froischecht! Mehr und mehr ist es dieser neuartige Schritt der sich durchsetzt bei uns, bald werden sie die Aktentaschen auch noch mit zum Friseur nehmen, in den Stall abends und in ihren eiligen Schlaf hinein. Bloß die Wege, das Vieh und die Frauen haben sich einstweilen noch nicht umgestellt.

Derweil ist wahr und wahrhaftig die Sonne durchgekommen, wir haben es nicht einmal gleich gemerkt. Jetzt werden die Winterjoppen und Mäntel mit gutem Recht aufgeknöpft und die Mienen geruhsam gelockert. Hat der Hoinrich heut doch keinen Fehlgriff mit seinem Frühlingsgewand, die Kinder tun sich im Singsang mit ihren hüpfenden Schatten vergnügen. Muß man vorsorglich hin und wieder zur Ordnung, das besorgen fürs erste gelinde die Frauen. Für die Männer wird es nun Zeit, daß sie ihre Stumpen anrauchen: erst muß man reihum anbieten, dann bleibt doch jeder bei seiner Sorte. Vorher aber will der Ludwich noch ein Bild gemacht haben, ein Photo. Den Apparat hat er mit, eine Vorkriegs-Zeißjena. Weil bei ihnen das Kind so lang auf sich hat warten lassen, sind sie auf allerlei Luxus und Gerätschaften verfallen, solche Anschaffungen: ein Musikgrammophon und die erste Waschmaschine im Dorf. Solang das Kind noch nicht da, die letzten zehn, fünfzehn Jahre hat die Lisbeth nur unentwegt geputzt und Waschtag gehalten, Staub gewischt und poliert – wie ein Schmuckkästchen hat ihr Haus von innen geglänzt: man traut sich ja kaum herein, so ein Putzteufel ist die Lisbeth gewesen.

Jetzt heißt es, sich ordentlich aufstellen – nein: sie müssen sich umdrehen! Damit er das rechte Licht hat. Als ob sie sich selbst entgegenkämen. Vorweg die Kinderwagen, die Kinder daneben, jetzt muß er erst einmal ausmessen. Die Lisbeth wird umgruppiert; der Ludwich nimmt es genau. Er selbst natürlich, er kann nicht mit drauf. Jetzt hat jeder seinen Platz eingenommen, liegt so ein alter Glanz auf dem Pflaster. *Direkt als ob* sie an einem Sonntagnachmittag wie dem heutigen hier so anspaziert kämen, so stehen sie da. Steht ruhig, ihr Kinder! Jeder mit seinem sterblichen Schatten. Damit der Ludwich dann seinerseits doch noch mit draufkommt, darf die Ursula auch noch einmal. Hier auf das Knöppche! Und nicht gewakkelt! Natürlich der Hoinrich hat sich zu früh seinen Stumpen angesteckt, hat nicht abwarten können. Jetzt kommt der Rauch mit auf die Bilder drauf. Das ist klar, jetzt werden sie nicht gleich ihre

Fotografiergesichter wieder los, das braucht seine Zeit. Erst einmal wieder die Kinner zur Ordnung rufen. Als guter Witz gilt auch immer, wenn man den Frauen auch Stumpen anbieten tut.

*Siehst du, da* gehen sie! Immer deutlicher ihre wandernden Schatten auf der Schosseeh. Richtig warm ist es schon in der Sonne. Es gibt solche Tage hier, Ende Februar, Anfang März: da lockt es dich, alles liegen- und stehenzulassen. Und gleich auf und davon! Als ob du es immer gewollt hättest, vorgehabt und von je her gewußt und nur auf den richtigen Tag gewartet: Gehen und gehen in diesem Licht. Du bist vielleicht mittags mit einer Axt aus dem Wald gekommen und über die Hügel. Unter den Bäumen die Schosseeh entlang mit der Axt, mit deinen Sorgen und dem Goldklumpen, den Gewichten und Ketten oder was du mit dir herumschleppst, nachdem du sieben Jahre und sieben Jahre und noch einmal sieben Jahre lang treu gedient und hast jetzt vergessen in welchem Märchen, Zinnsoldat, Müllerbursche oder Ausfeger bei den Zwergen? Die Berge mit ihren vertrauten Gesichtern rücken vor dir zusammen, wohnen Menschen auch hinter den Bergen. Weiß und wirklich die Wege; die Erde ist eben erwacht. Das ist die Ferne, die ruft und ruft, das Leben selbst. Du hast es vergessen gehabt. Gegen Abend wird der Himmel hoch und leer und verliert seine Farbe, dann friert es wieder. Blau und still kommt die Dämmerung. Verschlafen in ihrem Winkel surrt eine alte Häckselmaschine. Da stehst du im Stall und bist alt und weißt nicht mit wem du redest, ja richtig doch: mit den Kühen. Auf was für dumme Gedanken das Viehzeug doch kommt, sie haben so schwere Köpfe. Der Häckselmaschine muß man auch immer wieder gut zureden, damit sie nicht ihren Schritt verliert und wäre gleich weggeschlafen. Eine Fledermaus über dem dämmrigen Hof, die Pfützen zu Eis erstarrt. Wir könnten selbst einen Winterschlaf brauchen. Ist Vollmond, dann bellen die Hunde den Mond an. Gab es nicht eine Zeit, da haben wir selbst noch frierend den Mond angeheult, unselig wie aus dem Schlaf gerissene Fledermäuse, und den Höhleneingang nicht mehr gefunden? Du wirst noch soundsooft aufwachen und über Nacht ist Neuschnee gefallen. Dann Tauwetter, Nebel, dann kommt die Regenzeit: wie im Schlaf gehen wir dann umher, so verzagt. Als ob wir uns und die Welt nie anders gekannt hätten. Doch *diese* Tage und das Licht und die Ferne, die gibt es wirklich.

Und wie die Erinnerungen an deine Kindheit wirst du den Vorsatz, einmal davonzugehen an so einem Tag, nie ganz aufgeben können. Wir werden die Ahnung nicht los, wer weiß, es könnte sein, wir bräuchten dann nicht zu sterben.

Dann umso bedeutsamer werden sie weiterspaziert sein, nun da der Sonntag in ihrer Vorstellung schon als gelungen, ein *Lichtbild*, verewigt, doppelt und der Ludwich hat ihn im Kasten. Ist ihnen fast als ob sie ihn feierlich wiederholen: noch einmal in aller Ruhe. Die Sonne werden sie loben, wie wohl sie uns tut. Geduldig jeden aufgescheuchten Hasen registrieren, die fliehende Zeit in Minuten, eine Schar Rebhühner auf dem Feld, in diesem Licht, jeder Augenblick sollte uns bleiben. Rehe acht Stück, werktags ist unsereinem das Viehzeug ja bloß im Weg, aber am Sonntag gehört es zum Gelingen eines gelungenen Sonntagsspaziergangs dazu. Zwölf Rehe sind besser als acht Rehe. Immer weiß einer von einem vormaligen Spaziergang zu berichten und wie sie ein schlafendes Rehkitz fanden, wir auch, bei uns sogar in der Wirklichkeit. Ganz genau so, wie es immer erzählt wird, wie wir es früher auch selbst immer erzählt haben: genauso ist es dann auch gewesen! Keinesfalls darfst du so ein Rehkitz berühren, auch nicht anhauchen unbedacht, das riecht sonst die Alte gleich und muß es traurig verstoßen. Jetzt kommt es entscheidend darauf an, wie lang jeder dabei stehengeblieben ist: mit der Uhr in der Hand und höchstens geflüstert! Was für ein Rebhuhn zu groß ist, heißt sich Fasan; Goldfasan waren die man zu grüßen hatte seinerzeit bei der Wehrmacht. Immer hat einer einen Fuchs entdeckt, den die anderen nicht sehen, bevor es zu spät ist. Dann ist es zu spät, dann ist es fraglich, ob man ihm glauben will (wird sich zeigen). Ist dem Schoppfritz von der Ausspannwirtschaft die eigene Frau nun schon zum drittenmal durchgebrannt oder noch nicht? Neugierig sind wir nicht. Der Fuchs längst weg, er hat eine Gans mitgehabt, deshalb so eilig. Die Wildsäue werden nach dem Flurschaden berechnet, genau wie Manöversiege bei den Soldaten. Schön wäre, man macht einen Tag aus und sie hätten die Vernunft und kämen zum Schlachten ins Dorf: für den angerichteten Schaden; wir hätten weniger Sorgen. Nicht mehr lang und die Bienen fangen an, auszufliegen, so warm ist es schon. Fährt ein Eisenbahnzug, tun wir ihm aus der Ferne winken. Auf den Wiesen am Bahndamm steht noch Hochwasser, steht sogar noch das Eis – muß man gewissenhaft mit früheren Jahren vergleichen. Kommt eins zum andern. So werden sie geruhsam immer noch ein Stück, mehrfach sich selbst auch begegnet und in ihrem Gedächtnis herumspaziert sein. Nach so einem langen Winter. Weg und Baum, Feld und Wald, jeder Grashalm an seinem Platz.

Je länger sie zurückdenkt, wird es schließlich *dieser* Sonntag gewesen sein. Beim Schwalbengraben auf einer Lichtung haben sie sogar Schneeglöckchen noch gefunden. Die standen wie eben verklungen, ein kleines Geläut in der Stille. Und weiter am Wegrand die ersten Veilchen. Nicht gleich pflücken, erst muß man stehen und sich erinnern! Wo steht sie denn jetzt? Sie steht vor dem Büffet; wollte nicht eben noch ein zwanzigjähriger Sonnenstrahl wie verirrt durch die Stube geistern? Vorm Fenster der Himmel seit Tagen bedeckt. Die *nämliche* Salatschüssel oder warum steht sie hier? Wie ist das denn zugegangen, erst jung und dann alt? Es geht auf sechs, soll sie sich Zeit lassen? Nachher kommt der Mann abgewirtschaftet aus dem Schuppen herein, es ist Abend und das heutige Essen steht nicht auf dem Tisch. Oder liegt er schon auf dem Friedhof und hat jedes Jahr seinen Totensonntag? Die zwo Fotos von damals werden sich auch noch im Büffet finden, kaum ein bißchen verblichen. Bei den Briefen die sie nächstens bald noch einmal lesen will. Aber jetzt ist wieder April, kommt dafür eher der vergangene Herbst in Betracht. Bei den bezahlten Wasserrechnungen, Abwässer-, Kanalgebühren, Anliegerkosten, Stromrechnungen, haben wir früher all nicht gehabt, nicht gebraucht, nicht gekannt. Auf den Fotos *die* mit den eckigen Hüften, mit den Kuhaugen, sie hat es mit dem Erinnern: *das* ist sie selbst gewesen. Wie denn nicht daran glauben? Noch gar nicht lang her! Der schweigsame Riese, der Riesenkerl mit dem Stiernacken, der eben dreimal hintereinander hereinkam: dreimal rein und raus ohne einen Ton! Vor dem sich das Büffet gleich so geduckt hat! Der vorher im Hof unterm Auto lag, drei Werkzeugkästen daneben (ein schwarzgelber Opel Kadett mit Beulen und Rallyestreifen), der also, da siehst du ihn jetzt durchs Fenster: *das* ist ihr Jüngster! Auf dem Bild noch im Kinderwagen, da wird er geschlafen haben. Jetzt ist er jahraus, jahrein Dachdecker. Den Führerschein hat er bei der Bundeswehr gemacht. Freitags hat er eher Schluß, liegt dann unterm Auto solang es noch hell ist.

Neuerdings Totensonntag fährt er sie immer auf den Friedhof, braucht sie sich nicht so abschleppen bergauf mit dem heiligen Zeug. Obwohl für den Friedhof ist ihr sein Auto ein bißchen grell, sieht wie eine Wespe aus. Ist ihr schon lieber, er parkt nicht direkt vor dem Tor. Auch wenn er im Auto sitzt und so laute Musik hört. Sein großer Bruder ist in Wiesbaden bei der Landespolizei, kommt höchstens zweimal im Jahr und muß gleich wieder weg. Der Werner. Sie hat immer Angst, daß er sich noch einmal anschießt im Dienst, sich aus Versehen irgendwie selbst trifft. Unschuldig. Müssen auch beide so riskante Berufe, Dachdecker und Polizist! Lieber wäre ihr, beide schaffen regulär auf der Hütt' und es hat seine Ordnung. Lieber ginge sie jedes Jahr zu Fuß auf den Friedhof, muß sie ihn nicht erst zehnmal bitten. Lieber soll er endlich anfangen, sich nach einer Braut umzusehen; fährt auch immer so ruppig. Ihr neuer dunkelblauer Mantel aus dem Jahr 69, wenn nicht gerade die Sonne scheint, kann er gut für schwarz gelten. Die Totensonntage hier sind neblig und düster, vom Mittag an Schnee und Regen durcheinander: Totensonntagswetter. Die Rosa in Treis verheiratet, hat auch schon zwei große Kinder, auch Fotos von ihrem Aufwachsen. Ihrer ist bei der Bahn; sie haben schon zweimal angebaut. Auf dem Bild, auf dem Sonntagsspaziergang hat die Rosa ein Strickkleid an. Wird immer lichter der Tag in ihrem Gedächtnis. Noch ein paar Jährchen weiter und es ist einundderselbe Sonntag gewesen, da sind sie mit den Schneeglöckchen und den Veilchen durch das blühende Kirschenwäldchen, dann war Muttertag, Fliederzeit, haben sie im Kuckuckshag Maiglöckchen und weiter hinauf den Hang ohne Verwunderung die ersten Waldbeeren auch gefunden. Eben noch silberhell ihre Stimmen da unter den Junibäumen; jetzt das schlafende Rehkitz: wir halten die Luft an und sehen es atmen im Schlaf. Sonnenflecken. Noch nie stand das Korn so gut. Im gleichen Jahr, als wir so ein Glück mit dem Kälbchen hatten. Von Odenhausen her Kirmesmusik. Beinah wie in der Jugend wären wir hoffnungsvoll hinspaziert über den Fluß, über die steinerne Brücke. Ist ein Pflaumenjahr auch gewesen. Und auf dem Heimweg haben wir unter lichten Septemberhimmeln die ersten Äpfel: die muß man doch kosten.

Dann ein Kartuffelfeuerchen im Wind auf dem Feld, in der Dämmerung, im Oktober: uns aufgewärmt und im Geist die Stimmen probiert, zur Erinnerung uns gesammelt. In der Abendkälte, wir wären sonst nicht gewesen.

Und zuletzt dann, unter den Wintersternen (lag hoch der Schnee), wie in alter Zeit unser Weihnachtsbäumchen mit heimgenommen. Wäre es darüber nicht ohnehin schon so spät geworden, sie hätten wahr und wahrhaftig noch Einkehr gehalten: Im Grünen Baum oder in der Gastwirtschaft zur Stadt Staufenberg (da stößt man sich immer am Deckenbalken und kann noch froh sein, wenn es bei einem Mal bleibt). Und ausnahmsweise ein Gläschen getrunken. In aller Ruhe. Nach so einem langen Weg. Bier die Männer, der Ludwich gleich sachkundig Bier und Korn. Sitzen beim Ofen, hören die eigenen Stimmen und tun uns die Füße wärmen. Der Bierhahn tropft, wir sind alle schon einmal dagewesen; ringsum an den Wänden dunkelt die Zeit. Die Frauen in Ehren einen kleinen Apfelwein, süß gespritzt: muß man vornehm den Mund verziehen und immer so nippen. Die Erna keck einen Mosel im Römer. Für die Kinder Zitronensprudel, teilen sich immer zwei in ein Glas mit Strohhalm. War die Ursula da noch zu den Kindern zu rechnen? Sind wir in der Finsternis auf dem Heimweg, ist das Dorf uns wie bei einem Laternenumzug schon den Berg herunter und über die Brache, über die dunklen Nachwinterfelder entgegengekommen: Seid Ihr das? Sind wir hier richtig? Daß wir es kaum noch erkannt haben vor lauter Lichtern, Straßen und Neubauten, so lang waren wir fort, so schnell ist die Zeit uns hin und vergangen. Wieder ein Weilchen und das ganze liebe Leben wird ihr wie ein einziger langer Spaziergang gewesen sein, bald.

**Den Sommer verzettelt;** im Frühling war vor der Zeit Dürre im Land, dann ist der ganze Sommer uns nur wie ein kalter verregneter Nachsommer: nur zehn Tage im Juni ist richtiger Sommer gewesen. Den Herbst bis weit in den jetzigen Winter hinein; wo geht die Zeit denn hin? Und den Winter dann in den Frühling geschleppt. Ist erst die eigene Frau uns fast zwei Wochen krankgelegen, dann hat uns selber so eine neuartige Magenempfindlichkeit erwischt, dann hat uns das Gliederreißen gepackt, schlimmer denn je, und dann die Verzweiflung. Und sind in keiner Genossenschaft drin. Auf uns selbst gestellt. Vor lauter Not im Winter und Nachwinter kann der diesjährige Frühling sich beim besten Willen nicht rechtzeitig einstellen: so nötig bräuchten wir ihn und er kommt und kommt nicht herbei.

So ist das Winterfutter uns knapp und knapper geworden, ist so dahingeschwunden. Für Mensch und Vieh; die Nahrung, das Brennholz, die Hoffnung haben nicht hin- und nicht hergereicht. Hätten wir jetzt ein Kälbchen gehabt zum Aufziehn, wie es all die Jahre unser Wintertraum war, wir hätten es leider abgeben müssen. Hätten wir, wie in besseren Zeiten, zu unserer einzigen Kuh im Stall noch eine zweite, die eingewöhnt neben ihr stünde, wir müßten sie gleichfalls davonführen und verkaufen. Händeringend, um jeden Preis. Hätten wir, was uns zustattenkäme beim Holzfahren, ein eigenes Pferd, wir müßten die einzige Kuh gar verkaufen, um das Pferd durch den Winter zu bringen. Auf den künftigen Fuhrlohn hin. Der eigenen Frau läßt sich so etwas gar nicht erklären: sie sieht sich auf der Kuh ihrer Seite und würde uns nie verzeihen. So haben wir unser diesjähriges Schwein geschlachtet, in der Not, bevor es noch fett war. Und aufgefressen noch vor dem Frost. Das unschuldige Schaf vor der Schur verkauft. Jetzt jede Woche auf den Sonntag hin muß uns wieder ein armes Karnickel dran glauben. Erst sind es siebzehn gewesen, eine richtige Schar. Und hätten noch mehr werden können. Jetzt kann man die verbleibenden Karnickel und Sonntage schon an den Händen abzählen. Bald sieht man auf einen Blick, wann die Reihe ans letzte kommt und der Winter tut seinen Ausgang nicht finden. Früher hat man für jedes ausgespannte Karnickelfell noch wenigstens seine vier Groschen ehrlich bezahlt bekommen. Soll man die letzten zwei Gänse rechts und links verstohlen unter die

Jacke nehmen, frühmorgens, ahnungslos wie sie sind, und wie ein Dieb auf die Burg hinauftragen zum Verkauf? Für das bißchen Geld (man muß es von allen Seiten betrachten) dann uns wiederum teuer im Kaufladen und beim Metzger versorgen, sorglos wie Stadtbürger: ein Quentchen dies und ein Quentchen das! Von der Hand in den Mund: es wird keine drei Tage hinreichen. Vier Metzger gibt es im Dorf. Jeden Tag wieder im Keller die Vorräte nachzählen, alle paar Stunden: das Obst, das Wurstfett in Büchsen und Gläsern, den Blumenkohl und die Gurken. Wie ein Gebet. Räucherspeck, Marmelade, Apfel- und Pflaumenmus. Haben wir uns dabei nun gestern und heute Morgen zu unserem Vor- oder Nachteil verzählt? Haben wir vorgestern falsch, mehrfach falsch, immer *anders* falsch, und gestern und heute Morgen richtig gezählt und verzählen uns jetzt am Nachmittag immer wieder – wie soll man sich das bezeugen? Dabei ist der Dezember sogar noch zu warm gewesen, sogar Wintergewitter. Mit was frißt der Hund sich denn satt? Fünf Hühner nur sind uns geblieben. Und die sehen aus wie gerupft. Die immer wenigeren Karnickel wie frierende arme Sünder in ihrem Kastenstall mit Maschendrahttüren: freßt nur das Holz und den Draht uns nicht an! Und wir? Das Gliederreißen nicht auskuriert, kriecht noch im Leib herum. Von der Magenempfindlichkeit ist uns auch etwas nachgeblieben, so horchst du alle Tage in dich hinein. Am schlimmsten aber ist es, wenn die eigene Frau uns krankliegt ins Ungewisse: daß wir nicht wissen, womit und wie lang! Darüber kann man direkt verzweifeln und wird auf die alten Tage hülflos zum Waisenkind, wird vor Wehleidigkeit zum Gespenst.

Beim Ofen sitzen und keinen Entschluß fassen können, morgens und abends nicht. Morgens sind Gliederreißen und Magenempfindlichkeit immer am schlimmsten. Zehnmal in den Hof gehen, ins Gärtchen, da *stiert* der Himmel dich an! In den Stall und der Kuh zureden, man kommt sich leibhaftig schon wie ein Betrüger vor. Nachts aufwachen und keinen Entschluß fassen können, dreimal jede Nacht. Sich Gänge ausdenken und der eigenen Frau nicht mehr Rede und Antwort stehn, beim täglichen Holzhacken schon nicht mehr zurandekommen mit der schartigen Axt und der eigenen alten Wut. Auf die Nacht sind Gliederreißen und Magenempfindlichkeit immer noch schlimmer. Jeden Tag Verlust und Verlust bedenken, ausrechnen und zusammenzählen: ist uns seit dem Vorjahr kein Plan, keine Anschaffung mehr geglückt, nicht ein einziger Handgriff wie vorbestimmt zum guten Ende gelangt. Ist uns im Gegenteil noch das überkommene Tragejoch unersetzlich zerbrochen. In zwei Teile zerbrochen, so ein pruktisches Tragejoch. Ist so pruktisch gewesen! Muß man mit den Milchkannen neuerdings immer zweimal sich schleppen in jeder frostigen Frühe. Schief und einseitig wie ein Krüppel: so früh sind die Sorgen von allen Seiten in jede Richtung kaum auszuhalten, ein Jammer! Wie denn in künftigen Sommern das Gärtchen noch notwendig gießen? Die eigene Frau ist auch schon nicht mehr die jüngste und Kinder haben wir keine. So ein uraltes Tragejoch: immer hast du gedacht, es wird ewig halten. Immer mehr eingeschränkt, immer kümmerlicher und kleiner ist uns unser Leben geraten, so lang und so kurz jeder Tag: da weiß man nicht ein und nicht aus. Wie denn zu einem guten Ende gelangen, wenn man sich bei sich selbst beim besten Willen schon keins mehr vorstellen und zurechtdenken kann? Höchstens als Holzwurm, als Käfer, als Zugvogel eine Spanne Zeit; das *sind* wir aber doch nicht! Das Schaf vielleicht werden wir uns auch nur eingebildet haben, das macht nun im nachhinein keinen Unterschied mehr. Mit einer einzigen hungrigen Kuh ist an Fuhrlohn nicht viel zu holen. Schon das Stehen im Stall ermüdet sie jetzt, so schwach ist sie uns geworden. Und der Frühling noch weit. Die den Fuhrlohn kassieren, haben gummibereifte Langholzwagen, kommen zweispännig alle Morgen mit hafergenährten Pferden daher die vor Kraft und Gesundheit glänzen. Mit Traktoren und Zugmaschinen sogar. Und haben lustige Fuhrknechte und Gebrüder in Offiziersstiebeln die ihnen aufladen helfen in kürzester Zeit. Mit Scherzworten. Mit Packlederhandschuhen, Stulpen bis über die Elle. Aber bei Buderus um Arbeit als Hilfsheizer nachzufragen, ist jetzt die falsche Zeit: für die steht der Frühling schon vor der Tür. Totengräber sollten wir sein (1951 wär jeder gern Totengräber geworden, wenigstens der Ersatztotengräber). Zum Holzfällen ist es zu spät, auf den Bau noch zu früh; dafür sind wir auch schon zu alt, so ein windiges Leben auf Gerüsten und Dachbalken. Die Schamott stellt jetzt auch nicht ein. Als ob sie uns unerreichbar auf- und davondampft, mächtig und finster, wie ein Schiff ohne Fenster. Und in der Stadt uns Arbeit zu finden, dazu fehlt es uns allzeit an Worten, Fürsprechern und Erfahrung.

*Darum* also, einen Morgen in aller Frühe bist du gegangen, hast dich verzagt und entschlossen auf den Weg gemacht, mit dir selbst schweigend: mit zusammengebissenen Zähnen. Aus dem Dorf das noch schlief und über die Schanz. Die Pfützen gefroren, schon März und immer noch jede Nacht Frost. Und durch Lollar durch, auf der Hauptstraße: noch nie im Leben so früh durch Lollar gekommen – du hättest ganz jemand anders sein können, der in seinen fremden Angelegenheiten hier geht. Ist wirklich auch Montag heut? Bis zum Sägewerk vor das Tor. Da ist ja kein Tor, da ist eine Einfahrt. Wie ein Dreschplatz so groß. Da, wie du angekommen bist, war es zwanzig nach sechs; da ist bis auf die Vögel alles noch still gewesen um diese Zeit. Stehen und Warten. Schade nur, daß wir den Karo, den Hund nicht haben mitnehmen können: der gefällt sich auf solchen Gängen, doch ist für heute leider nicht zu gebrauchen. Wir wollen es schlau anstellen und ohne Fehler! Um zehn vor sieben ist der erste gekommen. In Lederzeug, ein großer Kerl auf einem Motorrad; er hat eine neue Kappe aufgehabt. So ein Pech, daß wir sein Amt hier, Rang und Namen nicht wissen, hätten uns eifriger umhören sollen. Vielleicht ein Vorarbeiter, so eine Art Aufseher, Zuteiler und Polier, gerade so hat er ausgesehen und ist gleich mit Aufseherschritten auf dem Hof herum, auf dem Holzlagerplatz und zwischen den haushohen verschlossenen Toren.

Bis du dich getraut hast, ihn anzusprechen, da muß man eine Gelegenheit abwarten bevor sie verpaßt ist, sind schon auch die ersten und immer mehr Arbeiter in Gruppen dahergekommen, dann die Kontorleute unter sich und bald auch die ersten Fuhrwerke. Du sollst bei der Einfahrt warten, es ist noch zu früh. Schließlich und endlich. Versprechen will und kann er dir vorerst nix jetzt versprechen! Du nickst; die Fuhrwerke drängen sich und gleich kreischen die Sägen los. Wie um taub zu werden ein Arbeitslärm. So ein geschäftiger Morgen. Unwillkürlich sieht man sich um, wo man eigenhändig mit anpacken könnte in dem unbegreiflichen Durcheinander. Gegen halb zehn, das war wohl die Frühstückspause, hat der Aufseher dir gewunken: du sollst in einer guten Stunde nochmal wiederkommen! Mal sagen, so gegen elf. Vorher ist nix hier ze machen. Wieso denn weggehn und wiederkommen, wenn du genausogut hier warten kannst und stehst bei niemand im Weg? Dann aber doch anstandshalber ein Stück die Straße entlang und die Schritte gezählt, hin und her. Beim Wagenbau-Wagner ein Weilchen gegafft und bei der Tankstelle auch: zur Belehrung. Hier werden die erstklassigsten Langholzfuhrwerke fabriziert. Nur nicht zu spät kommen! Wir sind es nicht so gewöhnt, das Herumspazieren und unsere Zeit abzustehen mit leeren Händen. *Insgeheim* ja bist du so früh gekommen, weil du gedacht hast, es macht einen guten Eindruck und du könntest, wer weiß, vielleicht gar den heutigen Tag schon bezahlt kriegen. Daß sie gleich dringend jemand gebraucht hätten, zwei Hände zum Zupacken und du wärest der richtige Mann in der Not; solche Glücksfälle, die gibt es wirklich! An ein Vesperbrot hast du gar nicht gedacht. Noch gut, daß kein Schneegestöber. Zurück dann hast du dich auf deinen alten Platz wieder gestellt und hättest dich gern ein bißchen bemerkbar gemacht, sozusagen zur Stelle gemeldet. Solche Berge von Holz und Getöse, da *muß* es doch Arbeit geben! Kann der Aufseher nicht noch einmal über den Hof kommen, mit Riesenschritten vom Holzlager her, und dir wohlvertraut zunicken? Daß er sieht, du bist pünktlich, bist immer noch auf der Welt. Und du wüßtest deinerseits, er hätte dich nicht vergessen über seinen vielerlei Pflichten und Aufträgen.

Auf einmal, wie du vor lauter Warten schon wie nicht mehr da bist und weißt nicht, was du gedacht hast (man tut sich die Seele aus dem Leib warten), da winkt er dir, ruft und pfeift; wirklich: wie eine Schlafmütze mußt du ihm vorkommen. Deshalb so hastig und durcheinander, da stehst du auch schon vor dem Krohn dem hier alles gehört. In allen Dörfern im Umkreis tut man ihn kennen: auch wenn er einem nur einmal von weitem gezeigt worden ist, so ein mächtiger Mann, den vergißt man doch nicht! Der alte Krohn ist es und nicht der junge: er ist es selbst! Kurz angebunden, wer und woher, aus Staufenberg also, soso. Und was er dich noch gefragt haben mag. Mit seinen Goldzähnen; er hat einen Jagdanzug an, so einen strapazierfesten Tiroler Anzug mit Hirschhornknöpfen. Jedenfalls mußt du ihm doch scheints die richtigen Antworten in deiner Aufgeregtheit: Kannst gleich morgen anfangen! Lohn jeden Freitag! Vorerst als Lader und Zuträger, du nickst. Aber gib Obacht auf deine zehn Finger, solang sie noch dran sind, du Glückspilz! Beim Sägewerk heißt es Zupacken. Ob man dich selbständig an die

Säge wird stellen können, das muß sich erst weisen; du nickst. Vorerst für drei Wochen. Morgen punkt zehn vor sieben dich beim Aufseher melden, den kennst du ja schon (hier hast du eilfertig zu nicken vergessen). Dann hat ein Bürofräulein sich extra deinen Namen aufnotiert, Geburtsdatum und Adresse; auf jede Frage hast du prompt die richtige Antwort gewußt. Du sollst dir eine Lohnsteuerkarte holen. Auf eurem Bürgermeisteramt. Schön warm ist so ein Bürozimmer, auch Blumentöpfe beim Fenster. Dann bist du aber doch auch froh, wie du heil wieder draußen bist. Ganz wirr noch im Kopf, jetzt die Lollarer Hauptstraße Schritt für Schritt. Mit der frohen Botschaft schnell heim oder wozu die Eile? Glatt vergessen auch, daß du einen extra kräftigen Eindruck hast machen wollen, aber nun will er es ja tatsächlich probieren mit dir. Zum Alten mußte Meester sagen. Zum Jungen Herr Inschenöhr. *Was* wäre nun schlauer gewesen: zu sagen, du warst gerade erst ausnahmsweise krank, sonst für gewöhnlich siehst du in Wahrheit viel kräftiger aus? Oder kein Sterbenswörtchen über das leidige Kranksein, damit er gar nicht erst auf die dumme Idee kommt und kann dich für allzeit gesund halten, Bauernschlag? Durch und durch ist sein Blick dir gegangen. Und wie seine Goldzähne wachsam funkeln im Mund, ein Vermögen. Hat er nun eine Brille aufgehabt oder nicht? Der Jagdanzug nagelneu, noch ganz ungetragen: er muß ihn zum erstenmal anhaben heut! Wenn es nun nicht geklappt hätte, wahr und wahrhaftig: du würdest dir jetzt ein Herz fassen und auch noch beim Wagenbau-Wagner dringlich um Arbeit fragen, obwohl du weder Schreiner noch Wagenschmied bist. Sogar zum Güterbahnhof mit hungrigem Magen und ungeniert fragen. Wer arbeitet, geht nicht unter. Ab morgen also! Gut eine Dreiviertelstunde Weg und zurück. Am besten um halb sechs aufstehen, um zehn nach fünf, da kann man sich Zeit lassen. Wenn die Arbeit von Dauer ist und man wird gut bezahlt, kriegt seinen festen Lohn, warum soll man sich nicht ein Fahrrad mit Hülfsmotor zulegen, gebraucht, einen Sachs? Benzin braucht so einer fast nix und man bewegt sich im Sitzen dahin, bergauf und bergab, schwalbenflink. Sein Zeuch hat man auf dem Gepäckträger hintendrauf, es trägt sich von selbst und geht nicht verloren.

Gehen und gehen, mit einemmal hast du einen ganz leeren Magen, ein richtiges Loch im Bauch. Sollst du dir jetzt auf den künftigen Verdienst hin schon einen gehörigen Imbiß leisten? Metzgereien und Gastwirtschaften hat es hier mehr als genug. Vom ersten Lohn gleich beim Schmied ein neues Wagenrad endlich in Auftrag geben, beim Sattler ein festes Zuggeschirr, keine Faxen, erstklassiges Vollrindleder. Schluß mit dem alten Gelump, man schämt sich ja schon vor der Kuh. Wo soll man in der heutigen Zeit wohl überhaupt noch ein richtiges Tragejoch zu erstehen kriegen? Man hat das Geld noch nicht in der Tasche, da häufen sich schon die Ausgaben. Den Imbiß sparst du dir also. Bei Gott auch vergessen, den eigenen Stundenlohn dir zu erhandeln, die Zukunft. Noch gut, daß das keiner erfährt: man käme sich dumm vor! Man stellt sich gerissen und fragt. Und verlangt dann übers Gebot dreist noch ein bißchen darüber hinaus: so *hat* es sich abzuspielen. Oder hast du vor lauter Glück und Schreck nicht recht hingehört, bloß immer genickt? Die eigene Frau wird sich wundern; sie weiß nicht einmal, wo du hinbist so früh. Die wird sich am meisten wundern. Nicht vergessen, die Lohnsteuerkarte – wie heißt so ein Ding nur bei uns, Herrgott, wie soll man da sagen auf unserem Bürgermeisteramt: die Luh ...schdoje ...koahd, so ein amtlicher bunter Zettel also; man kann auch die Frau danach schicken. Und kommt sich selbst wie ein Teufelskerl vor: auswärtig in Lohnarbeit stehend. Die Kuh wird die Augen aufreißen. Der Karo, der Hund, wird es jeden Tag wieder gar nicht kapieren können, so ein Gehen und Kommen und Gehen. Als ob man anfängt, eilig das Jahr durchzublättern wie in einem Kalender: so gehst du und gehst. Und die restlichen neun Karnickel bleiben vorerst am Leben: Freßt süßen Klee auf den Sommer zu und vermehrt euch untereinander ein Weilchen!

Den Imbiß also hast du dir gespart. Und bist dann bei der Post doch umgekehrt: wir kommen aus Lollar nicht so leicht weg. Ein Zug pfeift, ein Güterzug fährt langsam über die Brücke. Bestimmt jetzt schon eins vorbei: bald Schichtwechsel auf Buderus. Auf dem Lollarer Bürgermeisteramt, wer weiß, da geht es die meiste Zeit vielleicht schriftdeutsch schon zu. Einmal am Zahltag zu so einem feinen Friseur: wie unsereiner wohl aussieht danach? Die blanken Schaufenster gehst du entlang, beinah wie in der Stadt ein unbekannter

Spaziergänger. Wie so ein Vorsteher und Verwalter. Vielleicht sogar pfeifst du zu deinen Schritten, man wundert sich selbst darüber. Warum denn sich beeilen? Auf einmal nun ist es doch noch ein ganz *heller* Tag geworden; auf einmal weißt du, der hiesige Frühling ist nicht mehr so fern. Und hätten in besseren Zeiten ein Kind haben können, zwei Kinder: es ist, als ob man sie kennt. Wie du dich in Einsamkeit frierend auf den Weg gemacht hast heut Morgen, war da nicht genauso ein Frührot wie an dem Tag, als du aus der Kriegsgefangenschaft – da bist du mit Soldbuch und Namen entlassen worden und hast gemerkt, du bist noch am Leben! Daheim die Papiere nachsehen: es sollte dich nicht wundern, wenn es auf den Tag genau das gleiche Datum heut wäre. Nach sieben Jahren. Und auch, daß du den Krieg überlebt hast, darauf kommst du erst jetzt. Selbst wie die Karnickel: kräftig sind wir und gesund. Und *weil* du schon so ein Glückspilz bist und heute ist so ein Glückstag, darum wirst du jetzt gehen und dir eine neue Mütze kaufen. Den heutigen Tag soll dich nichts gereuen. Damit du dich nach Jahr und Tag noch mit Zuversicht kannst erinnern, sooft du sie aufsetzt. Und der Frau zur Überraschung ein seidenes Halstuch, ein gefärbtes, was kann das kosten? Pünktchen drauf oder Blumen und fremde Vögel, man kennt sich damit nicht aus!

**Nach der Treibjagd.** Mit dem Bild oder Spiegel, das war so, das ist *schwer* zu erzählen. Wie sie sich nach der Treibjagd also bei dem Kleiderfabrikanten und seiner Jagdgesellschaft entschuldigen wollten – ist alles schon abgesprochen gewesen, auch Tag und Uhrzeit. *Wir schreiben das Jahr 1953.* Sie werden es mehrfach geprobt haben. Weil sie bei der Treibjagd ohne Absicht in die zugenagelten Brunnen gefallen sind, bei den Borngärten: vormalige Brunnen und Fischteiche. Der Schnee damals, war doch keine böse Absicht dabei. Macht ihnen also das Dienstmädchen die Tür auf, nicht bloß das Dienstmädchen, sondern gleich auch noch die Haushälterin in eigener Person, soll ihrerseits eine flotte Amtmannswitwe aus dem Rheinischen sein. Wie ein Dampfschiff. Dienstmädchen mindestens drei oder vier; wir wissen nicht einmal, wo die her sind, doch wohl aus der Stadt, so zierlich und flink. Die Tür und noch eine Tür, sie haben sich schon mehrfach vergeblich geräuspert. Hat jeder gern einen Vordermann vor sich, den breiten Rücken. Immer ist es *noch* ein Vorraum, heißt wohl Diele und wird immer feiner. Mit Teppich und Blumenkübeln. Können doch jetzt hier nicht noch die Schuhe an den Füßen ausziehen, es bleibt ihnen gar keine Zeit dafür. Einer allein vielleicht, das könnte noch angehen, aber sie sind ja als Abordnung, sieben Personen: die weltgewandtesten von den Treibern. Einer allein möchten sie auch nicht sein. Wer weiß, was sich schickt in so einem Fall.

Und wie sie endlich in den Saal kommen und stolpern ein bißchen und drängen sich in der Tür: der Kronleuchter *blendet* sie, der ganze Saal *blendet* so. Eiskalte Füße. Da sitzt jetzt der Kleiderfabrikant mit seiner Jagdgesellschaft. So plötzlich. Man kann die Gesichter kaum unterscheiden, so eine weite Ferne herrscht in diesem Saal. Und trotzdem so hell erleuchtet. Den Sohn vom Kleiderfabrikanten werden sie erkannt haben, weil sie ihn alle Tage auf dem Firmenschild buchstabieren und weil er so ein kleines rotes Gesicht hat. Überdeutlich. Den Kleiderfabrikanten auch, weil sie immer darauf lauern, ihm zu begegnen: damit sie ihn grüßen können. Damit sie das hernach herumerzählen können, im Dorf und zu Hause. In all dem Prunk wie auf einem Gemälde sitzen die Herrschaften, Damen auch dabei. Und drehen jetzt langsam die Köpfe her. Wie einstudiert, wie im Theater. Wir sind fremde Gesichter und daß sie uns ansehen, nicht so gewöhnt. Wir hätten das lieber schon hinter uns, besser schon gestern; es ist ein Samstag im März, es ist sechs Uhr abends. Die Herrschaften in aller Ruhe mit wie aus Elfenbein langen Hälsen und unsereiner zieht unwillkürlich den Kopf ein – gleich als ob dich eine Riesenfaust im Genick packt und vorwärtsstößt. Bei der Treibjagd die Hasen: immer hast du gedacht, sie sind stumm. Auf einmal schreien sie wie kleine Kinder, das Viehzeug. Hätten wir nicht unsere Mützen schon unterwegs abgenommen, so könnten wir jetzt wenigstens unsere Mützen abnehmen. Und somit zeigen, daß wir wissen, was sich gehört. Ende März, die Wege wollen nicht trocknen und auf die Nacht friert es wieder. Hier aber liegt auf jedem Teppich noch ein feinerer Teppich und darunter schläft spiegelblank das Parkett. Dräng doch *mich* nicht so, murmelt einer zum andern, obzwar sie wissen, daß sie sich diese Nacken- und Rippenstöße meistenteils ja bloß einbilden. Wie Lampen und Blumensträuße die vielen fremden Gesichter, jetzt werden die Feldstecher und Operngläser gehoben. Wir hätten das vorher besser bedenken sollen, hätten uns das besser schriftlich auf einen Zettel! Die Operngläser auch werden sie sich bloß eingebildet haben; vielleicht Karaffen und Gläser die das Licht einfingen, Teegeschirr auf dem Tisch. Die Damen mit Riechsalz und Tüchlein. Sofas wenigstens drei oder vier. Gerade hier müssen wir so grob mit den Füßen scharren, können nicht anders! Obwohl doch unsere Wege so aufgeweicht sind schon seit Wochen. Der Keiberkoarl soll sogar eigenhändig geknickst haben aus Verlegenheit. Er ist Zementmischer auf dem Bau. Jede Woche feiern die Richtfest, da ist er nicht drin zu schlagen.

Wie sie endlich soweit gekommen sind mit Stolpern und Verbeugungen, *deshalb* also tut man den Buben hier durch Jahre und Generationen mühsam eintrichtern, wie ein Diener gemacht wird, für so einen Anlaß. Gottlob sind die Anlässe selten. Jeder wünscht sich schon flugs auf den Heimweg und daß er ihm leicht wird. Als Abordnung getroffen haben sie sich beim Louis. Nein, nicht beim Louis, das wäre direkt schon zu nah: in der Gastwirtschaft zur Stadt Staufenberg haben sie sich getroffen. Zwischen vier und halbfünf. Man weiß nicht wohin mit den Augen. Jetzt hätten sie ihre auswendig gelernten Entschuldigungen daherbeten können, jeder für sich oder holprig im Chor, vorsorglich zweimal, und sich ungeschickt aus dem

Staub machen. Vielleicht noch einmal in den Grünen Baum, um sich wenigstens nachträglich noch hastig ein bißchen Mut anzusaufen, gleich Branntwein, es soll nicht lang dauern! Auf eigene Kosten, derweil es dunkel wird, Samstagabend. Wenn es nur soweit schon wäre. Jetzt aber: soll man schwerblütig die eigenen Schuhe betrachten oder wohin mit den Augen? Lieber hätten sie umsonst Holz gemacht im Gemeindewald. Vom frühen Morgen an, den heutigen Tag. Geregnet hat es auch schon, hat vorhin erst aufgehört. Von hier sind die Dienstmädchen nicht. So gutgezogen, vielleicht ist eine schon unterwegs nach Schippe und Besen, um die Dreckklumpen aufzusammeln von unseren Schuhen, vom Weg; das ist jetzt die Jahreszeit, daß der Frühling nicht kommt hier in unserer Gegend. Muß man bedauern. Auf einmal wird dir ganz heiß, fällt dein Blick auf ein Bild, einen wandgroßen Teppich oder was es ist, was da hängt. Wir haben bei uns daheim nicht so gewaltige Wände. Und müssen von da an wieder und wieder sich selbst bedenken, bezweifeln, mißtrauisch, scheeläugig, ist fortan sich keiner so recht geheuer. Wie soll man das aushalten, steht sich doch nicht gegenüber, ein Fremder im eigenen Leben. Gewaltige Wände. Wie ist das denn zugegangen? Hat sich jeder gleich selbst erkannt? Sie haben nie darüber gesprochen, auch nicht untereinander.

Auf dem Bild sind sie alle drauf! Aber so, als ob jeder zeitlebens nur einen Zug, eine einzige Eigenschaft. Wie Menschen als Fabeltiere. Als Schwein, als Freßsack, als Geizkragen. Der Lüsterne, der Hinterhältige und der Fettkloß der nichts kapiert. Mit Fischmaul und Glotzaugen. Fuchs, Dachs und Marder. Den einen frißt der Neid auf, hat ihn schon, seine Haut nur ein grünes Glimmen über dem Totenschädel. Wie eine Messerklinge die Nase biegt sich ihm bis in den Mund. Hat jeder sich gleich erkannt? Hat jeder die andern erkannt und sich selbst dann als überzählig hinnehmen müssen? *Die* Ähnlichkeit! Und in Atemnot schlucken und würgen? Wird es im unrechten Moment ein Spiegel gewesen sein oder von Kopf bis Fuß eine pünktliche Halluzination? So satte Farben! Spürt jeder noch einmal die eigene Schuld und das Fieber heiß und wirr in den schweren Knochen, noch von der verunglückten Treibjagd her. Knapp an der Lungenentzündung vorbei. Dabei können wir uns das Kranksein auf eigene Rechnung doch gar nicht leisten. Ist das denn denkbar, daß der Jagdpächter-Kleiderfabrikant-Ortsmillionär ein Vermögen ausgibt, nur damit wir bei ihm mißgestaltig an der Wand hängen? Das wird ein Irrtum, ein kostbarer alter Meister sein, so satte Farben, und hat mit uns nix ze tun! Als Spiegel ein Zerrspiegel höchstens in diesem prächtigen Rahmen. Wer weiß, wir *könnten* so aussehen, wenn uns das liebe Leben nicht immer wieder dazwischengeriete: die Sorgen, die Not, die Familie. Wenn wir keine Kinder hätten, nicht unsere tägliche Arbeit und Müdigkeit. Und morgens und abends notwendig die Vogelflüge im Auge und unerläßlich den Blick in den Himmel. Ja, dann vielleicht. Muß man sich wundern.

So werden sie unbeholfen ihre Buckel und Kratzfüße gemacht haben, sind wir das noch selbst? Und sich in der Tür gedrängt wie Verwachsene. Knautscht jeder seine gute Mütze in der Hand wie die eigene arme Seele: jetzt tut es ihnen leid. Und hintennach tut es jedem für sich unselig noch mehr leid. Nach besten Kräften. Und bellen und murmeln so. Bis sie die Erleichterung spüren wie sie hinausgeführt werden; auf einmal jetzt *rennt* die Zeit. Den Kleiderfabrikanten persönlich haben sie bloß so als Lichtreflex in Erinnerung. Mit Glatze und Brille. Er hat doch zuletzt genickt oder hat er nicht genickt? Er wird in Gedanken gewesen sein, so eine hochgestellte Persönlichkeit. Und atmet genau wie wir. Auch sogar beinah die gleiche Luft. Hat er nicht sogar mehrmals genickt? Hätten in der Aufregung die eigenen Augen nicht so zusammenkneifen sollen, hinterher ist man klüger. *Eigentlich* sieht er ja eher harmlos und leutselig aus, so zufrieden und rosig mit seinem Doppelkinn und den Hängebacken, ein sauberer kleiner Mann. Der ihnen nur so streng und einschüchternd vorkommt, immer wieder, weil sie wissen, wer er ist.

Jetzt unter freiem Himmel stehen sie und tun ihre eigenhändig verknautschten Mützen sorglich zurechtdrücken, die Fassong. Wissen kaum, wie sie hinausgekommen sind. Besser ein bißchen mehr abseits noch stehn! Jetzt ist es jeden Tag länger hell. Die Pfützen spiegeln den Himmel. Es ist ihnen als Treiber ja auch gar nicht hauptsächlich um die Entlohnung zu tun, die zehn Mark und die Erbsensuppe. Den Schnaps im Glücksfall als Zugabe. Dafür kommt man abends heim, ist müd wie ein Ochse und hat nix geschafft: die eigene Arbeit bleibt liegen. Sie tun es eher, um sich nach Kräften gefällig zu erweisen. So ein mächtiger Mann: Millionär, das muß man sich vorstellen! Man kann es sich ja kaum vorstellen, wie denn auch? Doch nicht lauter einzelne Markstücke! Und so feine Herrschaften als Jagdgäste. Von weither. Fabrikanten und Gerichtspräsidenten. Wenn es damals nur nicht geschneit hätte über Nacht! Bei sich selbst kommen sie sich als Treiber immer recht kindisch vor, aber nur insgeheim: so hinter dem Viehzeug her durch die Gegend und Lärm schlagen auf dem Waschbrett. Aber das ist schließlich nicht ihre Sache. Wenn es sich so gehört, dann wollen sie nicht zurückstehen. Wie die Jagdhunde. Wir täten uns sogar verkleiden und selbst als Viehzeug durch die Gegend, wenn es verlangt wird.* Genauso wie sie ihm die Jagd immer wieder zur Pacht antragen und von Mal zu Mal billiger lassen. Aus Ehrfurcht vor seinem Geld und damit sie jemand zum Grüßen haben. Wenigstens seinen Hut, den Schofföhr und das Firmenschild. In anderen Dörfern *haben* sie nicht einmal einen Ortsmillionär. In Lollar wiederum gleich drei oder vier, da gleicht sich das eher aus.

*Jetzt gleich heim?* Der Schusteraugustwilhelm ist als erster gleich heim. Der hält es außerhalb von seiner Stube nie lange aus. Er ist der Dürrste im Dorf. Wie eine große Krähe ist er zwischen den Zäunen das Scheunenpfädchen entlang in seinem flatternden Nachwinterrock. Noch die Mütze glattstreichend, er hüpft so beim Gehen, ein großes freundliches Knochengerüst. Jetzt sitzt der längst schon daheim und wärmt sich und schweigt; sitzt und trinkt aufgewärmten Kaffee, Malzkaffee, die Kanne steht den ganzen Tag auf dem Herd. Zuckerstückchen lutscht er dazu und kriegt die Beine kaum unter den Küchentisch. Hätten selber die ungehörigen Dreckklumpen aufsammeln und einstecken sollen. In der Not, wozu hat man die Hände und Jackentaschen? Und versteht sich blitzschnell zu bücken auf so besonderem Boden? Jetzt ist der Tag so gut wie vorbei. Jetzt werden wir noch zum Louis gehen müssen und in den Grünen

* Atemlos, mit bunten Federn, mit Pelz und Geweih, Fuchsschwanz und Hasenohren, die Zielscheiben wie Rucksäcke hintenauf, wer träumt uns in diesem Traum? Über Stock und Stein.

Baum, bevor wir heimzugehen vermögen, jeder zu sich. Genau wie nach einem Begräbnis oder wenn wir in der Stadt gewesen sind, genau wie nach einem gelungenen Festumzug; da kann man danach immer auch nicht gleich heim und in sein gewohntes eigenes Leben zurück, keiner von uns. Manche ja jeden Zahltag schon nicht. Jetzt dorfeinwärts sieht man sie gehen auf der Lollarer Straße. Durch Matsch und Pfützen. Auf dem Louis seinen Eingang zu. Davor die Treppe ist frischgeputzt, noch naß und *friert* jetzt ein bißchen. Grau und leer kam die Dämmerung, ein Samstagabend im März. Von dem Spiegel, dem Teppich, dem Bild, sagt keiner kein einziges Wort.

Mit der Abordnung zur Entschuldigung, da sind sie ganz allein draufgekommen. Nicht daß der Fabrikant es verlangt hätte: sie wissen schon selbst, was sich gehört. Pflicht und Schuldigkeit. Der Keiberkoarl und der Herzkoarl hinterher noch auf eigene Faust zum Keulerhoinrich Zwo und in die Gastwirtschaft zur Stadt Staufenberg; sie werden noch nicht genug gehabt haben. Dann über die schwankenden Treppengäßchen, da stützt man sich gegenseitig, hinunter auf den ungewissen Kirchweg und müssen dann kopfüber in den reißenden Kirchwegsgraben, gemeinsam – ein Wunder, daß sie nicht ertrunken sind, alle beide. Ob sie überdies auch hätten erfrieren können, darüber kann man sich mit der verspäteten Jahreszeit streiten. Gefunden hat sie der Hamannpaul, ein Eisenbahner aus dem Oberdorf, auf dem Heimweg. Die Eisenbahner leuchten sich mit ihren amtlichen Lampen heim. Nachts um halb elf, gottlob war er nüchtern. Er hatte Mühe, sie zu sich zu bringen. Wer weiß, wo sie hinwollten. Oder dachten, sie sind schon da: angekommen! Die übrigen Köpfe der Abordnung schon um neun verwirrt und betrunken heim, stolpernd, mit großspurig torkelnden Schatten unter den windigen Lampen durch.

Hatten schon im Vorjahr insgesamt auf den Kartuffelanbau vergessen, sich verschätzt und verrechnet, die Saatkartuffeln zum größeren Teil selbst aufgefressen, ein Versehen, den Rest im Keller langwierig Wurzeln ziehen lassen. In der modrigen engen Finsternis; wie ist das denn zugegangen? Sich dann karnickelschlau an den landesüblichen Kohl gehalten, gut, daß es den noch wenigstens gibt! Der Kohl hat bis Ende November gereicht; jetzt kommt die Adventszeit ins Land. Und mußten sich von da an dreimal täglich den Bauch vollschlagen mit Futterrüben: alle Sorten. Durch den Winter und Nachwinter. Und werden seither nicht Herr ihrer Nachtmahren mit Hörnern und Rüsseln wie die seinerzeitigen Gasmasken. Höllenvieh, aufgeblasene Fratzen die sich meckernd und grunzend in ihren schweren Schlaf drängen: Ihr habt unsre Rüben gefressen. Seht jetzt, wie ihr ausseht! Und nach allerlei Albtraumhändeln verstört aufgewacht, schwitzend im Dunkeln. Gottlob im eigenen halben Bett, das ist durch und durch naßgeschwitzt. Wie als ob das Fieber von der seinerzeitig verunglückten Treibjagd ihnen noch in den Knochen sitzt: nicht auskuriert, nie und nimmer! Daneben die eigene Frau schläft wie ein Berg.

Und träumten von da an den Traum immer wieder, erst jede Nacht fünfmal, dann zuverlässig alle paar Jahre. Im Sommer, im Winter. Am schlimmsten im Nachwinter, der nicht gehen will hierzulande. Die Abordnung, alle sieben, als ob sie lebendig das Bild träumen, Leib und Seele. Und spüren jedesmal wieder die ureigene Fratze auf ihrem gewohnten Gesicht. Noch Tage danach. Kratzen, reiben, waschen, rasieren, die Wurzelbürste, geheime Gebete – nutzt alles nix! Der eigenen Frau ihr teures Parfüm, sie hat es noch aus der Brautzeit; sich heimlich die Schnauze pudern mit Mehl? Verfluchen den Spiegel und gehen ihm abergläubisch aus dem Weg und stehen erschrocken still (wie Seiltänzer einen Fuß in der Luft, wie der Hahn auf dem Mist) und hören nicht auf, ihn verstohlen zu suchen. Die Fratze, gehen Tage und Wochen damit herum und sind sich selbst nicht geheuer: ihr Bild bei dem Fabrikanten. Können nicht einmal mit sich selbst reden, mit ihrem aufgescheuchten Gewissen, in die eigene innere Stille hinein, nicht mit dem eigenen Stall- und Zugvieh sprechen, ohne zu spüren, wie ihnen die Fratze wächst. Im Stall und im Hof. Erst recht in der Familie und vor den Augen der Welt alle Tage. Das eigene Haus wird zum Feindesland, die Angehörigen gegnerische Spione. Auch wenn sie nichts davon wissen, das macht es nur schlimmer. Daß die Landvermesser so schlechte Bretter auch zurücklassen mußten: schon wie unsere eigenen bald. Ein geschenkter Gaul. Wir hätten die Brunnen nicht zunageln, hätten nicht nur die Brunnen zunageln, sondern auch Warnschilder aufstellen sollen: für uns selbst! Wenn es damals nur nicht geschneit hätte über Nacht!

Wie so ein Schicksal zum Schicksal wird, ungerufen, mischt sich in jeden Gedanken ein, den du für den eigenen hältst. Und reicht bis in die jetzige Gegenwart, in dein Gestern und Heute hinein. Man kann sich ja kaum noch erinnern, wie man vorher gelebt hat; es muß ein Frieden gewesen sein und wir haben es nicht gewußt. Noch nach Jahren die freien Sonntage. Jetzt hat längst jeder im Hauptberuf auswärtig eine Lohnarbeit; Bauern nur noch dem Namen nach und um die Qual zu verlängern. Damit die Mühe kein Ende nimmt. Hätten sich morgens im Badezimmerschrank im dortigen Spiegel stehengelassen, jeder sich selbst, in Gedanken. Morgens um acht, um halb neun. Tatsächlich ein richtiger Sonntag für uns. Je nach Jahreszeit haben sie die Sonntage früher immer zum Ausschlafen und für die Feldarbeit aufgebraucht. Und gehen mit der Fratze herum, mit abgewandtem Gesicht. Sprichst du sie an, gleich drehen sie den Kopf noch verquerer beiseite und müssen die eigene Hand vor den Mund halten, wenigstens den Mund, Kinn und Nase bedekken, die ungehörigen Backenknochen bedecken. So weit eine einzige unschuldige Hand eben reicht. Oder mit beiden Händen und bis an die Augen. Wie allseitig Zahnweh, den ganzen Mund voll Zahnweh. Ha, was meinst du? Hat jemand etwas gesagt? Und sehen Gespenster, sehen sich selbst als Gespenst! Und zwinkern verstört. Die damalige Abordnung, alle sieben von ihnen. Das soll jetzt ein Sonntagmorgen im Sommer sein. In neuerer Zeit, zwanzig Jahre danach. Jetzt hat längst jeder ein Badezimmer im Anbau, blitzblank, als ob wir wer anders sind. Man kennt sich ja kaum noch wieder. Das Badezimmer sieht aus wie ein Friseurladen in der Stadt, riecht auch so. Statt nur wie früher das überkommene Scheißhaus über den Hof, zwischen Schuppen und Stall. Aus Schamottbruch und Lattenholz und mit Zufallsbrettern vernagelt; der Himmel ein *leerer* Spiegel, ein allgegenwärtiger Blick. Fischteiche, sagen sie dir, hat es nie gegeben. Hier bei uns nicht! Wäre nicht Sonntag, wir könnten wenigstens das Auto ein bißchen noch nachpolieren; gestern ist es von der ganzen Familie zweimal gründlich geputzt worden. Morgen Frühschicht. Im Spiegel, das bist du selbst, und dort auf dem Büffet der Fremde bleibt in seinem Silberrahmen auf ewig Gefreiter.

**Das Dorf steht auf einem Basaltfelsen.** Die Regierung läßt Gott einen guten Mann sein, 1950, 1951, 1952, 1953; die Kalender gibts gratis im Kaufladen, Edeka, sind so Bilderchen für jede Woche. Frühling im Tessin, Heide in Abendstimmung, hintendrauf Kochrezepte. In Lollar: es gibt Sommerabende, da steht das Buderuswerk, wenn es nicht qualmt, wie schon *vergessen* steht es dann da. Mit seinen Schornsteinen, Türmen und Halden; golden das Licht und die Stille. Steht und brütet Albträume aus, ein Grabmal für Riesen, ein Beichtstuhl für Maschinen, Karfreitag, eine untergegangene Zivilisation, du suchst das in deinem Kopf. Wo denn hin auf der ewigen Hauptstraße? Den Akkord geschafft haben. Und auch morgen, mit Gott und den eigenen Händen, es wird schon werden. Längst Feierahmd und du hast noch schmerzhaft die Werksirene im Ohr und die panische Stille danach: zehn Jahre und noch zehn Jahre. Beim Güterbahnhof: die Sonne ist eine Kupfermünze, fern im Westen. Bevor sie versinkt in Abend und Rauch; wir wären längst heimgegangen. Bei den letzten Häusern, am Rand des Abends, der Lollarer Friedhof: so klein, denkst du, so klein, als ob die Hütt' selbst ihre Toten frißt! Sommerabende gibt es, die scheinen kein Ende zu nehmen. Andere Tage, wenn der Himmel so auf die Dächer drückt und das Werk qualmt, die Hütt', das heißt man das Lollarer dreckige Wetter. Bis zu uns herauf kommt es nicht. Staufenberg, das Dorf, steht auf einem Basaltfelsen. Eh und je. Deshalb, seit Jahrhunderten, sind hier die Abende so, daß du jeden einzeln im Gedächtnis behältst. Wie den Anfang der Ewigkeit, immer *anders!* Und trägst sie zeitlebens mit dir herum – wie denn vergessen die Zeit, das sind wir doch selbst? Manche Abende ist einem, als ob man neben sich still einhergeht in Freundschaft. Zwischen den Jahren gibt es im Kaufladen die Kalender: man nimmt sie, sagt danke und freut sich, daß sie nichts kosten.

Sooft wir in Lollar beim Sägewerk vorbeikommen, wir können nicht anders, immer müssen wir denken, der Frühling kommt bald! Wo will ich denn eigentlich hin? Die Säge kreischt; wie das Holz riecht: das grüne und das trockene Holz. Bei jedem Wetter. Die Kinder kommen und scharren im Sägmehl und suchen sich Klötzchen zusammen; halbe und ganze Tage tun sie damit zubringen. Nicht nur die aus der Nähe, auch die von der oberen Bahnkolonie. Wegscheuchen jederzeit nutzt nix! Sogar bis aus Daubringen, Mainzlar und Odenhausen kommen sie um diese Klötzchen, so weit. Und finden dann bis zum Abend nicht heim. Der leere Hof jetzt, der Holzlagerplatz. Längst zu jedes Tor: sind so haushohe Tore und schweigen dich an. Wie ein Schmuckkästchen steht dem Krohn sein Wohnhaus daneben, mit dem Erker im ersten Stock, wie bekreuzigt, mit blanken Fenstern; der Himmel ein leerer Spiegel. Am Abend. Die Säge kreischt in deinem Gedächtnis weiter, so still ist es jetzt: was könnten wir denn vergessen haben?* Um das Wohnhaus sind Ziersträucher angepflanzt und fremdländisch gestutzte Bäumchen aus der Lollarer Friedhofsgärtnerei. Gerade hier hat es soviel Vögel, sie flattern in Scharen herum. Hauptsächlich Spatzen, kein bißchen scheu. Sie stören sich nicht an dem Lärm. Und in der Stille am Abend die Schwalben. Wie ein Abschied ist jedes Leben. Weiter die Straße und über das Brückchen, kaum daß dir dein Name einfällt, unzählige Abende im Gedächtnis, das Wasser rauscht; so gehst du und gehst. Hier teilt sich die Lumda, der Lollarer Mühlbach; die Häuser stehen auf einer Insel, das Pflaster ist eingesunken, es sind die ältesten Häuser im Ort. Wie eine Glocke klingt jeder Ton nach; hier ist die meiste Zeit Abend. Hier sind untertags die Klötzchen als Schiffe geschwommen, gerade hier rauscht die Lumda so; das Wasser ist grün. Hier bist du gegangen, es muß vor vielen Jahren im Frühling gewesen sein, ein Glückstag. Vor lauter Zuversicht ist dir die Welt wieder jung geworden, wie in der Jugend so hell und weit. Es ist ein langer Tag gewesen, an diesem Tag hast du nicht den leisesten Schmerz gespürt. Wir werden nie sterben! So bist du gegangen und hast dir umsichtig eine neue Mütze gekauft. Jetzt will dir vorkommen, halb schon ein Schatten im Jenseits, so gehst du dein Leben lang müde heim: wir kennen uns selbst kaum. In diesem späten goldenen Licht.

Bei uns im Dorf. Es gibt *den* Kaufladen und noch zwei Kaufläden. Vorm Fenster die ersten Lichter. Es wird ein vergangener Herbsttag sein. Als Kaufmann hierorts im Hausrock aus Plüsch am buntverglasten Kontorfenster stehen, Weihrauch brennen, immer wieder die

* Beim Sägewerk heißt es Zupacken. Nicht umsonst steht der alte Krohn den lieben langen Tag da oben im Erker hinter den feinen Gardinen, nach drei Seiten reicht sein Blick. Seine Frau ist vor lauter Vornehmheit blutarm, hat das Geld mit in die Ehe und liegt schon bald dreißig Jahre wie eine Königin krank im Bett. Das Bett soll ein Himmelbett sein.

Sanduhr umdrehen und zum Selbstkostenpreis brasilianische Stumpen rauchen. Mit einer Bernsteinspitze aus Riga. Dazu sich selbst, den Nachmittag und die Dämmerung in dreierlei satten Farben betrachten. Mit schweren Lidern. Beim Einmannschlag, bei den Kiefern: da hat es eine Grube mit so feinem Sand, daß eine Zeitlang sogar Sanduhren damit gefüllt worden sind – und dann nicht mehr. Wird dreißig Jahre wohl her sein. Wird gut eine Wegstunde sein von hier. Da singt der Wind in den Kiefern. Seit wieviel tausend Jahren kommt den Menschen schon vor, daß die Erde jung war in ihrer Kindheit? Vielleicht steckt in der Sandgrube noch so manches Vermögen drin und liegt wie im Schlaf. Ungewiß, auf ein künftiges Aufwachen hin. Wochenlang kommt dort keiner vorbei. Seinerzeit für die Uhren der Sand ist eigens verschickt worden: in Teertonnen, nach außerhalb, weit. So ein Sand der, wie der hiesige Himmel, allen und keinem gehört, solang er nichts kostet, nichts einbringt. Vor dem bunten Kontorfensterglas die heutige Dämmerung schon. Leuchtet wie Wein, wie der Portwein in seiner Karaffe da in der Vitrine. Der Portwein ist sechzig, die Karaffe hundertvierzig, die Vitrine gut zweihundert Jahre alt, Eigentum. Aber wann hat sein Urgroßvater hier im Kontor die bunten Scheiben einsetzen lassen? Wie in der Kirche; das Haus ist bald dreihundert Jahre alt. Gemächlich Schritte im Flur und die Treppe hinauf, es wird seine Mutter sein, die wird im Januar vierundsechzig. Wir haben ein Automobil, Theaterkarten und Pläne. Frau und Kinder demnächst. Liefern auch Winterkohlen auf Bestellung. Den Stumpen zuende rauchen, vom Portwein nur des Nachgeschmacks wegen einen winzigen Schluck, dann wird er die Tür öffnen und durch Vorraum und Flur zum Laden hinrufen, sie sollen jetzt langsam Licht machen. Das Lämpchen im Fenster neben dem Eingang. Bei der Treppe, so recht ein Schaufenster ist es ja nicht.

Von Mainzlar her mit der Nacht übers Feld, mit schweren Schritten; es muß wieder Herbst sein. Brennt beim Gärtner noch Licht? Im Küchenfenster; sein Haus steht am Dorfrand, er ist eben erst reingekommen. Vom Morgen an Beet um Beet jedes Pflänzchen mit Zuspruch, mit Reisig und Stroh versorgt, jetzt auf den Winter hin; dann noch im Schuppen gekramt, vor lauter Eifer die Nacht nicht gemerkt: wie ein Maulwurf im Finstern (dabei sieht er eher nach einem Igel aus: da weiß man nicht, ob *er* das auch weiß). Erstmal viel zu abgeschafft, um sich die Gummistiebel von den eigenen Füßen, soll er nach Frau und Tochter jetzt plärren? Hätte längst Schluß machen sollen! Sonst zieht er die Stiebel mit den Dreckklumpen immer schon bei der Haustür aus, da warten jetzt die Pantuffeln vorerst vergeblich. Die Frau wird gleich reinkommen; das Wasser fängt schon zu kochen an. Gleich Tee trinken, fünf oder sechs Tassen Tee mit viel Milch und Zucker und zu jeder Tasse dick ein Worschtbrot dazu, hungrig und ausgefroren. Dann erst das Abendessen, kann man sich Zeit lassen. Jetzt hat er sich aufgewärmt, jetzt zieht er die Stiebel doch selbst aus, ächzend.

Nach dem Abendessen sich die Zeit lang werden lassen, unter der Lampe sitzen und Samentütchen auf Vorrat beschriften: für die Zukunft, wie wenn er Prophezeiungen schreibt. Die Frau sieht man mit drei alten Eisen bügeln, die Eisen immer abwechselnd auf dem summenden Herd angewärmt. Das ganze Haus riecht nach frischer Wäsche und Tannenreisig. Die Tochter macht Schulaufgaben. Sie hat Haare wie Seide. Vor lauter Eifer sitzt sie wie in einer Glaskugel. Der Sohn, wo ist denn der Sohn? Da hat doch die Frau nichts gesagt, schon beim Abendessen hat sie nichts gesagt, damit er nicht zu schimpfen anfängt als Familienvorstand. Dabei ist ihm gar nicht danach. In der Küche, die Nacht vor dem Fenster, in der Zeit, in der Gegenwart mit seinen Gedanken sitzen, noch im Bauch des Walfischs wie in Gottes Hand sitzen; einmal ist er mit einem Schiff auf der Ostsee gefahren. So sitzt er und schreibt und schreibt. Für jedes zweite Tütchen die Feder eintauchen, *so behend läuft* die Schrift über das grobe graue Papier und ist seine eigene Handschrift. Zum Staunen! Und bevor sie trocknet unter der Lampe: schimmert wie Gold. Das ist ihm so ein Vergnügen, die Schrift, er könnte in Ewigkeit fortfahren. Soll er jetzt Samentütchen für zehn Jahre im voraus? Allerheiligen, Allerseelen, schon kommt der Totensonntag daher und er hat die Friedhofsbestellung noch mehrstenteils vor sich: wird morgen früh anfangen. Haushoch die zwei Fuhren Tannenreisig sind gestern gekommen. Jetzt kann er doch froh sein, daß er den Schuppen vorhin noch aufgeräumt hat, man braucht doch sein Zeuch zurhand; der Schuppen ist auch schon wieder zu klein. Jedes Jahr fehlen ihm dringend zwo Meter Gewächshaus. Jedes Jahr kommen vier Meter Gewächshaus dazu und dann fehlen ihm wieder zwei oder drei. Bis zum nächsten Jahr. Er hat eine fleißige Frau und zwei fleißige Kinder. Er steht früh auf und geht spät ins Bett, wühlt den lieben langen Tag in der Erde. Wie Höhlen so niedrig sind seine Gewächshäuser. Jetzt auf den Winter hin: nach der Friedhofsbestellung wird er die Jahresrechnungen schreiben für jedes Grab. Nicht mehr lang, dann geht der Dezember durchs Dorf, so lange finstere Nächte. Gern würde er Abend für Abend so sitzen und sich die Bibel abschreiben, wie lang kann das dauern? Ein Buch, so groß wie sein Kassenbuch, wer weiß, ob die Bibel in seiner Handschrift da reinpaßt? Als ob man keine hätte und auch keine zu kaufen kriegte: mal sagen, für jedes Dorf nur eine einzige Bibel. Auf Treu und Glauben. Vom Roten Meer kennt er Bilder. Das Kassenbuch noch vom Großvadder. Immer tiefer in die Nacht hinein sitzen. Die Bibel, was für ein dauerhaftes Glück ihm das wäre, für viele Jahre im voraus: er müßte bloß einen Grund finden! Soll er ein Gelöbnis geloben, daß er es tut? Ihm ist, wie wenn er sich sitzen sieht: in weiter Ferne, unter der Lampe. Ob er auch an die Nibelungen noch denkt? Als Kind, wenn du beim Gärtner zu tun gehabt hast; sein Haus steht am Dorfrand: auf dem Heimweg probierst du dem Gärtner seine Gedanken zu denken. So ein Pfädchen an Hecken und Zäunen vorbei, da hat jeder Apfelbaum dich gegrüßt. Muß man immer wieder stehenbleiben und ein Gesicht machen wie unser Gärtner, das ist gar nicht so leicht.

*Wann* ist es denn dunkel geworden? Der Otto, der Sattler, ist in seiner Werkstatt am Aufwachen. Er muß sich doch überhaupt *sehr* wundern, wie das kommt, daß er eingeschlafen ist, Teufel auch: wie das zuging? Auf einem Kundensofa ohne Kissen und Decke, das paßt ihm jetzt nachträglich gar nicht. Da kaufen die Leute sich billige Sofas und sitzen sie gleich ab mit der ganzen Fumilje: zehn Jahre, fuffzehn Jahre, sie machen Besuche und kriegen Besuch, solche Dummheiten. Und dann kommen sie und wollen sie von ihm neu bezogen haben, preiswert heißt sich das neuerdings. Jetzt ist er frierend aufgewacht in der Finsternis: bis er da erst weiß, wer er ist und sich und die Lampe findet. Hustenanfälle. *Gleichzeitig* stolpern und husten *und* sich die Augen reiben, bloß frieren geht ganz von allein! Dabei hat sich der heutige Nachmittag so gut angelassen mit Nebel und Nieselregen: ein schönes Feuer im Ofen. Kein Mensch kommt. Er hat immer wieder eine Flasche Bier getrunken, Schluck für Schluck, so eine Ordnung im Kopp. In aller Ruhe und sich gesagt, wenn es dunkel wird, so zwischen fünf und sechs, dann geht er zum Louis und in den Grünen Baum. Zum Keulerhoinrich Zwo heute nicht. Höchstens noch in die Gastwirtschaft zur Stadt Staufenberg, allerhöchstens. Und den Nachmittag lang durchs Werkstattfenster dem Schwager seinen Kastanienbaum betrachtet im Hof; der Wind kam und ging. Daß er so husten muß, hat mit dem Rauchen *gar nichts* zu tun, kommt bloß von dem Staub hier: hätte nicht einschlafen sollen gestern und heute! Sich wachhusten und zusammensuchen was geblieben und geworden, sich aufrappeln und dabei *jedesmal* fast umkommen vor Müdigkeit. Das Feuer auch wieder aus, es ist so ein schönes Feuer gewesen. Jetzt fehlt ihm zum größeren Teil der unwiederbringliche heutige Nachmittag; vielleicht Mitternacht längst vorbei in der Stille. Er macht immer *den* Fehler, daß er der Kundschaft seinen Stoffmusterkatalog vorlegt, solche und solche Muster. Bezugsstoffe in reichhaltiger Auswahl. Dann können sie sich nicht gleich entscheiden, dann suchen sie unsinnig einen Stoff aus, den er nicht da hat; deshalb hat er in letzter Zeit aus Umsicht schon gar keine Stoffe mehr da. Dann bestellt er den Stoff auch nicht gleich, weil er weiß, sie kommen noch zehnmal zum Umbestellen: Erfahrung. Sie kommen ihm immer in Fumiljen daher, jeder hat dreierlei Meinung. Am liebsten kommen sie sonntags wie auf Besuch und lassen sich Zeit. Bestellt er einen Stoff, wird bloß ballenweise geliefert, er braucht aber drei Meter zehn, hunnertvierzich breit. Hinterher ist es der gleiche Stoff und kommt ihnen ganz anders vor – *wirkt* anders, das ist doch klar! Aber meistens hat er die Zettel verlegt, erfolgt keine Lieferung nicht. Sortiert, was heißt denn sortiert? Solche Postkarten schreibt ihm die Firma. Verloren geht nix! Er ist ledig; wenn er verheiratet wäre, könnte sich längst die eigene Frau geschickt darum kümmern.

Wenn er gerade erst aufgewacht ist, überstürzt aufgewacht, gehen ihm immer die Zigaretten verloren. Gleich nach dem Anrauchen. Sieht man ergeben erst später, was wieder angebrannt: Gott im Himmel, meistens nur so im kleinen. *Aber* das Feuer im Ofen geht aus, sobald man ein Auge bloß zumacht. Dann steht so ein Sofa ihm wochenlang in der Werkstatt im Weg, nimmt die Luft weg und er muß die Leute immer wieder vertrösten, kriegt Bauchweh davon und schläft auf dem Sofa ein, ohne daß er es will und merkt es erst hintennach. Wenn er dann aufwacht, wie soll er wissen, wie spät es ist? Fehlt er sich nachträglich selbst, fehlt ihm für immer der Rest von dem heutigen Tag. Vielleicht hat der Grüne Baum schon seit Stunden zu. Vielleicht ist in die Gastwirtschaft zur Stadt Staufenberg heute den ganzen Abend kein einziger Gast gekommen, ich auch nicht, dann heizen sie gar nicht erst ein und warten kleinlich höchstens bis neun. Die Elli hinter der Theke. Und steht da und friert, so lang und so kurz ist die Zeit. Sie tun ja schon überlegen, ob sie die Wirtschaft nicht überhaupt aufgeben sollen für immer. Schon gestern hat er nach dem Louis und dem Grünen Baum und dem Keulerhoinrich Zwo die Gastwirtschaft zur Stadt Staufenberg spätabends nicht mehr geschafft, ist ihm direkt zuviel, ist ihm über den Kopp gewachsen. Wie spät kann es sein? Er hat eine Standuhr hier in der Werkstatt drinstehen, *aber auch wenn* er die jetzt in Gang kriegt, erstens: das dauert, das braucht seine Zeit; zwotens: dann geht sie vielleicht ein Weilchen, aber er weiß davon immer noch nicht, wie spät, wieviel Uhr? Bei jedem Schritt, *ganz unnötig*, bebt der Fußboden, die Dielen biegen sich durch. Wenn er einen Hund und einen Papagei hätte, die könnte er anlernen, daß sie ihn jederzeit zuverlässig aufwecken. Hat aber bloß seinen alten Kater, der schläft selber den ganzen Tag auf den Kundensofas; nachts ein Rumtreiber auf eigene Faust. Sieht aus wie der Satan persönlich, schert sich um nix; man kann noch froh sein, wenn er nicht überall hinpißt. Genauso seine Armbanduhr: die verkriecht sich und kommt dann wochenlang nicht herbei. Seine Schwester hat mit ihrer eigenen Fumilje ze tun. Er *will* aber auf den Stoffmusterkatalog auch nicht verzichten, das ist so eine schöne große Mappe und gehört zum Geschäft dazu. Lieber wäre ihm eine städtische Kundschaft die er nicht kennt. Hier sind wir ja alle Nachbarn, da tut man sich *leicht* so verzetteln. Mit dem ausgefransten Zuggeschirr kommen sie: ein bißchen zurechtflicken! Jedes Jahr. Es soll nicht viel kosten, das Leder bringen sie mit: einen halben Riemen. Wie von der Eisenbahn abgeschnitten, die Fensterriemen, gerade gut, das Rasiermesser daran abzuziehn. Am Sonntagvormittag. Und kommen und machen es sich bequem. Manchen ihre Sofas stehen wie Schafe mit Überlänge bei ihm in der Werkstatt, andere liegen wie wiederkäuende Kühe im Nebel da, in der Dämmerung, zum Verdauen. Ein Bier bringt ihm keiner. Lieber würde er wie in der Stadt zu jedem der kommt dreimal bitte und danke sagen. Soll er wie ein Krähenschwarm gleich übers Feld nach Mainzlar und sich beeilen? Aber in diesen Novembernächten: man findet den Weg nicht, gerade Mainzlar verfehlt sich so leicht. Entweder man landet in Daubringen, ungewollt, da schlafen sie schon wie die Enten. Oder man geht und geht und kommt nirgends an. Im Halbschlaf, im Jähzorn. Und kann noch von Glück reden, wenn man nach drei Stunden Fußmarsch erschöpft auf ein fließendes Wässerchen stößt. Nachts, so ein Bächlein, das schläft nicht, das wird dann die Lumda sein und fließt höchstwahrscheinlich flußabwärts, also rechts oder links? Wenn es schneit, da irrt man im Kreis: sind es höchstwahrscheinlich die eigenen Spuren, die *immer wieder* zugeschneit und verweht werden, unsichtbar. Bis man umkommt vor Durst in der eisigen Nacht. Auch kein Mond heute. Nach Mainzlar, da ist er öfter schon *fast* ertrunken.

Die Lampe hängt von der Decke, so eine weiße Kugellampe, *eigentlich* sind es drei. Die zwo anderen: muß man einen Stuhl auf den Tisch, die Luft anhalten, schweben, husten, das Gleichgewicht halten: den Staub wegpusten, die Kugel abschrauben, dann beidhändig *wohin* mit der Kugel?, dann neue Birnen rein – muß man gehen und kaufen! Bis man heimkommt, ist es für heute zu spät, sind sie in der Jackentasche kaputt; erst auch noch müßte der Tisch abgeräumt – will er jetzt *gar nicht* drandenken! Die eine hängt da, weiß und rund, wie ein staubiger toter Mond, das genügt schon. Einmal ist er halb verlobt gewesen im Leben; jetzt fällt es ihm ein, sooft er die Lampe anknipst, morgens und abends, und sieht sie leuchten. Kein Mensch kommt. Lieber hätte er sich um halb sechs auf den Weg gemacht und könnte seit Stunden beim Louis *und* im Grünen Baum sitzen. In Sicherheit und gut aufgehoben, Sattlermeister und Polsterer. Immer wenn er sich nachmittags wegschläft, fast täglich, ist danach keine einzige Flasche Bier mehr zu finden. Mit rechten Dingen. Dann ist er wie blind und kann sich zu nix entschließen: wie ein ertappter Holzwurm, wie so ein Engerling, den man ausgräbt im Märzgarten, mittags. *Eine* Flasche Bier ist ihm umgekippt, da wird es heut Nachmittag drei Uhr gewesen sein. Auf den Werktisch ausgelaufen, restlos, er hat zugesehen, er weiß es noch *ganz genau*. Soll er jetzt zum Louis und wenn der schon zu hat, im Nieselregen stur nach Lollar den ganzen Weg? Wird das beste sein! Wenn es aber jetzt schon zu spät ist und bis er nach Lollar kommt, ist da auch alles zu, verschlossen und finster, vielleicht schon seit Stunden, was dann? Den ganzen Weg umsonst, die Hoffnung umsonst und wo soll er dann hin? Doch nicht mitten in der Nacht nach Hamburg und nach Berlin? Oder Lärm schlagen von Tür zu Tür, wer als erster aufmacht und dann muß man umständlich eine Geschichte parat haben: zum Erzählen. *Das Haus hätte abbrennen können, das ganze Dorf, so ein günstiger Wind!* So sitzt er und starrt an der eigenen weißen Kugel vorbei auf die einzige Straßenlampe. Am End' von der Schmandtgass' hängt sie an einem Draht. Und schaukelt und zwinkert. Muß seine einzige Schwester auf Gottes Erdboden auch so einen empfindlichen Sonderling heiraten, wie zum Hohn, der höchstens bloß samstags trinkt, Samstagabend. Sonst ist mit dem kein vernünftiges Wort. Jeden Augenblick fängt es zu nieseln an, ein paar Tropfen, dann jagt der Wind den Regen davon. Auf einmal, wie er so sitzt und verliert sich, blitzschnell ist ein Kind über die Straße. Als Schattenlichtschatten. Vor seinen Augen, gleich noch eins. Unter der windigen Lampe her. Genau wie immer, wie jeden Abend, wenn sie im letzten Moment halsüberkopf in den Kaufladen rennen, womöglich auf Strümpfen, ein Hund bellt; vielleicht ist es noch nicht einmal sieben. Jetzt wird es ja jeden Tag früher dunkel, daß er auch darauf hereinfallen muß. Jetzt erst gehen die Lichter an, eins nach dem andern, vorm Fenster, siehst du: sie haben im Dunkeln gesessen. Die Straße entlang. Statt daß er vorbei ist, der Abend, fängt eben erst an! Jetzt braucht er bloß nachsehn, ob er die Schuhe noch anhat vom Schlafen her (manchmal, wenn er aufwacht, zieht er sie unnütz aus, so zerstreut) und kann sich dann gleich auf den Weg machen, glücklich. Während Regen und Wind an die Scheiben schlagen. Als erstes zum Louis! Warum soll er auf dem Weg vom Grünen Baum in die heutige Gastwirtschaft zur Stadt Staufenberg nicht auch beim Keulerhoinrich Zwo hineinschauen, es muß ja nicht lang sein. Der Wind immer stärker. Als Geschäftsmann soll man sich ab und zu hier und da zeigen, sie bringen ihm ja auch immer wieder ihre abgesessenen Sessel und Sofas. *Einen Schuh hat er glücklich an, den anderen weiß der Teufel!*

**Die Kinder.** Seit September, wie ist es uns denn ergangen? Den Vögeln nach unsere Wünsche – nie sonst tun sie so hoch fliegen, das ganze Jahr nicht. Im Oktober die Äpfel. Ist ein Pflaumenjahr auch gewesen. Dann die Kartuffelfeuerchen auf dem Feld, sind wir durch die redselige Stille der Nachmittage in unseren vorjährigen dicken Jacken von Feuer zu Feuer. Wochenlang immer wieder Drachenlättchen beim Schreiner geholt, jeden Tag dreimal: gut sollen sie sein und nix kosten! Jedes Stück Schnur im Dorf ist verschwunden gewesen; es wäre die richtige Zeit endlich für solche Flugballonreisen gewesen. Von denen uns immer träumt; die kein Ende zu nehmen brauchten. Fliegenlassen die Drachen und schulfreie Briefchen zu ihnen hinaufgeschrieben. Und hinterher ein Gefühl, als hätten an ihrer Stelle wir selbst die Erde von oben gesehen, die Wege, die Felder, den Wald und die Ferne. Nachträglich noch die Flügel gespürt, wo sie hingehört hätten, so sind wir ins Dorf zurück: zu Fuß und Lehm an den Schuhen. Und jetzt im November ist es die frühe Dunkelheit, allerwegen der Matsch und der Dreck; jetzt sind es die vielerlei Geister, der Regen, der Nebel, und daß wir frierend nicht heimzugehen vermögen am Abend: als sei der Tag nicht gewesen, der kann doch nicht schon vorbei sein! Und zusammenstehen im Dunkeln, jedesmal länger, und auf das Geheimnis warten und keine Worte dafür. Mit Flüsterstimmen; wir wären sonst nicht gewesen. Nach uns wenn die Zeit sich zu richten hätte: wir blieben so stehen bis in den März hinein, den langen Spätherbst und Winter wie einunddenselben einzigen langen Abend in unserem Gedächtnis.

Beim Turm stehen, das ist unser schweigsamer Bruder. Unterm Torbogen, da ist es schon nachmittags finster; neben sich selbst stehen, jeder für sich, frierend: ein Schatten mit anderen Schatten. Mit Leib und Seele. Hinter dem Mond. Immer dichter die Dämmerung und gleich Scharen von Fledermäusen über unseren Köpfen: bringen fleißig die Nacht herbei. In den Höfen und Winkeln, wer soll uns denn rufen? Längst ist der Abendzug durch im Tal. Die lange Reihe erleuchteter Wagenfenster: wir sehen sie vor uns, sooft wir auch nur aus der Ferne drandenken – da hätten wir drinsitzen sollen, erwachsen und fremd; der Zug hat es eilig. Abend für Abend nimmt er unsere Sehnsucht und Hoffnung mit in die Welt, sodaß wir in Wahrheit jemand ganz anders, bloß außer uns weiß das keiner.

Bestimmungsgemäß. Man weiß nicht, wer wen träumt: wir wissen es selbst nicht! Wie lang es jeden Tag wieder dauert, jetzt im November, bevor die paar Straßenlampen angehen; sind wenig genug. Stehen und wie blind in die Dämmerung starren, selbstvergessen: worauf warten wir denn? Mit leeren Augen, mit leeren Händen. Zieht so ein modriger alter Kellergeruch durch das Dorf: nach Kartuffeln, Rüben, vergorenem Apfeltreber, nach Erde und Rauch. Grau in der Dämmerung ist knarrend ein einzelnes spätes Ochsenfuhrwerk vorbei. Und weil wir es ohne Namen und Zuruf passieren ließen, weil wir solang schon schweigen, kommt uns gleich darauf vor, wir hätten es auch bloß geträumt: der Himmelswagen; vielleicht doch bloß der alte Simon. Kommt immer so spät vom Feld. Als ob er allein im Dunkeln nach einem Schatz gräbt und daheim wartet die Frau mit dem Feuer im Herd. Mit den täglichen Sorgen. Er gräbt und sucht und kann deshalb nicht heim, kann nicht sterben. Morgens der Erste und abends der Letzte. Geht nicht auch die Sage, er hätte nicht zwei, sondern vier gleiche milchweiße Ochsen? Deren immer zwei im geheimen im Wald auf ihn warten? Damit er unbemerkt umspannen kann und jeden Tag rastlos die doppelte Länge des Wegs und zurück. Extraleicht soll sein Karren gebaut sein, eigens für diese Fahrten. Wir wissen das nicht; wir wissen auch nicht, was ihn treibt. Solang drauf gewartet und dann nicht einmal gleich gemerkt, daß die Straßenlampen jetzt an sind; so wenig Lampen! Und schaukeln an ihren Drähten. Regnet es jetzt oder nicht? Schwer zu sagen, so ein naßkaltes Nebelgeniesel und der Wind zerrt es hierhin und dorthin.

Dann noch einmal eine halbe Ewigkeit, bis in den Fenstern ringsum die ersten und immer mehr Lichter: gleich fangen sie an, uns zu rufen, ihs Aaltern, die eigenen Eltern in jedem Haus. Auf und zu die Türen. In den Stall und zum Kaufladen. Heut nur zwomal beim Bäcker gewesen, morgens und mittags; was haben wir nur den Vormittag über versäumt? Warum der Schmied keine Kinder hat, so ein ernsthafter Mann? Was sie nicht alles bedacht und vergessen haben den lieben langen vergangenen Tag. Hauptsächlich die Mütter sind es, Großmütter, Tanten auch. Jeden Abend wieder zu lang schweigend im Finstern gesessen, eine Sorgenversammlung, vergeblich die Hände gerieben, kalte Füße gespürt und unbeholfen sinniert und sinniert; dem Tag hinterdrein: jetzt brauchen sie uns zum Herumschicken. Ob wir auf den eigenen Namen noch hören, jetzt abends, das hängt davon ab, wo wir stehen, wie lang schon, und wo wir uns angestrengt hindenken. Um diese Zeit. Im Schuppen, im Winkel, eigenhändig im Finstern sitzen und *unsichtbar* sein, wie geht das denn vor sich? Der Wind weht. Auf dem Hackklotz sitzen und denken, du bist schon alt, lang schon alt und seit zehn Jahren nicht mehr ganz richtig im Kopp: uns' Großvadder mit seinen Eigenheiten. Sie verstecken die Axt vor ihm. Dann wissen sie nicht, wo sie sie hinversteckt haben, dann kommt er und zeigt es ihnen: alles müßt ihr verschlampen! Nix als Flausen im Hirn! Er kann ihnen sein ganzes Leben vorrechnen, seit Bismarck, seit dem Franzosenkrieg: bis auf den einen einzigen Augenblick, wo er voreilich soi' Sach' übergeben hat – alles ungültig, null und nichtig! Die Axt im Garten vergraben, anzünden Haus und Hof, das ist der Dank, und als Bettelmann auf die Landstraße! Die Schosseeh, gleich bleibt ihm der Ton weg, seine Stimme trägt nicht mehr weit: je mehr er brüllt, umso leiser. Jetzt haben sie wieder einen Grund, nicht nur die Axt, auch jegliche Streichhölzer, Scheren, Messer, Schlüssel und seine eigenen Schuhe vor ihm zu verstecken! Früher sind wir immer Ritter gewesen und Landgrafen: nur immer zu Pferd, im Spiel, in Gedanken, jedes Schwert war uns recht, jeder Stecken als Schwert; dann Indianer im Steinbruch. Als Ritter die Rüstung nie abgelegt; selbst das tägliche Anmachholz aus dem Schuppen noch hoch zu Roß beigeschafft! Alleinig als furchtlose Schar in den Keller geritten: Petroleum holen, Salzgurken, wenn wir geschickt worden sind. Die ganze Schule hindurch geritten, Tag für Tag in der engen Bank, und als Robinson auf der Insel. Als Indianer sind wir davongezogen in einem vergangenen Herbst und nie mehr wiedergekommen. In den engen gepflasterten Burggassen wie auf dem Grund eines ausgetrockneten Brunnens, so leer und so tief: ein früheres Leben und auf einmal erkennst du dich wieder. Hat soviel Stille sich angesammelt, die Zeit; wir warten schon tausend Jahre. Wenn wir nicht zu finden sind, bleiben noch unsere kleinen Geschwister zum In-den-Kaufladen-Rennen, die schätzen sich jederzeit glücklich darüber. Schnell in Pantuffeln, so eilig, so spät dran – oder nein: schnell rein in die größten Gummistiebel die im Hausflur zu finden sind, fast Siebenmeilenstiebel! Die Stille schlucken, die Furcht vergessen, den Atem anhalten und losrennen gleich! Desgleichen die Nachbarschaftskinder: für so groß schon gelten zu dürfen, am Abend. Jedes Kind ist lieber freiwillig für die freundliche Nachbarschaft unterwegs, als botmäßig ungern für das mürrische eigene Haus.

Offm Kreuz, bei der Kreuzung stehn wie die Großen, wie im Frühling die von der Burschenschaft, die heiratsfähigen Männer im Dorf. Vom fünften und sechsten Schuljahr an würde jedes männliche Kind gern erzählen, ihm ist Holzarbeit diesmal fest zugesagt. Für hinner die Feierdaach, ab Januar also. Nach dem Dreikönigstag. Sobald es Frost gibt, heißt das, wir kennen uns damit aus: Holz schlagen, Holz fahren, Männerlohn oder halben Männerlohn, muß man gewaltige Zahlen hinsagen, glaubt dir ja doch keiner! Onn ihs Schoul? Da gehst du dann selbstredend nicht mehr hin für so einen Haufen Geld! Das wird jedem einleuchten. Oder soll man schlau sagen: die Nachmittage natürlich? Tut jeder, als ob er es glaubt, *beinah* glaubt man es auch. Sogar Neid heucheln und Respekt. Aus Freundschaft tun wir uns glauben. Mit dem Geld ein Pferd, ein Motorrad, einen eigenen Traktor kaufen! Eine fahrbare Kreissäge wie dem Ernst-Ludwich seine! Der tut sie stunden- und tageweise teuer vermieten, sich selbst auch gleich mit. Wo du ihn hinbestellst, kommt er dir pünktlich angeknattert, Dreigangschaltung: vorndrauf steht er selbst, lenkt im Stehen. Er hat sie sich selbst gebaut, wir werden die unsere auch selbst bauen: wer so einen Lohn verdient, der kann am End' alles! Wenn wir unser eigenes Geld erst verdienen und mehr und mehr Geld mit der Zeit, da hat uns bald keiner mehr dreinzureden. Wird manches sich ändern im Dorf! Mir is doas fest zougesaht! Für dich und für den und den kann ich auch noch um Arbeit gern fragen. Mit tiefer Stimme. Und die eigenen Lohnarbeitshände betrachten und nachdrücklich nicken: der und der Brotherr hält schon lang große Stücke auf mich! Am besten man sagt es drei-viermal. Wie einstudiert, wie schon ausgelernt: mit immer anderen großen Worten. Muß man sich zwischendrin öfter gehörig räuspern, das braucht unter uns seine Zeit.

Unter der Straßenlampe, die schaukelt so zwischen den Ästen; hier hat es die höchsten Kastanienbäume. Beim Zaun, vor dem Mäuerchen, Stephans Gärtchen. Es wird immer später. Schade nur, daß wir jetzt nix zu rauchen haben im Dunkeln; der Wind immer stärker. Schade auch, daß wir im Frühling, wenn er kommt, nicht hier stehen können: da ist das der Treffpunkt der Großen. Der Frühling ist weit. Wir könnten selbst wie die Großen hier stehen. Manchmal kommt man und stellt sich ein Weilchen dazu. Auf gut Glück, sie werden es nicht gleich merken. Oder *hätten* zu rauchen und finden uns an der Friedhofsmauer. Hinterm Teich. Neben der Dreschhalle daneben.* Noch da heißt es Obacht im Dunkeln, fröstelnd: und wenn man gefragt wird, friert man kein bißchen. Stehen wir abends im Schatten beim Turm und sind leise, kommt alle Augenblick der Gemeindediener und schickt uns stracks heim. An der Stadtmauer steht sein Haus, nur im Küchenfenster ein kleines Licht. Abends ist er doch gar nicht Gemeindediener, bloß tagsüber. Gehen wir nicht, dann packt ihn die Wut, verprügelt er seine Tochter. Die Ilona, manchen Abend zwo-dreimal; dann wird es spät und sie kommt am nächsten Tag ohne Aufgaben in die Schule. Sitzt die ersten Stunden stumm, überbrav und geduckt auf der Bank, dann umso wilder: jedes Bubenspiel macht sie mit in den Pausen und kann nicht genug kriegen in ihrem ausgewachsenen roten Kleid, Wolken ziehn, solche Tage.

Worauf warten wir denn? Immer tiefer in die Nacht hinein. Jetzt wird es bald Zeit für die Schafe. Dann fangen wir an, auf den Schnee und die Krähen hierorts zu warten. Manche Tage wird es schon gar nicht mehr richtig hell, das ist dann für die Kleinen die Zeit mit den Dickwurzköpfen. Nicht nur für die Kleinen! Der Gemeindediener hat uns schon zweimal heimgeschickt; in allen Fenstern hat er jetzt Licht, gleich wird ihn für heute die Wut packen! Wenn es nun richtig zu regnen anfinge, vielleicht könnten wir dann endlich heim, statt hoffnungslos hier in dem Geniesel. Wenn einer von uns eine Lampe mithätte, eine Eisenbahnerlampe: wir fragten nicht lang nach der Zeit und gingen den Kirchweg hinunter noch einmal zur Lahn, nach Lollar, nach Mainzlar, nach Odenhausen. In den fremden Dörfern als Geister die mitternächtlichen Straßen hinauf und hinab. November, kein Mond ist zu sehen, der Wind weht. In Lollar wie Ertrunkene im Licht vor den Schaufenstern. Kommt ein Lastwagen wie ein Gespensterschiff, nimmt uns mit. In Sichertshausen hätten sie gleich

* Da steht so ein Ami-Dschieb der kaputt ist, steht ohne Räder. Schon lang.

die Hoftore vor uns verriegelt. Wir wie die Zigeuner ein Fest auf dem Kerbplatz gefeiert, dann weiter. In Treis als landfremde Räuber mit unverständlich einer Geheimsprache, kühn und verwegen; in Treis die Bewohner haben von nix eine Ahnung: sie kriegen nur immer sich selbst zu Gesicht und tun von morgens bis abends mit ihren Hinkeln reden, die Hühner. Als wilde Jagd durch das Lumdatal und über die Wasserscheide im Sturm. Wenn wir nur bloß eine Lampe mithätten und ausreichend Batterien dafür: um nix uns scheren, in jedem Steinbruch ein Feuer anzünden, Nachtlager mehr als genug. Über die Weiß' Erd' zum Heidenkönig, das ist uns zu jeder Zeit ein heiliger Ort. Am liebsten: wir würden die Steinbrüche bunt bemalen! Mit barbarischen Farben und Zeichen! Daß sich außer uns keiner hineintraut! Hinauf in den Wald, wo wir als Indianer insgeheim schon so lang auf uns warten: seid ihr endlich gekommen? Und würden gleich aufbrechen miteinander; die Pferde sind ausgeruht und wir kennen den Weg. Das ist noch die Frage, ob ein Flugballon auf der Hardt besser aufsteigen kann, hinter der Schamottsteinfabrik auf dem Mainzlarer kahlen Buckel oder vom Altenberg aus? In die Luft. Wie auf jeder Höhe der Himmelsraum an uns zerrt, die unvermessene Weite. Aber am besten doch wohl hier auf unserem eigenen Berg, beim Rondil! Das ist auf der Oberburg so ein freier Platz, von Ruinengemäuer umgeben. Die Seile los! Klar zum Aufstieg! Wozu denn noch winken und wem?

Daheim sitzen sie jetzt, brennen Licht in der Küche und können nicht schlafengehn, weil wir noch nicht da sind; so geht sie und geht, die Zeit. Uns wäre lieber, sie schlafen schon, wenn wir heimkommen: wir wissen schon alles, was sie uns zu sagen hätten fürs Leben. Sinkt die Nacht aufs Haus, sinkt mählich das Haus in die Erde hinein. Längst haben sie aufgehört, uns zu rufen, haben es aufgegeben. Es kommt uns wie Mitternacht mindestens vor, ein ums andere Mal, und wird immer später. Und nach noch einer Weile Zeit fängt in der Stille die Turmuhr zu schlagen an und schlägt sieben. Aus der Höhe herab. Wir stehen und horchen dem Klang nach: mehr wird es nicht! Die Turmuhr klingt immer so, wie du dich gerade fühlst; es braucht Jahre und Jahre bis du darauf kommst. Dann kommt der Otto, der Sattler, von der Schmandtgass' her über die Kreuzung. Unter der Lampe her mit seinem Schatten. Redend und fuchtelnd, man weiß nicht, mit wem er redet. Guckt dich an, sieht Gespenster. Gleich eilig die Vorstadt hinunter, bergab, gleich hat die Nacht ihn verschluckt. Sah es nicht aus, als ob er bloß *einen* Schuh? Und so eilig! Was er auch immer zu reden hat: mit sich selbst und kann sich nicht einigen, findet kein Ende nicht. Einen Schuh nur, was soll man da sagen? Bei diesem Wetter!

**Die Dickwurzköpfe,** das geht nur im hiesigen Herbst, das geht so: sobald die Dickwurzrüben, die Roiben, die ersten eingebracht sind, gehst du in den Hof, in die Scheune, in den Scheunenanbau: je nachdem, wo der Haufen liegt. Als Schoulbub, so heißt sich das hier bei uns. In Gedanken woanders. Vielleicht noch nicht abgeladen, steht das Fuhrwerk im Hof. Die Kühe werden schon ausgespannt sein, jetzt mußt du auf den Wagen klettern. Meistens stößt man sich dabei das Schienbein, den Ellbogen und das Knie: verflucht auch scheints immer dieselben zutiefst verwundbaren Stellen. Sollst du jetzt auch noch abladen helfen? Hier bei uns: entweder überstürzt man sich ungeschickt und kommt in Ewigkeit nicht zurande. Oder bleibt alles liegen von vornherein, wächst dann zum Berg empor, zum Gebirge. Die eigenen Angelegenheiten, jedem soi' Sach'. Ein Bauer heißt den andern: du Dickworzbauer. Vernünftiger ist es schon, du kommst und sie wären längst unter Dach und Fach.

Wo könnten sie liegen, wenn sie im Hof unterm Vordach nicht liegen? (Da liegen sie nicht!) Hinter dem Schuppen, da steht so ein Schuppen, ein Anbau, der ist nie fertiggeworden. Das hat 1941 und 1947 zweimal ein Ziegenstall werden sollen. Für drei Ziegen. Die dann nicht angeschafft wurden, weil der Stall nicht fertiggeworden ist. Weil die Ziegen nicht beikamen, nicht aufzutreiben. Bloß das Dach auf vier Pfählen, ein schräges Dach. Die drei Wände fehlen, die vierte Wand hätte eine Lattendrahttür werden sollen: doch ohne Wände, was braucht man da eine Tür? Für drei bis vier Ziegen oder sechs bis acht Truthähne, auch ein rostiger Riegel würde sich zuguterletzt noch herbeigefunden haben und bescheiden eine Handvoll Spreu und ein Name für jedes Tier. Das Dach aus Buderus-Teerpappe, die vier Pfähle mit Eisenbahnkerosin: werden ewig halten, die Pfähle. In Wind und Wetter. So wie der Rohbau jetzt steht, seit sieben, seit zwölf Jahren steht (seither muß die Wetterseite sich mehrfach geändert haben oder der Rohbau hat sich gedreht und gedreht), hat er außer dem Grund und der Mühe fast beinah nix uns gekostet. Da liegen sie auch nicht, die Roiben. Hier nicht und da nicht, sagst du dir jetzt, man darf sich nicht ablenken lassen. Überhaupt ist das eher der Nachbar, der so einen halben Schuppen hat und von früher die zugehörigen Pläne. So ein Nachbar lebt ewich und bringt nix je zuende. Zukunft, Zukunft, vielleicht kommt eine

Zeit, da ist der Schuppen, der Rohbau noch gut zu gebrauchen. Anderweitig. Von den Ziegen heißt es, sie lassen sich halten nur in ungrader Zahl: gerade Zahlen dulden sie nicht unter sich, brechen aus oder gehen ein, krepieren dir kostspielig unter der Hand weg. Jäh tun sie krepieren, solche abergläubischen Tiere! Den Truthähnen soll es egal sein. Ja richtig, die Dickworzroiben! Ja richtig, im Roibenkeller natürlich: da wirst du sie finden, da gehören sie hin! Am besten um drei Uhr nachmittags, du gehst und suchst dir die schönste aus. Groß wie Schädel, das sind sie ja alle: eher hätte man Mühe, eine zu kleine zu finden. Länglich soll sie sein und doch rund und schön; muß man sich wundern, wie jedes Ding bei uns am Ende doch seinen eigenen Platz hat. Und kennt ihn, wir auch. Zählen tun wir die Roiben nicht, wozu denn sie zählen? Du suchst dir die schönste aus: schief soll sie nicht sein! (Manche sind schief, die drängen sich vor!) Die schönste, das ist ein Problem: man müßte sie alle in eine Reihe legen, so ein langes Mäuerchen wirst du hier vergeblich suchen im Dorf. Vielleicht gibt es mehrere schönste, nimm dir gut und gern drei oder vier; es wird schon auf fünf gehen, so ein düsterer Nachmittag hier auf Erden. Wir hätten uns nicht solang damit aufhalten sollen; *fast* verzettelt zuletzt! Erst wenn der Winter bei uns seinen Ausgang nicht findet und nur noch wenige Roiben sind übrig, die zählt man dann und zählt sie fortan immer wieder. Im Keller, bald schon ein Schicksal, derweil sie so wegschrumpeln, immer weniger werden und Winter auf Winter folgt. Und wir stehen und flüstern die Zahlen.

Soll man den Kopf jetzt, die Hauptarbeit sozusagen, was das wichtigste ist: das Gelingen, die Hoffnung verzagt auf morgen verschieben und wie besiegt alle Roiben zurück in den Keller? Wie schon aufgegeben eigenhändig zurückbringen? Oder nicht zuwarten können, zuversichtlich gleich jetzt beginnen, stundenlang keine Mühe scheuen und dann entmutigt betrachten den eigenen Pfusch: da ist uns niederträchtig der falsche Tag, mit den besten Absichten wir, da ist uns verfrüht die Nacht auf den Hals und wollte kein Einsehen haben. Jetzt wird es beim nächsten Mal auch wieder nix! Aus Erfahrung! Manchmal hast du das ganze Jahr auf den Herbst gewartet und im Herbst drauf vergessen; wieder ein Jahr. Man kann es auch gar nicht abwarten können und holt sich zwo Roiben schon vor der Zeit einzeln vom Feld. In dem Fall muß man geduldig den Weg beschreiben und acht darauf haben, daß sie nicht noch zu klein: wir wären ganz unnütz zu früh gekommen und müßten unverrichteterdinge, das schmerzt. Schritt für Schritt. Ganz imsunst. Oder willst du in Demut danebenstehen bei ihrem unhörbaren Wachsen? Teils unter, teils über der Erde; selbst einwachsen hier, im Morast versinken: im Nebel ein Pfahl für die Krähen? Statt jeden Tag wiederzukommen, bis dir der Weg wie das naßkalte hiesige Wetter auch zur Gewohnheit wird und ist umso schwerer dann zu beschreiben. Woher denn die Zeit und die Zuversicht, wir nehmen uns einen anderen Tag und fangen noch einmal an. Am besten um drei Uhr nachmittags, falls nicht gar außer der Reihe ein schulfreier Morgen zurhand. Die Roiben hast du dir im Holzschuppen schon zurechtgelegt, genauso zwei Messer. Man braucht immer mindestens zweierlei Messer: ein großes, ein kleines; die besten Messer, die in der Küche zu finden gewesen sind. Wo soll man jetzt guten Muts anfangen? Im Holzschuppen? Ist vielleicht gar nicht so schlecht, da ist es zwar zugig und finster, aber wenigstens wird man nicht dauernd gestört. In der Scheune wird jeder gleich denken, du gräbst nach Geld. In der Scheune sind Wespennester, vier oder fünf. Es heißt, daß die Wespen vergrabene Schätze bewachen, doch das glauben die Alten nicht und die Kinder nicht. Bei den Schweinen wäre es auch nicht verkehrt, bloß leider kein Licht. Warum lassen sie uns nicht in der Schule die Dickworzköpp schnitzen, gleich umso lieber gingen wir hin!

Jetzt Obacht! Du nimmst das große Messer und hast dir auch schon in den Daumen geschnitten: ging blitzschnell! *Scharf* ist es also! (Das Blut muß man ablecken, schmeckt wie früher; daß es scharf ist, das Messer, hast du im voraus gewußt: eigens ja umsichtig ausgesucht dieserhalb!) Man geht ein paar Schritte hin und her: wie auf einer Bühne, wie so ein gelernter Theaterschauspieler. Von auswärts; weil unter uns haben wir keine. Bald wie beim Schlachten, Herrgott, so schwer so ein Anfang: soll man im Stehn oder sitzend? Der Roibe gut zureden und oben eine dicke Scheibe absäbeln, das ist das erste, das wird der Deckel. Muß man aufheben, sozusagen nachher die Schädeldecke. Jetzt kannst du das große Messer getrost schon beiseite, vergiß es: immer steht *Rostfrei* drauf und man glaubt daran. Jahrelang. Und dann, wenn sie eine Weile im Schuppen gelegen haben und man findet sie wieder, dann zeigt sich, sind sie es doch nicht. Die gesamte Fumilje wird eine Jahreszeit nach der andern nach dem Brotmesser suchen, nach dem Bratenmesser, dem Anmachholzmesser, Spleißmesser, Knochenmesser und Schlachtmesser, die Gartenschere, die kleine Säge, die Handsäge, die Feile, der Mond, ein silbernes Kettchen, je länger sie suchen, umso mehr kommt zum Fehlen. Und sich untereinander beschuldigen, kreuz und quer. Weg kann es nicht sein! Aber da ist es auch nicht, ist nicht hier und nicht dort! Meistens bleibt es doch an uns Kinner dann hängen, zäh, ein Verdacht von mehreren Seiten. In Aufregung, stehend hast du diesen ersten wichtigen Schnitt, die Roib' offm Hackklotz; jetzt kannst du dich setzen. Laß dir Zeit! Jetzt mit dem kleinen Messer muß diese Rübe, dej Roib' hej, muß geduldig ausgehöhlt werden. Wie ein Krug, eine Vase, ein Hoinkdippe; dazu ist der Nachmittag und ist so geräumig, dazu hast du das kleine Messer. Vielleicht ist es ein Tag, da ist von den Andern niemand daheim, gleich hat man das dreifache Maß an Zuversicht und Geduld, ein besserer Mensch. Zur Abwechslung nimmst du abwechselnd alle möglichen Messer und Scheren und Spachteln und baust das so um dich her auf, sie werden so bald schon nicht kommen. Die Nähmaschin': wenn die ein bißchen umkonschtruhiert würde, könnte man zum Aushöhlen leicht die Nähmaschin' nehmen. Handbohrer, Schraubenzieher und Tortenschaufel hast du auch ausprobiert. Das beste Taschenmesser im Dorf hat seit vielen Jahren der Jagdhüter Geißler, der Waldaufseher.

Je gemoitlicher du beim Aushöhlen sitzt, umso leichter kann dir passieren, du höhlst und höhlst aus, bis von der Roib' in deinen Händen nix übrich: bleibt dir bloß die Idee! Dann hast du die Arbeit *zu* gründlich, zu gut gemacht, so ein Gemetzel, und mußt niedergeschlagen nochmal von vorn. Wenn man ein Karnickel dazu abrichten könnte! Schon unser Leben lang möchten wir gern das Viehzeuch uns abrichten, daß es für dies und das zusätzlich noch zu gebrauchen und zuständig ist. Und könnte uns solchermaßen zur Hand gehn in Freundschaft, wir träumen davon. Die Hühner, die Gänse, die Schweine, statt daß wir sie immer nur füttern und auffressen. Die Großen wollen das gar nicht begreifen, haben da keinen Sinn nicht dafür, wir aber schon! So muß man sich diesbezüglich Geschichten ausdenken, unentwegt. Aus Not, aus der Abwesenheit heraus, ein beständiger Mangel, so sitzt man und fängt an zu frieren. Allein, mit vielerlei fremden Stimmen im Kopp. Gleich auch so ein böses Hungergefühl! Sollst du zweieinhalb Kilo Zucker jetzt eilich hineinfressen? Schmalz ohne Brot einen Napf hineinfressen, Schmalz mit Grieben? Hintennach ausgewählt Gurken, Speck, Kraut und Hoink, dann fette Milch trinken, Schmandt, bis dir die Luft wegbleibt, bis der Überfluß wie Heimweh schwer deinen Bauch ausfüllt, du deinen Namen vergessen hättest und gleich wäre der Tag gegangen – lieber ein lichter Falke in unserem Hühnerhof, ein weißer Adler, den man mit jedem Tag und mit jeder Kränkung im Dutzend neu sich erdenkt, zusammensinnt und herbeiträumt: wir brauchen ihn, daß er in wirklicher Not uns zur Stelle sei, Zaubervogel! Außer uns kennt ihn keiner, uns auch nicht und auch nicht die zugehörigen Tage und ihre Gesichter – ein Gedränge wie auf dem Schulhof, wie mit allerlei Geistergelichter hinnich de Bannflur, im Olihain da, wie am Goldmorgen bei der Obstbaumversteigerung, bevor es zu regnen anfängt; wie jetzt im November abends am Teich bei den Toten, droben beim Poul, so heißt unser Teich, so ein Gedränge im Kopp. Muß man allzeit sortieren, ausgrübeln und zusammenzählen, was gewesen-geblieben-geworden, was da ist, immer neu: wir wüßten sonst nicht, wer wir sind. Das behält man besser für sich! *Wieder ein Jahr und kein Sommer gewesen.* Flink das gefällige Wiesel schleppt uns den einen und dann auch den zwoten Pantuffel herbei. Sooft wir heimkommen und jedesmal wieder heimkommen jetzt im Herbst. Auf der Ofenbank vorgewärmt, beide, das Wiesel bringt sie uns jedesmal bis zur Haustür entgegen und wir, wir tun uns bedanken. Seit langem schon, dieses Wiesel; das muß man für sich behalten: nach außen kein Sterbenswörtchen!

Für die Schulaufgaben vom Feld herein jeden Nachmittag wieder das gleiche kluge Schreib- und Rechenkarnickel. Mit Samtschleife, Brille und Hasenscharte, klug und freundlich – soll man *Herr Kanin* zu ihm sagen und *jaja, die Jahre enteilen!* Wie in einem Lesebuch, man steht daneben und nickt. Wir hätten ein Pult, um daran zu sitzen. Wir wüßten nicht, wo wir die Wörter herhätten von Fall zu Fall und woher in den Pausen so sachkundig, klug und gelassen ein geräumiges Schweigen, darin zu wohnen. Ein Kontor, ein Studierzimmer: es ist warm und man reibt sich die Hände. Eine Tischlampe wie der Gemeinderechner. Und Bücher auf einem Wandbrett, einen Himmelsatlas, Jahrbücher und Kalender. Muß man mit Blicken betrachten, muß sinnen und sagen: Tja, Büldung ist Macht! Wie zu sich selbst, man steht daneben und nickt. Jaja, die Jahre enteilen! Ist für den Tag die Arbeit getan, wollen wir dieses kluge Karnickel auf seinem Heimweg gern ein Stück weit begleiten – nur nicht, daß der Fuchs es erwischt! Redend den überwachsenen Grasweg entlang in der Dämmerung, die kommt sacht. Bei den letzten Häusern daher und über die Bleiche, über die leeren Felder jetzt im November. Kommt Nebel auf, die Wiesen liegen im Rauhreif. Auf die Nacht zu, es wird immer später, mit jedem Tag weiter gingen wir mit und hätten in vielen Sprachen Geheimnisse. So verlassen die Wiesen. Wir wie Schatten den Pfad entlang in der Dämmerung, leise die Stimmen! Das Wiesel auch mit, zahlreich die Wörter, immer ein ernstes Gespräch; vor uns her die Tage gehn ohne Abschied, sie sehen uns nicht; sie hätten uns nicht einmal angesehen, solche Tage. Daheim ein fleißiges Eichhörnchen hilft uns, für die ganze Fumilje die Stiebel putzen. Von klein auf, in Freundschaft, gar manches Jahr. So bescheiden und dunkelbraun. Bei der Treppe im Winkel hat es auf uns gewartet und wir halten Rat miteinander, die meiste Zeit Spätherbst oder Nachwinter oder Weihnachten will nicht herbeikommen. Wir und das Eichhörnchen, lang in den Abend hinein beraten wir uns und teilen die Zeit und die Nüsse zwischen uns und den zugehörigen Tagen auf. Zahlreich die Wörter, wie reife Äpfel am Baum. Ohne dieses Eichhörnchen: wir wollten lieber nicht auf der Welt sein, von klein auf, jeden Tag wieder. Sagt man sich. Und sagt es sich immer wieder. Unsrerseits hier auf Erden, wir hätten nicht bleiben mögen.

Auf dem Speicher sitzt es sich auch gemoitlich: man sitzt an den Schurnstein gelehnt, durch das Dachfenster gafft der heutige Himmel uns langmütig über die Schulter, schräg; allerlei Vögel bringen uns allerlei Botschaften. Die Gedanken wie Wolken: kommen und gehen. Was die Hölle wohl für ein Ort ist, man fragt sich, wie es da zugehen mag. Um uns her der Speicher, der Dachboden scheint zu atmen. Wie ein Schiff, das auf seine Ausfahrt wartet, regt er sich unter unseren Füßen, lebt, dehnt sich so. Weit hinaus dehnt er sich.

Hier oben, hier hört der Wind sich an, als ob fünf verschiedene Winde gleichzeitig wehen, wie Brüder. So unter dem Himmel her, bis daß uns die Nacht herabsinkt. Noch Zeit genug, hier kann man sich leicht ungestört fühlen. Immer wieder holst du dir ein paar Sonnenblumenkerne. Die liegen da hinter dem Balken; Hirse auch ab und zu eine Handvoll. Hier läßt es sich aushalten. Immer leichter wird dir ums Herz. Wenn sie uns ihre Waschküchenhäuschen schon nicht hergeben wollen, warum lassen sie uns nicht wenigstens ungestört auf den Speichern hausen, hier oben. Auf der Treppe wären wir leise wie Mäuse. Noch lieber würden wir an einem Strick hinaufklettern und bräuchten gar nicht ins Haus hinein, nie! Die Waschküchenhäuschen werden im Herbst schnell zu Eiskellern; wir würden schon einheizen. Sooft du auf dem Speicher zu tun hast, kannst du dich nicht genug wundern, daß du nicht öfter hier herauf den Weg findest, so ein himmlicher Frieden hier unterm Dach. Hinterher fehlen vielleicht ein paar einzelne Räucherwürste. Merken wird sie es schon, aber mit Glück erst in einigen Jahren. Jedes Kind hofft hier auf die Zukunft. Wie du noch kleiner gewesen bist, hast du gern auch im dunklen Hausflur allein auf der untersten Stufe gehockt, besonders am Abend. Und die Stimmen aus der Küche als nur ein verworrenes dichtes Gemurmel gehört. Und durch den Türspalt golden das Licht: dir umgedacht in ein schönes Geheimnis; allein und doch nicht allein. Jetzt ist dir das unbehaglich, so eine Nähe, so deutlich, wo soll man da hindenken? Sitzt uns' Großvadder noch taub und allein im Oberstübchen und spintisiert wie behext oder liegt er längst auf dem Friedhof, längst abberufen? Schwer zu sagen. Wenn du im Holzschuppen sitzt, ganz steif schon Schultern und Knie, ist schon dreimal rauschend ein Regenguß niedergegangen. Danach wird es jedesmal wieder hell, mit jedem Mal ein bißchen weniger hell. Jedesmal schräger der Regen, jedesmal kommt er rauschend weiter herein durch die Latten. Wenn du im Holzschuppen sitzt, bringst du das Roibenfleisch den Karnickeln. Freßt euch nur richtig satt! Ein bißchen kann man auch selbst kauen, immer wieder. Wie Kautabak. Wie auf einem Schiff. So ein friedlicher Nachmittag, rein wie verwunschen. Ab und an ein bißchen auch mit sich selbst reden, wie die Alten. Nix wollen sie zugeben.

Wie einen Krug hast du mit der Zeit die Roibe gleichmäßig ausgehöhlt, ein Gefäß: als sei die Zeit selbst es gewesen, die diese Arbeit für dich getan hat und wohlgetan. Das eigene Werk betrachten: das war erst der erste Anfang, war leicht! Jetzt eine Zeichnung machen? Jetzt geht es so: du machst dir in Ruhe mit Mettworscht ein Brot, dick Salz drauf. Und gleich auch noch ein übermäßiges Hoinkbrot, auf den Hoink auch noch Schmandt, das ist Rahm; das läßt sich so schön ineinanderverschmieren, so sämig, so schwarz und so weiß. Glücklich allein daheim. Man kann schon vom Geruch sich nähren, genau wie die Winterfliegen hier in der Küche. Die Brote vergißt du gleich. Probieren: der Deckel paßt! Gleich wird dir warm ums Herz, so ein wundersames Gefäß: den heutigen Nachmittag darin aufzubewahren. Wie das Eingemachte in den Regalen. Man muß es von allen Seiten betrachten; sie werden schon nicht so bald heimkommen! Muß man sich immer wieder sagen. Was der Kleiderfabrikant für ein Jagdmesser hat, das wissen wir nicht. Millionär. Wir wollen nicht glauben, daß sein Messer besser ist, als wie das Messer vom Jagdhüter Geißler. Auf den Tisch, auf den Hackklotz hast du die vollendete Form gestellt, auf ein Mäuerchen, wenn du im Hof bist, doch wohl auf den Torpfosten drauf. Wie geschaffen dafür. Und rundherum gehen, unwillkürlich fängt man zu lächeln an, die Form lächelt auch: es hat sie schon immer gegeben; wir selbst sind die Form. Obacht, auf dem Speicher stößt man sich leicht! Dann bleibt dir das Lächeln mehrst überzählig vorerst, so ein plötzlicher deutlicher Schmerz, ein höherer Schmerz sozusagen. Bevor du ihn glücklich vergißt. Im Hof und im Schuppen hättest du dir die Brote nur ausgedacht und für späterhin vorgenommen; auf dem Speicher wären die Räucherwürste jetzt an der Reihe. In der Küche die fertigen Brote vergißt du jedesmal wieder. Zur Freude der hiesigen Winterfliegen, ganz aufgeregt sind sie schon.

Wie es weitergeht? Augen, Mund, Nase, die Roib' nun als Schädel: man muß ein Gesicht hineinschneiden. So grauslicht wie es nur geht, sagst du dir begeistert. Nicht daß die Arbeit dir leichter mit einer Zeichnung, im Gegenteil. Hol dir lieber die restlichen Messer dazu. Auch Korkenzieher, es geht nix verloren. Die Augen, damit fängt man an, willst du sie rund oder eckig? Die meisten machen ein Viereck, auf die Spitze gestellt. Soll man *ein* Auge zukneifen, ein eigenes also, und der Roib' dann eins so und eins so? Im voraus fällt die Entscheidung nicht leicht und hinterher sitzt man da: ist die Reue zu spät und imsunst, ganz imsunst. Lieber ein Weilchen im Stehen jetzt, mit Vorsicht, damit du hinterher nicht so dasitzt. Die Nase, das ist das schwerste! Gleich fängt die eigene dir zu jucken an: im Gesicht. Und keine Hand frei, eher noch ein paar Hände zu wenig.

Immer emsiger auch die Winterfliegen hier in der Küche. Von den Broten jagst du sie weg; die sich am überzähligen Roibenfleisch gütlich tun, läßt du. Man muß sich wundern, was für verschiedenartige Vorlieben solche Fliegen, so klein. Und doch ganz *verschieden*. Nur bei der Arbeit soll dich keine zu stören wagen! Wie lang ist das her, daß du im Kuhstall die Kreuzspinnen hast zähmen wollen? Im Dämmer, sind hier geboren. Und hast ihnen täglich schmackhafte Fliegen gebracht, auch hier geboren, lebendig, eigens für sie gefangen. In ihrer Einsamkeit sind die Spinnen schon an dich gewöhnt gewesen. Ein bißchen zumindest, so achtsam und klug, diese Spinnen; den einen Glauben hast du dir bis heute bewahrt. Die Nase, die Nase! Manche tun sich mit einem länglichen Dreieck begnügen, das geht, das genügt nicht! Erst wirst du mit der Stricknadel zwei Nasenlöcher, eins nach dem anderen, dann mittels Korkenzieher sie geduldig erweitern, dann doch die Nase in einem Stück, aber wie? Einen Totenschädel zum Abgucken solltest du haben, ist keiner da? Immer stiller ist der Nachmittag dir geworden. Ab und an die Uhr an der Wand gehört: tickticktack und dann wieder nicht, ab und an Wind und Regen am Fenster. Wenn man schnitzt, geht sie langsam, die Zeit. Langsamer noch, wenn man Holz schnitzt: je härter das Holz, umso langsamer. Ab und an sind störend die Anderen dir in den Sinn, du hast sie auf ihrem heutigen Heimweg übers brache Feld kommen sehen und in Gedanken immer noch einmal zurück in die Ferne versetzt. Aus der sie kommen, beiläufig: Ihr seid noch nicht dran! Sie werden schon nicht so bald kommen. Wie gemoitlich es auch unsere Fliegen haben, wenn niemand daheim ist. Schön wäre, schon im Sommer Dickworzköpp schnitzen. Wenigstens im September. Den langen Tag in der Sonne sitzen, genauso die anderen Kinder, und sich gegenseitig die Zuschauer machen, barfuß von einem zum andern. Wenn die Sonne scheint, hat es ja Plätze mehr als genug. Doch leider, da sind hierorts die Roiben noch nicht so weit. Ob es Gegenden gibt, wo das ginge? Allerlei Gegenden denkt man sich aus und vielleicht gibt es sie in der Wirklichkeit doch! Das macht dich froh und traurig zugleich, auf mehrerlei Art, wenn du daran denkst: Ob es sie gibt oder nicht gibt? Und daß wir hier und nicht dort sind!

Auf einmal, du hast sie nicht kommen gehört, wie ein Gespenst: das ist doch ihs Mehringe-Omma! Du hast sie nicht einmal gleich erkannt, ja richtig, die *ist* noch! Muß Stunden und Stunden allein im Oberstübchen. Kaum geatmet. Auf die Stille gelauscht. Und dachte, es ist niemand da, bevor sie treppab sich wagt. Auf jeder Stufe bleibt ihr das Herz stehn, bleibt sie stehen und krampft sich an das Geländer: bei jedem Geräusch zu verschwinden bereit. Treppab, sie braucht eine halbe Stunde. Am liebsten ja wäre sie unsichtbar, gar nicht da! Und wie sie erschrocken ist: Uufuch, Uufuch! Sou Härezeuch! Schie Geschärr, schie Geschärr! Die Stimme ist ihre Stimme. Zuohl Masche jed Stonn, zichdausin ejan mieh! Und gleich wieder weg und die Tür geknallt; aufgescheucht summen die Fliegen. Spurlos. Sie kommt immer nachmittags in die Küch', immer wenn niemand im Haus ist. Brot holt sie sich. Zum Einweichen, nur die härtesten Kanten. Worscht ein Endchen, ein Zippelchen, ihr reicht von der Worscht schon die Haut. Von der Butter kaum eine Messerspitze. Was da ist, von allem ein bißchen. Wirklich, wie eine alleinige Maus. Damit sie zu den Mahlzeiten nicht muß erscheinen; damit man denken soll, daß sie schon seit Jahren nix ißt, nix mehr braucht. Damit man auf sie vergessen kann! Vor ihrer Tür steht ein Schrank, sodaß man die Tür im Schatten kaum sieht. Immer rückt sie an diesem Schrank und kann doch nicht ganz und gar dahinter verschwinden. Nur Wasser tut sie öffentlich sich gestatten. All die Zeit lauert sie, Ewigkeiten, bis es einmal still wird im Haus: Sind weg, sind gegangen? Das hast du ihr ungewollt jetzt für heute verdorben. Wird sie hungrig ins Bett oder verschreckt auf die Nacht warten müssen, genau wie die Mäuse im Haus. Mehr jenseitig schon, mehr eine Erscheinung als wie ein lebendiger Mensch. Dürr wie ein Knerz, wie ein Knöterichstecken. Und so schnell verschwunden! Was sie noch gesagt hat? Sie rechnet alles in Strickwerk um, in Wolle und Maschen. Noch aus der Zeit, wie sie jeden Tag auf der Ofenbank von morgens bis abends gestrickt hat. Manchmal hast du auf ihrem Schoß gesessen, noch klein. Damals hat sie sich noch zu den Schaffern gezählt, ohne Pause gestrickt für die ganze Fumilje. Und zaghaft auch mitgegessen, zahnlos, mehr gekaut als gegessen. Genau wie uns' Großvadder seine letzten Jahre im Zorn immer alles in Brennholz umgerechnet hat, in Anmachholz und in Brennholz. Das zu sägen und hacken wäre und aufzustapeln im Schuppen, im Windschatten hinter dem Schuppen und sorgsam auch unterm Vordach, nehmt euch in acht! Wieviel Sägeblätter und Äxte für die Überschreibungsgebühren bei Notar und Gericht. Und in Wiesen und Graswege, die zu mähen sind, dringlich, besser gestern schon, Heu und Grünfutter für das Vieh. Für die stolzen Pferde und die kräftigen Zugochsen seiner Jugend. Die einstigen Kühe, Lämmer und Ziegen, sie leben in seinem Gedächtnis. Für die jetzigen sechzehn und die seinerzeitigen vierundsechzig Karnickel. Und wieviele Winter sich daraus ergeben nach alter und neuer Weise. Nach alter Weise die Winter, das waren die besseren Winter. Genau wie die Andern, die Großen, wie soll man da sagen?, der Mann unn die Frau, ihs Aaltern also, joh Hirregott, beständig alles in Geld umrechnen, auch die Zeit in Geld und dazu noch die Zinsen, auf Mark unn Fennich. Diese wiederum in die alten Thaler, in Goldstücke, die sie zu gern vergraben wüßten. Auf eigenem Grund, damit sie was hätten, woran sie Tag und Nacht denken könnten. Sie ausgraben nur im äußersten Notfall, besser nie, davon träumen sie hier im Dorf.

Weiterschnitzen, die Ruhe ist hin! Ihs Mehringe-Omma, daß du auf die so vergessen konntest! Als ob es sie längst nicht mehr gibt! Ob sie jetzt in ihrem Kämmerchen hin und her, knochendürr, ein verstörtes Gefuchtel? Und dabei mit sich selbst redet, nicht einmal redet, zahnlos die Stille kaut als Gebet, so ein schreckhaftes Hasengemurmel. Oder hinterm Schrank sich im Schatten am Türgriff hält und mit offenem Mund keine Antwort findet: jetzt und in der Stunde unseres Absterbens; keine zwanzig Kilo, wenn sie im Sarg liegt, Amen. Sollst du deine zwo Brote, die dir jetzt wieder einfallen, ihr vor die Tür? Vielleicht einen Teller hinstellen? Sie wird sie nicht sehen und hineintreten mit ihrer Verzweiflung, mit ihren geflickten Pantuffeln. Und es *dann* noch nicht einmal merken! Nur höchstens den Schreck wird sie merken und nicht wissen warum: nicht wissen, daß er von ihren Füßen heraufkommt, der Schreck. Das Fenster bebt, die Türen dröhnen in ihren Rahmen. Am schlimmsten die Haustür. Auf dem Dachboden fängt sich der Wind; gleich wird der nächste Regen ans Fenster klatschen. Schon immer düsterer starren die Wände. Die Uhr hörst du wieder; wie vordem kriechen die Fliegen.

Weiterschnitzen, die Roib' auf den Knien: die Augen, die Nase – sie soll doch kein Loch sein, die Nase! So hast du gutwillig immer nochmal probiert, wie vorher mit dir ins Gespräch zu kommen, doch die Ruhe ist hin. Die Fliegen siehst du kriechen, verzagt, ohne Ausweg: sie bleiben doch Fliegen. Jetzt ist der Abend schon nicht mehr fern. Nicht mehr lang und die Anderen kommen. Die Unruh', das *spürst* du so in dir drin; da nutzt es auch nicht mehr viel, wenn du sie in Gedanken beiseiteschiebst, unwillig: weg mit euch, aus meinem Kopf! Und wieder und wieder hinter den Horizont scheuchst: sie hören nicht auf zu kommen! Besser du gehst beizeiten! Unsereiner, wenn du alt bist und sitzt dann im Oberstübchen, Zeit genug: die Hausmäuse wirst du dressieren. Niemand wird davon wissen. In deiner Vorstellung sind es dann immer noch die verbohrten eigenen Eltern, ihs Aaltern, dumpf, der Mann unn die Frau, die hier unten sich breit machen mit ihrer Wirtschaft und argwöhnisch dein Greisendasein belauern, bemessen. Du wirst die Stiegen herunterstampfen und einen Wutanfall haben, wenigstens einen pro Tag. Am Fuß der Treppe siehst du dich stehen und zur Küche hinbrüllen, besinnungslos, blind vor Zorn – glatt vergessen den Grund! Soll man mit Stiebeln schmeißen? Man schmeißt und sie kommen zurückgekrochen, damit man sie mehrfach schmeißt! Donnernd an die erschrokkene Küchentür (*nicht* die eigenen Stiebel, die werden geschont!), derweil die Fumiljen wie mit Scheuklappen komplett auf der gebrechlichen Ofenbank sitzen und tun so, als ob sie nix hören, Lumpenpack und Gesindel, das ganze Dorf soll uns hören! Immer griffbereit einen Schürhaken mit dir herumtragen, das versprichst du dir jetzt schon. Aus Schmiedeeisen! Holzhacken höchstens zum eigenen Vergnügen, zum Zeitvertreib. Daß mir keiner die Scheite hier anrührt, laßt die eurigen Finger davon! Mit der Axt drohen *und* mit Blicken! Jeden Tag wirst du in frischgefetteten Stiebeln rüstig nach Lollar spazieren und im Löwen und in der Germania öffentlich

Schnaps trinken für deine Rente. In der Linde genauso. Durchs Fenster die Lollarer Hauptstraße im Auge. Bis die Lichter angehen. Und dann schnurstracks in die Bahnhofswirtschaft: Automat spielen ohne Reue, kein Heimweh nach früheren Zeiten und Gulaschsuppe aus glutheißen Pappbechern, schlürf nur! Nix als wie Goldzähne, das ganze Maul voller Goldzähne. *Jederzeit* auf keine Beerdigung gehen; das ganze Leben lang Recht gehabt haben. Sonntagmorgen in Kirchberg vor der offenen Kirchentür stehen, herumspucken und großartig Zigarren rauchen. Liedchen pfeifen und mit den Bürgermeestern von Ruttershausen, von Mainzlar und Daubringen Streit anfangen. Im städtischen Sonntagsanzug, Holzköpp seid ihr und Dickworzbauern! Sobald aber die Kirche losgeht, sie stehenlassen und über die Schosseeh nach Lollar. Musik in den Ohren, jeder Schritt ist Musik. Mit einem neuen Hut; vielleicht scheint die Sonne. Jeden Sonntag zweimal ins Lollarer Kino. Am Nachmittag und am Abend, das Geld soll dich nicht gereuen. Warum nicht sich als Großvadder eigensinnig einen halbwilden bissigen Hund halten, ein Reitpferd halten, ein leichtes einspänniges Kutschwägelchen, gelb lackiert; das werden nachmalig die Kinder im Dorf dir mit Vergnügen jeden Tag putzen wollen, damit sie ein Stückchen mitfahren dürfen. Dann verteilst du Zigarren an sie. Vor aller Augen. Ausrechnen, welches Jahr wir dann schrieben: vielleicht wäre Frühling wie nie zuvor. Oder selbst mit dem Rauchen mit eisernem Willen schon seit zehn Jahren aufgehört haben und sich dafür zu Roß und Wagen auch noch ein Motorrad leisten, eine Fünfhunnerter BMW! *Jetz is er bald neunzich unn immer noch rüstich, der Stärkste im Durf!* Mit Beiwagen oder nicht, das kannst du gut und gern später entscheiden. Im Jahr 2033. Nach keiner Erlaubnis nicht fragen und im Wald in drei Tagen winterfest eine Blockhütte bauen und Spuren suchen, jeden Tag auf die Jagd. Vor der Hütte ein Schild: Nicht zu nah kommen! Wird drauf geschossen! Augen, Nase und Mund, diesmal, muß man sagen, ist die Nase dir prächtig gelungen. Auf einmal bist du gleich fertig mit deinem Kopf: der Mund, noch ein paar spitze Zähne hinein und schon fertig – zum Fürchten! So geht es, so macht man die Dickworzköpp; wer sie kennt, der wird jetzt schon Bescheid wissen. Noch kein Jahr ist ein Dickworzkopp dir so gut geraten wie der hier. Bei dir selbst. Am heutigen Tag.

Jetzt eine Kerze hinein, die mußt du anzünden, Deckel drauf: schon flackert und grinst der fertige Schädel dich schaurig an. Man heißt sie auch Rübengeister. Der zweite geht dann genauso – nichts ist gleich auf der Welt; wenigstens damals sind keine zwei Dinge sich gleich gewesen. Wer eine Eisenbahnerlampe hat oder sich zu besorgen weiß, kann die hineinstellen. Die Batterien auf dem Ofen angewärmt, so teure Batterien. Unheimlich. Am besten die Lampe auf rot oder grün schalten; man weiß nicht, was schauriger aussieht. Und reibt sich ergriffen die Hände. Den hiesigen Spätherbst hindurch, jeden Abend gehen die Kinder mit Dickworzköpp unterm Arm, manche unter jedem Arm einen. Bis weit in den Winter hinein. Auf all ihren Gängen tun sie sie mitnehmen, gehen auch eigens deshalb im Dunkeln; jetzt wird es jeden Tag früher dunkel. Wie brennende Totenschädel kommen die Dickworzköpp durch die Nacht, durch die leeren Straßen. An jeder Ecke Versammlungen. Zum Bäcker, da mußt du sie vor der Tür lassen. Manchen Abend sind es acht oder mehr Schädel, die neben der Treppe warten, die Hunde bellen und drinnen warten brennend die Kinder – als Kinner hier kommt man immer zuletzt dran. Erst wenn die Frauen mit ihren Gesprächen am Ende, sie finden aber kein Ende. Daheim schimpfen sie, warum es nicht schneller geht, wenn wir etwas holen sollen und hier beim Bäcker wollen sie den Ladentisch nicht freigeben. Und stehen sich immerfort selbst im Weg. Zu den Metzgern, das ist verschieden. Manche mögen die Dickworzköpp und andere wieder nicht. In den Kaufladen kannst du sie mitnehmen, mußt aber draußen schon die Kerze auspusten. Auf der Treppe, im Wind vor der Tür. Der Spechtschneider ist *zu* fromm. Mit Nadel und Faden. Gleich auch immer so aufgeregt in seinem kleinen Häuschen, gleich kocht er über. Die Schuster haben allesamt nix dagegen, du darfst ihnen bloß keinen Dreck machen. Besonders am Samstag nicht, besonders im Flur und auf der Haustreppe nicht; ihs Wirkstoadt werd ehjo all Owind gekiehrt. Besonders nicht, daß die Frau den Dreck sieht und bringt uns damit in Verbindung; sie hat ja den ganzen Tag schon den Putzlappen in der Hand. Kerzen hast du in großer Zahl schon im letzten Winter beiseite, Streichhölzer jederzeit einstecken. Eine Eisenbahnerlampe ist dir für übermorgen Abend fast schon fest zugesagt. Man kann auch die Schtrink, von den Blättern die Stiele dranlassen: nach oben als widernatürliche Borschten, nach unten als restlichen Hals, ziemlich ausgefranst. Und hängt den Schädel an einem Strick auf – wo denn hinhängen? Manche Mütter und Tanten und Großmütter kippen direkt beinah in Ohnmacht, hirrje! Man kann auch die Roibenblätter wie Hexenhaare, so wirr und so grün. Und erzählen dann immer wieder, wie sie dann und dann direkt beinah in Ohnmacht, hirrje! So ein Schreck! An Ort und Stelle nix Böses gedacht, gern tun sie ihren vormaligen Schreck auch nachkosten immer wieder. Wer Dickworzköpp auch nicht leiden kann, sind die Hunde und Katzen im Dorf; die Kühe stehen und glotzen geduldig. Sie würden auch Heiligenbilderchen fressen und Kerzen, wenn du ihnen welche vors Maul hältst. Genau wie die Friedhofsblumen. Jetzt wird es bald Zeit: wenn sie kommen, *nicht da sein!* In der Küche ist es schon finster, draußen eine Spur noch zu hell. In den Schuppen hinaus: bei offener Tür in der windigen Dämmerung sitzen und auf die Nacht warten. Den Schädel auf dem Hackklotz stehen haben, daß er dir leuchtet. Und geduldig davorsitzen. *Als ob er gleich anhebt,* zu sprechen! Derweil das Dorf in der Nacht versinkt. Die zwo vergessenen Nachmittagsbrote kannst du dir mitnehmen. Kommt Rauhreif, Frost auf die Nacht. Jedes Hälmchen zittert für sich. Verlassen liegen die Wiesen, ihs Laad, das Dorf so zwischen den Hügeln, die in die Nacht hineinsinken, so still. Wie für immer. Du hättest Kartuffeln, einen großen Topf voll, abkochen sollen beizeiten und dir beidseits die Taschen vollstopfen damit. Ab und an dir die Finger dran wärmen und sie nach und nach glücklich auffressen; sie halten den ganzen Abend lang vor. Mit Schalen, Dreck is gesund. Zu schade, daß dir das jetzt erst einfällt. Gerade jetzt und bei solchem Wetter schmecken uns unsere eigenen Kartuffeln am allerbesten, direkt delikat.

Auf dem Speicher, im Hof, im Schuppen. *Ob du* nicht doch schon zu groß dieses Jahr? Wie du eben aufbrechen willst, Zeit zu gehen, gerade da muß dir das in den Sinn, so verquer in den eigenen Schädel: nie vorher darauf gekommen, wie soll man es damit nun halten? Du hättest nicht sollen so lang allein in der Küche sitzen, das zehrt am Gemüt. Auf einmal bist du dir fremd; du hast deinen Platz verlassen und findest jetzt nicht mehr zurück. Die anderen Kinder? Sind sie schon unterwegs und leuchten? Sind die Unsrigen schon daheim? Kein Licht in der Küche, sie werden im Dunkeln sitzen und kennen sich selbst kaum, die Jahre, die Jahre, andernfalls kämen sie gleich; wird nicht mehr lang dauern. Ein Hund bellt. Auf die Nacht hin brüllen die Kühe im Stall. So stehst du und schluckst und schluckst, betroffen: kalt ist es auch. Wie er flackert und brennt, dein Schädel! Ein letztes Mal? Jetzt und in Ewigkeit sich nicht entscheiden können – ihn unter den Arm nehmen und gehen, nochmal selbst damit gehen? Oder im heutigen gelben Licht vor dem Kaufladen, unter der ersten zittrigen Straßenlampe, am Rand der Nacht klein und verwundert ein sprachloses Kind finden, dem du ihn von oben herab: Hier hast du! Wie nix besondres, noch dazu zwei Kartons Kerzen, Streichhölzer auch, nimm und greif zu! So kleine Hände. Unverhofft so ein Reichtum, selber frieren und sagen: Frier' doch nicht so! Und dieses sprachlose Kind sind wir auch gewesen. Froh und untröstlich, noch kein Jahr ist ein Dickworzkopp dir so gut geraten. Gleich bückt man sich: Schuh, Schuhbändel, beide Schuhe neu binden; es wären aber Gummistiebel, die du an den Füßen, schon wochenlang Gummistiebel. November, gleich ist die Nacht da: die Lichter im Teich ertrunken, das Dorf *versinkt* in der Nacht. Stephans Gärtchen, da hängt eine Mütze am Zaun; wer kann die verloren haben? Bei uns im Dorf geht doch nix verloren!

**Mit dem Fahrrad im Dunkeln.** Normal unsre Radübungsplätze, der Weidkob, der Dreschplatz, der Burgackerweg, nicht bloß die – sind jetzt schon seit Wochen in Dreck und Morast versunken. Der Sportplatz wie weggezaubert zwischen den falben Wiesen. Versunken. Die Straße nach Lollar *geht*, die Vorstadt geht, der Weidkob nur bis zum Friedhof, dann heißt es umkehren, sonst wird man unversehens zum wandernden Lehmklumpen. Kann man auch wetten, gern wetten, wer sich jetzt hier übern Friedhof traut. Leibhaftig. Um künftige Zigaretten, um zwei tatsächliche Batterien wetten, beinah neuwertig (beinah neuwertig sind sie nicht). Und muß zurückkommen ohne zu keuchen. Die Schosseeh natürlich geht immer, aber bis man dahin kommt! Der Burgackerweg ginge auch, wenn man außer den Pfützen nicht auch noch den Steinen ausweichen müßte – so steil bergab: die Steine wie jetzige Dickworz so zahlreich, so groß, die Pfützen so tief wie sie sind. Und sonst ist vom Weg nicht viel übrig. Ohne Mond. Hunde bellen. Die Schmandtgass' geht recht und schlecht. Die Gartenstraße geht gut, bloß zu kurz; das Hindenburggäßchen, da bleibt man gründlich drin stecken (oder ist es schon umbenannt?); und die Bergstruoß' ein Knüppeldamm, das soll ja überhaupt erst eine Straße noch werden!

Nach Odenhausen und Daubringen fahren wir jeden Abend nur höchstens ein- zweimal, weil uns bergauf die Rückwege elend lang: sie nehmen kein Ende. Wie junge Vögel fliegen wir aus und kehren als Schnecken heim. Mit einer Kruste aus angetrocknetem Schlamm. In knapp vier Minuten nach Lollar und zurück, ungelogen, nur hinterher glaubt es dir keiner! Beim zweitenmal mit größter Anstrengung doppelt so lang gebraucht; für das erste Mal leider fehlen dir Zeugen. Die Schmandtgass', kaum fährt man dreimal durch, die Ohren voll Wind: schon wird aus den Fenstern geschimpft. Jetzt im November schon nicht mehr aus den Fenstern, damit keine Kälte ins Haus, da kommen sie vor die Haustüren. Sogar mit Hunden und Stallaternen. Wie Jahrmarktfiguren, wie mechanische Vogelscheuchen. Der Wind weht. Was plärren und schimpfen sie da? Was ihnen einfällt, immer die gleichen fertigen Sätze für Kinder. Bis an die Hoftore kommen sie und können nicht aufhören: jeden Satz seit Jahren schon in- und auswendig, man weiß nicht wohin damit. Bergauf und bergab, jetzt führen alle Straßen am

Saum der Nacht entlang, ausnahmslos. Um Summen und Summen von zukünftigen Zigaretten und um zwo prima Batterien gewettet: du kommst furchtlos vom Friedhof zurück, am Tor vorbei, beim Moos da die Mauer entlang; will der Efeu dich halten, will dich nicht weglassen! Seit der Krieg aus ist, steht da ein Ami-Dschieb, der kaputt ist. Oder ist das nun auch schon rum und der steht schon gar nicht mehr da? Am Holzlagerplatz vorbei. Am Schafperch, am Winterstall, an uns' Druschhall vorbei und über den Druschplatz. Absichtlich Schritt für Schritt. Langsam, sich Zeit lassen! Du hast den Nebel geatmet, wie Lehm schwer die naßkalte Luft, so ruhig und tief geatmet; die Wette gilt. Über den Druschplatz so ein Pfädchen entlang. Du kommst, bei Gott, ohne zu keuchen kommst du und alle sind heimgegangen!

*Jedesmal* wenn der Otto, der Sattler, seine Werkstattür zuschmeißt: er macht es nicht einmal selbst, der Wind schmeißt sie für ihn zu – die Tür geht nach außen auf. Meistens erst abends; tagsüber geht er nicht gern aus dem Haus, weil: *leicht* verzettelt man sich! Höchstens die Schmandtgass' vor, in den Kaufladen die paar Schritte. Für Zigaretten und Flaschenbier. Auch Magenbitter, das geht noch. Nicht auch gleich für heut noch zum Metzger? So kommt ein Gang zum andern, immer niedriger hängen die Wolken und schon hat man sich *verzettelt*, kommt abends müd und erledigt heim. Mit schweren Gliedern. Wie von der Arbeit heim und weiß nicht, wo einem wieder der eigene Kopp steht, warum die Augen und Füße so brennen? Gerade *dann*, wenn bei uns hier die Kneipen aufgemacht werden. Oder findet den Weg nicht, findet sich ganz woanders. Die Regenjacke ist auch nicht zu finden, mit Kapuze und Reißverschluß, eine amerikanische Offiziersregenjacke. Da muß er neulich auf die Post, am frühen Morgen, dann doch lieber nachmittags, lieber *gar nicht erst* damit anfangen: die Aktentasche weißgott ist immer noch nicht zurück. Das Flaschenbier bringt zu Großhandelspreisen der Rühl mit dem Kärrnchen angeliefert. Kastenweise, entweder der magere Alte oder sein stämmiger Sohn. Auf Bestellung, leider bloß dienstags; man verschätzt sich von Dienstag zu Dienstag. Andernorts kommt das Bier auf Lastautos *jeden* Tag, wird vierspännig dahergefahren mit geschmückten Brauereipferden. Die einen Arsch haben, groß wie die halbe Welt. *Wie ihr Fell glänzt, gestriegelt, am hellen*

*Morgen!* Am liebsten ist er abends auf dem Weg zum Louis zeitig genug dran und kauft sich im Kaufladen, wenn schon Licht brennt, eilig seinen Tabak und beim Philipp im Vorbeigehn *wortkarg* ein Ende Fleischworscht, besser noch hundert Gramm Aufschnitt; kann man sehr praktisch unterwegs essen. Die Fleischworscht schneiden sie immer zu groß ab. Besonders vom Philipp die Frau, dann schafft er sie nicht bis zum Louis seiner Tür. Im Regen. Soll er mit vollem Mund Umwege gehen, im Herbst hier, im Dunkeln, im eigenen Dorf?

*Jedesmal wenn* er abends die eigene Werkstattür zuschmeißt, der Wind reißt sie ihm aus der Hand – es ist bloß die eine Hälfte der Tür; wozu denn das ganze Tor aufmachen? Er ist doch kein Fuhrwerk, kein Ochs, kein Schrank und kein Kundensofa! Kein Brauereigaul, *das* ist doch klar! Schon die halbe Tür, wenn sie dröhnend ins Schloß fällt, läßt die ganze Werkstatt erzittern. Abends, aus dem Dachkennel rauscht der Regen; Finsternis, überall Pfützen. Die Hose rutscht: ist zu weit. Die einzige Straßenlampe am End' von der Schmandtgass' schaukelt an ihrem Draht, schmeißt die Schatten hierhin und dorthin. Selbst so ein Schatten, nach zwei Schritten schon naß bis auf die Haut, gleich hat die Nacht ihn verschluckt. *Sooft* ihm die Tür ins Schloß kracht, klirren die Scheiben in ihren Rahmen. Muß man erschrocken die Luft anhalten und blitzschnell nachrechnen! Zwölf mal acht? Macht sechsundneunzig! Soviel Scheiben im Werkstattfenster. Manche jetzt schon mit Sprung. Acht noch in der Tür, macht hundertundvier! Fährt jäh dir der Schreck in die Knochen: wenn die nun alle gleichzeitig, dazu *von der Erschütterung* die drei Kugellampen – würden wie müde Monde am Ende der Zeit (wir dachten, wir hätten es eilig) senkrecht nach unten stürzen. Die Dachziegel scheppern, die meisten zerbrochen, wächst Moos drauf. Der Dachkennel löchrig und durchgerostet. Der Schornstein zum Umkippen: zwo Meter achtzig hoch, Schamottstein. Kaum noch Speis in den Fugen, die Eisenkrampen auch durchgerostet. Die Kugellampen samt Halterung auf den Werktisch, der ist aufgebockt und *wartet* nur aufs Zusammenkrachen, schon lang. Zu schwer die Halterung für die Lampen, hat er selbst angebracht. Wir dachten, wir hätten es eilig und hätten uns doch lieber Zeit lassen sollen. Oder gar nicht erst anfangen. Immer nimmt man, was grad zur Hand ist an gutem Willen und Material. Und dann ist es das falsche Zeuch, der verkehrte Tag, behilft man sich recht und schlecht. Die Zukunft. Wird der Schornstein das Dach zerschlagen. Das Ofenrohr springt aus der Wand, neun Meter Rohr, ein Funkenregen, der Ofen stürzt ein, warum soll die Tür noch halten, zwei Flügel? Das kommt, wie es kommen muß. Weil es schon jahrelang reinregnet, immer stärker reinregnet, sind die Wände feucht, sitzt der Schimmel drin, die Eisenträger frißt ihm der Rost weg: viel bleibt nicht. Unter uns gesagt, wenn das Dach unter sich zusammenkracht, morsche Balken, und in die Werkstatt hinein, nix als Trümmer! Hintennach die stürzenden Mauern: decken die Scherben der Dachziegel zu – was willst du da von den traurigen Kundensofas, nur zu Besuch hier, letztendlich noch groß verlangen, so ein Gelump? Kaum Zeit zur Besinnung. Die Fußbodendielen, die besseren werfen sich, splittern, die hat er doch selbst erst kürzlich noch ausbessern wollen; der Rest *gleich* zu Staub, Sand, Sägmehl, eins nach dem andern. Die Werkstatt, Herrgott, unterkellert, jeden Tag mehrfach tut er das bedenken (man darf gar nicht dran denken), wird ganz und gar in den Keller fahren. Zum Schrecken der Vögel, zum Schrecken der Mäuse. Die Staubwolke stünde drei Stockwerke hoch. Für ein Dorf sind drei Stockwerke viel. Die Mäuse werden es nicht überleben, kaum eine. Der Kater sitzt auf der Vorderhaustreppe in Sicherheit. Im Trockenen sitzt er und putzt sich. Und lacht sich ins Fäustchen. Und wartet, ob es zur Abwechslung nicht auch noch anfängt zu brennen. Wundern brauchst du dich nicht (man braucht sich nicht wundern). Für das Ofenrohr hat der Schornsteinfeger den Abnahmeschein im Streit ihm verweigert, ein Arschloch. Morgens um neun, es wird ein halbes Jahr her sein. Von außerhalb so ein Arschloch; wie ein Februar lausich kalt ist seinerzeit der April gewesen. *Sooft der Wind ihm die Tür* aus der Hand reißt, nimmt er sich vor, sie in Zukunft vorsichtig, sorgfältig, leise! Wieder noch einmal Glück gehabt, gestern und heute!

Der Kater sieht aus wie der Satan persönlich, seine Augen glühen im Dunkeln. Er wird jeden Tag größer, bald groß wie ein Kalb. Wie ein Denkmal. Erwartet auch immer, daß man ihn *grüßt*, daß man ihm ausweicht: aus Ehrfurcht einen Bogen um ihn herum, die Kanallje! Sobald alles zusammengekracht wäre (wie lang kann das dauern?), gleich zeigt sich, ist auch die einzige Straßenlampe hin. Auf den Schreck: ist erloschen. In tausend Scherben. Man findet den Weg nicht, so finster die Nacht. Trotzdem natürlich wie jeden Abend als erstes zum Louis, warum soll er denn mitten in der Woche seine Reihenfolge ändern? Doch hätte den ganzen Abend wohl keine richtige Ruhe nicht; es wird *nicht mehr lang dauern!* Nur die Scheiben allein? Das könnte noch angehen. Da könnte er gut im Vorbeigehen beim Schreiner gleich neue bestellen: Sechsundneunzig und acht. Muß man maßnehmen! Und sich von vornherein gleich nicht aufhalten lassen! Als Nachbar. Kein überflüssiges Wort. Immer kracht ihm die Tür so zu. Die Nacht rauscht, der Regen rauscht, der Wind klappert ganz unnütz mit den Dachziegeln; der Kastanienbaum rauscht. Der Schwager kommt erst mit dem Daubringer Acht-Uhr-Zug von der Arbeit aus Gießen heim. Die Schwester mit Kinnern käsebleich hinnich dem angelaufenen Küchenfenster – muß man sich beeilen im Regen. Die Schwester, soll er ihr winken? Fahrig mit der Hand durch die Luft: so verscheucht man Gedanken. Wenn es nicht regnet, nimmt er abends manchmal den Stoffmusterkatalog mit. Nur so, damit er was mithat zum Tragen und läßt sich nicht stören.

Knallt ihm die Tür zu, abends, das ist die ganze Schmandtgass' entlang zu hören. Dann weiß man, jetzt macht er sich auf den Weg, jetzt kommt er gleich selbst. *Nächstens mehr Vorsicht!* Sich alle fünf Schritte insgeheim umdrehen: siehst du, sie steht noch, die Werkstatt. Obwohl auf dem Dach der Schornstein: wie wenn er sich gleich will verbeugen – beeil dich! Der Schwager kommt kurz nach acht; die Schwester hat schon mit dem Essen gewartet. Sie essen und nach einer Stunde liegt die ganze Fumilje wie erschlagen im Bett. Dann schlafen sie und der Wecker tickt: auf fünf Uhr gestellt. Heut Abend beim Louis für sich allein ganz hinten am Ecktisch sitzen. Das *fehlt* ihm noch, daß er sich jeden Abend endlos jedem sein Durfgeschwätz anhört. Über die Fabrikarbeit, über die Möbelgeschäfte in der Stadt, über die ramponierten Sofas, was sie daheim zu jeder Zeit herumstehen haben. Die Verwandtschaft auch, und über die schadhaften Zuggeschirre; Sattlermeister und Polsterer. Sie können ihm leid tun, die Sofas. Die Aktentasche, wenn er wenigstens wüßte, was drin war: jetzt weiß er nicht, was es ist, was ihm dringend fehlt! Ja, wenn die alten Sofas zum Aufpolstern und Beziehen ganz allein in die Werkstatt kämen. Zwischen den Häusern und Zäunen die Schmandtgass' entlang, gerade in einer Pause des Regens. Und die Ochsen und Kühe brächten ihm zum Ausbessern selbst ihr Geschirr. Oder kommen beizeiten, vernünftig ein neues bestellen: es wäre ihm zehnmal lieber. Sie kommen in der Stille zwischen den Zäunen daher. Mit großen Köpfen, mit sanften Gesichtern. Weich das Maul, weich und rund. Kuhaugen. Rotbunt, nußbraun und milchweiß das Fell. Schwarz auch und in allerlei Mustern gefleckt. Breitgehörnt. Am hellen Morgen sollen sie kommen und in der Dämmerung noch einmal. Auch aus dem Wald die Tiere, wenn sie etwas brauchen. Die Arbeit ginge ihm leicht von der Hand alle Tage. Bezugsstoffe in reichhaltiger Auswahl. Wenn er den Katalog mithat, dann muß er auch daran denken, daß er ihn mithat. Damit er hinterher, wenn er geht, auch daran denkt, daß er ihn dann wieder mitnimmt. Beim Louis am hintersten Ecktisch sitzen und murmeln, in den eigenen Kopp hineinmurmeln: eine bessere Welt. *Ganz woanders.* Wie mit zwo Glasaugen sitzt er. Ganz hinten, wo höchstens am Samstagabend das trübe Wandlämpchen angeknipst wird. Nur höchstens, wenn es hoch hergeht, sonst sitzt da nie keiner. Wie lang ist das jetzt schon, daß man den Otto mit zwei unzusammengehörigen Schuhen herumrennen sieht? Wie mit seinem Klumpfuß so ein Leibhaftiger, ein eifriger Unterteufel im Dorf, im Dunkeln, und gleich hat die Nacht ihn verschluckt. Ob man ihn nächstens nicht doch in aller Freundlichkeit einmal darauf ansprechen soll? Mit Vorsicht, im guten, ja oder nein?

Ab und an kommt er heim, ist die Tür auch noch abgeschlossen! Zu ärgerlich, wenn man nachts heimkommt wie blind und vor Müdigkeit kaum noch stehen kann! Jemand krächzt auf dem Dach. Die Straßenlampe brennt bloß höchstens bis zehn, bis halb elf. Klopfen ist ganz imsunst. Bis er das Schloß und den Schlüssel und umdrehen, das kann Stunden und Stunden, so müd wie er jetzt wieder ist. Gleich umso stärker der Regen. Das Dorf schläft. Morgen will er nach Lollar. Immerhin, er ist jede Nacht froh, daß die Werkstatt bis jetzt noch steht, wenn er heimkommt. Drinnen sitzt groß und erhaben sein Kater und funkelt mit beiden Augen. Im Dunkeln, sieht durch die Scheiben gelassen zu, wie man wieder nicht aufkriegt, Teufelsviech. Sitzt auf dem Werktisch, allein, als ob er gegrüßt werden will, als ob er *den ganzen Abend gezaubert hätte!* Wenn man geht, gerät er einem im Hof noch doppelt und dreifach zwischen die Füße; wenn man kommt, sitzt er auf dem Tisch und verzieht keine Miene. Muß also doch hier irgendwo seinen eigenen geheimen Eingang, wer weiß, ein verborgenes Loch in der Wand. So ein Schlupfwinkel also. Jetzt machen wir uns auf den Weg, jetzt ist ihm wieder die Tür zugekracht: *jedesmal* wenn er geht! Am Küchenfenster die Schwester, soll man ihr winken? Die Hose rutscht; Wind und Regen, es geht auf sieben. Im Kaufladen brennt noch Licht.

**War nicht eben beim Schreiner noch Licht in der Werkstatt?** Du hast noch das Kreischen der Säge im Ohr, auf einmal ist alles finster. Nur im Wohnhaus brennt Licht. In der Küche, da wartet die Frau mit dem heutigen Abendessen. Weggefahren kann er nicht sein, das Lieferauto steht auf dem Hof; zerrt der Wind an den Planen. Die Straßenlampe reicht genau bis zur Einfahrt; es nieselt, der Wind immer stärker. Über der Treppe zur Werkstatt ein gelbes Lämpchen. Wo kann er nur hin sein? Der Schuppen, die Werkstatt, das Holzlager und die Rampe: da ist er nicht. Das Lager für Bauholz, Linoleum, Dachpappe. Das Möbellager, die Möbelausstellung. Die Hofmauer entlang baut er jetzt noch zwei Schaufenster hin – er tut sich ja laufend vergrößern. Man weiß nicht, wo man ihn suchen soll: da nicht und dort nicht. Nirgends Licht, er kann sich doch nicht *versteckt* haben? Zuletzt gehst du doch übern Hof und die Treppe zur Werkstatt hinauf. Immerhin brennt das Lämpchen. Schattengebälk; eine Außentreppe aus rohem Holz, ein Gerüst, beinah wie eine Leiter so steil. Läßt der Wind einen Augenblick nach, gleich umso mehr Regen fällt. Auf die Plattform hinauf, die Tür ist nicht abgeschlossen: kein Licht in der Werkstatt. Und doch kommt dir vor, ist es heller drinnen als draußen (so ein Licht *träumst* du oft). So gehst du und zögerst und gehst immer noch einen Schritt; soll man rufen? Mehr der Form halber, weil es heißt, er ist schwerhörig. Überhaupt ist dir, du träumst. Wer sind wir? Und warum hier? scheint jeder Gegenstand sich geduldig zu fragen, so ein lichtes Dunkel um uns. Und bleibt ohne Antwort. Wie schon gewesen, kommt es dir vor, wie noch einmal. Der Regen auch und der Wind heute Abend. Nach Holz riecht es hier, nach Maschinen und Leim und Firnis. Und die Stille, das hörst du, hat eben erst angefangen.

Das war, als du zehn oder elf warst, gleich wirst du rufen! Am Nachmittag mit dem Bau einer Hundehütte: erst im Hof, dann im Schuppen, weil so ein Geniesel und immer dichter der Nebel. Dann hat die Dämmerung dich aus dem Schuppen vertrieben, kalt ist es nicht: nicht *richtig* kalt. Hast du bei der Haustür, hast du im Keller und auf der Treppe, hast du in der Nachbarschaft vor allerlei Küchenfenstern im Licht, im Nebel, mit einer Taschenlampe – reicht alles nicht aus, hast du schließlich auf der Kreuzung beim Kaufladen unter der Straßenlampe weitergebaut, gemessen, eingepaßt, gesägt und gehämmert in Eile. Mit Schatten wie Ungeheuern, mehrfachen riesigen Schatten; die Lampe schaukelt im Wind. Jeden Nagel einzeln beschwören und lang und mühsam geradeklopfen und dann krümmt er sich blitzschnell wieder. Winkeleisen müßte man haben! Mehr Licht! Die Taschenlampe mit dem Mund halten, langfristig, und den Kopf dabei stillhalten: umso flinker die fleißigen Hände. Wie Fische in einer Reuse bewegen sich die Gedanken, der Wind weht. Kerzen dazuholen, mit Windschutz, gleich dutzendweise und wie Totensonntage aufstellen um dich her. Bei Stephans Gärtchen zehn Dickworzköpp auf die Zaunpfosten? Daß man sie so hinverteilt. *Wenn* du zehn Dickworzköpp hättest! Kann man sich natürlich zusammenleihen, das geht, doch braucht seine Zeit: muß man Absprachen treffen, Treffpunkte absprechen, Ort und Zeit und Bedingungen, immer wieder anmahnen und erinnern und dann mit Erfahrung abwarten, was dazwischenkommt – sie soll aber heute noch fertigwerden, die Hütte.

Der Schmied ist nicht daheim, sonst könntest du in dieser Finsternis, in deiner Hast und Verwirrung Eisenblech nehmen, dich nicht erst besinnen und gleich zusammenlöten ein Unding. Blitzschnell. Mit Ofenrohrsilber, mit dreierlei Goldbronze anstreichen, so eine Hütte hält ewig; dann innen mit Heu, damit es behaglich wird, mit Kaninchenfell. Er soll am Morgen geholt worden sein, der Schmied. Weil die Fronhäuser Dampfkartuffelmaschine (zum Futterkartuffelneindämpfen jetzt im Herbst) mit zwei Anhängern in Odenhausen auf der Brücke liegengeblieben ist. Womöglich die Kessel geplatzt, zwei oder drei Kessel, das kann Mitternacht werden. Sie soll aber heute noch fertig, die Hütte. Der Hund ist seit Juli schon da, seit Ende Mai: zugelaufen. Jetzt ist sie fast fertig, jetzt fehlt dir nur noch ein Brettchen, ein Leistchen, ein Eckchen Dachpappe; fünf Nägel fehlen dir noch und zwei Tropfen Tischlerleim. Warum soll man solche wichtigen Kleinichkeiten nicht noch um sieben Uhr abends bei unserem Schreiner: es wird umsonst sein oder dreißig Fennich kosten, meistens wird es umsonst sein.

Wenn er nur zu finden wäre! (Glaubst zu träumen!) Werd ijen de Wirkstoatt, ejam Hob ower wu, he ijas noch allweil ohm Schaffe! hat seine Frau in der Küche gesagt, ech wähß njet! Die Hütte steht offm

Kreuz, genau unter der Straßenlampe: fast fertig. Die leere Werkstatt, wie wenn du sie träumst – jetzt nachher bald aufwachen dann! Bei jedem Schritt schwankt der Fußboden: zur Umkehr wie immer zu spät. Noch drei Schritte weiter siehst du den Stufentritt und hoch in der Wand die Tür – was knarrt denn hier so? Ja richtig, da oben hat er ja noch so ein Kämmerchen, den Verschlag, seine Schreibstube oder wie soll man da sagen, wie konntest du darauf vergessen? Oder war es so, daß du zuerst *das Geräusch* gehört hast und dann erst die Tür in deinem Gedächtnis bereitwillig wiedergefunden? Sogar ein Lichtstrahl durchs Schlüsselloch, feingesponnen, ein goldener Faden. Wie der Anfang einer Spukgeschichte: man weiß nicht, worauf es hinausläuft. Das Geräusch, das kann doch kein Hobel sein; eher noch ein alte Häckselmaschine die nicht aufzugeben vermag. Die Stufen, die Tür: du hast ihn schlafend gefunden. In dem gewaltigen hölzernen Lehnstuhl, in den er genau hineinpaßt. Vom Pult abgerückt, alle viere von sich, so sitzt er und schnarcht ernst und schwer. Die Aktenschränke voll Ordner, ein winziges Fenster; die Kammer, dicht unterm Dach, ist eng wie ein Schrank. Unser Schreiner hat weißblonde Augenwimpern, den Schädel praktisch geschoren, seine Mütze liegt auf dem Pult. Den Lehnstuhl eigens für sich selbst: zuerst war er reichlich, jetzt paßt schon am eigenen Leib die Weste nicht mehr mit hinein. Muß man nachrechnen die Vergangenheit: zwölf, dreizehn Jahre. Ein bißchen auch wie der Mann im Mond, bloß größer und breiter, sitzt er hier in dem hochgelegenen Kämmerchen. Neben der Lampe. Die Werkstatt geht in die Scheunengärten. Nach hinten zu immer wieder ein Stückchen angebaut und vergrößert. Vorn zwei Stockwerke hoch und hinten reicht das Gras fast bis unters Dach. Durchs Fenster die Apfelbäume, nur die Stämme und untersten Äste. Manche Stämme sind weiß gekalkt. In den Scheunengärten die Bäume sind alt und verwachsen. Und doch sind welche darunter, die tragen Früchte soviel, daß sie jedes Jahr wieder mit unzähligen Bohnenstangen abgestützt werden müssen, jeder Ast einzeln: sie hören nicht auf zu tragen. Äpfel, Birnen und Pflaumen hat es in den Scheunengärten, Mirabellen, kaum Kirschen. Ein mageres Aprikosen-, ein Pfirsich-, ein Feigenbäumchen, das kennt wie ein zaghaftes Wunder, man muß es behüten, das ganze Dorf.

Die Gesellen sind heimgegangen. Der Schreiner schläft. Seit sechs Uhr früh auf den Beinen: von einer Arbeit muß er sich bei der andern Arbeit erholen, so heißt das bei uns. Und jetzt hat ihn doch der Schlaf hier erwischt. Nur ein Weilchen. Vielleicht sägt er im Traum oder hobelt; vielleicht zählt er sein Geld und macht Kisten dafür, stapelt Holz und fährt Lieferauto durch allerlei böse Wetter. Wie eine schwere ernsthafte Arbeit tut er sein Schnarchen verrichten. Vielleicht hat er als Schreiner im Traum immer wieder mit einem vergessenen Sarg zu tun, eine Nachlieferung. Immer der gleiche und wird nicht und nie fertig: im Auftragsbuch überblättert. Gerade jetzt eingeschlafen, die Frau wartet mit dem Essen. Sie ist bescheiden, praktisch und leise wie eine Küchenschürze. Im Dorf geht die Sage, das Schnarchen sei so anstrengend, daß man davon einen Schlaganfall kriegen kann: dann gleich aufwacht. Wind und Regen schlagen ans Fenster. Dein Hemdrücken naß, die Jacke hängt bei Stephans Gärtchen am Zaun. Daß die Sommerferien vergehen konnten! Und dann der September genauso, das kommt dir jetzt vor wie ein Rechenfehler! Dann ist dir doch noch der Hund nachgekommen. Der sollte auf der Kreuzung sitzen und die eigene Hütte bewachen; du bringst ihm gerade das Warten bei und die Wachsamkeit: aufs Wort, auf angewiesenem Platz. Doch freust dich auch, wenn er nachkommt. Du und dein Hund, ihr steht und betrachtet den schlafenden Schreiner; man fragt sich, wer wen träumt. Fängt er nicht schon an, aufzuwachen? Dein Hemdrücken naß und eiskalt: da hat es dir in den Kragen hineingeregnet, mehrfach, wie du auf der Kreuzung mit Hammer und Nägeln. Von oben hineingeregnet. Mit deiner Findigkeit und dem guten Willen, mit besserem Werkzeug und ein bißchen mehr Aufwand an Material, Zeit und Licht hättest du gut und gern eine Hütte auch für dich selbst bauen können. Am heutigen Nachmittag. Der jetzt rum ist mit seinen Möglichkeiten.

**Mit dem Fahrrad.** Oberm Turm auf dem leeren Platz. Es kommt uns wie Mitternacht mindestens vor, dabei hat es eben erst sieben geläutet. Kunststücker. Freihändig kann ja jeder, fast jeder, *aber* freihändig und dabei im Geniesel mit beiden Händen einen Dickworzkopp über den eigenen Kopf halten; die Kerze muß brennen! Unter der Straßenlampe. Die Kleinen stehen und gaffen, warum soll man sie wegjagen? Wie eine Bühne der Platz und gleich an die Reihe kommen. Freihändig *mit* dem Kopp eine Acht fahren, makellos, mühelos, zwei Achter, drei Achter! In den Pedalen stehen, Nacht und Wind im Gesicht und immer höher den Kopp: bis er ins Wackeln, bis er dir vor die Füße fällt, grinsend, auf die Lenkstange fällt, aufs Vorderrad fällt, in die Speichen hüpft, *die Zähne gebleckt* übern Weg rollt und ums Haar noch Feuer gefangen – schad um die schönen Achter! Weil die Straßenlampe so schwankt. Als ob der Erdboden schaukelt. Du hättest beizeiten aufhören sollen: jetzt nach dem Sturz und Gelächter denkt natürlich keiner daran, die Vollkommenheit deiner vormaligen Achter noch groß zu bewundern. Gleich abseits und in windiger Finsternis die Vorderradgabel in die Reih' richten, mit Handkantenschlägen die Lenkstange lotrecht; schon sowieso fehlen zuviel Speichen. Wie eine Bühne der Platz und Nebel zieht durch das Licht. Sich im Vergessen üben! Derweil gaukeln sie schon, wie in silbernen Netzen gefangen, das Vorderrad in der Luft, mit nur auf dem Hinterrad einhändig schwebend, unterm Arm einen Dickworzkopp. Erst links und dann rechts; freihändig *je* einen Kopp unterm Arm *und* das Vorderrad in der Luft geht es jedesmal blitzschnell schief. Die Kleinen wandern mit Dickworzköpp um den Turm herum und immer wieder durch die tiefe Stille des Torbogens. In Scharen. Und stolpern und leuchten. Gern hätten sie Lieder zu singen im Gehen. Haus singen sie, Fledermaus und heraus, und wissen nicht weiter; was sie auch singen, es wird doch nie kein Lied draus. Für unsere Fahrradkunststücke leihen wir uns von den Kleinen die Dickworzköpp aus. Da sind sie stolz drauf und bang drum; ihr kriegt sie ja gleich zurück! Kein Haar nicht gekrümmt! Mit so einem gelungenen Rübengeist, sagen wir ihnen, kannst du ja um Mitternacht direkt allein über den Friedhof und brauchst kein bißchen Angst haben, Teufel auch! Beim Turm die gewundene Treppe hinauf bis ans Eisengeländer. Oben ist es viel höher, als wie man von unten her denkt, halt dich fest! Sie frieren, sie stehen und gaffen und wissen kein Lied!

Mit dem Rad in der windigen Finsternis. Die Pedalen sind auch verbogen; sie waren schon vorher verbogen, aber jetz sinn se *ziemlich* verbogen. Regen fällt, ein paar Tropfen, gleich treibt der Wind ihn davon – sollst du nicht endlich heimgehen? Wie Hinterbliebene in der Küche werden sie sitzen und statt daß du zu ihnen ins Licht hinein, in die Wärme (es wäre noch nicht zu spät!): am Hoftor wirst du stehen und zaudern im Regen. Beim Sturz das Knie aufgeschlagen, den Arm *und* das Knie! Dem Fahrrad gut zureden und dich dann allein in den Schuppen setzen? Mit dem Rücken zum Wetter, schon fast ein Gespenst. Untröstlich unterm Vordach (warum hier?) unsichtbar in der Finsternis sitzen. Auf dem Melkschemel, den du dir herbeigeschleppt hättest. Mit letzter Kraft. Und das Rad vor dir Zoll um Zoll müd mit dem Ärmel abreiben, als ob du es streichelst und wärmst. Dabei nicht die Hand vor den Augen sehen; inzwischen wären Stunden um Stunden unbegreiflich vergangen. Dann fängst du an, es zu ölen: in die Nacht hinein mit drei verschiedenen Ölkännchen ölen, selbstvergessen, man findet kein Ende dabei. Ölen besser im Stall bei den Kühen. Wie im Schlaf in der dumpfen Wärme, man läßt sie stehen und redet kein Wort. Die Speichen, da wächst nix nach! Ein neues Fahrrad im Preisausschreiben gewonnen haben, vergoldet, ein Klasse-Rennrad! Und dem alten keine Träne nachweinen, sondern als einziger Staufenberger in den Lollarer Radsportverein hineintreten und jeden Abend in der Vereinshalle üben; sie haben Scheinwerfer! Dann im gelben Hemd die Tour de France gewonnen haben, sich im Kino in der Wochenschau glücklich den Schweiß abwischen und Buderus-Direktor werden! Als Rennfahrer und Buderus-Direktor im Schlößchen wohnen, von allen gegrüßt und bei Gott keinen kennen. Beim Sturz den Arm, das Vorderrad und das Knie aufgeschlagen; deine fabelhaften freihändigen Achter sind nie wieder erwähnt worden. Von keinem kein Sterbenswörtchen. *Wie nicht gewesen.* Und doch hingen aller Augen an dir! Jetzt beiseite im Dunkeln, mit dir allein, noch hinken vom Sturz. Das Rad schieben, das Vorderrad *eiert!* Die Obergass' rauf, wo denn hin? Von der Hardt, von der Bräun, vom Weidkob kommt ruppich der Wind dir entgegen und wird gleich alles auslöschen, Nacht und Regen und Wind. Zum Poul, an den Poul kommen. Hier stehen wir auch schon den Herbst lang, die Abende lang mit unseren Fahrrädern und Gesprächen. Unter der letzten Lampe. Hinzutreten als ob man sich selbst schon erwartet hätte: Wo kommst du denn her? Und die Kleinen gehen mit Dickworzköpp. Hier am Dorfrand beim Poul, hier mehr als anderswo. In Scharen gehen sie und doch ist jedem von ihnen, als ob er allein geht mit seinem Licht. Hier kannst du immer noch Nüsse finden; so kurz sind jetzt die Tage und ertrinken im Teich. Hier am Dorfrand. Die Kerzen flackern, die Kleinen tragen die brennenden Dickworzköpp unterm Arm oder beidhändig vor sich her. Aus der Nähe siehst du den Kerzenschein über ihre gespannten Mienen geistern; ein paar Schritte weiter schon ist es, als ob die Dickworzköpp in der Finsternis ganz allein als leuchtende Schädel, als wandernde Lichter. Auf dem Mäuerchen hin und her und im Teich sich spiegeln. Aufs Wasser hinaus, den Steg auf und ab, den Grasweg, das Pfädchen, die Böschung hinauf. Und wie verirrt am anderen Ufer das langsame Licht dort: das sind wir auch gewesen. Am Zaun entlang, Nacht und Nebel, so schief wie hier sind die Zäune sonst nirgends im Dorf. Seinen ersten Dickworzkopp kriegt so ein Kleiner immer von uns gemacht; das nächste Jahr schon schnitzt er ihn selbst, schnitzt sich drei oder vier. Und geht, jeden Abend geht er und lernt sich nicht fürchten.

Beim Poul. Auf dem Fahrrad sitzen und sich am Mäuerchen in der Schwebe halten. Wort für Wort, die Gespräche, die Pausen, als ob du hineinhorchst in die Vergangenheit, in dich selbst hinein, so ein Abend. Und dich dabei immer weiter entfernst. Der Wind, das Geniesel, der Nebel kommt über die Friedhofsmauer. Wie es wieder nach Herbst riecht. Wir kennen uns selbst kaum. Warum hier? Die Schädel, die Lichter, wie alles sich trifft um den Teich herum, du fragst dich, ob du zurückgekehrt bist: dir ist, du müßtest dich kennen! Wie nach Jahren. Und wo bin ich gewesen, Herrgott, all die Zeit? Die Stimmen, die Stille, der Wind zittert feucht um dich her, die Vergänglichkeit. Tief in den Scheunengärten verloren ein winziges Licht. Zwischen Ästen und Zäunen und Schuppen, im strauchhohen nassen Gras: scheint zu wandern, ein Stern, sooft du den Kopf drehst. Wie aus dem Himmel gefallen. Das muß beim Schreiner nach hinten raus, rechnest du, sein Verschlag. In die Erde versunken, ein Funken, ein Tropfen, ein Glühwürmchen ist nicht so klein. Und irrlichtert, leuchtet und leuchtet. Dem Wind entgegen, du hast dich auf die Pedalen gestellt; das Mäuerchen wankt. Die Zugklingel, gut, daß du die noch wenigstens hast, daß sie geht. Selbstgebaut! Statt dem Strohkordel, besser natürlich wäre ein rostfreies Uhrkettchen dran. Es ist ja noch gar nicht so spät: die Zugklingel ziehen, sie klingt wie der Frühling! Du hast dich vom Mäuerchen abgestoßen und der Ferne entgegen, damit sie aufhört, an dir zu zerren: damit sie dich aufnehmen kann. Als seien uns endlich von rechts wegen Flügel gewachsen – das bist du jetzt selbst! Du hast dich vom Mäuerchen abgestoßen, wie einer der fast schon verloren, wie eben erwacht: gleich mächtig in Fahrt, bergab, die Zugklingel schallt, kommt keiner dir nach? Die Kurve beim Turm, du weißt nicht einmal, ob du durch den Torbogen deinen Weg oder knapp am Gemäuer vorbei, eine steile Kurve. Und rasant die Vorstadt hinunter, die Vorstadt gibt Tempo. Im Nebel, die Kreuzungen fliegen vorbei. Mit ihren Lampen, jede ein dichtes silbriges Himmelsgewölk; schon saust du die Lollarer Straße entlang, Hunde bellen, die Häuser bleiben zurück, das Land wird weit wie die Nacht.

Offm Kreuz stehen, im gelben Licht vor dem Kaufladen und kein bißchen frieren. Oberm Turm stehen, an den Hoftoren stehen, beim Teich, an der Friedhofsmauer. Ausgesetzt, auferstanden, am Rande der Nacht stehen und seine Träume für sich behalten. Wie in einer Höhle. Die Kleinen mit Dickworzköpp, im Dunkeln geht jeder allein. An den Hoftoren, Nacht und November wie eine Gruft im Herzen und eine Ahnung vom Frühling. Wie inwendig so ein Zittern, das ist das Geniesel, der Nebel und daß wir so lang schon im Dunkeln hier stehen, den ganzen Abend, den ganzen November schon, jeden Herbst. Hunde streunen, die haben das Wetter gern. Längst ist der Abendzug abgefahren im Tal, längst auf und davon. Hier stehen, es ist wie ein Abschied. Groß sein und doch noch nicht groß genug, wie die Großen untereinander von der Schafherde und vom Holzfahren schwätzen. Beiläufig, mit Leidenschaft. Mit tiefen Stimmen. Mit Zuversicht sich keinen Rat wissen, Bescheid wissen, es spät werden lassen, sich räuspern und lachen, als hätten wir Raucherhusten, schon jahrelang Raucherhusten. Noch das Gelächter im Ohr und auf einmal ist sie für immer zu lang geworden, die Stille. Nach Nebel riecht es, nach Rüben und Erde und Rauch. Vielleicht sagt keiner von uns je wieder ein Wort und wir hätten genausogut längst gegangen sein können. Als Schatten, jeder für sich. Der Wind immer stärker, das Licht fängt zu flimmern an und gleich wird alles ausgelöscht sein und wie immer: wie nie gewesen.

Im Oberdorf. Überall hat es auf die Nacht hin so Winkel, Treppchen und Mäuerchen. Gepflastert die steilen Gassen, die Rinnsteine ausgemauert; Moos wächst zwischen den Steinen. Wir hätten längst heimgehen sollen! Erst steht man und lehnt sich schon an, lehnt sich immer behaglicher an, dann sitzt man sich selbst gegenüber. Sogar für den Kopf eine Stütze. Den einen Fuß kannst du da bequem, den anderen dort drauf legen. Im Oberdorf hat jeder Stein seinen Platz. Seit wenigstens achthundert Jahren. Anlehnen, sitzen, liegen, es geht wie von selbst. Mit ein bißchen Glück und Verstand wird sich bei diesem Wetter auch noch ein Torbogen über dir finden, ein Erker, ein Vorbau, ein Eckchen überstehendes Dach. Hält die Nässe ab und läßt doch noch Platz für den Himmel. Jeden Abend, den ganzen Abend schon wollen wir heimgehen, aber nicht jetzt, noch nicht gleich! Abends, die Gassen gehen im Reigen, der Wind verliert seine Richtung; hier klingen die Stimmen so *eigen*, so fremd. Als ob man frierend daneben steht. Und soll sich zuhören, reden, reden und seine Träume für sich behalten. Immer behaglicher sitzt man und liegt, halb im Schlaf schon. Und fängt immer nochmal damit an, hoffnungsvoll und schwätzt dann doch wieder bloß vom Holzfahren und was eine Maurerlehre uns bringt, Elektriker, Installateur, das liegt alles so weit in der Ferne und so einerlei auf der Hand, als ob man nie zu sich selbst kommen soll. Fuffzich Jahre alt, die Müdigkeit nicht mehr loswerden, ein verrostetes Miele-Fahrrad und mit Brotbeutel auf die Hütt'. Die Werkschuhe an den Füßen wie angeschmiedet, wie angeborene Bleiklumpen. Dazu ein Gebiß was nicht paßt, höchstens am Sonntag. Jeden Sonntag verkruomt, verwerkt und verschlafen, nur alle paar Jahre einmal ein Sonntag. Die Sonntage sind so kurz. Noch womöglich ein uraltes Damenrad bloß, und auf Schicht und daheim zu jeder Zeit den gestrigen Tag und das heutige Datum nicht wissen, wie hier im Dorf die meisten Hüttenarbeiter.

Den Abendzug aus der Ferne gehört. Die Mauern in ihrem Mittelalter hören uns zu, wie wenn schon alles gewesen ist. Seit Jahrhunderten. Eine Kette klirrt, Dachziegel klappern und Wetterfahnen.

In den Ställen die Ziegen drücken ihre Mäuler in den Lattentürspalt und horchen auf unsere Stimmen. Jede Witwe im Dorf hat zu ihrem Gram dazu eine Ziege. Im Oberdorf hat es die meisten Witwen und Ziegen. Es heißt, daß die Ziegen den Blitzschlag zu lenken vermögen: daß er trifft oder nicht, je nachdem. Die Ziegen sind vernarrt in die Menschenstimmen. Allein jede Ziege in ihrem Stall, sie würden die ganze Nacht stehen und horchen und darauf warten, daß die Wörter über sie auch kommen, Nacht für Nacht. Als Erlösung. Die Kühe genauso, doch ohne Hoffnung, sind zu schwer und schlafen gewichtig darüber ein. Vielleicht ja in Wahrheit schlafen wir längst. Vielleicht ist das der Wind, der uns immer wieder ein Zipfelchen von unserem Traum hervorholen läßt, verstohlen, als ob wir ihn wie ein seidenes Tuch in der Tasche tragen, wie ein heimliches Messer. Und müßten uns jeden Augenblick neu vergewissern: noch da! Schon das eigenständige Holzfahren gegen Bezahlung ist ja so ein Traum von uns, aber altgeworden. Wir haben vor der Zeit zu oft schon davon gesprochen. Ist jetzt ungültig, null und nichtig. In der Stadt eine Lehre als Automechaniker, als Rundfunkmechaniker, nicht spüren den Gang der Zeit und jahrelang jeden Tag damit ausfüllen, daß man auf ein Motorrad hinspart, eisern. Groß genug, mit den Großen am Kreuz zu stehen. Im Frühling, im Sommer. Mitreden können, Eckstein rauchen, eine nach der andern, den Wochenlohn einstekken haben, ein Krösus, auf Geld nicht gucken, volljährig sein und ein Schifferklavier umgehängt, ein nagelneues Akkordeon. Im goldenen Licht. Wenn es dunkel wird, die nächste Packung Zigaretten aufreißen und übers Eck dann zum Keulerhoinrich. Aber werden wir denn in jedermanns Augen und bei uns selbst je auch nur fünfzehn? Nicht einmal die Alten, so versessen sie darauf sind, gewinnen beim Fußballtoto, wir hätten jede Woche die zugehörige Mark nicht. Und wenn du gewinnst: das Geld kriegst du frühestens erst mit einundzwanzig – das wäre schlimmer als gar nicht. Zehn Jahre lang die Sonntage in Lollar vorm Kino abstehen, Rex-Filmtheater, die besten, die *echtesten* Filme, einen Hauptgewinn und kein Eintrittsgeld haben im Regen. Schon dreizehn zu werden braucht soviel Geduld, man verliert sich ja selbst aus den Augen. Der heutige Abend. Mit steifen Knochen sich anders hinsetzen, Hirregott, und wieder von vorn anfangen: wir hätten längst heimgehen sollen! Und danebenstehen und frieren, gestern schon. Immer wieder nach dem

Tuch in der Tasche tasten, jedesmal ein anderes Ende zu fassen kriegen und es doch nie zu fassen kriegen. Schon gestern nicht, Jahre und Jahre. Abende gibt es, Dämmerungen, da sehen wir ferne Länder am Himmel. Hier im Oberdorf, die Gassen biegen ab und laufen sich selbst davon, der Wind weiß den Weg nicht. Hier ist es bei Nacht so verwinkelt, du gehst und gehst und kommst dir am Ende unversehens entgegen. Da und dort: wie fremd, in Gottes Namen, wie fremd muß man sich noch werden? Aus Seide, zigeunerbunt, so ein Tuch in der Tasche – warum kann man es nicht herausziehen und entfalten mit gutem Gewissen? Ein beständiger Traum: wir sehen die Farben vor uns in der Finsternis leuchten wie Kirchenfenster, unzählige Abende, die nacheinander in uns verglühen. Nur inwendig so ein Zittern, mehr bleibt nicht. Daß wir endlich doch wüßten, es ist nicht nur so ein löchriger alter Lappen, mit dem man seit ewigen Zeiten seine Schoultafel abwischt, das Fahrrad, den Himmel, die Schuhe putzt, vorher ein Spüllappen: grau oder gar keine Farbe. *Vorsichtig* davon anfangen und über Fahrradketten und Ölkännchen reden, da kennt man sich damit aus, weiß gleich jeder Bescheid. Immer stärker der Wind, kommt schnaubend dahergerannt und rüttelt an jeder Tür. Der Eine, der Andere sein und es selbst nicht recht wissen unter der Lampe. Wie tief unter Wasser tausendjährige Fische stehen wir stumm und haben keine Geschichte, Sylvesterkarpfen. Zum Stein werden zwischen den Steinen.

Mit dem Rad. Wie im Flug durch die Nacht. Schon hat der Schwung dich über die Schanz hinaus, leicht wie eine Feder durch Lollar die Hauptstraße entlang, die Schosseeh, die ist gepflastert. Unter den Lampen. Bist du ihm davongefahren oder hat es eben aufgehört, das Geniesel? Liegt so ein matter Silberglanz auf dem Pflaster und kein Mensch ist zu sehen. Nebel ziehn durch das Licht, laß dich tragen! Die Räder surren, das Vorderrad eiert *kein bißchen!* So in Fahrt, du siehst deine vielfachen strahlenden Spiegelbilder durch die Nebel der Schaufenster flitzen und auf dich zu in den Kurven, ohne den Kopf zu wenden. Die Pedalen, ja richtig, der Sturz hat sie glücklich so hingebogen, daß du dich umso besser in die Kurven noch legen kannst. Die Lenkstange extra verdreht, tief darübergeneigt fährst du ein um das andere Geisterrennen. Wie in der Wochenschau beim vorgezogen verlängerten Endspurt die Spitzengruppe: in jedem Lollarer Ladenfenster kommt ihr aufblitzend von neuem daher, wieder und wieder, du und deine siegesgewissen Rivalen und Spiegelbilder. Mit vollzählig kreisenden Speichen. Es langhin auslaufen lassen, die Reifen singen, der Wind bleibt zurück. Und auf dem finsteren leeren Platz beim Lollarer Güterbahnhof als Training verwickelte Muster, wie unter der Erde, eingefangen vom nassen Pflaster und Kohlenstaub, immer verwickeltere Muster fahren. Bis mit seinen Hochöfen das Eisenwerk anfängt zu keuchen, die Erde bebt – oder sich von der Schosseeh durch Lollar in weitem Bogen atemlos an den jenseitigen Himmelsrand tragen lassen: die Schosseeh rennt leer vor dir her. Auf den Wald, auf die einsame Steigung zu – wie denn einhalten?

Die Zugklingel. Einmal in der Dämmerung, in einer Pause des Regens, bist du wie in einem früheren Leben verzagt heim und gleich in den Schuppen. Da tropft noch alles, da wird es schon finster unter dem niedrigen Dach – wo ist der Tag uns denn hin? Hinter der zugigen Lattenwand: der Himmel fängt an zu *leuchten*. Wie Weißblech. Du hast da seit Jahren zum Trost so eine Kiste ohne Deckel stehen, einen Kasten. Mit Tennisbällen, Vogelfedern, Angelhaken, Fahrradklingeln, Kettenschrauben, Bremszügen, halben Pedalen, ausgeleierten Dynamos und was nicht alles, Katzenaugen, ein totes Uhrwerk; du hast dich nicht lang besonnen, das Zeug dir zurechtsortiert, zum hundertsten Mal jede Schraube von allen Seiten betrachtet: wofür sie noch gut sein mag. In der einen und anderen Zukunft. Die Tür steht offen. Wie eh und je in der Dämmerung singt eine Amsel; es wird ein langer Herbst, landesüblich, ein zaghafter falscher Frühling gewesen sein, so ein verspäteter Vorfrühling der nur aus der Ferne, der nicht recht kommen und ingang kommen will und gleich wieder rücklings davon – vielleicht ist es erst gestern gewesen. Gleich wird es weiterregnen. Du hast diese kostbaren Scherben betrachtet, die jahrealten Eisenklumpen und überkommenen Blechstanzformen, die nicht ausruhen können. Und wie du noch daran rätselst (die Katze ist leichtfüßig gekommen und gegangen): auf einmal ist dein Plan, ist die Zugklingel selbst schon fast fertig. Nie vorher probiert, nie im Leben hättest du gedacht, daß du so mühelos eine Zugklingel hinkriegst – fast als ob sie sich selbst fabriziert. Dabei sogar mit Bohrer und Feile und viel dir aus dem eigenen Kopf und mit glücklichen Händen zusammenkonschtruhiert; kaum Zeit für zugehörige Zweifel. Wie so ein geborener Erfinder im eigenen Haus und Schuppen. Und friedlich: Jetzt stör mich nicht, Katzentier! murmeln; sie ist längst auf und davon und streicht dir immer noch als wärmendes Schattenbild achtsam um die zwei kalten Füße. In der Dämmerung. Schalldeckel zuguterletzt suchst du von vieren den schönsten dir aus: paßt glatt ins Gewinde! Mit Kleeblatt drauf und poliert. Vierblättrig, klar, das Kleeblatt. Dauerhaft eingraviert, Edelstahl. So schön gewölbt! Wie lang wirst du gebraucht haben in der Dämmerung? Eine Stunde, zwei Stunden, es kam dir wie kaum ein einziger Augenblick vor. Auf einmal ist es gleich finster, so eine Jahreszeit also. Vielleicht, wie gesagt, der *gestrige* Tag. Jetzt tust du umsichtig deine zuversichtlichen Selbstgespräche beendigen hier im Schuppen (die Katze, wo ist sie denn hinverschwunden, eine nebelfarbene Katze?), sammelst Werkzeug und Material in den Kasten zurück wie in deinem Gedächtnis die wunderlichen Kalendergeschichten vieler vergangener Jahre; leider: ein Deckel fehlt, eine ehemalige Kohlenkiste. Für, bei Gott, noch zahlreiche künftige Siege. Jetzt nimmst du glücklich mit in die Küche dein fertiges Werk, auch Lappen und Ölkännchen. Sich sammeln und darüber selbst vergessen: es noch einmal auseinandernehmen, Stück für Stück geduldig putzen und ölen. Und studieren, wie es gemacht ist. Mit Staunen, Bewunderung auch. Unter der strahlenden Küchenlampe. So handlich und schön gelungen, du kannst dir jetzt stundenlang Zeit lassen (*gleich* wird es weiterregnen). Zuletzt die Zugleine dran befestigt, erst probeweise, dann richtig. Sich einstimmen auf den Klang. Wie ein Vogelchor. Die anderen, die Fumilje hast du durch Stunden hin wie ein Bild im Gedächtnis: beifällig reglos und freundlich; die Ähnlichkeit nicht zu leugnen. Oder laß sie mit offenen Augen wie Karnickel im Schlaf kauend auf der Ofenbank sitzen, den heutigen Abend, wie sollten sie dich denn stören? Zuletzt hast du das Fahrrad wie zur Bescherung vors Küchenfenster geholt und die fertige Zugklingel sorgfältig angeschraubt; es wird auf zehn gehen. Wie ein Schmuckstück funkelt und glänzt sie im Licht in der Nacht. Kein Fleckchen Rost. Wie königliches Geschmeide, gerade wie für eigenes Geld, teures Geld, was man gar nicht hat, neu gekauft in Lollar beim Römer.

Nach Lollar, nach Mainzlar, nach Odenhausen. Auf dem Rad dich weit in die Nacht hinaustragen lassen. Nicht umsonst ja auch sind wir, wenn Schnee liegt, im Winter für unsere hiesigen Schlittenbahnen berühmt. Von unserem Turm aus, vom Oberdorf und vom Poul aus: in jede Richtung hin meilenweit geht es bergab. Die Zugklingel ziehen, sie klingt wie der Frühling. Kommt keiner dir nach? Nicht gleich vielleicht, eine halbe Ewigkeit, gut eine Stunde später, paar Abende weiter wird wie aus dem Schlaf heraus der nächste sich darauf besinnen, sich auf sich selbst besinnen: Muß doch nochmal! Wird sich aufs Rad schwingen, losstürzen. Beim nächsten Mal gut und gern wird es gleich eine ganze Schar sein. Wie Zugvögel, wenn ihre Zeit kommt, genau wie Vögel auf einem Dach, auf dem Telegrafendraht: so lang reglos in einer Reihe. Sich aufgeplustert, gereckt, die Zeit angehalten. Auf dem Zaun, am Mäuerchen hin und her, Kopf unterm Flügel, Federn gezupft, die Radmuttern angezogen, mehrstimmig die Stille eingeübt und auf einmal ein Pfeifen und Zwitschern und – jäh sind sie weg! Dem vergangenen Tag, längst entschwunden, deinem gestrigen Flug hinterdrein. Geschieht nichts umsonst auf der Welt. Nur keine Angst, sie werden schon kommen, sich einfinden.

Hinterm Poul bei den Scheunengärten. Der Hohlweg, schon eher ein Graben – wieso wir ihn jetzt erst für uns entdeckt haben? Steil bergab, man kann mit dem Rad mit durchgetretenem Rücktritt, die Radlampe *flackert*. Wie hoch zu Roß, wie auf einem Gratschlitten mit nur einer Kufe segeln wir hier und rutschen so durch den Schlamm. Wind und Regen. Bis an die Ecke zur Schmandtgass'. Dann den Rücktritt weg, die Zugklingel ziehen und beim Gärtner vorbei den Weg – wie Schwalben sich in den Himmel stürzen. Der Regen flattert und weht in Streifen vorbei, leer und leicht wird dein Kopf. Nur höchstens jedes zehnte Rad hat bei uns in der Nacht eine Lampe. Nur höchstens jede zehnte Lampe, wenn es drauf ankommt, brennt dann auch wirklich. Eisenbahnerlampen kann man anhängen. Dickworzköpp, die gehn dauernd aus, sind gut bloß zum Schieben. Wenn nur im Kaufladen die Batterien ein bißchen billiger wären; wenn unsereiner sie selbst zu basteln verstünde. Wochenlang in jeder freien Minute tun wir sie geschickt auf dem Ofen aufwärmen. Damit sie hernach zwei Augenblicke lang funkenhell Licht geben. Dann gleich umso tiefer die Nacht, die Lampe ein rötliches Glimmen, das sich wegverkriecht wie ein Wurm. Wolken kommen den Hohlweg herauf. Der Nebel kommt von den Feldern herein, von der Hardt her; die Toten, heißt es, kommen nachts mit dem Nebel über die Friedhofsmauer. Beim Teich treffen sie sich. Unsichtbar. Flüsternd. Wer weiß, zu was sie sich da tun besprechen; immer kommen noch welche nach, so nimmt ihr Kommen kein Ende.

Den Hohlweg hinunter an Geister glauben und den Rücktritt nicht loslassen! Nur im äußersten Notfall loslassen, dann ist es meistens auch schon zu spät. Das Hinterrad tollkühn blockiert durch den Schlamm rutschen: kopfüber, fast senkrecht, so finster ist es nur hier. Wir brüllen dem Wind hinterdrein, wir schreien wie Tiere im Zoo, wie Lokomotiven, wie Käuzchen, Indianer und Sturmgeister, schreien uns heiser im Abendnebel. In Kurven, in Schlangenlinien, mit dem Rücktritt nur spielen, sich bereitwillig Furcht und Schrekken einjagen lassen und nicht in die Brennesseln. In hohem Bogen. Auch mit Zugkarren, Kärrnchen und allerlei Seifenkisten und Wägelchen. Wie auf einer Eisfläche, wenn sie kippt. Atemlos, keuchend, wie in der Geisterbahn: den Schreck nur spielen, immer echter ihn spielen, aber *spielen* die anderen auch? Und kommen dir immerfort in die Quere, bringen dich in Bedrängnis. Sind wir es selbst, sind echte Gespenster und mischen sich so dazwischen? Bis kaum noch Platz ist, sichtbar und unsichtbar. Die Lichter im Teich versunken. Wolken kommen den Hohlweg herauf und bleiben hier hängen. Sowieso, je später der Abend, immer dichter der Nebel und Hexenpfädchen auf Schritt und Tritt. Irrlichter, Vogelscheuchen, es heißt, daß die ertappten Gelegenheitsdiebe fortan als Vogelscheuchen. Gelächter und Kreischen, dann beinah doch in den Brennesseln landen. Dickworzköpp wandern den Graben hinauf und hinab. Die Kleinen singen, damit sie sich trauen, ihre eigenen Namen in die Nacht, Straße, Hausnummer, zwote oder dritte Schulklasse. Aus Leibeskräften. Man kann sich glatt die Zunge durchbeißen bei so einem Ritt. Je öfter wir durch den Schlamm rutschen Abend für Abend, umso abschüssiger wird hier der Hohlweg, schon richtig ein Loch: ein Ochsenwagen schafft es bergauf nicht und schafft es bergab nicht. Ein Traktor erst recht nicht, würde glatt überkippen. Die Wolken bleiben hier hängen; Pferde ließen sich gar nicht erst herkriegen, ein Gespann. Die Alten kommen uns nicht darauf, sie merken es erst im März, der ist fern. Taucht endlich die Lampe am End' von der Schmandtgass' auf, *zittert* so, heißt es, den Rücktritt los und gib Obacht! Nicht in dem Schreiner seine vielfältigen Gerüste, Pläne und Anbauten; er tut sich ja laufend vergrößern. Nicht dem Otto, dem Sattler, mit Schwung in die blinden Werkstattfenster hinein! Nicht ihn als Fußgänger, wenn er sich spindeldürr auf den Weg macht, er vermag sich ja kaum noch beisammenzuhalten mit seinen widerstreitenden Absichten, Schritten und Gliedmaßen: nur bloß nicht in ihn hineinrasen! Und natürlich auch nicht in der Emmi ihre adretten runden Brennholzstapel neben der Treppe; sie ist hier die Briefträgerin. Das dreht sich jetzt so im Regen vorbei, immer schneller! Die Zunge noch drin im Mund, unversehrt. Eben die Kurve noch kriegen, eine S-Kurve, Freilauf und los jetzt!

Im Oberdorf, worauf warten wir denn? Tuch, Messer, Schatzkästchen oder den Zettel mit dem Geheimnis drauf, was es auch wäre: *du nimmst* es jetzt aus der Tasche und wirst es in aller Ruhe betrachten! Da sagt einer neben dir (den du schon vergessen hast): Ach, meins! Hast *du* es gefunden? Und hat es dir sacht aus der Hand genommen, bevor noch dein Blick den Umriß erfaßt, steckt es ein, nickt und geht. Und der da geht, bist du auch gewesen, unwiderruflich, ein Schatten der sich entfernt. Zum Stein werden zwischen den Steinen. Und die Gasse entlang den eigenen Herzschlag hören, immer drängender, immer lauter ihn hören: bis er zwischen den Mauern allseitig die Nacht ausfüllt, himmelhoch. Allein auf dem Heimweg, jetzt schwörst du dir frierend die Wahrheit des Traums. Unter der Straßenlampe, die schaukelt im Wind; du bist stehengeblieben, ein Zipfelchen Tuch betrachten. Wie im Jenseits, wie in einer Höhle. Aus Seide, zigeunerbunt, so ein Tuch, das schwörst du dir jetzt. Hunde streunen herum, gleich stärker das schräge Geniesel. Bei dem heimlichen Messer in deiner Tasche, so wahr du den Abendzug hast fahren gehört im Tal. Am heutigen Tag, das schwörst du dir jetzt fürs Leben. Dich selbst schwörst du dir. Nicht umsonst, Teufel auch, es ist so ein wortloser langer Tag gewesen. Beim Schwören unter der Lampe stehen dir die Haare zu Berge. Ein Hund kommt und schnuppert an dir. *Sich in die späte Stunde und in den Nieselregen wie in eine Decke einhüllen und kräftig ausschreiten.* Wochenlang Tag für

Tag bei der Roibenernte geholfen, die Erde bleibt an dir kleben, frißt sich in dich hinein. Sich in den Nieselregen wie in eine Decke einhüllen und kräftig ausschreiten.

Herbstnächte. Ein Mädchen auf dem Fahrrad mitnehmen, die Karin, die Ilona! Erst hat sie sich mit Händen und Wörtern gesträubt und geziert, für die Freundinnen ringsumher so gesträubt und geziert, es gehört sich. Endlich doch hinten auf dem Gepäckträger. Im Damensitz, Königin und Komplize, sie hält sich mit beiden Armen um deinen Bauch. Erst im Dorf, in der Herde, mit Gelächter und Kreischen, dann seid ihr allein und fliegt weit in die Nacht hinaus. Je kühner du fährst, umso fester wird sie sich halten. Warm die Hände vor deinem Bauch, wie weiße Vögel sind ihre Hände. Du spürst ihre Arme auf deinen singenden Hüftknochen liegen, im Wind, im Geniesel. Doch nicht tot in der herbstlichen Erde! Du weißt, daß sie ungesehen an deinen Rücken sich schmiegt und du fragst dich, ob sie jetzt lächelt. Auf der Schosseeh die Autolichter. Hinter dem Horizont wandern sie, hinterm Hangelstein hinterm Wald am Himmel dahin. Schwung genug, du läßt es ein Weilchen rollen, dann umso eifriger wieder trittst du in die Pedalen; der Wind streicht an euch vorbei. Sollst du fragen, ob sie nicht friert? In den Wind brüllen? Jetzt am liebsten wolltest du sie ungestört ansehen können, euch beide. Wie auf einem Kinoplakat fürs Leben. Nächstes Mal sie wie ein Himmelsgeschenk auf dem Fahrrad vorn auf der Stang' sitzen haben, handlich und warm und lebendig zwischen deinen starken Armen und Beinen. Damit du weißt, wer du bist, damit du dich selbst spürst. Und die Wörter an ihrem Kopf vorbeidenken, ein Geflüster. So seltene kostbare Wörter! Beim Turm mit Mütz' und in Stiebeln, war das nicht der Gemeindediener? Du läßt ihn gleich stehn am Rand der Nacht. Unterm Torbogen, weit zurück und gleich schon vergessen. Beim Endspurt, du atmest und fliegst und wächst in die Nacht empor. Beim Endspurt dich über sie neigen, du spürst sie an deiner Brust, du atmest sie ein, was wird sie denn denken? Jeden Augenblick willst du aufheben für die Ewigkeit; du spürst ihre Glieder durch eure beiderseitigen Kleider hindurch, sogar den Saum ihres Unterhöschens. Du hast genau gespürt, wo der sitzt. Nächtelang sich nächste Male sorgfältig wie Erinnerungen ausdenken und zusammengrübeln, wie Schulaufsätze in der dritten

Person aus den Fingern sich saugen, schlaflos, schlaflos, derweil du die Turmuhr immer wieder die Zeit ausläuten hörst und die Stille, den Herbst und den Winter lang, wie unter der Erde, wie eine einzige tiefe Nacht. Sie hat schon um sieben daheim sein sollen, ihr Vadder hat Hände wie Dachziegel. Einmal wirst du sie ausziehen, ihr werdet die Einzigen sein; einmal wirst du ihr Ohr in den Mund nehmen, die Nacht fliegt vorbei, die Zeit fliegt vorbei, du hast immer nur sie gemeint. Beim nächsten Mal wirst du sie küssen, ein Motorrad besitzen und dabei an die verschollenen Turmglocken denken wie an ein früheres Leben; du hast sie diesmal schon beinah geküßt und sie *weiß* es und nächstes Jahr wirst du dreizehn, dann auch schon bald vierzehn. Wie du es dir immer gewünscht hast. Es kommt eine Zeit, da werdet ihr nackt beieinanderliegen mittags im Sommergarten und nachher die ganze Nacht! Im November über die Schanz und den kommenden Frühling spüren, als ob er schon da wäre!

**Heimwege.** Von Mainzlar her mit der Nacht übers Feld; das ist so ein Krähenwinkel zwischen den Dörfern. Da ist der Schindgraben, da schmeißt jahraus, jahrein jeder seinen Abfall hinein. Und aus den Gärten das Unkraut tut auch hier landen, dann blühen die seltsamsten Blumen auf. Beinah über Nacht. Ein Jahr einmal war die ganze Seite mit Mohn überwachsen. Sonnenblumen, sie kommen von selbst und die Stare streiten sich mit den Krähen und den Elstern, wem sie nun wirklich gehören. Jedes kleine Kraut und Gestrüpp gerät hier mannshoch in die Höhe. Der Gärtner karrt seine Sorgen hierher, auf Schubkarren. Es gibt Himbeerjahre und Brombeerjahre. Wilden Kümmel soviel, daß wir zuversichtlich einen Handel damit anfangen könnten. Wir haben den Mohn nach und nach aufgefressen und die dürren Stengel als Indianer in unseren Friedenspfeifen geraucht. Den ganzen September, den ganzen Oktober, jeden Tag wieder im Schindgraben Friedenspfeifen geraucht; ein langer Herbst. Nicht weit vom Schindgraben dem Metzger Philipp seine Silberfuchsfarm. Wie mag, wirst du denken, so eine Silberfuchsfarm denn aussehen? Es ist aber bloß ein langer grauer Bretterzaun mit vielen Ecken, zwei Meter fuffzich hoch. Ungefähr. Ein Tor aus den gleichen Brettern, genauso grau. Die Bretter schon ewich nicht mehr gestrichen. Am Tor ein Schild: Achtung Selbstschüsse! Lebensgefahr! Sooft wir bei Tag durch die Ritzen und Astlöcher spähen, kundig ein Auge zu: man sieht nix als wie undeutlich graues Geflimmer. In der Stille. Wie Hobelspäne, als ob die Luft durcheinandertanzt. Schon drängt der nächste nach und du reibst dir daneben die Augen und sagst: Drei Stück gesehen! Fressen eben ein ganzes Schaf! Dann sieht der nächste sie auch, vielleicht sieht er seinerseits sogar vier. Der größte mit einer Mähne bald wie ein Löwe. Kann man auch darum sich streiten, ob nicht der vierte der größte war oder doch glatt gelogen: dazuerfunden. Das Schaf tot oder lebendig? Sich erklären wie die Selbstschüsse funktionieren – mit elektrischem Draht! Wenn du allein bist einen leeren Mittag, der Himmel wie Fließpapier, hörst du die Füchse bellen hinter dem Zaun; nachts aus der Ferne wie Wölfe heulen. Sich immer wieder das Schild buchstabieren; der Zaun gafft uns unentwegt an. Die Kleinen, wenn sie durch ein Astloch spähen: sie kneifen das falsche Auge zu und merken es nicht in der Aufregung; dauernd soll man sie noch einmal hochheben. Bevor man nach Mainzlar kommt, dem Pillar sein Lager: Alteisen, Lumpen, Knochen und Papier. Er hat einen löchrigen Drahtzaun und zwei große Wachhunde. Die kommen lautlos in weiten Sprüngen daher, kämpfen sich ungestalt durch die Löcher im Zaun und lecken dir mit flinken lappigen Zungen die zerschrammten Knie bis sie sauber und warm sind. Derweil du sie hinter den Ohren kraulst. Laßt euch nur Zeit, ihr lieben struppigen Brüder! Du bist übers Feld gekommen; es ist ein stiller Tag mit Wolken wie in der Tundra.

Auf dem Heimweg die Nacht (auf jedem Heimweg kommt dir die Nacht auf den Hals); brennt beim Gärtner noch Licht? Im Schindgraben kann man jeden Tag Feuerchen machen. Den Mohn haben die Flüchtlinge hier eingeführt. Einmal haben die toten Apfelbäume im Dezember angefangen zu blühen von unseren regelmäßigen Feuerchen. Um die uns die Krähen beneiden. Uns und den Wiesenkarnickeln ist der Schindgraben wie ein Garten. Pflaumen die keiner erntet, Flieder wächst da, wilde Kirschen mehrerlei Sorten, Haselnüsse und Holunder soviel wie sonst nirgends. Das eine Jahr Steppenhafer und Kürbisse, dann wieder Kriechbohnen, Möhren und Tulpen. Und für die Kleinen soll es nicht weit vom Schindgraben auf der Mainzlarer Seite auch einen wilden Mann sogar geben, einen wahrhaftigen Kinderfänger. Wer daran glaubt, ist ihm auf die Nacht hin schon öfter entkommen mit knapper Not. Riesig soll er sein, nackt und ein Fell haben. Die Zähne stehen ihm gelb aus dem Maul hervor, so gewaltige Zähne. Solche Bärenkräfte, daß die zwölf starken Männer, die ihn hinter dem Immermannsfeld auf dem kleinen Feldchen im Schlaf überwältigt und mit Kuhketten gefesselt hatten und waren dabei, ihn auf die Mainzlarer Bürgermeisterei zu schaffen: daß sie ihn nicht zu halten vermochten, wie er geknurrt, sich gereckt und geschüttelt hat, sich losgerissen im Hof vor der Mainzlarer Bürgermeisterei. Genau vor der Tür, im vorigen Sommer. Die zu war, weil Mittag, schwül, der Mainzlarer Bürgermeister daheim noch beim Mittagessen. Eisbein, Kartuffeln und Kraut. Beim Heumachen, ein Gewitter zieht sich zusammen. Mittag, so grell ist das Licht. Sie hätten die Ketten von unserem Schmied nehmen, sie hätten ihn gleich zu uns nach Staufenberg bringen sollen. Jetzt will ihn jedes Kind in Mainzlar mit eigenen Augen ganz aus der Nähe gesehen haben, gar angefaßt, schaudernd, ja beinah! In diesem grellen Licht, bevor das Gewitter losging. Einmal glaubt man an diesen Mainzlarer Menschenfresser und dann wieder nicht. War denn das vorige Jahr hier bei uns ein Gewitterjahr? Ist überhaupt ein Sommer gewesen? Dem Gärtner sein Sohn, der nicht da ist (wo bleibt er denn heut?), sieht wie ein zukünftiger Heiliger aus. Wie in so einer Kirchengeschichte mit Bilderchen drin. Ein guter Stürmer beim Fußball. Im Tor auch nicht schlecht, obwohl als Tormann ein bißchen klein für die steilen Ecken. Als Fahrradkünstler erstklassig, er wird schon noch kommen.

Bergab in Fahrt und nicht einhalten können: nach Mainzlar, nach Treis, nach Allendorf in einem Schwung. Jede Straße am Saum der Nacht so unter dem Himmel her; die Dörfer versinkende Sternenhaufen. In jedem Dorf wieder die gleiche verlorene Nachtgestalt auf ihrem einsamen nächtlichen Heimweg. Wie seit Jahrhunderten unterwegs, ganze Zeitalter, wie einstmals (da warst du noch klein auf dem Arm deiner Mutter) der Mann im Mond auf ewiger nächtlicher Wanderschaft. Vom Bus, vom Bahnhof, aus der Schamottfabrik heim. Bei Nacht und Nebel diesjährig das Kartuffelstäck häufeln, die Scholle, die Krume, die Erd' in den Furchen begraben, ihs Laad; im fernen März ein *dampfender* Handtuchacker hinter dem Mond. Im alten Steinbruch verhexte Bruchsteine zusammengelesen, ohne Brille gelesen. Für gegen die Nachtmahre und allerlei Unwetter auch, für Keller und Torpfosten. Im übernächsten Dorf nach der Schicht noch günstig einen Sack Zement holen wollen, aber der falsche Tag, die verkehrte Richtung und Jahreszeit, zu spät dran und dazu noch den mürrischen Schubkarren vergessen haben, was heißt denn günstig? Ist er hinbestellt worden und war dann nicht gemeint, war an seiner Stelle ein Andrer gemeint? Dann da und dort einen einzigen Abendschoppen zuviel getrunken. Und schleppt sich so müde, so schwer, als ob er gleich stehenbleiben wird und die Schuhe ausziehen, inbrünstig ächzend wie im Gebet, den einen, den andern. Umsonst tausend Jahre schon unterwegs, will Gott kein Einsehen haben? Wenigstens die Schuhe, das Schicksal, den Rucksack ablegen, die Müdigkeit und die Mütze. Die Augen zu, sie fallen schon von allein zu, und sich ein fliegendes Federbett wünschen, wie eine Wolke so weich und so groß: wie ein Schmetterling soll es sacht schweben! Dann weiter mit schwerem Schritt, auf dem Buckel der

Erde. Im Halbschlaf versinkend, die schwankenden Mauern und Zäune entlang. Als ob der Weg sich steil aufstellt, so mühsam. Im nächsten Dorf wieder einer, genauso.

Der Otto, der Sattler. Die Werkstattür krachend zu und auf die Nacht hin mit wie einem Klumpfuß die schlingernde Schmandtgass' entlang; der Wind schmeißt sie zu, seine Tür. Offm Kreuz ihn gesehen, im gelben Licht vor dem Kaufladen der gleich zumachen wird. Und unter den schwankenden Straßenlampen an jeder windigen Ecke. Im Widerstreit mit seinen flüchtigen Schatten fuchtelnd, in Eile. Beim Louis vor der Tür, auf der nassen Treppe, wie er eben will rein, nur schnell rein. Die Treppe ist frisch geputzt. Auf der Schanz, unterwegs nach Lollar, mitten in einer Wolke die ihn aufweicht, die mit ihm zieht, ein verzauberter nächtlicher Wanderer. In Lollar auf der Hauptstraße, hier und dort, mehrfach. Im Regen, im Geniesel. In die Linde hinein siehst du ihn kundig verschwinden, im Löwen und in der Germania. Am heutigen Abend. Dann noch beim Flüchtlingsmetzger, Gastwirtschaft und Metzgerei, mit einem Hustenanfall gebückt durch die niedrige Tür. Beim Louis am hinteren Ecktisch den ganzen Abend als beleidigter Geist. Wie ein Ertrunkener dasitzen und keinerlei Ansprache zulassen. Um sieben, um acht, um neun Uhr jetzt gleich heimgehen wollen, um zehn und um elf. Aus dem Grünen Baum pausenlos seine besserwisserische Stimme, wie ein Lautsprecher dröhnend, er gibt sich selbst seine Antworten. Vom Keulerhoinrich Zwo nach allerlei Händeln in die Gastwirtschaft zur Stadt Staufenberg. Steil bergauf mit zweierlei, zwei verschiedenen Klumpfüßen. Mit Aktentasche, erst mit und dann ohne. Mit jedem Zaunpfahl ernst und sachlich einen Streit angefangen und immer wieder rücklings bergab ins Torkeln geraten: Kommunalpolitik, das braucht seine Zeit. Besser man ist eingängig umgekehrt unterwegs, das ist jetzt nicht zu ändern, beeil dich! Die Tasche kann nachkommen! Verloren: geht nix! Beim Flaschenbier-Rühl, Groß- und Kleinhandel, im Hof randaliert; beim Rühl ist scheints niemand daheim heute Nacht. In der ganzen stillen Grabengasse geht man immer schon um sieben ins Bett. Bei den letzten Häusern am Ortsausgang nach Lollar, nach Mainzlar, nach Odenhausen, drei verschiedene Ortsausgänge, die Hunde bellen und jedesmal klatscht ihm vom Feld her ein heftiger Regenschauer entgegen und er kann nicht umkehren, kann nicht bleiben, nicht gehen, nicht bleiben. Endlich bis auf die Haut durchnässt, jetzt mach dich getrost auf den Weg. Mit oder ohne Hut, eine düstere Jammergestalt. In Ruttershausen beim Kurfürsten zwomal kräftig rausgeschmissen worden und dann beleidigt im Zorn doch selbst gegangen, persönlich, aus freien Stücken. Mit seinem eigenen hinkenden Stolz und gestolpert. Zum Glück gegenüber ist ja noch eine Wirtschaft! Wie heißt die denn nur? Ist zwomal schon bis auf die Grundmauern abgebrannt seit dem Dreißigjährigen Krieg, sogar eine Feuerglocke haben sie dort, und jetzt fällt uns der Name nicht ein; soviel Zeit ist vergangen. Dann auf der Lahnbrücke stehen, sich ziehen lassen vom Fluß und die Richtung nicht wissen. Beim Schoppfritz in der Ausspannwirtschaft. Einen langen Abend lang als einziger Gast bei ihm sitzen, November, und heißen und kalten Äppelwoi trinken, Grog trinken, Korn trinken, Wacholderschnaps aus einunddemselben Glas. Sich selbst bedienen und den Schoppfritz als Wirt auch noch mitversorgen, er säuft. Es ist kalt, kälter drinnen als draußen. Im Kamin heult der Wind im Chor. Dauernd von allein springt die Tür auf: Gespenster, Nacht und Kälte kommen herein. Zu zweit bloß sitzen und abwechselnd einschlafen hier am Tisch und dann wieder weiterreden und -trinken; ein Wirt soll nicht saufen als Wirt! Auf der Schosseeh keuchen Fernlaster durch die Nacht, durch das herbstliche Tal.

In Daubringen auch ihn erblickt, wie er beim Blauen Hecht, also in der Forelle im Nachthof unter den Bäumen, die bis an den Himmel reichen, zwei Namen hat nämlich die Kneipe, wie er zehnmal großspurig an das Mäuerchen pißt; die Bäume rauschen, er kann es kaum abwarten, *schnell* pissen und immer gleich wieder hinein. Bergab nach Mainzlar kopflastig mitten auf der Straße. Mit lauter Stimme, triefend, ein singender Seehund, hinkt er zwischen den schweigsamen Nachtwiesen. Draußen steht er noch vor der Tür und schüttelt den Regen ab und von drinnen hörst du ihn schon nach Bier brüllen, Bier mit Korn, Jägermeister. Gleichzeitig. In Mainzlar vorm Krummen Eck ihn abergläubisch sein Geld zählen sehen; hinterm Güterbahnhof auf allen vieren, mit Hut jetzt, scheints hat er den Weg verloren. Kein Hahn kräht. In Treis, da wissen wir von hier aus schon nicht mehr, wie die Wirtschaften heißen, da sei er auch gesehen worden: den Otto kennt man in Treis. Zu Fuß unterwegs. An einem einzigen, einunddemselben Abend, mitten in der Woche. An so vielen einander entlegenen Orten. Mit Zeitvergleich: wenn es in Lollar am Bahnhof kaum erst neun Uhr ist, geht es in Mainzlar schon bald auf Mitternacht zu. Den gleichen Abend noch soll er hierorts unsere Gemeinderatssitzung gestört, immer wieder gestört haben und bis drei Uhr nachts wie in Seenot eine komplette Schiffsbesatzung in seiner eigenen untergehenden Werkstatt gelärmt und gesungen und gebetet. Mit vielerlei Stimmen. Erst mit und dann ohne Licht, das kann doch nicht bloß sein Kater, groß wie ein Schäferhund, ein grauer gestreifter Kater, kann doch nicht immer wieder nur dieser Kater gewesen sein. Der Gemeinderat mußte sich gegen zweiundzwanzig Uhr dreißig, also nachts um halb elf einstimmig einschließen, hat sich keinen Rat mehr gewußt. Zwölf Ratsherren, kopflos, jetzt steht es im Protokoll. Dreimal die eigene Schwester mit Verrücktheiten aus dem Schlaf geklopft, verbohrt die gesamte Fumilje geweckt, Mann unn Kinner. An allen Fenstern und Türen, die Nachbarschaft auch mit geweckt, die halbe Schmandtgass' will es mit eigenen Ohren. Vom Hörensagen. Ist der Kater allein daheim, nachts, wird er gleich zum Dragoner! Stampft fluchend in Stiebeln einher, in Reithosen, in seinem *bunten* Rock. Ein ordentliches Feuer im Ofen, Branntwein, Schwedenpunsch, einen Jägerimbiß befiehlt er. Alles zugleich, die ängstlichen Ofenmäuse kommen kaum nach, so flink und still in ihren grauen und braunen Zipfelschürzen. Und jetzt hier auf dem kleinen Feld, auf dem Nägelchenfeld hinter Allendorf siehst du den Otto gehen im Nebel, fluchend und stolpernd, hier auch. Wie von Riesen, die jetzt schnaufend im Schlaf liegen, abgenutzte Rasierpinsel stehen die Weiden in Reihen. Ist scheints vom Weg abgekommen, der Otto, und marschiert jetzt das Flüßchen, die Lumda, entlang. Die plappert und rauscht in der Nacht so eilig und hüpft da über die Steine.

Mit dem Rad. Über den Horizont hinaus, über sieben Berge und noch drei Hügelchen. Nicht umkehren können, nicht achten Zeit und Entfernung! Und dann (der Dynamo hat aufgehört zu surren, die Nacht ist seufzend zum Stehen gekommen): *wie aus dem Himmel gefallen* sich zum letztenmal auf den heutigen Heimweg begeben, bergauf. Derzeit, soviel wir hier unten wissen, man weiß nix

Genaues, derzeit ist es ein müder alter Teppichhändler, der den Nachthimmel trägt. Von weither. Schon zwei- oder drei- oder sechstausend Jahre. Über den Rücken gebreitet, er hält ihn am äußersten Zipfel; ein beschwerlicher Weg. Nie ruht er, nie holt er die Zeit wieder ein. Und trägt doch den Nachthimmel auf dem Rücken. Und hält ihn und läßt ihn nicht los, wie ein nächtlicher Dieb seinen Raub. Im Oberdorf, solang es noch nicht ganz dunkel: der Himmel zieht niedrig an uns vorbei, legt sich naß auf die alten Dächer, auf die Mauern und Steine, die zu glänzen anfangen. Im letzten Licht. Und immer mehr *glänzen* sie! Nirgends sonst haben wir das so gesehen, nur hier.

Um Mitternacht steht der Schreiner im Hof. Über der Treppe zur Werkstatt ein gelbes Lämpchen. Was will ich denn eigentlich hier? Er leuchtet mit einer Kabellampe herum. Sonst um die Zeit schläft er längst. Die Latten da – schlecht gestapelt! Dichter an die Wand rückt er sie, ächzend, unters Vordach. Immer stärker der Wind. Beim Holzlager. Das Tor ist zu, er klirrt mit den Schlüsseln. Sein Hoftor steht immer offen. Das Lieferauto schon beladen für morgen früh. Die Stragula-Rollen zurechtrücken, den Werkzeugkasten; die Gesellen schmeißen ihm das Zeuch immer drauf, wie es ihnen grad in die Hände kommt und dann bei der Fahrt fliegt es kreuz und quer. Immer stärker der Wind, zerrt an den Planen, Regen schlägt ihm ins Gesicht. Morgen um sieben Uhr früh will er in Daubringen sein: ein Ladenumbau, nix halbes, nix ganzes. Soll er jetzt die Ladung komplett abladen, keuchend, allein? Und noch einmal aufladen nach seinem eigenen Kopp? Ohne Zuschauer. Die Werkstatt aufräumen, das Holzlager aufräumen, das Lager für Bauholz aufräumen. In der Früh kämen die Gesellen und wunderten sich. Und er tut schwerhörig als ob er nix merkt, ja die Heinzelmännchen. Sie sind ihm schon recht, die Gesellen. Er weiß selbst, er ist übergenau. Zu oft unwirsch und dann tut es ihm leid. Hinterher. Muß weggucken! In den Schuppen und einsam abwarten bis die Geduld mit Mühe zurückkommt zu ihm.

Da ist er vorm Abendessen für zehn Minuten in seinem Verschlag eingenickt und jetzt ganz aus der täglichen Ordnung heraus. Die eigene Frau hat genau ihre feste Reihenfolge von Handgriffen, hat um halb zehn angefangen ins Bett zu gehen. Wird längst schlafen, der Wecker steht auf halb sechs. Wie immer im Winter. Daubringen, das ist so ein Dorf, da machen sie alles aus Preßspan und Pappelholz. Und wundern sich, wenn es nicht hält; für das Wundern nehmen sie sich mehr Zeit als fürs Bauen. Wenn die Frau wach wäre, könnte er müd in der Küche sitzen. Sie wecken, das geht nicht; das geht nur, wenn er dann auch gehörig über Schmerzen zu klagen weiß. Kopfweh, Leibschmerz, Gliederreißen, *da* sitzt es drin! Dann macht sie ihm gleich einen Tee, dann liegt sie ihm damit tagelang in den Ohren. Sooft ihn das Herz drückt, eine Art Wehmut, innerlich, eine zaghafte Botschaft, beklagt er sich *vorsichtig* über Leibschmerz. Dann muß er sich einen ganzen Tag dankbar und kleinlaut mit Zwieback und Kamillentee zufriedengeben, am nächsten Tag einen Topf heiße, kräftige Knochenbrühe. Heimlich Baldriantropfen, die hat er in seinem Verschlag und für den Geruch einen Schnaps hinterher. Uns' Großvadder, an den muß er denken: der hat ein Tagebuch geführt, vierundvierzig Jahre lang halsstarrig und genau Buch geführt über jeden einzelnen Tag. Hat sich eigenhändig den Sarg gezimmert, ist dreiundneunzig geworden und hätte beinah nicht sterben können, Schreinermeister hierorts. Man hat sich darum gestritten, ob er schwerhörig oder hellhörig, beides. Geht auf Mitternacht jetzt, soll er sich Sorgen ausdenken? Für morgen und übermorgen? Ein Gemurmel um ihn herum, dann läßt der Regen nach auf dem Dach und es ist *wieder still*. Erst am Zaun, dann die Hofmauer entlang. Soll er in Wut geraten, in Eifer, auf die Nachbarn vergessen und nach Maß Balken zuschneiden mitten in der Nacht? Wenn sein Anbau ein bißchen weiter schon wäre, könnte er die künftigen Möbelschaufenster jetzt in aller Stille prächtig austapezieren, verginge die Zeit ihm gleich wie im Flug. *Der Wind, das Geniesel: ihm ist, es müßte noch jemand kommen!* Was drückt es denn so, das Herz? Soll er gehen, einen Schnaps trinken für sich allein? Im Stehn, in der Küche, gleich noch einen hinterher? Daß die eigene Frau schläft und er nicht, es macht ihn ganz ratlos. Wie gern würde er bei der Briefträgerin jetzt wenigstens sitzen! In ihrem Stübchen, die Wände so eng, sie ist Witwe, und sich ihre Sorgen anhören. Warum sie nicht schlafen kann! Wind und Regen ums Haus. Ab und an nachschenken ihr und sich, sie lehnt jedesmal dankbar ab und nippt dann doch immer wieder. Und schüttelt sich. Knochendürr. Jedes

Jahr ein paar Pfund nimmt sie ab, wird immer weniger. In allen Ehren, ihs Emmi! Und nicht vergessen, ihr beizupflichten: nicken und nicken; in Wahrheit ja schläft sie jetzt längst. Wir täten so in die Nacht hinein sitzen. Bald seit der Hochzeit schon Witwe, der leidige Krieg, einen Sohn, der wird zwölf oder dreizehn. Allein aufgezogen. Und auch was die Alte zu klagen hätte, ihre Mutter oder ist es die Schwiegermutter? Das verliert sich so mit den Jahren. So reglos sitzt sie dabei. Wie ein kleiner schwarzer Ofen in ihrer Altweibertracht. Daß sie abends die letzte ist, hier im Haus, die ins Bett geht, das gibt sie nicht auf; lieber schläft sie im Sitzen. Bis die Zeit soweit ist. Sobald eine Frau im Dorf Witwe ist, gleich steht ihr Häuschen am Zaun als sei es eh und je ein Witwenhäuschen gewesen, wunderst du dich. Bei Gott, wenn der Otto, der Sattler, jetzt Licht in der Werkstatt hätte: die Schnapsflasche und zwei Gläser holen und schnurstracks zu ihm hinüber. Der Regen rauscht, auf dem Dach beim Otto klappern die Ziegel. Es ist spät, wir trinken jetzt noch ein Glas! Obwohl, wenn dem Otto seine Schwester das spitz kriegt, sie verzeiht keinem, der mit ihrem Bruder trinkt. Nur ihm selbst scheints verzeiht sie doch immer wieder. Nie sagt der Otto nein: kann nicht nein sagen, das ist sein Unglück! Uns' Großvadder, Schreinermeister hierorts, soll Nacht für Nacht mit nur drei Stunden Schlaf ausgekommen sein, die letzten zwanzig Jahre dann ganz ohne Schlaf. Wenn es nach den Leuten im Dorf ginge, so müßte der Schreiner jetzt und jeden Abend sein Geld zählen. Lang und breit, immer wieder. Und Kisten dafür – gerade darum ja beneiden sie ihn am meisten: daß er sich die Kisten für sein Geld selbst zu zimmern versteht, sachgerecht und solid, mit Eisenbeschlägen und Riegeln. Wie für die Ewigkeit, Eichentruhen und Überseekisten mit Vorhängeschlössern. Auf der Rampe, Mitternacht eben vorbei. Er hat die Mütz' abgenommen und steht, als ob er (schwerhörig oder nicht) auf den Wind horcht, auf Schritte. Den Wind um den Kopf, den Wind im Gesicht, den Wind auf der Haut spüren als ob er ihn wiedererkennt; genau wie er hier im Hof stand mit seiner Mütz', mit seinen Gedanken an einem Abend vor gut zwanzig Jahren. Als ob er noch seine Haare hätte! Sind sie nicht blond gewesen?
Hierorts die Kinder. Immer im Einschlafen mit einem Zirkus, der vor vielen Jahren einmal im Dorf war, den sie seither jeden Abend begleiten. Jetzt ist er längst über Land und Meer, ist bei den Tscher-

kessen und bei den Indianern gelandet; Alabama, Oregon, Armenien, die Tartarei und das Morgenland, und nimmt uns mit in den Schlaf. Von Mainzlar her mit der Nacht übers Feld. Mit schweren Schritten, es muß wieder Herbst sein. Die Erde wollten wir aufgeben und sie läßt uns nicht los!

**Die Wege sollst du dir selbst suchen!** Fragst du nach einer Flur, einem Feldnamen, woher überkommen und was er bedeutet, worauf er zurückgehen mag, nach Ländereien fragst du, nach Vergangenheiten und Namen: das ist, als ob du dich auf überwachsenen Pfaden durch die Köpfe der Leute sollst fragen und die Zeit geht ins Land. Beispielshalber, mal sagen der Schiffenweg, also der Scheffewäg, der heißt so und ist da und da. Auf diesem Weg nämlich sind die Mainzlarer Schöffen immer zum Gerichtstag nach Lollar zu Fuß gegangen, gut und schön. Er *heißt* aber so, weil die Mainzlarer Schöffen da immer stehengeblieben sind, um zu schiffen. Zum Pissen also! Im Sonntagsanzug, unter freiem Himmel. Soll man den Hut, so ungewohnt, es ist unser Schöffen- und Hochzeitshut, dafür abnehmen? Auch für Beerdigungen und Kindstaufen. Doch wohin dann damit, nicht daß er noch naß wird, man braucht *doch* beide Hände! Man steht und gafft fast wie untätig in die Ferne. Dem Rinnsal, dem goldenen Bogen nach, dann in Gedanken auf die dankbaren Halme vor den eigenen Füßen, die Schöpfung, noch so ein kleines Getröpfel, die eigenen Sonntagsschuhe. Ins Weltall hinein, dampft noch. *Deshalb* also heißt er so.

Nicht daß der Weg durch den Sumpf, geht nur so am Rand entlang, da wird er zum Pfädchen. Ein beschwerlicher Weg ist es nicht, bloß verliert sich bisweilen ein bißchen und nimmt dennoch kein Ende, bergauf und bergab, aber sonst beinah schon ein richtiger Feiertagsweg übers Feld. Sonntagmorgen hört man hier die Glocken von Kirchberg wie aus der Erde herauf, von hier aus liegt Kirchberg im Tal. Immer sind sie als Mainzlarer Schöffen müd und mit Dreckklumpen an den Schuhen zur Gerechtigkeit hingekommen. Meistens zu spät, wenn es schon nicht der unrechte Tag ganz und gar. Und die Lollarer wollten sie hartnäckig nicht vorlassen, wollten lieber das Schiffegeld spärn also sparen, kann man auch verstehen, und weil die Mainzlarer Schöffen sowieso nicht mitreden können. Schon daheim kriegen sie ja kaum das eigene Maul auf, erst recht nicht in Lollar vor dem Lollarer Ortsgericht. So ein Ortsgericht, da heißt es mit allen Wassern gewaschen, das *sind* die Mainzlarer aber nicht; jetzt nicht und früher nicht. Sie wußten sich auch nie an Absprachen zu halten, sie haben immer wieder von Absprachen gar nichts gewußt. Die Mainzlarer Schöffen, das sind solche Klötze, sie wissen ja nicht einmal ruhig sitzenzubleiben, so heißt es in Lollar. Man muß sich ja vor dem Amtsschreiber schämen, der ist nun extra aus Gießen angereist und schreibt flink jedes Wort auf. Stühle und Paragraphen, das ist den Mainzlarern nicht das rechte. Sollen sie von daheim das Schnitzmesser, den Hobel und die Ofenbank mitbringen? *Verstehn* kann man beide Seiten, schließlich und endlich.

Zurück dann, das heißt unverrichteterdinge zurück sind sie wie kleinlaute Riesen über den Kirlen gegangen, offm Kerle her. Mit Köpfen wie die dortigen Feldsteine dumpf und schwer. Ausgezogen als Schöffen, das ganze Dorf hilft uns, stolz darauf zu sein. In der Frühe. Und abends als Kerle zurück, die was man nicht vorläßt, den ganzen Tag nicht vorläßt. Man kann noch froh sein über den eigenen Hut: daß man nicht den noch verloren hat! Staubig und müde heim. Wenn in Lollar Gerichtstag gewesen ist, Gerechtigkeitstag, der hat in der Frühe angefangen mit Nebel, die Erde dampft; ab Mittag dann wie von Sinnen, so sticht die Sonne. Das paßt auch nicht recht zueinander, weil: der Ortsgerichtstag in Lollar soll eh und je im November gewesen sein. Im April *und* im November, wenn das Jahr danach war, wenn sie zwei gebraucht haben für die Gerechtigkeit, Haufen Volks. Wie Krähen siehst du sie amtlich dahocken, Schöffen und Beisitzer. Soll man dem Amtsschreiber aus der Stadt am Gerichtstag ein Hühnchen, eine Gans, ein Fierkelchen geschwind zustecken? *Oder* das eine und andere Viehzeug ihm wenigstens hin und wieder versprechen? Und nicht vergessen: ab und an zurückkommen auf dieses Versprechen, großzügig, mit Wörtern, so gewählt und erlesen, als ob man sie aus dem Papier herauswickelt. Oder tun es sechs wirkliche Eier auch? Und nur zögernd noch eine wahrhaftige Räucherworscht, eine halbe, ein Endstück, so ein Zipfelchen also? Ihs Worscht ijes schie däftich! Oder kann man sich, weil er so hochgestellt, aus der Stadt so ein mächtiger Mann ist, den ganzen Gerichtstag lang getrost aus seinem Tabakbeutel bedienen, direkt ungeniert? Und darf nur bloß nicht versäumen, jedesmal seinen deutlichen Diener zu machen, ob die Erde nun dampft oder nicht, sooft man ihn alle paar Schritte grüßt und katzbuckelnd wieder grüßt, so ein Gedränge. Jetzt sind die Ortsgerichtstage in Lollar längst abgeschafft, die Gerechtigkeit wohnt in der Stadt. Kann man froh sein, man braucht sie nicht, Jahr um Jahr. Nachmalig der neue

Zweigstellenleiter von der Lollarer Sparkasse in Lollar hat hinter der Brille so ein dünnes weißes Papiergesicht, daß einem vorkommt, man könnte ihn gar nicht verstehen können, so fremd, so ganz und gar unbegreiflich. Eine andere Menschenart. Huhn brauchst du dem keins bringen! Jeden Tag wieder mit seinem neuen grauen VW aus Wieseck kommt er angefahren und hat seine Akten mit. So vorsichtig, daß er höchstens im zwoten Gang fährt. Knapp dreißich Stundenkilometer, keinesfalls schneller. Wenn er husten muß, fährt er an den Rand und hält an. So mager auch. Soviel Geld geht jeden Tag durch seine zwo bleichen Hände. Wieseck liegt fast schon in Gießen. Die Hühner und Gänse, die wir den Winter über selbst verspeist haben, unbedacht: unwillkürlich kommen sie uns beim Zählen unter und wir können nicht anders, zählen sie mit zu den Lebenden und verzählen uns immer wieder. Ein paar Jährchen, bevor wir sie endlich doch aus unserem Gedächtnis zu streichen vermögen, nach und nach und untröstlich. Der Frühling kommt nicht ins Land.

Mit der Zigeunerin an den Galgen, weil sie ein mageres altes Huhn und gleich zwei Laibe Brot, frischgebackenes Brot, gestohlen soll haben. Und ist gehenkt worden vom Leben zum Tode im Jahr 1812 – das ist doch nicht hier gewesen, nicht hier bei uns! Die Zigeunerin, gegen Mittag wird es gewesen sein, im Sommer, das ganze Dorf auf dem Feld. Hoch am Himmel ein Habicht; die Hühner nisten im Sand und in den leeren Küchen summen *nicht zu zählen* die Fliegen. Ein Waldhäher ruft. Bis über Hausdach und Giebel blüht jedwedes Gärtchen, an den Hoftoren wuchert der Ginster. Ein Sommertag, sagt man, ist lang wie ein Jahr. Es ist so heiß, die Fensterläden sind zu; beim Backhaus wandert ein Schatten. Es geht auf Mittag und immer zorniger, immer lauter, als wüßten sie, daß sie eingesperrt sind, *zum Verrücktwerden summen* die Fliegen. Hier bei uns die Fremden sind meistens Zigeuner, das sieht man. Sind jetzt in neuerer Zeit oft auch Polacken, sieht man ihnen an. Ob sie nicht doch mit dem Brot auch die Einschlaglinnen geraubt hat, so erdbraune flinke Hände? So braun wie Brotrinde ihre Hände, die Arme, die Haut im Gesicht. So weiße Tücher, damit es, auf Vorrat gebacken, sich frisch hielt, das Brot in der alten Zeit. Da sind die Brotlaibe groß wie Wagenräder gewesen. Hier bei uns ist das nicht gewesen. So eine Zigeunerin versteht es, sich gewandt wie ein Spuk zu bewegen.

Überall weiß sie sich Zugang hinterrücks zu verschaffen, für alles hat sie Verwendung. Das Huhn, bevor es sich von dem Schreck erholt, hat sie ihm schon kundig den Hals umgedreht. Jetzt kann es im Jenseits zappeln und gackern; nach allem was man hört, eine bessere Welt. Im Südhessischen soll sich das zugetragen haben, im Odenwald ein Kirchspiel, ein frommes Dorf. Wir hier, wir haben unsere Galgenfelder alle beide beizeiten fortschrittlich umbenannt: heißt jetzt Hegstrauch das eine und wächst langsam zu, heißt das zwote jetzt länger schon Eiserne Hand; da hat es nur Brennesseln und Gestrüpp und einen einzigen dürren Baum, eine tote Eibe. Muß man grübeln, warum es so heißt.

Unser Koidriebspoul heißt so, weil, wenn man müd am Abend mit dem Staub und den Kühen den Kuhtriebsweg barfuß daherkommt: dann kann man sie nicht zum Bad hineintreiben. Weil er ganz zu ist mit biblischen Binsen. Von Ufer zu Ufer, so dichte Binsen. Vier Kühe. Kaum oder gar kein Wind, die Kühe stehen und glotzen und sehen vor deinen Augen dem Sommer zu, wie er ins Land und durchs Land und vorbeigeht. Abends am Kuhtriebsweg ist der Staub wie aus purem Gold, leuchtet. Wer seine Kühe oft badet, der wird steinreich. Du wirst nächstens bald zwölf und es sind die Kühe vom Keulerhoinrich. Nun heißt er schon Koidriebspoul und ist zugewachsen, seit wann denn schon zugewachsen? Muß man mit seinen Gedanken, muß mit den Kühen, schwerfällig wie sie sind, vier sind es, muß Schritt für Schritt auf dem Kuhbachsweg über den Junkermorgen an die Kuhbach am anderen Ende vom Dorf. Müd am Abend. Wenn du hinkommst, die Kühe wollen auch gar nicht ins Wasser, da kommen sie sich voreinander zu plump vor. Da können sie nun nix dafür. Ändern läßt es sich auch nicht. Wer sie zu oft badet, so heißt es, holt sich Unwetter auf den Hals. Im Mai ruft hier der Kuckuck bei uns aus dem Wald. Beim Lochgraben kommst du den Lochgoartenweg entlang. Jeden Tag ruft der Kuckuck, ruft so oft und so lang, daß du in deiner Zuversicht und vor lauter Staunen zu zählen vergißt, jedesmal wieder zu zählen vergißt, soviele Lebensjahre ruft er für dich. Muß dann aber doch geendigt haben sein beharrliches Rufen, an der nachfolgenden Stille merkst du es erst. Wie sie wächst. Jedesmal. Immer kürzer die Nächte jetzt. Durch das Kirschenwäldchen und über den Goldmorgen, das ist auch so ein

Feldstück, das heißt so, gehst du in den Juni hinein. Auf deinen Geburtstag zu.

Der Hegstrauch wird Ruhestein auch genannt. Jetzt, wenn du hinkommst, steht da eine Bank zum Sitzen. Zwei Bänke stehen da und tun jeden Tag auf den Abend warten. Da ist so ein Hügelchen und ein Weg. Abends wird höchstwahrscheinlich der Wilmer kommen, der ist Flurschütz gewesen und Burgwächter gewesen und Waldaufseher gewesen. In zwei Kriegen Soldat gewesen; Gefreiter wird er gewesen sein, Unteroffiziersanwärter, Gefreite sind sie ja alle gewesen und stehen als solche jetzt hinter Glas auf dem Büffet. Nur als Schäfer ist er nicht zu gebrauchen gewesen, der Wilmer.* Jetzt ist er alt und hat mit seinem Pfeifchen zu tun. In den Abend hinein. Ihs Deisser-Omma kommt angehuscht und vorbei wie ein Geistchen. Vielleicht hat sie sich auf die Bank setzen wollen, aber wenn schon jemand da sitzt – sogar wenn niemand da sitzt, denkt sie, es sitzt jemand da und gleich ist sie unsichtbar, *zittert* so weg. Nach Futter für die Karnickel. Geradezu oft kommt es bislang nicht vor, daß jemand hier auf den Bänken sitzt, so auf städtische Art. Der alte Wilmer in seiner Sommer- und Winterübergangsjacke. Erst war sie grasgrün, beinah polizeigrün, jetzt ist sie moosgrün, bald wird sie wie Feldsteine grau. Gern kommt er sich immer noch jederzeit wie ein Allerweltswächter vor. Die Kinder gehen ihm klug aus dem Weg. Und noch so ein Bäuerchen aus dem Oberdorf, aus dem Steinweg, mit seiner Frau. Beide schon an die neunzich, wie ein Igelpärchen sitzen sie da. Was werden sie reden? Wenn Juni ist, vom Weizen werden sie reden: der Weizen von jetzt und der Weizen von früher. Und denken dabei, daß nur einer dem andern nicht wegstirbt, so still ist es hier. Ganz am Anfang des Sommers, nur diesen einen einzigen Abend siehst du die zwei auf der Bank sitzen. Sie sitzen so vor sich hin und ein bißchen ist ihnen, wie wenn sie vorzeitig schon im Paradiesgarten sitzen. Auf einmal haben sogar die Vögel aufgehört zu singen, so still. *Mücken tanzen,* das Gebüsch rührt sich nicht. Bis in die Nacht hinein steht im Juni die Sonne am Himmel. Jetzt hat vor unseren Augen die Zeit ihn bald abgetragen, den Hügel. Ohm Hägstroach, beim Rouhschtee. Virem Mazlerer Waald.

* Als Schäfer macht sich am besten ein gottgefälliger Taubstummer.

**Die Wege sollst du dir selbst suchen!** Wer im Wald sich verirrt, muß siebenmal sieben Jahre den Unterirdischen dienen. Danach, wenn er treu gedient hat und sich mit wenig Kost zufriedengegeben, führen ihn die Unterirdischen auf den richtigen Weg zurück. Man darf ihnen unter keinen Umständen widersprechen! Riesen sind sie und Zwerge; sie geben ihm zum Lohn einen Goldklumpen oder sie geben ihm keinen Goldklumpen, je nachdem. Wem das geschehen ist, der darf zu niemandem davon sprechen, kein Sterbenswörtchen. Er kommt ins Dorf zurück und auf den Tag genau neunundvierzig Jahre und ein Tag sind vergangen; die Gefährten nur Namen noch auf verwittertem Stein, die Steine mit Moos bewachsen. In der Stille. Die Frau, was ist mit der eigenen Frau? Die Kinder sind Greise schon bald. Einzig er ist keinen Tag älter geworden. Herrgott, in Gedanken, so lange fort und wo denn gewesen? Oder käme zurück und es ist der gleiche Abend, doch er um sein Menschenleben gealtert; die Dämmerung grün wie Wasser. Hätte ich nur den Weg gewußt, ich wäre längst heimgegangen!

Sich ganz imsunst abgeschleppt: der Goldklumpen für treue Dienste erweist sich daheim als gewöhnlicher Stein. Wie vom Kirlen, vom Acker. Oder werden die Steine in dieser Gegend in dieser Legende am Ende zu Gold, am Ende des Wegs, und unsereiner hätte sie unwissend weggeschmissen, so müde? Mit dem wirklichen Wunschring drei Wünsche blitzschnell vergeudet, weil die Tür geklemmt und der Schuh gedrückt hat, der Milchbrei ist übergekocht, war angebrannt und wir sind so hungrig gewesen und haben die Stubenfliegen zum Teufel gewünscht. Ganz unnötig auch. Aus Ungeduld, aus Ärger, im Streit und hätten doch gar keinen Streit gewollt, wollen nie keinen! Jahr um Jahr aufgespart die vermeintlichen Wünsche, das Wünschen verlernt und sich abgerackert wie eh und je. Und also auch nie erfahren, daß der Wunschring nicht funktioniert, ein Kirmesring. Mit ins Grab. Schon der gestrige Tag wird uns hier zur Sage, der heutige schon: am Abend. Am besten noch kennen wir uns zurecht mit dem Hörensagen, ein jeder auf seine Weise.

Jetzt in der neueren Zeit. Kommt fremd ein Auto durchs Dorf, rollt so und zögert, hält an und fragt nach einem Weg. Am hellen Tag. Wir sind es, die gefragt werden, unsereiner. Wie soll das jetzt zugehen, damit alles seine Richtigkeit? Wir hätten nicht so unbefangen beim Tor stehen sollen! Besser man steht im Schuppen, im Stall (da muß man sich bücken!) oder wie die Pflaumenbäume ungestört im Windschatten hinter der Scheune. Und wird nicht so leicht in allerlei fremde Händel verwickelt. Das Auto also, da muß man nun gleich uff schriftdeutsch (sich räuspern): als erstes fragen wir ha? Mit Fremden sind sie immer ein bißchen schwerhörig und tun dadurch schlau Zeit gewinnen. Nach Mainzlar also, das wird nicht so einfach. Natürlich wissen wir, wo Mainzlar liegt und wie man dahin kommt; wir wissen wenigstens dreierlei Wege nach Mainzlar. Gleich melden die Füße sich an und wollen schon losgehen, sozusagen auf eigene Faust. Ja also, weil es ein Auto ist, zählt man (um sie aus dem Kopf zu kriegen) als erstes die Fußpfade auf: manche sind kürzer als wie die Straße, andere eher dreimal so lang. Und schwer zu finden, da muß man sich auskennen (hinter Mainzlar liegt Treis).

Die Straße nach Mainzlar? Im Vergleich zu den Fußpfaden und Feldwegen ist das beinah schon zu leicht. Man kann auch mit dem Zug hin, dazu muß man aber erst nach Lollar oder nach Daubringen, das lohnt nicht den Umweg; von Treis nach Mainzlar geht auch. Personen- und Güterzüge. Herrgott, jetzt haben sie sich gleich so hineinverwickelt, am besten man fängt von vorn an. Die Straße nach Mainzlar, das ist ganz leicht, wir wissen das wie im Schlaf – beim Louis um die Ecke! Sie können aber den Louis nicht erwähnen, ohne gleich auch die anderen Gastwirtschaften mit aufzuzählen; dann erklären, daß man kein Säufer, beileibe nicht, nur wegen der Vollständigkeit. Von der Gastwirtschaft zur Stadt Staufenberg aus zum Beispiel geht es nirgendswohin. Mauern nur und Gestrüpp, Brennnesseln. Man hat schon als Hiesiger seine Mühe, von dort aus den eigenen nächtlichen Heimweg zu finden, an der Stadtmauer entlang, zwischen Ziegenställen und Stapelholz. Hingegen vom Keulerhoinrich Zwo aus geht es sich gut nach Odenhausen. Beinah wie von selbst, besonders wenn man beim Gehen nach hintenraus das falsche Hofgatter erwischt, so ein Nebentürchen, und merkt es nicht einmal gleich. Hier bei uns, von Staufenberg aus gehen sich alle Wege bequem bergab.

Beim Louis um die Ecke also! Beim Louis um die Ecke geht es aber auch nach Lollar, also links oder rechts? Das wird jetzt schwierig, es kommt darauf an, wie man steht, wie herum! Man steht also hier vor dem eigenen Hoftor. Und stellt sich vor, wie man dort steht: so oder so? Dazu muß man sich drehen, auch im eigenen Kopp drin drehen und mit den Händen deuten und denken bis in die Fingerspitzen hinein. Sobald wir aber anfangen, uns zu drehen, können wir gleich nicht mehr weitersprechen. Am besten wir holten die eigene Frau aus der Küche. Gerade das wollen wir aber unter gar keinen Umständen. Am einfachsten wäre, unsereiner geht vor dem Auto her und weist ihm den Weg. Muß man sich beeilen, muß man sich immer wieder umdrehen, ob es auch nachkommt. Und immer noch nachkommt. Mit verdrehtem Kopf sich beeilen und abends kommt man müd heim und hat nix geschafft und hat einen steifen Hals. Und hat einen Grund zum Sinnieren. Woher aber auch die Zeit dafür nehmen, bezahlt uns ja keiner. Wir haben in der Tat schon vergessen, warum wir beim Tor standen, es kommt uns eine Ewigkeit her vor. Wir haben nichts Böses gedacht, was könnten wir denn gedacht haben? Wenn Samstag wäre, gleich hätte sich die gesamte Nachbarschaft um das fremde fragende Auto zusammengefunden; samstags wird hier die Straße gekehrt zur Unterhaltung.

Müßten wir nicht auch mitten in die eigenen Erklärungen hinein fragen, was das Auto in Mainzlar eigentlich will? Aus Höflichkeit *und* aus Argwohn. Wer weiß, was so ein fremdes Auto am heutigen Tag da vorhaben kann und wir sollen den Weg dazu zeigen. Am hellen Tag. Nachts ist es wieder anders. Manche bringen es fertig und lassen sich heimfahren von so einem fremden Auto, was sich verirrt hat, lassen sich vergnügungssüchtig herumfahren in der Weltgeschichte, womöglich sogar zur staunenden Verwandtschaft in den entlegenen Nachbardörfern, dann bis vor das eigene Hoftor. Und weisen ihm dann erst gefällig den Weg, dazu lächeln sie. Unsereiner ist nicht so gerissen. Nachts, da liegen wir meistens im Schlaf, das hat auch seinen Vorteil. Andere fahren wie Grabsteine schweigend mit bis ans Ziel und gehen dann mit ihren Selbstgesprächen allein zu Fuß heim, bergauf. Mit Schamottschuhen. Noch schlimmer ist es für uns, direkt quälend, gefragt zu werden nach einer Adresse im eigenen Dorf. Da geht uns gleich alles so durcheinander, wir kennen natürlich die Straßennamen, sie kommen uns egalweg bekannt vor. Die Hausnummern auch, mit jeder Zahl hat es seine Bewandtnis. Aber untereinander in der Aufregung und im eigenen Kopp tun wir die Straßennamen und Nummern natürlich nicht gebrauchen. Höchstens die Schmandtgass', die Vorstadt und die Gäßchen und Winkel im Oberdorf, die heißen seit fünfhundert Jahren so. Im Oberdorf hat jeder Winkel drei Namen. Die Ringstraße, ja Herrgott, die Ringstraße – kein Zweifel, die *gibt* es! Wir kennen das Dorf aber mehr nach Familien und Hausgeschichten. Muß man sich den Kopp kratzen, Schulter und Ärmel; muß man fragen, zu wem will das Auto da eigentlich hin? Drängt sich als nächstes die Frage dazwischen, was können sie von dem wollen? Das *wollten* wir gar nicht fragen, doch können nicht anders; muß man hinzusagen! Und wer wir selbst sind, aber nicht gleich den Namen! Eher mit Vorsicht! Muß man das Auto ins Auge fassen, ob es einem nicht doch irgendwie so ein bißchen bekannt vorkommt, ob sich nicht ein Verdacht schöpfen läßt. Ein Polizeiauto ist es nicht, höchstens Geheimpolizei. Hat uns nicht schon am Morgen geschwant, daß heut ein besonderer Tag wird? Oder will uns das jeden Morgen so scheinen? Wenn das Auto sich zuguterletzt zögernd aus dem Staub macht, weil ewig kann es ja nicht so stehenbleiben, dann stehen wir wie vom Donner gerührt. Geht ein Wind und wohin? Wir wundern uns, daß wir noch da sind. Wir müssen uns jetzt nachträglich über die eigene Gewandtheit wundern: so viele Wörter und mit den eigenen Händen herumgedeutet, als ob wir jeden Tag nach dem Weg gefragt würden, nach allen möglichen Wegen. Direkt zum Staunen. Wie ein gelernter Wegweiser. Jetzt nachträglich muß man bedauern, daß uns die eigene Frau nicht gesehen hat, gehört und gesehen. Wir hätten es gleich wissen und sie doch dazuholen sollen, aber dann mischt sie sich wieder hinein. Staunen sollst du! Jetzt hinterdrein wünscht man sich, es wäre nur die Probe gewesen und das Auto käme erst jetzt. Wir wüßten es so viel besser jetzt! Auch ganz vergessen, überm Sprechen den Menschen im Auto – nicht daß wir uns noch sein Leben ausdenken müßten und haben doch vor lauter Wichtigkeit versäumt, sein Gesicht ins Auge zu fassen. Ja wirklich, wir haben mit dem Auto gesprochen, als ob es das Auto selbst sei, das uns nach dem Weg fragt. Genauso in unserem Gedächtnis, es muß aber doch ein Mensch drin, sagst du dir, gesessen haben, doch wenigstens einer! Vielleicht sind es Insassen drei oder vier gewesen, vielleicht ein schwarzer Mercedes. So ein Auto könnte weit fahren! Da schwebt ihnen Rom oder Alsfeld vor, die Westfront, die Ostfront, Berlin und der Kaiser. In Fulda soll es billiges Wellblech geben. Natürlich ist Alsfeld nicht Fulda, aber wer es bis Alsfeld schafft! Zu Fuß ist das kein Vergleich. Sollen wir jetzt hier beim Tor stehenbleiben und an das Scheunendach denken? Bevor das Auto gekommen ist, man begreift es nicht: der Tag ist wie nicht gewesen, wie weggezaubert aus dem Gedächtnis. Sollen wir jetzt hier stehenbleiben, gutwillig, falls noch mehr Autos kommen? Im Hof die Hinkeln ein bißchen nachzählen zur Beruhigung: eigentlich ist das ja doch eher eine Frauenarbeit. Beim Tor hält es uns auch nicht lang, so aufgewühlt. Mit wem nur darüber sprechen? Mit der eigenen Frau, sie hat keine Ahnung und weiß alles besser: was man auch friedfertig anfängt, es führt nur zum Streit und wir hätten doch wie auf dem Totenbett nie keinen Streit gewollt.

Am besten noch wäre ein Nachbar, wir gehen aber untereinander aus Anstand nicht in die Nachbarschaftshäuser. Die Woche über schon gar nicht, nur die Kinder gehen bei uns hier von Haus zu Haus. *Das* wissen wir aber ganz genau: daß wir lang schon kein Kind mehr sind. Höchstens wenn es brennt, gingen wir. Bei uns im Dorf brennt es aber nicht, es brennt immer nur in den Nachbardörfern (da träumen sie vom Frankfurter Bahnhofsviertel tagaus und tagein). Sonst gehen wir nur, wenn wir geladen sind, das heißt: im Sonntagsanzug auf Hochzeiten, Kindstaufen und Beerdigungen. Und wenn es gilt, Hand anzulegen: eine Tür aushängen; hebt den Dachbalken an! Die Frauen auch noch bei Krankheit und Hausschneiderei. Ja, wenn ein Nachbar am Tor stünde. Doch dann hätte womöglich das fremde Auto ihn nach dem Weg gefragt und das wäre erst recht nicht auszuhalten, *die* Ungerechtigkeit! Wir sind zuerst dagewesen, wir haben schon morgens uns darauf eingerichtet, wir richten uns Tag für Tag darauf ein, wir warten seit zwanzig Jahren und wissen es soviel besser! Wohin jetzt? Man kann nicht bleiben, nicht gehen, nicht bleiben! In Gedanken immer noch einmal sich die Szene vorspielen: da ist das Auto gekommen, da haben wir gestanden. Nein, eher so herum. Nach Mainzlar also! Und murmeln und fangen an, mit den Händen herumzudeuten, gleich mit beiden Armen. Wie

Windmühlen fuchtelnd, sie merken es selbst (oder weil hinterm Zaun die eigenen Hinkeln erschrecken) und stehen doch lieber reglos. Mit Mühe, Grimassen auch. Immer regloser, immer tiefer in sich hinein; bald schon wie der Hoinrich der Automat stehen sie. Immer länger in die ächzende Zeit hinein. Kommt denn keiner? Der Kaufladen leider Gottes ist über Mittag zu: de Scholthesse schloft! Der Bäcker hat auch zu, da könnte man hintenrum, aber zum Bäcker gehen eh und je nur die Frauen im Dorf. Wir können uns doch nicht mit Kopftuch und Schürze versehen. In die Gastwirtschaften geht man als Eingesessener nicht vor der Abend herabsinkt, außer man wäre ein Säufer, ja oder nein, das ist schwer zu entscheiden? Es kostet das eigene Geld. Hier haben wir gestanden und dort ist das Auto davongefahren! Auf Rädern, die sich gedreht haben! Nachträglich kann man es selbst kaum glauben! Sollen wir jetzt mit den eigenen Füßen nach Mainzlar gehen? Der Tag schweigt verstockt. Wenn uns doch einer durchs Fenster beobachtet hätte: er würde sich schon herbeifinden! Das ja, unbedingt! Da wird ein jeder im Dorf sich Zeit dafür nehmen und wir könnten die Erzählung geschickt in die Länge dehnen. Der Hoinrich der Automat, sozusagen, ist eine Geschichte für sich. Hilfsheizer bei Buderus. Wir können froh sein, daß er uns jetzt nicht in die Quere kommt; kein vernünftiges Wort ist mit ihm zu reden. Schon wenn ihn einer nur ansieht, regt es ihn auf und er schwitzt und zuckt! Soll er selbst etwas sagen, wird ihm gleich schlecht vor Aufregung, kriegt er Krämpfe! Wochenlang sieht man ihn jeden Tag: an jeder Ecke sieht man ihn stehen, als ob er gar mehrfach vorhanden. Man darf ihn nicht ansehen; er darf es nicht merken, heißt das. Und dann wieder wochenlang gar nicht: wie vom Erdboden wegverschluckt, wie wenn es ihn nie gegeben hätte! Und aus dem Gedächtnis geraten oder kann man gerade dann nicht aufhören, an ihn zu denken? Und weiß aber nicht, was man denken soll, wir kennen ihn schon so lang. Wir kennen ihn vielleicht nicht, doch sehen ihn immer wieder. Sein Kopf ist wie so ein Lämpchen, wie eine Girlande, ein Bogen von bunten Lämpchen, wenn er sich aufregt. In Lollar auch. Ist er genauso: teils anzutreffen, teils unsichtbar. Jeden Groschenspielautomaten in allen Wirtschaften kennt er und trägt ihn beständig im Sinn wie einen leiblichen Bruder! Sonst nix, das ist seine Leidenschaft.

Jetzt wie in eigenen Angelegenheiten dringend nach Mainzlar? Auf dreierlei Wegen sich nicht entscheiden können und nachsehen, ob das fremde Auto dort angekommen? Sollen wir keinerlei Aufschub und erst einmal gründlich schlafen, derweil die Hähne auf den Misthaufen, in jedem Hof einer, auf einem Bein mit gerecktem Hals stillestehn und warten als müssten sie die Zeit anhalten und auf der Straße zeigt sich kein Mensch? Auf eigene Kosten verstört einen schweren Schlaf halten und beginnen noch einmal den unbegreiflichen Tag – wir wissen nicht wie! Und erst dann nach dem heutigen Wetter sehen, dazu ja steht man am Hoftor!

Abends liegen die Feldwege langhin wie erschlagen. Im letzten Licht. Nachts die Gassen im Dorf: haben steil sich aufgerichtet, winden sich, kippen jäh ab, stürzen halsbrecherisch hinein in die Finsternis, bodenlos, jede Straße ein Abgrund. Jede Nacht anders und wieder anders. Am schlimmsten die Samstagnächte. Nur mit Mühe daß man den Weg findet, teils fluchend und stolpernd, teils murmelnd im Halbschlaf unbekannte Gemäuer entlang. Meistens im Regen. Die Zäune und Gärtchen ein wildes Gefuchtel; die Lampen schwanken an ihren Drähten, so wenig Lampen. Hörst Züge fahren. Und immer stärker der Wind. Hat Tauwetter eingesetzt, das war gestern, muß gestern gewesen sein. Beim Louis nach kaum einem kleinen Abendbier sich frühzeitig auf den heutigen Heimweg begeben. Statt daß dich nach kaum ein paar wenigen kurzen Schritten vertraut die eigene Haustür begrüßt, findest du dich nach Stunden und Ewigkeiten erschöpft, halb erfroren, teils beim Keulerhoinrich Zwo an der Theke palavernd, draußen Glatteis, teils selbstvergessen und streitsüchtig in der Gastwirtschaft zur Stadt Staufenberg (schon zwomal am Deckenbalken empfindlich den eigenen Schädel gestoßen) und sogar fremdländisch singend im Grünen Baum wieder. Stationen. Wenn nicht gar ohne Winterrock, zur Unzeit, ohne Erinnerung, Mantel und Mütze weitab im kältesten Winter in Mainzlar hinter dem Güterbahnhof, namenlos, vielleicht ein Gespenst, falls die Nacht dich nicht doppelt *trügt* – brennt dahinten noch Licht? Hierzulande die Nachtwächter sind längst ausgestorben. Allesamt Marschbefehle, Soldatenrucksäcke und mondgroße Eisenbahnerlampen sollten wir haben für unsere späten beschwerlichen Heimwege! Und Bergwachthunde, die uns als jederzeitige

Retter entgegenkommen und leuchten: gelernte Bernhardiner mit Fäßchen am Halsband und im Maul Stablaternen. Wie wandernde Sterne am Berg, das Licht hell und klar. Diese Bergwachthunde haben wir in der Wochenschau im Kino gesehen. Im Krieg, als Soldaten, da sind wir immer wieder umsonst ins Kino. So spät in der Nacht: sein halbes Leben hat man im Gedächtnis und weiß doch nicht, wer man gewesen ist; so geht man und geht. Unentwegt auf dem Heimweg. Jetzt wollen wir singen und fällt uns kein Lied ein, Herrgott!

**Auf die Hütt'**, Eisen schmelzen und formen und gießen und im Traum Nacht für Nacht Goldstücke zählen – zehn Jahre eher sterben! Als Heizer das Feuer schüren, die Frühschicht, die Spätschicht, Heizer oder Hilfsheizer. Wie so ein wahrhaftiger schwarzer Unterteufel auf seinem angestammten Platz in der Hölle. Nach jeder Schicht eine Kohlenschaufel mit heimnehmen, Arbeitskampf, dem Kumpel zublinzeln, den Vorarbeiter grüßen, vor dem Meester katzbuckeln und die Schipp' in der Aktentasche, das Schaufelblatt. Die Kontormenschen und die Herren Inschenöhre, für die sind wir unsichtbar, unsereiner, die sehen uns nicht. Oder wenn sie uns sehen, können uns nicht unterscheiden. Den Stiel, wohin mit dem Stiel? In den Jackenärmel, in jedem Hosenbein einen, den Stiel verschluckt haben und in die ewige Nacht hinein aufrecht sich heimschleppen, wieder ein Sieg, steil bergauf. Wie eine überhitzte Wärmflasche, wie glühende Kohlen die Schaufel heiß in der Tasche spüren, im eigenen Bauch drin. Egalweg noch eine siebte und achte und nach und nach achtundachtzigste Kohlenschaufel mitnehmen und daheim sie in Reih und Glied: im Keller die Wände entlang, im Holzschuppen, in der Scheune die Schaufeln. Jeden Tag zum Appell die Schaufeln. Wie ein Feldwebel, wie ein General die Reihen abschreiten, gewichtig sich räuspern: Kamm-raden! Und sie immer wieder nachzählen, eine wachsende Schar für den Endsieg. Wie die Zeit vergeht. Ab und an ihnen Ansprachen halten oder im Geist sie als friedliche Herden sehen, die weiden von hier bis nach Kanaan. Jeden Tag mehrfach in die Küche gestampft kommen und zur eigenen Frau sagen: Wenigstens im Bezug auf Kohlenschaufeln ist uns die Zukunft, die Zukunft ha: kann uns so bald so leicht nix passieren! Nicht so leicht, Gott behüte! Nach Luft schnappen. Und zu keinem Fremden zu keiner Zeit kein einziges Sterbenswörtchen!

Als Betriebsschlosser. Erst einen Hammer, dann einen Schraubenzieher und so nach und nach einen Satz Werkzeug, komplett. Sich Zeit lassen, nach und nach. Dann noch einen Schraubenzieher, klar, einen Hammer, eine Zange, damit man nicht jedesmal den kompletten Satz angreifen muß (kein Diebstahl is das ja nicht direkt!) und so dann den zweiten Satz und so weiter, den dritten, den vierten: sich eine Sammlung anlegen und eine Ersatzsammlung für diese Sammlung. Auch Nägel, Schrauben und Muttern von jeder Sorte. Jetzt braucht man Ölkännchen noch dazu, jeden Tag ein gesegnetes Ölkännchen mitnehmen und die Büchsen zum Nachfüllen, Trichter auch. Notwehr. Und regelmäßig pflegen die Sammlungen, einölen, abreiben, nachzählen, putzen und sehen, daß es seine Richtigkeit damit hat. Die tägliche Putzwolle auch mitnehmen und Unmengen Handwaschpaste. Sich Regale und Schränkchen im Keller bauen, schon allein für die wöchentliche Pflege jede Woche geht eine ganze Woche für drauf, die Feierabende, man schafft es ja kaum. Eigens dafür elektrisches Licht in den Keller gelegt und auf den Dachboden gelegt. Die Dübel und Kabel auch mit, dazu die Ersatzstücke, Lichtschalter auch, man verdirbt sich die Augen dabei und (ein paar Jahre später die erste Brille in der Fumilje) wer bezahlt uns die Stromrechnung? Jeden Monat. Bis ihn so eine *Ahnung* hinterrücks packt, sein Gewissen, die Fürsicht: Wenn sie ihm nun darauf kommen? Das Werk, zehnmal am Tag fällt die Furcht ihn an und will keine Ruhe mehr geben. Sogar der Buderus-Turm über die Dächer hin, kommt ihm vor, starrt ihm nach.

Kilometerweit, bis über die Schanz, bis auf die Hardt hinauf und ins Gewissen hinein, in den Keller. Weiß Bescheid. Und schneidet Gesichter und läßt ihn nicht aus den Augen, er wird ihm noch nachkommen, fremd, böse, ein Riese aus braunem Gestein. Erbaut 1874 als Gichtturm für den Hochofen Mars den er überlebt hat, ein Wahrzeichen jetzt – was hat uns der Turm zu bedeuten? Nicht auch die Kumpel, der Meester, der Lagerverwalter in seinem Kittel, der linkshändige Materialausgabeaufschreiber in seinem Kittel. Der ist aus Sachsen und Linkshänder, man blickt ihm nicht in die Seele. Wie mit falschen Stimmen: sie verstellen die Stimmen, sobald er kommt, er soll es nicht merken, gleich haben sie andere Wörter zu reden. Keinen Bissen Brot kriegt er fortan noch hinunter, keinen Ton mehr heraus, der eigenen Stimme ist nicht zu trauen. Die Frühstückspausen sitzt er hinter den kalten Eisenträgern ab – nein, da auch nicht, das ist verdächtig! Müd am Dynamo sitzt er sie ab, wortlos, am Schraubstock, an der Eisenfräse und zittert dabei. Packt das Brot aus, zehn Minuten sind lang nach der Uhr, und packt es dann wieder ein. Aufpassen, daß er nicht zuviel seufzt, er geht jeder Ansprache aus dem Weg, muß seine Hände betrachten (soll man auch daran riechen sich angewöhnen?) und schwitzt und schwitzt in der Arbeitskluft. Murmeln und seufzen. Ewig naß seine Stirn, so ist ihm, als ob beständig ein eisiger Wind geht, hechelnd. Die Fürsicht imsunst, sie sind ihm zweifellos längst drauf gekommen! Sie werden eine Durchsuchung vorbereiten, Haus und Hof und die Nachbarschaft, auf einmal weiß er es ganz genau. Gestern schon. Schon immer geahnt! Und wagt nicht, sich krankzumelden. Soll er begraben die kostbare Sammlung? In Ewigkeit schad um das Zeuch, begraben bringt er nicht übers Herz. Lieber eigenhändig: er nimmt alles und bringt es zurück ins Werk, Stück für Stück. Auf die Hütt', nach und nach, es wird Jahre und Jahre dauern und ist doch seine einzige Chance, einer Durchsuchung vielleicht noch zuvorzukommen. Sind sie nicht jeden jetzigen Augenblick schon unterwegs? Und kommen und kommen, Handschellen bringen sie mit, sie hören nicht auf zu kommen! Je länger sie ausbleiben, umso schlimmer! Mit dem schlimmsten rechnen, aber was ist das schlimmste? Alle Fürsicht imsunst und die größte Mühe hat er noch vor sich: es soll nicht auffallen! Jahrelang keinen Tag darf er jetzt versäumen. Sich nix anmerken lassen, ein Schattendasein. Jeden Tag ein-zwo Stück, fort und fort Abschied nimmt er und weiß, er wird die Trennung langfristig nicht überleben. Am Werktor rein und raus immer Kreislaufstörungen, das flimmert ihm so im Bauch und flimmert so in der Brust und flimmert ihm so vor den Augen, jeden Tag zweimal die Qual. Schleppt er mit. Und kann sich im Moment und die nächsten Jahre keinesfalls krankschreiben lassen. Jetzt bei die Erwed mehr und mehr häufen sich mit dem Verdacht auch die Schraubenschlüssel, die Hämmer, die Zangen, schon tun die Kumpel unwissend damit herumschmeißen. Herumaasen! Als ob es von selbst, als ob es nix kostet, das Zeuch. Tut doch nicht am Wegrain wachsen. Nicht daß sie jedes Ding zum Schluß noch womöglich verschlampen, verlegen, verlieren, mit heimnehmen, Diebstahl, Gesindel! Da hat er ein Auge drauf. Magenschleimhautentzündung, so ein Zittern in den Händen, das geht sich nicht aus, und die Augen auch immer schlechter. Als gelernter Betriebsschlosser. Jetzt werden sie ihn über kurz oder lang in die Materialausgabe, von oben, das Werk. Zurückgestuft, leichte Arbeit, Gesundheitsgründe. Oder als Heizer in den Schichtdienst, 54 Wochenstunden, Lohngruppe vier. Als Heizer, da hat man seine Ruhe zur Arbeit. Die Heizer sind Querköpp, jeder Heizer spinnt anders. Als Heizer, da gibt es die Kohlenschaufeln.

Von der Nachtschicht heim und kein Ende mit sich selbst, heiliger Gott, nicht ins Bett finden. Wie im eigenen schlafenden Körper auf und ab und herumwandern, todmüde-hellwach, man kennt sich damit nicht aus! Wie zu Weihnachten Marzipan riecht die Handwaschpaste, Industriepackung. Dann wie vorbestimmt immer wieder ins Dösen geraten; wie ein ungemachtes Bett ist der Tag, gafft uns an. In Werkschuhen hin und her, in Gedanken schon dreimal ächzend die häuslichen Schlappen an die müden zwo eigenen Füße gezogen und sich den gestrigen Bart kratzen – *knistert* so! Über Nacht ist ein neuer Tag geworden. Nach der Nachtschicht: wie überzählig im Leben kommt man sich vor. Einst nicht auch Kinder gehabt oder war das nur so ein Wunsch und ist wie die Zeit vorübergegangen? Die Frau in der Küche macht seit drei Tagen Winterkraut ein und hat scheints an sich selbst genug unterdessen; was sie redet und zuhört. In der Vergangenheit und im eigenen Körper herum und nach schmerzenden Stellen suchen und nach Wörtern dafür – kommt der Tag nicht ingang? In den Stall rein und raus, die Kuh hat den Kopp gedreht. Die Sau und die Jungsau, schwer zu sagen, ob sie nun schlafen oder liegen bloß so da. Mit geschlossenen Augen. Im Dämmer, von Mahlzeit zu Mahlzeit. Wozu denn sie wecken? So eine Sau liegt da, ist satt, hat es warm und schert sich um nix. Höchstens schnauft sie bisweilen und blinzelt, schon das ist ihr beinah zuviel. Und weiß, wir tun sie zeitlebens umsorgen. Die nächste genauso. Man frißt sie und macht sich kaum die Mühe, sie auseinanderzukennen, es ist ihnen auch egal. Im Schuppen stehn und sinnieren. Ist auch nicht das rechte. Geht ein Wind und woher und wohin? Im Hof sich dabei ertappen, wie man unsinnig jedem Hinkel seinen Platz anzuweisen versucht und verlegen beiseite. Gottlob, gehört hat uns keiner. Dem Federvieh tut es ja mächtig an Verstand mangeln, dummes Zeuch.

In der Scheune stehn und sinnieren. Ob das nun der rechte Platz um die Goldstücke zu vergraben? Von denen uns immer träumt. Zusammenrechnen das Heu und die Winterjahre und sich gutwillig keinen Rat wissen, wir sollten seit Stunden im Schlaf liegen. Andernfalls uns längst eine rechte Arbeit vorgenommen haben, meistens Flickwerk zur Unzeit. In den Tag hinein, wo soll man sich suchen? Vom Abort die Tür aushängen, braucht neue Beschläge, braucht neue Scharniere. Im Stall Kettenringe seit Jahr und Tag eingipsen, das hält nie und nimmer. In der Küche liegt noch von unserem vorigen Leben her das Zaumzeug und will geflickt werden. Für das Waschküchenhäuschen ein Riegel, die Tür schlägt, wie zerbrochen der Tag. Im Schuppen die Axt sich zurechtlegen, den Hackklotz anstarren, am liebsten den eigenen Kopp in den Händen tragen, vor sich her tragen: es will nicht zusammenkommen! Die Luft ist trüb, wie ein fremder Hund streunt der Wind herum. Bald wie Nachmittag schon. Wenn es nun doch zu regnen anfangen wollte! Vielleicht daß wir dann ins Bett endlich fänden, sogar die Hinkeln ja finden dann unters Vordach. Oder könnten uns anderweitig entschließen: im Regen den Zaun ausbessern, in den schweren Schuhen aufs Feld für rein gar nix. Der Mühe halber und damit es sich mit dem Hinweg und Heimweg so ausgeht. Aus Stroh dem verwehten Sommer hinterdrein ein Angebind zurichten, ist kein Sommer gewesen. Die Obstbäume schneiden ist wieder der falsche Tag. Noch als Tote werden wir unsere Zeit so herumgeistern in Haus, Hof und Scheune, im Schuppen, im Stall, auf der Bleiche. Und nie keine Ruhe. Wie nach der Nachtschicht, genauso.

Als Heizer am liebsten die Spätschicht, den Winter über. Um in der Hitze zu dösen, auch gut gegen Rheuma. Schon jahrelang Winter. Die Müdigkeit anwachsen lassen, auch nur mit dem nötigsten winterlichen Flickwerk nicht einmal halbwegs zurechtkommen, nicht bei Tag, nicht bei Nacht. Kaum recht begonnen bis jetzt, wo denn anfangen? Und der eigenen Frau in täglicher Ratlosigkeit lange Vorträge halten: es wird schon werden! Und stehen und schlucken, mit Zuversicht schlucken, nach Luft schnappen. Von Zahltag zu Zahltag die Lohnzettel vor- und zurückrechnen (wer soll uns denn rechnen helfen?) und spätabends mit der aufgefalteten Zeitung erledigt am Küchentisch sitzen und wieder der Dumme sein. Unter der Lampe. Schon hundert Jahre zu lang gewartet. Sich nicht beirren lassen, nie müde geworden und das Geld was man gar nicht hat, das nie existierte, den Überschuß Woche für Woche eisern zurückgelegt, aufgespart und aufs Frühjahr hin ein rachitisches Kälbchen dafür gekauft, ist unser hiesiger Wintertraum Jahr für Jahr.

Ein Pferd anschaffen und dann die einzige Kuh verkaufen, um das Pferd durchzubringen. Zurechtkommen mit der Not, eine Wissenschaft für sich: will gelernt sein. Wie die Zugochsen schon im Gehen schlafen, vor Müdigkeit nicht ins Bett finden, das alte Geschirr, das zerbrochene Tragejoch und wer soll unser Grab pflegen, solche Sorgen. Nicht nur der eigenen Frau, auch dem gläubigen Vieh im Stall lange Vorträge halten, die Hypothek, Zinsen und Nachtzuschläge, Stroh sollt ihr fressen! und sich tagaus, tagein keinen Rat wissen, stehen und schlucken. Der Frühling kommt nicht ins Land. Mit den Zähnen knirschen und sich jeden Tag wieder vornehmen, die Lohnarbeit auf der Hütt'. Muß man mehrmals täglich laut vor sich hinsagen, eigens stehenbleiben auf jedem Weg. Diesmal auch den Sommer über die Lohnarbeit. Mehrmals täglich, immer entschiedener! Auf keinen Fall aufzugeben! Als Drohung, im Streit mit sich selbst großspurig mit Wörtern und Fäusten fuchtelnd, ja Eisenknochen. Und stehen und schlucken, der Hals ist so eng. Wo sind wir denn diesmal zum Stehen gekommen? Als ob man sich selbst nie anders gekannt hätte. Beinah wie ein Schicksal schon hat uns das gepackt und können nicht aufgeben.

Als gestrige Nachtschicht Berge von Asche ausgeräumt, weggekarrt, pflichtbewußt hastig aufgefressen ein halbes Leben in ewiger Finsternis: fast erstickt. Die Frühschicht hat angeheizt, fluchend, das ist die einzige Sprache; als Frühschicht da geht dir die Kälte bis auf die Knochen: Stein und Eisen und werden nicht warm. Die Tagschicht, die Mittelschicht schürt das Feuer, tut den Druck regulieren, beinah wie normale Menschen sind wir auf Tagschicht, sogar Zeit und Besinnung, sogar Scherzworte hin und her und die Zeitung. Auf Tagschicht steckt man sich Bleistifte hinter die Ohren, selbst wie aus der Zeitung kommt man sich vor. Sogar Zeit zum Rasieren gehabt. Und als Spätschicht sitzen wir mit Rußgesichtern, mit unseren unterirdischen Träumen in der Wärme die uns müd, immer müder macht. In der Glut, in der Asche rühren, nach Wörtern wie Goldstücken suchen. Wie eine neue Sonne ist so ein Stück Schlacke bevor es verglüht. Das Eisenwerk himmelhoch schnauft und bebt. Wie im Jenseits sitzen und die Erdentage und Kohlenschaufeln zusammenzählen, ein Gedächtnis. Mit zusammengebissenen Zähnen. Noch beim Dösen ein gegenläufiges Mahlwerk im Kopp, wo soll man denn hindenken? Und den Heimweg bergauf noch lebenslang vor sich.

Abends siehst du die Männer mit leeren Händen in den Küchen sitzen, vier Wände. Unter der Lampe oder sitzen auch sparsam im Dämmer, das soll sich gehörig summieren. Ums Haus und vorm Fenster der Tag ist wie Rost, ist wie Schlackensand grau und braun, wie Sandstein, wie Backsteinstaub rötlich und schmutziggelb ein trübes Geflimmer und gleich ist der Tag gegangen. Von der Hütt' heim mit schwerem Schritt, vom Bahnhof, vom Feld und aus der Schamottfabrik, Feierahmd. Das Dorf steht auf einem Basaltfelsen. Wie die seinerzeitigen Riesen hier im Land, vormalig, wie Steingötzen sprachlos sitzen sie; jeder hat seinen angestammten Schatten mit, jeder hat eh und je seine Ecke. Hände wie Dachziegel, wie Mauerkantsteine groß und schwer, Blei in den Gliedern. Jeder nimmt jeden Tag unauffällig einen Backstein mit heim, im Brotbeutel. Wieder ein Sieg, Erdentage. Sitzen und nicht wissen wohin mit den leeren Händen und wo denn hin in Gedanken. Die Seele scheints anderweitig, wie eine Fledermaus, wie der Schatten von einer Fledermaus ums Gebälk. Durch die Stille. Übern Hof, mit Anstrengung übers Scheunendach unsre Seele und im Grasgarten in der Dämmerung schwerfällig ein Geflatter zwischen den Bohnenstangen und Obstbäumen. Zwischen den Zäunen, niedrig. Jetzt fallen die letzten Blätter ab: ein Blatt fällt, die Stille wird eine Ewigkeit; lang danach erst hörst du es rascheln. Nie mehr den Mund aufmachen, bis wir im Grab liegen. Nicht ein einziges Wort. Selbst wie so eine Fabrik gewichtig dahocken, verwittert auch, wie der Buderus-Turm. Überzählig. Die Kinder, wenn Kinder da sind, klettern auf ihnen herum, sie sitzen ihnen auf den Werkschuhfüßen, auf dem Schoß, um Gleichgewicht zappelnd an den Armen hängen sie, am Brustkasten, krabbeln und sitzen auf den Knien, auf Schultern und Kopf. Erst sind es die Kinder, dann sind es die Enkel und gleich ist der Tag gegangen. Den heutigen Backstein, den Sieg noch im Brotbeutel, noch nicht ausgepackt, noch nicht dazu gekommen. Muß man betrachten und wiegen und nachwiegen und betrachten, im Kopf eine heimliche Buchhalterliste. Behält man für sich. Die Brotbeutel hier im Dorf sind größtenteils noch aus dem Weltkrieg, gemeint ist der erste, die halten noch lang. Die täglichen Backsteine sind für den eigenen Anbau bestimmt. Unsre Seele jetzt frierend im Schuppen, in der zugigen Finsternis, stumm. Und gleich ist der Tag gegangen, gleich wie nie gewesen der Tag.

Heimkommen und im Finstern werkeln, wie mit verbundenen Augen. Halsbrecherisch, im Halbschlaf und kein Ende finden mit Selbstgesprächen, fremderlei Geistergelichter und dem eigenen uralten Zorn, Knochenarbeit. Die Wahrheit (die Wuhrheit, de Wurräd) mit der Lötlampe suchen, dem Tag mit dem Schweißbrenner heimleuchten, die Gespenster mit Dreschflegeln weggescheucht, Müdigkeit, Finsternis und auf Samstagnacht eine Kreissäge und eine Mörtelmaschine, eine Speistrommel günstig zu leihen versprochen kriegen, aber keinen kräftigen Sohn haben und selbst bloß Stücker zwo Hände haben, die meiste Zeit, wem gehören die eigentlich? Wem gehört denn die Zeit, daß uns davon nix bleibt? Allenfalls vom Endstück so ein Zipfelchen, angenagt, ausgelutscht, bei der Wurst schmeißt man es dann dem Hund hin, der nickt und frißt es aus Höflichkeit. Auf jedem Heimweg todmüde, kommt uns die Nacht auf den Hals. Die Kreissäge atemlos selbst bedienen, alleinig, von allen Seiten, überall gleichzeitig, fünf Finger an jeder Hand. Sich eigenhändig drei geschickte Handlanger ersetzen, das geht, kostet nix als den eigenen Schweiß. Und an die Speistrommel gehört sich wenn schon kein kräftiger Sohn, dann ein kräftiger Schwiegersohn, falls wir heiratsfähige Töchter hätten, das ist noch bis Samstag die Frage. Aber wer soll dann mit unzähligen Schubkarren Sand und Steine herzukarren unablässig und wer schleppt uns das schwere Wasser an, Eimer um Eimer, einunddenselben Tag: in die Nacht hinein. Der Mond kommt zum Fehlen. Im Stall brüllt unvernünftig das Vieh. Statt hauszuhalten mit seinen Kräften, damit es nicht soviel Futter braucht: Steht ruhig, der Winter ist lang! Vorher noch schwitzend ausschachten die Kubikmeter Dreck, Erde, Lehm, jetzt im Herbst haben wir hier bei uns egalweg Lehmboden unter den Füßen. Wo du auch stehst und gehst. Schon Mittwochabend schläft man im Stehen ein, Nieselregen. Wie nicht ganz bei sich ein Leben. Wieviele Sommer gegangen und wohin? Und woher nehmen am Samstag vier bis sechs schadhafte Anstelleitern, ein Bruch, jede anders kaputt, anstelle von einem zuverlässigen Gerüst, fest und sicher, zwei Stockwerke hoch bis zum Giebel. Gerade auch Samstag. Hat doch jeder soi' Sach' zusammenzuhalten und braucht seine Zeit, seine Kraft, sein Gelump für das eigene Flickwerk in Haus und Hof. Unser Anbau. Jetzt wird es jeden Tag früher dunkel.

Die Wege sollst du dir selbst suchen! Als Fremder kannst du dir und ihnen nicht kommen, man kennt sich und kennt sich nicht. Immer wieder gekommen, du fragst und sie hätten die Antwort noch gestern gewußt. So reimt sich jeder im Kopf und auf allen Wegen seine eigene Weltgegend und Überlieferung zusammen und das wächst dann und wächst sich aus und wuchert so im Verborgenen. Unter der Hand. Fragt morgen nach mir! Die Wegsteine sind aus dem Preußischen herübergewandert, Meinungen auch (so mancher hat Meinungen drei oder vier). Die Zugochsen haben ihren eigenen Kopf, die Toten mischen sich ein, der Lochgoartenweg jetzt im Herbst wie die verbliebene Erinnerung an eine alte chinesische Tuschezeichnung, durch drei oder dreißig Zeitalter: erst bunt und die Farben noch frisch, noch nicht trocken, dann nur noch schwarz, immer schwärzeres Schwarz. Am Abend. Wie stille Teiche liegen die Bodennebel auf den Wiesen. Die Kühe waten in diesen Nebelteichen und stehen bis an die Querripp darin, man weiß nicht, ob sie sich wundern. Ihre letzten Tage draußen, jeden Abend werden sie heimgeholt: man geht und denkt sich Geschichten aus, sie steigen uns bis vor die Stalltür nach. Morgens Rauhreif, morgens auf dem Weg zur Weide: sie rühren mit ihren Schwänzen, sie stehen und starren, als ob sie etwas vergessen hätten. Sie brüllen, sie gehen zwei Schritte, dann stehen sie wieder. Als ob sie die Sommerfliegen vermissen, die Sonnenwärme, das Licht, und haben keine Sprache für diesen Verlust, *deshalb* stehen sie so. Vereinzelt Äpfel noch an den Bäumen, hoch oben, die haben den ersten Frost jetzt schon weg, Winteräpfelchen, und lächeln dir zu wie poliert. Wie sie leuchten, ein düsterer Tag. In der Ferne die letzten Kartuffelfeuer in Nebel und Dämmerung, Zigeuner und Geister die um diese Feuer sitzen. Kommst du hin, sind sie weg. Verlassene Feuerstellen, Krähen die um die Asche hüpfen, ist die Asche noch warm? Die Stimmen als Ahnung noch in der Luft, noch keinen Platz gefunden zur Ruhe. Scharen von Elstern und Krähen siehst du in den Bäumen hocken. Und warten und wechseln sich ab bei der Asche und lesen darin. Hexenvögel, schräg durch die Luft. Was sie lesen, ist nicht zu erfahren. Wie selbst ein Geist stehst du daneben, nie fliegen gelernt, und verlierst dich in deinem Blick hinüber zum Wald. Dem Winter entgegen zum Heidenkönig? Mit dir selbst noch einmal über die Hardt? Lehmklumpen. Die diesjährigen Kartuffeln noch trocken nach Hause gebracht, der Dreck allerwegen ist von der Roibenernte. Hochauf beladen die Wagen. Unterm Vordach, im Hof, beim Tor stehen sie in die Nacht hinein, immer dichter der Nebel, und warten aufs Abladen. Abladen auch im Dunkeln. Wie im Schlaf zwischen Tür und Tor. Uns' Großvadder sein einen langen Nachmittag im November und die Schtrink und das trockene Laub verbrennen als alter Mann. Die Holzfahrerjacke, der alte Hut. Schrittweise hin und her und so ein Gemurmel dazu. Durch den verkrauteten Grasgarten schlurfen, das war ein anderer Herbst, da hat er vor zweiundvierzig Jahren ein erstklassiges Jagdmesser verloren, da mischt der Nebel sich mit dem Rauch in den Abend und vielleicht ginge über den Pflaumen- und Apfelbäumen groß und rund so ein heutiger Mond auf oder schräg eine dünne Silbersichel. Wie das verlorene Messer fast. Zeigte sich und gleich wieder verschwunden und käme zum Fehlen, die Lichter im Teich versunken. Wird Rauhreif, wird kalt auf die Nacht.

Offm Kreuz wie ein Großer stehn, nicht wissen ob man gerufen wird und auf das gelbe Licht im Kaufladen warten und daß die Kinder vorbeirennen, atemlos, in übermäßigen Gummistiebeln. Auf einmal: gleich wäre es dunkel. Stephans Gärtchen, da hängt so eine Mütze am Zaun. Jetzt fragt jedes Kind jedes Kind: Is das vallaich deine Mütz', die was da am Zaun hängt? Obwohl wir doch unsere Mützen untereinander und gegenseitig jederzeit kennen, bald wie die eigenen so gut kennen. Wie lang denn schon hängt jetzt die fremde Mütze am Zaun, wem kann die gehören? Merkst du im Winter, du hast schon wieder einen Handschuh zu wenig, kannst du gleich gehen und nachsehn, ob er nicht schon da bei Stephans am Zaun hängt: bei uns im Dorf geht doch nix verloren! Höchstens im Schnee, das findet sich dann im Frühling wieder, sobald sich ein Frühling hier bei uns einfindet. Nur was du im Wald verlierst, kann sein, es bleibt hundert Jahre verloren. Zur Mütze dazugehörig ein fremdes Kind hat keiner gesehen, wo kann es geblieben sein? Im Schindgraben Feuerchen machen, Schätze suchen und die letzten Friedenspfeifen geraucht, das Dorf ist sang- und klanglos im Nebel versunken. Die Drachen sind von Tag zu Tag größer geworden und ungebärdiger, sie haben uns nicht mehr kennen wollen, sie haben sich losgerissen und sind davongeflogen, in die hohen leeren Mittagshimmel gestürzt. Jetzt im Nebel hätte der Schreiner Zeit und

Geduld, endlich hat er sich darauf eingerichtet: kommt kein einziges Kind mehr nach Drachenlättchen. Jetzt im Nebel, wo hat es den Wind denn nur hingetrieben? Beim Schmied sich die ausgeglühten Scharten zusammenkramen, wie kann man das anstellen, daß eine schimmernde Rüstung draus wird, Schwert und Schild, heute noch? Nach Indien segeln mit einem Dreimaster, erst Schiffsjunge, dann Kapitän. Über die leeren Herbstfelder: dem Krähenflug nach und nicht wiederkehren. Zur Schosseeh und auf Zigeuner warten, auf einen Zirkus warten. Wie auf den Frühling. Am Dorfrand, am Waldrand, auf was denn noch warten? Zum Poul hinauf, an den Teich, wie eine Haut liegt matt das Licht auf dem Wasser; hier treffen sich abends die Toten, lieber nicht stören! Jetzt im Herbst, jeden Abend, die Uhrzeit wissen wir nicht. In Scharen kommen sie aus den Häusern, aus den Kellern und über die Friedhofsmauer und wo sie noch herkommen mögen, vom Feld auch herein und wollen vielleicht unter sich sein, wir wissen das nicht. Spätabends auch in Scharen durchs Dorf die Toten, die Straßen hinauf und hinab, rütteln an allen Türen. Alles tun sie verwechseln, bringen die Zeiten und Schicksale durcheinander und finden sich nicht zurecht, rufen, rufen und mischen sich überall hinein: nix als Irrtum und Spuk. Besser man geht ihnen aus dem Weg, wohin denn nur aus dem Weg?

Dem vergangenen Sommer nach noch einmal hinunter zum Fluß, es zieht dich, es zieht dich. Die Zeit trieb den Fluß hinab, jenseits des Flußes schon wartet unabsehbar der Winter, wird lang. Ende Februar, Anfang März, so fern ist das noch, du wirst auf der Ruttershäuser Steinbrücke stehen und die Eisschollen *kreiseln* sehen, bis dir davon ganz schwindlig im Kopp, bis du kein Oben und Unten mehr kennst und dir ist, als ob die hohe Brücke mit dir dahinfährt durch Raum und Zeit, halt dich fest! Nachts das Eis krachen und bersten hören, Sturmnächte, und wir liegen im Schlaf und fangen an, auf den Frühling zu warten wie auf ein verheißenes Wunder. Verhohlen, jeder für sich, es ist noch lang hin. Doch hierorts den heutigen Abend ist dir, wie wenn du zum letzten Mal auf der Welt sollst sein: wie aus dem Jenseits, nur zu Besuch hier, diesen einen einzigen Abend. Fragt morgen nach mir! Es zieht dich, du weißt nicht wohin!

**Ins Eisenwerk alle Tage:** auf die Hütt', zu erfragen, wer man ist, wer wir sind oder sein sollten – einer *muß* es doch wissen, Herrgott, muß Bescheid wissen. Als Bauer aufs Feld, von früh bis spät sein eigener mürrischer Knecht sein, gutwillig einen scharfen Wachhund und einen halben Zugochsen noch sich ersetzen und von Fall zu Fall allerlei unbegreifliches Maschinenwerk und teure Gerätschaften mit den eigenen Händen auch sich ersetzen. Als Spezialist sozusagen. Mit Mühe und Zuversicht, woher nehmen die Zuversicht? Bis zu drei geschickte Handlanger sich jederzeit eigenhändig ersetzen und die schwere Erde am Abend an den Schuhen heimtragen; kaum daß man die Füße noch hochkriegt, so abgeschafft, Bleigewichte, das Licht ist schon vorher gegangen. Als Bauer, als Hüttenknecht (Schichtarbeiter) egalweg die gleichen Schuhe und die Tage gehen im Reigen. In der Küche und wie ein Steingötze dahocken. In der Dämmerung wieder müd auf der Ofenbank sitzen, wir kennen uns selbst kaum. Eisenknochen, ein wortloser Riese, ein Elend. Mit keiner Arbeit je fertiggeworden, sich jetzt und jederzeit keinen Rat wissen, für die Ewigkeit nicht und nicht für den heutigen Tag, und ungelernt an den Holderbusch denken: den hinterm Haus und den in dem Lied. Wie geht das denn vor sich, vom Frühling wollten wir träumen, dann doch eingeschlafen und dem Tag hinterdrein im Traum eine Früh-, eine Spät-, eine Nachtschicht noch abgeleistet, wer zahlt uns das jetzt? Vom Frühling wollten wir träumen und wissen nicht wie – vielleicht stirbt die Welt, so lang schon November. Aufgewacht mit einem Mühlstein im Kopp und mit dem dumpfen Wissen, daß wir jeden Zahltag nicht genug Geld heimbringen, ein Verlustgeschäft unser Leben. Wie im Schlaf noch die heutige Abendsuppe hineinlöffeln, weil die Mutter, die Frau sie uns hingestellt hat, unbekannt, ein geschwätziger Schatten; wo käme uns denn eine Magd her? Auf der Ofenbank schläft es sich schlecht, aber gleich ins Bett, dafür sind wir am Anfang des Abends zu müde gewesen. Mit dem Löffel nun stetig. Fremd wie seinerzeit so ein Feindarweiter mitessen hier am Tisch. Kaum über den Tellerrand hochkriegen unseren Blick und ums Leben ohne Erinnerung, wortlos. Wie sollen wir wissen, wer außer uns noch zur Fumilje gehört? Die Suppe, der Jahreszeit nach wird es Kohlsuppe sein, derweil es draußen schon dunkel und immer dichter der Nebel. Wie in ein Grab sinkt man in sich hinein, in die innere Stille hinein in der Ofenwärme, in den eigenen Körper. Ganz von selbst. Kein Gespräch will sich einstellen, nicht ein einziges Wort. Auch nicht in der Vergangenheit, wie soll das denn zugegangen sein, erst jung und dann alt, wir hätten nichts je gesagt? Nie mehr den Mund aufmachen, bloß für die Abendsuppe. Warum nicht einen Winterschlaf, vielleicht stirbt die Welt? Und mehrfach hochschrecken, die Nacht, die Unruh', das sind nun ihs Roiben, die Futterrüben im Hof, zwei Fuhren noch abzuladen: da ist uns in der vorigen Woche verfrüht die Nacht auf den Hals, sind wir vorgestern, gestern und heute beim endlichen Heimkommen in der Dämmerung, wir haben uns selbst kaum gekannt, so müde sind wir gewesen und die Dämmerung schwer wie ein nasses Tuch auf den Augen; jetzt wird es jeden Tag früher dunkel.

*Abladen auch im Dunkeln!* Wie ein Befehl schießt es uns in den Sinn. Und können sogleich nicht mehr stillhalten, gleich auch unnütz die gesamte unbekannte Fumilje mit aufgescheucht, angesteckt mit uns' Unruh': die Lippen bewegt, kopfschüttelnd, ein Geflüster. Kein Gedanke an Schlaf, die Ruhe ist hin. Die Schultern gezuckt, mit sich selbst hin und her, wie soll man das aushalten auf die Nacht? Jetzt hat es uns *doch* gepackt, kommt kein Sturm auf? Nacht ums Haus und immer dichter der Nebel. Endlich doch sich gehörig zusammengerappelt und mit müden Knochen (wie eingerostet) hinaus in den Hof. Die Unglücksroiben betrachten und Verwünschungen drüber murmeln und stehen und frieren. Husten auch und wie im Sturzflug die Jahre bedenken; man kommt nicht zum Rechnen vor Husten. Jahre und Jahre im Finstern verwerkelt. Einen Zug fahren hören. Und stehen und frieren. Unstet, die Haustür offengelassen, die Kinner und Gummistiebel kommen uns von allein nach. Zwei Fuhren hochauf noch beladen, vielleicht unbedacht ist es ein Roibenjahr, und ein weiterer Haufen der was unterm Vordach sich breitmacht, vorm Scheunentor. Mehrfach vergessen und liegt da noch immer. Jetzt kann man nicht abladen die zwo Fuhren, weil der Haufen da unterm Vordach noch liegt, breit im Weg liegt. Jetzt kann man unterm Vordach den Haufen nicht in die Scheune schaffen, weil er vorm Tor davor, weil das Scheunentor geht nach außen: nicht aufzukriegen, auch in der Finsternis nicht. *Weil* sie davor liegen. Liegen schon länger. Beim Abladen kam uns das praktisch vor, beim Abladen hat es dem Tag hinterdrein geregnet; wie ein voriges Leben kommt es uns nachträglich vor, wie soll man das jetzt noch begreifen? Soll man mit Fußtritten und darauf warten, daß man in Wut gerät, gutwillig, ein Versuch? Die Wut mit Gewalt unterdrücken und wenn uns das gelingt, die Roiben jede einzeln wie gestrige gute Vorsätze achtsam vor uns her durch das Scheunentortürchen tragen, hundertmal hin und her und auf jedem Weg über das Glück nachsinnen und über die Trittkante stolpern, die wir doch zeitlebens schon kennen. Sollte man meinen. Dann späterhin zwei auf einmal, schweren Herzens, man kennt sich und man kennt sich nicht. Kein Jahr noch die Roiben gezählt, hundertmal rein und raus wird nicht reichen. Die Kinner auch dafür anstellen oder mit Wörtern und Forke sie erst einmal wegjagen, inwendig Bitternis, schert euch! Man braucht sie nicht kennen! Die Roiben unterm Vordach hervor in den Hof, da stünden hölzern die Fuhrwerke uns im Weg, lauern schon, in der Finsternis Barrikaden. Gibt scheints Frost, der Misthaufen dampft im Nebel. Daß die Roiben kein Einsehen haben, genau wie die Zugochsen nicht, für die sie bestimmt sind. Ein Kornjahr wäre uns lieber. Sich behelfen so irgendwie, aber wie? Ohne die Finsternis vielleicht fände schnell sich ein Ausweg, genau kann man das nicht wissen. Es auf morgen verschieben, sich schon jetzt eisern vornehmen, daß man zwei Stunden eher anfängt, auf übermorgen und drei Stunden eher! Und jetzt verzagt in die Küche zurück und gleich auf die Ofenbank wieder, wir hätten uns gar nicht wegrühren sollen. Werden übermorgen noch müder sein, uns vor Müdigkeit nicht mehr kennen. Die Kinner stehen und gaffen. In Nacht und Kälte, sind es die Kinner oder sind es die Enkel?

Erscheint die Frau in der offenen Haustür und hält ein Geplirre wie die eigene Mutter, es wird schon die Frau sein, bei Nacht so ein maulendes Weibstück in Haus und Hof. Auf der Vortreppe. Ringt die Hände und nimmt uns das Licht weg, kostspielig die Wärme geht aus dem Haus. Und hetzt uns, damit wir nicht zuhören brauchen, erst recht in die Ungewißheit der Unternehmung hinein. Nur nicht auf Antworten sich noch einlassen, hastig gebückt und die ersten Roiben beiseite, daß der Haufen gehörig ins Rutschen gerät, nur leider die Richtung ist falsch. Jetzt *sieht* sie doch, daß wir keine Zeit haben! Schippe, Rechen und Forke geholt, da fangen auch die Kinner an, zuzulangen und die Frau kommt uns mit der Jacke.

Gegen Lungenentzündung; doch wohl immer die gleiche Frau. Schon all unsre Erdentage nicht genug Geld heimbringen und sie weiß es auch, so mögen wir recht haben und sind doch ins Unrecht gesetzt und können nix dazu sagen. Nicht zu denken die Hoflampe könnte brennen, eher mit Schippe und Rechen beidhändig schwer ins Grübeln geraten, die eigene Jugend und wo man jetzt zur Gelegenheit passend eine Glühbirne rausschrauben könnte, im Hausflur, im Keller, im Oberstock? In der Jugend reihum auf jede Kirchweih sind wir gezogen: Feldwege, unverdrossen. Nicht daß die Glühbirne uns in den Händen zerbricht, auch unversehrt noch ein Glücksfall, sie würde wahrhaftig brennen; meistens schraubt man und schraubt imsunst. Kann auch an der Leitung, kann auch an der Fassung liegen. Mit Schippe und Besen wie vorbestimmt über den Forkengriff stolpern, über drei Zinken stolpern, über die eigenen Vorsätze stolpern und sich dabei überhasten, derweil die Kinner schon darauf gekommen sind, daß man die Roiben auch rollen kann und haben ihr eigenes Leben, nehmt euch in acht! Muß die Frau es auch gut meinen und uns mit Ratschlägen und mit der Jacke bedrängen, bewegt so die Lippen, ein geschwätziger Klageschatten. Vielleicht zur Betschwester längst geworden und wir hätten nur nichts gemerkt, *falls* es die eigene Frau ist! Einzig die Hebamme und der Schreiner bei uns im Dorf haben Hoflampen die jederzeit brennen. In die Nacht hinein, immer dichter der Nebel. Jetzt sind wir soweit, daß wir lieber gar nicht erst angefangen hätten, da kann es doch kein Zurück geben! In Gottes Namen. In den Roibenkeller ächzend die schwere Finsternis schaffen, da wird sich zeigen, daß der Dreck noch von manchem Vorjahr da liegt, sind Jahre und Jahre und haben sich wie die Müdigkeit angesammelt, sind Jahre und Jahre und sehen dich an. Das Kinn fest auf den Forkengriff stützen und zu denken, die Zeit geht und geht: muß man ausputzen oder wie die Jahre zuvor noch einmal drüber weg, beim Gehen nicht ausrutschen, kniehoch Fäulnis und Schimmel; dann muß ein Lattenrost sachgerecht hin, in vier Teilen ein ehemaliger Nachbarszaun und die Steigenbretter dazu. Gut, daß wir die Ausrüstung haben. Und wissen auch, wo sie ist. Liegt sorglich im Schuppen verwahrt. An der hinteren Wand, gegen jegliches Wetter geschützt, und kann unsrerseits jetzt nicht hervorgeholt werden, weil wir all die vergangene Zeit in jeder freien Minute immer wieder ein bißchen Holz gehackt haben und uns an unserem Fleiß und dem Nutzen und der künftigen Wärme erfreut und wie der Holzscheite sichtbar immer mehr sind geworden, ein Augentrost, so hell klang die Axt, fast bis unters Dach reicht der Berg. Müßten beiseitegeräumt, im Schuppen ist auch kein Licht, auch mit Licht wird die Nacht nicht reichen. Dem Schuppen die Rückwand einreißen, das wäre am einfachsten noch, doch dann kracht das Dach zusammen, ein Hustenanfall der uns aus dem Konzept bringt. Unsere Kinner und Enkel hätten beizeiten angelernt werden müssen, sie aufzuschichten, die Scheite. Wie aus eigenem Antrieb, jeden Tag nach der Schule, immer wieder ein gutes Stündchen, das sagt man jetzt kundig der Frau ins Gewissen, da fehlt ihr die passende Antwort. Ist sie beleidigt ins Haus verschwunden, wissen wir dennoch nicht weiter. Wissen schon nicht mehr zu sagen, wie ihr Aussehen: unbekannt, eine Person. Muß sie auch immer auf der Vortreppe stehen und keifen, jedesmal wenn wir gutwillig zur Besinnung kommen könnten. Die eigenen passenden Antworten, wie schon hundertmal gesagt, haben wir gar nicht gehört – einer der nicht genug Geld heimbringt, brüllt meistens imsunst. Wider besseres Wissen im Stall, da ist Licht, nach dem Lattenrost suchen und dann drauf vergessen oder den Roiben mit Drohungen, mit der Axt beizukommen trachten, da wären die Kinner und Enkel im Weg, ein Gezappel zu unseren Füßen, und letzten Endes einstweilen auch unsre Vernunft noch, geloben wir uns.

Stehen und frieren und in der Finsternis bleiben, nun da sie weg ist, gegangen die Frau und wir erinnern uns nicht. Wie wenn sie es mitgenommen hat, unser Leben; jetzt tun uns die Antworten leid. Jeder Tag tut uns leid, jeder Augenblick der uns verläßt. Im Hof stehen und mit zuckenden Händen nicht zugreifen können, wo denn anpacken, Hirregott? Doch vermögen uns auch nicht loszureißen, die Nacht und die Roiben, derweil der Nebel sich naß auf die traurigen Mauern legt und in uns hineinkriecht, je später die Nacht umso dichter der Nebel, umso ratloser wir. Und stünden bis lang nach Mitternacht; schon jetzt kommt es uns wie lang nach Mitternacht vor, seit die Haustür ins Schloß fiel, gegangen die Zeit. Naß bis auf die Haut, wie angewachsen auf unserem Fleck, mit schmerzhaft erhobenen Armen und im Innern die Unruh', ein überhastetes Uhrenmännchen, wir stünden bis gegen Morgen, dann wird der

Abgrund noch tiefer, dann *friert* es vielleicht und wird noch lange nicht hell; wir stünden bis es Zeit ist, die Werkschuhe neu zu schnüren und zitternd zur Frühschicht. In der Finsternis, in der Stille. Eilig mit Aktentasche und Brotbeutel, Loch im Bauch, Namen vergessen, ohne Morgenkaffee durch die weite frostige Frühe. Auf die Hütt' und in die Schamottfabrik, pünktlich abliefern unseren Tag, noch bevor er begonnen hat. Da sind doch aber die Kinner, die Enkel noch und kriechen um uns herum. Hier im Hof, wie spät kann es sein? Wenn es die eigenen, wenn es unsere Kinner sein sollten, muß man sich wundern: so viele Sorgen ihretwegen gehabt und sie wären noch immer so klein? Sind es die Enkel, so fragt man sich, wo unsere Zeit denn geblieben ist? Und haben um unsere ratlosen Füße herum nicht wenige Roiben schon aus dem Weg geschafft, muß man sich tatkräftig wundern. Da kann uns die Kabellampe nun einfallen, richtig, die haben wir noch, die *gibt* es! Liegt auf der Kellertreppe, wenigstens gehört sie dahin, gehört dem Schwager der gutgestellt, der sie seinerseits nicht so oft braucht. Er hat alles doppelt und dreifach. Gleich ein Kind danach schicken, erst eins und dann alle Kinner. Stolpert nicht! Und wenn ihr sie findet, dann laßt sie nicht fallen! Und sind gegangen. Wieso wir auch nach so einem schlechten halben Schlaf auf der Ofenbank aufwachen konnten ohne Erinnerung? Dann erst darauf kommen, daß wir sie zu loben vergessen haben und uns niederbücken und so wie sie Roiben aus dem Weg rollen, unverzagt, um Platz vor dem Tor zu schaffen. Ohne die Kinner, wir hätten in Ewigkeit keinen Anfang gefunden. Noch ein paar Berge beiseite, bevor sie zurück sind. Wenn sie die Lampe nicht finden, werden die Frau danach fragen und die bringt sie gleich gründlich ins Bett. Wüßten wir wenigstens, wie wir die Frau uns vorzustellen hätten und könnten so uns ein Bild machen, um eine Ahnung zumindest zu haben von unserem eigenen Leben. Immer schneller die Roiben beiseite und nur nicht in Panik geraten, wie dumme Tiere kommen sie uns schon vor, die nicht aus dem Weg gehen wollen. Die ihren Platz nicht kennen. Ohne Kopp und Vernunft so ein Viehzeug. In Herden, Namen brauchen sie nicht. In der Finsternis, in der Kälte. Das schmerzt uns jetzt, daß wir die Kinner zu loben vergaßen, auch kaum ja sie angesehen. *Weil* wir nicht genug Geld heimbringen, keinen Zahltag nicht. Bis ans Ende der Zeit. Je länger wir daran denken, umso mehr schmerzt es uns. Wenn sie nun nicht mehr kommen für heute und beim nächsten Mal sind sie schon groß, es wäre für immer zu spät! Uns ist, wir hätten einmal ein Kind gehabt, glücklich das erste vielleicht. Und dann, was war dann?

Mit Händen und Füßen noch bei den widersetzlichen Roiben, Herz und Kopp schon zur Haustür hin unterwegs; lebendig ein gutes Wort finden, wahr und wahrhaftig, das trauen wir uns jetzt zu! Sich zu Lehrgängen melden und eine Prüfung als Oberheizer, warum nicht schon längst? Auf ein Wort, einen letzten Blick noch ins Haus, bevor sie uns unerreichbar im Schlaf liegen und wir wüßten nicht einmal ihre Zahl. Nur schnell ein paar Roiben noch, jeder leere Fleck gibt uns Zuversicht, immer noch eine, noch ein paar, eine Ansammlung, die wir beiseitescharren im Finstern, in übermäßiger Eile; sie scheinen sich einzugraben im Finstern und sind gemein in der Überzahl. Wie soll man hier und da gleichzeitig: ins Haus als Vadder am Abend, da sind wir uns selbst nicht geheuer, und hier sich in die Nacht hinein keuchend eine unbekannte Sortiermaschine ersetzen; kaum Zeit zu husten. Sooft wir uns angestrengt bücken, bauen sich über dem Hof ungesehen prächtige Sternbilder auf, steigt das Blut uns zu Kopp, scharren wir nur umso hastiger. Wenn wir uns taumelnd aufrichten, Gliederschmerzen, das Herz klopft, zieht blind der Nebel und *kriecht* in uns hinein; November und Nacht und kein Stern am Himmel. Stehen und frieren, schwitzen und frieren in einem, nach Luft schnappen. Die Augen reiben, sich niederbeugen und wieder die Sterne im Sinn, richtig ein Firmament. Bis wir atemlos einhalten: Horch, sie kommen, die Kinner, sie bringen die Lampe! Aufgepaßt jetzt, die Steckdose ist im Stall. Das Vieh um die Ruhe beneiden: so ein Ochs frißt und, wenn es sein muß, arbeitet schwer, aber sorgen tut er sich nicht. Unsereinen läßt er für sich einstehen. Bis Schlachttag ist, auf einmal will er nicht mit. Jetzt mit dem Licht die Schatten aufscheuchen, so eine Kabellampe was wirklich brennt. Wie wenn es die eigene wäre, ein Schlaukopp der Schwager, der erste Schlaukopp in der Verwandtschaft. Die Lampe über den Hof tragen, in Gummistiebeln die zwo Nummern zu groß sind: den Nebel beleuchten, wie ein Zauberer vor die eigenen wandernden Füße sich leuchten und Schatten wie Flügel. Wir sollten die Zeit vergessen, die Sorgen abladen und zu spielen anfangen, hinfort immer ausschlafen. Die Kinner stehen und staunen. So klein wie sie dastehn, sind es drei oder sechs? Mehr als genug Roiben noch, die im Weg liegen, jetzt bei dem Licht. Da ist neben der Stalltür unterm Dach in unsrem Gedächtnis *schon lang* so ein Haken, ein Krampen, kann man sehr praktisch die Lampe anhängen. In der Wirklichkeit, Teufel auch, da findet der gleiche Haken sich ein ganzes Stück weiter erst: so dumm in den Winkel verkantet, daß die Lampe mehr Schatten als Licht uns wirft, Höllenschatten. Zwar hat die Wirklichkeit recht, doch lieber würden wir die Welt, unser Anwesen, jedem soi' Sach' einmal nach unserem Kopp umräumen da und dort. Einen einzigen Tag nur wenn wir die Ordnung umkehren könnten und es hätte damit seine Richtigkeit. Verstehn uns auf vielerlei, doch dort wo sie uns brauchen können, brauchen sie uns nur immer als kräftige Handlanger. Gleich weiter, gleich die Kinner helfen uns wieder. So spät es auch sein mag, sie rollen die Roiben und fangen zu singen an.

Mit dem Licht auch die Frau aus dem Haus gelockt, in jedem Leben einunddieselbe! Ob sie ein zweitesmal die Jacke uns bringt zur Versöhnung bei diesem Wetter? Was wird sie uns sagen, wie soll man das abwarten? An nix als wie die Roiben nur denken, an den Herbst und die Uhrzeit und keine Zeit haben. Und zittern vor Nacht und Kälte, wie das an uns zehrt! Wieviele Leben haben wir denn? Wie wenn wir sie noch nicht bemerkt hätten, Nachtgestalt, kommt da nicht ein Wind in der Finsternis auf? Immer weiter die Roiben beiseite, was mag sie im Sinn tragen und kommt so langsam über den Hof? Bedächtig. *Wenn sie* nun gar nicht gekommen wäre: wir hätten uns ihr jetziges Kommen nur eingebildet, für den Moment nur uns eingebildet, das ist vom Keuchen und Bücken das eigene Blut, rauscht uns so in den Ohren. Ist der Wind, lärmt verhalten im Nebel. Wollen für diesen Fall gern uns ausdenken, wir hätten bei ihrem Kommen uns aufgerichtet, ihr zugenickt ohne Scheu und wüßten fortan, wie sie aussieht und vielleicht wer wir sein könnten auch. Mit den erstbesten richtigen Wörtern gesagt: Viel Arbeit, wir schaffen es schon! Bei uns selbst, im Kopp, in unserer Vorstellung tun wir bei mancher Gelegenheit uff schriftdeutsch uns ausdrücken, so einfach ist das. Die Arweitsmütz' abnehmen, die wir gar nicht aufhaben, den Wind spüren und die Mütz' wieder aufgesetzt, warum sollten wir das denn nicht fertigbringen? Hätten sie angesehen und vielleicht die

Vergangenheit wieder, lebendig, in einem Stück. Hier im Hof. Die Wörter kämen richtig von selbst uns über die Lippen, Sommertage soll es gegeben haben. Wir sehen uns unterm Vordach stehen, der Wind immer stärker, im Nebel ein fremder Wind. Von weither, sagt man sich, November. Die Tage und Jahre, das soll doch unser Leben und dauert. Der Reihe nach und künftig in Ruhe, wie es sich für dieses einzige liebe Leben gehört, wir wollen nicht zum Gespenst werden! Und nicht, daß uns jeder Handgriff zur Katastrophe mißlingt, jeder Tag in die Nacht hineinstürzt und die Jahre ins Torkeln geraten, ein Narrenwagen! So, wenn sie *nicht* gekommen wäre, hätten wir uns für den Fall ihres Kommens unsere Rede gedacht, Gelassenheit auch. Das geht uns so heiß und kalt durch den Kopp, sie sagt nichts, sie sagt nichts und die Roiben kriegen Gesichter.

*Die Kinner holen,* wieso wir nicht gleich darauf kommen! Spät genug, soll man noch Gute Nacht sagen, es wäre für viele Jahre vor und zurück. Auf einmal, auch wenn wir an sonst nix uns erinnern, auf einmal wissen wir wieder, wie unser Vadder abends in der Küche gesessen hat und nie kein Wort mehr geredet: wie mit offenen Augen geschlafen und doch keine Ruhe. In den Hof, in den Stall, in die Scheune. Zwischen Schuppen und Schlafsucht und gestrigem Grasgarten hin und her, zaghaft zwei Nägel in der Hand und vom Hammer den toten Stiel, was kann er da murmeln? Müd sein und nach innen lauschen, nach innen! Jahre und Jahre und war doch unser Vadder oder wer soll das? In unsrem Gedächtnis: gewesen, gewesen, beinah kommt uns vor, wir selbst! Und die Zeit ist gegangen! Nachts hier im Hof, zum Verzweifeln die Roiben. Mit steifem Rücken sich aufrichten, sinkt naß und schwer eine Nebelwolke auf uns herab. Stehen wie blind, wenn der Wind dir so in die Augen taumelt: hätten uns nicht solang bücken sollen, die Roiben, die Roiben. Nach Luft schnappen, stehen und atmen. *Ins Bett mit euch Kinnern,* sie fängt an, sie um uns weg einzusammeln. Und wir stehen dabei und wissen nicht, auf was wir noch warten. Spät genug! Sich blindlings die Augen reiben, täppisch ein gutes Wort finden wollen – gleich wie ein Kinnerschänder kommt man sich vor und weiß nicht wohin mit den Fäusten. Stier die eigenen Füße betrachten, Werkschuhe also, wenn nicht wie gewohnt unsre übermäßigen Gummistiebel für Haus und Hof, für Spätherbst und Vorfrühling. Schneller als wir gedacht hätten, hat sie die Kinner beisammen und komplett auf den Weg gebracht, zielsicher, ein Gezappel mit vielen Stimmen, denkt an die *Nachteul!* Und sind gegangen. Vielleicht sind es in ihrem Gehorsam Nachbarschaftskinner und die eigenen längst aus dem Haus, die Zeit aufgebraucht, ganz imsunst unsre Rührung oder wie wir uns das zurechtdenken wollen. Und sinnen und grübeln, allein im Hof, immer bleibt man zurück. Uns ist, wir hätten das alles einmal gewußt oder wenigstens besser gewußt. Die Haustür ins Schloß fallen hören wie Jahr und Tag schon. Und stehen und sehen wie die Roiben da liegen und lassen sich auf unsre Kosten beleuchten und fangen an, uns Fratzen zu schneiden. Nur weiter die Arbeit und nicht sich drum scheren! In Nacht und Kälte, nicht daß es die Roiben noch wären als Grund, wenn wir hier stehen und zittern wie vor einem Gericht. Die Türen klappern, die Dachziegel. Den Berg noch nicht abgetragen und schon anfangen, mit eigener Kraft die Fuhrwerke hin- und herzuschieben, ein Unding. Bis wieder die Frau aus dem Haus kommt; wir hätten nie keine Kinner gehabt, nie keine Jugend, nie Frieden und lichte Tage, soll man als nächstes ein Weilchen sich darein verrennen, ein Jahr, einen Augenblick? Da kommt sie, ein doppelter Vorwurf, mit Holzpantuffeln und Halstuch, wie ein Geist, wie eine Witwe kommt sie und bringt uns wieder die Jacke. Ein einziges gutes Wort nur wenn sie für uns mithätte nun. Wenn wir Lagerverwalter wären, Werkmeister, Heizungsmonteur. Und könnten uns darauf freuen von Zahltag zu Zahltag, das Geld in der Tüte: daß wir es immer wieder zählen und nachzählen! Erst recht keine Zeit haben, gar nicht erst aufblicken und die großmächtigen Fuhrwerke hin- und herschieben, keuchend, sind wie Gebirge, sind kaum zu bewegen. Nicht erst lang nachsehen, ob die Bremsen noch angezogen, lieber in Zorn geraten, Flüche im Maul, die Muskeln anspannen, zwo kräftige Knechte als Helfer daneben sich denken und mehrstimmig Drohungen brüllen – und schräg ein *Geniesel* schlägt uns ins Gesicht. Das Vieh brüllt im Stall. Vielleicht hat die Frau zu melken vergessen, weshalb tut sie sich nicht erklären? Sie steht da, vielleicht daß sie lautlos die Lippen bewegt, sie steht da und sagt nix. Am liebsten hätten wir die Ochsen dabeistehen jetzt als dankbare Zuschauer: Wundert euch nur!

*Schieben!* Die Kraft in den Schultern, den Blick auf die Erde und mit aller Gewalt den Boden unter sich wegtreten: hier kennt uns ja jeder Fleck. Wie die Nacht ächzt und knarrt, rollt der Wagen jetzt schon? Oder ist das nur unsre Anspannung, daß ringsum die Nacht zu kreisen beginnt? Bis bös ein Husten uns anfällt: erst husten, sich krümmen, sich festhalten an der Deichsel, bis die Nacht sich steil aufrichtet und fängt an zu flimmern, es *nieselt*. Leer, die ganze Kraft ausgehustet, immer auch muß die Frau dabeistehen bei unserem Husten. Mit Augen und Ohren. Mit unsrer mehrfachen Jacke, warum steht sie wortlos? Wenn ihr nun wirklich daran gelegen, sie hätte statt der Jacke den Regenumhang, noch einen Schal und den Südwestern auch mitbringen können und dazu noch ein freundliches Wort. In Eile wir, Riesenschritte: schon läßt das Scheunentor einen Spalt breit sich öffnen. Sie hält uns die Jacke hin und hat keinen Namen für uns. Im Eifer, aus Ärger nicht nur die Jahre verleugnen, vergessen, keinen Blick dafür haben und die Jacke nicht annehmen, sondern auch Weste und Pullover noch ausziehen und im Zorn auf den Zaun hängen. Im Hof im Geniesel stehen und sich lästerlich die Ärmel hochkrempeln: die Müdigkeit gegen Kälte eintauschen und keine Zeit. Und wollen uns jetzt schon gehörig einen Schluck Fusel vornehmen für späterhin, für nachher. Für zwischendrin auch einen Schluck. Zum Überfluß nicht auch den Strohhut holen, ein Sommernarr – jetzt ist sie beleidigt davon, bleibt verschwunden! Gerade hätten wir fragen wollen, einen Grund, einen Anfang finden, jetzt ist es auch dafür zu spät. Denkt man sich. Jetzt weiter, die Roiben als Schicksal, wie eine traurige Sage das eigene Leben. Im Hof hin und her und sich überhasten. Mit der Lampe im falschen Winkel, die Schatten vervielfacht, man wird sich sein eigener (mehrfacher) Teufel. Im Hof hin und her, mit dem Kopp an die Wand, an die Stalltür – weißgott ein Versehen. So heftig, ganz unnötig auch! Dachten vielleicht, es sei Sommer und alle Türen offen! Wohin jetzt mit unserem Zorn, es wird in die Zeit hinein dauerhaft eine Beule geben. Ohne Pause gleich weiter, gebückt, eine keuchende Roibensortiermaschine. Noch nie so ein Ding gesehen, sich fort und fort mit den Händen behelfen, mit letzter Kraft, mit dem eigenen uralten Zorn. Und weiter den Berg abtragen. Wie abgehauene Köpfe die Roiben in unseren Händen. Mit Haut und Haaren, noch mit dem Fleisch dran, die Schtrink und die Haut. Und schwer von Blut und Gedanken. Bei jedem Gang in die Scheune, das *zuckt* so durch uns hindurch; das Tor einen Spalt jetzt schon offen, wir zwängen hinein uns und lassen sie beidhändig in die Finsternis fallen. Und die Schatten folgen uns auf den Fuß. Wie wenn wir mit Unterirdischen kegeln. Um das Gruseln zu lernen. Und sind doch so müde, wie die seinerzeitigen Riesen vor ihrem Aussterben müde. Facharbeiter, Lohngruppe Sechs und paar Äcker weniger oder mit wem unser Leben vertauschen, das ist schwer zu entscheiden. Der Kleiderfabrikant persönlich könnten wir nicht sein, auch kein Schoullehrer nicht und keinesfalls auch der Kirchberger Pfarrer. Als Milchautofahrer hoch oben sitzen und nicht wissen, wie so ein Fahrzeug inganggebracht wird – was soll man den Leuten sagen? Sperrt und sträubt sich, das Ungetüm! Will heut nicht! Vielleicht bei der Eisenbahn mit einer Laterne, aber wo bliebe da der Hof, ihs Laad, unser Sach'? Oder von früh auf Elektriker, Maurermeister, beizeiten gelernt, als Krankenkassenvorsteher sich die Haare täglich mit Wellaform kämmen, nie kein Gliederreißen und auf seine eigenen alten Tage sich noch zur Bürgermeesterwahl aufstellen lassen von allen Seiten, einstimmig die Mehrheit: haben uns überreden lassen. Wir hätten Viehhändler werden sollen mit Ledermantel und Brieftasche, großmächtig Kühe aufkaufen von hier bis ins Schwabenland: überall kennt man sich aus. Abends kommt man heim, ist steinreich und kein bißchen müde. Sich jung gehalten. Die Brieftasche wird aufs Büffet gelegt, Saffian, sie wird jeden Tag dicker. Die Frau nimmt uns den unverwüstlichen Ledermantel ab und hängt ihn auf einen Eichenholzbügel, ein guter Kauf. Er hat Taschen zum Zuknöpfen. Sie wäre noch wie in der Brautzeit in uns verliebt bei Tag und bei Nacht. Und Roiben um Roiben so hinklatschen lassen, halb und halb hart und weich. Fühlen sich an, wie wenn sie vom Vorjahr noch wären und wir überhasten uns und fangen zu rechnen an. Keuchend, drei Schritte hin und drei Schritte her, wie immerfort zu sich selbst unterwegs, die Roiben als Botschaft.

*Wenn* wir sie nun wirklich ein ganzes Jahr lang vergessen und jeden Tag wieder vergessen hätten und kriegen die Zeit nicht zu fassen, das kann doch nicht sein! Warum nicht in der Sonne am Wegrand sitzen, am hellen Mittag, im Juni, im September und zeitig dran, noch Zeit für ein Schläfchen im Schatten, wohin uns der Sinn auch stünde. Wir hätten die Ärmel nicht aufkrempeln sollen, erst links und dann rechts, jetzt tut es uns leid, wie soll das erst später werden? Nicht unversehens einnicken vor dem Abendessen, sind uns so weggeschlafen und haben es selbst nicht gemerkt, erst nachher: untröstlich. Zehn Jahre eher ein gutes Wort finden für die Frau, laut und deutlich! Uns gründlich ausschlafen schon im vorvergangenen Winter, in der Kriegsgefangenschaft schon, da ging unser Schlaf nicht auf eigene Rechnung. Jetzt wenn wir könnten: unser ganzes Leben wie ein anhaltendes Ungeschick wiedergutmachen, gleich hier am heutigen Abend. Auch gleich für ein paar unselige Jahre voraus noch, als ob man Zement anrührt, Mörtel, Speis. Hat eben aufgehört, das Geniesel, und fängt auch schon wieder an, der Wind zerrt es hierhin und dorthin. Den Pullover und die Weste auch holen, kleinlaut, sind jetzt feucht, aber besser als gar nix! Sie hat es doch gutgemeint mit der Jacke. Wir hätten sie nehmen und anziehen sollen, sorglich die Knöpfe zuknöpfen, alle, und uns wie ein König, eher noch wie ein ehrlicher Bettler bedanken. Gegen Lungenentzündung. Erst Husten, dann Fieber, dann Grippe, dann Rippenfell- und dann Lungenentzündung, das ist eh und je hier die Reihenfolge, so geht das bei uns im Dorf. Wir haben es auch gutgemeint, wollten vorarbeiten und nachholen, beides in einem, über unsere Kräfte hinaus und sie hätte uns dafür ohne Einschränkung in ihr Herz schließen sollen, beschwichtigen auch. Im Guten, mit den *richtigen* Wörtern. Jetzt sind es in unserem Kopp schon längst die Roiben vom Vorjahr, die diesjährigen noch auf den Wagen, teils noch auf den Äckern, derweil der Winter schon über die Hardt kommt, es wird Zeit. Immer heftiger frieren und mit unsrer Reue sind wir auch hoffnungslos im Verzug. Sogar, geht es uns durch den Sinn, gesetzt den Fall, wir wüßten die eigenen Äcker nicht mehr zu finden: sind weg, sind nicht aufzufinden! Wenn doch wie durch ein Wunder die Roiben längst unter Dach und Fach, wir könnten mit unserem Leben versöhnt in der Küche sitzen, könnten seit Stunden friedlich im Schlaf liegen – ein Wunder, ein kleines doch nur und geschieht nicht!

Die Zeit beschwören, wie eine Erinnerung den heutigen Abend und innerlich zittern! In die Stille hinein fängt die Turmuhr zu schlagen an und schlägt neun. Neun oder Mitternacht, im Dorf macht das kaum einen Unterschied. Vom Vorjahr nun oder nicht, wie um Jahre und Jahre gealtert liegen die restlichen Roiben mit ihren Runzeln beleuchtet vor unseren Füßen, ein dumpfes Gemurmel, man muß an die Stromrechnung denken! Nie sind die Sorgen komplett! Hat nicht auch den ganzen Abend schon dringlich ein Käuzchen gerufen und wir hätten bloß nicht drauf geachtet? Da muß man doch dazu die Entfernungen auch bedenken. Am nächsten Morgen, der Tag drückt, die Wolken ziehn tief, sagt ein Nachbar blinzelnd zum andern: Bei dir in der Nacht in der Scheuer! Hat heut Nacht ein Käuzchen gerufen, lang in der Nacht! Das gibt dann länger ein Hin und Her an den Hoftoren, bis man sich auf ein entlegenes fremdes Anwesen einigt, meistens dem alten Simon sein Haus, unberufen, der ist nicht umzubringen!

Es wird halb und wird zehn schlagen, wie unser Leben wird der heutige Abend vergehen. Ob wir zwischendrin in der Küche gewesen sind und haben gehörig ein Quantum Fusel zu uns genommen, nicht uns um ihr Gezeter geschert, das kennen wir schon, und auch nicht um ihr beharrliches Schweigen, so oder so. Besser gleich unmäßig noch einen Schluck! Erst das Glas auf den Küchentisch stellen und dann doch direkt aus der Flasche trinken und noch lang nicht genug haben! Oder war Licht in der Küche und sie nicht anzutreffen zwischen den Wänden: das kommt uns gerade recht! Die Uhr tickt, wie soll man alsbald nicht doch sich Gedanken machen, so deutlich ist uns ihre Abwesenheit. Schläft sie nun schon, bringt seit Stunden die Kinner ins Bett, auch wenn es in Wahrheit die Enkel längst wären, so fern sind wir uns. Im Ofen noch Glut, anderthalb halbe Briketts in nasse Zeitungen eingewickelt, wird doch nicht auf die Nacht noch zur Nachbarin, rechts oder links? Wie soll das denn zugehen, sie wäre gegangen und käme nie mehr zurück? Wenn man verzagt ist, gleich fängt der Ofen zu rußen an: will nicht ziehen, gibt keine Wärme, qualmt verstockt vor sich hin! Leer die beleuchtete Küche, nur unsere eigene Stimme, das bringt uns ganz aus der Fassung, stand nicht im Hausflur die Kellertür offen? Nicht daß uns schon die Trunkenheit packt, wir könnten uns besinnen und Regenzeug anziehen, den Hut auch, mit klarem Kopp, den Südwestern.

Leer die Küche unter der Lampe und belauert uns so. Gesetzt nun den Fall, es ginge zu wie in Märchen: sie wäre *umverzaubert* als Nachtigall und wir wüßten es nicht einmal, wie denn den Frühling herbeiharren und zu denken, daß wir sie nie wieder fänden? Als Schicksal die Roiben haben, die abgetragenen Jahre und dazu im Geniesel Wörter sich einkommen lassen, ein dumpfes Gemurmel. Im Frühling Abend für Abend in der grünen Dämmerung hätten wir sie als Nachtigall im Obstgarten sitzen, eher eine Amsel, und wüßten es nicht einmal. In unseren Apfelbäumen. Und nie keine Gewißheit nicht. Bis ans Ende der Zeit, wie soll man auch darauf kommen? Sind sogar mehrfach vielleicht in der Küche gewesen und stehen doch hier wie ausgesperrt: Bauer hätten wir sein sollen und finden nicht in unser Leben hinein und auch nicht heraus, nirgendshin. Hat weiter das Käuzchen gerufen; will uns scheinen, daß es seit August schon so ruft, alle Abende ruft: wie im Schlaf, wie unter der Erde ist die Zeit uns hin und vergangen und doch reichen hundert Leben nicht aus, nur die nötigsten Worte zu finden, daß man sich erinnert. Hat die Turmuhr zu schlagen vergessen, erst halb und dann zehn oder hätten wir es nur überhört? Kommt ein Fuhrwerk, ein Ochsenkarren die Vorstadt herunter in Nacht und Stille und ist auch schon vorbei. Das wird der alte Simon, sagst du dir, kommt immer so spät vom Feld oder wo er herkommt: ohne Ladung, man weiß nicht, was das bedeuten soll in der Finsternis. Und bremst nicht beim Turm, bergab als Einziger tut er nicht bremsen und sein leerer Karren rasselt und dröhnt.

Wenn sie nicht immer gleich loskeifen würde, meistens auch noch auf der Vortreppe, Rede und Gegenrede, bis zum Überdruß klingt es uns in den Ohren und nimmt kein Ende. Wo doch ein einziges gutes Wort schon ausreichen könnte und will sich nicht und nie einstellen. Wenn wir unseren alten Zorn gegen die nutzlose Reue einfürallemal aufrechnen könnten, beide gleich abgenutzt und verschlissen. Weiter die Roiben, so zuckt es uns in den Händen. Die Stromrechnung im Kopp behalten und auf den verdreckten Roibenkeller kundig vergessen, ein Lehmkeller sowieso, ein finsteres Loch, gerade nur kriechen kann man darin, so niedrig, soll zuwachsen! Wie ausgesperrt hier im Hof, jetzt will uns die leere Küche und im Hausflur die offene Kellertür nicht aus dem Sinn. Unsere angestammten Fliegen in der Küche, die zahlreichen Winterfliegen, wir haben sie gar nicht gesehen. Wie abwesend dagestanden und doch auch wieder nicht. Gleich in Serien Geschichten vom Hörensagen und fertige Untaten aus der Zeitung fallen uns ein, die Axt und das Schlachtmesser. Im Vorratskeller bei den Regalen mit dem Eingemachten und wer soll es sein, der sie findet? Die Fliegen haben eine feine Witterung! Daß ungesehen ein Unbekannter, daß womöglich wir selbst die Geduld verloren, nur dieses eine einzige Mal und mit der Axt ein Ende gemacht, fünf kurze Minütchen an die wir uns jetzt nicht und nie mehr erinnern, so müßte uns davor grausen. Warum denn dann auch noch zerstückeln, zuguterletzt? Und vermeinen, wir seien zum Schnapstrinken bloß in der Küche gewesen, zwei- oder dreimal dieserhalb in der leeren Küche gewesen: die Lampe brennt, die Flasche steht auf dem Tisch. Und eindringlich wie ein Geflüster die gutbeleuchtete Stille.

Gedachten doch auch mit dem Tabak längst fertig zu sein, so viele Jahre nun schon, daß wir jeden Tag zu rauchen aufhören: immer noch eine vorletzte letzte Pfeife, sich gut zureden, ins Gewissen reden und unentwegt Abschied nehmen. Wegen dem Geld und wegen der Gesundheit, wegen der Frau und dem eigenen Alter und weil unser Husten schon gar nicht mehr aufhören will, wird immer schlimmer. Sogar aus dem Schlaf heraus, Nacht für Nacht: bald jede Stunde schrecken wir hoch, sitzen ohne Besinnung im Bett und husten und schwitzen. In die nächtliche Stille hinein, Feuerzacken vor Augen. Sitzen im Bett und zittern und wissen nicht, wer wir sind, Bronchitis, es wird immer schlimmer. Man traut sich mit diesem Husten schon nicht mehr zum Arzt und nirgendshin auf Besuch. Noch gut, daß wir nie kein eifriger Kirchgänger: würden sonst auffallen, wenn wir jetzt wegbleiben dieserhalb. Seit gestern früh nun endgültig den Tabak nicht mehr angerührt mit eisernem Willen, auf Schicht nicht und auch nicht daheim – und stehen jetzt hier und stopfen uns eine Pfeife um die andere, wie im Akkord, husten und drehen dazwischen noch Zigaretten. Wie ausgesperrt hier im Hof und die Roiben starren uns an. Wenn es noch Steckroibchen wenigstens wären, die man selbst fressen kann, unsereiner, als Mensch sozusagen, lebendig, ein Wesen, was jeden Tag ißt. So macht man sich gutwillig seine Gedanken. Oder Zuckerroiben für

Sirup und zum Verhandeln – sind aber nicht! Am Scheunentor lehnen, nach Luft schnappen und sich selbst mit immer schnelleren Bewegungen hin- und herhasten sehen: die Roiben schleppen-rollen-beiseiteschaffen, schon als ob wir nur noch so tun. Mit leeren Händen die Schatten beschwichtigen, ein bloßes Gefuchtel. Gleich sind wir einundderselbe zu dritt und zu viert, das macht wohl der Fusel, die Eile, hätten die Flasche besser mit hier heraus – sich sammeln: da bleibt dir nix! Nicht ins Haus können: zitternd am Scheunentor lehnen, nach Luft schnappen und rauchen-husten-rauchen; keucht die Nacht um uns her, die Roiben keuchen uns um die Füße. Die Flasche, wenn wir sie mitgebracht hätten, stünde unschuldig dort auf dem Sims, griffbereit. Beim Stallfenster also, nicht weit von der Kabellampe. Und wir: wie einer, der fast schon verloren, rundum einen letzten Blick – das nimmst du jetzt in dich auf! Husten und keuchen, wie eng uns die Brust, wie eng unser Leben geworden ist, wann hat das denn angefangen? Als ob wir uns selbst nie anders gekannt hätten! Leer so ein Lippengemurmel und vergehen im Dunkel. Nicht einmal unser Husten hat diesmal sie herbeigelockt, wie wenn sie nun wirklich schon anderweitig – an die Axt jetzt nicht denken! Forke, Feuerhaken und Hammer, ein guter Spaten geht auch! Und dann mit der Handsäge kleingemacht, atemlos! Sogar Gliederreißen vor Husten, so heftig haben wir uns gekrümmt! Das ganze Dorf hält den Atem an, wenn wir nachts husten. Auf Schicht, wenn wir husten müssen, am besten man geht dann schnurstracks aufs Klo oder mit sich allein in den Kohlenschuppen und kann gleich auch gehörig ausspucken; Einsamkeit. Sobald wir uns beim Husten beobachtet fühlen, nimmt es gleich gar kein Ende. Nicht einmal den Sommer über ist unser Husten in diesem Jahr besser geworden. Ist auch kein Sommer gewesen. Die nächste Pfeife oder erst noch eine Zigarette mit tiefen Zügen dazwischenhinein? Und wie diesen heutigen Tag im Gedächtnis behalten, unsereiner, auf sich gestellt, auf eigene Faust, wie soll man das aushalten?

Die Turmuhr, die Nacht und die Roiben, jetzt sind wir fast fertig mit dem Haufen vorm Tor; es muß noch der gleiche Abend sein und doch kommt uns vor, als sei unser Leben darüber zur Neige. Wie in einer Gruft. Die letzten Roiben mit der Forke in die Scheuer reinscheuchen, mit Fußtritten; die letzten paar schrumpeln jäh weg. Vor unseren Füßen, vom einen zum anderen Augenblick, bloß Schtrink noch und faulige Blätter. Und Dreckklumpen wie von Jahren und Jahren zurück, derweil wir schon eilig die nächste Pfeife anrauchen, der Wind weht. Erst einmal froh, daß wir fertig sind, erst ab morgen werden sie uns in der Scheuer empfindlich im Weg zu liegen kommen und auf der Seele. Die Hauptarbeit jetzt, endlich sind wir soweit: die zwo Fuhren abladen, gleich packt uns wieder die Unruh'. Sollten zwei Stunden eher dran sein, drei Wochen, ein Jahr und zwei Stunden: daß es auch so früh dunkel muß werden bei uns hier um diese Jahreszeit, man kommt jeden Tag nicht zurande mit seinem Zorn und den guten Vorsätzen; die Sonne kommt nie mehr durch. Hätten die Fuhrwerke, die zwo Wagen nicht so voreilig-unnütz umherschieben sollen, hochauf beladen, wie zur Ausfahrt steht einer hinter dem andern. In der Dunkelheit, die Roiben glänzen vor Nässe. Wären es, wie in der Wetterau, Stück für Stück Zuckerroiben, wir könnten sie nach Lollar zum Güterbahnhof bringen und gutes Geld dafür kassieren.* Die Ochsen anspannen, am ausgehängten Hoftor vorbei, ohne Abschied. Und hinausfahren ins Geniesel, naß sind wir sowieso. Die Fuhrwerke hintereinander, wie im Schlaf schreiten die Ochsen aus. Die Deichsel knarrt, die Räder den Weg entlang, die Nacht wankt knarrend an uns vorbei. Wie wenn wir nie mehr zurückkehren sollten. Sind so Stecken und Stangen den Weg entlang aufgestellt; wie wenn wir das schon einmal geträumt hätten, will es uns scheinen. Naß sind wir sowieso, warum nicht ein kleiner Schlaf, ein Weilchen ins Dösen geraten? Wo soll man denn hin mit seinen Gedanken? Krumm und schief die Wegstangen, wie in der Fremde kommt es uns vor; Rückweg wird keiner sein! Wer kann das sein, da hinter uns auf dem zweiten Fuhrwerk – die gleiche dunkle Gestalt und nickt wie im Schlaf, sooft wir uns umdrehen. Und die

* Bar auf die Hand. Beim Güterbahnhof auf der Laderampe im Wind stehen, im Geniesel unter der Lampe, und gleich drei- oder viermal nachzählen dieses Geld. Andernfalls eine Zahlungsanweisung auf die Lollarer Sparkasse; soll nicht naß werden! Der Wind kennt uns nicht. So ein rosanes Zettelchen, was man von allen Seiten betrachtet, auswendig lernt, immer wieder betrachten kann, ein paar Tage auch in der Brieftasche mit sich herumträgt und hat dieses Zettelchen längst ins Herz geschlossen, bevor man sich endlich die Zeit nimmt und geht und löst es am Schalter ein. Oder läßt sich das Geld wenigstens ab und an auf Heller und Fennich vorzeigen. Sooft man hinkommt, ist die Lollarer Sparkasse frisch verputzt. Jedesmal will uns scheinen, die Sparkassentür wäre nagelneu. Muß man sich wundern! Bei jedem Wetter, dafür hat man den Heimweg.

Ochsen, wie unsere eigenen, gehen bedächtig im Schritt. Wohin des Wegs, das wüßten wir nicht. So stehen wir unterm Vordach, warm die Pfeife qualmt uns in der Hand; der Regen rauscht, das Geniesel, und wir stehen und träumen. Vor uns im Hof hochauf beladen die Wagen, die Deichseln gen Himmel, wir sind doch nicht eben erst aufgewacht? Gesättigt vom Tabakrauch, eine Pause. Als ob wir noch die Bewegung spüren, von der Einbildung her, auf dem Wagen zu fahren, ein fremdes Leben und schläfrig nicht wissen wohin; wir sollten seit Stunden im Schlaf liegen.

Am besten noch hustet es sich zwischen Lollar und Staufenberg: zur Frühschicht über die Schanz, zeitig dran, da ist es noch dunkel. Weithin im Schlaf liegt die Welt und von allen Seiten her Luft im Überfluß. Hätten Wandersmann werden sollen. Die Pfeife ausklopfen, sind sozusagen unser eigener Aufseher hier auf dem Hof, so ungewohnt der Gedanke, daß wir seiner kaum recht gewahr werden und doch ist es nicht zu leugnen; ein bißchen nachhusten noch, als ob man davongeht, und jetzt wären die auf dem Wagen schon die Roiben vom Vorjahr. Und unsere diesjährigen Äcker, unerreichbar im Spätherbst, liegen längst auf dem Mond; der Mond kommt zum Fehlen. Die Rückwandklappe – klemmen die Bretter, *jedesmal* klemmen sie! Sagt man sich. Jedesmal vielleicht nicht, doch sooft es drauf ankommt. Und das Käuzchen ruft, erst nah und dann fern, es werden zwei Käuzchen sein: eins auf dem Dach und eins in unsrem Gedächtnis. Mit müden Knochen und nassem Gewand, Rheuma, Zerrungen, Muskelkater, haben uns scheints auch *ver*hoben, ein Wunder ist es ja nicht. In der naßkalten Nachtluft. Muß man auf den Wagen klettern, kriechen, schwerfällig wie ein Käfer im Regen, meistens auch das vergeblich; man stößt sich überall an. Ab morgen vielleicht zur kommenden Lungenentzündung auch noch ein gehöriger Hexenschuß und verzweifeln – mit letzter Kraft. Mit Gewalt will es auch nicht gehn, erst recht nicht mit Überlegung, auf nix ist Verlaß! Wer wird denn an morgen noch glauben? Also fluchen und einzeln die Roiben vom Wagen: erst tragen, dann schmeißen, dann einen Wutanfall. Erst noch sich aufteilen und mit dem widerborstigen Besen die Dreckklumpen weg, geschwind, die Roibenblätter und Schtrink. Sich ausdenken, wie wir bei Nacht die Roiben aufs Feld zurück: im Regen, nur schnell abkippen *ungesehen* oder doch eingraben jede einzeln? Wie so ein Heidenbrauch, hinter den Steinäckern, auf dem Lehnsanger im November, wie wenn sie noch weiterwachsen; man könnte denken, es sind die Roiben, die uns das einflüstern wollen. Wie wenn sie bluten, liegen sie da und liegen so haufenweis. Umso fahriger noch, umso schneller hantieren, damit wir nicht in uns hineinhorchen. Das Gemurmel hören und nicht darauf hören. Und zurück in die Zeit hinein uns verirren, *jetzt die* Roiben hin, die wir vorhin doch mit Mühe erst weggeräumt, Gott im Himmel, und dann nachher noch einmal. Als ob wir immerfort beim Würfeln verlieren und alles fängt wieder von vorn an, da *muß* man doch mit sich selbst reden, packt uns der Zorn. Kann nicht oben einer stehen der sie mit Geduld zureicht? Und einer unten, ausgeruht, der sie ihm wie Ratschläge sorglich abnimmt – kommt denn keiner? Mit sich selbst reden und nicht darauf hören und dann erst den Wutanfall! Am liebsten alles hinschmeißen und aufgeben in Wind und Regen, wenn wir nur wüßten, *wie man das* macht! Bei der Treppe die Pfütze, sollen wir da uns hineinlegen, Augen zu und bedacht mit den Zähnen knirschen? Sich totstellen und dann losbrüllen, ein Mammut in seinem schwergewichtigen Schmerz und es heißt, wir seien längst ausgestorben: uns gibt es nicht mehr. Ganz wirr im Kopp, sind die Frau und die Roiben dran schuld, starren auch so. So schwarz die Nacht in den Pfützen. Der Roibenkeller hätte sich schon vor Jahresfrist unbemerkt auf Wanderschaft begeben, auf und davon, hat sich unterirdisch aus dem Staub gemacht; wer soll uns erlösen? Die Turmuhr schlägt halb. Der Wind, immer stärker, klappert ums Haus. Ein Ochsenfuhrwerk die Vorstadt herunter, horch, das war doch zwo-dreimal schon diesen heutigen Abend: der leere Karren rattert und dröhnt und wieder ein Jahr vorbei, wieder einen Herbst weiter. So schwindet die Zeit uns hin, mit jedem Handgriff, so hastig die Jahre. Soll das noch mit rechten Dingen? Wenn es nicht gar schon die Toten sind und johlen durch die Gassen. Der Wind immer stärker, Hunde bellen, nicht aufzufinden der Mond. Nachts begraben wir diese Schädelberge und am nächsten Abend liegen sie wieder in der Dämmerung, im Geniesel, in jedem Hof. Seit es jetzt jeden Tag früher dunkel wird, warten die Toten auch längst nicht mehr ihre Geisterstunden ab, nicht zu denken: immer vorzeitiger fangen sie an und unsereiner wird mit keiner Arbeit mehr fertig. Vom Wagen klettern, husten und rauchen. Die Tür klappert, das ist bloß der Wind. Morgen Frühschicht! In der Dunkelheit wenn wir husten, gleich hustet das ganze Dorf.

Auf Schicht schon um zehn Uhr früh beim Schlacke-wegkarren in unseren schweren staubigen Werkschuhen zum Umfallen müde gewesen; die Ladungen, sechs oder acht, nicht gezählt; das liegt eine Tagesreise zurück. Steif und müde vom Wagen klettern, mit schiefen Schultern im schrägen Regen bei Nacht, und unterm wartenden Vordach hastig die nächste Pfeife sich stopfen. Die Tür klappert, das ist bloß der Wind. Zum Teufel die Einflüsterungen und daß wir immerfort in uns hineinhorchen, desperat. Die Pfeife anzünden, auf nix als wie den Regen nur horchen: rauscht er heftiger jetzt, läßt er nach und wird erneut zum Geniesel? Und gleich da vor unsren Augen die ersten und immer mehr Schneeflocken, große nasse Schneeflocken, die sich in den Regen mischen. Als ob wir es gewußt, den ganzen Abend nur darauf gewartet hätten: so hat es ja kommen müssen. Und unterm Vordach jetzt und nix haben, nix übrig als wie nur die Bitterkeit, bitteren Tabak, die Glut und den Funkenflug in der Nacht; es schneit. Das packt uns jetzt so. Die Nacht und die Zeit und die Roiben, ein klägliches Sinnbild das eigene Leben, man steht davor und schluckt und friert und will es begreifen. Von einem Hustenanfall zum andern; und den nassen Schnee fallen sehen, Geisterschnee. Kommt denn keiner? Soviel Irrtümer angesammelt, ein ganzes Leben in dem wir uns nicht erkennen. Kaum erst halb abgeladen die Roiben, die erste Fuhre und wieder ein Jahr vorbei. Alles liegen- und stehenlassen und zum Teich hinauf, zu den Toten. Nur keine Angst, keine Scheu kennen, sich mitten dazwischendrängen, müde, mit Eisenknochen, und seinen Platz beanspruchen: Platz gemacht! Nächtelang unterirdisch mit allerlei morschen Schädeln gekegelt und doch nicht das Gruseln gelernt! Jedem einzelnen frech aufs Maul starren, wer seid ihr, habt so seltsame Schnauzen? Die Schädel kommen auch zahlreich allein daher. Über nix Bescheid wissen, genug an Irrtümern, Finsternis, Hunger auch, und sich genauso in jegliche unbegreiflichen Händel von außen hineinmischen. Ist der Mond vielleicht in den Teich gefallen? Einundderselbe Mond, alt und jung, und hat uns durch viele Jahre begleitet. Den erbärmlichen Roiben in ihrem Alter und Verfall ein mächtiger Fürsprecher sein wollen, ihr Wortführer ober der Erde. Mit Fäusten fuchteln, mit der Tabakspfeife: husten, herumspucken, großspurig in den Wind brüllen, ins Schneegewirbel und egalweg die falschen Antworten. Schwarze Vögel um uns herum. Auf dem Teich schwimmen Feuerchen, fremd wie ein Maskengesicht ist die Nacht, wie ein Heidenbrauch. Mit den Zähnen knirschen. Daß mir keiner zu nah kommt, Gespenstergesindel! Immer sind wir müde im Schritt gegangen, genug jetzt. Mit einer Kette rasseln, die hätten wir mitgebracht, Mehl verstreuen und an die verschreckten Haustüren schlagen, Lärm schlagen; Rückweg wird keiner sein! Zeichen an die Mauern, mit Kreide, mit Ruß. Das wird sich herausstellen, was sie bedeuten. Höchstpersönlich in großer Zahl durch die schlingernden Gassen johlen und Namen rufen, Zäune umstürzen, zum Zeitvertreib Bocksprünge und aus der Nacht herab, ohne Unterlaß, schneit es den nassen Schnee der nicht bleibt.

Die lange Nacht mit den Toten lästerlich Unwesen treiben und dann getrost in den leeren Tag hineinschlafen. Wie in ein anderweitiges Land, in das wir bislang nie keinen Fuß noch gesetzt und doch kommt uns vom ersten Schritt an schon vor, wir hätten es in Wahrheit von jeher gekannt, sozusagen innerlich mit uns herumgetragen, die Stille ist so ein Land: wir gehen hinein und können nicht umkehren. Und zwischen den Zeiten der Nacht und dem Tag begegnen, fremd dort und hier. *Schneit es noch?* Selbst bloß wie eine Erinnerung noch, wie in der Vergangenheit hier stehen und hinüberdenken zum Haus: wie ein Gespenst bei uns selbst zu Besuch diesen heutigen Abend, es wird immer später und wir finden den Eingang nicht. Soll unser Leben denn schon vorbei, die welken Roiben stapeln sich wie abgelebte Gedenktage in der Finsternis um uns her und in unsren Gedanken. Müdigkeit. Da und dort gegangen, all die Jahre im Winkel hier zwischen Haustür, Schuppen, Scheuer und Stall düster verwerkelt, ruhelos hin und her und unterm Vordach gestanden und jetzt? Wie eine traurige Sage das eigene Leben, zu wem nur und wie davon sprechen? Fremd blicken die Jahre uns an. Der Wind klappert, die Haustür, auf und zu die Tür und da kommt durch Nacht und Licht wie unser Tod, als ob wir hier warten, als ob wir gerufen hätten, eine dunkle Gestalt, so ein Schatten: kommt still übern Hof, hat *uns* gemeint und ist die eigene Frau. Müd' ist sie jetzt, hat unsere alten Filzlatschen an, drei Schultertücher übereinander und bringt uns Jacke und Schal. Einen Apfel bringt sie uns mit und unseren Frieden für heute. Sie hat sich darauf besonnen und mit der Kerze den versunkenen Roibenkeller gesucht und hat bei Kerzenlicht ihn geputzt, wird morgen fertig. Die Kinner – aus der Schoul werden sie heimkommen und im hellen Mittag die Scheite im Schuppen beiseiteräumen, bis die Lattenroste uns zugänglich, statt verloren für immer und unwiederbringlich die Zeit. Vielleicht daß sie jetzt davon träumen und uns klingen noch ihre Stimmen im Ohr. Entweder wird morgen sich zeigen, wir besitzen selbst eine brauchbare Schüttrinne eh und je, wird sich finden. *Oder* werden eine Schüttrinne passend auch beim lieben Nachbarn zu leihen kriegen, die gleiche wie immer. Als erstes nicken, als erstes noch eine Pfeife stopfen und anzünden, nix sonst ja geht uns so leicht von der Hand – wirklich, bei keiner Beschäftigung sind unsere Finger so umsichtig und geschickt, wie wenn wir mit Tabakbeutel, Pfeife und Feuer hantieren. Gleich auch fallen die richtigen Wörter uns ein, wenigstens in Gedanken, wenigstens will es uns allzeit so vorkommen. Ab morgen den Tabak uns abgewöhnen, ab morgen soll es uns leichtfallen! Wir hätten gleich Regenzeuch anziehen sollen. Gleich auch, im nächsten Moment werden uns die Namen und Leben unserer schlafenden Kinder der Reihe nach einfallen wie Wörter in einem Lied. Werden dann noch einen Grog trinken müssen, husten, ein Fußbad machen und dabei auf den Wind horchen, müd in der Küche sitzen, unser Leben ausrechnen und auf den Schlaf warten, daß er kommt, bevor wir nach so einem Tag ins Bett gehen können; morgen Frühschicht. Vorerst für ein Jahr den Tabak uns abgewöhnen, dann weitersehn. Die Fuhrwerke noch unters Vordach. Die Rippenfell- und die Lungenentzündung, wenn es dazu kommt, werden wir auch überleben; es ist ein langer Abend gewesen. Uns dann zur Belohnung noch den nächsten Zahltag ausmalen und wie wir der Frau vielleicht neue Pantuffeln dann kaufen als Überraschung. Aus Samt und mit Pelzbesatz. Ein Fläschchen Parfüm und ein seidenes Halstuch in Lollar, das will bedacht sein. Beinah, als ob wir sie nun doch noch gehabt hätten, die Steckroibchen und die Zuckerroiben, um sie mit Gewinn zu verhandeln. Niemals noch die Zeit und das Geld gehabt für unsere eigenen Überraschungen, nicht einmal in Gedanken, nicht übrig gehabt.

Der Schwager ist gutgestellt, wird die Kabellampe noch lang nicht brauchen und morgen ist auch noch ein Tag.

Einen Abend im Spätherbst auf der Vortreppe stehn, im November, in Regen, Wind, Finsternis; nasser Schnee ist gefallen in großen Flocken. Wo sollen wir jetzt noch hindenken? Die Frau ist hineingegangen, der Schneeregen hat eben erst aufgehört, jetzt tropft es von jedem Sims, von allen Dächern und Zweigen. Müd' sein, nicht wissen wie spät es ist und sich selbst kaum noch kennen; morgen Frühschicht. Einen Zug fahren hören, vielleicht auch nur in unsrem Gedächtnis, so spät. Auf der Treppe noch eine vorletzte letzte Pfeife, Nacht und der Wind weht, was bleibt uns denn? Vor uns der Hof voll Gerümpel, unterm Vordach die beiden Wagen, mit Roiben beladen. Hinter uns klappert die Haustür in ihrem Rahmen. Blinkt im Stallfenster so ein Licht. Wenn man sich bewegt, das ist als ob es uns winkt. Ist die Spiegelung von der Straßenlampe. Wie die Erinnerung an einen versunkenen Schatz, wie ein Räuberfeuer im Wald. Hunde bellen; schütterer Schnee auf dem Scheunendach. Über dem Scheunendach der Mond kommt zum Fehlen. Müdigkeit, nasse Kleider, stehen und frieren; der Misthaufen dampft. Man friert und merkt es nicht einmal gleich; sollten ins Haus jetzt, es wartet. Forke, Rechen, Reiserbesen und Regenfaß, das Regenfaß und noch zwei alte Wassertonnen. Schubkarren, Tragejoch, an der Scheunenwand die schadhaften Leitern. Der Schuppen, die Stalltür, die beiden Fuhrwerke mit den Deichseln steil in die Nacht hinauf, Werkzeuchkruom und die Zaunpfosten, unverwechselbar jeder in seiner Gestalt, hier kennt uns ja jederzeit jeglicher Fleck. Die Mauern glänzen vor Nässe. Schon überall nur noch Spuren vom nassen Schnee, der nicht bleibt. Und jetzt in der Nacht: jedes Ding fängt zu flüstern an und erzählt uns unsre Geschichte, das Leben. Sind zu uns gekommen, der Wind rührt uns an.

**Ins Eisenwerk alle Tage**, auf Schicht, auf die Hütt': Eisen schmelzen und formen und gießen, und im Traum Nacht für Nacht Goldstücke zählen. Lang vor Tag, ein Enterbter, nach Mainzlar in die Schamottfabrik: Steine backen statt Brot. Heimkommen und im Finstern werkeln, wie mit verbundenen Augen, die meiste Zeit nicht ganz bei sich, nicht dort und nicht hier. Nicht einmal in den eigenen Selbstgesprächen sich noch erkennen und egalweg die falschen Antworten. Mit sich selbst, mit der Dämmerung heim, staubig und müd zu Fuß heim und wieder als sprachloser Riese am Küchentisch sitzen, Abend für Abend, fremd, ein Steingötze der Fumilje.

Dem lieben Vieh mit der Lampe die Spreu aufschütten, dem Tag heimleuchten, der Häckselmaschine Gut Wort geben, damit sie uns nicht verzagt und verreckt, und an das empfindliche Scheunendach denken, Gott im Himmel, wie lang es noch hält? Will uns kein passendes Gebet dazu, ein' feste Burg, mehr will uns nicht einfallen. Hängt vom Wetter ab, kommt darauf an. Wie soll man als Bauer und Hilfsheizer auf Gott vertrauen und günstig an einen neuen Keilriemen kommen? Unter der Hand, über Nacht, für die alte kränkelnde Häckselmaschine? Gelernter Betriebsschlosser sollten wir sein, was die alles fachmännisch mitnehmen, kennen sich aus, haben Zugang und Möglichkeiten. Hin und her und auf jedem Weg aus dem Tritt geraten: einerseits der Fabrikschritt mit dem wir immerfort von uns weg, mit dem wir uns immer wieder geschwind davoneilen. Mit Aktentasche und Brotbeutel, eigens sich angelernt, genau nach der Uhr. Und dann die Heimwege: von der Schicht heim, vom Acker heim, die schwere Erde an den Schuhen heimtragen und nicht gerüstet, Gott dem Herrn zu begegnen, knarrend, kopflastig neben uns selbst und neben den schlafenden Ochsen einher – genauso stolpern und blinzeln, genau wie sie ohne Worte, sogar den eigenen Namen vergessen; der Tag ist schon vorher gegangen. Als ob wir zwölf Füße hätten und wissen nicht, welchen zuerst. Wie eine Herde Sträflinge von früh bis spät aneinandergekettet und sind doch in Wahrheit einundderselbe Mensch eh und je. Unsereiner. Sooft wir nachdenken wollen, zerfällt uns der Tag in vier, in sechs, in zwölf Hälften und ist nicht zu fassen. Immer öfter im Traum wird aus den Goldstücken die wir zählen jäh eine Feuersbrunst, kriechen die Goldstücke als Gewürm, grell ein ekles Geziefer, daß es uns schüttelt, sehen wir die Bauplätze mit den verlorenen Ernten als singende Inseln davonschwimmen, überall schlagen Flammen hervor, rot und gold, ein Gebrüll und wir können nicht aufwachen. Noch bis in den Schlaf hinein mit der Arbeit nicht fertig und die Tage gehen im Reigen. Mit keiner Arbeit je fertig geworden, viele Stimmen im Kopp, wir wollen das mit uns selbst besprechen. Seit wir keinen Hofhund mehr haben, müssen wir im Traum oft stundenlang würgen und bellen; furchtbar anstrengend so ein Schlaf.

Hinter der Scheune auf die Nacht ein Käuzchen rufen gehört, unser Leben wollten wir bedenken und es kommt uns eine Ewigkeit her vor. Als ob es uns schon verlassen hat, spurlos, wir wüßten nicht einmal wann. Der Nachbar vom Nachbarn sind wir. Die Haustür ins Schloß fallen hören wie Jahr und Tag schon. Zwischen Tür und Tor, wo denn hin? Auf der Vortreppe stehen, der Wind weht, und im Tal einen Zug fahren hören wie vor zehn, zwanzig Jahren. Wie untertage ein Leben, schon jahrelang Winter. Schnee im Hof, die Schneewehen groß wie Misthaufen jede. Das Regenfaß zugefroren und eingeschneit, zum Verrosten zwei unnütze alte Wassertonnen daneben, beim Schuppen der Schnee reicht bis unters Dach und die Zeit ist seit langem zum Stillstand gekommen. Von rechts wegen, wenn wir eine zuverlässige Leiter nur hätten, besser noch selbsttragend ein Gerüst: müßten der Scheune aufs Dach steigen und achtsam wegschippen den gewichtigen gestrigen Schnee. Am besten wegpusten, vom Rand aus, das Dach zu schonen, bevor es zusammenkracht. Wie ein Narr steht man ratlos daneben und bietet einen *Anblick* den gelangweilten Winterkrähen. Becht's Tafelöl, Vivil, der Minister vom Grünen Plan, die Schnapsfirma mit dem haushohen Blechschild und ihre vornehmen Unterteufel: sind allesamt auch nicht gekommen. Dabei hätten wir jedem der kommt gar zu gern unsre Seele verkauft. Jetzt hockt sie frierend im zugigen Schuppen nachts und bei Tag erschöpft auf dem Hexengiebel vom beleidigten Waschküchenhäuschen.

Auf der Hütt', bei Buderus. Nach der Nachtschicht einmal bist du auf dem Werksgelände die innere Mauer entlang. Vor Tag, bevor es noch richtig hell. In der Nacht Regen. Schichtende, das muß vor vielen Jahren im Vorfrühling: muß das gewesen sein, Anfang März. Die leere Aktentasche gegen den Bauch gepreßt, ein Zug pfeift, bißchen Wind, es klart auf. Der Regen hat aufgehört, über Nacht ist ein neuer Tag geworden. Zum Ausgang, aufs Tor zu, so eine Freude auf einmal und Schritte, als ob jemand auf uns wartet. Gehen doch jeden Tag hier bei den finsteren Hallen und Fahrradständern die Mauer entlang und trotzdem: wie ein Vogel jetzt hüpft uns das Herz. Eine Mundharmonika sollten wir mithaben. Gleich kommt der Tag ingang, der Frühling fängt an, wir sehen uns jetzt noch da gehen; das Leben, das mit uns ist, ein unerschöpflicher Glanzbilderbogen in unserem Kopp. Alles naß, die Luft hat so gut geschmeckt und beim Tor stehen die Fernlaster, beim Tor schon wartet der junge Tag. Jetzt, sooft es uns einfällt, Züge fahren in unsrem Gedächtnis, jetzt müssen wir stehenbleiben – wie zu jederzeitiger Umkehr bereit – und zurückrechnen, wann das gewesen ist, wahr und wahrhaftig. Hätten das Datum uns aufschreiben sollen! *Die Zukunft von damals, die hätten wir gern!*

Ins Eisenwerk, aufs Feld und in die Schamottfabrik alle Tage und zehn Jahre eher sterben – das geht so: mit dreißig Eisenknochen, das halbe Leben schon abwechselnd Frühschicht und Nachtschicht am Ofen; bei Tag auf den Acker, das Vieh, das Feldstück versorgen, die Jahreszeitarbeit; die Ochsen tragen den Himmel. Noch Holz fahren, vier Wochen wenigstens jeden Winter. Und ein paar gute Jahre nicht zu Unrecht von einem eigenen Traktor träumen, mit vielerlei Zusatzgeräten, ein Magirus, der uns bei der Arbeit hilft. Und könnten solchermaßen ein paar Äcker noch günstig dazupachten, übers Jahr noch ein paar, drei oder vier nahrhafte Zukünfte, wir werden den Eingang schon finden. Nie müde geworden, wir sind noch im Kommen. Mit vierzig immer noch Eisenknochen, Erfahrung dazu und keinen Tag älter. Und auch den Akkord wieder geschafft haben, mit der eigenen Kraft und der Herrlichkeit, unbesiegt. Und das wird noch viele Jahre so weiter, Jahrzehnte, immer kräftiger sind wir geworden. Mit zweiundvierzig genauso, mit fünfundvierzig ein Könich, da ist lang noch kein Ende in Sicht. Werden noch in der Lotterie gewinnen, doppelt und dreifach, im Fußballtoto, einen vergrabenen Schatz finden, auf dem Acker ausgraben und in der eigenen Scheune drei Ellen tiefer wieder vergraben, gewaltig einen Anbau neben das schiefe verkümmerte Haus stellen. Mit bunten Glasfenstern, als ob ein Dockter drin wohnt. Sechs stolze Pferde uns zulegen und einen prächtigen neuen Stall, haushoch einen amerikanischen Mähdrescher für drei Dörfer. Wir sehen ihn nagelneu vor uns, er funkelt und glänzt wie ein Spielzeug, so rot und so grün. Zur Erntezeit in der Sonne, die Felder leuchten wie Gold. Glückspilze sind wir, keine Hitze zu heiß, keine Kälte zu kalt, nix ist zuviel für uns, nix zu schwer: in den Tag, in die Nacht hinein, vom Feld weg zur Schicht, von der Schicht aufs Feld; nach dem Feld noch im Dämmer in Haus und Hof unermüdlich und bei jeder Sache mit Kopp und Händen mächtig dabei und vor jedem Schlaf den dröhnenden Tag und das Licht in uns drin und die Stimmen mit Bier zuschütten. Erst beim Louis, da ist es noch früh und wir träumen von dem Lotteriegewinn. Dann im Grünen Baum, da schwebt uns unser Traktor vor; kommt kein Sturm für den Heimweg auf? Und zuletzt auf der eigenen Ofenbank, Selbstgespräche, Mitternacht längst vorbei, die Augen fallen uns zu. Frühauf ein Schnaps der uns auf den Weg bringt, damit wir dem Tag auf der Spur bleiben. Mit fünfundvierzig, mit sechsundvierzig, auch den neuen, den versetzten Akkord wieder geschafft haben, vielleicht nächstens noch Schichtführer werden, bald Vorarweiter und Meester. Sind dennoch nicht gut über den diesjährigen hiesigen Winter gekommen, wie verhext, haben wie die Elstern und Krähen ein schlechtes Jahr hinter uns. Sachkundig am Hoftor stehen und rauchen und husten, husten und rauchen.

Ein paar Jahre später am Hoftor stehen und nach Luft schnappen, spucken und keuchen. Der Tag drückt, die Wolken ziehn tief. Daß es uns so auch erwischen hat müssen: nach jedem Husten wie verkantet der Brustkorb, nur nicht sich krankschreiben lassen diese und nächste Woche. Müssen uns einmal verhoben haben und es nicht gleich gemerkt. Mit Schnaps sich kurieren, erst Brusttee, dann Schnaps, unverwüstlich, nicht kleinzukriegen und draußen wird es schon dunkel. Nicht noch von früher so ein Rest Apothekensalbe zum Einreiben da, bevor wir uns auf den Weg machen? Genauer gesagt ist es seit ein paar Jahren nach einem schlechten Jahr ein noch schlechteres Jahr immer wieder gewesen; könnten uns eine Krankheit jetzt gar nicht leisten. Die Werkschuhe schnüren und sich ohne Trost auf den Weg machen, wie Schlacke vorm Fenster der Tag geht zuende. Ohne die eigene Feldwirtschaft, wer weiß, wir könnten mit Aktentasche und Brotbeutel im Werk längst Schichtführer sein, Vorarweiter und Meesterstellvertreter demnächst.

Eine verschleppte Erkältung, ziemlich verschleppt. Nur nicht krankwerden, jeden Abend eifrig Backsteine heimschleppen (im Kopp insgeheim eine Buchhalterliste, jeden Tag einen Strich, wie ein Zaun der Jahrzehnte lang ist). Mit seiner Zeit und dem eigenen Anbau hat sich jeder ein bißchen übernommen: es wird schon werden. Ewig kommt man und geht, so ein Leben. Wie Schlacke der Tag am Abend. Mit der Feldarweit nicht mehr nachkommen, jeden Tag und jedes Jahr weiter zurück, mit dem Atmen nicht nachkommen, nicht genug Luft – und schließlich vom Akkord runter in die Fertigung, in die Verarbeitung versetzt werden müssen, Gicht, Rheuma, Hexenschuß, ungewollt sechs Wochen krank, natürlich zur falschen Zeit krank, und dann wieder am Tor stehen und keine Luft kriegen. Wie bucklicht am Tor stehen. Das ist der Nebel, *kriecht* so in uns rein. Noch kein Jahr so sehr auf den Frühling gewartet; es kommt uns vor, als ob wir drei, vier Jahre schon auf ihn warten, vergeblich: der Frühling kommt nicht ins Land. Anfang März, grau und leer kam die Dämmerung. Am Tor stehen und warten, bis es Zeit ist zur Nachtschicht – wie nicht gewesen der Tag. Den Krähen nach unser Blick. Sobald wir wieder ganz auf der Höhe sind, es wird nicht mehr lang dauern, wollen uns dann auf Akkord zurücksetzen lassen. So schnell wie möglich. Gleich mächtig aufholen dann. Solang nun krank gelegen, doch sobald wir zum Sitzen kommen, möchten wir am liebsten gar nicht mehr aufstehen: als ob wir die Krankheit noch vor uns hätten, sitzt so in uns drin. So hinter der Zeit zurück, daß uns im letzten Jahr der Matsch und der Dreck von der Roibenernte, das schlechte Wetter schon bei den Kartuffeln in den Weg ist gekommen, *so kleine Kartuffeln!*

Von Mainzlar her mit der Nacht übers Feld, die Erde bleibt an uns kleben. Wie bucklicht am Tor, im Spiegel ein fremdes Gespenst und immerzu frieren, ein langer Winter. Schnee im Hof, die Zeit ist stehengeblieben. Die eigene Frau ist uns auch krank gelegen, das erste Mal. Steht dürr am Herd, schlecht beisammen, schleppt sich vom Tag in den Abend und man weiß nicht, was sie geträumt hat. Sind schlecht diesmal über den hiesigen Winter gekommen. Die braune Kuh auch. Will nicht fressen. Beinah schlimmer, als wenn sie vom spärlichen Winterfutter zuviel frißt und will kein Einsehen haben: man weiß nicht, was schlimmer wäre und weiß nicht, was man ihr sagen soll. Mit dem Holzfahren ist es schon das dritte Jahr nix geworden, ist jetzt scheints eine neue Zeit: so kommt Verlust zu Verlust. Man muß essen und trinken und schlafen. Die Anliegerkosten für die Kanalisierung, muß man rechnen und rechnen und im Juli und im November die Gemeindeverwaltung um Stundung bitten, das Herz tut uns weh, und dann die Schuhe blankreiben und gehen, sich auf den Weg machen, es ist Tauwetter, und die Verlängerung von der Stundung beantragen, der Gemeinderechner hilft uns das aufsetzen: schriftlich, auf einen doppelten amtlichen Zettel. Ein Pfingstkälbchen für die Frau, ein Pferd für das eigene müde Herz und einen Traktor der uns bei der Arbeit hilft! Mit Mähmaschine, Heuwender, Garbenbinder und Langholzwagen zum Anhängen, soll man dem Gemeinderechner nachträglich zehn Zigarillos bringen, drei Zigarillos, ein Päckchen Fehlfarbenstumpen als Geschenk bringen oder ist er seinerseits selbst froh, wenn er jeden Tag wieder nicht soviel raucht? Auch quittengelb im Gesicht, kommt vom übermäßigen Sitzen, von der Amtsstubenluft. Beim Fenster: er nimmt die Brille ab, reibt sich mit Daumen und Zeigefinger lang in den Augen und draußen wird es schon dunkel. Tauwetter, auf die Nacht friert es wieder. Auf dem Tisch die Kontorlampe mit dem blaßgrünen Schirm. Aus dem Jahr 1912. Urkunden an der Wand und ein Saatgut-, Brennstoff- und Düngemittel-Kalender vom Kohlen-Klinkel in Lollar. Gleich wird der Gemeindediener hereinkommen, Kohlen aufs Feuer schütten, sich spreizen vorm Ofen, sich umständlich aufwärmen und auf eine Gelegenheit für ein Gespräch warten. Ende Februar, der Winter will seinen Ausgang nicht finden. Der Gemeinderechner bringt sich zur Arweit Fencheltee mit, die ganze Amtsstube riecht nach Fenchel. Wieviel er als Gemeinderechner verdient, Beamter? Nicht daß er das falsch auffaßt, um Stundung bitten und dann Zigarillos! Sind ja selbst schon seit vielen Jahren dabei, uns das Rauchen endgültig abzugewöhnen und müssen in letzter Zeit immer öfter an den Krieg und an die Gefangenschaft denken, warum nur? Jetzt ist eine neue Zeit, schreibt die Gießener Zeitung, sooft man dazu kommt, in der Zeitung zu lesen.

Im nächsten Jahr dann die Magenschleimhaut und eine Urkunde für treue Dienste, zwanzig Jahre sollen es sein. Eine Feierstunde, da bedankt man sich gegenseitig. Keinen Nagel regulär uns gekauft in den zwanzig Jahren, Hammer, Zangen, Schraubenzieher und Ölkännchen: alles gratis! Muß man auch bedenken. Und der Frau am Herd immer wieder erklären, damit sie es auch bedenkt. Sogar die Axt immer wieder auf Schicht angeschärft, auf Werkskosten. Auf der Schamott sind es regulär dreihundert brandneue Ziegelsteine im Jahr, die uns wie geschenkt zufallen. Sozusagen fast offiziell. Solang man nicht krank ist und käme zum Fehlen, jeden Tag einen: man braucht sie bloß einsacken und zu keinem kein Sterbenswörtchen! Unser Brotbeutel wird von Ewigkeit zu Ewigkeit halten. Zwei Jahre später zur Kur, Rheuma, das Gliederreißen, und dann mit Verlust als Hilfsheizer umversetzt, egalweg die Frühschicht, die Nachtschicht, damit wir das Tageslicht und die Schichtzulage: das Tageslicht für die Feldarweit und die Schichtzulage für uns, für den Geldbeutel. Muß man dankbar sein auch, den Verlust tragen, den Verlust nicht verschmerzen können und in Gedanken Gott und der Werksleitung danken. Auf jedem Hinweg und Heimweg. Jahrealt unsre Müdigkeit, hat sich so angesammelt. Sich gut zureden und mit Schnaps zusammenreißen die eigenen Glieder, ja Eisenknochen, sich unentwegt aufrappeln; gleich ist der Tag gegangen. Wie ein Maulwurf im Finstern werkeln und murmeln. Und zu denken, daß wir diese Müdigkeit – ob es das gibt, daß man an Müdigkeit stirbt wie ein Gaul? Wir bedenken es morgens und abends, abends mit Flaschenbier auf der Ofenbank, die Sorgen komplett im Kopp, in der richtigen Reihenfolge, wie ein Gemeinderatsprotokoll. Wenn man verzagt ist, gleich fängt der Ofen zu rußen an. Was mag wohl die Katze träumen? Streckt sich behaglich, schläft sooft es ihr einfällt. Sowieso, wenn der Schwerarbeitszuschlag jetzt wegfällt. Mit Lohnausgleich, aber weniger ist es doch und kommt uns vielfach zum Fehlen. Innerlich zittern, was uns zum Fehlen kommt, spüren wir gleich an der Magenschleimhaut, hätten längst zu rauchen aufhören wollen und müssen uns um den Ofen sorgen, er will nicht ziehen.

Sich Vorträge halten, sich gut zureden, Stunde um Stunde unnütz in die Nacht hineinsitzen, das ist die Unruh', und mit dem Rechnen kein Ende finden, es geht sich nicht aus. Was fehlt, fehlt für immer, summiert sich. Morgens, kaum daß man sich findet! Die Rheumatabletten, drei Wochen lang Spritzen bekommen, wir sollten längst das Dach gedeckt haben, uns selbst unter Dach und Fach gebracht, so ein Leben! In die Nacht hinein sitzen, in der Kälte sitzen und die Knochenarbeit, den Tag und die Sorgen und Stimmen geduldig mit Bier zuschütten. Und ein Stein wächst auf in uns drin. Gespenster. Wollen die nächsten Tage nun endgültig zu rauchen aufhören, unbedingt. Sagt man sich, nickt. Den Traktor vergessen, den Traktor nur noch als vergangenen Traum träumen, ein Märchen, und immer öfter auch an die eigene Jugend jetzt denken, so fern sind wir uns. Und können uns an kein einziges Osterfest erinnern, das Leben, wo geht es denn hin? Beim Tor stehen, als ob wir längst anderweitig, als ob wir schon gar nicht mehr da wären; eine Dauerprellung, so tun uns vom Husten die Rippen weh. Zehnmal jeden Tag an das Laternenlicht, versunken im Stallfenster, denken, wie es sich spiegelt zur Nacht, ein vergrabener Schatz; das soll uns ein heimlicher Trost sein. Keine Silbe verlauten lassen und beim Tor stehen bald wie ein Jenseitiger. Der nicht gehen will, noch nicht lassen kann von der Welt. Von der Magenschleimhaut ist uns auch so eine neuartige Empfindlichkeit nachgeblieben, die man gar nicht erklären kann: keine Wörter dafür. Wieder drei Wochen lang Rheumaspritzen bekommen. Schwer zu sagen, ob sie nun wirklich *gut* helfen oder nicht oder kaum: vielleicht daß es ohne noch schlimmer. Es heißt, jede Spritze für uns tut die Krankenkasse jedesmal achtzehn Mark kosten. Muß man staunen und dankbar sein, teures Geld. All die Jahre beim Tor stehen, ein Elend, und darauf warten, daß es Zeit ist zur Nachtschicht. Dreimal krank jedes Jahr, man kennt sich nicht wieder, das kränkt uns. Doch all die Jahre wie ein leibhaftiger Kapitän hier am eigenen Hoftor gestanden, immer kräftiger sind wir geworden. Und jetzt? Jetzt rührt uns ja jeder Kalenderspruch beinah schon zu Tränen, jeder dumme Zufall rührt uns zu Tränen. Sind unsere Nirven auch, innerlich, sind nicht mehr die besten. Nach jeder Krankheit steht uns im Spiegel grau ein Gespenst gegenüber, schon fast ein Gerippe. Direkt wie die nächste Krankheit schon steht man sich gegenüber. Von der Nachtschicht heim und keinen Schlaf und auch keinen Anfang finden: in der Vergangenheit und im eigenen Körper auf und ab und herumwandern und nach schmerzenden Stellen suchen und nach Wörtern dafür. Können doch nicht jedesmal den Schornsteinfeger bestellen, wenn der Ofen rußt, weil wir nicht wissen wohin mit unseren Sorgen! Ein großes Glas Schnaps in der Küche. Und in der Dämmerung wieder am Hoftor stehen: Sind niemand, gehn nirgendshin; wie nicht gewesen der Tag. Abgefakkelt, verbrannt. Im geheimen allein mit uns selbst eine Begehung des Hofes wie eine unparteiische Baukommission, Schritt für Schritt mit Bedacht, mit widerstreitenden Stimmen im Kopp: der Reihe nach und gewissenhaft alle Mängel, die Zukunft, die Zeit, die Vernunft, jeden morschen Balken im Auge, das Winterfutter, das Scheunendach und den Riß in der Mauer wie eine amtliche Schrift, ein Gutachten. Gut zwo Stunden gebraucht. Jeder Fensterstock angefault, die Türen, der Dachstuhl, die Nacht sinkt herab, das Fundament hat sich gesenkt, verläßt uns der letzte Mut. In der Tat, wenn es um jemand anders sich sollte handeln, den Nachbar vom Nachbarn als Existenz und nicht unser eigenes bißchen Leben hier unten – wir müßten wahr und wahrhaftig schwarz sehen, so schwarz als wie es nur geht! In der Scheune: wenn wir seinerzeit einen Schatz vergraben hätten und wüßten das nur nicht mehr, hätten es einfach vergessen wie nicht gewesen! Wie eine Höhle der heutige Tag.

Wieder zur Kur, muß man dankbar sein, und dann in die Materialausgabe versetzt werden, leichte Arbeit, ein grauer Kittel und alle Tage zum Feierahmd am eigenen morschen Hoftor stehen, leibhaftig ein Elend, sich sorgen und keine Luft kriegen und keine Antwort. Manche Zeit kaum die Arme noch hochkriegen, sind wie taub. Bei der Arweit eilig die aufgeregten Nummern lesen mit ungewohnt einer neuen Brille als Gesicht. Im Geist ein Schatten. Erst ist uns heiß und dann ist uns kalt und die Brille beschlägt. Wie jemand anders kommt man sich vor, so kurze seitliche Schritte von Regal zu Regal. Die stehen und schweigen. Die Schilderchen kann man zum besseren Verständnis sich nicht vor die Augen halten, sind am Regal fest. Sind angeschraubt. Muß man umgekehrt, muß geduckt mit dem eigenen Kopp vorstoßen, blitzschnell und wie eine Schlange draufzu, gleich knirscht es im Nacken, die eigene Wirbelsäule. Eisig und naß die Stirn, nasse Hände, die Brille beschlägt. Werden noch nächstens zu *lispeln* anfangen in der Materialausgabe, kurzsichtig, schwerhörig, Linkshänder bei der Arbeit. Und fangen zu keuchen an, die Regale. Jedes Jahr drei Äcker mehr wegverpachten um jeden Preis. Als ob sie im ewigen Winter, als ob sie hinter den Sternen liegen. Den Krähen nach mit dem Blick und sie um ihren täglichen Himmel beneiden, es wird wieder Herbst sein. In der Materialausgabe gibt es nur Tagschicht, da bleibt uns die Feldarweit liegen. Wolken ziehen. Das Hoftor seit zwei Jahren ausgehängt, müßten die Latten und Scharniere erneuert, bald dringlich erneuert, nach noch einem Jahr auch die Querbalken, so fault es uns weg. Vor den eigenen Augen. Die Brille putzen, man kennt sich nicht wieder, das schmerzt uns, das kränkt uns am meisten. Wie eine Ruine der Rohbau vom Anbau mit leeren Fenstern. Am Abend. Das Pferd in den Wolken, ein Pferd mit Flügeln, der Traktor im Mond, noch nie benutzt, nagelneu, der Schatz in der Erde vergraben, vergessen, war uns zugedacht und wir wissen nicht wo. Und wissen nicht, wie wir drankommen sollen und werden ihn nie zu Gesicht kriegen. Nie fertig geworden der Anbau, wir sehen ihn an und *fehlen* uns so. Geschafft und gearbeitet jeden Tag in die Nacht hinein, von einer Arbeit zur andern gerannt: atemlos hinter uns selbst drein. Konnten uns oft kaum losreißen. Unser Leben lang hat uns keiner gekannt, nicht einmal die Fumilje. Wir haben uns selbst nicht gekannt. Und stehen jetzt hier wie der Nachbar vom Nachbarn, als ob wir uns mit dem eigenen Leben, und ist doch unser einziges, soviel wir hier unten wissen, als ob wir uns damit beinah wie vorbestimmt gehörig verzettelt hätten, wann denn nur den diesbezüglichen Faden verloren? Schon wieder die Nacht ums Haus, es wird immer später. Es ist wahr, uns hat keiner gekannt.

Ein Hund bellt. Am anderen Ende vom Dorf. Oder ist es ein Bauer der auch seinen Hofhund abgeschafft hat und muß jetzt selbst bellen, bellt vielleicht seine festen Zeiten. Genau nach der Uhr. Wie ein dumpfer Schlaf unser Leben. Sobald es Nacht wird, fängt das ganze Dorf an zu husten. Im Schlaf oder wach, sie lauern in die keuchende Zeit hinein, in die Ferne, jeder einzeln verloren auf seinem Stern. Wie ausgesetzt jeder für sich. Die Ferne muß man sich gutwillig ausdenken. Wie eine Schachtel im Kopp, sobald es Nacht wird, ein Kasten in dem wir drinsitzen. Vom einen zum anderen

Ende die ganze Nacht ist in diesem Kasten. Ohne Kasten ist die Ferne für uns nicht denkbar, die Nacht gar nicht auszuhalten. Zwischen den fremden und eigenen Hustenanfällen: schwer zu entscheiden, ob man schläft oder wach ist; dicht wie ein Manteltuch um uns die Nacht. Mühsam atmen und von der Ferne im Kasten träumen. Und wir horchen darauf und hören uns antworten aus der Ferne.

**Mit neun am Schindgraben.** Lagerfeuer anzünden, als Indianer dürre Mohnstengel rauchen. Im Herbst, jeden Nachmittag. Dort steht das Gras uns über die Köpp und Wolken wie in der Prärie. Mittags manchmal kommt die Sonne noch durch. Büffel mit Pfeil und Bogen gejagt, bemalt auf den Kriegspfad und jeden Tag Häuptling gewesen. Auf einmal: gleich ist die Nacht da. Vielzuspät dran, wann ist es denn dunkel geworden? Und wohinaus haben wir uns so weit entfernt? Auch gerade im Abendnebel, man steht und begreift es nicht: so weit weg, Manitou, diese abseitigen Jagdgründe. Nie gesehen, wir kennen sie nicht. Vom Wald heim, von Mainzlar her mit der Nacht übers Feld, querfeldein, und uns noch einmal vornehmen: von den Sternen die Namen, die wollen wir lernen! Ob es bei uns im Dorf überhaupt einen gibt, der sie weiß? Notfalls aus einem Buch heraus lernen, alleinig, auf eigene Faust, es heißt Himmelskalender. Das sind in Nacht und Nebel vom Philipp die Silberfüchse, die bellen so fremd.

Mit dreizehn in zugigen Winkeln stehen, hinter der Scheune, im Schuppen. Wie unsichtbar. Im Oberdorf und nicht wissen wohin. Am Teich stehen, beim Turm, an der Friedhofsmauer. Im Dämmer schon stehen, der Wind weht, jede Tür knarrt, die Dachbalken knarren wie Schiffe, die auf ihre Ausfahrt warten: im Dämmer schon stehen und drei Stunden später immer noch stehen und warten, daß die Turmuhr die Zeit schlägt, damit wir mitzählen und dann endlich heimgehen könnten; erst grau und dann immer schwärzer der Wind. Auf das Abendessen vergessen, haben untröstlich den Abendzug fahren gehört und auf unsere Namen vergessen, wie sie nach uns gerufen haben, ihs Aaltern, die eigenen Eltern, wir kennen sie nicht. Als Artisten ein Zirkusleben uns träumen, den Seeweg nach Indien träumen, erst Schiffsjunge, dann Kapitän. Und gerade am heutigen Abend nicht abwarten können, daß wir endlich groß genug sind, mit den Großen am Kreuz zu stehen. Unser eigenes Geld endlich verdienen, Eckstein und Overstolz rauchen, egalweg auf Lunge rauchen, und nicht auf den Fennich gucken. Genau wie sie – wird sich zeigen, wir verstehn uns noch besser darauf. Eine um die andre rauchen zum Feierahmd in der Sonne. So ein Glanz, die ganze weite Welt sieht uns zu. Im Sommer. Die Armbanduhr aufziehen (die wir dann hätten) und schräg übers Eck beim Keulerhoinrich Zwo ins Wirtshaus am

Abend. Durch seine niedrige grüne Tür. Ein Hirsch und ein Auerhahn sind da über die Fenster gemalt. »Ob gut, ob schlecht das Jahr auch sei, ein bißchen Frühling ist immer dabei!« Einmal als Aufgaben für den Schoullehrer: sollten bei uns hier im Durf die Haussprüche alle aufspüren und *ornlich* in unser Schreibheft hineinschreiben. Den Hirsch und den Auerhahn merkt man sich, die Sprüche vergessen wir immer wieder. Längst ausgelernt haben und eine Fünfhunnerter BMW, blankgeputzt. Noch der letzte Sonnenstrahl abends findet seinen Weg zu uns hier herauf auf den Berg: scheint die Sonne nur fünf Minuten am Tag, dann scheint sie uns abends offs Kreuz. Abends mit der BMW: erst am Kreuz bei den Großen, im Sattel, erst gar nicht absteigen. Eine Lederjacke und Gabardinhosen. Dreimal nach Lollar und zurück jeden Abend und bevor es noch dunkel wird, wahr und wahrhaftig auch noch nach Gießen hinein. Rein zum Vergnügen, er donnert so, der Motor. Vorm Gießener Bahnhof uns hinstellen und wie Städtische am Selterstor. Mit hellgrauen Sonntagshosen. Ungelogen jeden Abend nach Gießen ins Kino: Höchstgeschwindigkeit hunnertfuffzich Stundenkilometer, immer mit Höchstgeschwindigkeit hin und zurück. Auf der Schosseeh. Die Lahn entlang und das Lumdatal hinauf in allen Dörfern kennt jedes Kind uns und unsere Fünfhunnerter BMW, sie kennen genau ihren Klang, sie träumen davon. Manchmal dürfte ein Kind ein Stück mit uns mitfahren. So lang frierend und wortlos im Dunkeln gestanden, im Wind, im Geniesel, und die Turmuhr erst gar nicht, dann immer nur wenn sie halb schlägt gehört: in der Stille ein einzelner Ton und man weiß nicht die Stunde. Die Mauern glänzen vor Nässe. Hunde streunen, die haben das Wetter gern. Nur vor den Toten tun sie sich fürchten, da ist ihnen jeder Umweg recht. Manch ein Hund kommt wichtig daher, als ob er ganz genau wüßte wohin. Stehen und frieren und fast vergehen in der Finsternis, und nicht wissen, worauf wir warten. Uns kommt vor, daß wir alles wissen und doch stehen wir hier allein und nutzt alles nix, bleibt imsunst. Es muß uns wie Mitternacht mindestens vorkommen, bevor wir uns loszureißen vermögen, naß, frierend, besiegt, ein geschlagenes Heer und zu Fuß heim, den ganzen Bauch voll Nacht und Nebel. Von den Sternen die Namen, wir lernen sie noch, das schwören wir uns, sooft wir am Abend heimgehen. Wie wir neun gewesen sind, hat es beim Schindgraben noch Bären und Büffel zahlreich gegeben, jetzt nicht mehr. Jetzt nur für die Jüngeren noch.

Mit sechzehn. Die Schoul fierboj, seit zwo Jahren schaffen gehn. Mit Glück eine Lehre beim Römer in Lollar, beim Wagenschmied-Wagner. Egalweg die meiste Zeit Tankstellendienst, Ware ausliefern, anstellig sich erweisen, eilfertig so ein Gesicht, den ganzen Tag das rechte Gesicht *machen*, flink zur Hand gehn, bescheiden, geschickt und eifrig zur Hand gehn und abends bergauf mit dem Fahrrad heimstrampeln. Abends mit den Großen am Kreuz, offm Kreuz stehen, solang es noch hell, solang uns der Tag noch leuchtet, und mit unserer neuen Baßstimme schweigen. Als Mann unter Männern. Wie selbstverständlich, als ob wir schon immer dazugehören. Als Stift unser Luhn, geht für daheim das Kostgeld gleich ab, viel bleibt nicht zum Zählen und Nachzählen. Muß man auf das Ende der Lehrzeit warten und einstweilen die Geduld, die Zeit und die Zigaretten genau sich einteilen Tag für Tag, die Frühstückspause, die Mittagspause und offm Kreuz abends: da nimmt man sie in den Mund, in die Hand, in den Mund. Und bis man sie endlich anzündet, das ist als ob man hintereinanderweg schon mindestens drei geraucht hätte, drei oder vier. In aller Öffentlichkeit. War eben noch so ein Glanz hier um jedes Ding und ist jetzt vergangen; wie abgebrannt unser Tag. In die Nacht hinein stehen. Offm Kreuz, hier hat es die höchsten Kastanienbäume. Mit unserer Baßstimme: bevor man sich als Mann unter Männern eine beiläufig zustimmende Bemerkung ausgedacht hat, die Wahrheit, die Wuhrheit, de Wurräd, man muß es von allen Seiten betrachten, schon ist von ganz anderen Sachen die Rede und wir stehen dabei und fangen erneut an zu grübeln. Die ungesagten Sätze, als was soll man sie nachher heimtragen? Der eine Stift raucht auf dem Klo, der andere lieber nicht. In Lollar treibt uns das Gewerbe. Autos waschen in Gummistiebeln, als Cowboy weiß man sich dastehen, der Schlauch ein Lasso zum Schießen, geht mancher Morgen uns drüber hin. Hauptsächlich samstags, da kriegt man manchmal Zigaretten geschenkt, Astor sogar, Simon Arzt und Senoussi, selten auch ein paar kostbare Groschen. Jedes Auto und jedes Motorrad in unserer Gegend kennen, schon von Berufs wegen in- und auswendig kennen, und selbst immer noch mit dem lachhaften alten Damenfahrrad und sich seit Jahren und Jahren jeden Tag zehnmal mindestens vorsagen: Mit achtzehn den Führerschein, keinen Tag später! Und dann eine Fünfhunnerter BMW! Wir sparen schon jetzt daraufhin. Die ganze Woche lang eisern gespart und am Sonntag reicht es gerade für einmal ins Lollarer Kino, Sperrsitz, besser schon Samstagabend die Spätvorstellung. *Jugendverbot!* Eine Nacht auf der Reeperbahn. Der Tiger von Eschnapur. Und dann in Lollar in der Linde wie schon ausgelernt zwei Gläser Bier, derweil es draußen zu regnen anfängt und die Welt uns mählich zu Kopp steigt, eine schwankende Luftblase. Die Brieftasche ist ein Konfirmationsgeschenk. Jammerschade, daß man uns unsere Pläne, die Zukunft, den baldigen Führerschein und die Fünfhunnerter BMW nicht jetzt schon anzusehen vermag, sehen in jedem Spiegel immerhin aus wie schon mindestens achtzehn. Schnupfen vom Autowaschen. Hände wie Dachziegel, seit wann denn so große Hände bekommen? Muß man sich selbst wundern und mit schwerem Kopp zusehen wie der Schaum auf dem Bier: schmeckt bitter, trocknet so weg. *In der Ferne rauschen Meer und Wind.* Es ist das Jahr 1954 und in der Linde haben sie einen neuen Musikschrank angeschafft, steht da und glänzt. Das grüne Lämpchen ist ein magisches Auge. Samstagnacht, vor der Tür die Lollarer Hauptstraße, vor uns auf dem Tisch unser zwotes Bier. Schon die morgigen Zigaretten aufgeraucht, als Seemann hier sitzen, Scheißschnupfen, und den Heimweg noch vor sich haben, es regnet in Strömen. Von fünf Autoschlosserlehrlingen behalten sie nach der Gesellenprüfung immer bloß höchstens einen, genauso als Karosserieklempner. Wird Zeit, daß wir ausgelernt haben und dann auf Schicht auf die Hütt', immer pünktlich, nie fehlen, und sich alle Tage für einen geborenen Glückspilz halten. Beinah als Eisenbahner bei der Eisenbahn untergekommen, im Kopp insgeheim einen Film als Rennfahrer und Geheimagent, schon Jahre und Jahre den gleichen Film. Außer uns weiß das keiner. Mit zwanzig eine Zwohunnertfuffzicher Horex, gebraucht gekauft von einem Polizeischutzmann aus Daubringen, ein Gelegenheitskauf, ein Klasse-Motorrad! Viermal beschwätzt und besichtigt und hin- und hergehandelt, gegrübelt den Winter lang, man muß es von allen Seiten betrachten und auch an das Sparbuch denken. Und wie wir die Horex dann schließlich gekauft haben, ist der erste Freitag im März gewesen, Freitagabend. Eine Neubaustraße am oberen Waldrand in Daubringen: kein Haus noch fertig; grau und leer kam die Dämmerung. Baustellen. Das soll ja überhaupt erst eine Straße noch werden.

Die Alten, denen ist die Horex alle Tage ein Dorn im Auge. Wollen uns das nicht zugestehen, obwohl es doch unser eigenes Geld ist, kapiern nix. Sonntags in der Fußballmannschaft Rechtsaußen und nach jedem Spiel saufen. Immer abwechselnd Heimspiele, Auswärtsspiele. Bis nach Stangenrod, Rüddingshausen. Einundderselbe verregnete Herbst oder trostlose Vorfrühling schon seit Jahren; die Sonntage sind so kurz! Daheim jetzt bald jeden Tag Krach und verdrossen helfen in Haus und Hof, *immer nur schaffe unn spärn* ist das einzige was ihnen einfällt. Kapiern Nix! Sind hinter der Zeit zurück! Muß man sich wundern, wann sind sie so alt geworden? Wer weiß, ob wir nicht noch ein Zimmer in Gießen uns nehmen, beim VW-Dienst anfangen und abends abwechselnd Spiegeleier und heiße Fleischworscht. Abends eisern auf die Meisterprüfung hinlernen und nirgends kein Wort darüber verlieren, Abend für Abend: nix soll uns ablenken! Nie gedacht, daß es so schwer wird, einundzwanzig zu werden, damit es endlich anfangen kann, das eigene Leben! Wer weiß, was uns die Zukunft, ob wir nicht noch zu Opel nach Rüsselsheim, Spitzenlohn! Und jemand ganz anders werden. In Köln die Fordwerke, Köln am Rhein und so ein blondes Zierpüppchen, eine Städtische. Wie sollen wir wissen, ob es uns nicht unwiderstehlich nach Köln zieht, schon lang? Das ganze Dorf wird uns neidisch nachgaffen, wälzt sich schwerfällig auf der Erde herum. Die Horex zu teuer bezahlt, das behält man für sich. Wer hätte das auch gedacht, so ein gerissener Polizist! Dabei noch aus Daubringen! Nach Frankfurt auf die Auto-Ausstellung, seit drei Jahren schon hingewollt, im nächsten Jahr soll uns dafür das bißchen Geld nicht gereuen! Mit den Kumpeln mit Zelt und Spirituskocher zum Nürburgringrennen, eine Nacht auf der Reeperbahn und eine Hafenrundfahrt im Hamburger Hafen. *In Hamburg sind die Nächte lang.* Nicht auf den Fennich gucken, immer wieder sein Geld nachzählen und sich auf keinen Fall übers Ohr hauen lassen, Erfahrung. Ob sie blond ist in Köln, das kann man nicht wissen. Den ganzen Frühling lang Frühschicht und jeden Abend dem Vadder beim Anbau helfen und bei jedem Schubkarren Sand uns für die nächste Luhnerhöhung strikt vornehmen, daß wir dann jeden Freitag für wenigstens drei Mark im Lotto spielen. Die Horex im vorigen Winter auf eigene Kosten generalüberholt, dem Vadder bei der Arbeit am Haus öfter wortlos ein Bier spendieren. Ist alt geworden, wächst unter sich.

Großspurig und verlegen sich räuspern, ja Flaschenbier. Jetzt sind wir an Kraft ihm schon überlegen. Ein Sommer kommt, da sind wir auf jeder Kirmes.

Mit vierundzwanzig verheiratet. Jetzt wird es Zeit, daß wir anfangen mit dem Umbau vom Anbau. »Wer heiratet, hat ausgespielt!« Die Horex verkaufen und mit der Frau von einer Zukunft und von einem Auto träumen, ein paar Jahre wenigstens davon träumen, ein Weilchen, solang noch kein Kind da ist. Auf Schicht Überstunden, den Hof, die Feldwirtschaft, Haus und Hof überschrieben kriegen, unser' Sach'; die Alten sind altgeworden. Als Ehemann steht man nicht mehr offm Kreuz, höchstens noch im Vorbeigehen. *Einen* Abend im Sommer. Nicht länger als fünf Minütchen einmal und dann höchstens noch fünf Minuten. Zwei Bausparverträge, den einen, damit wir die Schwester auszahlen können, hat zwo Kinner und kann es gebrauchen, den zwoten für den Umbau vom Anbau, es will sich nicht ausgehn. Das Geld dafür auf der Hütt' verdienen, mit Akkord, mit Schichtzulagen und Überstunden. Jede freie Minute aufs Feld. Und dazwischen im Halbschlaf, im Dämmer, im Finstern sich mit dem Umbau vom Anbau verzetteln: wird Zeit, daß er fertig; es tut nicht gut, wenn jung und alt so dicht beieinander. Die Alten sind altgeworden, wirtschaften so herum, werden beide von drei Löffeln Abendsuppe gleich für drei Tage im voraus satt. *Wenn* uns' Vadder nun sein Leben lang bei der Bahn: hätte eine schöne Rente nun auf seine jetzigen alten Tage, könnte uralt werden mit Gewinn. *Wenn wir* einen eigenen Traktor jetzt hätten und eine Kreissäge noch dazu: könnten in drei kalten Wintern mit Holzfahren und -schneiden fast nebenbei uns ein rundes kleines Vermögen verdienen. Für den Umbau vom Anbau, er ist noch nicht fertig und jetzt schon zu eng. Und dazu noch das Auto, von dem wir nicht oft genug, nicht dringlich genug, in letzter Zeit immer seltener träumen. Sagt man sich immer wieder. Und geht in die Küche und sagt es der Frau am Herd. Wollten das nur mal gesecht hawe, alsu gesaht huh, damit sie merkt, wie findig wir sind, schlau wie ein Fuchs und jederzeit das Wohl der Fumilje im Auge, die Zukunft. Und sagt es ihr drei Stunden später ganz kurz noch beim Melken im Stall; der Melkschemel wackelt, muß man mit Tischlerleim und Geduld, kurzerhand mit Fünfzollnägeln. Als unser eigener Unternehmer und Händler nämlich, *wenn* wir das wären: jedem Unternehmer und Händler in Stadt und Land haushoch überlegen. Jederzeit. Und mit wieder anderen Worten bevor wir todmüde ins Bett finden, die reine Wahrheit – wir sollten seit Stunden im Schlaf liegen. Nachts dann, soll man sie aufwecken? Müssen gleich nach dem Einschlafen wie im Schreck wieder aufgewacht sein. So heftig geht uns das im Kopp herum, könnten es vorrechnen nun auf Heller unn Fennich; Klafterholz, Transport und Zurechtsägen. Hunde bellen, dazwischen hört man den Nachbar vom Nachbarn husten. In der Finsternis, in seinem Kasten. Mit jedem Jahr tut er schlimmer husten. Wie spät kann es sein? Morgen Frühschicht. Solang noch keine Kinner da sind und die Alten ohne Rente noch rüstig in Haus, Hof und Stall, kann man selbst Überstunden soviel es nur geht, kann die Frau in der Zigarrenfabrik täglich fleißig ein Zugeld dazuverdienen, verschiebt man die Zeit in die Zukunft hinein, unser Leben. Wieder ein Jahr und kein Sommer gewesen.

Mit achtundzwanzig zwo Kinner und es noch einmal bei der Bahn probieren: erst sind wir zu jung gewesen, jetzt haben sie Einstellungssperre und nachher, beim nächsten Mal, sind wir zu alt. Seit der Vadder nun tot ist, zwei Jahre, rührt sich uns' Modder kaum noch je aus ihrer Kammer heraus. Dürr wie ein Knöterichstecken und die meiste Zeit auch nicht mehr ganz richtig im Kopp. Muß die Frau die Kinner versorgen, bleibt uns die Arweit in Haus und Hof, bleibt die Feldarweit liegen. Gerade jetzt auch könnten wir das Geld für die Überstunden so gut gebrauchen, die Zeit auch gebrauchen. Schon das Zugeld von der Zigarrenfabrik kommt uns jeden Monat mächtig zum Fehlen. Der Anbau, noch nicht verputzt, ist jetzt schon zu eng. Das Auto, von dem wir geträumt haben: war das mehr die Frau, die es wollte oder sind wir es selbst gewesen? Haben wir uns wegen ihr das Auto gewünscht oder eher sie wegen uns? Mit dreißig noch an den Traktor glauben, an den Fleiß und die eigene Kraft jeden Tag, mit dreiunddreißig, wir schaffen es schon! Mit den Zähnen knirschen, von der Hütt' aufs Feld und Gott dem Herrn nicht begegnet, die Dornbüsche selbst abgebrannt, Gestrüpp, Unkraut, Brennesseln; viel Steine gibt es, wachsen heran und vermehren sich Jahr um Jahr. Bald kann man den Acker wie eine Schosseeh pflastern und braucht nie mehr pflügen. Über die Schinn und den

Lehnsanger, die Ochsen gehen im Schritt. Mit den Ochsen hadern und mit Gott dem Herrn, der kein Einsehen hat und nicht da ist, nicht aufzufinden. *Jetzt zeigst Du Dich nicht, man ruft alle Tage vergeblich nach Dir!* Und dann hinterdrein ist Ihm wieder nix rechtgemacht, paßt Ihm dies nicht und das nicht, su schnäuwich, an allem was auszusetzen, imsunst all ihs Moj! Im März und die Wolken jagen, Regen und Sonne und Schnee auf den Weg, wild und ratlos macht uns so ein Wetter. In neblichter Dämmerung mit dem Fuhrwerk müd vom Kartuffelacker heim, die Ochsen tragen den Himmel, die Erde bleibt an uns kleben. Die Frau spannt das Vieh für uns aus, die Kinner sieht man im Hausflur kriechen, bleiben lang noch klein. Und wir, wir stehen am Hoftor und warten, bis wir uns eingeholt haben, bis es Zeit ist zur Nachtschicht; ein Leben rund um die Uhr. Eine Zigarette nach der andern rauchen und nicht wissen, wo wir bleiben sollen in unsren Gedanken. Immer dichter der Nebel, kriecht so in uns rein, das ganze Dorf hustet. Mit fünfunddreißig umgibt uns die Müdigkeit wie ein Schneegestöber aus dem wir nicht mehr herauskommen werden.

Mit sechsunddreißig am Tor stehen, husten und rauchen; müssen uns einmal verhoben haben. Joh Hirregott, die Zeit. Zwei Jahre später am Hoftor, spucken, keuchen, nach Luft schnappen und darauf warten, daß es Zeit ist zur Nachtschicht. Die Nirven, das Gliederreißen, wie eine übermächtige Reue hat uns das gepackt: uns kommt vor, es hat uns gepackt, weil jede Tür knarrt und schlägt, jede anders. Sooft eine Tür knarrt und wiederum knarrt, zuckt es uns jäh als zwiefacher Schmerz durch Glieder und Sinn und wir fangen erschrocken zu husten an und husten wie um unser Leben – muß alles der Reihe nach repariert und instandgesetzt und erneuert, woher nehmen solche Mengen an Zeit, Zuversicht und Material? Sich nicht zu helfen wissen, die Werkschuhe schnüren und die Sorgen komplett mit zur Nachtschicht; reicht jeder Tag in den nächsten hinein. Was denn bereuen, wo anfangen? Den Schlaf vertreiben, auf der Ofenbank sitzen und zäh das zerrissene Zuggeschirr flicken, Zentimeter um Zentimeter. Wie wenn man – auf welches Ziel hin? – blindlings im Kreis kriecht, schon lang. Geschlagen, doch unbesiegt! Schneewolken überm Haus. Abwechselnd Frühschicht und Nachtschicht. Einen langen dunklen Dezember wie einen einzigen stillen Nachmittag, der sich neigt, immer bedenklicher neigt, mit dem Haus in die Erde versinken und mit verschrumpelten Augen, mit Augen die immer kleiner werden, Korinthenaugen, das Zuggeschirr flicken; besiegt, aber nicht geschlagen! Damit wir gerichtet wären, wenn der Frost käme, damit wir wenigstens vor uns selbst, vor der Frau und den Kühen, gar vor dem Zuggeschirr auch, zaghaft ein Weilchen noch an die Möglichkeit des Holzfahrens glauben können; schon seit drei Jahren ist es damit nix mehr geworden. Könnten dann zum Ausgang des Winters hin, er will seinen Ausgang nicht finden, könnten mit dem Holzgeld siegreich die Darlehenszinsen – sind im Januar fällig! Und ausreichend kräftiges Winterfutter dazukaufen, sagt man sich. Um jeden Preis. Und wenn schon nicht mehr an den Frühling, so doch an das Ende des Winters glauben, verbissen.

Zum Winterende hin die ausgehungerten Märzkühe aus dem Stall geführt, es wird Zeit. Wie sie blinzelnd und zitternd beim verkanteten Hoftor standen, wie schon nicht mehr von dieser Welt zwo Gerippe, zwo elende Mißgeburten: ihre Haut, die doch vorher gepaßt hat, noch im dunklen Dezember einigermaßen gepaßt hat, hängt ihnen überreichlich in Falten herunter. Verblichen auch, kaum noch Farbe. Wie verkleidet stehen sie, reißen mühsam die Augen auf und stehen und frösteln in diesem trübweißen unbarmherzigen Licht. Die Kinner, noch klein, gottlob in der Schoul. Der Himmel sei unser Zeuge, ein dreckiger Porzellanhimmel: gafft. Wird auf neun gehen. Nutzt alles nix, muß man anspannen! Muß man auf gut Glück und auf baldiges Grünfutter hoffen, das Wetter ist nicht danach. Den Kühen gut zureden, sich selbst gut zureden, selbst krumm und verkantet danebenstehen, eine naßkalte Ewigkeit, und sich beim besten Willen keinerlei Rat wissen. Daß die Kühe nach dem langen Stallwinter überhaupt nur angelehnt noch zu stehen vermögen, ist kaum übertrieben. Sich keinen Rat wissen und keinen Ausweg. Geht ein Wind oder nicht? Schon dreimal mit Sonne, Wind und Regen ist ein zaghafter Vorfrühling gekommen und gegangen. Neun Uhr in der Frühe, Schneewolken über dem Hof. Nicht einmal wissen, ob das *jetzt* ist, die Gegenwart, da wir hier stehen mit unserem alten Hut neben dem eingerosteten Pullkarren – oder ... könnte es vor vielen Jahren eine verpfuschte Erinnerung, die uns wie Atemnot jäh widerfährt? Aus der Ferne. Die eigene Frau mit Kopptuch und Halstuch und Schultertuch, drei dunkle Schürzen und dreierlei schwarze Strickjacken übereinander. Wie bucklicht auch sie. Schwarze Strümpfe. Wie im Traum neben uns, wie schon lang eine Witwe.

Und weiß nicht, soll sie mit Hand anlegen: an uns, an dem Karren, den Kühen, dem Zuggeschirr? Uns und dem Tag und den Kühen mit immer den gleichen wenigen mageren Wörtern gut zureden? Sich auf Fluchtlingsweise bekreuzigen, dazu die Fingerspitzen geschwind mit der Zunge anfeuchten, wie wenn man andächtig Papiergeld zählt, flüsternd, wie wenn man im Kirchengesangbuch die richtige Seite sucht und nicht findet, sonntags im Bauernkalender blättert, im Winter, die Sonntage sind so kurz! Geschwind uns und die Kühe und den Pullwagen auch bekreuzigen, die Hinkeln herauslassen, nachzählen und zurechtweisen? Hin und her, Regenzeuch beiholen, die Zugleine anziehen, verwirrt wie ein Huhn mit aufs Feld? Zurückbleiben, in den Stall hineinflattern, mit Schultertuch kopflos hinüber ins Haus? Jede Tür knarrt und schlägt, der Tag ächzt, die Fenster beben in ihren Rahmen. Sich heute, jetzt, dann, sich mit dem heutigen Tag mit den Tüchern und Strickjacken mit Fieber ins Bett legen, die Frau, die eigene Frau, und nicht mehr aufstehen – wie denn nur alles gleichzeitig und dazu ohne Unterlaß frieren, noch dazu derbe Socken über die Wollschtrimp, kann sich doch nicht zerteilen – dies nicht und das nicht, oder für immer wortlos gekränkt sein, ein Leben? Und können uns an kein einziges Osterfest erinnern.

Jeden Tag wieder als Dickworzbauer, Buderusknecht und Schamottwerker auf die Welt kommen und zehn Jahre eher sterben – das geht so: Mit vierzig am Tor stehen, husten und keuchen. Gicht, Rheuma, Gliederreißen, Ischias und Bronchitis – sonst nur immer den Winter über, doch diesmal scheints hat es uns ganzjährig ganz gehörich erwischt. Muß man sich wundern. Und nun ist uns neuerdings so eine neuartige Magenempfindlichkeit noch dazugekommen, schwer zu beschreiben. Eher wie innerlich so ein Gefühl, hohl und ungewiß, ein *Gefoihl*, sagt man sich, eine Ahnung im Bauch und will uns nicht loslassen. Stehen und in sich hineinhorchen. Nach jedem Hustenanfall wie verkantet der Brustkorb, das Hoftor auch, müßte längst gerichtet, gewaltig nach Luft schnappen und krumm danebenstehen, bis es Zeit ist, unseren Tag wieder auf die Hütt' zu tragen, ins Eisenwerk. Noch keinen Tag wegen Krankheit zum Fehlen gekommen, nicht eine einzige Schicht versäumt. Bekreuzigen tun wir uns nicht hierzulande, höchstens im Suff mit der ganzen Faust. Das sind nur die Fluchtlinge, was sich bekreuzigen hier bei uns im Dorf. In der ganzen Gegend. Treu und Glauben heißt unser Hochofen. Unter der Hand bei uns heißt er dicker Willem, ein Mordskerl!

Sommerabende. Loch im Bauch, der Magen ein Eisenklumpen, Blei in den Gliedern, so schleppt man sich nach jeder Schicht siegreich heim. Immer steiler bergauf. Wo denn nur in Gedanken? In der nachgebliebenen dröhnenden Stille jetzt, nicht hungrig, nicht satt. Das Herz klopft, die Haut wie geteert, das Gesicht. In Lollar, im Sommer, da *steht* oft die Luft. Wie in einem Backofen. Bis spät in die Nacht hinein, solche Tage. Den Akkord geschafft haben, gestern und heute, und in Freundschaft neben sich selbst einher: das liebe Leben ist es, das neben uns hergeht. Langhin die Lollarer Hauptstraße, genau in Licht und Schatten geteilt, so ein Glanz. Anfang Juli, die Kirschen sind reif, die Sonne steht bis in die Nacht hinein rot im Nordwesten. Und bergan, den Lollarer Hausberg hinan, die Wohnstraßen leer im Licht, die Juligärten. Bis an den Waldrand hinauf; der Lollarer Kopp, so heißt dieser Berg. Der Himmel leuchtend und leer; die Kinner sind heimgegangen oder wo sind sie hin? Wir haben Eisen geschmolzen! Müd zu Fuß heim. Mit schweren Gliedern, jeden Schritt einzeln, und dabei will uns vorkommen, der Abend hier, dieser heutige Abend müßte jahrelangher sein, so greift uns die Stille ans Herz. Soll man in der Lollarer Linde im Vorbeigehen einen Schnaps trinken? Als ob man sich eben begegnet, so wäre das. Vierzich Fennich ein Korn, der Weinbrand schon sechzich; wir sehen uns an der Theke stehen, als ob wir schon aus dem Himmel auf uns herabblicken. In Freundschaft, die arme Seele. Die Tür steht offen, die grünen Läden sind zu, innen ist es kühl und dämmrig; es ist ein langer Tag gewesen. Der Bierhahn tropft, die Stille plätschert wie Wasser in einem Teich mit Binsen und Fröschen.* Doch derweil

* Mal sagen, der Koidriebspoul ist so ein Teich.

sind wir uns schon wieder aus dem Blick, sind schon über den Bahnübergang, beim Römer vorbei, an der Tankstelle, und bewegen uns weiter bergan. Ist das die Stille, die von allen Seiten singt, oder sind es so zahlreich die Grillen? Gleich die obere Bahnkolonie und die Schanz, immer steiler bergan. Müd zu Fuß heim, geblendet, im Halbschlaf, und mit sich selbst reden, das Herz klopft; wir kennen uns nicht oder kaum. Daheim dann wieder als wortloser Riese am Küchentisch sitzen und es ist aller Tage Abend. Die Kinner gleichfalls kennen uns nicht. Oder kaum. Doch jeden Tag sie gesehen und warum dann ist uns, als ob wir sie jahrelang nicht zu Gesicht gekriegt hätten: kaum da und sind auch schon wieder gegangen. Das liebe Leben.

In der Dämmerung noch zwei Fuhren Heu holen. Hinter dem Kirschenwäldchen. In der Stille, das Fuhrwerk knarrt. Ob wir im Schlaf oder wach auf dem Wagen sitzen, den Sandweg entlang, wir wüßten es jetzt nicht zu sagen; so süß riecht das Heu. Und die Ochsen auch wie im Schlaf vor uns her. Lang vor Tag mit dem Weibervolk wieder zur Heumahd hinaus: schon um vier Uhr früh geht die Sonne auf, ist man spät dran, die Vögel sind vor uns wach. Erst das Heu, dann das Grummet, man muß es schneiden gleich nach dem Nachttau. Es ist die ganze Nacht nicht richtig dunkel geworden. Zur Heumahd und Grummetmahd jedes Jahr ist uns immer wieder die Spätschicht am liebsten.

**Nie gedacht,** daß uns die eigenen Erdentage so zum Schicksal geraten könnten, hier unten, das bißchen Leben. Ein paar naßkalte verregnete Jahre als sein eigenes Fragezeichen sich krümmen am verrottenden windschiefen Hoftor, magere Jahre, nach Luft schnappen, sich festhalten, spucken, keuchen und in Furcht und Ungeduld die Nacht herbeiwarten, Nacht um Nacht, wie einen angekündigten Unglücksfall. Die Suppe warmgemacht, auslöffeln und sich auf den Weg machen. Und darüber grau und kahl werden, sprachlos, fast ein Gespenst. Dreimal krank, dann zur Kur und jetzt jede Woche die Spritzen, soviel Umstände schon und dennoch nicht auskuriert, nie und nimmer. Die Zeit kommt zum Fehlen, wir fehlen uns selbst; wie ein einziger langer Nachwinter, der nicht gehen will, ist mit der wachsenden Atemnot die Zeit uns zur Last geworden. Der Anbau nicht fertig, das Hoftor schon zwei Jahre ausgehängt, müßte längst repariert: ohne Hoftor, das ist als ob uns die Haut auf den Knochen fehlt und der Wind naß und kalt. Man weiß nicht, wo man sich dran festhalten soll; die Wolken ziehn tief, es kribbelt uns in den Füßen, wie ein Krähenschwarm kommt die Nacht.

Ein paar Jährchen später neben dem morschen Torpfosten, keine Luft kriegen, husten, mit dem Husten kein Ende finden. Krank geschrieben, ganz blau im Gesicht, wenn die Atemnot uns befällt, als ob man im Spiegel erstickt. Man weiß nicht, was soll es bedeuten. Neben dem morschen Torpfosten stehen und wie ein Winkeleisen: wie *durchgeknickt* in der Mitte. Endlich auf leichtere Arbeit – was sein muß, muß sein, Gesundheitsgründe: als Hilfsheizer umversetzt, kommt das Geld uns zum Fehlen, in den Händen und Füßen ein Kribbeln, und mit der Feldarbeit und unserem eigenen Leben sind wir auch hoffnungslos im Verzug. Man kennt sich nicht wieder. Als ob die Welt uns verläßt. Die Versetzung schon wie für jemand anders ein Leben, ein Ersatzleben, und darum einzukommen auf dem Kontor: schwer genug ist uns das geworden, solche Umstände. Mit uns selbst. Sind ja in all den Jahren nicht so oft auf dem Kontor und beim Arzt gewesen wie jetzt diesen letzten Winter, der noch in uns drinsteckt. Sagt man sich jeden Tag und weiß nicht, wie man daran im verstörten Gedächtnis ein Andenken sich soll bewahren – wie an einen jähen Absturz, einen Knochenbruch unbegreiflich zu ebener Erde. Mit wem denn darüber reden? Man muß essen und trinken und schlafen und mit Vorsicht jeden Schritt Weg vor sich her denken.

Und ein paar Jahre später wieder am Torpfosten, keine Luft kriegen und sich innerlich keinen Ausweg mehr wissen. Wie ein Ochse der sich verirrt hat, wie im Traum steht man da, wie ein Kind ohne Welt. Das Wetter drückt; sich am Torpfosten festhalten und den Krähen nach mit dem Blick, die Wolken ziehn tief. Und auf den Wind horchen, der um die Häuser und Scheunen geht, derweil überm Dach die Wolken sich stapeln; ein fremder Wind. Was ist es denn nur, was wir jetzt und immerfort schmerzhaft vermissen und will uns nicht aus dem Sinn? Stehen am Tor alle Tage, als ob jederzeit eine Katastrophe, als ob sie schon im Kalender vermerkt ist – was soll denn passieren, passiert sein? Wie ein Schrankenwärter, wenn er den aus dem Gedächtnis gefallenen Zug kommen hört. Und warten doch nur, bis es wieder Zeit ist zur heutigen Schicht. Wie eine Ruine der Anbau und will nicht fertig, kommt uns schwer auf der Seele zu liegen; daneben das enge Häuschen blinzelt, macht einen Buckel, sinkt immer tiefer in die Erde hinein. Die Kinner, egal was man meint und denkt, auch wenn sie von außen schon groß sind, haben noch nicht die Vernunft. Haben nur ihr Vergnügen im Kopp, fast nur noch zum Schlafen kommen sie heim. Und die Zeit geht wie ein Zug pfeift, die Tage gehn von uns weg, fremde Zeit. Ratlos und krank alle Augenblick, es tut sich so anhäufen jetzt, ein Elend, man trägt es, es ist nicht zu ändern.

*Wieder* zur Kur, muß man dankbar sein, und dann als Lagerist in die Materialausgabe versetzt: ein Schatten mit Bügelfalten, atemlos, ein hastiger grauer Kittel *wie überzählig* im Neonlicht zwischen den Regalen. Auf Bezugsschein die neue Brille von der Betriebskrankenkasse. Man kennt sich kaum wieder: grau und fast kahl geworden; so eingesunken und zusammengefallen, daß uns rechts und links die eigenen Ohren größer denn je scheinen wollen, wundert man sich. Und doch auch wie neuerdings wieder ein Jüngling so schmal und sauber. Und Hemden mit Kragen, jetzt haben wir endlich Verwendung für aus dem Schrank all die vielen feinen Hemden, die uns seit der Hochzeit alle Jahre wieder unterm Weihnachtsbaum blühen, jedes Jahr zwei. Das hat uns schon Koppzerbrechen, die Sonntage hätten nicht ausgereicht, um sie abzutragen, alle Sonntage unseres Lebens. Noch einmal umlernen, leicht ist das Leben nicht. Spitznasig und bleich, immer einen Kamm einstecken haben, sich mit Wasserleitung, Kamm und schlechtem Gewissen alle zwo Stunden im Waschraum mit den verbliebenen Haaren einen neuen Scheitel zurechtkämmen, vor zwei Jahren Silberhochzeit gefeiert, und sich eine Unterschrift als Unterschrift angewöhnen, mit Kringel. Nie gedacht, daß einmal eine Zeit kommt, da unsereiner jeden Tag sich rasiert! Und so zarte Hände bekommen, zum Staunen: direkt Dockttershände vom vielen Krankfeiern und Pausieren. Jederzeit vier Kugelscheiber in der Kittelbrusttasche, in Reih und Glied, wie Orden und Ehrenzeichen tragen wir sie vor uns her. Vier Stück jederzeit. Hinterm Ohr einen dicken Blaustift als jederzeitigen Rettungsbalken. Mit Bedacht sich die eigene Nase in ein geplättetes Taschentuch schneuzen, wie früher an heiligen Sonntagen nur in der Kirchberger Kirche. Das schönste aber ist unsere eigene Unterschrift auf einem fertigen Ausgabezettel, null Fehler. Wahrhaftig: bei uns in der Materialausgabe geht es beinah schon wie auf einer amtlichen Schreibstube zu, die eigene Frau mit ihrer Schürze daheim am Herd und im vernagelten Hinkelstall kann sich davon ja keinen Begriff nicht – sie weiß nur, daß wir jetzt jeden Zahltag weniger Geld heimbringen, das stimmt. Großartig wie ein Kaufladenbesitzer auf der Lollarer Hauptstraße spaziert unsereiner mit blanken knarrenden Schuhen zwischen den Regalen, wie auf eigene Rechnung. Haben grüßen gelernt und die richtigen Wörter, leicht ist das nicht: muß man sich jeden Tag neu anlernen. Haushohe Regale. Mit leeren Händen, man steht und streift sich die Ärmel hoch, die Manschetten, in den Händen ein Kribbeln, wohin soll man denken? Und guckt ganz genau auf die eigene Armbanduhr, mitten am Tag. Und tut dann die eigene Armbanduhr ganz genau mit der übergeordneten Wanduhr vergleichen, hin und her mit den Blicken. Und nickt, kann sich die eigene Armbanduhr auch gut fünf Minütchen vorstellen mit den Zeigern, gut und gern, mit Bedacht. Und weiß dann, daß sie jederzeit ganz genau fünf Minuten vorgeht oder zur Sicherheit noch einmal abstimmen; wie seit vielen Jahren ein einziger ewiger Tag ist das weiße Licht zwischen den Regalen. So spitznasig und bleich geworden, daß man sich mit der neuen Dauerbrille beim Kämmen im Waschraum alle zwo Stunden die eigenen Jahre vorrechnen muß und ihren Verlauf, wo sie hin sind, und den eigenen Namen vorsagen, und kann sich doch nicht an das neue Gesicht dran gewöhnen. Einstweilen. Wie eine Übertreibung die eigenen Ohren, Farbe und Umfang. Die Hemdkragen sind uns vom vielen Kranklиegen gehörich zu groß geworden. Immer besser gelingt uns der Wasserscheitel, beinah wie in jungen Jahren. So dürr und faltig der Hals und vor dem Spiegel den Kopp vor sich hinhalten – bald wie an einem warmen Tag eine Eidechse, wenn sie auf einem Stein in der Sonne sitzt und meint, daß man sie nicht sieht. Es ist die erste Dauerbrille in der Fumilje. Und rasch noch die Schuhe blankreiben.

Zurück dann, die Wanduhr aus ihrer Höhe gafft uns schräg ins Gewissen. Wie eine Bahnhofsuhr, wenn kein Zug mehr fährt, wie ein böser Mond, hat uns schon erwartet. Den langen Tag mit den Füßen abmessen, mit knarrenden Schuhen. Der Lagerleiter in seinem Glaskasten, der Verwalter, wir kennen ihn nur aus der Ferne. Den langen Tag sitzt er über seinen Zetteln und spricht in den Telefonapparat. Gebildet wie ein Advokat, eine Art General, so kommt es uns aus der Ferne vor. Und wir hier wie überzählig, die Zeit klettert an den Regalen hinauf, der Tag ein Gebirge, wir spüren jede Minute in die Unendlichkeit wachsen und wie sie uns eisigkalt in den Nacken tropft, derweil die Augenblicke zu Eiszapfen werden, die über uns hängen und an unsren Fingerspitzen. Immer lauter im Kopp summt das Licht, höhlt uns aus, füllt den Bauch aus und drückt von innen. Auf einmal die eigenen Hände – fangen an abzusterben, die Arme herauf, so ein taubes *Gefoihl*, was kann es bedeuten? Dann die Füße genauso, die Luft bleibt uns weg, wie Watte die Luft, es kann doch nicht jetzt schon? Gleich wie Schnee, ein dichtes Gestöber, fängt der Tag um uns her an zu flimmern, hüllt die Taubheit uns ein, sind wir noch eben imstand, in den Waschraum hinein zu verschwinden. Wie eine Maus sich verkriechen! Den Wasserhahn aufdrehen, wie eine Quelle rauscht er und plätschert, und aus dem Gedächtnis aus weiter Ferne sich ein Gebet zurechtbeten; die Wörter kleben im Mund uns und auf den Lippen: ist nicht genug Luft, ist kein Tageslicht da. In Demut stehen und atmen und sich das Gebet für späterhin, ein Versprechen, das Wasser rinnt, verhalten atmen bis die Welt zu uns zurückkehrt – es wäre zu früh gewesen. Die Brille putzen, dann sich mit Augen, die sich erholen, im Spiegel betrachten: da steht man und schluckt und schluckt. Der vorherige Wasserscheitel noch kein bißchen abgenutzt, man läßt sich Wasser über die Hände laufen, trocknet sie, schmeißt das Papier weg und dreht dann den Hahn sorglich zu. Und rasch noch die Schuhe blankreiben; Kollegen gibt es, die nehmen jeden Tag eine Portion Handtuchpapier mit heim. Wie für eine Hochzeit der Scheitel, wie für den Fotografen.

Zurück dann und zwischen den Regalen mit Zuversicht, mit Blaustift und Zetteln hantieren und nur ab und an noch verstohlen in sich hineinhorchen; am besten, man nimmt sich eine Leiter zurhand. Man kann doch nicht dauernd im Waschraum verschwinden und sich auch nicht immer noch einen Tag als Urlaubstag anschreiben lassen. So geht man und kommt mit knarrenden Schuhen und tut wie ein Drückeberger sich anpassen. Froh, wenn es etwas zu laden gibt, einladen, ausladen, schleppen und stapeln, den Tag in die Höhe stapeln. Fast wie so ein elektrisches Kärrnchen, ein Gabelstapler – könnten wir so einer wenigstens sein, eidottergelb lackiert, und müßten uns keine Gedanken machen, wenigstens um uns selbst nicht. Oder der Kollege, der damit kundig herumfährt, ein junger, noch ledig, aus Lollar. Aus der oberen Bahnkolonie. Kisten schleppen, damit man sich selbst aus den Augen kommt und in den Vesperpausen sein mitgebrachtes Brot nicht umsonst kaut. Je schwerer das Zeuch, umso besser: gleich geht die Zeit einen anderen Schritt. In den Pausen lesen wir auf neue Art Zeitung: alles was in der Zeitung steht, läßt sich in seiner Bedeutung mit der Materialausgabe und unserer neuen hiesigen Stellung vergleichen. Bei uns hier. Wie eine Ministerratssitzung tun wir uns hier untereinander den ganzen Tag lang begegnen, da wird einem heiß und kalt, man sieht sich wie aus der Ferne. Wie aus dem Glaskasten mit den Augen des Lagerleiters und als ob wir uns unter der Wanduhr immer wieder wegducken müßten beizeiten. Ganz hinten im Lager aus Kisten ein Häuschen sich bauen, eine Höhle als Zuflucht und wie ein Waisenkind darin hausen, wie ein Verbannter. Kaum daß man zu atmen wagt.

Sollen wir eigenhändig Material ausgeben, soll es schnell gehen. Sind das noch nicht so gewöhnt, man hetzt sich und dann wird es falsch. Auf die eigenen alten Tage noch einmal zum Lehrling geworden. Schon die einen und anderen Gesichter auseinanderzukennen, sie kommen uns egalweg fremd und bekannt vor. Sie kommen mit allerlei Zetteln und wollen es immer gleich mitnehmen. Mo-ment, sagt man sich, Obacht jetzt, daß es nur seine Richtigkeit, daß in Gottes Namen kein Fehler uns unterläuft. Vollzählig die Kugelschreiber, vier Stück, und stecken in Reih und Glied vor der Brust. Sich übers Haar streichen, am Hemdkragen zerren, der doch sowieso schon zu groß, steht steif ab, kratzt und kneift den schreckhaften Hals – wann ist unsereiner denn so empfindlich geworden am eigenen Leib? Gleich bleibt die Stimme weg, muß man dringend aufs Klo; wie ein ganzes Jahr ist jeder Tag hier im weißen Licht, ein Jahr ohne Frühling. Hinter Ruttershausen gen Abend das alte Land vor dem Wißemer Hang, wo die Lahn einen Bogen macht, langsam fließt: da tut das Werk mit Schlacke eine hohe Halde aufschütten, einen richtigen Berg mit der Zeit. Jahre schon jeden Tag von morgens bis abends fahren lärmend die Lastwagen hin und her. Den Zettel studieren! Für den Werkmeister also. Muß man sich räuspern. Aha, eine Anforderung! Am liebsten jetzt unsichtbar, am liebsten gingen wir erst aufs Klo und dann mit dem Zettel zur Besinnung in eine ruhige Ecke. Wie ein Hund seinen Knochen wegschleppt, knurrt und macht sich hinter der Scheune gleich nach Kräften drüber her oder wird ihn, er hat seine Zukunft, bei den morschen Bohnenstangen ungesehen vergraben, neben dem Schuppen im Winkel vergraben, beim Kompost am Zaun; wir wissen das nicht. Stehen und sich fragen, wo man hindenken soll und sinnieren. Wie aus Kantblech der Hemdkragen scheuert, es ist die nämliche Stelle, wo uns beim Rasieren bei aller Sorgfalt immer die Hand ausrutscht. Man nimmt den Blaustift, er ist *doch kein* Rettungsbalken, und kratzt sich damit hinterm glühenden Ohr. Man will auch nicht geradezu jedesmal die Kollegen fragen. Den Kollegen hier ist so eine Anforderung zu jeder Zeit kein Problem, aber man will auch nicht immer beiseitestehen, schon eher gar nicht; eher nur im äußersten Notfall. Erst einmal wie zur Probe die Regale entlang, so ein Keuchen im Ohr, so kurze seitliche Schritte von Regal zu Regal. Wie als Jüngling auf einem Tanzboden. Wie ein Vogel, dem man die Flügel gestutzt hat, zerbrochen, verrenkt, mal sagen, wie eine kranke Elster, die sich verirrt hat und kann ihrerseits nix dafür, so ein scheckiger Vogel. Ist die Felder gewöhnt, Gesträuch und den Schosseehgraben. Hauptsächlich die Katalognummern sind es, die uns verwirren und ob man das richtige Fach findet, ja oder nein. Erst mit den Kennziffern den richtigen Gang zwischen den Regalen und dann im Gang im Regal das richtige Fach. Wie wenn man, bevor die Nacht kommt, den Wald vor lauter Bäumen nicht sehen soll, sozusagen. Behend wie eine Bachstelze am hellen Morgen, das wünschten wir uns, daß wir so bei der Ausgabe jederzeit wären, eine Bachstelze im April, wenn Sonne und Wind den Regen rasch trocknen. Die Zahlen auf Schilderchen, lange Reihen von Zahlen, die es auf einen Blick zu erkennen gilt: muß man blitzschnell durchschauen! Als ob man einen Schwarm Fliegen, ein ganzes Gewimmel auf einmal soll fangen, derweil uns die Luft wegbleibt, das Herz klopft und die eilige Zeit vor den Augen verflimmert, vor der Brille, die hastig beschlägt – gleich als ob man ertrinkt, an eine lange Stange geklammert jeden Tag zehnmal ertrinkt.

Kind ohne Welt. Mit acht Monaten, mit anderthalb Jahren, mit zwei noch zwischen verschlossenen Türen im Hausflur kriechen, kaum eine Ahnung sich selbst, ohne Worte alleingelassen und (wie im Winter die Stubenfliegen am Fenster) unselig eingefangen vom unauflösbaren Muster der Fußbodenfliesen. Zwischen senkrechten Wänden zu ebener Erde. Ohne Fluchtweg und Notausgang. Mit drei, mit vier und mit fünf bei jedem Wetter mit Rotznas' und offenem Mund verwaist auf der Vortreppe sitzen und nicht wissen, ob der Herrgott uns sieht: ausgesperrt, die Haustür ist zu, jede Tür schlägt im Schloß, die Fenster, so niedrig, dröhnen in ihrem Rahmen. Jedes Kind im Dorf hat Keuchhusten und Polypen. Eine tote Maus in der Tasche und das dazugehörige Schuhbändchen, braun. Das Schuhbändchen soll am Schwanz, an der Maus ihrem Schwanz angeknotet: vor gut einem Jahr schon Knoten und Schleifchen ganz prima gekunnt und jetzt doch wieder glatt verlernt. Und einen prächtigen roten Hahnenkamm, scharlach. Einen *halben* Hahnenkamm. Vom Schupp seinem weißen Hahn. Sollst du dir ausdenken, daß du der Bello, vom abergläubischen Nachbarn der fleckige Hofhund bist, an der Kette, oder doch lieber der Ernst-Ludwich und hauptsächlicher noch dem Ernst-Ludwich seine selbstfabrizierte fahrbare Kreissäge? Mit Dreigangschaltung: Rrrrabrumm, dann mit hinten im Kehlkopp drin schalten und einen Ton höher weiter. Vollgas, immer steiler bergauf. Als Säge, als Zugmotor dröhnen, mit dröhnendem Kopp die Augen verdrehen, bis nur noch das Weiße sichtbar, bis man sich selbst nicht mehr spürt. Der Himmel bedeckt. Oder nachmalig lieber uns' Großvadder, bald drei Jahr jetz liecht er schon unner die Erd. Und kimmt jede Nacht, um die Stufen zu zählen. Im Finstern, auf der Treppe zum Oberstock, jede Stufe knarrt anders. Verzuohlt sich scheints immer wieder. Zum Holzhakken kimmt er uns in den Schuppen, im Stall kuriert (verschreckt) er das Vieh, im Keller ohne Ende zählt und bespricht er die widersetzlichen Roiben. Ein naßkalter Tag: von den Andern ist niemand daheim, vielleicht kommt keiner je wieder zurück. Mit sieben, mit acht auf dem Dachboden ein gottverlassenes Weltall vorfinden, düster, zugig, mit Brettern vernagelt. Und fährt mit uns durch die Wolken. Und selbst zum Stein und zum Dachbalken werden, klamm und schwer, zu einer Tropfsteinhöhle; ganze Tage stocksteif und bis in die Taubheit hinein den Stimmen im Schornstein lauschen, wie sie heulen und stöhnen, die Balken knarren, die Dachziegel klappern; ihs Aaltern sei furt, ihs Geschwäster sei furt: lejb Schwästerche ist beim Brunnen verzaubert, hat die schönsten Schleifen knüpfen gekunnt; der Brourer ist in den Berg hineingegangen. Uns' Vadder macht Holz im Waald, ihs Modder is off die Moihl, ist zur Mühle gegangen. Hat einen leeren Sack mitgenummen. Sieben Jahre sind eine lange Zeit.

Und nach siebenmal sieben Jahren mit schiefen Schultern, mit müdem Rücken, mit bleischweren Gliedern im zugigen Schuppen im immer dichteren Dämmer neben dem Hackstock sitzen, selbst wie ein Hackstock danebensitzen, ein Klotz. Und frieren und auf den Wind horchen, der um die Häuser und Scheunen geht, derweil überm Dach wie Felsgebirge die Wolken sich stapeln, ein fremder Wind. Ohne Namen, frierend, müde, in mir ist es totenstill, mit keinerlei Trost die Nacht herbeiwarten, die Dachziegel klappern, jede Tür schlägt, die Fenster dröhnen in ihren Rahmen. Kommt denn keiner? Wie einundderselbe Tag Jahr um Jahr. Und bleibt ohne Zugang – nicht aufzufinden! War uns' Modder, hat gleich zurückkommen wollen. Erst die Mutter und dann die eigene Frau. Und darüber ist uns zwischen verschlossenen Türen über dem Muster der

Fußbodenfliesen das liebe Leben vergangen: ist gegangen, die Zeit. Hat nicht heut Mittag das Totenglöckchen *gebimmelt*? Oder wären schon selbst aus dem Jenseits nur zu Besuch hier, muß man sich wundern. Wir selbst: auf die Nacht ein Gespenst, zum Holzhacken her sich zur Stelle befohlen. Bis Mitternacht dann die Roiben zählen und im Chor mit den Stimmen im Schornstein. Sind heimgekommen. In die eigene Abwesenheit hinein sind wir heimgekommen und sind uns nicht aufzufinden, nicht da und nicht dort.

**Als Werksbote,** leichte Arbeit. Mit Batschkapp und neuem Überrock Papier hin- und hertragen, vollgeschriebene Blätter; die Aktentaschen alle Tage, eine große und eine kleine, werden uns von oben herab gestellt, von der Werksleitung. Selbstredend. Man geht im Fabrikschritt. Die kleine Aktentasche ist eher nur so ein Mäppchen, gelb, kaum größer als eine Ebsdorfer Viehhändlerbrieftasche und genauso gewichtig, die große mit Schulterriemen und Griff. Den Überrock neu – nicht gekauft, sondern aufgespart und erst jetzt aus dem Schrank: sieben Jahre hat er auf dem Kleiderbügel gehongen-gehungen, geduldig gewartet, die Taschen voll Mottenkugeln; fast wie eine Vorsehung will es uns nachträglich scheinen, so ein günstiger Kauf. Muß man gewissenhaft aufzählen, wann und wo und was man dabei sich gedacht hat, gesagt und getan. Was die Frau, wenn sie mit dabei und der Verkäufer, geschniegelt, drei Tage vor Pfingsten. In Lollar beim Heyer, der alles hat oder in Giessen beim Hettlage mit seinen wandhohen Zauberspiegeln – das nimmt uns jetzt zuviel Zeit, hebt man sich für den Sonntag auf, eine Nacherzählung, die uns mit jedem Mal besser gelingt.

*Dienstlich unterwegs!* Im Eifer die Schritte zählen, jeden Gang nach der Uhr abmessen und die Entfernungen auswendig lernen. Blitzgescheite Reden denkt man sich unterwegs aus, passend für jede Gelegenheit. Dabei kräftig ausschreiten und sich nicht ablenken lassen: neun Jahre noch bis zur Rente. Die Zigaretten auf Vorrat sich drehen oder aus Anstand hinter der Mauer beim Fahrradständer. Jedes Schild, jedes Zeichen als allgegenwärtige Obrigkeit grüßen, den Werksgötzen grüßen und keinen Schreck kriegen, mehrfach und immer wieder ihn grüßen, den Buderusturm auch. Aus der Nähe und aus der Ferne. Unwillkürlich. Nicht *zeigen* den Schreck! Nicht daß man sein eigenes Urteil schon in der Tasche schleppt und wüßte es nicht! Bei jedem Grüßen beschleunigt man seinen Gang, bei jedem Wetter. Und ab und an unwillkürlich ein bißchen den Fuß nachziehen, rechts oder links, damit diese ernsthaften Gänge uns nicht zu leicht, damit es sich beileibe nicht wie ein bloßes Vergnügen nur ansieht. Von außen und auch für uns selbst. Dreimal täglich zur Post und beim Bruder Pförtner hineinschauen, Päckchen und Briefe und vielerlei hochoffizielle Zettel, das geht alles durch unsere Hände, das muß man sich vorstellen, das macht uns zuzeiten ganz wirr im Kopp. Die Nirven. Braucht man eigenhändig schnell einen Magenbitter in sich hinein. Steht man und fängt an zu flüstern, geht und flüstert und fuchtelt mit Händen und Zeuch, *die* Verantwortung jeden Tag und die Aktentaschen. Als ob man Geld zählt und weiß nicht, wem es gehört. Den ganzen Tag jeden Tag. Werksbote. Ab und an einen Magenbitter, genau wie der Bruder Pförtner. Das lindert, das stimmt. Jedem Briefumschlag will man beim Tragen doch seine angemessene Bedeutung zukommen lassen. In allen Bereichen kennt man sich aus und weiß sich der Werksleitung allzeit verbunden, so ein Vertrauensposten. In ganz Lollar geachtet und gelten als Bote ja selbst für das Werk, persönlich, wohin wir auch leichtfüßig kommen: überall sind wir bekannt. Der Pförtner mit einem kürzeren Bein hat zweierlei Schuhe, es sieht wie ein Klumpfuß aus, er war beinah Leutnant im Krieg.

Von Amts wegen mit jeglichen Werksangelegenheiten befaßt und andauernd damit unterwegs, selbst beinah wie ein Blockwart oder Direktor weiß man Bescheid, *trägt* alles. Kaum ein Meester und Inschenöhr oder noch höher, der unseren jederzeitigen Gruß nicht meistenteils deutlich erwidert, außer er hätte uns diesmal leider nicht bemerkt, nicht beizeiten bemerkt, oder weiß selbst nicht, wo ihm momentan der Kopp wieder steht, so geht das, so kann man sich trösten und erwidert behend den eigenen Gruß; Riesenschritte. Mit uns die Leitungsdrähte: tun uns begleiten am Morgen, wenn es noch kühl ist, aus der Höhe herab mit ihrem Gesang. Das Werk ist eine Macht, das haben wir ja schon immer gewußt, weiß hier jeder. Lollar wird immer größer. Die ganze Gegend lebt ja vom Werk und nährt sich, wie sollten wir sonst unsren steinigen Acker bestellen. Die stillen Landstriche umeinander. Aber so mächtig, daß sie einen ganzen Mann extra dafür sich leisten, daß er hauptamtlich nix als wie nur Zettel umherträgt und jetzt, bei Gott, sind wir dieser Mann. Bei sich selbst nennt man sich Kurier, immerzu nur Kurier. Der Pförtner hat zwo Reihen Messingknöpfe auf der Brust und bewegt sich bedächtig wie ein Karpfen in seinem Glaskasten. Nie früher die Werksboten groß beachtet. Jetzt schmerzt uns das geradezu, so eine wichtige Aufgabe und wir jederzeit mit keinem Gedanken daran gedacht – man fragt sich, wo man gewesen ist, wo.

Der Pförtner ist auch ein wichtiger Mann und neuerdings fast wie ein leiblicher Bruder zu uns, hinkt ein bißchen. Unter der Hand auf unseren Gängen besorgen wir ihm, das bleibt unter uns, den Jägermeister und Underberg – nicht, daß er säuft, er hat es mit seinem Magen. Die Galle auch, die Verantwortung. So in seinem Glaskasten mit dem weißen Licht und nie vor dem Telefon sicher. Jeden Tag auf den Abend zu. So kleine Fläschchen, keinen Fennich bleibt er uns Tag für Tag schuldich. Auf den Abend zu, der Mund steht ihm offen vor Verantwortung, hinkt er noch mehr. Die Abteilungen, Herrschaften, Werkshallen, ein Flaschenbier hier und dort, man fragt uns nach der Gesundheit, nach dem gestrigen Tag. Die Lottozettel nehmen wir mit, holen Zeitungen und Zigaretten für die Kontorleute. Wie ihresgleichen untereinander, man wundert sich selbst und bemüht sich und steigt in der eigenen Achtung gehörich ein Stück hinauf. Man steht bei der Heizung und darf sich nicht zu lang aufhalten lassen. In der Buchhaltung kriegen wir immer wieder Nescafé angeboten und wollen nicht klagen. Nach jedem Nescafé einen Magenbitter, das verlangt die Gesundheit. Jedes wohlfrisierte Bürofräulein kennt uns, jede Tür mit ihrem Hochmut und Gesicht tut unsereiner auswendig wissen: man steht davor und sammelt seine Gedanken zusammen. Muß man warten, scharrt man wie ein höfliches Pferd verhalten mit einem Fuß. Beim Reinkommen: soll man so tun, als ob man noch keucht, so eifrig? *Oder*, ganz außer Atem noch, sein wahrhaftiges Keuchen lieber verbergen, die Anstrengung, das muß man je nach Gefoihl, das ist schwer zu entscheiden. Aus unserer Sicht. Nicht daß sie womöglich noch denken, wir ließen uns Zeit oder pfeifen schon auf dem letzten Loch, entweder oder. Daß man nicht mehr lang mitmacht womöglich! Kein Tag gleicht dem andern.

Dem Bruder Pförtner seinen Magenbitter besorgen und er hebt den unsrigen für uns auf, alle Tage. Mit Wichtigkeit hin und her: Tage gibt es, da kommt man vor lauter Aktentasche, Auftrag, Fläschchen und Täschchen den ganzen Tag nicht zum Pissen und kaum zur Besinnung. Gottes Mühlen im Kopp, eine Qual, und kein Lied, um uns zu erlösen. Wir gehen und tragen und hätscheln die Taschen und hören inseitig drin die Papierbögen *rascheln*, davon kriegt man Gänsehaut. Die große Tasche mit Schulterriemen und Griff, senfgelb das Mäppchen unter dem Arm – jedesmal wie ein heiliger Diensteid kommt uns das insgeheim vor, wenn wir uns so beladen; sieht nach nix als Regen aus. Und machen uns auf den Weg. Einen Stab wünscht man sich, einen Stecken, einen Spazierstock. Doch das *könnten* sie falsch verstehen, könnten meinen, daß wir uns beklagen! Könnten denken, wir seien der Aufgabe hier nicht lang mehr gewachsen. So geht man und vergißt den Stecken lieber gleich wieder. Jeden Tag dreimal kommt er uns in den Sinn, ungerufen, wir brauchen ihn nicht, haben gottlob doch keinen Klumpfuß am eigenen Leibe und schreiten bei jedem Wetter nur umso kräftiger aus; gleich wird es zu regnen anfangen. Sie *könnten* das so schon denken, von sich aus: auch ohne Stock, ein höherer Irrtum. Bevor es zu regnen anfängt. Gleich auf den Schreck hin, man weiß ja nicht, was sie denken, meldet wieder der wandernde Magen sich an, dabei sind wir doch eben erst beim Pförtner gewesen, heut schon dreimal beim Pförtner gewesen. Geht auf halb eins, ein Zug pfeift, der Himmel bedeckt. Gehen und gehen, das Werk wandert mit, die Hallen kriechen vorbei, jede hat einen anderen Blick. Zum Glück hat unser Überrock Taschen in Hülle und Fülle, ein guter Kauf. Muß man gleich Ort und Zeit und die Umstände auch erwähnen: wie es sich abgespielt hat, was wir innerlich uns gedacht und wieviel wir am Ende dafür bezahlt haben; Ostern stand vor der Tür. Jetzt da hinter der Mauer im toten Winkel, so praktische kleine Fläschchen als Medizin, Schraubverschluß. Nicht eiskalt, sondern ein bißchen vorgewärmt in der Hand wirkt der Magenbitter am besten als Medizin; die Hand in der Hosentasche. Mehrfach grüßen und ein paar Schritte Tempo zulegen, ein Windstoß und schon auch die ersten Tropfen. Das Mäppchen kann man gut und gern unter den Überrock nehmen, es beißt nicht. Immer in der Öffentlichkeit, so ein Posten ist das. Strapaziert Kopp und Magen. Auch wenn uns keiner sieht, ganz genau kann man das nie wissen und findet ein Vordach und fängt an zu grübeln im Regen. Unsereiner kennt hier jeden Winkel. Wie der Regen aufs Vordach platscht; nimmt er zu, läßt er nach? Schon haben wir unseren praktischen Regenumhang herausgekramt, für fünf Mark achtzich in Gießen an einem Marktstand am Bahnhof gekauft: zusammengefaltet ist der Umhang so klein wie ein Schächtelchen, wie ein Notizbuch. Vor gut vier Jahren. Und gleich weiter im Regen, mit dem Umhang fühlt man sich wie ein junger

Frosch. Der Händler am Stand war seinerseits so ein gewitzter Berliner, ein Schlaukopp.

Je nachdem, woher und wohin, mit was man befaßt ist und wem man begegnet, grüßt man jedesmal anders. Manchmal auch wie der vormalige Kirchberger Pfarrer, ein feiner Mann. Manche Tage kommen wir aus dem Grüßen gar nicht heraus und würden gern aus freien Stücken am Ende ein paar Kilometer noch zulegen. Auf den Abend zu, es hat aufgehört zu regnen, ein Zug pfeift in unsrem Gedächtnis und der Himmel fängt an zu *leuchten*. Wir gehen, das Werk wandert mit. Es kommt uns eher wie ehrenhalber, wie eine Auszeichnung vor. Man fühlt sich an die Militärzeit erinnert, die eigene Jugend. Eher so ein Sport, eine Leidenschaft und nicht wie für unsereinen bestimmt, so kommt es uns vor. Wie eine Taube spaziert man hierhin und dorthin, weicht den Pfützen aus und nimmt sich noch Zeit zum Herumgucken. Bald wie eine Amsel im Garten, man kann es kaum glauben. Ist es eilig, beeilt man sich, gleich umso wichtiger sind wir dadurch. Die übrige Zeit, damit unsereiner in Übung bleibt: wie mit Flügeln, die Taschen kaum spüren und auch nicht die eigene Erdenschwere. Oft ein Stück Weg, da haben wir kaum oder gar nicht den Boden berührt.

Mit sich selbst spätabends am Küchentisch sitzen, erst Flaschenbier und dann Korn. In die Nacht hinein und kein Publikum haben, es wird immer später. Unsere täglichen Gänge im Kopp, hin und her das Papier und die vielen Stimmen und Türen, das schleppt sich so mit. Die eigene Frau kann das gar nicht begreifen, man kapiert es ja selbst kaum. Sie hat ihren Tag gehabt, die Hinkeln, vollzählig, schlafen auf ihrer Stange; sie liegt längst im Oberstübchen im Schlaf; das ganze Dorf schläft und hustet im Schlaf. Nacht und Nebel. Ab und an bellt ein Hund, es wird Winter sein oder Nachwinter. Ein Fußbad wollten wir machen, da steht die Schüssel, wir finden den Anfang nicht. Gleich nach dem Heimkommen wie ein Geist zwei volle Stunden im Schuppen gesessen, gehustet, allein im zugigen Dämmer und wußten nicht, was wir denken sollten, wissen nicht, was wir dachten: einen Kasten zum Drinsitzen sollten wir haben, *unsichtbar* sollten wir sein. Derweil uns die Nacht herabsinkt. Dann keinen rechten Appetit nicht gehabt, einen Streit mit der Frau und auf den Streit auf die Nacht einen morgigen Magenbitter. Sie kennt ja nicht einmal unsere dienstlichen Aktentaschen, weiß nur, wir bringen jetzt jeden Zahltag weniger Geld heim. Leichte Arbeit, Gesundheitsgründe. Durch den Magenbitter wird es immer noch weniger, das kann sie nur höchstens mutmaßen. Von der Seite her, ein Verdacht, eine Ahnung. Vorhin der Magenbitter war schon für morgen bestimmt, kommt zum Fehlen. Dabei könnten wir gut und gern noch einen brauchen, wollten auch längst zu rauchen aufgehört haben, mit jeder Zigarette vergißt man es wieder, so vielschichtig und verworren sind jetzt unsere Tage. Das Fußbad gegen Erkältung, weil die Füße brennen oder damit wir todmüde noch nicht ins Bett gehen brauchen, wir wissen es selbst nicht mehr. Kaum je noch den rechten Appetit. Als ob man für sich allein lebt, so ohne Ansprache sitzen wir hier. Wie früher die Jahre auf Nachtschicht sitzen wir und gehen herum und finden nicht zu uns, sind daheim und finden nicht heim. Soll man sich wünschen, daß die eigenen Kinner noch einmal klein wären? Auf den Frühling hoffen wie auf ein Wunder, den Frühling herbeiwarten, damit der Anbau doch endlich noch unter Dach und Fach kommt und wir könnten uns rückwirkend auskurieren. Was die Werksleitung denkt, Gott im Himmel? Ob uns nicht unbemerkt doch ein Fehler, gestern schon, was könnten wir denn versäumt haben? Würden jetzt gern unsere Tage der Reihe nach noch einmal durchgehen. In Ruhe, vom Morgen her, aus der Frühe, daß es auch seine Richtigkeit; sind so müde und doch wie eine Kerze, die flackert und brennt und läßt sich nicht auslöschen.

Jetzt unser Fußbad und dann die Treppe hinauf, das Haus knarrt und zittert; es wird auf Mitternacht gehen. Mit noch mehr Bier und Korn geduldig den dröhnenden Tag in uns zuschütten, daß die Stimmen ein Ende *und was sagen sie, wenn wir nicht da sind?* Noch einmal in den Überrock hinein sich begeben, proforma die eigene Aktentasche und die heutige Zeitung mitnehmen, sich zusammenraffen und gleich wie dienstlich zum Louis? Sich nicht beirren lassen, Kräuterschnaps auftragen lassen, sich über die Tische und jedweden Anstand hinweg in jedes Gespräch hineinmischen, derweil ein Sturm aufkommt, gestern schon, und von unserem Posten erzählen. Dienstgeheimnis. Jammerschade, daß wir unsere Taschen und die eigene Wichtigkeit nicht am Abend mit heimnehmen können.

Staunen sollt ihr! Wer weiß, was uns durch den Kopp geht. Wer so einen Posten hat, dem kommt gar manches zu Ohren und in den Sinn. Doch vielleicht hat der Louis längst zu, dann müßten wir mühselig in die Gastwirtschaft zur Stadt Staufenberg hinauf, vielleicht gar umständlich noch in den Grünen Baum uns insgesamt schleppen. Sollten vielleicht als Werksbote den ganzen heutigen Abend schon großartig in Lollar in der Linde sitzen, an einem Tisch mit den Lollarer Eisenbahnern und wie sie ohne Sorgen. Jeden Tag dienstlich auf der Lollarer Hauptstraße hin und her, man kommt sich schon selbst wie ein Lollarer vor, wenn nicht gar wie aus der Stadt. Von rechts wegen. Beinah wie ein Bankbeamter so ähnlich. Seinerzeit den Regenumhang: direkt *nach* einem Wolkenbruch haben wir uns dazu zu entschlossen, naß bis auf die Haut. Da sind wir wegen der Kur in Gießen beim Amtsarzt gewesen; macht fünf Mark achtzich, der Umhang. Am Stand bei einem gewitzten Berliner mit Sommersprossen, mit rotem Haar. Der Pförtner hält große Stücke auf uns.

Mit dem Überrock: fast kommt uns jetzt vor, wie wir ihn gekauft haben, seinerzeit – hätten direkt in die Zukunft hineinschauen können! Glasklar wie die Kornflasche hier auf dem Tisch; es ist in Gießen beim Wilmer zwischen den Jahren gewesen. Der Pförtner hält große Stücke auf uns. In seinem beleuchteten Glaskasten. Das Werk keuchen hören, tief in der Nacht. Als ob wir es komplett verschluckt hätten, aufgefressen und liegt uns jetzt so im Bauch. In uns drin. Mit seinem ganzen Gewicht, wie soll man dazu noch die tägliche Abendsuppe? So das Grübeln uns angewöhnt. Und sitzen jetzt hier, nicht hungrig, nicht satt. Am Küchentisch: wie gut wir uns auf das Zigarettendrehen verstehen, staunt man selbst immer wieder. Beinah wie ein gelerntes Maschinchen so flink. Das ist doch auch ein Verdienst, daß wir unsere Zigaretten allzeit bescheiden selbst drehen. Andere rauchen Eckstein und Overstolz, Päckchen um Päckchen. Mit Filter auch, das sind die Kontorleute, rauchen Filter, sagen bitte und danke. Ob die eigene Frau das auch je bedenkt? Müßte sie es von rechts wegen nicht sogar mehrmals täglich bedenken, uns hoch anrechnen und immer wieder ein gutes Wort dafür finden? Wenn das Werk sich nun aber eines Tages keinen Boten mehr leisten kann, außerstande? Gerade zu unserer Zeit hier auf Erden. Wenn die Post wegbleibt und die Tage drängeln und überstürzen sich, kommen nicht nach und die Oberen hören auf, Papier vollzuschreiben und können uns nicht mehr bezahlen, rechnen das unter sich jetzt schon aus? Zehnmal jeden Tag kann es das eigene Urteil sein, das man trägt. Man geht und geht, man gibt sich die größte Mühe und es wäre dennoch imsunst!

Jetzt ist uns das Glas zerbrochen: kein Wunder, daß man erschrickt! Jetzt bleibt uns nur, den Korn aus der Flasche zu trinken; Mitternacht längst vorbei. Zwischen den Jahren in Gießen, es ist ein Tag gewesen, beinah wie die Nacht so finster. Und kalt wie unnützes Eisen, so kalt. Da haben wir den Überrock im Schaufenster, da war uns, als ob er uns grüßt; da sind wir noch Eisengießer gewesen, konnten wahr und wahrhaftig in die Zukunft hinein – wie jetzt in die Kornflasche hier auf dem Tisch, sooft wir sie nach immer noch einem Schluck zurückstellen und mit den Augen fixieren, tief mit dem Blick hineintauchen. Ja, die Zukunft. Sieben Jahre sind eine lange Zeit. Neun Jahre auch. Nacht und Nebel, wer soll an uns denken? Hätten den Bello, den Hofhund nicht abschaffen sollen. Bald schlafen jetzt, noch ein Schluck, sehen uns in aller Ewigkeit mit dem Morgen grüßend daherkommen über das Werksgelände mit Mütze und Taschen, mit so einem Frühlingsschritt. Es ist noch früh, kühl und frisch, die Leitungsdrähte singen den Weg entlang und die Sorgen haben uns noch nicht eingeholt. Gekommen, gegangen. Mitten in der Nacht sitzen wir hier und wünschen uns ein Vogelstimmenpfeifchen und eine Tarnkappe für unsere täglichen dienstlichen Gänge.

**In der Abendsonne bei uns offm Kreuz.** In der Vergangenheit, im Gedächtnis. Hat jeder Stein seinen Platz gehabt. Jeder Stein uns zu Füßen, wenn wir uns erinnern: wie ebensoviele gleichgroße Goldklumpen, sagt man sich, haben die Steine geleuchtet. Als augenscheinliche Goldklumpen sogar ja noch größer: mit ihren zugehörigen Abendschatten; man steht und sie wachsen noch alle Tage. Auf den Sommer zu. In den Abend hinein. Hier hat es die höchsten Kastanien im Dorf. Bis in den Himmel hinein am Abend. Scheint die Sonne nur fünf Minuten am Tag, dann scheint sie uns abends offs Kreuz. Die Steine, die Erde, noch der Staub hat wie Gold jeden Abend geleuchtet; wie soll man hierorts die Jahre und Sonnenuntergänge ausrechnen und zusammenzählen? Jetzt wird bald, so heißt es, die obere Vorstadt geteert. Verheiratet, als Ehemann also, da steht man nicht mehr offm Kreuz, das weiß jeder. Höchstens noch im Vorbeigehen: einen Abend im Sommer. Nicht länger als fünf Minütchen. Sagt man sich so. In allen Ehren, ein einziges Mal, dann seufzen und beiläufig noch fünf Minütchen, die Zeit, ja die Zeit. Man zieht seine Uhr auf und vergißt auf die Zeit. Haben wir uns das Rauchen nun endgültig abgewöhnt, als Fumiljenvater gottlob vor vielen Jahren schon endgültig abgewöhnt, oder bloß wieder eben keine eigene Packung nicht einstecken? Eckstein, ja die sind richtig. Overstolz auch, Zuban auch, genau richtig! So steht man, pafft Rauchwolken, redet und sinnt. Den Akkord geschafft haben wieder und den heutigen Heimweg, letztendlich die Ankunft noch vor sich. Bei sich selbst daheim: da wüßte man dann, wer man ist.

Einmal nach der Nachtschicht auf dem Heimweg, vor vielen Jahren einmal. Anfang März, der Morgen noch blau vom Regen, der eben erst aufgehört hat. Über Nacht ist ein neuer Tag geworden. Da waren die Kinder noch klein und wir wollten im Frühling mit dem Umbau vom Anbau anfangen. Wir sehen uns jetzt noch da gehen mit dem jungen, dem wachsenden Tag, Hans im Glück, sehen uns in aller Ewigkeit mit dem Morgen grüßend daherkommen. Mit so einem Frühlingsschritt. Die Zukunft von damals; so geht man und geht und findet sich nicht. Im März im Grasgarten. Wie ein Gelehrter, so zerstreut. Durch die Scheune und nicht wissen, wo man hindenken soll. Eben noch März und jetzt schon wieder November; bald alt. Am liebsten vorzeitig alt sein und schwerhörig, längst

Rentner* und mit sich selbst seine Tage im Gärtchen verwerkeln, so in der Taubheit die eigene Stille mit sich herumtragen jederzeit. Wie ein inneres Lied. Zeitig zur Nacht im Tal, hierorts im eigenen Gedächtnis, in unserer heutigen Ferne langhin den Abendzug fahren hören. Wie eh und je. Hat doch das eigene Leben sein sollen und kommt uns jetzt eine Ewigkeit her vor. Beinah nur wie vom Hörensagen ein Leben. Fremd so ein naßkaltes Nebelgeniesel und der Wind zerrt es hierhin und dorthin, es wird wieder Herbst sein. Auf die Nacht den Nachbarn Holz hacken hören. Im Hof, im Dunkeln, den Nachbar vom Nachbarn. Regelmäßig auf die Nacht kann man ihn Holz hacken hören und morgens fehlen ihm die Späne zum Feueranmachen, fehlen ihm jedesmal wieder. Wo war das denn, daß man (wie ein fremder Mensch sozusagen) Holzspleißen dazu gesagt hat und spürt nachmalig noch den Splitter im Daumen, in welchem früheren Leben?

Hin und her, auf Schicht und daheim wie nicht bei sich, die meiste Zeit: nicht dort und nicht hier. Daheim auf der Ofenbank, in der Scheune, im Keller, im Stall, in Gedanken, im Schuppen, im Halbschlaf im Hof herum, mit allerlei Stimmen im Kopp, und nicht zu sich selbst finden – gestern, was war denn gestern? Als ob wir schon keine Wörter mehr hätten, es will uns nicht einfallen. Von Winkel zu Winkel schleppt sich und kriecht der Tag; und jetzt kräht zur Unzeit fahrig ein Hahn. Alt ist die Welt geworden. Von der Nachtschicht heim und sich und den Tag nicht zu fassen kriegen. Wie im eigenen schlafenden Körper auf und ab und herumwandern, todmüde-hellwach, man kennt sich damit nicht aus. Die Dielen knarren, jede Tür knarrt und schlägt; die Fenster beben in ihren Rahmen. Gespenster. Das sind wir selbst und tun hierorts keine Ruhe nicht finden, suchen ins Leben zurück einen Zugang, klopfen immerfort bei uns an und wollen herein. Verwirrt und müde die arme Seele. In der Vergangenheit und im eigenen Körper herum und nach schmerzenden Stellen

* Von Amts wegen, schriftlich. Im Küchenschrank bei den Weingläsern hätte der Rentenbescheid seinen Platz. Bis ans Ende der Zeit, selbst so eine Art Ewigkeit, ganz oben im Küchenschrank, und daß uns nur ja keine Fettflecken draufkommen!
Entweder, starrsinnig in seinem Alter, tut einer, als ob er nix hört – oder ist er schwerhörig und will es nicht wahrhaben wollen, hört nix und merkt es kaum, so in sich versunken.

suchen und nach Wörtern dafür – kommt der Tag nicht ingang? *Wir haben erfahren, daß die Erde sich bewegt.*

Im Kopp, bei sich selbst, in Gedanken immer noch eine Schicht ableisten, nachleisten, gratis, der wirklichen Schicht hinterdrein. Todmüde, im Schlaf noch, furchtbar anstrengend so ein Schlaf, wer zahlt uns das jetzt? Und daheim unser Tag, der eigene Tag bleibt uns liegen! Im Schlaf, in vielerlei Traumgewirr: die ganze Nacht Kohlen geschippt, Schlacke gefressen, Schubkarren, Kärrnchen, Waggons, ganze Güterzüge geschoben und Asche geräumt. Mit nix wie den eigenen Händen. Randvoll sich den eigenen Bauch vollgeschaufelt mit Asche, erst heiß und dann kalt, wer zahlt uns das jetzt? Schwer in Werkschuhen hin und her, jede Tür knarrt, ein düsterer Tag. Beim Gehen so fuchteln und dumpf ein Gemurmel. Hätten den Karo, den Hofhund nicht abschaffen sollen. Endlos Güterzüge durch unser Gedächtnis, haben Kohle geladen. Jeden Schritt Weg sich vorsagen, jeden Schritt Weg vor sich herdenken. In den Tag hinein, Zeit und Ewigkeit. Kräht ein Hahn, der sich irrt. Jeden Handgriff bedenken und ob so ein Rutterschhäuser Kollech auch beizeiten die Hitze, den Druck reguliert, die Schlacke ausliest, die Asche wegkarrt. Nach der Uhr jeden Handgriff. Und wir wie zur Probe hier aus der Ferne, wie wenn das jetzt unsere Schicht, mal sagen, die Spätschicht. Das *könnten* wir selbst sein! Beim Gehen fuchteln und dumpf ein Gemurmel, besser wenn keiner uns hört und sieht: also wie schon auf Schicht auch daheim wieder unter die Erde, gleich in den tiefsten Keller und das ist unser Roibenkeller. Verschleppt man sich hin. Und die eigene Müdigkeit mit. Unterirdisch, als ob wir proben. Da und dort gestanden. Das Leben, das Leben. Die Spätschicht also. Beim Schichtwechsel der Kollech; Hände wie Dachziegel. Kann auch aus Treis, aus Salzböden sein. Aus Lollar, aus Mainzlar, aus Sichertshausen. Gleich wie Jahreszeiten, Sternbilder, Karusselpferdchen, -kutschen und -schwäne drängen die Dörfer sich bei uns im Kopp. Und fangen an, umeinanderzuwandern, wie die Jahrmärkte umeinanderzuwandern. Mit ihren Lichtern wie hingestreut. Die entlegensten Dörfer brauchen am meisten Platz. Der Kumpel also, bevor wir ihn ablösen. Hände wie Dachziegel, wie Mauerkantsteine groß und schwer. Schon wie unsre eigenen bald. Die eigenen Hände betrachten, als ob sie uns nicht gehören: zwo Stück Werkstücke, fremd. Ein Weilchen noch zu gebrauchen. Der Hoinrich, der Ludwich, der Leo; vielleicht ehemals Flickschuster oder Gerber und Dickworzbauer ja sowieso. Allesamt, Schaffer ja, aber keine Anschaffer. Ab und an einen guten Schluck, das ja, doch beileibe kein Säufer; das könnten wir selbst sein, der Kollech also, Buderusknecht eh und je.

Soll wie es sich gehört aus den Bunkern die Kohle herbei, die fehlenden Wörter, die Eisenstangen, die Bretter und Schieben. Ein jeglich' Ding an seinem Platz. Zäh soll er sein und gesund. Soll den Luhnstreifen mit uns ausrechnen, den Dreck putzen; den Dienstplan bedenken, die Schicht, die Tage bedenken, alle Tage die Schichtzulagenverteilung bedenken, soll ein Schaffer sein. Guten Muts. Asbesthandschuhe. Anheizen, schüren, Bestandsaufnahmen, ein Aug' auch auf die Gerechtigkeit, Ölkännchen, Kohlenschaufeln und Kerosin. Pünktlich auch. Genau nach dem Dienstplan. Soll gewissenhaft mit dreierlei Besen kehren, drinnen und draußen: Schotter, Kohlenstaub, Asche. Soll mit Karren und Kärrnchen den Schlackensand, soll den Formsand auch, Ordnung soll er halten. Soll beim Putzen mit Ehrgeiz, beim Meester im rechten Augenblick ein gutes Wort für uns einlegen, sachkundig, gewichtig, so oft wie möglich ein gutes Wort für uns einlegen. Aber doch weiter nicht auffallen, keinesfalls zur Unzeit groß auffallen. Beim Materialempfang pünktlich, eher ein bißchen zu früh, nur nicht drängeln. Zuverlässig. Immer noch ein Paar Asbesthandschuhe, wie neu, in Reserve. Jeden Tag einen kleinen Vorsprung herausschinden, Zeit die wir gut hätten, das soll sich gehörig summieren, und den Platz und das Zeuch dann mit Sorgfalt an uns übergeben. Mit Handschlag. Dafür wollen wir ihm gern eine goldene Uhr wünschen, Gesundheit und eine glückliche Ehe. Jeden Tag wieder. Beinah wie der leibliche Bruder. Beinah als ob wir es selbst wären, der Kollech. Und soll uns jeden Tag seine tägliche Zeitung aufheben, schön gefaltet und ordentlich glattgestrichen, wie neu. Die Seiten der Reihe nach, Buchstaben aus der Welt. Er brächte sie jeden Tag mit und käme die meiste Zeit gar nicht zum Lesen. Der tägliche Vorsprung, immer noch fünf Minuten, wird aufgespart, soll für die Ewigkeit sein. Im Roibenkeller, wir flüstern zur Wand hin; im Roibenkeller ist allzeit Nacht und November. Da und dort gestanden. Sich der Reihe nach aufschreiben jeden Augenblick, jeden Handgriff! Noch besser man ließe ihn sich von so einem Oberen, schwarz auf weiß. Mit Stempel, Datum und Kringel. Als Bescheinigung. Von der Obrigkeit selbst, wenn man da Zugang hätte, unsereiner. Damit man nix falsch macht und nur ja nix vergißt. Wenn wir wenigstens wüßten, wo in neuerer Zeit die Obrigkeit sitzt und wie man sich ihr zu nähern hätte. Unsereiner. Im Roibenkeller, so steht man und zieht den Kopp ein. Sind Lehmwände, antworten nicht!

So in die Zeit hinein, unser Leben. Bevor für uns unwiderruflich die nächste, die heutige Nachtschicht beginnt, dreimal schon müd gearbeitet hätten wir uns und sind unterwegs und kommen nicht an und hören nicht auf zu kommen. Wieviel Jahre denn schon? Wie wenn man sein eigener Vorgänger wäre und hätte die doppelte Last und die dreifache Länge des Wegs, das geht uns unentwegt durch den Kopp, das nimmt kein Ende im eigenen Schädel drin. Die Nirven, so eine Anspannung, innerlich. Auch außer der Schicht in Werkschuhen hin und her, müd hin und her. Privat. Wie angeschmiedet die Werkschuhe an den Füßen, wie angeborene Bleiklumpen. Das Gebiß drückt. Im Magen fehlt uns ein Vesperimbiß und die zugehörige Ruhe auch. Wieviele Schritte in Werkschuhen müßten wir gehen in eigenen Angelegenheiten, in Haus und Hof, wie oft aufs Feld und zurück, um so mit den Schuhen auf Werkskosten unser Leben, die verlorene Zeit, das schlechte Gewissen, als Kind ein Taschenmesser verloren und nicht wiedergefunden, verloren für immer. Nie in der Lotterie gewonnen. Soldat gewesen, Gefreiter? Einmal zwei mächtige rote Ochsen gehabt und jetzt nur noch eine einzige magere schwarzweiße Kuh, die macht es auch nicht mehr lang. Ist unschön gefleckt, die Kuh. In der Jugend eine Feile vergraben und sie als Mann nie mehr wiedergefunden, eine Feile oder einen Meißel? Eine silberne Sichel, die Ewigkeit, den angebissenen Mond, den verlorenen Mond, Diebstahl, Sachbeschädigung, Mundraub. Den Krieg und die Not, jetzt kriecht die Taubheit uns beidseitig in die Ohren herein; das Radio, unser ehemaliger Volksempfänger ist leise, ist in die Zeit hinein immer leiser geworden; erst noch gekrächzt und gekracht, dann nur bloß ein Gewischper noch und auch schon vergangen; jetzt stumm. So geht die Welt von uns weg, das Leben. Die Kinder sind uns verwunschen, verzaubert, verhext, sind in der

Ferne geblieben!* Die eigene Frau bösartig und erschöpft, giftig wie eine Schlange, so hat das Leben ihr zugesetzt. Die einzige Kuh vor der Zeit altgeworden, und wir? Immer einen Handgriff zuviel getan und dabei um eine Lohngruppe zu niedrig eingestuft; wieviele Schritte und Schuhsohlen mit unseren müden Füßen, um so Verlust um Verlust auszugleichen? Statt der Dumme für immer und ewig, wie soll man das aufrechnen? Wer weiß, womöglich geht es sich gar nicht aus mit unserem Leben und mit den Werkschuhen. Weil sie schwer wie Blei. Daß also die Kraft, die man braucht, Schritt für Schritt uns teurer zu stehen käme, als was man an Sohlen sich zu ersparen vermag. Imsunst all ihs Moj! So seit Jahren, Jahrzehnten: Lebenszeit, wie soll man das wissen und nachprüfen, wie sich bedenken? Draufgezahlt! Und wer weiß, ob nicht doch auch die schweren Schuhe gleich mächtig dem Boden schaden? Man fragt sich. Man ißt sich jeden Tag satt, schläft die Müdigkeit weg und hat keine Ahnung. Schon hundert Jahre zu lang gewartet, wie soll man das aufrechnen? Jeden Tag wieder, jedem soi' Sach' – man gibt sich die größte Mühe und es geht sich nicht aus!

Betrogen am Tor stehn, am eigenen Hoftor, die Balken sind morsch, das Scheunendach schadhaft, die Leiter zerbrochen. Mit Selbstgesprächen, mit allerlei geduldigem Kleinkruom vor der eigenen Haustür geschickt einen dauerhaften Herbst sich anrichten, brauchbar. Es wird ein Tag wie der heutige sein. Am Tor stehn und rauchen, die Wolken ziehn tief. Die Wassertonne verrostet. Der Garten dicht und verwachsen, Unkraut, Dämmerung und Gestrüpp, da hat uns die Zeit nicht gereicht. Hängt sich der Nebel hinein wie nasse Tücher um uns, wie ein Teich. Ist kein Pfad mehr, ist zu lang kein Frühling gewesen. Den Garten vergessen, die Uhr aufgezogen und in uns hineingehorcht: in neuerer Zeit den ganzen Tag mit der Uhr hantieren, man kennt sich kaum wieder. Eine eiserne Großvadderuhr mit Deckel; die Zwiebel, dej Zwiwwel, so heißt man sie hier. Noch aus dem Weltkrieg, dem ersten. Die eigene Konfirmationsuhr mit Armband hat Schonzeit, liegt bei den Manschettenknöpfen im Tischkasten drin. Jahre und Jahre. Nie krank

* Als Kröte, als Rabe, als Stein und in einem Zauberschlaf. Der Nachbar ist bei der Bahn, kriegt er lauter Beamte als Kinder.

gewesen, nie müde geworden, der Stärkste im Dorf, das sind wir gewesen. Und jetzt? Vermögen ja kaum die Last der Zeit und die eigene Müdigkeit mit uns bis hierher an den Torpfosten noch zu schleppen. All die Jahre, als ob wir uns nur aus der Ferne gekannt hätten. Am Ende bald wie der Hoinrich der Automat stehen und zittern und mit den Augen blinkern. In der Enck, im Flur, in der Küch' die Aktentasche mit Thermosflasche und Brotbeutel, so steht man sich selbst schon auf Abruf, eilfertig-grämlich ein Buckel. Verstohlen der Tag sieht uns zu. Wir stehen und rauchen und warten, bis es Zeit wieder ist für die Nachtschicht. Rauchen und husten und rauchen, dann mit Arbeitsjoppe und Überrock gleich eilig ein bucklichter Schatten werden – und das geht so: Die Knöpfe geknöpft, sind schon zu! Die Mütz' ins Gesicht, ein *Gesicht* machen! Die Brauen tief ins Gesicht gerückt, den Kopf in den Kragen hinein, den Tag-und-Nachtschal zurechtgezogen, zeitlebens ein bitterer Herbst. Und mit zusammengebissenen Zähnen gleich los im Fabrikschritt. Egalweg Werkschuhe an den zwo eigenen Füßen. Loch im Bauch, im Magen ein Eisenklumpen. Keine Zeit zu verlieren und nie den Abschied gelernt, nicht gekunnt. Als ob wir nie keine eigene Fumilje gehabt, den eigenen Namen vergessen und komplett den Tag auf die Hütt'. Trägt man hin. Hätten heut freihaben und seinerzeit den Hund nicht abschaffen sollen. Hätten uns gut zehn Minuten eher auf den Weg machen sollen. In aller Ruhe. Vorher ausschlafen, viele Jahre lang jeden Tag ausschlafen immer wieder und vorhin eine halbe Stunde eher schon losgehen. Zwecks Besinnung. Nur wenigstens einmal beizeiten. Und in Gedanken zusammenhaben sich selbst. Vor uns flattern die Spatzen auf, Dorfvögel. Sind so einen eiligen Schritt noch nicht so gewöhnt. Und die Aktentasche, die Uhr in der Hand: sie vermeinen, man will auf sie schmeißen.

Unwillkürlich noch schneller gehen wir jetzt. Immerfort von uns weg, immerfort im Fabrikschritt. Die Sorgen auch mit und grübeln, ob nicht auch bei uns die Taubheit wie weit schon, ja oder nein? Den einen Tag so, den anderen so: überzeugt man gewichtig sich hin und her und hat keine Hand frei. Einerseits. Andrerseits. Mit der Aktentasche, mit der Uhr in der Hand im Fabrikschritt die Taubheit bedenken, wieviel Jahre denn schon? Unterwegs zur Schicht. Genau nach dem Dienstplan. Jeden dortigen Handgriff im Kopp, auch die

Reihenfolge tragen wir mit. Und immer wieder geboren werden, jedesmal noch dazugelernt. Die Taubheit ist eine Hüttenkrankheit, weiß hier jeder. War gestern die eigene Taubheit so vorgeschritten bereits, daß es für uns für jede Hoffnung zu spät, längst zu spät, so haben wir heute frisch ein Guthaben von Jahrzehnten für unser Gehör; so fängt man jeden Tag wieder an und beeilt sich. Solche Mengen von Spatzen. Bald Winter, so eine Luft. Mit dem Magen schon längere Zeit so eine neuartige Magenempfindlichkeit, schon seit wir verlobt waren, verlobt mit der nachmalig eigenen Frau. Also gut dreißig, fast vierzig Jahre jetzt schon – und wissen nicht, was es bedeuten soll und werden das langfristig nicht überleben! Oder wären, wie bei einem Wettlauf, vorher noch die Nieren dran und was macht die eigene Leber mit uns? Was die Milz, die wir gar nicht kennen? Bronchitis, da ist die Krankenkasse für zuständich: wird man zur Kur geschickt, meistens Sauwetter, und muß husten und zuzahlen. Übers Jahr erst zur Kur, Spritzen auch. Stein-, Staub- und Hochofenlungen, man hat keine Wahl, wie soll man sich da entscheiden? Hartnäckig Knochenschwund, wo haben wir nur das Wort her? Und werden es wie eine Krankheit jetzt nicht mehr los! Die Gicht, das Herz, Hypotheken, mit jedem Jahr schlimmer. Befühlt man die eigenen Knochen und traut ihnen nicht übern Weg – wenn es zugehörig das Wort gibt, wenn sie so wegschrumpfen unter der Haut? Die Haut heckt Geschwüre aus, die Füße tragen das nicht mehr lang, biegen sich, hängen jetzt schon so durch. Man kann doch auch nicht das Wort zum Doktor zurückbringen oder wohin damit? Die Schlaganfälle bei uns im Dorf: nach Jahrgängen muß man sie ordnen! Im Gehen, im Kopp, hat es eilich. Dann kommt es drauf an, ob einer vorher ein Freßsack womöglich, ein Säufer und als Säufer bekannt, ja oder nein? Jähzorn, Freßsucht, Übergewicht, als Säufer Bier oder Schnaps? Wie lang schon als Säufer bekannt, womöglich gar schon der zwote Schlaganfall, das heißt also unbelehrbar, und nunmehr linksseitig gelähmt wie der Heubheimer-Ernst. Wird nicht mehr. Frühinvalide, das drückt auf die Rente. Braucht seine tägliche Pflege und wo soll er hingelegt werden, abgelegt wo? Pfuscht einer an seiner Stromleitung, gibt sich Mühe dabei, ist nie kein Säufer gewesen, und kriegt einen tödlichen Schlag, ging blitzschnell! Zum Feierahmd also, das kann jedem passieren, der kein gelernter Elektriker ist. Der Kirchberger Pfarrer wird in der Bibel bis in die Nacht hinein einen passenden Spruch dazu suchen, Haus und Hof und soll jeder soi' Sach' bestellen oder so ähnlich, so ungefähr. Man kann auch am Schreck sterben! Drei Tage lang hat der Kirchberger Pfarrer Zeit, einen passenden Spruch zu finden. Spaziert mit Bibel und Regenschirm vor seiner Haustür auf und ab, da ist zum Kirchhof hinüber extra für ihn ein Gehweg gepflastert. Nur eigens für hin und her seine Schritte. Einen Rosengarten mit Engeln und Säulen, zwei oder drei Studierzimmer hat er. Bei sich daheim, Tag und Nacht hat er Zeit und ist bei sich selbst daheim. Derweil wir in Eile bergab die Vorstadt hinunter; Regentage und Bachstelzen.

Die Eile, der Blutdruck, Herz, Kreislauf, was ein Wagenrad kostet, die Achse, die Deichsel, Hüft- und Kniegelenk, eine steife Schulter, ein steifer Hals, die Luhnsteuer für die Überstunden. Vor lauter Gegrübel, dazu noch in Eile, vergißt man auf sein Gehör, vergißt auf die Uhr zu sehen, übersieht den Nachbar vom Nachbarn und fängt an, mit Verspätung die Vogelscheuchen zu grüßen; traurig sind sie nicht. Jeden Tag auf dem gleichen Fleck: ist unser Gedächtnis und wandert so mit; wir gleich noch schneller. Genauso am Dorfrand die Wegweiser auch. Sind so Gestalten, Charaktergestalten, so dauerhaft, deutlich und aufrecht. Kommen uns egalweg bekannt vor. So prompt grüßen wir in Eile zurück, als hätten jeden Tag sie uns zuerst gegrüßt, ein jeder auf seine Weise. Und gleich weiter, der Dorfrand rennt vor uns her. Ist uns kalt, ist schon Ende November? Mischt sich schon Frost in die Luft? Über die Schanz hinunter als ob eine Schar Vögel vor uns herflöge, Zaubervögel. Selbst wie im Flug. Über die Schanz hinunter der Weg wird uns leicht, da liegt der Himmel uns so vor den Füßen. Da grüßt uns schon eh und je, solang wir zurückzudenken vermögen, schon seit wir uns kennen, grüßt uns hier die Ferne. Wir eilen, wir grüßen mit Anstand zurück, wir finden kein Ende dabei. Erst recht dann in Lollar auf der Lollarer Hauptstraße. Mit all den Gesichtern der Schaufenster, Tage, Türen, Passanten und Ladenschilder. Soviele Blicke trägst du auf dir herum. Plakate schreien, stolpern vorbei. An jeder Wand ein Bild, eine Schrift. Wie das auf uns einredet, tausend Zungen. Daß man sich nur nicht vergafft und verzettelt hier. Die Werksirene, ein Zug pfeift, der Himmel bedeckt. Gestern war auch ein Tag. Kleine schwarze Vögel, so sind hier in Lollar die Spatzen. Das Werk qualmt, der Himmel drückt schwer auf die Dächer, das heißt man das Lollarer dreckige Wetter. Wie in einen Kastenschrank, so geht man immer wieder in dieses schwere Wetter hinein. In Lollar haben sie einen Bürgersteig, da *hört* man die Schritte. In Lollar auf der Hauptstraße hört sich an manchen Tagen der Wind beinah wie eine städtische Trambahn zwei Straßen weiter an. Autos fahren vorbei, jedes einzeln, vom Fahrtwind begleitet. Die ganze Straße summt so und fährt wie von selbst dahin. Fast die gesamte Lollarer Hauptstraße kommt uns mitten in der Woche in städtisch polierten Schuhen daher. Und kaum ist uns das erstmalig aufgefallen, da fangen sie auch schon zu grüßen an, diese zahlreichen wandernden Schuhe mit ihrem Glanz. Man achtet darauf, ob man will oder nicht: kann nicht weggucken! Wo mögen wir denn nur vorher unsere Augen gehabt haben, gestern und all die Tage und Jahre davor, fragt man sich, einundderselbe Mensch? Wohin hat es uns heut bestimmt, fragt man sich jeden Tag wieder. Das Werk qualmt und stöhnt, es wird uns noch auffressen. Ein Zug pfeift, endlos Kohlenzüge durch unser Gedächtnis. Bis ans Werktor, bestimmungsgemäß bis vor unser Feuerloch, bis in den Kohlenbunker hinein mit brennenden Füßen den eigenen Blick nicht vom Erdboden loszureißen vermocht. Ohne Unterlaß. Hier in Lollar auf der Lollarer Hauptstraße: das Pflaster, das uns nicht kennt. Wie betäubt nun, das Rückgrat ermüdet, die Sinne sind müd; Gliederschmerzen. Wie wenn man sein eigener Vorgänger wäre. Der Nachfolger auch. Und daher schon müd bei der Ankunft, bei jeglicher Ankunft, so ist das, ein Schattendasein. So ist das. Schwarz vom Ruß sind in Lollar die Spatzen gefiedert; denen ist das egal.

Als Eisenfresser. Die Spätschicht, die Nachtschicht anfangen und vom Werk aus unentwegt heimdenken. Bergauf, zu uns auf den Berg hinauf. Wie an einem Strick, wie in einem Netz gefangen, es *zieht* uns: wir spüren es bis in die Haarwurzeln. Heimdenken wie aus dem Jenseits, als ob wir die Welt schon verlassen hätten und Rückweg wird keiner sein. Haus und Hof, die Fumilje und was sonst noch dazugehört, daß man jeden Tag einundderselbe Mensch, unsereiner. Als ob wir die eigene Seele verkauft hätten, verraten das liebe Leben, es uns abhandeln lassen. Sind uns unerreichbar wie der angefressene, der verlorene Mond, der gleichfalls zum Fehlen kommt. Wie der gestrige Tag, an den wir uns auch nicht erinnern. Wie denn vergessen die Zeit, das sind wir doch selbst! An die Haustür, das Vieh im Stall, an das schadhafte Scheunendach denken, heimdenken. Zum Ausruhen müde, die arme Seele. Das Zuggeschirr, das zerrissene Zaumzeuch. Liegt auf der Ofenbank. All die Jahre vergeblich hätten wir daran herumgeflickt, es muß drei oder vier Menschenalter wenigstens hersein und man steht in der Ferne und kennt sich nicht wieder.

Finsternis, Regen. Bitter nach Kohlen riecht es, wird also im Eisenwerk sein, daß wir da stehen am Rand der Nacht. Auf der Hütt', bei Buderus. Die Nachtschicht, wenn wir vor der Tür stehn und rauchen. Als Heizer: wie ein Bauer hält man Ausschau nach dem morgigen Wetter, ganz unnötig auch, und vergißt auf die Uhr zu gucken, die Zwiebel. Es wird auf Mitternacht gehen oder Mitternacht eben vorbei. Ketten klirren, Riesen hört man mit Eisenstangen hantieren; das Werk schnauft und bebt. Endlos Güterzüge durch unser Gedächtnis. An der Mauer im Windschutz beim Kohlenbunker stehen, atmen und rauchen. Erst Pfeife und dann Zigaretten rauchen, eine Zigarette nach der anderen rauchen. Mehr rauchen als atmen; man vergißt auf die Uhr zu gucken. Wie eben erwacht, wie ausgesetzt: wir wüßten kaum, wer wir gewesen sind oder sein sollten. Nix als den Rauch nur zum Trost. Regen, Nacht, Kälte bis auf die Knochen. Und eisern den Lärm klingen hören. Stehen und atmen und uns vorstellen, daß wir daheim auf der Ofenbank mit der Abendsuppe, den Stimmen, der Stille, dem eigenen Namen, der Ofen summt, die Wärme steigt uns zu Kopf, daß wir mit uns selbst in der Ofenwärme ins Dösen geraten. Im Radio die Abendnachrichten. Und wenn sie rum sind, weiß man von nix. Muß man rechnen, die Jahre ausrechnen, kein Wort ist uns im Gedächtnis geblieben. Lieber seit Stunden im Schlaf liegen. Sich jung gehalten: steinreich und zehn Jahre jünger, Viehhändler mit Ledermantel und Brieftasche. So mächtig wir und der eigene Anbau, daß unser jetziges Häuschen wie ehemalig, wie bloß ein Schuppen danebenstünde, eng und bescheiden wie eine Erinnerung. Wir als Viehhändler hätten die besten Daunenkissen und -decken und zu all dem Reichtum tief und ruhig der eigene Schlaf wächst zum Berg empor. Jetzt hier im Werk, es wird der heutige Abend wohl sein. Wollen uns vorstellen, wir stünden so spät daheim vor der eigenen Haustür noch. Im Hof, unterm Vordach. Im Winkel zwischen Schuppen, Scheune und Stall; es wird wieder Herbst sein. Die Roibenernte. Hier im Werk wie ausgesetzt vor der Eisentür stehen wir und stellen uns vor, daß wir dort stünden. Im Dunkeln, Roiben hätten wir abgeladen. Wie vorher einmal, es muß zehn Jahre hersein. War eben noch Licht in der Küche, die Hoflampe an. Das Laternenlicht, versunken im Stallfenster; all die Jahre wie ein einziger langer Abend in unsrem Gedächtnis, erst November und dann Dezember. Die Haustür zu, Schloß und Riegel. Vor uns her noch die Schritte und Stimmen, da ist der Abend gegangen. In die Nacht hinein, wer soll uns denn rufen?

Spätnachts Sturm! Aufstehen und die schwere Eisentür aufstemmen und herauskommen in den Sturm. Ganz taumelig noch, benommen, wie blind. Und sich seit Jahren an keinen Traum, an keinen einzigen Traum erinnern können, sich keinen Rat wissen. Finsternis, Regen, der Sturm schlägt uns ins Gesicht. Das Werk schnauft und bebt und stampft wie ein Schiff. Bitter nach Kohlen riecht es, wie eh und je hier nach Eisen und Kälte und Rauch. Alles naß. Der Wind, immer stärker, drückt den Rauch tief herunter. Hastig die Wolken über den hohen Schornstein hin, allerlei Nachtfratzen, und der Erdboden schlingert uns unter den Füßen. Steil das Dach, wir und der hohe Schornstein kopfüber in den Himmel hinein, so fremd steht man hier, muß sich festhalten. Drei Uhr nachts, der Sturm nimmt noch zu. Kohlenberge, fremd blickt die Nacht uns an. Wir stehen hier und können uns an kein einziges Osterfest unseres Lebens erinnern. Neun Jahre noch bis zur Rente. Stehen und frieren, sich vorsagen, wer man ist: wie eine Drohung den eigenen Namen, Datum und Uhrzeit, stehen und schlucken und in der Finsternis bleiben. Gestern und übers Jahr. Fremd die Zeit und fremd wir in der Zeit und der eigene Name nur wie von fern ein hastig' Gewischper, hörst du es nicht? *Sind niemand, gehn nirgendshin!* Bis mit Geduld der Kollech nach uns ruft, bis es Zeit wieder ist für nochmal zwo Kärrnchen Kohle und einen Klaren, einen doppelten Korn, also Prost! Die Asbesthandschuhe. Gottlob noch zwei Paar, wie neu, in Reserve. Zweimal am Handrad drehen und dann in der Hitze dösen, bis die Nacht einen Ausgang sich findet. Bis es Zeit für die heutige Asche wird: wieviel eiserne Kärrnchen Asche, das zählt man schon besser nicht! So eine Knochenarbeit, eh daß es hell wird. Wie ein Maulwurf auch. Mit der Asche die Nacht davonkarren, Berge von Finsternis, himmelhoch. Immer abwechselnd Spätschicht und Nachtschicht, damit wir das spärliche Tageslicht für die Feldarbeit aufsparen und im Winter für auch nur unser nötigstes bißchen Winterflickwerk in Haus und Hof. Man sorgt sich, man spart und spart, und behält am Ende nix übrich, als wie ein zerbrochenes Tragejoch nur und zerrissenes Zaumzeuch. Schon jahrelang Winter. Die meiste Zeit Abend, die meiste Zeit wird es gar nicht mehr richtig hell.

**Auf Schicht,** vom Werk aus unentwegt heimdenken, ins Leben zurück. Und daheim nicht zu sich selbst kommen: keinen Zugang, man findet sich nicht. Kalt ist es, wo denn suchen? Durch den Tag hindurch, Balken knarren, jede Tür schlägt, was suchen wir denn? Soll man ein Loch graben und steht dann ratlos daneben? Beim Gehen so fuchteln und dumpf ein Gemurmel, das sollen wir selbst sein! In der Scheune schläft eine Fledermaus. Wie ein Blinder tut man sich mit Mühe durch den eigenen Kopp, durch den unabsehbaren Tag tasten. Der Tag auch wie blind. Im Spätherbst, im Winter, ein düsterer Tag. Mal sagen, die Frühschicht: hätten Frühschicht gehabt. Kommt man heim, kriegt den Tag kaum ingang. Mit aller Kraft. Schon eher gar nicht kriegt man ihn ingang, beim besten Willen. Bevor man recht einen Anfang gefunden hätte, geht der Tag, geht schon wieder zuende. Schleppt sich triefäugig da übers Feld, über Brachland und Bleiche davon. Und wir auch von uns weg, wir selbst, mit all den Stimmen im Kopp: die Gespräche vor und zurück, nachträglich noch der Zeit, verloren der eigenen Zeit hinterdein. Mit unseren seinerzeitigen Ochsen, mit der eigenen Frau, mit den Kindern, die längst aus dem Haus und aus dem Gedächtnis oder hätten nie keine Kinder gehabt, bloß passend die Namen dafür. Ein paar Jahre lang. Seit wir keinen Hofhund mehr haben, müssen wir im Traum oft stundenlang würgen und bellen; furchtbar anstrengend so ein Schlaf. Mit uns selbst ein Gespräch: der Eine, der Andere sein und kein Ende finden. Das Leben, die Roiben und wieder ein Jahr, das schleppt sich so mit. War beim Pflügen über den bucklichten Märzäckern, über den leeren Äckern vom frühen Morgen an schräg ein eisiger Regen. Und immerfort steif und kalt ging der Wind über die verbrannten Oktoberfelder. Lang bis zum Abend, wieder ein Jahr, und wir mit unserer einstigen Jugend und den zugehörigen zwei mächtigen roten Ochsen; der eine also hat Wodan geheißen. Das ist soundso gewesen. Beide haben Wodan geheißen. Ja damals, sagt man sich jetzt, das kommt uns genau wie das eigene halbe Leben, genau wie der verstorbene Nachbar, vorjährig die vergangene Zeit, der eigene Hofhund, die Steuern, die Zinsen, die Wege, der Wald und die Axt, der vergrabene Schatz, vergraben und nie mehr wiedergefunden, kommt uns wie die geliehene Kreissäge, der Tag der uns nicht gehört, der vergessene Mond und die Kabellampe vom Schwager zum Fehlen; man kommt sich ja selbst zum Fehlen.

Wie eine Sage auch will uns das vorkommen. Müd sieht der Rechner jeden Tag aus. Augen wie eine Nachteule. Tischkalender und Wandkalender, die Tischlampe mit dem grünen Schirm. Wie Jahre und Jahre der gleiche Winternachmittag schon und er sitzt und zählt seine Zahlen nach. Sind einmal drei Brüder gewesen und wie ging die Geschichte weiter? Schon der gestrige Tag ja wird uns hier zur Sage.

Und was soll man hierorts im Nachwinter, wenn es mittags von jedem Gesims tropft und auf die Nacht wieder friert, was im fernen hiesigen Vormärz dem Gemeindediener erzählen? In Treis soll einer bei solchem Wetter von einem Eiszapfen umgebracht worden sein, ein Fumiljenvadder, zwo Kinner. In Treis nicht, in Climbach, in Nordeck; schließlich wird man mit nassen Füßen im Schneematsch stehen und sich auf Hachborn einigen. Vor dem Gemeindeamtsschuppen. Von jedem Zweiglein auch tropft es. Uns ist, wir hätten noch Kinderstimmen gehört. Schon Nachmittag wieder, trübt sich der Tag. Der Gemeindediener hat Schamottschuhe an, tut einseitig sich auf die Schneeschippe aufstützen und weiß alles wie gedruckt. Wie aus der Stadt eine Zeitung; wer sind wir denn selbst? Hierorts auf dem Heimweg? Als ob wir einen Fragebogen auszufüllen hätten und er läßt uns nicht los, so geht uns das jetzt mit uns selbst. Was soll man dem Schwager, dem Nachbarn, dem Rechner sagen, dem Bürgermeester, Rede und Gegenrede (was man dem Rechner zu sagen hätte, erst einmal wie zur Probe dem Gemeindediener erzählen oder eher bloß vorsichtig andeuten?), was wiederum mit mageren eigenen Wörtern diesem und jenem in künftigen schweren Dezembern? Und was behält man mit welchen Wörtern für sich? Einunddasselbe Gespräch und bei uns im Kopp wird jedesmal ein Verhör draus. Wie Feldsteine ausgegraben die Wörter, wie vom Kirlen, bei den dortigen Steinäckern mühsam ausgegraben. Mit Hacke und Spaten. In Werkschuhen also. Eben noch dreißig Jahre jünger und auf dem Heimweg. Mit den Wörtern die Hoffnung auch heimgetragen, den hellen Tag, schwalbenflink, so kommt es uns vor. Und jetzt hier beim Tor stehen. Vor Müdigkeit wie betäubt. Hätten selbst noch aufs Feld heut gewollt. Uns ist, wir müßten uns einmal verloren haben. Vor vielen Jahren wohl schon. Sind einmal abends spät mit Hacke und Spaten da hinten auf dem Feldstück noch draußen gewesen, und müssen das Feierahmdsläuten scheints überhört haben. Wie oft will uns vorkommen, daß der Gemeindediener darauf auch vergißt. Wir dem Tag hinterdrein weiter so vor uns hin gewerkelt, gemurmelt, gegraben, gehackt, immer tiefer uns darüber hingebückt. Bis wir kaum noch die Hand vor den eigenen Augen, beide Hände, Hacke und Spaten auch, den Acker ja auch, das Feldstück, ihs Laad, sozusagen den Erdboden unter den Füßen kaum noch zu sehen vermochten; dann müd in der Dämmerung heim, Schritt für Schritt. Müd in Werkschuhen so gegangen. Hinten beim Zaun den Grasweg entlang, da ist so eine Heckenwildnis. Hagebutten und Beeren und Schlehen und vielerlei Baumgewirr, dicht und verwachsen; es ist hierorts im Oktober gewesen. Da bellen abends vom Dorf her die Hunde und sind dann wieder plötzlich still, wie Teiche liegen die Nebel auf den Wiesen. Und da ist uns über der Hecke groß und gelb der seinerzeitige Mond aufgegangen. Erst halb nur und beinah wie angebissen der Mond und doch auch wie ein Goldklumpen, unverhofft so eine Pracht. Und wir standen mit Herzklopfen unwillkürlich, Hacke und Spaten geschultert, standen ahnungslos, so allein. Wußten nicht gleich, was das sein mag, was uns da hinter der Hecke so leuchtend und groß heraufkommt. Mit seiner eigenen Stille, mit wie einem Blick in der Stille. Vielleicht daß wir da uns vergessen hätten, zurückgelassen, und wie spät mag es da wohl gewesen sein? Zu lang gewartet: nachdenken, stehen und frieren; die meiste Zeit Abend. Wir sind es, stünden dort klein in der Ferne: wir spüren den Strick, wir sehen uns stehen, eine kleine dunkle Gestalt, und wir möchten gern winken. Wie denn umkehren? Wie Zaunlatten, Pfosten und Wegpfähle sind für uns die Wuhrheiten und Irrtümer aufgestellt und dazwischen verläuft unser Leben; sie stehen, sie wechseln die Plätze und haben Gesichter.

Durch die leere Scheune* und bedenken, wie man auf der Hütt', im Werk, auf dem Werksgelände, unsereiner, in Werkschuhen: wie man also da geht und Schichtführer, Vorarweiter und Meester zu grüßen hätte. Sich auskennen. Und dabei kräftig ausschreiten jederzeit. Es wird wie heute mit Wind und Regen ein naßkalter trüber Tag sein.

* Da fängt sich der Wind, da *übt* er: mit vielen Stimmen, verrennt sich gleich so. Jedesmal.

Ein Zug pfeift, man vergißt auf die Uhr zu sehen. Die Kohlenberge kommen uns schon entgegen, wie unabsehbare Scharen von Werktagen kommen sie uns entgegen. Wie Soldatenhaufen, in die Gefangenschaft unterwegs. Den Pförtner, den Glaskasten, den Buderusturm grüßen, den Fahrradständer mit seinem finsteren Blick jetzt auch noch grüßen? Mit Ohrenklappen die Mütz', durch sämtliche Jahreszeiten und Lebensalter, eine Batschkapp hätten wir auf. Erst in Wind und Regen über die Laderampe. Und dann zusammengeduckt in einen schweren Winter hinein; wie ein einziger langer Tag kommt seit vielen Jahren die Zeit auf der Hütt' uns vor. Die Schamottschuhe, sagt man sich, sind ja noch schwerer als wie die Werkschuhe von Buderus. Oder hätten uns das bereits gestern gesagt. Und frieren im zugigen Dämmer, frieren wir dort oder hier? Wir gehen, die Tage gehen vorbei. Die Kontorleute alle Tage, die Oberen unter sich: Inschenöhre und noch höher hinauf, die sehen uns nicht; wir kennen sie bloß aus der Ferne. In der Scheune schläft schon den dritten Tag eine Fledermaus. Der Wind in der leeren Scheune und so eine Stille, daß man unwillkürlich erschrickt. Sind vielerlei Stimmen, die unentwegt wischpern und beben; was können sie von uns wollen? Man schreckt zusammen und merkt es und weiß nicht warum, so ein Schreck! Muß man im eigenen Kopp sich erklären. Und falls wir Zeugen hätten, denen das auch erklären; braucht seine Zeit. Genau eine Elle lang der Eiszapfen in Hachborn und wie eine Speerspitze, sagt man sich, und hat in der Sonne geleuchtet. In Hachborn nicht, da kommt im Winter die Sonne nicht hin. Alles weiß der Gemeindediener auch nicht; es wird schon in Nordeck gewesen sein. Aber wie alt die zwo hinterlassenen Kinder, der Junge neun und das Mädchen wird nächstens bald sechs. Kimmt dann in die Schoul. Ab Mitte März ja erst kommt die Sonne für eine halbe Stunde jeden Tag nach Hachborn. Mittags, da hinter die Hügel. Hier bei uns sagt man Hachborn und meint Hassenhausen zumeist. Sind Nachbardörfer, die liegen so hintereinander hinter dem Wald. Und was ist mit der Mutter, der Witwe? Im verkrauteten Grasgarten stehen wir, finden uns bei den Bohnenstangen und Obstbäumen. Die Bohnenstangen sind morsch, auch zum Abstützen für die Obstbäume schon zu morsch; die Obstbäume alt und verwachsen. Hätten wir beschneiden und pfropfen sollen beizeiten, nachpflanzen auch beizeiten. Ihnen gut zureden, immer wieder gut zureden, den Boden düngen, die Dornen, Disteln und Brennesseln weg, und überhaupt auch mehr in die Sonne hinein unser Leben, die Jahre. Geduld auch. Die Stämme mit Kalk, die Jahreszeiten mit Zuversicht. Sogar für als Vogelscheuchen sind die Stangen jetzt schon zu morsch, direkt ja hinfällig schon. Ist immer der falsche Tag, der verkehrte Tag, fragt man sich. Gewesen, gewesen. Bis hierher in unseren Garten wächst vom Friedhof herunter der Efeu. Ein Geraschel uns um die Füße, man steht und begreift es nicht, man denkt der Karo kommt nach. Im Herbst hier, im hohen Gras. Genauso ist er uns in früheren Zeiten ja auch immer nachgekommen. Acht Jahre. Hätten ihn doch nicht abschaffen sollen, was heißt denn brauchen, er kommt uns zum Fehlen! Sagt man sich jetzt. Wie ein Stück von uns selbst, so ein Viech! Sagt man sich. Lebendig. Und sagt es der eigenen Frau. Spüren ihn jetzt ja noch zehnmal jeden Tag herzuspringen, zehnmal ist nicht zuviel gesagt. Jetzt nachträglich, wo es zu spät ist, jetzt fallen die richtigen Wörter uns ein. Mehrst überzählich, wie soll man sie aufheben und wohin damit?

Von der Scheune die Wetterseite, man darf nicht hingucken. Da hängt der Himmel so durch, drückt schwer auf die Balken. Schwarz das Holz, schwarz und morsch: nimmt keine Farbe mehr an. Hier unter den Bäumen, soll das schon der heutige Abend sein oder ist es immer so dämmrig hier unter den Bäumen? Vor unseren Augen im hohen Gras zwischen Hecken und Zäunen auf und davon der Tag. Zurück in den Hof und dabei vorsätzlich *nicht* an das Scheunendach denken, leicht ist das Leben nicht. Wo denn hindenken? Muß man mit allerlei entlegenen Wörtern sich behelfen, beim Gehen so fuchteln und dumpf ein Gemurmel. Verhandlungen, die wir seinerzeit mit der Schnapsfabrik geführt hätten, wenn sie gekommen wäre. Mit Umsicht. Schlau wie ein Papst. Hätten uns das seinerzeit lieber aufschreiben sollen, jetzt kriegt man es kaum noch zusammen im eigenen Kopp. Kaum daß man sich zurechtfindet in Gedanken. Wie ein Blinder an einem Strick. Haben doch früher auch unsren Weg zu finden gewußt und nicht immerfort alles vergessen und aus dem Gedächtnis verloren. Auf Schritt und Tritt. Vor und zurück die Zeit, die Gespräche, die Stimmen, Rede und Antwort, die meiste Zeit nur im Kopp und für uns allein – und vielleicht ja längst taub, sagt man sich in der leeren Scheune (an das Dach jetzt nicht denken!), in

Wahrheit längst taub und wir wüßten es nicht. Wen denn auch dieserhalb fragen, wie soll man das ausprobieren allein, sich in der Stille diesbezüglich Gewißheit verschaffen? Hat man auf der Hütt' die Frühschicht, dann ist daheim die meiste Zeit Abend. In der Scheune die Fledermaus, es kommt einem vor, als ob man sie kennt. Kalt ist es, dämmrig im Hof, im Schuppen schon finster.

Vielleicht daß wir in Wahrheit doch auf der Hütt', mal sagen, die heutige Spätschicht: stünden dort ohne Namen. Vor der Tür an der Mauer. Hinter dem Fahrradständer, eine dunkle Gestalt. Im Windschutz beim Kohlenbunker. Am Kärrnchen, an der Schipp', an der Kohlenschaufel tut man sich erkennen. An der eigenen Arbeitsjoppe. Am Tabakgeschmack, an der naßkalten Luft, an den Werkschuhen auch tut man sich und die eigenen Erdentage erkennen. Hände wie Dachziegel. Wir stehen und rauchen und stellen uns vor, wie wir hier in Haus und Hof herum, eine Zeit bei uns selbst daheim: unsichtbar in der Dämmerung, man vergißt auf die Uhr zu sehen. Wieder das eigene Feldstück und die zugehörige Jahreszeitarbeit tun uns in unser beständiges Grübeln und in die jederzeitigen Gespräche als wie eine neblichte Dämmerung dazwischenhineingeistern und bald auch wie ewigkeitsschwere Wolkenbuckel unsere kargen drei Handtuchäcker hinter dem fehlenden Mond. Dazu der tägliche kleine Vorsprung, den wir herauswirtschaften könnten mit Eifer, aus uns selbst herausschinden mit so einem eifrigen Rutterschhäuser Kollech – macht bei sechs Tagen in der Woche ja schon eine halbe Stunde, macht wann komplett eine Schicht, die wir gut hätten dann? Nach wieviel Wochen, das muß man sich ausrechnen, durch die Jahre hin ausrechnen! Wenn wir diese Schicht als Eigentum bei der Werksleitung uns abholen könnten, wird gutgeschrieben, man kriegt einen Zettel, alle paar Wochen zusätzlich einen freien Tag, der bezahlt wird. Wie im Märchen, und mit heim diesen freien Tag und zur Aussaat nehmen, könnten ihn gut gebrauchen. Wie einen Goldklumpen, einen Goldesel, Wunschringe, Erbschaften, Sparbücher, die Lotterie, die goldene Gans und was es nicht alles gibt, was erzählt wird (alles darf man nicht glauben).

Dann mit den Märzkühen, wenn wir sie nach dem langen Stallwinter zum erstenmal heraus in den Hof holen. Blinzeln, erkennen das

Licht nicht mehr. Wir mit Schal und dreierlei Arbeitsjoppen, mit dem alten Hut auf dem Kopp, unser Ackerhut, und in Gummistiebeln. In Eile um das Fuhrwerk herum, mit Händen und Füßen beim Anspannen. Beim ersten Anspannen nach dem langen Stallwinter. Sind selbst uns wie eine ferne Erinnerung nur, der Tag auch ist uns wie eine ferne Erinnerung nur. Wie ein Riese neben den Kühen will man sich vorkommen. Die Kühe steif, ausgehungert, halten ganz still. Sind nur Haut und Knochen, das Maul und die Augen. Beim Anschirren bringt man die Jahre und Kuhnamen durcheinander, und gibt sich Mühe, das Zuggeschirr fleißig zu schonen. Nach besten Kräften. Den langen (vergeblichen) Winter lang mit immer trüberen Augen in der immer dichteren Dämmerung daran herumgeflickt und doch nicht damit fertiggeworden. Mitten ins Anschirren hinein kommt die eigene Frau, hat sich verkühlt, hat sich bös einen Schnupfen geholt, hartnäckig eine schlimme Erkältung, kommt aus dem Haus heraus und will uns zur Hand gehen; jetzt erst recht heißt es Obacht mit jeglichen Namen! Wir wie immer der Zeit hinterdrein, das drängt sich dann so im Kopp, und die Gummistiebel (was doch die eigenen sein sollen und noch zehn Jahre halten sollen) sind uns gewaltig ein paar Nummern zu groß. Wie auf dem lebendigen Meer geht man darin herum, hohe Wellen; das Meer im Weltkrieg gesehen. Wie auf den Kornfeldern obendrauf, wenn wir darauf uns verstünden, wenn es gut steht im Sommer, das Korn, und goldhell die Felder wälzen sich so im Wind. Schier ohne Ende wälzen sie sich. So groß diese Stiebel und wir jetzt beim Säen im Vormärz. Sonne und Wind und Regen, und das Krähenvolk schickt uns von oben herab eine Abordnung auf den Acker. Die Kühe gutwillig aber schwach; am liebsten ist ihnen, wenn sie windgeschützt stehen können und brauchen nix denken. Noch lieber, sie könnten sich anlehnen sacht. Derweil wir kein Ende finden, die verlorene Zeit aufzuholen und dabei den täglichen Vorsprung, pünktlich den täglichen Vorsprung ausrechnen: wir und der Rutterschhäuser Kollech, wieviel Tage im Jahr, und ob es rückwirkend, unser halbes Leben, ob es für die Aussaat, das Pflügen, Zäckern, Mistfahren, die Ernte kommt ja zuletzt, gar für die Heumahd auch, erst das Heu, dann das Grummet; Holzfahren im Winter, für den eigenen Ofen und, wie es sich schickt, ein bißchen auch gegen Fuhrlohn (selbst kann man sich ja nicht gut etwas abverlangen, hehe), für unser Gärtchen, den

Gras-, den Obst-, den Gemüsegarten, die Jahreszeitarbeit, den Anbau, das Flickwerk in Haus und Hof. Soll dafür hinreichen also, die Zeit, soll nach Möglichkeit halbwegs hinreichen. Beim Schwager noch ab und an Hand mit anlegen (mit oder ohne Bezahlung, fragt man sich gleich). Im Dorf die Beerdigungen: als schwarzer Anzug hinter der Kutsche her. Der August-Willem, langjährig ein Gesangvereinsmitglied. Oder trügen nun doch zum x-tenmal hier den Ring-Heinrich wieder zu Grabe. Zum Einkaufen in die Stadt, mit der Fumilje, mit der eigenen Zeit, nach Allendorf zum Niklasmarkt. Bis nach Grünberg hinauf, wenn dort mit seinen vielen Lichtern der jährliche Gallusmarkt, wenn es anfängt zu schneien. Jedes Jahr wieder. In dieser langen Finsternis hier bei uns, erst November und dann Dezember. Wenigstens einmal auch hätten wir ausschlafen wollen, das ist besser als krankwerden. Das Korn dreschen und dann einen Sonntag im guten Anzug hierorts auf unsere Kirmes. Mit der Frau am Arm und ein Tanzbändchen auch gekauft. Für die Mussick! Hier bei uns im Dorf, dann ist Sommer, August, der Sommer auch bald schon wieder vorbei, es gehört sich in unser Jahr so hinein. Genauso wie wir nach dem langen Stallwinter die Märzkühe immer wieder herausführen in den hellen Tag und zum erstenmal anspannen. Die Kühe, erst zwei und dann nur noch eine. Die verliert jeden Tag an Gewicht, wird immer leichter, eine einzelne Kuh, und schnell drüberhin die Wolken. Ziehn tief. Der Mond, wo mag der abgeblieben sein? Kommt uns eine Ewigkeit her vor. Und so gut den Traktor gekannt, von dem wir ein paar bessere Jährchen lang täglich zu träumen gewagt haben. Jetzt nicht mehr, seit wann denn schon nicht mehr, das kommt uns zum Fehlen?

Im Schuppen stehn und sinnieren. Zugig ist es, die Zeit ächzt, die Balken knarren, den Wind hört man wie mit menschlichen Stimmen klagen. Ein ganzer Chor Stimmen; so steht man und lauscht. Wieviel in Kilo werden wir wiegen? Nicht daß wir auf den Gedanken kämen, daß wir uns diesen Wind auch nur einbilden. Im Schuppen, müd ist man, merkt nicht gleich auf und muß sich am nächsten Tag wie ein Winkeleisen aus dem Bett herausquälen. Hexenschuß. Drei Tage, drei Wochen, das *krümmt* sich so mit der Zeit: ganz wird man einen Hexenschuß nie mehr los. Im Schlaf schon die Schmerzen, so hat das angefangen, da ist uns lang ein Traum nachgeblieben. Wir wiegen für jedes Jahr Säcke ab. In Lollar beim Güterbahnhof, so ging dieser Traum, es muß in der Nacht sein. Finsternis, Lampen, die dortige Gemeindeamtswaage. Oder ist die vom Frachtgutverkehr und gehört der Bahn; wir wissen das nicht so genau. Vielleicht ja Dezember, da ist ja um sechs schon stundenlang Nacht. Lastautos, Pferdewagen und Ochsenkarren, ein ganzer Zug Wagen hintereinander. Sind vorgefahren, sind hochauf beladen mit Säcken und Ballen. Eine Wagenladung nach der anderen wiegen wir, lassen sie anrollen, kennen uns aus. Sind scheints zuständig. Deuten und winken hierhin und dorthin. Sind scheints allein, mit einem gewaltigen Nachtschatten unter der Lampe, sind allein, wiegen und schreiben mit einem dicken Blaustift Zettel nach Jahr und Gewicht. Und müssen uns dabei verhoben haben, so ging dieser Traum, so haben wir vor vielen Jahren einmal unseren ersten Hexenschuß herbeigeträumt, und gerade diesen einen einzigen Traum nicht vergessen. Wie aus einem früheren Leben. Bis auf den heutigen Tag, so hat das angefangen. Jetzt in der Dämmerung über den Hof, zum dritten oder vierten Mal schon in der heutigen Dämmerung über den Hof. So eine Zerstreutheit, Vergeßlichkeit: man fängt schon zu zählen an und vergißt dann wieder das Zählen. Immer dichter die Dämmerung. Hätten in früheren Zeiten vielleicht an den Traktor ein Weilchen gedacht zur Erholung. Bei der Haustür, da unterm Vordach, oder auf der Ofenbank, Kornkaffee und Hoinkbrot, wie lang uns die Tasse schon kennt. Bald alt, sagt man sich, bald alt und mehr will uns dazu nicht einfallen. Dir scheint es egal nun, tut man mit sich selbst sich verwundern. In Werkschuhen über den Hof. Müd ist man, merkt nicht gleich auf und was sind das für schwarze Flecken im Garten gewesen. Amseln, Krähen? Eben noch März und jetzt schon wieder November. Wenn es nun aber Stare waren? So soll uns das gleichfalls nicht wundern! So, mit allerlei Rede und Antwort sucht man sich zu beschwichtigen, sucht sich in Freundschaft die Zeit zu vertreiben. Gutwillig immer wieder versucht man es: will alles nix nutzen! Eine Gesandtschaft von Staren, ein ganzer Schwarm, oder lassen doch die eigenen Augen nun merklich schon nach, der Altersstar, Weisheitstränen, so ein trübes Geflimmer. Durch die Haustür jetzt leise: wie ein Dieb jetzt ins eigene Leben zurück?

**Die Unruh'**, was kann das sein, was uns da immerfort im Kopp herumgeht? Wie ein Mühlstein, wie hin und her ein Geflatter, wie wenn wir etwas vergessen hätten, wichtig, und wüßten nicht was? Seit wann denn vergessen, fragt man sich vergeblich, und was hat im Garten uns um die Füße geraschelt? Geht man im Sommer als Heizer zur Frühschicht, schon um fünf kommt die Sonne herauf und beim Fahrradständer schlafen die Schmetterlinge wie Blumen auf einer Wiese. Auf und zu die Tür: ins Haus zurück und verzagt auf die Ofenbank, wir hätten uns da schon erwartet. An der eigenen Müdigkeit sich erkennen. Wie ein Hund ohne Zähne tut man sich quälen, frißt sich noch selbst auf. Hätten den Karo nicht abschaffen sollen. Erst tut es uns leid; wird schon gehen, denkt man und sagt es sich immer öfter. Mit der Zeit, mit der Zeit. Doch die Zeit macht es schlimmer, man wird sich fremd mit der Zeit. Bis man es kaum noch aushalten kann, so viele Jahre sind dann vergangen und wie hätten wir uns denn abfinden sollen? Wir haben das nicht gelernt, in Ewigkeit nicht: nie gekunnt! Einmal auf der Hütt' ist ein Eisvogel, muß vom Fluß, von der Lahn her: durch ein Oberlicht muß er hereingekommen sein, Halle vier. Hat sich selbst da gefangen, ein Eisvogel, blau.

In der Küch', mit sich selbst auf der Ofenbank: wir hätten uns dort schon vorgefunden. So eine Vergänglichkeit. Unter der Lampe oder werden auch sparsam im Dämmer sitzen von Fall zu Fall, soll man Kohlen aufs Feuer? So in der, in dieser Vergänglichkeit sitzen und was soll man denken? Ist der Howwe, das Scheff, was so summt, der Wasserkasten am Herd; bald Zeit für die Abendsuppe. Soll man nicht einen Schnaps auch, rasch nebenbei einen Korn sich einkippen? Die eigene Frau, fragt man sich, war nicht eben noch Licht im Fenster? Diesen heutigen Abend hier? Hätten Schritte gehört: im Oberstock auf der Treppe? Eine Tür geht auf, die Stufen knarren, man kennt durch die Zeit jeden Laut. Muß sich räuspern. Mit der Haustür, joh also, das wären ein Weilchen vorher wir selbst gewesen. Lang kann sie noch nicht weg sein, sagt man sich (wo denn hin und warum?); noch als ob wir sie spüren, allzeit so nah hier, so gegenwärtig! Und schon bald vierzig Jahre lang jetzt. Ist doch kein Waschtag heut, hätten sie sonst ja im Hof gesehen. In ihrer Waschtagstracht.* Der Keller, die Räucherkammer? Holz ist genug im Haus, auch Anmachholz, Spleißen! Vielleicht sind es die Fluchtlinge hier im Dorf, die das Wort Spleißen mitgebracht haben. Oder hätten wir es im Krieg gehört, in der einen oder anderen Fremde davon gehört und es wäre uns nachgeblieben? Sind eben ja selbst erst von draußen herein: aus dem Garten, der Scheune, dem Schuppen gekommen; man spürt noch den Wind im Gesicht, man hört noch den eigenen Schritt. Im Oberstock die Schlaf- und die Nebenkammer? Sind normal ja schon morgens an der Reihe, zum Nachzählen, Putzen und für die Ordnung. Das Bett aufschütteln. Nachzählen mehrfach noch tagsüber in Gedanken. Soll man nach ihr rufen? Mit dem Schnaps sich noch Zeit lassen? Auf dem eigenen Dachboden in der heutigen Dämmerung: da kann man doch als Mensch, der hier wohnt, nicht verlorengehen für immer.

Vor vielen Jahren einmal wußten wir uns im Oberstübchen mit einer schlimmen Erkältung im Bett liegen; gerade das noch gewußt: sind krank, erst Nacht und dann Tag. Schon nicht mehr den eigenen Namen. Bei Tag auch im Bett liegen, die fliegende Hitz' im Kopp, starr, zitternd, mit kalten Füßen. Fangen an abzusterben. Der Himmel. Durchs Fenster. Ob er uns sieht und kennt? Es schüttelt uns so. Die Stubenfliegen, die toten, wo kommen die hin? Ein Glas Wasser da auf dem Nachtkasten, man sieht es an und ist darin gefangen. Was ist denn zu hören? Ein Zug pfeift, der Wind seufzt; sind das die Treppenstufen und knarren so? Vor unseren Augen das Fenster wird immer kleiner, es schwitzt und schwitzt und schwindet dahin. So eng und niedrig der Tag. Die Frau kommt und geht, wir liegen hier und sehen durch die Wände hindurch die eigene Frau in Küche und Kammer als Maus hantieren, raschelt auch so. Eine Maus und reicht bis auf den Schrank hinauf. Paßt genau in die Kleider und in die Pantuffeln hinein, paßt in jede Kammer hinein; wie um sie herum ist das Häuschen gebaut. Und sie kommt und hat wieder ihr Menschengesicht und kommt mit Suppe und Löffel; leise kommt sie und wir sehen sie kommen und wissen doch, daß wir im Schlaf liegen, so

* Wenn Waschtag ist, dann riecht es den ganzen Tag nach Erbsensuppe. In Haus und Hof, schon eher gleich mehrere Tage; das gesamte Anwesen wird danach riechen. Die Straße entlang. Meistens Sauwetter. Meistens ein richtiger Waschtag im Herbst währt bis in den dritten Tag hinein, der Rest wird dann aufgeschoben.

krank sind wir damals gewesen. Auf dem Dachboden das Gebälk: dehnt sich, treibt schlingernd mit uns durch die Wolken. Aus dem Struwwelpeter der Fliegende Robert, das Bild fällt uns ein im Fieber und gleich wissen wir, wir haben das Bild betrachtet als Kind und es war das Jahr Neunzehnhundertunddrei. Auf immer und ewig fünf Jahre alt sind wir gewesen. Bevor die Wände sich um uns schließen und jedes Ding fortfährt mit seinem gierigen heißen Geflüster. Dazwischenhinein kommt der Doktor Zecher aus Daubringen und hat einen feinen hellgrauen Mantel an. In unsere Bettlägerigkeit hinein gibt er uns die Hand, weit und breit hat ja keiner bei uns hier so weiche und flinke Hände wie aus Daubringen der Doktor Zecher. Sag doch du, wie ich heiße! Aus Daubringen extra gekommen, der Mantel muß neu sein. Lieber wären wir aufgestanden und hätten ihn an der Haustür empfangen. Er steht und spricht und schüttelt den Kopf und schüttelt das Thermometer; er steht und schreibt, schreibt im Stehen. Wenn wir sein Auto dann abfahren hören, das kommt uns wie ein paar Tage später wenigstens vor. Krank im Oberstübchen gelegen, im Fieber gelegen, und jetzt sich erinnern: jetzt und dann, die Zeit ist vergangen und gleichzeitig will uns vorkommen, wir liegen immer noch krank. Nie genesen. Solang wir denken können, hört nix jemals auf. Nach allerlei Albtraumhändeln verstört aufwachen, schwitzend im Dunkeln. Gottlob im eigenen halben Bett, das ist durch und durch naßgeschwitzt. Vom Werk geträumt oder war das der Krieg? Von uns selbst und vom Schnee, von einer Treibjagd geträumt, weit zurück, und spüren das seinerzeitige Fieber, das uns immer noch in den Knochen sitzt: nicht auskuriert, nie und nimmer.

Die eigene Frau, soll man nach ihr rufen? Jetzt hier auf der Ofenbank. Wir hätten derweil im Kopp drin schon angefangen mit den Erklärungen. Bei uns selbst. Der Hund und die Zeit, unser Luhn, die Hypotheken, Zinsen und Nachtzuschläge. Um den Karo tut es uns leid. Mit dem Wetter, muß man sich sagen, als Bauer, bald wie ein Betrug. Nimmt kein Ende. Der Gemeindediener, der Rechner, der Bürgermeester. Der Kirchberger Pfarrer und wer bei der Bahn ist, hat ausgesorgt. Der Boulin, wie er sich mit seiner Stromleitung beim Anbau im Mai einen Schlag geholt hat: jetzt fehlt er auf dem Fußballplatz und fehlt auch in der Fumilje. Und der Rohbau vom

Anbau bleibt leer und wird zur Ruine. In der Lollarer Straße ein Backsteinhaus. Es war nicht im Mai, sondern am Abend vor dem Ersten Mai, da ist es passiert, lieber gleich einen Schnaps, sagt man sich besonnen, Erfahrung. Ist dem Boulin sein Pech gewesen! Kein Jahr noch unter der Erde und wie hat er eigentlich ausgesehen, der Boulin? Immer die gleiche weinrote Strickjacke hat er angehabt. Den Sparkassenleiter von der Lollarer Sparkasse in Lollar muß man auch verstehen wollen. Wollen uns vorstellen, wir wären an seiner Stelle. Hände zum Geldzählen, ein Gesicht wie Papier und die Brille funkelt. Man gibt sich die größte Mühe, doch sind schließlich zweierlei Menschen: der Sparkassenleiter und wir. Im eigenen Kopp, in die Stille hinein. Daß man nur ja nix vergißt, lieber zwo-dreimal: am besten, man lernt es auswendig, lernt sich und das Leben auswendig. Die eigene Frau, soll man nach ihr rufen? Doch gerade jetzt will uns wieder ihr Name nicht einfallen! So eine deutliche Abwesenheit, es ist doch immer die gleiche Frau. Sagt man sich, und sagt es sich nicht zum erstenmal. Kennt sie uns? Am besten sie auch lernt sich und das Leben auswendig, kann man sich gegenseitig und mit Verstand, mit Verständnis! Wie im Konfirmationsunterricht, die Fragen und Antworten, wie nach dem Katechismus. Vollzählig, immer komplett. Wie bei einer Meisterprüfung oder direkt vor Gericht und kann einem nix passieren, beruhigt man sich.

Auch jederzeit Wiederholungen, ein bißchen üben und mit jedem Mal noch kompletter, sagt man sich immer wieder. Damit man sich daran festhalten kann und müßte es eigentlich schriftlich, auf Zettel. Die Zettel dann nicht verlieren, so vielerlei Zettel. Mit Nummern. Besser ja vorher schon die Papiere, Jahre, Jahrzehnte. Schwarz auf weiß, sonst hat man ja nix in der Hand, unsereiner. Zur Beruhigung. Hätten uns gleich so hineinverstrickt in Rede und Antwort, es sind die nämlichen Angelegenheiten, die was wir auch immer auf Schicht, auf dem Weg zur Schicht, von der Hütt' aufs Feld, vom Feld auf die Hütt'; die meiste Zeit Abend. Von Mainzlar her mit der Nacht übers Feld, die Erde bleibt an uns kleben. So fremd die eigenen Angelegenheiten. Wie ein Fieber die Unruh' am Abend. Hat uns gepackt. Unentwegt geht uns das im Kopp herum und fängt immer wieder an. In der Küch' auf der Ofenbank. *Als ob nix, wie wenn gar nix wäre!* Hätten derweil uns dermaßen schon da hineinverstrickt, sowieso kein Ende, jetzt will uns vorkommen, sie sei gerade noch hiergewesen, hier bei uns in der Küch', die eigene Frau. Einundderselbe Abend und einundderselbe Mensch und kommt uns doch jahrelang her vor. Rein und raus, gleich wieder raus oder wie? Daß wir mit Rede und Gegenrede ihre Antworten immer gleich mitgedacht und gemurmelt, daß sie uns nachträglich noch in den Ohren klingen – wenn nicht gar umgekehrt: sie war hier, und wir so in unser Gespräch vertieft, innerlich, ein Gespräch mit ihr, und hätten es nicht gemerkt, fragt man sich. Und da wäre sie wieder gegangen? Wird doch nicht für immer gekränkt sein? Auf keinen Fall jetzt in den Keller! Wie denn die Wirklichkeit, wir wissen es soviel besser! Seit vielen Jahren ja jeden Tag wieder dieses Gespräch. Mit der Frau, den Kindern, der Werksleitung, Gott im Himmel: die einen kriegt man selten oder nie zu Gesicht, die anderen hören nicht zu, muß man desto öfter! Mit immer stärkeren Wörtern! Mit dem Vieh, mit dem Karren, den Zugochsen. Mit dem Rutterschhäuser Kollech, nicht daß wir gerade den uns nur ausgedacht hätten, das Leben auch uns nur ausgedacht hätten und mit der Zeit auch jeden Vorfall aus der Vergangenheit. Ob man für einen Tag nur der Lollarer Sparkassenleiter zu sein hätte oder gleich auf immer und ewig? Acht Jahre noch mit dem Hund, mit dem Karo reden. Jederzeit mit dem Nachbarn im Geist, mit dem Scheunendach, mit dem toten Großvadder (will kein Einsehen haben) und wir finden kein Ende auf allen Wegen. Sind die Kinder schon groß? Muß daher die eigene Frau jetzt am Abend auf die letzte Minute nochmal in den Kaufladen laufen? Schnell selbst hinlaufen: in Pantuffeln zum Scholthesse hin, eilig durch Nacht und Kälte. Im Laden brennt gelb ein Lämpchen; soviel Zeit ist vergangen. Sind die Kinder schon groß, wären längst aus dem Haus? Und auch ihre Namen sind längst aus dem Haus, sind uns aus dem Gedächtnis auch. Ausgeflogen, auf und davon. Und doch sehen wir uns immer noch bei der Haustür stehen und rufen; da waren sie wohl noch klein und gleich kimmt die Noachteul. Wieviele Kinder denn, fragt man sich und wartet und bleibt ohne Antwort. Und was sollen wir heutigentags in die Nacht hineinschreien und -flüstern? Sind also erwachsen, die Kinder, und wo sind sie jetzt? In dem Fall wohl wären wir alt und bald Schlafenszeit auch, sagt man sich. Und hört von Mainzlar her einen Zug fahren. Als ob wir gerade erst aufgewacht sind. Genauso werden wir am

Ende müd dasitzen und wird sich keiner von uns noch erinnern können, was es denn war, in Gottes Namen, um alles in der Welt, worauf wir hier unten die ganze Zeit so beschwerlich draufzugeschafft und -geseufzt und -gewartet haben. Und wo sie geblieben ist, herrje, all die Zeit? Man weiß nicht, wem sie gehört.

So müd jetzt, soll man Kohlen aufs Feuer? Noch einen Schnaps, die Flasche steht da auf dem Tisch? War das so, daß wir vorhin schon Kohlen aufs Feuer schütten wollten und haben es dann vergessen, mehrfach und immer wieder vergessen? *Oder* wären nun so zerstreut, daß wir uns gut zureden, dem Ofen gut zureden, drei-viermal Kohlen aufschütten und wissen es nicht und vergessen es jedesmal wieder. Und vergessen auch das Vergessen. Mit dem Schnaps dann genauso. Muß man lang mit sich selbst hin und her ein Palaver halten, so müd jetzt und nur noch so mit den Schultern gezuckt, ein mattes leeres Lallen: Ja, siehst du, so ist das. Gefasel. Als ob man uns den Ton abgedreht, mittendrin nun den Faden verloren. Wie mit den Abendnachrichten. Die eigene Frau im Keller zählt Jahre und Gurkengläser, im Gewölbe die Steine, im Fundament. Entkeimt die Kartuffeln, tut die Roiben besprechen, sucht, daß sie die Steine erweicht. Steht unterirdisch, den Kopp eingezogen, und horcht von unten herauf auf den Wind, der über die Erde geht. Sucht eine Waage, einen Korb, eine Wiege. Hat eine Kerze, eine Karbidlampe, eine Petroleumlampe, in neuerer Zeit gar vom Schwager die Kabellampe. Sucht Namen fürs liebe Leben. Finsternis, Steine und Lehm: zu niedrig zum Aufrechtstehen die Keller. Immer mehr Zeit kommt zusammen und kommt auch zum Fehlen. Sie mit der Lampe im Dunkeln und murmelt und kennt uns nicht. Die Steine auch. Die Steine wollen ein Andenken uns bewahren und müssen doch weg von der Erde, spurlos. Sind Steine, sind ohne Sprache. Daß man genauso auch noch sich selbst verliert, auf sich drauf vergißt. Ein Leben gehabt, eine Zeit, ein Gedächtnis gehabt und dann nicht mehr: kein Zugang! Wie wenn man sich wegschläft in seiner Müdigkeit, noch vor der Abendsuppe sich wegschläft und merkt es kaum, merkt es gar nicht. Noch einmal Kohlen aufs Feuer? Man hört den Mainzlarer Zug nach Allendorf hinauf, wie er keucht. Wenn man verzagt ist, gleich fängt der Ofen zu rußen an: will nicht ziehen, gibt keine Wärme, qualmt verstockt vor sich hin. Und wir sitzen benommen daneben, dösig und schwer. Alle Augenblick in der Glut stochern, sich die Finger verbrennen, Papier drauf, hastig noch mehr Papier drauf, vom Holz erst Kloben, dann Spleißen; zuviel Papier und scheints auch noch feucht. Erbittert, mit letzter Kraft, man hört sich flüstern und weiß nicht, was man da flüstert. Mit der Asche unsinnig die Glut wegrütteln, mit der eigenen Ungeduld nicht zurande und noch einmal Kohlen drauf. Zwei Finger geklemmt und an zwei Fingern sich verbrannt, den Daumen auch sich verbrannt. So lang nun leben wir schon und hätten doch das Feuer jetzt beinah erstickt, es in unsrer Verwirrung fast zum Erlöschen gebracht. Man begreift es nicht, sitzt daneben. Fast schon wie ein Schicksal kommt uns das vor, so neben dem Ofen sitzen und nicht aufhören können zu frieren. Am heutigen Tag. Bald sechzig oder wie alt, es will uns nicht einfallen jetzt und hier. Einmal sind wir vierzig geworden und konnten das damals kaum glauben. Einmal mittags mit einer Axt aus dem Wald gekommen und über die Hügel. Wir haben da die Ferne gespürt und es war unser erster Frühlingstag, hätten auf und davongehen wollen auf dieser Erde. Das Leben suchen, das Leben.

Wie im Schlaf schon auf der Ofenbank sitzen. Hätten nach der Frühschicht noch aufs Feld auch gewollt, dem Sommer nach; der heutige Tag wie versunken. Aufs Feld, Nachschau halten, daß wir und das Jahr nix vergessen hätten. Den Wind, einen Pflug, in der müden Erde die letzten Kartuffeln und Roiben. Den Mais als Viehfutter einstweilen auf dem Halm stehenlassen* und die schwere Erde an den Schuhen heimtragen; die Jahre, die Zeit, die Jahreszeiten, die überkommenen Tage und Arbeiten auf- und übereinanderstapeln, immer höher aufhäufen, zum letztenmal dieses Jahr bei Nacht und Nebel das Kartuffelstäck häufeln, die Scholle, die Krume, die Erde in den Ackerfurchen begraben, ihs Laad, im fernen März ein dampfender Handtuchacker hinter dem Mond. Die Wintersaat ausgesät, begraben, vergessen, unsere zugehörigen Tage auch mit in die Erde hinein und vergessen, nur die Furchen, der Wind und Schwärme von Krähen sind uns im Gedächtnis geblieben. Mit dem Blick auf den Boden wir, und die Furchen stürzen immerfort von uns weg: die

* Flüstert so, übermannshoch verblieben ein einsames Feld, wird den Winter lang flüstern!

Ferne, die Ferne. Aus allen Richtungen Wind. Daß wir zwiefach gepflügt, die Saat um- und umgepflügt, die eigenen Tage auch mit hinunter, tief in die Erde hinein, und dazwischen könnte ein Jahr wie im Traum uns vergangen sein. Sagt man sich. Derweil wir hier auf der Ofenbank, so eine Vergänglichkeit. Soll man sich aufmachen guten Muts, gehen und die Krähen befragen um ihre Erinnerung? Gleich losgehen jetzt, in die Nacht hinein sich beeilen und vor dem härtesten Frost mit den eigenen Händen noch einmal aufgraben die schwere Erde? Jetzt auf die Nacht und den Winter hin hier auf der Ofenbank bleiben und auf einen fernen Frühling hoffen, warten, den Frühling herbeiharren und – was bleibt uns denn noch? – kein Gebet wissen. Der Frühling kommt nicht ins Land. Friert es schon auf die Nacht? Bald schlafen jetzt, immer tiefer sinkt man in sich hinein. Als ob wir vorsorglich schon ein Loch uns gegraben hätten, so hat hier die Müdigkeit auf uns gewartet.

Haben zu oft schon die tägliche Abendsuppe schweigend und wie im Schlaf in uns hineingelöffelt, jetzt sitzen wir hier und wissen nicht, ob es vor oder nach der heutigen Abendsuppe ist, daß wir hier sitzen. Wissen es nicht zu sagen. Ums Leben ohne Erinnerung, wortlos. Wie sollen wir wissen, wer außer uns noch zur Fumilje gehört? Die Suppe, der Jahreszeit nach wird es Kohlsuppe sein, derweil es draußen schon dunkel und immer dichter der Nebel. Wie in ein Grab sinkt man in sich hinein, in die innere Stille hinein in der Ofenwärme, in den eigenen Körper. War das der heutige Abend, daß wir vor oder nach der Abendsuppe noch einmal aufs Feld gewollt hätten? Vorhin noch daran gedacht und jetzt kommt es uns jahrelang her vor. Im Hof noch herum und daß wir die Ochsen angespannt hätten, als sei es im Sommer gewesen. Neben den schlafenden Ochsen einher, selbst wie im Schlaf (auf der Ofenbank schläft es sich schlecht): Schritt für Schritt auf dem Kuhbachsweg über den Junkermorgen (den Junkerschmorgen) an *die* Kuhbach am anderen Ende vom Dorf; das muß weit zurück ein entlegener Sommer. Den Kuhtriebsweg barfuß entlang; der Weizen steht gut. Am Hegstrauch die Nachtigallen. Das Fuhrwerk knarrt, schwankt, die Ochsen gehen im Schritt. Abends am Kuhtriebsweg ist der Staub wie aus purem Gold, leuchtet. War da nicht ein Bild, ein Plakat: ein Heuwagen, haushoch beladen, auf einem sandigen Sommerweg, der in den Abend hinein hell vor uns herläuft – »Nicht auf dem Wagen schlafen!« Das muß einmal ein Plakat, muß auf dem Gemeindeamt: muß länger schon hersein, daß es da hing; die Buchstaben noch in der alten Schrift, deutsch, in Kurrentschrift. Lang hing es da, Jahre und Jahre, und wir haben es wie eine eigene Angelegenheit, wie eine Erinnerung jedesmal wiedererkannt. Im Großdeutschen Reich, im vorigen Frieden oder gar ehemals in der Kaiserzeit noch, so lang her einen Sommer, so kommt man und geht. Zur Belehrung. Vielleicht auch aus Blech ein Schild und einst hierorts bei unserem Schmied am Tor angenagelt, wir sehen es jetzt noch vor uns: ein Sommer der nie vergeht, ein vergangener Sommer, und auf dem Bild *hört* man Grillen zirpen. Stand nicht das Korn schon gelb in die Höhe und der Wind war eingeschlafen über den Feldern?

Sind oft auch in die Nacht hinein so gefahren. Die Deichsel knarrt, die Räder mahlen den Weg entlang, die Nacht wankt knarrend an uns vorbei: gefahren, wie wenn wir nie mehr zurückkehren sollten. Und sitzen immer noch hier. Einmal, selbst jung und stark, zwei mächtige rotbunte Zugochsen haben wir gehabt, viele Jahre lang sie gehabt, uns und die Jahre doch auch gehabt, und jetzt kaum die Erinnerung noch und zum Ziehen nur eine magere schwarzweiße einzige Kuh. Und sitzen immer noch hier. Steigt von den Füßen her so ein Kribbeln uns mählich zu Kopp, erst mählich, dann immer mehr, immer dichter. Genauso der innere Lärm und die vielen Stimmen, als ob man darin ertrinkt. So ins Dösen geraten, der Ofen rußt, wie ein Süchtiger sitzt man daneben, tut benommen den Rauch atmen. Beginnen wir einzunicken, gleich lockt es uns so, als ob wir ein bißchen sterben sollten: ausprobieren! Und zögern, verzetteln uns, können immer noch einmal anfangen. Hätten die Wahl – und doch auch wieder nicht, so zieht es uns jetzt. Einnicken-hochschrekken-einnicken: immer tiefer zieht es uns hinein, als ob wir mit dem Haus und der Nacht in die Erde hinein versinken; kommt Wind auf, ein Sturm? Man hört den Mainzlarer Zug nach Allendorf hinauf, wie er keucht. Können uns seit Jahren an keinen einzigen Traum erinnern, und jetzt hier auf der Ofenbank: als ob wir träumen, so sitzen wir hier und die Zeit geht langsam, das Leben geht von uns weg. Schon im Kopp keine Wörter mehr; wie ein Schlaf auf dem Wagen, so kommt uns das recht. Die Ochsen auch wie im Schlaf vor uns her und wir blinzeln und werden gleich uns verlieren wie auf einem Sommerweg. Lang hat die Zeit gedauert und hörst du von fern den morgigen Sturm?

Jäh hochschrecken ins Lampenlicht, der Ofen raucht, die Schnapsflasche steht auf dem Tisch; sind hier mit uns allein. War uns nicht, als ob zur Unzeit ein Hahn gekräht hätte? Jäh hochschrecken und zur Tür hin – vors Haus hinaus. Nacht, Wind und fremd ein Geniesel. Die Tür schlägt. In Werkschuhen wir. Wie ertrunken: stehen hier auf dem Grund der Nacht. Der Wind schlägt uns ins Gesicht, jäh ein Schwall, ein Gestammel von Erinnerungen, das Leben, man denkt, der Frühling kommt bald. So steht man und kann nicht genug kriegen, steht und atmet gierig die naßkalte Luft und tut auf sich selbst sich besinnen. Mit Mühe, wir wissen nicht, wie man das macht. Stehen und mit dem Fuß scharren vor der eigenen Haustür. Es kann noch nicht spät sein: allerlei Hunde und Kinder eilig die Straße hinauf und hinab. Wie jeden Abend. Das Postauto aus der Stadt biegt ins Borngäßchen ein. Ein Traktor ohne Anhänger in den Steinweg hinein. Ein Kuhwagen um die Ecke. Vom Turm herunter ein Ochsenkarren. Und Frauen mit Kopptuch und Einkaufstasche. Bei der Straßenlampe vorbei. Unter der Lampe her durch das Licht und die Nacht. Vom Kaufladen heim, vom Metzger, vom Bäcker heim, die Abendsuppe schon auf dem Herd. Und bald von Mainzlar herauf die Schamottwerker, bald auch müd die Tagwerker von der heutigen Mittelschicht bei Buderus mit ihren Brotbeuteln, sagt man sich. Hier vor der eigenen Haustür (die Balken sind morsch, der Türstock ist morsch). Und bald auch die, was von Daubringen herauf jeden Tag, jeden Abend mit dem Sieben-Uhr-Zug mit Aktentaschen aus Gießen kommen, heimkommen. Es ist ja noch nicht einmal richtig dunkel. Im Gärtchen die Amseln noch wach. Noch eifrig. Ob wir hierzulande nicht doch schon im Nachwinter wären? Lang genug gewartet; man steht und atmet und denkt, der Frühling kommt bald.

Doch kaum eine Stunde später wieder in Nacht und Stille eingeschlossen, gefangen im tiefsten Winter. Als ob wir sie gar nicht kennen, zur Abendsuppe kein Wort. Und ist doch die gleiche wie eh und je. Im Herbst, im Winter, im Nachwinter, alt ist die Welt uns geworden. Zur Fumilje genauso kein Wort. Tun uns ja selber nicht kennen. Friert es jetzt? Schon die ersten Schneeflocken mischen sich ins Geniesel. In die Nacht hinein den Nachbarn Holz hacken hören. Im Hof, im Dunkeln, drei Höfe weiter, unsichtbar in der Nacht, den Nachbar vom Nachbarn. Das war doch schon einmal diesen heutigen Abend: sind über den Hof und standen dann vor der eigenen Haustür, um sachkundig nach dem morgigen Wetter zu sehen. Und nach dem Laternenlicht, wie es sich versunken im Stallfenster spiegelt. Es fing an, dämmrig zu werden, wir hätten aufs Feld noch gewollt, da hat er schon Holz gehackt. Und jetzt wieder. Und dazwischen das soll unser Leben gewesen sein? Und ist so neben uns her, soll man grüßen?, ist an uns vorbei, ist gegangen. Und hätte genausogut anders auch verlaufen sein können, ein Märchen. Bei der Haustür. Fast an der Nacht erstickt. Am Dorfrand bellen die Hunde und sind dann plötzlich wieder still. War das heute, daß wir noch mit uns selbst die Roiben abladen wollten, die letzten? Und stehen und in die Nacht hineinhorchen, ob wir uns nicht rufen hören und flüstern und antworten auch aus der Ferne. Kommt denn keiner? Wollen hier stehenbleiben und warten, ob wir das nicht selbst sind, ob wir nicht kämen, ob die Nacht uns erkennt? Bei der Haustür: die Nacht und der Schnee, immer dichter die Flocken. Bald schlafen jetzt; man sagt es sich wie seit Jahren. Am besten aufwachen ohne Erinnerung. Nix geträumt? Jeden Tag wieder als Dickworzbauer, Buderusknecht und Schamottwerker auf die Welt kommen und allzeit sein eigener Handlanger, Lebenszeit. Um ein Haar Schichtführer, Vorarweiter und Meester geworden! Und nach einem Schlaganfall, nach dem zwoten Schlaganfall (wir haben erfahren, daß die Erde sich bewegt!) der eigenen Zeit hinterdrein ein paar Jährchen als Krüppel, als Rentner, als Frühinvalide am eigenen Hoftor noch, vorzeitig taub und alt und wie durchgeknickt in der Mitte, ein alleiniger Wintergreis. Wie schon anderweitig, als ob man schon gar nicht mehr da wäre, so in sich versunken stehen. In seiner Müdigkeit. Den vergangenen Tagen und dem eigenen Namen hinterdreingrübeln – da und dort gegangen, wo ist die Zeit uns denn hin? – und zehn Jahre eher sterben. Als Vogelscheuche, als Geistchen, als Jenseitiger seine Zeit noch beim Tor stehen und auf den Jüngsten Tag warten, auf das Jüngste Gericht: die Seele, da wächst nix nach. Wir und der Ring-Heinrich; hat nicht heut Mittag das Sterbeglöckchen gebimmelt? So eintönig-hell in die Stille hinein?

# Peter Kurzeck

*Keiner stirbt*
Roman. Band 11084

Eine der großen Entdeckungen des Buchherbstes 1990 war Peter Kurzeck mit diesem Roman. Fulminante Besprechungen attestierten dem Autor »eine neue spannende Sicht« auf die späten 50er Jahre, die zugleich die frühen Jahre des Autors waren.

*Der Nußbaum gegenüber vom Laden, in dem du dein Brot kaufst*
Die Idylle wird bald ein Ende haben!
Roman. Band 11085

Mit einer Sprache, die nicht mehr die Dialoge kennt, die bewußt reduziert und sperrig ist, gelingen Kurzeck Einblicke in die Seele des kleinen Mannes und die Fadenscheinigkeit unseres Lebens von ungewöhnlicher Schärfe.

*Das Schwarze Buch*
Roman. Band 11083

Kaum je ist in der jüngeren deutschen Literatur unsere Gesellschaft in so radikaler Untersicht gesehen worden wie in Kurzecks ›Frankfurtroman‹. In einer collageartigen Szenenfolge, gerade eben zusammengehalten durch Relikte eines Plots um den Vertreter, Säufer, Wahrsager, vor allem aber Zeitgenossen und Beobachter Merderein, hat Kurzeck die erbärmliche Welt der Heruntergekommenen rund um die Wasserhäuschen, den Bahnhof, in den schlechten Ecken und Zonen wie der B-Ebene geschildert.

## Fischer Taschenbuch Verlag

fi 1615 / 2

».... Die Geschichte des letzten Schriftstellers ähnelt einem halsbrecherischen Thriller. So geht es zu, wenn das schlaueste Verbrechen, Sabotage, verübt wird.«
Sybille Cramer in *DIE ZEIT*

# Martin Grzimek
## *Die Beschattung*
Roman. Band 10986

*Die Beschattung* spielt in der Zukunft des Medienzeitalters, in einem perfekten Überwachungsstaat, der totale Fürsorge und totale Kontrolle miteinander verbindet. Alle sind unter den wachsamen Augen des Staates geborgen, und alle sind satt. Doch je eintöniger und ereignisloser das Leben verläuft, desto süchtiger werden die Menschen nach Büchern, in denen »authentisch« von ganz individuellen Erlebnissen und Abenteuern erzählt wird. Um diese Bedürfnisse zu befriedigen, hat ein Konzern das Monopol auf eine Buchproduktion mit »Authentizitätsgarantie« erworben. Die Stoffe kommen aus dem »Centralinstitut für Biographik« (CIB). Felix Seyner ist Interviewer beim CIB. Er führt Gespräche mit älteren Menschen, befragt sie nach ihrem Leben, nach einer Zeit, in der das Unvorhersehbare noch möglich gewesen ist. Martin Grzimeks Roman beginnt – aberwitzig im Zeitalter totaler Telekommunikation – mit einem handgeschriebenen Brief, in dem Felix Seyner sich an seine ehemalige Geliebte Felicitas wendet. Er hat sich – gewollt oder ungewollt? – durch eine Unachtsamkeit verdächtig gemacht und ist in die Fahndungsmaschinerie geraten; er versucht Felicitas mit hineinzuziehen.

»Verstörende Momentaufnahmen aus einer erstarrten, nebelhaft bedrohlichen Welt.«
*Der Spiegel*

# Irina Liebmann
## *Mitten im Krieg*

Kurzprosa. Band 10704

Die Entstehungsgeschichte dieser Geschichten reicht noch tief in die Vor-Wende-Zeit zurück, in eine Zeit, während der in der damaligen DDR zwar kein Krieg, aber kriegsähnliche Zustände herrschten – die Grenzen gegen Westen waren verriegelt, die Bewegungsfreiheit im eigenen Lande beschränkt, es herrschte Mangel an innerem Frieden und an Wahrheit. Die Kurzprosastücke in diesem Band werden von einem Thema zusammengehalten: die mangelnde Bereitschaft vieler DDR-Bewohner, sich den herrschenden Verhältnissen anzupassen, sich ihnen auszuliefern. Sie richteten sich, wie es damals hieß, in Nischen ein; nahmen Verordnungen einfach nicht zur Kenntnis oder lebten kleine Privilegien ungeniert aus. Keine der neun in diesem Band versammelten Geschichten zeichnet sich durch eine unerhörte Begebenheit aus – es sind verhaltene Zustandsbeschreibungen des Privaten, des Unsensationellen, Innenansichten einer gegängelten Gesellschaft. Bewohner des westlichen Deutschlands vermögen kaum nachzuempfinden, was es für einen Ostdeutschen bedeutet haben mag, erstmals in seinem Leben etwa nach Italien oder Portugal zu reisen. Die literarischen Szenen aus dem DDR-Alltag bestechen vor allem durch ihre höchst artistisch geführte Sprache. Die Autorin wurde dafür mit einem Stipendium des Ingeborg-Bachmann-Wettbewerbs und mit dem ›Aspekte‹ – Literaturpreis des ZDF ausgezeichnet.

Fischer Taschenbuch Verlag

fi 1510 / 1